SUSAN HOWATCH

Geheimnis im Moor
Der ungebetene Gast

Geheimnis im Moor

Marianne de Fleury, illegitime Tochter eines englischen Adeligen und einer vor der französischen Revolution geflüchteten Französin, steht nach dem Tod ihrer Eltern völlig mittellos dar. Deshalb nimmt sie den Heiratsantrag des reichen Axel Brandson an, den sie kaum kennt. Schweren Herzens vertauscht Marianne das prunkvolle Londoner Stadtpalais ihres Vaters mit Haraldsdyke, dem düsteren Haus in den Sümpfen von Kent. Als Marianne von unheimlichen Vorgängen an ihrem neuen Wohnsitz e fährt, fühlt sie sich ihres Lebens nicht mehr sicher. Hilflos und allein beginnt sie, gegen das Böse um sie herum zu kämpfen. Verzweifelt versucht sie, Licht in die dunklen und grauenvollen Begebenheiten zu bringen, um ihr Leben zu retten – und ihre Ehe mit Axel, den sie inzwischen liebt ...

Der ungebetene Gast

Nach dreijähriger Trennung finden Karen und Neville Bennett wieder zueinander, doch nach wie vor steht der Schatten von Karens Schwester Veronika zwischen ihnen. Veronika nahm sich stets, was sie wollte – vor drei Jahren eben Neville. Aber nachdem Karen die beiden in ihrem Sommerhaus ertappt hatte, war Veronika plötzlich verschwunden. Seit damals hatte niemand wieder etwas von ihr gehört. Zusammen mit ein paar Freunden sind nun Karen und Neville wieder in das Sommerhaus gezogen, alle fest entschlossen, dieses düstere Kapitel für immer zu vergessen. Aber eines Tages keimt in Karen der schreckliche Verdacht auf, daß ihre Schwester tot sei – ermordet. Und der Mörder kann nur einer von ihnen sein ...

Autorin

Susan Howatch, geboren in Surrey, England, lebt seit 1964 in Amerika und Irland. Nach Erfolgen als Autorin von Thrillern wandte sie sich dem großen Gesellschaftsroman zu und erlangte mit ihren Bestsellern internationales Renommee.

Von Susan Howatch im Taschenbuch erschienen:

Blendende Bilder (9735) · Die dunkle Küste/Das Schloß am Meer (13175) · Die Erben von Penmarric (42578) · Gefährliche Visionen (41057) · Geheimnis im Moor (7301, in Großschrift) · Geheimnis im Moor/Der ungebetene Gast (13158) · Die Herren auf Cashelmara (42275) · Die Reichen sind anders (41355) · Das Schloß am Meer (42274) · Die Sünden der Väter (35062) · Die Versuchung (42360) · Verborgene Träume (43589) · Der Zauber von Oxmoon (9123)

Susan Howatch

Geheimnis im Moor

Der ungebetene Gast

Zwei Romane in einem Band

GOLDMANN

Ungekürzte Ausgaben
Titel der Originalausgaben: »The Shrouded Walls«
(»Geheimnis im Moor«)
und »April's Grave« (»Der ungebetene Gast«)

Umwelthinweis:
Alle bedruckten Materialien dieses Taschenbuches
sind chlorfrei und umweltschonend.
Das Papier enthält Recycling-Anteile.

Der Goldmann Verlag
ist ein Unternehmen der Verlagsgruppe Bertelsmann.

Einmalige Sonderausgabe Juni 2000

Umschlaggestaltung: Design Team München
Umschlagfoto: Bavaria/TCL
Druck: Elsnerdruck, Berlin
Titelnummer: 13287
Made in Germany
ISBN 3-442-13287-8

Geheimnis im Moor

Aus dem Englischen
von Hannelore Neves

I

Wir waren siebzehn, als unsere Eltern starben. Alexander ging in Harrow zur Schule, und ich hatte gerade mein letztes Semester in Miß Shearings Akademie für junge Damen in Cheltenham begonnen. Daher war keiner von uns beiden zu Hause, als es geschah. Mein Vater hatte beim Pferderennen Glück gehabt, hatte zuviel Whisky getrunken, daraufhin dem Kutscher die Zügel aus der Hand genommen, selbst die Pferde über die Epsom Downs gehetzt und dabei die Biegung der Straße vor Tattenham Corner nicht mehr meistern können. Meine Mutter, die bei ihm war, war auf der Stelle tot, mein Vater starb nach sieben Stunden. Die Tragödie wurde zum Gesprächsstoff in den höchsten Kreisen, denn mein Vater war ein angesehenes Mitglied des Parlaments, ein Gentleman, mit einem Landsitz in Lancashire, der ein ansehnliches Kapital in den Baumwollmühlen von Manchester stecken hatte, während unsere Mutter eine französische Emigrantin war, die Tochter eines Aristokraten, den Robespierre auf die Guillotine geschickt hatte.

Alexander und ich begriffen zuerst gar nicht, daß wir jetzt ohne einen Heller dastanden. Erst Sir Charles Stowell, ein Freund meines Vaters, öffnete uns die Augen, indem er uns erklärte, daß Kapital und Landbesitz meines Vaters an seine Frau in Manchester zurückfallen würden, einschließlich des Stadthauses in London, in dem wir seit unserer Geburt mit unserer Mutter gewohnt hatten. Mein Vater war viel zu sorglos und lebenslustig gewesen, um in einem Testament für seine Mätresse und die Zwillinge, die sie ihm geboren hatte, zu sorgen.

Ich konnte ihn geradezu reden hören: »Was, ein Testament? Ein lustigeres Gesprächsthema fällt euch wohl nicht ein? Wer hat Lust, ans Sterben zu denken!« Was mit ihm selbst nach seinem Tod geschah, das ließ ihn kalt, und er dachte nicht im Schlaf daran, welche Folgen sein Tod für andere haben könnte.

Mich ließen diese Folgen nicht kalt, ich dachte die ganze Zeit daran, den ganzen Weg von Miß Shearings Akademie in Cheltenham bis nach London, in den Gasthöfen, wo wir die Pferde wechselten und zum Essen einkehrten, auf den holprigen Straßen, die der Oktoberregen in Schlammbäche verwandelt hatte, und ich konnte auch dann an nichts anderes denken, als wir endlich nach Hause kamen, in das elegante Stadthaus in Soho, das mein Vater zwar für meine Mutter gekauft und eigens für sie gemütlich und voller Luxus eingerichtet, ihr aber nie geschenkt hatte. Die Sorge nagte an mir, als ich die Dienerschaft wiedersah, die Vater dort für uns untergebracht hatte, und die vielen schönen und nützlichen Dinge, die nun alle der auf ihrem Landsitz in Lancashire lebenden ältlichen Witwe gehören sollten. Und fast schon etwas wie Panik erfaßte mich, als ich mit Alexander zu Lincoln's Inn fuhr, um Sir Charles Stowell zu sehen, der in seinen Räumen saß, wo sich an den Wänden bis hinauf zur Decke juristische Bücher stapelten und der Rasen auf dem New Square hinter den Fenstern sich mit herbstlichen Blättern bedeckte.

»Aber wer wird denn jetzt mein Schulgeld in Harrow bezahlen?« sagte Alexander fassungslos zu Sir Charles. »Ich habe doch noch ein Jahr dort.«

»Mein Verehrtester«, entgegnete Sir Charles, der der gewandteste, liebenswürdigste und realistischste aller Rechtsanwälte war, »ich bedaure, Ihnen mitteilen zu müssen, daß Sie keineswegs nach Harrow zurückgehen werden.«

Alexander hatte den vollen Umfang des Schicksalsschlags, der uns getroffen hatte, noch immer nicht ganz begriffen. »Aber ich wollte doch in Oxford studieren«, gab er erregt zurück. In seiner

Stimme war jetzt ein scharfer Ton, den ich gut kannte – die Furcht hatte sich seiner bemächtigt. »Wie soll denn meine Erziehung jetzt weitergehen?«

»Sie haben mein volles Mitgefühl«, erwiderte Sir Charles, »aber darf ich Sie – wenn wir schon so offen miteinander sprechen – darauf hinweisen, daß Sie sich glücklich schätzen dürfen, überhaupt eine Erziehung erhalten zu haben? Ihre Lage, mein lieber Sir, könnte noch bei weitem schlechter sein. Glücklicherweise hat Ihre Schwester fünf Jahre in diesem höchst angesehenen Institut für junge Damen in Cheltenham verbracht und hat daher alle Aussichten, eine Stellung als Gouvernante zu bekommen. Als langjähriger Freund Ihres Vaters will ich natürlich meinen ganzen Einfluß daranwenden, ihr zu einer solchen Stellung zu verhelfen, aber Sie werden sicherlich erkennen, Miß«, fuhr er nun, zu mir gewandt, fort, »daß Ihre Herkunft eine derartige ist, daß ein besseres Haus nicht leicht darüber hinwegsehen kann. Immerhin, es gibt auch reiche Kaufleute, die junge Damen mit guter Kinderstube gern anstellen, so daß ich wohl annehmen möchte, daß wir etwas Geeignetes finden. Ihnen, Sir, kann ich allerdings nur empfehlen, zur Armee zu gehen, denn als Hauslehrer sind Sie viel zu jung, und für einen Beruf haben Sie nicht die nötige Ausbildung.«

»Ich will nicht zur Armee gehen«, sagte Alexander, der jetzt wirklich erschrocken aussah. »Ich will nicht Soldat werden.«

Sir Charles wollte schon sagen: »In Ihrer Lage kann man nicht so wählerisch sein«, besann sich aber gottlob noch eines Besseren, lächelte bedauernd, machte eine vage Geste des Verständnisses und enthielt sich jeden Kommentars.

»Darf ich Sie etwas fragen, Sir Charles?« sagte ich.

»Aber gewiß doch.« Seine flinken Advokatenaugen wandten sich rasch zu mir herüber. Sie waren schwarz und glänzend, und ich bemerkte, wie sie zuerst über meinen Mund und meine Nase glitten, bis sie sich mit meinem Blick trafen.

Ich meinte fast, die verachtungsvolle Stimme meiner Mutter neben mir zu hören, wie sie sagte: »Wo es um Frauen wie dich oder mich geht, da sind die Männer nur an einem interessiert, und an sonst gar nichts. Und je mehr Erziehung dieser Mann hat und je anständiger er sich gebärdet, um so mehr. Laß dir nur ja nichts vormachen.«

»Wieviel Geld haben wir?« fragte ich. »Jetzt, in diesem Augenblick.«

»Unter den Habseligkeiten Ihrer Mutter haben sich fünfundzwanzig Pfund gefunden; dann sind da ihre Juwelen, die natürlich Ihnen beiden gehören, ihre Kleider und verschiedene andere Objekte, die wir als Geschenke Ihres Vaters an Ihre Mutter deklarieren können. Das Haus gehört allerdings Mrs. Cavendish, und auch die Dienerschaft wird sie bezahlen und entlassen, sobald sie beschließt, das Haus zu verkaufen.«

»Also haben wir ein bißchen Geld.«

»Gerade genug«, bestätigte Sir Charles, »daß Sie so lange davon leben können, bis Sie eine Stellung gefunden haben.«

»Ich danke Ihnen«, sagte ich. »Und bis wann müssen wir aus dem Haus ausziehen?«

»Mrs. Cavendish ersucht Sie, das Haus so bald wie möglich zu verlassen. Ihr ältester Sohn, der Erbe Ihres Vaters, ist schon auf dem Weg von Manchester nach London, um die Angelegenheiten seines Vaters zu regeln. Soviel mir bekannt ist, hat er den Auftrag, den Verkauf des Hauses in die Wege zu leiten.«

»So ist das also.« Mein Vater hatte uns von seinem Sohn Michael erzählt. »Genauso stumpfsinnig wie seine Mutter«, hatte er gesagt, »aber doppelt so wichtigtuerisch.« Richard, der zweite Sohn, war sein Liebling gewesen. Dann gab es noch vier Töchter. Alle sechs waren älter als wir, denn unsere Eltern hatten einander erst kennengelernt, nachdem Mrs. Cavendish ihr letztes Kind geboren hatte. Es war merkwürdig, sich alle diese Halbgeschwister vorzustellen, die wir nie gesehen hatten, und noch merkwürdiger war, daß unser Vater außer unserem Haus in Soho noch ein ganz anderes Zuhause haben sollte. Er hatte immer so vollständig zu uns gehört, daß der Gedanke daran, daß wir ihn genau genommen immer mit seiner ersten Familie geteilt hatten, als unwirklich, ja absurd erschien. Nur einmal hatte ich einen Blick auf jene Wirklichkeit erhascht, die meine Mutter dagegen nie vergessen konnte, und das war schon lange her, als ich noch klein war und auf Zehenspitzen aus meinem Zimmer geschlichen war, um die beiden zu einem Abend nach Vauxhall fahren zu sehen. Sie hatten unten in der Halle vor dem Diener gestritten, ich sah den Armen noch vor mir, wie er mit vor Verlegenheit roten Ohren steif neben dem Eingangstor stand und so tat, als hörte er nicht, was meine Mutter schrie: »Kommst du eigentlich nie auf den Gedanken, daß ich schon genug davon haben könnte, immer nach Vauxhall zu gehen und alle die aristokratischen Klatschmäuler der Londoner Gesellschaft zischen zu hören: ›Da kommt Mark Cavendish mit seiner blaublütigen französischen Hure‹? Kommst du nie auf den Gedanken, daß es mir schon zum Hals heraushängt, daß ich jetzt von jenen Kreisen geschnitten werde, in denen ich früher bekannt und geachtet war? Du – mit deiner intimen Kenntnis dieser Londoner Gesellschaft –, kannst du dir denn nicht vorstellen, was das für mich bedeutet, daß ich jetzt nicht einmal mehr als Dame gelte, die sich in eine Affäre hat verwickeln lassen, sondern einfach als eine ausgehaltene Mätresse, die ihrem Liebhaber zwei uneheliche Kinder geboren hat?«

Meine Mutter war immer verbittert. Es gelang ihr einfach nicht, ihr früheres Leben in dem riesigen Schloß an der Loire zu vergessen und ihre glänzende Heirat mit dem jungen Duc de Fleury kurz vor der Revolution. Das London der Jahrhundertwende, wo sie sich nur wenige Jahre später wiedergefunden hatte, verwitwet und ohne einen Penny, glich so gar nicht der Welt des Ancien régime, aus der sie stammte. »Emigranten gab es hier zwei für einen Penny«, hatte sie zu uns gesagt, »und wenn einer die Miete nicht bezahlen konnte, dann gaben die Engländer keinen Pfifferling darum, wieviel Land man früher einmal in Frankreich besessen hatte. Ein Adelstitel bedeutete gar nichts, das einzige, was zählte, war Geld, und das hatten wir alle nicht. Wie könnt ihr Kinder das jemals verstehen? Ich hatte bisher überhaupt nie lernen müssen, mit Geld umzugehen! Ich hatte in Reichtum und Überfluß gelebt, und plötzlich fand ich mich in einem Elendsquartier in Bloomsbury, mußte das Wasser sechs Stockwerke hoch schleppen und mit dem Fleischer um ein billiges Stück Rindfleisch feilschen.«

Sie hatte zu nähen begonnen, um ein bißchen Geld zu verdienen. Und Mark Cavendish hatte sie kennengelernt, als sie ein Abendkleid für seine Frau ändern sollte. Innerhalb von zwei Wochen schon war sie der Dachkammer in Bloomsbury entronnen, den sechs Stockwerken, dem billigen Rindfleisch. Und vor nichts hatte sie mehr Angst, als ein zweites Mal ins Elend zurückzusinken, und sie verlor diese Angst niemals während der ganzen zwanzig Jahre, die sie als Mätresse meines Vaters verbrachte.«

»Alles ist besser als Armut«, erklärte sie uns immer und immer wieder. »Alles.«

Sogar, Mark Cavendishs Hure genannt zu werden.

»Ich kenne euren Vater«, hatte sie gesagt, »ich mache mir keine Illusionen über ihn – noch über irgendeinen anderen Mann. Ich habe ein schönes Haus, ausreichend Dienerschaft, schöne Kleider, und meine Kinder sind gut versorgt. Worüber sollte ich mich beklagen? Mark ist großzügig, lebenslustig, gutmütig, und er ist ein schöner Mann. Was kann eine Frau mehr von einem Mann verlangen?«

Zärtlichkeit, dachte ich. Mitgefühl. Verständnis. Aber ich sagte nichts. Es stand mir wohl nicht zu, meine Mutter darauf hinzuweisen, daß mein Vater hart wie ein Diamant war, hart im Trinken, hart im Spielen, hart beim Reiten, hart bei der Arbeit.

Harte Menschen verschwenden nur selten Zeit damit, an andere zu denken, nicht etwa, weil sie mit Absicht selbstsüchtig sind, sondern weil sie einfach nicht fähig sind, sich in andere Menschen hineinzudenken. Meine Mutter mochte sich das vielleicht nicht eingestehen, weil sie der Wahrheit nicht ins Auge sehen wollte, aber ich erkannte nur allzu klar, daß sie ihm als Mensch nichts bedeutete, daß er sie nur dazu benutzte, um sich bei ihr von den Aufregungen seiner politischen Intrigen in Westminster, seiner Pferderennen in Epsom und seiner Spielzirkel in Mayfair zu erholen.

Ich hatte nie etwas für ihn übrig.

Dagegen schien er mich in sein Herz geschlossen zu haben. »Von allen meinen Kindern«, sagte er einmal, »bist du dasjenige, das mir am meisten gleicht.«

Was ich, angesichts der Meinung, die ich von ihm hatte, nicht gerade als Kompliment auffaßte.

»Also, Miß Fleury«, sagte der Rechtsanwalt und brachte mich unsanft zurück in seine mit Büchern gefüllte Kanzlei, »falls ich Ihnen sonst irgendwie dienlich sein kann, dann lassen Sie es mich bitte wissen. Wenn Sie bei Ihrer Stellungssuche Referenzen wünschen...«

»Ich danke Ihnen, Sir Charles«, unterbrach ich ihn, »aber ich habe nicht den Wunsch, Gouvernante zu werden.« Damit erhob ich mich, die Herren folgten meinem Beispiel, Alexander rückte meinen Sessel so zurecht, daß mein Kleid sich nicht verfing, und half mir dann, mein Cape umzulegen. »Ich bin Ihnen für Ihre Bemühungen wirklich sehr dankbar, Sir Charles«, fügte ich mit meinem liebenswürdigsten Lächeln hinzu. »Sie sind zu gütig.«

»Es ist mir ein Vergnügen, Miß Fleury. Und vergessen Sie nicht – wenn Sie je Hilfe brauchen sollten, stehe ich immer zu Ihrer Verfügung.« Und es hätte seines lächelnden Blicks gar nicht bedurft, um klarzustellen, was er damit meinte.

»Ich danke Ihnen«, sagte ich. »Guten Tag.«

»Danke, Sir«, murmelte auch Alexander und riß die Tür für mich auf.

Ich rauschte hinaus, ohne mich umzusehen. Draußen im Vorzimmer sprang ein kleiner Schreiber auf und öffnete uns die Tür, die auf den Platz hinausführte.

Es war ein herrlicher Tag, der Himmel blau und wolkenlos, und eine leichte Brise strich durch die Bäume. Meine Mutter, die das englische Klima nicht ausstehen konnte, hätte wohl gesagt, das Wetter heute erinnere sie an Frankreich und an die Gärten der Schlösser an der Loire.

»O Gott«, sagte Alexander verzweifelt.

»Halt den Mund«, fuhr ich ihn an. Ich war selbst zu sehr den Tränen nahe, als daß ich gerade jetzt sein Jammern hätte ertragen können. Die gemietete Kutsche stand noch immer wartend vor den Toren von Lincoln's Inn, und wenige Augenblicke später waren wir schon auf dem Heimweg nach Soho.

»Was sollen wir denn jetzt tun?« fragte Alexander endlich.

»Ich weiß es nicht.« Ich starrte durchs Fenster hinaus auf die schmutzigen Straßen, sah die Bettler ihre Bettelschalen schütteln und die Dirnen schon jetzt auf Kundenfang ausgehen.

»Ich will nicht zur Armee gehen«, sagte Alexander.

Ich gab keine Antwort.

»Vielleicht würde Michael uns helfen, schließlich ist er doch unser Halbbruder.«

Ich sah ihn an, und er errötete. »Ich – es war nur so eine Idee…«

»Eine sehr schlechte Idee.« Ich sah wieder durchs Fenster hinaus. »Und völlig unrealistisch.«

Alexander redete weiter: »Du brauchst dir keine Sorgen zu machen. Du wirst bald heiraten, und dann ist alles in Ordnung. Aber was ist mit mir? Wie soll ich mir mein Leben verdienen? Ich weiß einfach nicht, was ich tun soll.«

»Ich würde wirklich gern wissen, wer die uneheliche Tochter

eines englischen Gentlemans und einer französischen Emigrantin heiraten soll – ohne Mitgift, ohne gesellschaftliches Ansehen«, sagte ich eisig. »Alexander, wenn du nicht vernünftig reden kannst, verzichte doch lieber ganz darauf.«

Den restlichen Heimweg legten wir schweigend zurück. Bald nach unserer Ankunft war es Zeit zum Dinner. Wortlos saßen wir in dem holzgetäfelten Eßzimmer und aßen uns durch die verschiedenen Gerichte hindurch. Das Porträt unseres Vaters über dem offenen Kamin lächelte auf uns herab, der ironische Zug um seinen Mund kam mir heute noch stärker vor als sonst.

»Vielleicht wird Michael morgen schon hier sein«, sagte Alexander. Ich sagte nichts.

»Vielleicht ist er ein ganz netter Bursche.«

Eine Standuhr schlug die Stunde, dann war es wieder still.

»Vielleicht werde ich ihn doch fragen, ob er uns nicht helfen kann.«

»Wenn du jetzt noch ein einziges Mal ›vielleicht‹ sagst, Alexander –«, fing ich an, unterbrach mich dann aber, weil ein Diener hereinkam.

»Ja, was ist, John?«

»Da ist ein Gentleman, der Sie sprechen möchte, Miß. Er gab mir einen Brief für Sie und seine Karte, ich habe ihn in die Bibliothek geführt.«

Ich nahm Brief und Karte vom Tablett.

»Michael?« fragte Alexander.

»Nein, nicht Michael.« Ich starrte auf die Karte. Der Name war mir unbekannt. »Ich habe nie von diesem Herrn gehört, John.«

»Vielleicht im Brief, Miß –«

»– und ich bin auch durchaus nicht daran gewöhnt, mich mit Fremden zu unterhalten, die mir nur durch einen Einführungsbrief vorgestellt werden.«

»Laß mich mit ihm reden«, sagte Alexander und stand auf.

»Ich werde herausfinden, was er will. Vielleicht ist es ein Gläubiger.«

»Pardon, Sir«, sagte der Diener schockiert, »aber es handelt sich ganz zweifellos um einen Gentleman.«

»Immerhin –«

»Warte«, sagte ich und öffnete den Brief. Die Adresse war New Square, Lincoln's Inn, und die Unterschrift am Ende der Seite stammte von Sir Charles Stowell, dem Rechtsanwalt. »Meine liebe Miß Fleury«, so schrieb er. »Ich hoffe, Sie werden mir vergeben, wenn ich mir die Freiheit nehme, einen meiner geschätzten Kunden, Mr. Axel Brandson, vermittels dieses Briefes Ihnen vorzustellen. Mr. Brandson hat, obwohl in Wien lebend, England viele Male besucht, und er ist nicht nur mir persönlich gut bekannt, sondern kannte auch Ihren Herrn Vater, mit dem er während eines seiner früheren Aufenthalte in London zusammengetroffen war. Als Mr. Brandson von Ihrem schmerzlichen Verlust hörte, gab er dem Wunsch Ausdruck, Ihnen sein Beileid aussprechen zu dürfen, und abgesehen davon hatte ich – angesichts Ihrer schwierigen gegenwärtigen Lage – den Eindruck, daß Sie von einer Begegnung mit Mr. Brandson nur gewinnen könnten. Ich bot meine Dienste als Vermittler an, aber da Mr. Brandsons Zeit sehr stark von Geschäften in Anspruch genommen ist, war es uns leider nicht möglich, schon früher einen passenden Zeitpunkt zu arrangieren. Ich kann daher nur hoffen, daß dieser Brief Ihnen seine gesellschaftliche Stellung und persönliche Untadelhaftigkeit ausreichend verbürgt. Ich verbleibe, usw.«

Ich blickte auf. Der Diener wartete. »Bitte sagen Sie Mr. Brandson, daß ich ihn empfangen werde. Er möge sich nur noch einige Minuten gedulden.«

»Sehr wohl, Miß«, sagte der Diener und entfernte sich.

»Wer ist das?« fragte Alexander sofort.

Ich gab ihm den Brief.

»Aber was will er denn?« fragte er verblüfft, als er den Brief zu Ende gelesen hatte. »Ich verstehe kein Wort.«

Ich dagegen dachte an den Ausdruck, den ich in Sir Charles' Augen gesehen hatte, und meinte, ihn nur allzu gut zu verstehen. Ich stand vom Sessel auf und bemühte mich, meinen Zorn niederzukämpfen. Sir Charles meinte es wahrscheinlich nur gut. Schließlich hatte ich ihm gesagt, daß ich unter keinen Umständen Gouvernante werden wollte, und diese Erklärung ließ in seinen Augen nur eine Auslegung zu. Was konnte eine Frau in meiner Lage schon tun, wenn sie nicht Gouvernante werden wollte? Heiraten – aber da kein Mann aus gutem Hause sich um mich bemühen würde, stand mir auch dieser Weg nicht offen.

»Bist du sicher, daß du ihn wirklich allein sehen kannst?« sagte Alexander beunruhigt. »Ich komme wohl besser mit. Der Mann ist schließlich ein Ausländer.«

»Mama war auch eine Ausländerin«, erinnerte ich ihn, »und fast alle ihre Freundinnen genauso. Nein, ich spreche lieber allein mit ihm.«

»Aber bist du sicher, daß sich das gehört?«

»Wahrscheinlich gehört es sich nicht, aber ich glaube nicht, daß das jetzt noch viel ausmacht.« Damit ging ich hinaus in die Halle. Ich bemühte mich sehr, mich zu beherrschen, aber in mir kochte es. Mein Stolz brannte in mir wie eine Flamme, wie sehr ich auch versuchte, ihn zu unterdrücken und kühle Vernunft zu bewahren. Von mir aus hätte der Teufel Mr. Brandson holen können, und Sir Charles Stowell gleich mit dazu. Ich war fest entschlossen, nicht den gleichen Fehler zu begehen, den meine Mutter begangen hatte, und sollte ich mein ganzes Leben in einem Londoner Elendsquartier verbringen.

Mit raschen entschlossenen Schritten durchquerte ich die Halle, drückte die Klinke der Tür zur Bibliothek nieder und betrat hocherhobenen Kopfes, mit glühenden Wangen und zu Fäusten geballten Händen den Raum.

»Miß Fleury?« sagte der Mann und wandte mir rasch sein Gesicht zu. »Ich bin entzückt, Sie kennenzulernen.«

So hatte ich ihn mir nicht vorgestellt. Sein nordisch klingender Name hatte in mir das Bild eines blonden Riesen erstehen lassen, aber dieser Mann hier war dunkel. Sein Haar war glatt und ungepudert, und seine dunklen Augen waren ebenso undurchsichtig, wie Sir Charles' Augen klar und sprechend waren. Es war offensichtlich, daß dies ein Mensch war, der seine Gedanken für sich behielt. Er war etwas düster, aber doch geschmackvoll gekleidet, mit einem dunkelblauen Übermantel und gut geschnittenen Beinkleidern. Die sorgfältig geschlungene weiße Krawatte war wunderschön gestärkt, und die hessischen Stiefel genügten den Ansprüchen höchster Eleganz. Man hätte ihm den Ausländer nicht angesehen, denn seine englische Aussprache war makellos, und doch lag in seinem Benehmen etwas Unerklärliches, das den Kosmopoliten verriet. Als er meine Hand nahm und sich darüber beugte, bemerkte ich, daß seine Finger lang, schlank und kühl in meiner heißen Handfläche lagen.

»Bitte nehmen Sie Platz«, sagte ich – damenhaft – und zog meine Hand vielleicht etwas zu schnell zurück. »Darf ich Ihnen einen Likör bringen lassen, oder sonst eine Erfrischung?«

»Gestatten Sie, daß ich ablehne.« Mir fiel auf, daß auch seine Stimme kühl war. Gerade das Fehlen jeglichen Akzents schien ihr eine gewisse Distanz zu verleihen.

Vor dem offenen Kamin nahmen wir Platz, einander genau gegenüber, und ich wartete, daß er die Konversation eröffnen würde.

Er begann auch sofort.

»Sie fragen sich vielleicht, wer ich bin und warum ich mich bemühte, eine Einführung zu erhalten, um sie kennenzulernen. Verzeihen Sie mir bitte, daß ich gerade einen solchen Zeitpunkt dafür wählen mußte. Es war liebenswürdig von Ihnen, mich überhaupt zu empfangen.«

Ich antwortete darauf mit einer Handbewegung.

»Bitte erlauben Sie mir, Ihnen anläßlich Ihres großen Verlustes mein Beileid auszusprechen.«

»Ich danke Ihnen.«

Stille. Er schlug ein Bein über das andere, faltete die Hände und lehnte sich in seinen Sessel zurück. Ein Lichtstrahl fiel schräg auf seine Wangen und seine dunklen Augen. »Ich betrachte mich als Österreicher, da ich fast mein ganzes bisheriges Leben in Österreich verbracht habe, aber der Abstammung nach bin ich zur Hälfte Engländer. Mein Vater ist – war – Engländer. Er starb vor zehn Monaten.«

Ich wußte nicht, ob und was ich dazu sagen sollte, aber bevor ich mich entschließen konnte, fuhr er bereits fort: »Meine Mutter kehrte kurz nach meiner Geburt nach Österreich zurück. Als sie nach fünf Jahren starb, hinterließ sie mir nicht nur einigen Besitz, sondern auch ein entsprechendes Einkommen. Ich lebte sehr gern in Wien, wenn ich auch meine Erziehung in England erhielt und später oft in Geschäften hierher kam. Manchmal fuhr ich auch nach Sussex, um meinen Vater zu besuchen, der sich bald nach dem Tod meiner Mutter wieder verheiratet hatte. Er hat außer mir noch andere Söhne.«

Er machte eine Pause, während der ich mich bemühte, so dreinzusehen, als wüßte ich genau, worauf er hinauswollte.

»Mein Vater war ein reicher Mann«, sagte er. »Er hatte Land im Moor, seine Vorfahren waren angesehene Bürger der Cinque Ports. Ich hatte immer angenommen, daß er sein Landhaus und seinen ganzen Besitz seinem ältesten Sohn aus zweiter Ehe hinterlassen würde – aber ich habe mich geirrt. Er setzte mich zu seinem Alleinerben ein. Meine Verpflichtungen in Wien machten es mir unmöglich, schon früher nach England zu kommen. Aber jetzt bin ich hier, mit der Absicht, mein Anwesen zu besichtigen und meine englischen Verwandten zu besuchen.«

»Ich verstehe«, sagte ich.

»Bitte verzeihen Sie mir, wenn ich daran zweifle«, sagte er ironisch, »denn alles dies erklärt noch nicht, weshalb ich zu Ihnen gekommen bin. Immerhin, ich danke Ihnen für Ihr Interesse an dieser für Sie doch zumindest etwas verwirrenden Erzählung.« Er hatte die Hände so fest aneinandergepreßt, daß seine Knöchel weiß unter der Haut hervortraten. Einen Augenblick sah er ins Feuer, dann blickte er schnell zu mir zurück, fast als wünschte er, meinen Gesichtsausdruck in einem Augenblick zu sehen, in dem ich mich unbeobachtet wähnte. Aber etwas in seinem Gesicht ließ mich seinen Augen ausweichen, und ich beschäftigte mich statt dessen intensiv damit, ein Körnchen Staub von meiner Manschette zu wischen.

»Bitte fahren Sie fort, Sir«, sagte ich höflich.

»Zufällig kam ich heute morgen bei meinem Rechtsanwalt, Sir Charles Stowell, vorbei«, sagte er. »Verschiedene Dinge im Testament meines Vaters wollte ich lieber mit ihm besprechen als mit dem Rechtsanwalt meines Vaters in Rye. Im Verlauf unserer Unterhaltung erwähnte Sir Charles Ihren Namen und die – äh, Umstände, in denen Sie sich sowohl vor als auch nach dem Tod Ihrer Eltern befanden, da er der Auffassung war, daß diese Umstände für mich in meiner Lage von Interesse sein könnten.«

»Darf ich fragen, Mr. Brandson«, sagte ich, womöglich noch ein bißchen kühler als mein Besucher, »um welche Lage es sich hier handelt?«

»Nun ja, Miß Fleury, meine Lage ist, kurz gesagt, die folgende«, sagte er, und der amüsierte Unterton, den ich zu bemerken glaubte, irritierte mich nicht wenig. »Das Erbe meines Vater kann und darf ich nur unter der Bedingung antreten, daß ich mich innerhalb eines Jahres verheirate, und zwar, so verlangt es das Testament, mit einer Engländerin. Nun läßt sich diese Bedingung bedauerlicherweise keineswegs so leicht erfüllen, wie mein Vater sich das vorgestellt haben mag. Zunächst einmal kenne ich zwar in Wien viele junge Damen, in England dagegen keine. Und selbst wenn dem nicht so wäre – welches englische Familienoberhaupt würde seine wohlbehütete Tochter wohl gern einem Ausländer zur Frau geben? Mein Vater war sicherlich nicht der einzige in diesem außerordentlich arroganten Land mit einer derart insularen Mentalität. Nun, da England das reichste und mächtigste Land der Erde ist, sind die Engländer noch insularer und arroganter geworden als je zuvor. Aber andererseits kann ich auch nicht einfach irgendein Dienstmädchen heiraten, nur um die im Testament festgelegten Bedingungen zu erfüllen. Meine Frau muß sich zu benehmen wissen, sie muß sich in jener Gesellschaft bewegen können, die ich zugleich mit meinem Erbe zu akzeptieren habe. Sie muß jedenfalls eine Dame sein und ein tadelloses Auftreten haben.«

Meine Kühle schien sich langsam zu Eis verwandelt zu haben. Ich konnte mich weder bewegen, noch konnte ich sprechen. Ich hatte nur einen Gedanken: Er will, daß ich seine Frau spiele. Sobald er dann das Erbe sicher in Händen hat, werde ich abgeschoben und ohne einen Penny sitzengelassen werden.

»Wenn ich nicht irre, sind Sie siebzehn Jahre alt, Miß Fleury«, sagte er. »Ich nehme an, daß Sie sich bereits mit dem Gedanken an eine Ehe im allgemeinen beschäftigt haben, wenn auch vielleicht nicht im Hinblick auf eine bestimmte Person.«

»Sie haben recht«, hörte ich mich sagen, »ich habe mich damit beschäftigt.«

»Mit welchem Ergebnis?«

»Ich habe den Gedanken daran vorläufig wieder beiseite geschoben.«

»Darf ich fragen, warum?«

»Weil«, sagte ich und bemühte mich, gleichmütig zu klingen, »ich keine Mitgift habe, keine Aussichten auf eine Erbschaft, keine gesellschaftliche Position. Damit ist mir jede Möglichkeit einer günstigen Verbindung verschlossen.«

»Sie unterschätzen Ihre eigenen Vorzüge«, sagte er. »Oder

aber Sie überschätzen die Nachteile Ihrer Lage. Ich bin überzeugt, daß Sie keinerlei Schwierigkeiten hätten, geeignete Bewerber zu finden.«

»Daran sieht man, daß Sie ein Ausländer sind, Mr. Brandson«, sagte ich, voll Zorn darüber, daß er es wagte, in derartiger Weise auf meine uneheliche Geburt anzuspielen. »Wenn Sie dieses Land hier besser kennen würden, dann wüßten Sie, welche Anträge eine Dame wie ich zu gewärtigen hat – und mit Heirat haben diese Anträge nicht das mindeste zu tun.«

»Aber gerade dies hatte ich Ihnen eben vorgeschlagen«, sagte er lächelnd. »Wollen Sie damit sagen, daß mein Antrag keiner Beachtung wert ist? Sie wenigstens sollten mich nicht ablehnen, weil ich ein Ausländer bin, Miß Fleury! Ihr Vater war so gut ein Engländer wie meiner, und Ihre Mutter war so gut eine Ausländerin wie meine. Mein Ansehen und meine gesellschaftliche Position sowohl in Wien als auch in London sind ausgezeichnet – das wird Ihnen jeder gern bestätigen. Ich habe selbst keinen Titel, aber meine Vorfahren väterlicherseits kämpften mit Harold bei Hastings gegen Wilhelm den Eroberer, und mein Vater war einer der angesehensten Landedelleute in ganz Sussex. Falls Sie mich heiraten, dann werden Sie die Frau eines reichen Landbesitzers und Herrin eines großen, schönen Landsitzes mit einer ansehnlichen Dienerschaft und allen anderen Annehmlichkeiten.«

Nach einer Weile sagte ich: »Sie wollen mich tatsächlich heiraten?«

Zum erstenmal sah ich ihn lächeln. »Ich wundere mich nur, daß Sie es mir nicht glauben wollen«, war alles, was er sagte.

»Eine gesetzlich gültige Ehe?«

»Aber gewiß. Eine ungültige würde mir für meine Erbschaftsansprüche kaum nützen, und Ihnen genausowenig.«

Meine Ungläubigkeit verwandelte sich allzu plötzlich in Begeisterung und diese wiederum in Panik. »Ich – aber wir kennen uns doch überhaupt nicht –«

»Und was macht das? Heutzutage geht den meisten Eheschließungen nur eine sehr kurze Zeit der Bekanntschaft voraus. Ich betrachte die Ehe als eine rein praktische Verbindung, die beiden Parteien Gewinn bringen soll. Die große Leidenschaft, die in eine glückliche Ehe mündet, das kommt höchstens in der Oper vor, oder in den Romanen der Mrs. Radcliffe.«

»Selbstverständlich«, sagte ich scharf – er sollte mich um Gottes willen nicht für ein romantisches Schulmädchen halten –, »etwas anderes wäre mir auch nicht in den Sinn gekommen. Aber –«

»Nun?«

»Ich – ich weiß nicht einmal, wie alt Sie eigentlich sind!« rief ich. »Ich weiß überhaupt nichts von Ihnen!«

»Ich bin vierunddreißig«, entgegnete er kurz. »Ich heiratete, als ich etwas über zwanzig war, aber meine Frau starb im Kindbett und das Kind mit ihr, und seither habe ich nicht wieder geheiratet.« Er erhob sich. »Sie müssen sich die Angelegenheit natürlich durch den Kopf gehen lassen. Wenn Sie gestatten, werde ich Sie morgen wieder aufsuchen, und wenn Sie dann geneigt sind, meinen Vorschlag anzunehmen, dann können wir eine Spazierfahrt durch den Park machen, vielleicht in Piccadilly eine Schokolade trinken und dabei die weiteren Einzelheiten besprechen.«

»Ich danke Ihnen«, antwortete ich. »Sie haben sicher nichts dagegen, daß mein Bruder mitkommt? Ich ziehe es vor, nicht allein mit Ihnen gesehen zu werden.«

Er stutzte, dann zuckte er die Achseln. »Ganz wie Sie wünschen.«

»Bevor Sie gehen«, sagte ich, denn er stand noch immer, »möchte ich Ihnen noch eine oder zwei Fragen stellen.«

»Ich bitte darum.« Er setzte sich wieder und schlug ein Bein über das andere, und ich bemerkte, daß er seine Hände nicht mehr fest ineinander verschlungen, sondern sie locker und entspannt auf den Schenkeln liegen hatte.

»Zunächst«, sagte ich, »wäre ich gern versichert, daß im Fall unserer Heirat für meinen Bruder gesorgt ist. Er hat noch ein Jahr in Harrow, dann würde er gern nach Oxford gehen und dort seine Erziehung abschließen.«

»Das würde sich ohne weiteres machen lassen.«

»Und er dürfte mit einem ausreichenden Monatswechsel rechnen und außerdem bei uns wohnen, wann immer er es wünscht?«

»Auf jeden Fall.«

»Ich danke Ihnen.«

»Kann ich Ihnen noch mit einer weiteren Auskunft dienen, Miß Fleury?«

»Ja«, erwiderte ich. Jetzt hatte ich meine Hände verkrampft im Schoß liegen, und ich mußte mich sehr bemühen, meinen Kopf hochzuhalten und ihm in die Augen zu sehen. »Da gibt es noch etwas, was ich klären möchte, um ein Mißverständnis zu vermeiden.«

»Und das wäre?«

»Da diese Ehe allein aus Vernunftgründen geschlossen werden soll, so nehme ich an, Mr. Brandson, daß diese nur auf dem Papier stattfinden wird, und nirgends sonst?«

Es gab ein kurzes Schweigen. Ich konnte unmöglich erraten, was er sich jetzt dachte. Dann lächelte er. »Für ein junges Mädchen, das in einer bekannten Akademie für junge Damen erzogen wurde, scheinen Sie außerordentlich gut informiert zu sein, Miß Fleury.«

Ich wartete darauf, daß er weitersprechen würde, aber er sagte nichts mehr. Nach einem Augenblick der Stille sagte ich: »Sie haben meine Frage nicht beantwortet, Sir.«

»Noch haben Sie zu meiner Bemerkung Stellung genommen, Miß.«

»Das kann ich leicht tun«, sagte ich kurz. »Meine Mutter hat oft mit mir über Ehe und über Verbindungen und über das Los der Frauen im allgemeinen gesprochen.«

»In diesem Fall«, erwiderte er, »ist Ihnen sicher bewußt, daß es nur wenige Ehen gibt, die nur auf dem Papier und sonst nirgends existieren – obwohl die meisten Ehen sicherlich in dieser Weise enden. Wenn Ihnen diese Dinge allerdings unangenehm sind, dann besteht gewiß keine Notwendigkeit, daß wir von Anfang an wie Mann und Frau zusammenleben. Wie Sie schon sagten, bin ich vor allem daran interessiert, mir mein Erbe zu sichern, und Sie sind vor allem daran interessiert, für Ihre eigene Sicherheit zu sorgen. Über diese und ähnliche Einzelheiten können wir uns noch später den Kopf zerbrechen.«

Mein erster Gedanke war: Er hält mich für so zimperlich wie die meisten Mädchen und fürchtet, ich würde mich vielleicht in der letzten Minute vor lauter Angst weigern, ihn zu heiraten. Mein zweiter Gedanke war: Er hat eine Geliebte, sonst würde er mir nicht so viel so rasch zugestehen.

Daher mischte sich Ärger in meine Erleichterung.

»Dann darf ich Sie morgen abholen?« sagte er, sich zum zweitenmal erhebend. »Wenn Sie nichts dagegen haben, werde ich um halb elf bei Ihnen sein.«

»Ich danke Ihnen«, sagte ich, »das würde mir passen.«

Er nahm ganz leichthin meine Hand in seine langen, kühlen Finger und führte sie an die Lippen. Ich empfand dabei überhaupt nichts. Weder Erwartung noch Erregung noch auch Widerwillen. Er kam mir einfach alt vor, ein Fremder, der doppelt so alt war wie ich, mit dem mich nicht das Allergeringste verband, und ich konnte mir zu diesem Zeitpunkt einfach nicht vorstellen, daß wir bereits innerhalb eines Monats denselben Namen tragen sollten.

»Aber wir wissen doch nichts von ihm«, sagte Alexander. »Nichts, überhaupt nichts! Wir können nicht einmal sicher sein, ob er wirklich der ist, der er zu sein vorgibt. Vielleicht hat er in Wirklichkeit einen ganz schlechten Ruf.«

»Wir werden jetzt sofort zu Sir Charles Stowell fahren. Sag John, daß er die Chaise zum Vordereingang bestellen soll.«

»Aber ich bitte dich, ein Österreicher! Ein Wiener noch dazu!«

»Österreich ist mit uns gegen Bonaparte verbündet.«

»Aber –«

»Hör zu, Alexander. Versuch doch einmal, praktisch und realistisch zu denken – etwas anderes können wir uns nicht leisten. In wenigen Tagen wird uns das Geld ausgehen, und wir werden kein Dach mehr über dem Kopf haben. Dieser Mann – wenn er wirklich das ist, was er zu sein vorgibt, und ich glaube, daß er die Wahrheit sagt – wird uns beiden wirtschaftliche Sicherheit und eine gesellschaftliche Position bieten. Er ist ein Geschenk des Himmels! Ich werde eine ehrenwerte Ehefrau sein, mit einem Haus und Dienerschaft, und du kannst deine Studien beenden und dann machen, was du willst. Wie können wir eine solche Gelegenheit ausschlagen? Was für andere Chancen hätten wir denn? Du müßtest in die Armee, und ich müßte mich als Gouvernante verdingen, und wenn es dir vielleicht auch zusagen würde, den Rest deines Lebens mit Marschieren und Paradieren zu verbringen, so denke ich jedenfalls nicht im Traum daran, mich irgendwo auf dem Land zu vergraben und mich mit den stupiden Sprößlingen eines Provinzedelmannes herumzuärgern! Ich will heiraten und eine große Dame sein, keine alte Jungfer, kein unerwünschtes Anhängsel eines vornehmen Hauses!«

»Und du würdest dich wirklich dazu hergeben, diesen Mann zu heiraten?«

»Du hast ihn doch gar nicht gesehen!«

»Nach deiner Beschreibung hat er mir gar nicht gefallen!«

»Aber Alexander«, sagte ich, »das ist wirklich nicht der geeignete Zeitpunkt, derart wählerisch zu sein. Mr. Brandson sieht durchaus gut aus, er ist höflich, er ist ein Gentleman, und daß er alt ist, dafür kann er nichts. Es könnte alles viel ärger sein.«

»Mir gefällt die Sache nicht«, sagte Alexander bockig. »Wer weiß, was da noch herauskommt.«

»Niemand weiß es«, sagte ich zustimmend. »Aber ich weiß immerhin ganz genau, was passieren wird, wenn wir dieses Angebot nicht annehmen. Gib zu – welches Übel ist hier das größere?«

»Das frage ich mich eben«, antwortete mein Bruder.

Pünktlich um halb elf am nächsten Morgen erschien Mr. Brandson, und ich ging in die Bibliothek, um ihm meine Entscheidung mitzuteilen. Ich trug ein sehr modernes Kleid aus gelbem Musselin, und meine Zofe hatte mir mein Haar nach griechischer Art hochgesteckt, so daß ich mir sehr elegant vorkam. Voller Selbstbewußtsein schwebte ich ihm entgegen, fiel aber sofort ein wenig in mich zusammen, als ich wieder seine kühlen Finger in den meinen spürte. Irgend etwas in seinem Benehmen machte mich unsicher. Wahrscheinlich, so dachte ich, hatte er einen äußerst raffinierten Geschmack; wahrscheinlich amüsierte ich ihn nur mit meinem verzweifelten Bemühen, wie eine erwachsene Dame aufzutreten, so wie eben jeder reife Mann über die Kapriolen eines frühreifen Kindes geschmunzelt hätte. Ungeschickt und mühevoll brachte ich schließlich heraus, daß ich beschlossen hatte, seinen Antrag anzunehmen.

Er hatte offenbar keinen Augenblick daran gezweifelt. Alles war bereits sorgfältig geplant. Er hatte in der Nähe vom Leicester Square eine Suite gemietet, so sagte er. Angesichts der unangenehmen Lage, in der mein Bruder und ich uns befanden, sei es wohl das Beste, daß wir dort hinzögen, sobald sich das für uns als notwendig erwies. Ich könne auch meine Zofe mitnehmen, falls ich das wünsche. Er und ich würden außerdem so bald wie möglich heiraten und nach der Hochzeit einige Tage auf dem Lande verbringen, während Alexander nach Harrow zurückkehren könne.

Alles dies fand meine vollste Zufriedenheit.

Die Nachricht von meiner Verlobung hatte sich rasch herumgesprochen. Die französischen Freunde meiner Mutter, die uns ihre Hilfe angeboten hatten, freuten sich alle sehr über mein Glück, obwohl man von Mr. Brandson nichts wußte. Immerhin hatte der eine und der andere von seinem Vater Robert Brandson, dem Sussexer Landedelmann, gehört, und Sir Charles Stowell brachte mich mit einem Bankier aus der City zusammen, der mir versicherte, daß Mr. Axel Brandson ein sowohl in London als auch in Wien höchst angesehener Geschäftsmann sei.

Mr. Brandson überreichte mir einen sehr schönen Saphirring und besuchte mich fünfmal die Woche. Manchmal blieb er nicht länger als eine Viertelstunde, bevor er sich seiner Geschäfte wegen schon wieder entschuldigte, aber hin und wieder machten wir in seiner Kutsche eine Spazierfahrt, und einmal, das war kurz vor unserer Hochzeit, nahm er mich sogar mit nach Vauxhall.

Ich fuhr ganz allein mit ihm. Nun, da wir offiziell verlobt waren und bald heiraten würden, war es nicht mehr unbedingt notwendig, daß eine dritte Person uns begleitete, und außerdem hatte Alexander ein Rendezvous mit irgendeiner Schauspielerin, in die er sich anläßlich seiner häufigen Besuche im Haymarket-Theater hoffnungslos verliebt hatte – und ich sah keinen Grund dafür, diese Schuljungenromanze zu stören. Das Schlimmste, was dabei passieren konnte, war, daß sie ihm gegenüber zu entgegenkommend war.

Also fuhr ich mit Axel Brandson hinaus nach Vauxhall Gardens und spazierte an seinem Arm durch die elegante Menge. Ich genoß es sehr, von Leuten, die ich kannte, mit meinem zukünftigen Ehemann gesehen zu werden, und ging gerade einen Schritt hinter ihm, weil ich mich versichern wollte, ob einer der Vorübergehenden wirklich ein damals sehr bekannter Edelmann war – als ich eine Männerstimme rufen hörte: »Was, du bist wieder zurück, Axel! Und allein! Wo ist denn die schöne –«

Ich wandte mich um. Der Mann erblickte mich und hielt sofort inne. Es gab eine Sekunde Schweigen, dann sagte Mr. Brandson kühl wie immer: »Miß Fleury, darf ich Ihnen einen guten Bekannten von mir vorstellen...«

Aber ich hörte ihm nicht zu. Der Name dieses Mannes war mir geläufig, mein Vater hatte mehrmals mit mildem Lächeln von ihm gesprochen und ihn einen Frauenhelden und Draufgänger genannt, der außerdem bis zum Hals in Schulden stecke. Und da schon mein Vater ein Frauenheld und Spieler war, wußte ich nur allzu gut, was für ein Mann Mr. Brandsons Freund war.

»Sie sagten mir, Sie hätten keine Freunde in London«, sagte ich, nachdem wir uns von dem Herrn verabschiedet hatten.

»Jedenfalls keine engen Freunde.«

»Der Herr schien aber sehr gut mit Ihnen bekannt zu sein.«

»Vor etwa fünfzehn Jahren vielleicht waren wir beide unzertrennlich, sooft ich nach England kam, aber diese Zeit ist lange vorbei.« Er war keineswegs verlegen, aber ich glaubte eine leichte Ungeduld aus seinem Ton herauszuhören, so, als fiele ihm der Gegenstand bereits auf die Nerven. »Meine persönlichen Freunde sind jetzt alle in Österreich. In London habe ich nur Geschäftsfreunde.«

»Und die schöne Dame, auf die er anspielte? Ist sie auch nur eine Geschäftsfreundin?«

Er sah mich mit einem derart kalten Blick an, daß ich es war, die am Ende die Augen abwandte.

»Ich war zehn Jahre lang Witwer, Miß Fleury«, sagte er endlich, mit einer Stimme, die so kalt war wie sein Gesichtsausdruck. »Da Sie bereits so viel Einblick ins Leben besitzen, ist Ihnen sicher auch bekannt, daß ein Mann, der einmal an weibliche Gesellschaft gewohnt war, nicht mehr so leicht darauf verzichten kann. Sollen wir hier umkehren und in eine andere Richtung gehen, oder möchten Sie lieber wieder nach Hause?«

Tränen schossen mir in die Augen, ohne daß ich genau hätte

sagen können, warum. Ich kam mir plötzlich schrecklich jung vor, und was noch ärger war, unsicher und ängstlich. In diesem Augenblick erschien mir meine Verlobung nicht mehr als Glücksfall, als ein Spiel, das mich vor den Augen der Gesellschaft in Vauxhall paradieren und meinen zukünftigen Gatten vorführen ließ, sondern als ein schlechter Tausch, bei dem ich meine Freiheit gegen Zwang einhandelte.

Es machte ihm offensichtlich nichts aus, daß ich annahm, daß er eine Geliebte hatte. Was mich dabei am meisten verletzte, war, daß er es nicht einmal der Mühe wert fand, diesen Umstand abzustreiten, und sein spöttisches Lächeln über meine Versuche, klug und erwachsen zu erscheinen. Als wir endlich nach Hause kamen, ging ich schnurstracks zu Bett, wo ich mich bis zum Morgengrauen schlaflos wälzte.

Am nächsten Morgen erschien er mit einem riesigen Blumenstrauß und war ganz besonders charmant und zuvorkommend. Dennoch mußte ich die ganze Zeit denken, ob er die Nacht wohl allein – oder aber mit seiner Geliebten verbracht hatte.

Kaum einen Monat, nachdem wir einander zum erstenmal gesehen hatten, heirateten wir, und zwar in der Kirche St. Mary-le-Strand, mit Alexander und Sir Charles Stowell als Trauzeugen. Es war eine sehr stille Trauung, an der außer meiner französischen Taufpatin, die eine alte Freundin meiner Mutter war, nur noch zwei oder drei Freundinnen aus meiner Kindheit teilnahmen. Nachher gab es ein Hochzeitsfrühstück in dem Stadthaus, das mein Gemahl gemietet hatte, und als auch das vorbei war, stiegen wir in die bereits vor dem Tor wartende Kutsche, die uns etwa zwanzig Meilen weit in den Süden, nach Surrey, brachte, zu dem Landhaus, in dem wir einige wenige Tage verbringen sollten. Der Besitzer, ein Freund Axels, hielt sich gerade mit seiner Familie in Bath auf, hatte aber der Dienerschaft Anweisung hinterlassen, daß sie uns für die Zeit unserer Anwesenheit als Herrschaft zu betrachten hätte.

Meine Reisekleidung bestand aus einer pelzverbrämten Redingote über einem einfachen weißen Musselinkleid, dazu ein Pelzmuff und ein Paar warme Stiefel gegen die Novemberkälte. Axel hatte mir mehr als genügend Geld gegeben, damit ich mich für die Hochzeit und für die Hochzeitsreise ausstaffieren konnte, und wenn auch die Zeit zum Einkaufen recht kurz gewesen war, so besaß ich jetzt doch eine einigermaßen ausreichende Garderobe.

»Du siehst wirklich schön aus«, sagte Alexander fast schüchtern, als er sich von mir verabschiedete. Dann legte er die Arme um meinen Hals, und seine Stimme klang sehr bedrückt, als er unsicher fragte: »Du wirst doch schreiben? Du wirst es nicht vergessen?«

»Natürlich nicht!« Auch in meiner Kehle steckte ein Klumpen, plötzlich glaubte ich es nicht ertragen zu können, daß ich mich von ihm trennen mußte, und ich drückte ihn mit ganzer Kraft an mich.

»Zu Weihnachten werden wir uns sehen«, sagte er, »dann gibt es Ferien in der Schule, da kann ich zu dir fahren.«

»Ja.«

»Das ist nicht lang. Das sind nur ein paar Wochen.«

»Ja.« Ich löste mich von ihm und wandte mich ab, denn er sollte nicht sehen, wie nahe ich den Tränen war.

»Es ist doch alles in Ordnung mit euch, wie?« flüsterte er mir schnell ins Ohr.

»Natürlich, was denkst du!« gab ich scheinbar würdig zurück, nicht weniger ängstlich und verlassen als er – aber das hätte ich um keinen Preis zugegeben.

Axel wartete ein paar Schritte von uns entfernt bei der Kutsche. Er hatte sich von Alexander schon verabschiedet. Es hatte mich nicht überrascht, daß dieser Abschied etwas kurz und förmlich ausgefallen war, denn ich spürte deutlich, daß die beiden einander nicht ausstehen konnten.

Ich ging zur Kutsche.

»Bist du fertig?« fragte Axel.

»Ich bin fertig.«

Er half mir in die Kutsche und stieg dann hinter mir ein. Erst als wir London schon ein Stück hinter uns gelassen hatten, hatte ich mich wieder soweit in der Gewalt, daß ich meinem Gemahl ins Gesicht blicken und mit ihm sprechen konnte. Als wir durch Wandsworth fuhren, brachte ich schließlich heraus: »Was für ein Glück, daß das Wetter heute so schön ist.«

»Ja«, sagte er, »heute ist ein schöner Tag.«

Ich sah ihn an. Sein Gesicht trug einen höflichen, nichtssagenden Ausdruck, aber ich glaubte doch, instinktiv zu verstehen, daß er meine inneren Gefühlsstürme begriff und mir seine Unterhaltung nicht aufdrängen wollte, um mir eine Verlegenheit zu ersparen. Vielleicht hätte ich ihm dafür dankbar sein sollen – aber das war ich jedenfalls nicht. Irgendwie ärgerte es mich, daß er so viel sah und so viel verstand.

In Epsom hielten wir an und nahmen ein Mahl zu uns, dann fuhren wir weiter bis Leatherhead, wo wir vor dem Gasthof am Fluß hielten und den Pferdeknechten Gelegenheit gaben, sich um die Pferde zu kümmern.

Als wir endlich Bookham und den Landsitz Claybury Park erreichten, war es schon dunkel, und ich war schrecklich müde.

Das Haus erschien mir sogar in meiner Müdigkeit schön und geräumig, und die Dienerschaft war höflich und aufmerksam. Axel fragte mich, ob ich irgendeine Erfrischung wünsche, und als ich dies verneinte, sagte er einem der Diener, er möge mich zu meinem Zimmer führen.

Im offenen Kamin loderte ein helles Feuer, eine Tischlampe erleuchtete ein mit sehr viel Stil und Eleganz möbliertes Zimmer. Nachdem ich mich ein wenig umgesehen hatte, verschloß ich die Tür zum Korridor und ging dann zu einer anderen Tür auf der anderen Seite des Zimmers. Mein Verdacht fand sich bestätigt:

Die Tür führte in ein zweites Schlafzimmer, wo der Kammerdiener schon Axels Gepäck abgestellt hatte. Nach einem Blick auf den schweren Portmanteau schloß ich die Tür und wollte auch diese versperren, fand aber keinen Schlüssel dazu.

Ich beschloß, mich ohne die Hilfe meiner Zofe zu entkleiden. Sie würde sicher genauso müde sein wie ich, und ich konnte auch allein zurechtkommen. Ich zog mich aus, so schnell ich konnte, löste mein Haar, bürstete es aus und löschte die Lampe. Die Flammen zuckten noch im Kamin, ich sah ihnen zu und wartete auf Axels Schritte im Nebenzimmer. Die Zeit verging, ich konnte nicht einschlafen. Ich dachte an die kurze Bekanntschaft mit diesem Mann, der jetzt mein Gemahl war, und an die stille Hochzeit. Es fiel mir noch recht schwer, überhaupt daran zu glauben, daß ich jetzt eine verheiratete Frau war, und Axel mein Mann. Schade nur, daß er so alt war und mir offenbar so wenig zu sagen hatte. Zugegeben, er hatte gute Manieren, und er konnte sehr charmant sein, aber mir kam es immer so vor, als müßte er sich dafür anstrengen. Wahrscheinlich hielt er mich für nichts weiter als ein kleines Mädchen und langweilte sich mit mir.

Wie war wohl seine Geliebte? Plötzlich war ich fest entschlossen, ihm besser zu gefallen als sie. Er soll sich bei mir nicht langweilen! dachte ich zornig. Sofort stellte ich mir leidenschaftliche Liebesszenen vor, voller Zärtlichkeit und Romantik, einen Zustand der Ekstase, dem nichts gleichkam, was ich bisher erlebt hatte. Die Sache mußte doch offenbar sehr vergnüglich sein, so dachte ich, sonst würden doch nicht die meisten Leute soviel Zeit damit zubringen und die ganze Zeit daran denken.

Die Augen fielen mir zu. Das Bett war warm und gemütlich. Ich war schon am Einschlafen, als ich an Alexander dachte und daran, ob er wohl in diesem Augenblick auch an mich dachte.

Jetzt kam ich mir auf einmal sehr einsam vor. Der Schlaf war wieder wie weggeblasen, ein Klumpen würgte mich in der Kehle. Lange starrte ich in die glühende Asche im Kamin. Als ich endlich aus dem Nebenzimmer Axels Schritte hörte, seufzte ich vor Erleichterung auf, und nur mein Stolz hinderte mich daran, zu ihm zu laufen und mich von dem einzigen Menschen, der mir noch geblieben war, trösten zu lassen.

Ich wartete. Die Geräusche hörten auf, auch nebenan war jetzt Stille. Ich wartete noch immer, aber er kam nicht. Ich wartete, bis im Kamin kein einziger Funken Feuer mehr war, dann drehte ich mich um, vergrub mein Gesicht in das Kissen und weinte mich in den Schlaf.

Am nächsten Morgen regnete es. Marie-Claire, meine Zofe, half mir beim Anziehen und steckte mir das Haar hoch, aber ich war nicht zum Reden aufgelegt, und ich konnte spüren, daß sie darüber enttäuscht war. Als ich fertig war, ging ich hinunter, fand mich aber in dem großen Haus zunächst gar nicht zurecht. Ein Diener führte mich schließlich zu einem kleinen Frühstückszimmer, wo ich eine Tasse Tee und einen Keks zu mir nahm. Nachher wanderte ich durch die Zimmer und blickte durch die Fenster der langen Galerie hinaus in die Landschaft, aber der Regen hatte Nebel ins Tal gebracht, man konnte kaum etwas erkennen. Ich wünschte, das Wetter wäre schön, denn der Park sah einladend aus, und ich wäre gern ein wenig darin spazierengegangen, aber zum Ausgehen war es viel zu naß.

Schließlich landete ich in der Bibliothek, fand dort einen Roman von Jane Austen und versuchte zu lesen, aber die harmlosen Ereignisse, in die ihre Figuren verwickelt wurden, langweilten mich bald, so daß ich mir statt dessen Fielding und Defoe heraussuchte. Es gab sogar ein Exemplar von Defoes *Moll Flanders*, was meine Mutter mich nie hatte lesen lassen, so daß der Vormittag eigentlich überraschend schnell verging.

Von Axel sah und hörte ich nichts bis zum Dinner um drei. Ich war sehr kühl zu ihm, aber er schien das gar nicht zu bemerken und war so höflich und distanziert wie immer. Nach dem Essen ließ ich ihn allein mit seinem Portwein und ging in den Salon, um Alexander zu schreiben. Ich beschrieb das Haus in allen Einzelheiten und lieferte ihm eine detaillierte Nacherzählung von *Moll Flanders.*

Nachher fühlte ich mich viel besser. Dann war es bereits Zeit zum Schlafengehen. Ich gab mir große Mühe mit meiner Toilette und zog mein schönstes Negligé an, das ich am Abend vorher vor lauter Müdigkeit ganz vergessen hatte. Ich bemühte mich, so lange wie möglich wach zu bleiben, aber bevor ich es noch merkte, war ich schon eingeschlafen. Spät in der Nacht wachte ich auf, war aber immer noch allein im Bett.

Marie-Claire war ganz offensichtlich verstimmt, als ich auch am zweiten Morgen mürrisch und wenig mitteilsam war, so daß sie sich schließlich zurückzog, worauf ich zum Frühstück hinunterging. Glücklicherweise war das Wetter schön, ich ging den ganzen Vormittag im Park spazieren, erforschte die Eibenalleen, den Gemüsegarten und die Orangerie, das kleine Gehölz, den Bach und auch die Tempelruine, die etwa eine Generation früher errichtet worden war, um den Park zu schmücken.

Axel verbrachte den Vormittag mit Briefschreiben. Ich war in die Bibliothek gegangen, um *Moll Flanders* zurückzustellen, und saß schon mit Feder und Tinte am Schreibtisch, als er hereinkam. Wir wünschten einander einen guten Morgen und wechselten einige höfliche Worte. Als ich später, kurz vor dem Dinner, wieder in die Bibliothek zurückkam, war er nicht mehr da, aber seine Briefe lagen fertig auf dem Schreibtisch. Ich warf einen Blick auf die Adressen. Drei waren für Wien bestimmt, einer an »James Sherman Esquire, Sherman, Shepherd and Sherman, Rechtsanwälte, Mermaid Street, Rye, Sussex«, und der letzte an »Vere Brandson Esquire, Haraldsdyke, near Rye, Sussex«. Diesen Brief starrte ich längere Zeit an. Haraldsdyke war der Name des Landhauses, das Axel von seinem Vater geerbt hatte, mein zukünftiges Heim, dessen Herrin ich bald sein würde. Vere Brandson war der zweite Sohn aus der zweiten Ehe von Axels Vater. Der älteste Sohn, Rodric, war, wie Axel mir erzählt hatte, kurz nach seinem Vater bei einem Unfall ums Leben gekommen. Der jüngste Sohn, ein Junge von neunzehn Jahren, den Axel bisher kaum erwähnt hatte, hieß Edwin.

Ich dachte noch immer an Axels englische Verwandtschaft, als ich zum Dinner hinunterging, und hätte gern von Axel mehr über sie erfahren, aber er schien einer Unterhaltung abgeneigt, und abgesehen von höflichen Erkundigungen, wie ich den Morgen verbracht hätte, und einigen Bemerkungen über Landschaftsgärtnerei schien er sein Essen lieber schweigend verzehren zu wollen. Es überraschte mich daher nicht wenig, als er sich nach dem Dinner im Salon zu mir gesellte und mich bat, ich möge ihm noch ein wenig auf dem Spinett vorspielen.

Ich war nie eine begeisterte Spinettspielerin, aber ich spiele nicht schlecht, und ich singe noch besser, als ich spiele. Meine musikalischen Fertigkeiten gefielen ihm sichtlich, und da auch ich mich über seine Komplimente freute, fragte ich ihn, ob ich ihm auch ein Stück auf der Harfe vorspielen dürfe. Auf der Harfe kann ich nur ein einziges Stück spielen, und eben dieses spielte ich ihm jetzt vor. Als ich geendet hatte, bat er mich, doch fortzufahren, aber ich tat so, als wäre ich zu schüchtern und bescheiden und vermied daher auf elegante Art die Gefahr, den guten Eindruck, den ich auf ihn gemacht hatte, wieder zu verwischen.

»Ich bin entzückt, eine so kultivierte Gemahlin zu besitzen«, sagte er und lächelte mich dabei so charmant an, daß er mir zum ersten Mal beinahe schön erschien. Das war das erste Mal, daß er unsere legale Beziehung erwähnte. »Ich hatte keine Ahnung davon, daß du so musikalisch bist.«

»In den Räumen, die du für mich und Alexander gemietet hattest, gab es kein Spinett«, sagte ich leichthin. »Deshalb konnte ich dir nichts vorspielen.«

»Zugegeben.« Wieder lächelte er mir zu. »Du sprichst doch französisch?«

»Ja.«

»Vielleicht möchtest du mir ein Stück Molière vorlesen, wenn du nicht zu müde bist? Nichts habe ich lieber, als wenn ich jemand mit perfektem Akzent französisch sprechen höre.«

Daran sieht man, daß er Ausländer ist, dachte ich. Kein echter Engländer hörte die Sprache des Erzfeindes Bonaparte gerne.

Eine halbe Stunde lang las ich ihm auf französisch vor. Ich beherrschte die Sprache vollkommen, denn meine Mutter und ich hatten immer französisch miteinander gesprochen, und von frühester Kindheit an hatte ich immer eine französische Zofe gehabt. Wieder schien Axel mein Vorlesen sehr zu gefallen, und nachher unterhielten wir uns über französische Literatur und Geschichte.

Später nahmen wir bei Kerzenlicht ein leichtes Abendessen zu uns, und dann sagte er, er sei sicher, daß ich müde wäre, und wenn ich mich jetzt zurückziehen wolle, so hätte er dafür Verständnis.

Ich wußte nicht, ob er wirklich so rücksichtsvoll war oder ob er mich einfach loswerden wollte. Ich ging jedenfalls auf mein Zimmer, spürte eine leichte Enttäuschung und starrte trübsinnig auf mein Spiegelbild. Und weil ich mich so sehr verlassen fühlte, rief ich Marie-Claire und machte mit ihrer Hilfe ausführlich Toilette, um mich auf die langen Stunden der Nacht vorzubereiten.

Aber ich war noch keine zehn Minuten im Bett, als ich in Axels Zimmer Schritte hörte. Ich konnte undeutlich sprechen hören – er schickte seinen Diener weg, nahm ich an –, dann noch ein paar unbestimmte Geräusche, dann Stille. Ich spitzte gerade meine Ohren, um herauszufinden, ob er wohl schon zu Bett gegangen war, als sich die Verbindungstür öffnete und er zu mir ins Zimmer trat.

Vor Überraschung setzte ich mich im Bett halb auf, im gleichen Moment wandte er sich um und sah mich an. Die Flamme der Kerze in seiner Hand zuckte hin und her und spiegelte sich in seinen dunklen Augen.

Ich sank in die Kissen zurück.

Einen Augenblick dachte ich, er wolle etwas sagen, aber er blieb still. Er stellte den Kerzenleuchter auf meinen Nachttisch und blies dann die Kerze aus, so daß wir im Finstern waren. Ich hörte mehr, als daß ich sah, wie er seinen Schlafrock auszog. Plötzlich lag er neben mir, und ich konnte seinen raschen, heißen Atem gegen meine Wangen fühlen.

Ich war kindlich unwissend und daher voll freudiger Erwartung. Ich hatte geglaubt, alles über Leidenschaft und Ekstase und über die Erfüllung des Liebesaktes zu wissen – niemand hatte mir jemals gesagt, daß dieser Akt auch schmerzhaft, ja ekelhaft sein konnte.

Später, als Axel mich wieder verlassen hatte, rollte ich mich wie ein Igel zusammen, gleichsam, um die Schrecken der Erinnerung abzuwehren, und weinte mich wieder in Schlaf, wie schon in den beiden vorangegangenen Nächten.

Am nächsten Tag regnete es wieder, so daß ich nicht spazierengehen konnte. Nach dem Frühstück holte ich mir schließlich doch einen Roman von Jane Austen aus der Bibliothek und verbarg mich damit in einem kleinen Nebenzimmer. Heute fiel es mir leicht, diesen Roman zu lesen, die Situationen erschienen mir nicht länger läppisch, die Figuren nicht länger langweilig, sondern vielmehr beruhigend durch ihre Normalität. Jetzt wollte ich keine gotischen Schauerromane mehr lesen, und auch nichts mehr in der Art wie *Moll Flanders;* Jane Austens kleine Welt der Dörfer und Pfarrhöfe und der vollkommenen gesellschaftlichen Etikette war meinem aufgescheuchten Gemüt jetzt Trost und Hilfe.

Gegen Mittag kam Axel. Er war in Reitkleidung. Ich bemerkte erst jetzt, daß es zu regnen aufgehört hatte, wenn auch der Himmel immer noch grau war.

»Ich wußte nicht, wo du bist«, sagte er. »Ich habe dich überall gesucht.«

Ich wußte nicht, was ich darauf antworten sollte. Er schloß die Tür hinter sich und kam langsam auf meine Couch zu.

»Es hat wahrscheinlich keinen Sinn, die Reise nach Haraldsdyke noch länger aufzuschieben«, sagte er. Ich drehte das ledergebundene Buch in meinen Händen hin und her. »Heute ist Samstag. Wenn du nichts dagegen hast, schlage ich vor, daß wir Montag morgen abreisen. Wenn die Straßen halbwegs passabel sind, könnten wir am Mittwoch abend in Rye eintreffen.«

»Wie du wünschst.«

Er schwieg. Dann fühlte ich seine kühlen Finger an meiner Wange, aber ich blickte nicht auf. Ich stählte mich innerlich gegen irgendwelche Bemerkungen, die er vielleicht in bezug auf die Peinlichkeiten der vergangenen Nacht machen wollte, aber er sagte nichts anderes als: »Du denkst jetzt vielleicht, daß die Leute viel zuviel Aufhebens machen von der Gesellschaft des anderen Geschlechts. Aber zu solchem Pessimismus besteht kein Grund. Mit der Zeit wird es schon besser werden.« Bevor ich noch antworten konnte, hatte er den Raum bereits wieder verlassen, und ich blieb allein mit meinem Buch in dem stillen Zimmer zurück.

Wann würde »mit der Zeit« wohl sein? Jedenfalls nicht mehr unter dem Dach von Claybury Park, denn diese Nacht und die folgende blieb die Verbindungstür zwischen unseren beiden Zimmern geschlossen, und am Montag verließen wir den stillen Frieden dieses wunderschönen Hauses in Surrey und machten uns auf zu den Nebeln des Moors und den grauen Mauern von Haraldsdyke.

2

»Vielleicht sollte ich dir mehr über meine Familie erzählen«, sagte Axel beim gemeinsamen Abendessen am Montag in Sevenoaks.

Draußen war es schon dunkel. Wir saßen in dem kleinen Wohnzimmer, wohin uns der Wirt geführt hatte, im Kamin prasselten die Scheite, der Raum war warm und gemütlich. Nach den langen, mühsamen Stunden der Reise fühlten wir uns erleichtert, dem Gerüttel der Postkutsche und dem eisigen, feuchten Wetter draußen entronnen zu sein.

»Ja«, sagte ich unsicher, »ich würde gern mehr über deine Familie hören. Du hast sie mir bisher nur sehr kurz beschrieben.« Unsicher war ich deshalb, weil ich nicht wußte, ob das auch die Antwort war, die er von mir erwartete, und zugleich ärgerte ich mich über mich selber, daß schon eine einzige kleine Bemerkung von ihm mich in Verwirrung stürzen konnte.

Vor Verlegenheit fing ich an, in meinem Roastbeef herumzustochern, aber er schien das nicht zu bemerken.

»Mein Vater starb am Weihnachtsabend des letzten Jahres, wie ich dir schon sagte«, begann er. »Er hatte eine sehr starke Persönlichkeit, wie das typisch ist für viele englische Landedelleute, die noch mehr dem vergangenen Jahrhundert als diesem angehören. Er war ein aufrechter Tory, ein überzeugter Konservativer. Er glaubte fest an die Unverbrüchlichkeit der überkommenen Traditionen, er war leidenschaftlich gegen Bonaparte und nicht weniger leidenschaftlich gegen Europa. Ich konnte nie begreifen, warum ausgerechnet er eine Ausländerin geheiratet hatte, aber vielleicht hatte er in seiner Jugend liberalere Ansichten gehabt. Oder vielleicht hatte auch die Ehe mit meiner Mutter zu seinen späteren Vorurteilen gegen alle Ausländer beigetragen. Glücklich verheiratet waren meine Eltern sicherlich nicht. Meine Mutter verließ meinen Vater noch vor meiner Geburt, war jedoch in der glücklichen Lage, in Wien ein eigenes Haus führen zu können, wo ich denn auch einige Monate später das Licht der Welt erblickte. Sie erholte sich nie mehr völlig von meiner Geburt. Als ich fünf Jahre alt war, starb sie. Ich wurde darauf von ihrem älteren Bruder aufgezogen, der später in irgendeiner nicht sehr bedeutenden diplomatischen Mission an den Hof von St. James gesandt wurde, damals, als der Kaiser noch Kaiser des Heiligen Römischen Reiches war und nicht nur Kaiser von Österreich wie heute. Ich ging mit ihm nach London, und mein Onkel, der mich immer als Störung seines Junggesellendaseins empfunden hatte, führte mich meinem Vater zu, in der Hoffnung, daß dieser ihn von seiner Verantwortung mir gegenüber entbinden würde.

Mein Vater kam also nach London – wahrscheinlich mehr aus Neugier als aus irgendeinem anderen Grund –, um sich seinen ausländischen Sohn einmal näher anzusehen. Ich erinnere mich noch sehr gut, als ich ihn zum ersten Mal sah. Er war sehr groß, größer als ich jetzt bin, und trug eine Perücke, die aussah, als hätte sie bessere Zeiten gesehen. Er war sehr beleibt, hatte breite Schultern und dazu eine Stimme, vor der sogar Bonaparte gezittert hätte. Es war nicht schwer zu verstehen, warum er in der Stadt Rye und in den anderen der Cinque Ports so viel zu sagen hatte, so eine Gestalt mußte einfach jede Versammlung beherrschen. England war damals wie heute das reichste und mächtigste Land der Erde, und er erschien mir damals wie die Verkörperung Englands – hart, arrogant, eingebildet und grob – aber freigiebig, voller Mitgefühl, wenn er einmal gerührt war – und von unerschütterlicher Loyalität gegenüber seinen Freunden, seinem

König und seinem Vaterland und gegenüber jenen Grundsätzen, die er für wahr und gerecht hielt.

›Ho!‹ rief er, als er mit Schritten ins Zimmer trat, die das Porzellan auf dem Kaminsims erzittern ließen. ›Deiner Mutter aus dem Gesicht geschnitten! Nichts zu machen, das ist nicht deine Schuld. Wie heißt du?‹

Als ich ihm meinen Namen sagte, fiel er beinahe in Ohnmacht, er lief rot an, und seine Augen wurden blau vor Zorn. ›Verdammter ausländischer Blödsinn!‹ brüllte er. ›Ich werde dich jedenfalls George nennen. Was für den König gut genug ist, wird auch für dich gut genug sein. Und was soll dieses französische Geflatter rund um deinen Hals und deine Handgelenke?‹

Es war damals gerade Mode in Wien, daß kleine Jungen zu ihrem Jackett Spitzenmanschetten und ein Spitzenhalstuch trugen, aber mein Englisch reichte nicht aus, um ihm das zu erklären. ›Potz Donner und Doria!‹ rief er – oder etwas ähnlich Altmodisches, ›das Kind kann ja nicht einmal seine Muttersprache sprechen! Macht nichts, mein Junge, das werden wir bald in Ordnung bringen.‹

Ich wurde unverzüglich aus der Obhut meines Onkels entfernt – der sich darüber nicht allzu sehr kränkte – und nach Haraldsdyke gebracht, wo mein Vater einen Hauslehrer für mich einstellte, der mir schnell Englisch beibringen sollte. Er hatte sich inzwischen wieder verheiratet, aber meine Halbbrüder Rodric und Vere waren noch sehr klein, Ned war noch nicht auf der Welt, so daß ich wie ein Einzelkind aufwuchs. Als ich zwölf war, schickte mein Vater mich nach Westminster in die Schule, in der Hoffnung, daß ich dieses Internat als perfekter englischer Gentleman verlassen würde.

Mit achtzehn kehrte ich dieser Institution den Rücken, unwissend und ungebildet zwar, aber kräftig und hartgesotten, und bat um Erlaubnis, nach Wien zurückkehren zu dürfen, denn ich hatte meinen Onkel im Verdacht, daß er seine Vormundschaft über meine finanziellen Angelegenheiten nicht mit der gebotenen Sorgfalt ausübte. Als mein Vater erfuhr, daß ich nach Österreich zurückwollte, war er sehr zornig, aber ich blieb fest, und nachdem er mich eine Stunde lang angebrüllt und getobt hatte, mußte er einsehen, daß er mich nicht von meinem Vorhaben abbringen konnte.

Ich ging also nach Österreich zurück und wurde ganz von den österreichischen Besitztümern in Anspruch genommen, die ich von meiner Mutter geerbt hatte. Nach einer Weile heiratete ich eine Österreicherin aus guter Familie und beschloß, für immer in Österreich zu bleiben – zum äußersten Mißfallen meines Vaters.

Meine englische Erziehung hatte dennoch ihre Spuren hinterlassen. Nach dem Tod meiner Frau befaßte ich mich noch intensiver mit meinen Geschäften, es gelang mir schließlich, in London eine Filiale zu errichten, und von da an reiste ich häufig zwischen den beiden Ländern hin und her und kam auch hin und wieder nach Haraldsdyke. Aber mein Vater konnte mir meine Rückkehr nach Österreich nie verzeihen. Aus seiner zweiten Ehe hatte er inzwischen drei Söhne, und ich konnte jedenfalls nie vergessen, daß ich ein Fremder war, ein Ausländer, der auf englischem Grund und Boden nichts zu suchen hatte.«

Er hielt inne. In dem riesigen offenen Kamin schlugen die Flammen lodernd den Rauchfang hinauf. Ich wollte ihn bei dieser ersten längeren Rede, die ich aus seinem Mund vernahm, keineswegs unterbrechen, sondern wartete darauf, daß er fortfuhr, aber als er immer weiter schwieg, sagte ich kopfschüttelnd: »Und dennoch warst du es, dem er Haraldsdyke vererbt hat.«

»So ist es«, antwortete er, »mir hat er Haraldsdyke hinterlassen.« Mit unbewegtem Gesicht starrte er in die Flammen. »Es blieb mir nicht verborgen, daß er sich von den drei Söhnen aus der zweiten Ehe enttäuscht fühlte, aber ich hätte nie gedacht, daß er sie enterben würde. In der Tat sah er für jeden von ihnen in seinem Testament nur ein nominales Legat vor.«

»Warum? Was hatten sie denn getan, um ihn derart zu enttäuschen?«

Er zögerte und drehte den Krug mit Ale in den Händen, während er seine Augen nicht von den Flammen löste. »Ned, der jüngste, war immer ein mürrisches, schwieriges Kind«, fuhr er endlich fort. »Keiner beachtete ihn sonderlich. Er ist ein dunkler Typ von sehr wenig attraktivem Äußeren. Vere, der zweite Sohn, ist allzu ernst und gesetzt. Mein Vater und er waren nie der gleichen Meinung, vor allem über Fragen der Landwirtschaft konnten sie sich nie einigen. Vere, der sich sehr dafür interessierte, wollte mit neuen wissenschaftlichen Methoden arbeiten, die mein Vater für baren Unsinn hielt. Ihre Differenzen erreichten den Höhepunkt, als Vere heimlich ein Mädchen aus dem Dorf heiratete, die Tochter der Dorfhexe. Mein Vater verstieß ihn zunächst, bereute das dann aber und verzieh ihm. Ich glaube, mein Vater war bald von Alice, Veres Frau, sehr beeindruckt. Sie war klug genug, nicht zu versuchen, etwas zu sein, was sie nicht war – sie bemühte sich erst gar nicht, vornehm zu sprechen und elegante Gewänder zu tragen. Sie ist ruhig und ausgeglichen, kleidet sich einfach und benimmt sich zurückhaltend – man braucht sich ihrer jedenfalls nicht zu schämen. Außerdem ist sie, wie ich glaube, ihren Kindern eine sehr gute Mutter. Sie hat Vere fünf oder sechs Kinder geboren, wenn ich mich nicht irre. Natürlich sind nicht alle am Leben geblieben, aber drei haben sie noch, soviel ich mich erinnere. Aber trotz des Umstands, daß diese Ehe sicherlich nicht schlecht ging, konnte mein Vater Vere niemals völlig verzeihen, daß er unter seinem Stand geheiratet hatte.«

»Und der älteste Sohn?« fragte ich. »Warum hat der ihn enttäuscht?«

»Rodric?« Ein jäher Windstoß ließ die Flammen den Kamin hinaufschießen, bis sie sich wieder zahm an die glühenden Scheite schmiegten. Der Wind rüttelte heftig an den hölzernen

Fensterläden. »Rodric ist tot. Er starb am gleichen Tag wie mein Vater. Er ritt über das Moor nach Rye, aber die Nebelschwaden, die von der See her hereinzogen, verschlangen ihn. Ich war ihm nachgeritten, aber alles, was ich von ihm noch fand, war sein Pferd, das zwischen den Deichen herumwanderte, und seinen Hut, der sich im Schilf verfangen hatte. Wahrscheinlich ist sein Pferd auf dem schmalen Pfad durch das Moor gestrauchelt und hat ihn in das sumpfige Wasser des Moors geworfen, aus dem keiner mehr herauskommt.«

Mich schauderte. Lebhaft stellte ich mir die Nebel über dem Moor vor, und den geschlungenen Pfad von Haraldsdyke nach Rye. »Gibt es denn keine Straße?« fragte ich leise. »Keine Straße, die das Haus mit der Stadt verbindet?«

»Doch, doch, natürlich, aber Rodric wollte nicht über die Straße reiten. Er nahm den alten Pfad durch das Moor, weil er fliehen wollte.«

Es war wie in einem jener Alpträume, wenn eine altvertraute Landschaft sich ganz plötzlich und unvermutet in einen höllischen Abgrund verwandelt. Ich hatte Axels Erzählung so ruhig und gleichmütig gelauscht, daß ich erst jetzt begriff, worauf das alles hinauswollte. Vor Schreck wurde ich ganz bleich. Ich starrte ihn wortlos an.

»Mein Vater starb durch einen Schlag mit einem Gewehrkolben«, sagte Axel ruhig, »und Rodric hatte ihm den Schlag versetzt.«

In diesem Augenblick kam der Wirt herein, um uns zu fragen, ob uns die Mahlzeit geschmeckt hätte und ob wir sonst noch etwas wünschten. Als er wieder draußen war, sagte ich: »Warum erzählst du mir das erst jetzt?«

Axel blickte zur Seite. Ich glaubte einen Augenblick, die Bewegung unter seiner glatten Oberfläche zu spüren. Dann hob er die Achseln. »Das alles gehört der Vergangenheit an«, sagte er. »Die Akten sind geschlossen. Du mußt davon wissen, denn ohne

Zweifel werden dir andere Leute die Geschichte erzählen – aber nichts davon betrifft dich.«

Doch ich hatte das Gefühl, daß mich diese Sache sehr wohl betraf. »Wie kam Rodric dazu, etwas so Fürchterliches zu tun?« fragte ich. »Ich verstehe das überhaupt nicht.«

»Das kannst du auch nicht, da du Rodric nicht gekannt hast.«

»Erzähl mir etwas von ihm.«

»Er ist jetzt tot«, erwiderte Axel, »sein Geist braucht dich nicht mehr zu beschäftigen.«

»Ja, aber –«

»Rodric war ebenso wild und unberechenbar, wie Vere ruhig und gesetzt ist. Wie ein Kind jagte er immer neuen Abenteuern nach, die ihm jene Erregung verschaffen sollten, nach der es ihn verlangte. Von Jugend an war er immer in üble Dinge verstrickt, und je älter er wurde, um so mehr empörte er sich gegen die beherrschende Macht seines Vaters. Zwei eiserne Köpfe stießen da zusammen. Dennoch zog mein Vater Rodric den anderen vor und bemühte sich immer wieder, ihn aus mißlichen Lagen zu retten. Aber ihr Verhältnis zueinander wurde immer schlechter. Schließlich drohte mein Vater, die Polizei in Rye von Rodrics verschiedenen Aktivitäten zu benachrichtigen und ihn außerdem gänzlich zu enterben.«

»Und daraufhin hat Rodric ihn umgebracht?«

»Er war jedenfalls der letzte, der ihn noch lebend gesehen hat, und außerdem wußten alle, daß sie sich immer heftig stritten. Ein Teil ihrer Unterhaltung an diesem Tag war von anderen gehört worden. Unmittelbar nachher ritt Rodric ins Moor.«

»Und das Gewehr –«

»War sein eigenes. Er war gerade von der Jagd heimgekehrt, als mein Vater ihn zu sich in die Bibliothek rief. Das Gewehr in der Hand, ging Rodric zu ihm hinein. Und ich schwöre, daß das wahr ist, denn ich war zusammen mit Rodric jagen gewesen und war mit ihm in der Halle, als ich hörte, wie mein Vater ihn rief.«

»Hast denn du deinen Vater tot aufgefunden?«

»Nein, meine Stiefmutter hat ihn gefunden. Da war Rodric schon fort, und Vere war den ganzen Tag draußen auf der Farm gewesen, er kam erst später wieder nach Hause. Dann sagte uns der Diener, daß Rodric fortgeritten war, und ich ritt hinter ihm her, um ihn zurückzuholen. Aber ich kam zu spät.«

»Und dieser Streit – andere Leute hatten gehört, worüber sie stritten?«

»Ja, und zwar Veres Frau, Alice, und außerdem Mary Moore, ein Mündel und Patenkind meines Vaters, die ich, wie ich glaube, noch nicht erwähnt habe. Die beiden hielten sich im Salon neben der Bibliothek auf, und sobald mein Vater seine Stimme hob, konnte man ihn durch die Mauer hindurch leicht verstehen. Aber nach einer Weile wurde den beiden Frauen das Zuhören peinlich, und sie zogen sich in einen kleinen Salon im ersten Stock zurück, oder wenigstens Mary tat das. Alice ging ins Kinderzimmer, um nach den Kindern zu sehen.«

»Und Edwin, Ned, dein jüngster Halbbruder, wo war er? Er hat nichts gesehen oder gehört?«

»Der war gerade mit dem zweiten Küchenmädchen im Heu«, sagte Axel mit einer Offenheit, die mich schockierte. Aber dann erinnerte ich mich mit einem Schlag daran, welches Verhältnis nun zwischen uns bestand und daß diese Offenheit in unserer Unterhaltung durchaus gestattet war. »Diese jugendliche Eskapade kam bei der gerichtlichen Untersuchung heraus.«

»Eine gerichtliche Untersuchung gab es auch?«

»Das ließ sich nicht vermeiden. Die Leichenbeschauer kamen zu dem Schluß, daß mein Vater ermordet worden war und daß Rodric auf der Flucht selbst den Tod gefunden hatte. Sie empfahlen auch, nicht unter den Lebenden nach der Schuld am Tod meines Vaters zu suchen; obwohl die Leichenbeschauer natürlich nicht das Recht haben, darüber zu urteilen, ob Rodric schuldig war oder nicht, so genügte in diesem Fall ihre Empfehlung, um der Welt zu bedeuten, daß in ihren Augen jedenfalls Rodric der Schuldige war.«

»Ach so.« Ich stellte mir die Untersuchung vor, den stickigen Gerichtssaal, die ernsten Beisitzer, die flüsternde und raunende Menge. »Wurde die Untersuchung in Rye abgehalten?«

»Ja. Glücklicherweise war der Leichenbeschauer ein Freund des Rechtsanwalts meines Vaters, James Sherman, und er bemühte sich, uns zu schonen, soweit das nur möglich war, aber die Affäre rief natürlich überall in den Cinque Ports ungeheures Aufsehen hervor. Das Getratsche wurde sogar noch ärger, als das Testament meines Vaters bekannt wurde und als sich – zu meiner größten Verlegenheit – herausstellte, daß er alles mir vermacht hatte. Natürlich war jeder wie vor den Kopf geschlagen. Wir wußten alle von seinen Drohungen, Rodric zu enterben, aber niemand hatte geglaubt, daß er das auch wirklich tun würde. Und vor allem hatten Vere und Ned nicht im geringsten erwartet, daß auch sie enterbt würden. Aber James Sherman zufolge hatte mein Vater dieses neue Testament erst am Tag vor seinem Tod unterzeichnet.«

»Aber wenn dich diese Erbschaft in Verlegenheit gebracht hat«, warf ich ein, »dann hättest du sie doch sicher ablehnen oder sie deinen Brüdern überlassen können?«

»Das hätte ich tun können, und mit diesem Gedanken habe ich auch eine Weile gespielt. Doch dann erkannte ich, daß ich damit dem Willen meines Vaters und dem Vertrauen, das er in mich gesetzt hatte, nicht gerecht würde. Er hatte sein Testament im Vollbesitz seiner geistigen Kräfte aufgesetzt und hatte ohne Zweifel seine Gründe dafür, seine anderen Söhne von jedem Mitspracherecht an der Führung und Verwaltung von Haraldsdyke auszuschalten. Allerdings mußte ich mich vorläufig noch um meine eigenen Geschäfte kümmern, so daß ich Haraldsdyke bald wieder verlassen mußte. Ohnedies war der Besitz zunächst für ein Jahr in der Obhut der Testamentsvollstrecker, und zwar deshalb, weil ich die Erbschaft erst antreten konnte, sobald ich mich mit einer Engländerin verheiratet hatte. Ich erklärte den Testamentsvollstreckern, James Sherman und seinem Bruder Charles, meinen Wunsch, daß in meiner Abwesenheit Vere die Führung des Guts übernehmen solle, und kehrte nach Wien zurück, um meine Angelegenheiten in Ordnung zu bringen, so daß ich so schnell wie möglich nach England zurückkehren und mir eine passende Frau suchen konnte.«

»Aber angenommen, du hättest nicht geheiratet«, sagte ich. »Was wäre dann mit dem Besitz geschehen?«

»Er wäre an Veres Sohn Stephen gefallen, der jetzt ein Knabe von drei Jahren ist. Auch jetzt noch wird das ganze Erbe an Stephen fallen, falls ich ohne Kinder sterbe. Sollte Stephen vor seinem einundzwanzigsten Jahr kinderlos sterben, dann fällt der Besitz an seinen jüngeren Bruder – und so weiter... Es ist für jeden Fall gesorgt.«

»Ach so.« Ich schwieg eine Weile, dann sagte ich: »Wirst du öfter nach Wien fahren müssen?«

»Wahrscheinlich einmal im Jahr. Ich habe meine Geschäftsinteressen derart geordnet, daß ich ohne Verluste den größten Teil des Jahres in England verbringen kann.«

»Und Vere und Alice? Was geschieht mit ihnen? Ich kann mir vorstellen, wie sehr sie darunter leiden, daß wir sie jetzt von ihrem Platz vertreiben.«

»Wieso denn vertreiben? Ich werde sehr dankbar sein, wenn Vere mir bei der Verwaltung des Guts hilft, denn ich verstehe überhaupt nichts von Landwirtschaft, und Alice wird dir sicher an die Hand gehen und dir dabei helfen, ein großes Landhaus richtig zu führen.«

»Aber wie alt ist Alice denn?« fragte ich und fühlte mich wieder einmal sehr unsicher. »Wird sie es mir nicht verübeln, wenn ich ihren Platz einnehme?«

»Du vergißt«, sagte Axel, »daß Alice ein einfaches Landmädchen ist, mit viel Erfahrung als Haushälterin in einem großen Herrenhaus. Du dagegen bist eine gebildete junge Frau, die gesellschaftlich hoch über ihr steht. Da kann es gar keine Spannungen geben. Es wird von Anfang an völlig klar sein, daß du die rechtmäßige Herrin des Hauses bist. Alice wird sich nicht zurückgedrängt fühlen, im Gegenteil – da hat sie wenigstens mehr Zeit für ihre Kinder. Sie ist eine wirklich vorbildliche Mutter.«

»Aber die anderen, deine Stiefmutter...«

»Esther und ich sind immer sehr gut miteinander ausgekommen«, unterbrach er mich. »Sie wird sich freuen, mich wiederzusehen, und sie wird sich sehr bemühen, dir den Anfang in Haraldsdyke leicht und angenehm zu machen. Und wen gibt es sonst noch? Nur Mary, das Mündel meines Vaters, aber sie ist ein Kind von vierzehn Jahren, das viel zu sehr beschäftigt ist, seiner Gouvernante zu gefallen, als daß sie sich über dich aufregen könnte. Ihretwegen brauchst du dir wirklich keine Sorgen zu machen.«

»Und Ned?« sagte ich. »Ned hast du schon wieder vergessen.«

»Ned? Ich kann mir wirklich nicht vorstellen, daß er zur Armee geht. Er muß jetzt neunzehn sein, höchste Zeit also, daß er etwas mit seinem Leben anfängt, anstatt es in den Tavernen der Cinque Ports und in den Heuhaufen zu vertun. Um zur Universität zu gehen, ist er nicht klug genug, es wäre hinausgeworfenes Geld, wollte man versuchen, noch mehr Bildung in seinen Kopf zu stopfen.« Er leerte seinen Krug mit Ale, zog dann seine Uhr heraus und warf einen kurzen Blick darauf. »Ich glaube, wir sollten jetzt zu Bett gehen«, sagte er dann plötzlich. »Morgen haben wir wieder einen langen Tag vor uns, und du mußt dich gut ausruhen, damit er dich nicht allzu sehr erschöpft.«

»Wie du wünschst.« Seine Worte holten mich aus der Vergangenheit zurück und stürzten mich in die größte Angst vor der kommenden Nacht.

»Glücklicherweise hat der Wirt ein eigenes Zimmer für uns

beide«, sagte Axel. »In diesen englischen Gasthäusern kann es einem so oft passieren, daß man das Zimmer, wenn nicht gar das Bett mit anderen Reisenden teilen muß.«

Ich bemühte mich um einen gefaßten Gesichtsausdruck.

»Möchtest du nicht vielleicht noch einen Schluck Wein mit mir trinken, bevor wir zu Bett gehen?« fragte er. »In so einer kalten und feuchten Nacht wird das uns beiden gut tun.«

Ich protestierte zuerst halbherzig, stimmte dann aber schnell zu. Ich hätte alles mögliche getan, nur um den gefürchteten Augenblick hinauszuschieben, in dem ich allein mit ihm im Schlafzimmer sein würde.

Der Wein wärmte mich von innen her und machte mich schläfrig und entspannt. Ich hatte ihn noch im Treppenhaus fragen wollen, was für Aktivitäten das gewesen waren, denen Rodric obgelegen hatte und die der Polizei in Rye mißfallen hätten, aber mein Kopf war nicht mehr klar genug, um den Faden unserer früheren Unterhaltung wieder aufzunehmen. Marie-Claire erwartete mich schon, aber ich schickte sie gleich in ihr eigenes Schlafzimmer, denn sie war ganz offensichtlich sehr erschöpft, und zog mich aus, so schnell es eben ging. Sie hatte mein Nachtgewand über die Wärmepfanne im Bett gelegt, und ich fühlte, wie sich die warme Seide schmeichelnd an meine Glieder legte. Einen Augenblick später war ich schon im Bett und legte mich in die Kissen zurück.

Axel hatte recht gehabt in der Annahme, daß es mit der Zeit schon besser würde. Jedenfalls blieb mir dieses Mal der Schock der Überraschung erspart. Nachher schlief er beinahe sofort ein, aber obwohl ich mich näher an ihn drängte, um mich zu wärmen, und sogar wagte, meinen Kopf an seine Schulter zu legen, rührte er sich nicht, und ich spürte, wie weit entfernt von mir er sogar jetzt noch war.

Am nächsten Morgen brachen wir früh auf und fuhren immer nach Süden, durch die grünen Wiesen von Kent, bis wir nach Tunbridge Wells kamen, diesem berühmten Badeort, den Henrietta Maria, die Gemahlin Karls I. , vor über eineinhalb Jahrhunderten groß gemacht hatte. So berühmt wie Bath ist es natürlich nicht, denn das kennt man ja in ganz Europa, aber Axel fand die Stadt interessant genug, um sich zu einem kurzen Aufenthalt zu entschließen, außerdem meinte er auch, daß mich eine kürzere Reisestrecke weniger anstrengen würde. Wir aßen daher in einer vorzüglichen Taverne unweit der Pantiles zu Abend und quartierten uns für die Nacht in einem Gasthof unweit der Trinkhalle ein. Wieder teilten wir ein Schlafzimmer, aber diesmal war ich es, die zuerst einschlief und erst am nächsten Morgen gegen sieben Uhr vom Regen aufgeweckt wurde.

Wir hatten nicht mehr über seine Familie gesprochen, aber als wir uns am Mittwoch wieder auf die Reise machten, mußte ich wieder an sie denken. Vor allem die Begegnung mit Alice machte mir Sorgen. Ich hoffte, daß sie nicht gar so viel älter sein würde als ich – aber wenn sie schon sechs Kinder geboren hatte, so mußte sie wenigstens zweiundzwanzig sein, wenn nicht noch älter. Ich zählte wieder einmal die Monate bis zu meinem achtzehnten Geburtstag.

An diesem Tag schien die Reise kein Ende nehmen zu wollen. Während wir die Grenze zwischen Kent und Sussex entlangfuhren, strömte aus einem bleifarbenen Himmel eine Regenflut, die die Straßen in Schlammbäche verwandelte. Wir mußten bei mehreren Gasthöfen haltmachen, damit der Kutscher sich um die Pferde kümmern konnte, die von der mühevollen Fahrt durch den Schlamm schnell ermüdeten. Endlich, als wir Kents fruchtbares Ackerland hinter uns ließen und nach Sussex hineinfuhren, hörte der Regen auf, und ich sah durch das Fenster der Kutsche eine völlig neue Landschaft vor mir, eine weite grüne Ebene, die erst am Horizont vom blauen Band der See begrenzt wurde.

»Das ist das Moor«, sagte Axel.

So hatte ich es mir nicht vorgestellt. Ich hatte vielmehr viele kleine Sümpfe und Moraste erwartet, wenigstens nach den Beschreibungen, die ich von Fen Country in East Anglia gehört hatte; wahrscheinlich gab es das auch hier, aber von der Straße aus konnte man es nicht sehen. Die endlosen Wiesen waren sehr grün, nur hin und wieder sah ich einen kleinen Streifen Ackerland oder kleine hingekauerte Steinhäuser. Es gab keine Hecken oder andere Einzäunungen, aber viele schimmernde Wasserstreifen zwischen den Wiesen, wo die Bauern versucht hatten, durch einen Wasserabzugsgraben ihren Besitz trockenzulegen.

»Die Leute planen, noch mehr Marschland trockenzulegen«, sagte Axel, »denn der Boden, wenn man ihn nur erst nutzbar machen kann, ist hier sehr fruchtbar. Vere hat Experimente mit verschiedenen Feldfrüchten angestellt, auch mit Rüben und anderen Wurzelgemüsen, anstatt jedes Jahr ein Drittel des Bodens brachliegen zu lassen. In East Anglia hat man ähnlich interessante Versuche mit Dreifelderwirtschaft gemacht. Soviel ich weiß, hat der verstorbene Lord Townshend sehr viel Erfolg damit gehabt, aber mein Vater hat sich gegen alle Neuerungen gesträubt und zäh an den alten Methoden festgehalten. Er war allem Neuen gegenüber einfach grundsätzlich mißtrauisch.«

»War denn das ganze Marschland einmal ein Sumpf?«

»Ein großer Teil davon lag früher unter dem Meeresspiegel, aber das war vor vielen Jahrhunderten. Bis zum vierzehnten Jahrhundert waren Rye und Winchelsea die wichtigsten Hafenstädte von ganz England, damals machten sie sogar London Konkurrenz. Aber dann ging die See weiter zurück, der Fluß versandete den Hafen von Rye, so daß heute nicht mehr viel übrig ist von der Glanzzeit des Mittelalters. Die beiden Städte sind heute nur noch gewöhnliche Marktorte.«

»Ist nicht auch Hastings hier in der Nähe, wo Wilhelm der Eroberer gelandet ist?«

»Hastings ist von Winchelsea keine zehn Meilen entfernt. Der Ahnherr der Brandsons war angeblich ein Däne namens Brand aus König Harolds Gefolge, der mit ihm gegen die normannischen Eroberer kämpfte.«

»Die Familie meiner Mutter läßt sich bis auf Karl den Großen zurückverfolgen«, sagte ich, fest entschlossen, mich nicht so leicht beeindrucken zu lassen, und es ärgerte mich nicht wenig, als Axel darauf zu lachen begann, als hätte ich einen Witz gemacht.

»Mein liebes Kind«, antwortete er amüsiert, »jeder von uns hat einen Vorfahren, der vor tausend Jahren gelebt hat. Der einzige Unterschied zwischen, sagen wir, unserem Kutscher, der hinter seinen Pferden sitzt, und uns ist der, daß wir die Namen unserer Vorfahren kennen und er nicht.«

Das schien mir denn doch eine sehr eigenartige Auffassung der Dinge zu sein, und ich konnte beim besten Willen nicht einsehen, worüber er sich derart amüsierte. Ich zog mich möglichst würdevoll aus der Affäre, indem ich seine Bemerkung einfach ignorierte und dafür meine Aufmerksamkeit wieder voll und ganz der Landschaft zuwandte.

Das Wetter hatte sich inzwischen gebessert, aber da mittlerweile die Dunkelheit hereingebrochen war, hüllte ich mich fester in meine Redingote und beobachtete, wie die Schatten über dem Marschland länger wurden. Die Wassergräben glänzten jetzt in geheimnisvollem Lichte, und das flache Land erweckte den seltsamen Eindruck, als sei es nah und fern zugleich.

»Vere hat versprochen, uns im Mermaid Inn zu erwarten«, sagte Axel. »Gleich werden wir da sein. Ah, hier ist schon die Hauptstraße! Siehst du dort die alte Schule? Dorthin hat mein Vater Ned geschickt. Vere hatte noch einen Hauslehrer, aber auf Ned wollte er nicht so viel Geld verschwenden... Siehst du, wie alt die Stadt ist? Die Straßen und Gäßchen haben sich seit den Tagen des Mittelalters kaum geändert.«

Fasziniert starrte ich hinaus. So eine Stadt hatte ich noch nie im Leben gesehen, denn Cheltenham, wo ich meine Schulzeit verbracht hatte, war voller moderner Häuser aus dem achtzehnten Jahrhundert gewesen, und auch die Stadtteile von London, in denen ich gelebt hatte, waren vergleichsweise neu. Ich fühlte mich ein wenig an jene Teile der Londoner City erinnert, die östlich der Temple Bar liegen, aber trotz einer gewissen Ähnlichkeit erschien mir Rye damals, als ich es zum ersten Mal sah, als eine ganz einzigartige Stadt.

Die Kutsche hielt vor dem Mermaid Inn in der Mermaid Street, der Kutscher führte die Pferde in den Hof, und dann hörte ich schon die Pferdeknechte unter lautem Geschwätz unser Gepäck abladen.

Meine Glieder waren ganz steif. Während Axel mir beim Aussteigen behilflich war, rutschte ich aus und fiel gegen ihn, aber bevor ich mich noch für meine Ungeschicklichkeit entschuldigen konnte, sagte er kurz: »Hier ist Ned, aber ich sehe keine Spur von Vere.«

Ich wandte mich um.

Im Eingang des Gasthofes stand ein Mann, der sich uns jetzt langsam näherte. Da das Licht hinter ihm war, konnte ich sein Gesicht nicht sehen, aber seine Bewegungen schienen mir merkwürdig zögernd, ja unwillig.

»Wo ist Vere?« fragte Axel scharf, als der Mann nahe genug war. »Er sagte doch, er würde uns hier erwarten.«

»Es hat ein Unglück gegeben.« Die tiefe Stimme sprach mit einem kräftigen bäuerlichen Akzent, was mich beinahe schokkierte, denn ich hatte bisher angenommen, daß alle Edelleute das gepflegte Englisch des Königs sprechen, ganz gleich, in welchem Teil Englands sie lebten. Ned war etwas kleiner als Axel, aber von derart kräftigem Wuchs, daß er als der stärkere der beiden erschien. Er hatte schwarze Augen, die er zu einem schmalen Schlitz zusammengekniffen hatte, einen eigensinnigen Mund

und ungepflegtes schwarzes Haar, kurzgeschnitten nach Art der Bauern. »Der Zuchtstier hat einen der Knechte zu Boden geschleudert, deshalb ist Vere selber nach Winchelsea zu Doktor Salter geritten und hat mich gebeten, euch statt seiner zu empfangen. Er läßt sich für seine Abwesenheit vielmals entschuldigen.«

»Hätte er nicht dich zum Arzt schicken können und dafür selber herkommen, wie abgemacht?«

»Er war sehr besorgt wegen des Knechts. Es sieht aus, als hätte er sich das Rückgrat verletzt.«

»Ach so«, Axel war ganz offenbar sehr aufgebracht. Verlegen wartete ich darauf, daß mir der Mann endlich vorgestellt würde, denn er musterte mich jetzt ganz offen von oben bis unten. »Wo ist die Kutsche?«

»Dort drüben.«

»Dann wollen wir hier nicht länger unsere Zeit vergeuden, sonst erkältet sich meine Frau noch.« Er wandte sich mir zu. »Darf ich dir meinen jüngsten Halbbruder Edwin vorstellen... Ned, kümmere dich doch bitte um unser Gepäck. Ist Simpson in der Kutsche? Er soll dir helfen.«

Aber Ned hatte meine Hand in die seine genommen und verbeugte sich überraschend tief und zeremoniell. »Ihr Diener, Madame.«

»Sehr erfreut«, antwortete ich, wie es sich gehörte, aber gleich spürte ich Axels Hand auf meinem Arm und hörte ihn mit kühler Stimme sagen: »Hierher, meine Liebe.«

Falls Neds bäuerlicher Akzent meinen Glauben an die Vornehmheit der Brandsons etwas erschüttert hatte, so wurde dieser Glaube beim Anblick ihrer Kutsche sehr rasch wieder hergestellt. Sie war sehr prunkvoll, frisch gestrichen und gut gefedert, und es war klar, daß nur ein Edelmann sich eine solche Kutsche halten konnte.

»Du warst nicht sehr höflich zu Ned«, flüsterte ich, als wir in der Kutsche Platz genommen hatten. »Warum?«

Axel hatte sich vorgebeugt, um zu sehen, ob die Tür der Kutsche richtig zu war. Aber nach meinen Worten fuhr er herum und sagte ärgerlich: »Ned braucht eine feste Hand. Mein Vater hat ihm alles durchgehen lassen, und seine Mutter hat keine Macht über ihn. Er scheint so wild und ungezügelt werden zu wollen wie Rodric, aber ohne Rodrics Charme.« Er setzte sich mir gegenüber, ein Lichtstrahl fiel direkt auf ihn, und ich sah erst jetzt den Zorn in seinen Augen. »Eines möchte ich von Anfang an klarstellen«, sagte er. »Es tut mir leid, dich so bald nach unserer Hochzeit schon maßregeln zu müssen, aber ich glaube, ich sollte es dir nicht verheimlichen, wenn ich dein Benehmen als wenig zufriedenstellend empfinde. Wenn ich zu Ned ›kaum sehr höflich‹ war, wie du dich auszudrücken beliebt hast, so ist das meine Sache und geht dich nichts an. Ich habe dich nicht nach deiner Meinung gefragt, und ich hatte kein Verlangen danach, sie zu hören. Die Tatsache, daß du meine Frau bist, gibt dir noch lange nicht das Recht, meine Handlungen jedesmal zu kritisieren, wenn sie dir unpassend erscheinen. Ich hoffe, du hast mich verstanden?«

Tränen standen mir in den Augen. »Ja«, antwortete ich.

»Dann können wir die Angelegenheit als erledigt betrachten.« Er blickte auf seine Taschenuhr und steckte sie dann wieder ein. »In einer halben Stunde sollten wir in Haraldsdyke sein.«

Ich schwieg.

Ich hatte angenommen, daß Ned sich zu uns ins Innere der Kutsche setzen würde, aber er zog es offenbar vor, draußen beim Kutscher und den Knechten zu sitzen, also blieben Axel und ich allein miteinander. Zwanzig Minuten, nachdem wir den Hof des Gasthofs verlassen hatten, lagen schon Rye und Winchelsea wie kleine Zwillingshügel hinter uns, auf denen vereinzelte Lichter blinkten, und die Landschaft zu beiden Seiten der Straße war in der Dunkelheit der Nacht verborgen. Ich fühlte mich plötzlich sehr ermattet, und wie immer, wenn meine Lebensgeister schwach und angegriffen waren, dachte ich an Alexander und sehnte mich nach seiner Nähe. Axels Zorn hatte sich wie ein Keil zwischen uns geschoben, und ich kam mir sehr verlassen vor.

Haraldsdyke lag in tiefer Finsternis. Ich hatte mir ausgemalt, daß wir ein Tor mit einem Torhüterhaus passieren und dann eine lange Auffahrt zum Haus entlangfahren würden, aber es gab kein Torhüterhaus, nur ein großes eisernes Tor in einer hohen, verwitterten Mauer und dann einen scharfen Anstieg. Später erst wurde mir klar, daß die ältesten Ansitze im Moor alle auf Anhöhen gebaut waren, um so den Gefahren von Flutwellen und Überschwemmungen zu entgehen. Dann hielt die Kutsche vor dem Haus. Axel half mir beim Aussteigen, und bevor ich noch die Umrisse der grauen Mauern richtig erkennen konnte, sah ich schon die große Haustür aufgehen, und eine Frau mit einer Lampe in der Hand trat auf die Schwelle.

Instinktiv wußte ich, daß es Alice war. Meine Nerven spannten sich. Ned und der Kutscher kümmerten sich ums Gepäck, während Axel mich die Stufen hinauf zum Eingang führte. Ich zitterte vor Erwartung.

»Guten Abend, Alice«, sagte Axel, als wir vor ihr standen. »Darf ich dir meine Frau vorstellen?«

Alice lächelte. Mit Erleichterung stellte ich fest, daß sie alles andere als hübsch war. Sie hatte dünnes, strähniges braunes Haar und ein breites Gesicht mit hohen Backenknochen und grünen Augen. Ihre Figur war die einer Bäuerin, gedrungen, mit breiten Schultern und einer schweren Brust, und ich hätte sie für ungemein fett gehalten, wenn ich nicht plötzlich erkannt hätte, daß sie mindestens im vierten Monat schwanger sein mußte. Ich fühlte eine ungeheure Erleichterung in mir hochsteigen. Mochte sie eine noch so gute Hausfrau und Mutter sein – letzten Endes war sie doch nichts anderes als eine simple Bäuerin, und es gab überhaupt keinen Grund, warum ich mich ihr auch nur im geringsten unterlegen fühlen sollte.

»Ach, wie süß Sie aussehen!« rief sie leise – mit einem Akzent, der noch um vieles bäuerlicher war als der von Ned. »Seid willkommen! Kommt doch herein! Vere wird bald hier sein, George«, fügte sie, zu Axel gewandt hinzu, und es gab mir einen kleinen Schock, Axel bei dem Namen genannt zu hören, den sein Vater ihm gegeben hatte, obwohl er es mir doch schon gesagt hatte. »Er ist von Winchelsea zurück und zieht sich nur um.«

Sie führte uns durch eine lange Halle und über eine gewundene Treppe hinauf in den ersten Stock. Und dann betraten wir eine lange Flucht von Zimmern, wo überall Holzfeuer in den Kaminen prasselten und Lampen ein warmes Licht auf schwere Eichenmöbel warfen.

»Ich dachte, du solltest in den Räumen deines Vaters wohnen«, sagte sie zu Axel. »Seit seinem Tod hat niemand sie bewohnt, Gott sei seiner Seele gnädig. Deine Stiefmutter hat ihre Zimmer im Westflügel behalten.« Sie wandte sich zu mir. »Lassen Sie mich wissen, wenn Sie etwas brauchen«, sagte sie. »George schrieb, daß Sie eine Zofe haben. Ich habe ihr vorläufig ein Zimmer Ihrem gegenüber eingerichtet. Wenn Sie aber lieber hätten, daß sie bei den anderen Dienstboten schläft...«

»Nein, nein«, erwiderte ich, »das paßt mir sehr gut.«

»Nun, falls ich im Augenblick nichts mehr für euch tun kann, dann lasse ich euch allein, damit ihr euch ein bißchen von der Reise erholt. Der Knecht wird gleich das Gepäck heraufbringen, und ich werde den Mägden sagen, daß sie euch heißes Wasser holen – und möchtet ihr vielleicht auch was zu essen? Oder einen guten heißen Tee?«

Ich öffnete schon den Mund, um dankend anzunehmen, aber da fiel mir ein, daß Axel ja neben mir stand, und ich sagte nichts. Er sah mich an, hob die Brauen, und als ich nickte, antwortete er: »Tee wäre uns angenehm, Alice. Aber sag doch bitte der übrigen Familie, daß wir so bald wie möglich in den Salon hinunterkommen werden.«

Der Tee tat mir gut. Dann kam Marie-Claire und half mir beim Waschen und Umkleiden, und als ich fertig war, ein neues Kleid trug und frisch frisiert war, fand ich endlich Muße, mir meine Umgebung genauer anzusehen. Die Räume waren in der Tat wunderschön. Gewiß, sie hatten nicht die leichte Eleganz der Londoner Salons, aber jedes einzelne Möbelstück aus gediegenem Eichenholz war ein Kunstwerk aus vergangenen Jahrhunderten, und die langen Samtvorhänge an den Fenstern und rund um das Bett ließen sie nur noch eindrucksvoller erscheinen. Ich zog einen der Vorhänge zur Seite und warf einen Blick hinaus in die Nacht, aber es war zu dunkel, als daß ich irgend etwas hätte wahrnehmen können, wenn ich mir auch einredete, die Lichter von Rye und Winchelsea in der Ferne leuchten zu sehen.

Wenige Augenblicke später kam Axel aus seinem Ankleidezimmer. Sein Kammerdiener hatte ihn zum zweitenmal an diesem Tag rasiert. Er trug einen grauen Rock mit eckigen Schößen, eine gestreifte Weste und lange beigefarbene Beinkleider im französischen Stil, mit seitlichen Schlitzen oberhalb der Knöchel. Er sah wirklich ausnehmend elegant aus, aber irgendwie fehl am Platz in diesem verschlafenen englischen Landsitz. Vielleicht, dachte ich beunruhigt, sehe ich auch viel zu elegant aus, viel zu aufgeputzt für diesen Anlaß? Ich warf einen hastigen Blick in den Spiegel, aber bevor ich mir noch klar wurde, sagte Axel: »Gott sei Dank, daß du nicht aussiehst wie Alice!« und küßte mich auf den Nacken.

Offenbar versuchte er, sein ungebührliches Benehmen in Rye wiedergutzumachen. »Bin ich richtig angezogen?« fragte ich ihn. »Ich möchte nicht gern einen falschen Eindruck machen.«

»Wenn du dich umziehen würdest, wäre ich sehr böse«, gab er zurück. »Wenn man so gut aussieht wie du, braucht man sich nicht zu sorgen, ob man den richtigen Eindruck macht oder nicht.«

Dann gingen wir in den Salon hinunter.

Alice strickte, als wir den Salon betraten, was mich sehr überraschte, denn die Damen, die ich bisher gekannt hatte, hatten in ihren Mußestunden gestickt, aber stricken hatte ich noch niemand gesehen. Neben ihr auf dem Sofa saß ein etwas unförmiges Mädchen, das Gesicht voller Pickel, das aussah, als wäre es sehr kurzsichtig. Das mußte wohl Mary sein, Robert Brandsons Mündel, von dem Axel mir erzählt hatte Mein Blick wanderte von den beiden wenig anziehenden Frauen zu einer dritten, die im hohen Ohrensessel neben dem Kamin saß, und blieb dort hängen; denn hier saß eine der aufregendsten Frauen, die ich je gesehen hatte – vielleicht nicht ganz so schön wie meine Mutter, aber dennoch äußerst attraktiv, eine etwa fünfundvierzigjährige Frau mit kohlrabenschwarzem Haar, das an den Schläfen silbrig schimmerte, und den gleichen weit auseinanderstehenden, leicht schräggestellten Augen, die ich schon bei Ned gesehen hatte.

Bei unserem Eintritt erhob sie sich und kam uns mit einem königlichen Gang entgegen, der keinen Augenblick vergessen ließ, daß sie es war, die die Szene beherrschte.

»Nun, George«, sagte sie zu Axel, »es hat zehn Monate gedauert, bis du eine englische Braut gefunden hast, aber dieser lange Aufschub hat offenbar das allerbeste Ergebnis gezeitigt! Sie sieht wirklich reizend aus.« Sie zog mich an sich und küßte mich mit trockenen, kühlen Lippen auf beide Wangen. »Willkommen in deinem neuen Heim, Kind.«

Ich mochte es nicht sehr gern, wenn man mich »Kind« nannte, aber ich brachte es doch fertig, zu lächeln und »Danke« zu murmeln.

»Esther, wie geht es dir?« sagte Axel zu seiner Stiefmutter, ohne sie jedoch zu küssen, wie er ja überhaupt keinem Mitglied der Familie gegenüber auch nur das geringste Zeichen von Zuneigung oder Gefühl gezeigt hatte. »Du siehst viel besser aus als damals, als ich dich zum letzten Mal sah«, fügte er hinzu.

»Ich bitte dich, George, erinnere mich nicht immer an diese

gräßliche Zeit... Mary, komm her zu mir... du bist doch nicht ans Sofa geschmiedet, hoffe ich? So, das ist besser... Meine Liebe, das ist Mary Moore, das Mündel meines Mannes, die hier mit uns lebt – ach, und hier ist endlich Vere! Wo warst du denn so lang, Vere? George und seine Frau sind eben in diesem Augenblick heruntergekommen!«

Vere war bleich und dünn, er schien von seiner Mutter die Figur geerbt zu haben, aber sonst nicht viel. Sein Haar und seine Brauen waren blond, und seine Haut war so weiß wie die eines Mädchens. Das Auffallendste an ihm waren die tiefblauen, dunklen Augen, die mich deshalb so besonders beeindruckten, weil sie kühl blieben, wenn er lächelte – nur sein Mund war beteiligt.

»Hallo, George«, sagte er im reinsten Englisch, ohne eine Spur von bäuerlichem Akzent. Seine Sprache war, wie sein Lächeln, ohne jeden Ausdruck. »Wir dachten schon, du würdest gar nicht mehr nach Haraldsdyke zurückkommen.«

Das klang weder freudig noch enttäuscht. Das merkwürdige Fehlen jedes persönlichen Gefühls hinter seinen Worten war mir irgendwie unheimlich.

Er wurde mir vorgestellt, aber obwohl er sehr höflich war, wurde mir doch dabei nicht wohler. Wir unterhielten uns noch vielleicht zehn Minuten lang in diesem eleganten, in warmes Licht getauchten Raum, dann verkündete der Butler, daß das Dinner serviert sei, und wir gingen alle durch die Halle hinüber ins Eßzimmer. Nach der langen Reise war ich sehr hungrig und daher froh, daß eine richtige, wenn auch leichte Mahlzeit auf uns wartete, anstatt des sonst üblichen Sechs-Uhr-Tees. Wir hatten an diesem Tag in einem Gasthof irgendwo an der Grenze von Sussex zu Mittag gegessen, aber das schien mir schon sehr lange her.

Im Eßzimmer gab es einen Kandelaber, in dessen hellem Schein das Silber funkelte. Axel ging ohne Zögern geradewegs an den Kopf des Tisches, aber ich wußte nicht, wo ich mich setzen sollte, ohne jemanden zu verärgern.

Ich sah, wie Axel die Stirn runzelte und eine Bewegung hinauf zum anderen Ende des Tisches machte. Rasch eilte ich auf diesen Stuhl zu und setzte mich hin.

Alle schienen irgendwie zu zögern oder zu warten – ich begriff nicht, was vorging. Voller Panik fragte ich mich, was ich denn wohl falsch gemacht hatte, als Vere, der zu meiner Rechten saß, mir zuflüsterte: »Wollen Sie denn kein Tischgebet sprechen?«

Ich war sprachlos.

»Ich halte es für überflüssig, öfter als einmal am Tag vor dem Essen zu beten«, sagte Axel vom anderen Ende des Tisches her. »Meine Frau pflegt nur vor dem Mittagessen zu beten, und zu keiner anderen Mahlzeit.«

»Und das ist ganz recht so«, sagte Esther, die zur Rechten von Axel saß. »Die Zeiten ändern sich eben. Heutzutage sollen angeblich nur noch die Nonkonformisten vor jeder Mahlzeit beten. Mary, mein Kind, bitte bemüh dich doch, gerade zu sitzen! Was soll denn mit deiner Figur werden, wenn du immer so bucklig dasitzt!«

Nichts, was nicht ohnehin schon geschehen ist, dachte ich trocken, fühlte aber dann doch Mitleid mit der Armen, die vor Verlegenheit rot anlief und sich dann kerzengerade aufsetzte. Esther hatte hinter ihrer honigsüßen Stimme offenbar eine sehr scharfe Zunge versteckt.

Das Souper begann. Wir hatten das Roastbeef schon zur Hälfte gegessen, als die Tür aufging und Ned hereinkam. Als ich ihn jetzt zum ersten Mal in hellem Licht sah, bemerkte ich beinahe mit Entsetzen, wie schmutzig und schäbig seine Kleider waren. Er hatte sich offenbar nicht die Mühe gemacht, sich vor dem Essen umzukleiden oder sich auch nur zu waschen.

»Entschuldigt, daß ich so spät komme«, sagte er, »ich mußte mich um die Pferde kümmern.«

Es gab eine kleine Pause. Dann legte oben am Kopf des Tisches Axel sein Messer hin und lehnte sich in den Stuhl zurück.

»Wessen Aufgabe ist es, sich um die Pferde zu kümmern?«

Ned blieb, eine Hand auf der Lehne seines Stuhls, stehen.

»Nun?«

»Der Pferdeknechte.«

»Habe ich dich als Pferdeknecht angestellt?«

»Nein.«

»Dann wirst du in Zukunft pünktlich zu den Mahlzeiten kommen und dich nicht ausgerechnet dann um die Pferde kümmern, wenn du bei Tisch sitzen solltest.«

Ned sagte nichts, aber seine Ohren wurden dunkelrot.

»Außerdem kann ich dich leider nicht in diesem Aufzug mit uns zu Tisch sitzen lassen. Du bist schmutzig und unfrisiert wie ein Stallknecht. Wenn du noch einmal so im Eßzimmer erscheinst, werde ich dich peitschen lassen.«

Atemlose Stille herrschte im Raum.

»Hast du mich verstanden?«

Noch immer dieses lastende Schweigen.

»Antworte!«

»Ja«, sagte Ned, »du verdammter Ausländer.« Schon hatte er die Tür hinter sich zugeschlagen, man hörte ihn mit schweren Schritten durch die Halle hinüber in die Küche gehen.

Das Schweigen wurde unerträglich. Die Diener bemühten sich krampfhaft, so zu tun, als wären sie Statuen, die weder sehen noch hören konnten; Esther sah entsetzt aus; und Marys Augen waren beinahe so rund wie die Teller vor uns auf dem Tisch. Vere zu meiner Rechten saß wie erstarrt, das Messer in der Hand, während Alice neben ihm verbissen auf das Tischtuch starrte.

Axel zog die Schultern hoch. »Das Essen ist hervorragend«, bemerkte er, ohne sich an jemand Bestimmten zu wenden. »Es wäre schade, wenn wir es kalt werden ließen.« Und er beugte sich vor, um mit dem Essen fortzufahren.

»George«, sagte Esther kummervoll, »ich habe das Gefühl, ich muß mich für ihn entschuldigen –«

»Keineswegs«, sagte Axel fest, »das ist völlig unnötig. Ich nehme keine Entschuldigung an, die nicht aus seinem eigenen Munde kommt. Ich sehe keinen Grund, warum du für sein schlechtes Benehmen verantwortlich sein solltest.«

»Er wird jeden Tag ärger«, sagte sie. »Ich weiß nicht mehr, was wir mit ihm tun sollen.«

»Er bemüht sich, ein zweiter Rodric zu werden«, sagte Vere, »und dabei fällt er von einer Übertreibung in die andere. Er macht sich wirklich lächerlich.«

»Aber er ist überhaupt nicht wie Rodric!« rief Esther empört. »Er kann Rodric nicht das Wasser reichen!«

»Nein«, sagte Mary, die jetzt zum ersten Mal den Mund aufmachte, »Rodric war so ganz, ganz anders.«

»Rodric hatte soviel Charme, soviel Witz, soviel...« Esther brach ab und wandte sich dann zu mir, was mich verlegen machte. »Es war einfach eine schreckliche Tragödie«, sagte sie rasch. »George hat dir sicher erzählt –«

»Das hat er«, antwortete ich.

»Ich bitte dich«, sagte Vere zu seiner Mutter, »du solltest dich nicht so aufregen.«

»Ich rege mich nicht auf, es ist nur, daß ich gerade jetzt, wo wir alle zusammen wieder an diesem Tisch sitzen, Rodric die ganze Zeit wie lebendig vor mir sehe –«

»Bitte, Esther«, fiel Axel jetzt unerwartet ein, »vom vielen Reden wird die Sache nicht besser. Wir alle vermissen Rodric, bis zu einem gewissen Grad jedenfalls, so wie wir alle Papa vermissen, und du hast sicher das Recht, mehr als wir alle um die beiden zu trauern, aber wenn du dich derart in deinen Schmerz verbohrst, dann wird es nur noch schlimmer. Das weißt du selbst.«

»Ich würde gern wissen«, sagte Vere, »einfach nur so – aus Interesse –, wer von uns hier eigentlich Papa vermißt.«

Seine Stimme war leise und höflich. Während ihn alle ansahen, schnitt er gleichmütig ein Stück von seinem Rindsbraten ab, spießte es mit der Gabel auf und steckte es in den Mund.

»Wir wissen natürlich«, sagte Axel mindestens ebenso höflich, »daß du und Papa nicht gerade mit abgöttischer Liebe aneinander gehangen habt – du und Rodric ebensowenig.«

»Das gleiche könnte man von dir sagen«, antwortete Vere. »Wir wissen ebenfalls alle, was du von Rodric gehalten hast. Und aus deinem Schweigen bei der gerichtlichen Untersuchung ging eindeutig hervor, daß deiner Meinung nach Rodric der Mörder war.«

»Willst du damit sagen, daß er es nicht war?!«

»Aber ich bitte dich«, sagte Vere, seine blauen Augen weit geöffnet, »wenn nicht Rodric Papa umgebracht hat, wer sonst soll es getan haben?«

Plötzlich gab es das Geräusch von zerbrochenem Glas, und Alice stand erschrocken auf, das Kleid voller Wein aus dem Glas, das sie umgeworfen hatte. »Mein Gott, was habe ich gemacht –«

Alle kümmerten sich sofort um das Malheur, einer der Diener stürzte sich mit einer weißen Serviette auf sie, der Butler murmelte »t-t-t-t«, und Esther sagte: »Aber Alice! Dein schöner neuer Rock!«

»Wie ungeschickt!« sagte Alice verzweifelt. »Wie täppisch! Bitte entschuldigt...«

Die Männer hatten sich erhoben, als sie vom Tisch aufstand, und setzten sich nun wieder.

»So ein Jammer«, sagte Esther etwas zerstreut, »der Fleck wird nicht mehr herausgehen.« Unvermittelt wandte sie sich mir zu. »Nun, meine Liebe, erzähl mir doch etwas über dich selber. George hat in seinem Brief so wenig über dich geschrieben.«

Ich ging auf ihre Fragen ein und beantwortete sie fast automatisch, aber ich fand es schwierig, mich zu konzentrieren, denn das so abrupt abgebrochene Gespräch hatte mir einen Blick in

Abgründe und Leidenschaften gestattet, die mir Angst machten. Ich war froh, als die Mahlzeit endlich vorbei war und Mary und ich in den Salon gehen konnten, während Axel und Vere mit ihrem Portwein im Eßzimmer blieben. Esther wollte noch einmal nachsehen, ob Alice den Fleck aus ihrem Gewand herausbekommen hatte, so daß ich mit Mary allein blieb.

Wir hatten einander nichts zu sagen. Der Altersunterschied zwischen uns, der doch nur drei Jahre betrug, schien plötzlich unüberbrückbar. Nach fünf Minuten qualvoller Konversation griff ich nach dem ersten besten Thema, das mir in den Kopf kam.

»Wenn es dich nicht allzu sehr aufregt«, begann ich vorsichtig, »dann erzähl mir doch bitte etwas von Rodric.« Doch das schien mir allzu kühn, deshalb fügte ich noch hinzu, was nicht der Wahrheit entsprach: »Axel sagte mir, er sei ein sehr eindrucksvoller junger Mann gewesen.«

Die Wirkung meiner Worte auf das Mädchen traf mich völlig unerwartet: Alle Nervosität schien von ihr abgefallen, ihr Gesicht erstrahlte wie von innen erleuchtet. »George hat recht«, antwortete sie, »Sie hätten Rodric kennenlernen sollen – niemand konnte ihm gegenüber gleichgültig bleiben.«

Endlich etwas, worüber wir sprechen konnten, dachte ich erleichtert. Aber irgend etwas in ihrem Benehmen ließ mich auf der Hut sein.

»Mr. Brandson, mein Vormund, hoffte sehr, daß ich – daß Rodric und ich...« Sie errötete und hielt inne. »Ich war natürlich noch zu jung, als daß man das hätte offiziell bekanntgeben können, aber es war jedenfalls beabsichtigt, daß Rodric und ich...« Sie hielt wieder verschämt inne.

Ich starrte sie an. »Du meinst, Mr. Brandson wünschte, daß du dich, sobald du alt genug wärst, mit Rodric verloben solltest?«

»Nun ja... ja, er wünschte, hoffte...« Ihre Finger gruben sich nervös in ihr Kleid. »Ich bin jetzt verwaist, wie Sie ohne Zweifel wissen, aber mein Vater war ein Baron mit einem Landsitz in Hampshire, und er hat mir eine ansehnliche Erbschaft hinterlassen... es wäre eine passende Verbindung gewesen.« Über ihre hellen Augen fiel es wie ein Schleier, und sie wandte den Kopf mit einer jähen Bewegung zur Seite, so, als wollte sie ihre Gefühle verbergen.

»Ich verstehe«, sagte ich und bemühte mich, meine ungläubige Überraschung zu verbergen.

»Rodric war so vornehm«, fuhr sie fort, »so gut, so aufrichtig. Wenn ich natürlich auch meinen Vormund sehr verehrte, so fand ich doch oft, daß er Rodric gegenüber ungerecht war.«

»Ich habe gehört, daß sie einige Meinungsverschiedenheiten hatten.«

»Mein Vormund war ihm gegenüber so verständnislos und so voller Vorurteile – Rodric ist... war... ungewöhnlich begabt.«

»Begabt – wieso?«

»Er hat geschrieben«, erwiderte Mary. »Er war nie glücklicher als mit der Feder in der Hand und Papier und Tinte vor sich auf dem Tisch. Er schrieb vor allem Artikel und politische Abhandlungen – er interessierte sich sehr für Politik, oft ritt er sogar bis nach Dover, um dort für die Sache einzutreten und Reden zu halten.« Da sie meinen verständnislosen Blick bemerkte, fügte sie hinzu: »Für die Sache der Whigs. Das war natürlich für meinen Vormund eine furchtbare Enttäuschung. Er hatte immer gehofft, Rodric würde zu den Tories halten und vielleicht sogar diese Partei im Parlament vertreten. Er verstand Rodric nicht, er konnte nicht begreifen, daß Rodric sich nicht für Ideen einsetzen konnte, an die er nicht glaubte.«

Aber ich interessierte mich mehr für Rodrics angebliche literarische Talente als für seine schöne Seele. »Hat er auch Romane geschrieben?«

»Nur einen – ich habe Teile davon gelesen und sie großartig gefunden.«

»Was ist damit? Wo ist das Manuskript? Kann ich es sehen?«

Ihr Ausdruck verfinsterte sich. »Nein, Vere hat nach Rodrics... Tod alle seine Manuskripte verbrannt.«

In der darauffolgenden Pause ging die Tür auf, und Esther trat ins Zimmer. Ich dachte an ihre Erregung, als bei Tisch die Rede auf Rodric gekommen war, und hielt es für besser, unsere Unterhaltung nicht weiter fortzusetzen. Mary war offenbar zu demselben Schluß gekommen, denn sie war bereits aufgestanden, um ihren Nähkorb zu holen. »Alice hat den Fleck auf ihrem Kleid doch fast ganz herausgekriegt«, sagte Esther jetzt und setzte sich zum Kamin. »Sie kennt so viele Altweiberrezepte! Ich glaube, sie hat für alles irgendein geheimes Rezept, vom Heuschnupfen bis zum Rattengift. Diese Landmädchen kennen sich in diesen Dingen erstaunlich gut aus!«

Wieder fiel mir auf, daß sich hinter ihrer süßen Stimme eine überaus spitze Zunge verbarg.

»Sie ist gerade ins Kinderzimmer gegangen, um nach ihren Kindern zu sehen«, fuhr Esther fort und heftete den Blick ihrer schrägen Augen auf mich. »Alice«, sagte sie, »ist eine wunderbare Mutter.«

Ich lächelte höflich, ohne zu begreifen, warum sie mich plötzlich so intensiv musterte.

»Mary, mein Kind«, sagte Esther jetzt, »lauf doch bitte hinunter in den Salon und hol mir meinen Schal, sei so lieb! Mir ist kühl geworden.«

Folgsam verließ das Mädchen den Raum.

»Ich glaube, ich habe nicht genau gehört«, sagte Esther nach einem Moment, »– wie lange ist George mit dir eigentlich verheiratet?«

»Eine Woche.«

»Aha.« Nachlässig nahm sie den *Spectator* in die Hand und blätterte darin. »Aber du hast ihn doch vorher längere Zeit gekannt?«

»Etwa einen Monat.«

»Ach.« Die Illustrierte schien sie zu interessieren. »Also kennst du ihn gar nicht so gut.«

»Gut genug, glaube ich.«

Sie hörte aus meinen Worten anscheinend eine Bedeutung heraus, die ich ihnen gar nicht gegeben hatte, denn sie sah auf, den schönen Mund zu einem Lächeln verzogen, die prachtvollen Augen funkelnd vor Amüsement. »Daran zweifle ich nicht. Wenn George je irgend etwas mit Rodric gemeinsam hatte, dann war es sein Talent, sich von jeder Frau, auf die er ein Auge geworfen hatte, in möglichst kurzer Zeit möglichst gründlich kennenlernen zu lassen.«

Wäre ich weniger aufgebracht gewesen, dann wäre mir vielleicht aufgefallen, wie oft Rodrics Name in diesem Hause erwähnt wurde, aber im Augenblick ärgerte ich mich viel zu sehr über Esthers taktlose Bemerkung, um mir darüber Gedanken zu machen. Wenn ich auch dreißig Jahre jünger war als sie und unerfahren in den Finten und Schlichen weiblicher Konversation, so war ich doch jetzt derart empört, daß ich mich von ihrer Reife und Erfahrung nicht einschüchtern ließ.

»Junge Männer müssen sich die Hörner abstoßen«, sagte ich, kühl eine Phrase wiederholend, die ich meinen Vater oft sagen gehört hatte. »Ich würde es in der Tat sehr merkwürdig finden, wenn Axel es in seiner Jugend anders gehalten hätte. Ich brauche wohl nicht besonders zu betonen, daß sein Benehmen mir gegenüber immer in jeder Hinsicht musterhaft war.«

»Aber gewiß doch«, sagte Esther, »natürlich.« Sie lächelte. »Er wird jetzt sicherlich seßhaft und ein guter Ehemann werden wollen. Ein guter Ehemann und Vater.«

Ich gab keine Antwort.

»Er wünscht sich doch sicher bald Kinder?«

Von mir würde sie nicht erfahren, daß wir uns über diesen Gegenstand noch nie unterhalten hatten.

»Gewiß«, erwiderte ich, »besonders jetzt, da er der Herr von Haraldsdyke ist.«

Die Tür ging auf, ich blickte hin in der Erwartung, Mary mit dem Schal hereinkommen zu sehen, aber es war Alice, die im Türrahmen stand. Sie hatte sich umgezogen, das neue Kleid war von einem wenig gefälligen Schnitt, so daß man sehr deutlich sehen konnte, daß sie in gesegneten Umständen war.

In mir stieg plötzlich der unerklärliche Wunsch auf, diesem Raum und diesen Frauen zu entfliehen.

»Würden Sie mich bitte entschuldigen?« sagte ich höflich zu Esther. »Die lange Reise hat mich leider sehr erschöpft, ich glaube, es ist das Beste, wenn ich zu Bett gehe.«

Sie zeigten sich beide sehr besorgt. Natürlich sollte ich sofort zur Ruhe gehen, um mich gut zu erholen. Brauchte ich irgend etwas, konnten sie etwas für mich tun? Sollte man mir vielleicht noch etwas aus der Küche schicken lassen? Würde ich wohl meinen Weg zurück ins Schlafzimmer allein finden können?

»Wir möchten, daß Sie sich zu Hause fühlen«, sagte Alice. »Wir möchten Ihnen zeigen, wie sehr wir uns über Ihre Ankunft freuen.«

Ich dankte ihr, versicherte ihr, daß ich nichts weiter benötigte, sagte so höflich wie möglich gute Nacht und machte mich endlich, eine Kerze in der Hand, auf den Weg durch die langen Gänge in mein Schlafzimmer.

Ohne Schwierigkeiten fand ich unsere Suite und wollte schon auf die Türklinke drücken, als ich plötzlich streitende Stimmen hörte. Die Tür des Wohnzimmers oder Boudoirs war nur angelehnt, ein Lichtstrahl fiel in den dunklen Korridor vor mir.

»Du hast immer viel zuviel von Rodric gehalten«, hörte ich Axel mit harter und kalter Stimme sagen. »Es wird jetzt endlich Zeit, daß du mit dieser Heldenverehrung aufhörst und Rodric siehst, wie er wirklich war. Du bist neunzehn Jahre alt, aber du benimmst dich noch immer wie ein Schuljunge, der hinter dem

Helden herläuft, der gerade in Mode ist. Rodric war nicht der Heilige, für den du ihn hältst, er war nicht der Ritter in schimmernder Wehr, der für die Wahrheit kämpfte. Rodric war ein erfolgloser Außenseiter, der sich nicht anpassen konnte oder wollte.«

»Du warst immer eifersüchtig auf ihn.« Ned sprach mit leiser und zitternder Stimme. »Du warst freundlich zu ihm, um ihn zu täuschen, aber du hast ihn nie leiden können, denn bis du nach Wien gingst, warst ja du Vaters Liebling gewesen, aber als du zurückkamst, fandest du Rodric an deinem Platz, und von dem Augenblick an, als du erkannt hast, daß er Vater mehr bedeutete als du, hast du ihn zu hassen begonnen –«

»Was für kindischen Unsinn du redest!«

»Und auch Vater hast du gehaßt, weil er dir nicht verzieh, daß du lieber in Wien leben wolltest als hier – du wolltest dich um jeden Preis an ihm rächen – und an Rodric, weil er dich verdrängt hatte...«

»Ich habe den Verdacht, daß du noch eine Tracht Prügel brauchst. Ned, ich rate dir, sei vorsichtig. Du vergißt, daß ich noch immer die Peitsche in der Hand habe.«

»Vor dir habe ich keine Angst! Du kannst mich schlagen, dich über mich lustig machen und zur Armee schicken, aber dir spucke ich noch immer ins Gesicht, du Mörder...«

Ich hörte das Klatschen der Peitsche und darauf einen jähen Schmerzensschrei.

»Du wußtest, daß Vater sein Testament zu deinen Gunsten geändert hatte, also hast du ihn mit Rodrics Gewehr erschlagen und dann Rodric ins Moor getrieben, damit der Verdacht an ihm hängen bliebe!«

Wieder klatschte die Peitsche. Ich lauschte wie erstarrt, unfähig, mich von meinem Platz zu rühren.

»Du Lügner«, stieß Axel zwischen den Zähnen hervor, »du... du...«, und er verwendete Ausdrücke, die ich zwar einmal von meinem Vater gehört hatte, die aber in einer gesitteten Unterhaltung niemals laut gesagt werden.

Ned fuhr zwischen Schluchzen und Lachen fort: »Leugne nur, soviel du willst! Fluche, soviel dir gefällt! Aber wer hat denn Haraldsdyke nach Vaters Tod geerbt? Wer hat das ganze Land und das ganze Geld bekommen? Wer hatte den besten Grund dafür, Vater unter die Erde zu wünschen?«

»Hinaus! Hinaus, hörst du? Weg aus meinem –«

»Nicht Rodric, nicht Rodric, George Brandson! Und Rodric hat ihn auch nicht getötet! Rodric war kein Mörder!«

Es gab ein Geräusch von Schritten, von Fäusten, die auf einen Körper schlugen, dann einen Seufzer und dann einen dumpfen Schlag, als wäre etwas sehr Schweres zu Boden gestürzt.

Dann Stille.

Ohne mir über mein Benehmen Rechenschaft abzulegen, schlich ich leise weiter, blies meine Kerze aus und verbarg mich hinter dem Vorhang am anderen Ende des Korridors.

Endlich, nach einer Weile, die mir wie eine Ewigkeit vorkam, ging die Tür auf, und durch ein Loch im Vorhang sah ich Axel den Korridor entlang bis zur Treppe gehen, den Kopf gebeugt, die Schultern nach vorne hängend.

Sofort eilte ich ins Wohnzimmer. Ned lag halb bewußtlos auf dem Teppich, aus einer Platzwunde über der Schläfe sickerte Blut in sein schwarzes Haar. Als ich neben ihn kniete und nach seinem Puls griff, stöhnte er schwach und bewegte sich ein wenig, also goß ich schnell Wasser aus dem Krug in ein Glas und versuchte, ihn zum Trinken zu bringen.

Er öffnete die Augen, sah aber so elend aus, daß ich fürchtete, er würde sich übergeben, deshalb lief ich ins Schlafzimmer, holte das Nachtgeschirr und kam gerade noch rechtzeitig damit zu ihm.

Nachher fing er an, fürchterlich zu zittern. Er war kreideweiß, und als ich ihm zu trinken gab, kam er mir sehr jung und schutzlos vor, verängstigt und einsam. Da war keine Spur mehr von dem zornigen Ankläger, den ich durch die Tür hindurch gehört hatte, und fast glaubte ich, er hätte zuvor nur aus Prahlerei so gesprochen. Ich dachte an Alexander, und das Herz tat mir plötzlich weh.

»Ich bin ausgerutscht«, sagte er. »Ich wollte mich auf George stürzen, da rutschte ich aus, fiel hin und schlug mir den Kopf an.«

Er flüsterte so leise, daß es kaum zu hören war, und seine Augen hatten sich vor Scham und Demütigung verdunkelt. Dann: »Was machen Sie denn hier? Lassen Sie mich allein.« Er löste sich von mir, und während ich ihn voll stummen Mitgefühls ansah, stolperte er mühsam zum Sofa, wo sein Jackett lag, und zog es mit zittrigen Händen an.

»Warum hat Axel dich geschlagen?« fragte ich endlich. »Du hättest dich doch wehren und davonlaufen können.«

»Ich habe mich gewehrt«, sagte er matt, »und dabei fiel ich hin und schlug mir den Kopf an.« Rasch setzte er sich hin, er fühlte sich wohl plötzlich wieder sehr schwach, und ich ging zu ihm hin, wie ich zu Alexander gegangen wäre, und legte ihm den Arm um die Schultern, um ihn zu trösten.

Er fuhr sofort zurück. »Nicht, nicht«, murmelte er.

»Aber ich will dir doch nur helfen.«

»Ich werde gleich wieder in Ordnung sein. Lassen Sie mich allein.« Er sah mir ins Gesicht. »George wäre sehr böse«, flüsterte er. »George würde es gar nicht gern sehen, daß Sie bei mir sind.«

In seinen Augen standen Tränen. Ich begriff, daß er panische Angst vor Axel hatte und an die Szene, die sich eben hier abgespielt hatte, nicht einmal zu denken wagte. Während ich ihn noch anstarrte, hörte man von weitem Stimmen und dann Schritte, die sich durch den Korridor näherten.

»Bitte gehen Sie«, sagte er flehend, »bitte!«

»Das kommt nicht in Frage«, antwortete ich. »Das hier sind

meine Räume, und ich habe ein Recht, mich hier aufzuhalten. Ich habe keine Angst.« Aber ich ging trotzdem von ihm weg. Als ich aufstand, fühlte ich mich merkwürdig unsicher auf den Beinen.

Die Tür ging auf.

Vere trat ins Zimmer, gefolgt von Axel. Als sie mich sahen, blieben beide unvermittelt stehen.

Ich blickte Axel mit hocherhobenem Kopf und mit vor Aufregung trockenem Mund fest in die Augen.

»Ich kam erst vor einem Augenblick aus dem Salon hier herauf«, sagte ich. »Möchtest du, daß ich wieder hinuntergehe, bis du mit Ned besprochen hast, was du mit ihm zu besprechen hast?«

Nach kurzem Überlegen erwiderte Axel: »Das ist nicht nötig, Vere ist nur gekommen, um Ned in sein Zimmer zu bringen.«

Ned fing wieder an zu zittern. Einen Augenblick fürchtete ich schon, er würde in Ohnmacht fallen, aber er schien sich wieder zu fangen. Vere ging quer durchs Zimmer auf ihn zu.

»Hast du George nichts zu sagen?«

Das Schweigen, das darauf folgte, war unerträglich. Neds dunkle Augen brannten in seinem Gesicht wie schwarze Kohlen.

»Ich habe Vere mitgeteilt, daß du das Haus bei Morgengrauen verlassen wirst«, sagte Axel ausdruckslos. »Ich werde dir fünfzig Guineen geben, damit kannst du deinen Weg in der Welt machen. Nach allem, was du mir gesagt hast, kann ich mir nicht vorstellen, daß du noch eine Nacht länger mit mir unter demselben Dach leben möchtest.«

Tränen strömten über Neds Gesicht, und er sank aufs Sofa und weinte, als würde ihm das Herz brechen.

Das konnte ich nicht ertragen. Für mich war er in diesem Augenblick Alexander, wenn er auch körperlich Alexander nicht im geringsten glich. Ich lief zu ihm hin, drückte seinen Kopf an mich und bat ihn, doch nicht mehr zu weinen.

Axel rief meinen Namen.

Ich stand auf und ging ohne Zögern auf ihn zu. »Schick ihn nicht fort«, sagte ich, »bitte schick ihn nicht fort. Er hat das, was er zu dir gesagt hat, sicher nicht so gemeint. Er war viel zu aufgeregt und viel zu unglücklich, um überhaupt zu wissen, was er sagte.«

»Geh ins Nebenzimmer«, war alles, was Axel darauf sagte. »Du hast dich um diese Angelegenheit nicht zu kümmern.«

»Bitte«, flehte ich und spürte, wie mir selber die Tränen in die Augen stiegen. »Mein Bruder sagte oft so dumme Sachen, wenn er zornig war, und nachher tat es ihm dann immer leid. Mein Bruder –«

»Dein Bruder ist in Harrow, meine Gute, und Ned ist ein Fremder, den du überhaupt nicht kennst. Sei also jetzt bitte so freundlich und laß uns hier allein.«

Aber bevor ich noch einen Schritt machen konnte, sagte Ned vom anderen Ende des Zimmers her: »Sie hat ganz recht, es ist genauso, wie sie sagt.« Seine Stimme zitterte noch immer ein wenig, aber er stand wieder ganz fest auf den Beinen. »Was ich gesagt habe, habe ich nicht wirklich gemeint. Es waren alles Lügen. Rodric hat mir plötzlich so gefehlt, daß ich Sachen sagte, von denen ich weiß, daß sie nicht wahr sind... Bitte vergib mir und schick mich nicht weg. Sag mir, was ich tun soll, damit du mir verzeihst, und ich verspreche, mich in Zukunft zu bessern.«

Wieder Schweigen.

»Bitte, Axel, schick ihn nicht weg –«

»Meine Liebe«, erwiderte Axel mit eisiger Stimme, »ich habe dich bereits zweimal gebeten, dieses Zimmer zu verlassen. Ich hoffe, ich muß dich nicht ein drittes Mal bitten.«

Wortlos knickste ich und ging ins Schlafzimmer hinüber, wo ich jedoch sofort mein Ohr an die vertäfelte Wand preßte. Aber die Vertäfelung war dick, ich konnte zwar Stimmengemurmel hören, aber nicht deutlich verstehen, was sie sagten. Also setzte ich mich an den Frisiertisch und spielte ein bißchen mit den Silberkämmen und -bürsten herum, aber meine Gedanken wollten sich nicht klären, ich war noch immer wie vor den Kopf geschlagen. Marie-Claire hatte meine Nachtgewänder bereitgelegt, ich zog mich also aus, und gerade, als ich im Nachthemd vor dem Spiegel saß und mein Haar bürstete, hörte das Gemurmel nebenan plötzlich auf, irgendwo weit weg wurde eine Tür geschlossen, und im nächsten Augenblick kam Axel ins Zimmer. Ich hatte plötzlich Angst vor ihm. Ich brachte es nicht fertig, ihn anzusehen. Zu meiner großen Erleichterung durchquerte er das Ankleidezimmer, ohne etwas zu sagen, so daß ich noch mein Haar ausbürsten und schnell ins Bett schlüpfen konnte.

Aber meine Nerven waren noch immer gereizt, und ich konnte nicht einschlafen. Meine Glieder schmerzten vor innerer Spannung. Endlich kam Axel ins Zimmer zurück und glitt neben mich ins Bett.

Ich hatte natürlich erwartet, daß er mir wegen meines Benehmens Vorwürfe machen würde; außerdem hatte ich aber auch irgendeine Erklärung für diese Szene erwartet, wenigstens einen Kommentar zu dem, was sich da abgespielt hatte. Doch nichts von allem geschah.

Ich wartete, wagte kaum zu atmen, aber er lag still neben mir, so still, daß auch ich mich kaum bewegen mochte. Doch nach einer Weile wurde das Gefühl der Einsamkeit noch größer als meine Angst und Verwirrung. Ich flüsterte seinen Namen.

Mit einem Ruck drehte er sich um. »Ich dachte, du seist schon eingeschlafen! Was gibt es denn?«

»Ach, Axel, ich wollte dich nicht zornig machen, das habe ich nicht absichtlich getan –« Vor Erschöpfung begann ich zu weinen.

»Aber mein liebes Kind«, sagte er erstaunt. »Wer sagt denn, daß ich zornig auf dich bin? Mein Zorn richtete sich gegen andere Leute, und mein Gehirn war von anderen Dingen in Anspruch genommen.« Und er zog mich jäh, aber nicht unfreundlich an sich und küßte mich auf die Stirn. »Das war heute ein schwieriger Abend für dich«, sagte er dann, »aber ich muß wirklich darauf bestehen, daß du dich nicht in Dinge mischst, die mich allein betreffen. Ned und alles, was mit ihm zusammenhängt, ist meine Sache, ich bin für ihn verantwortlich, und es besteht nicht die geringste Notwendigkeit, daß du diese Verantwortung mit mir teilst.«

»Wird er – fortgeschickt?«

»Vorläufig nicht. Er hat sich für seine Lügen und seine beleidigenden Äußerungen entschuldigt und versprochen, sich in Zukunft besser zu benehmen. Er ist schließlich nichts anderes als ein mißratener Schuljunge, dem seine Familie nie auch nur die geringste Disziplin beigebracht hat. Und jetzt schlaf ein und mach dir keine Sorgen mehr, und du wirst sehen, wieviel besser morgen beim Aufwachen alles aussieht.«

Aber als ich endlich einschlief, hatte ich wilde Angstträume; ich sah, wie Rodric im Sumpf versank, während Vere begeistert in die Hände klatschte und Alice flüsterte: »Wir müssen die Ratten im Keller vergiften«; dann stand Axel auf einmal lächelnd in der Halle von Haraldsdyke, Esther reichte ihm ein blutverschmiertes Gewehr, und Mary sagte zu mir: »Wissen Sie, Rodric war ein so wunderbarer Mörder.« Und das Wort *Mörder* hallte weiter, bis sein Echo die Halle füllte, und plötzlich jagte mich Ned in die Sümpfe hinein und in den Tod und rief mir mit Alexanders Stimme nach: »Axel ist ein Mörder, Mörder, Mörder, Mörder...«

Als ich schweißnaß erwachte, schien die Sonne friedlich durch die Vorhänge, und aus dem Ankleidezimmer nebenan hörte ich Axel mit seinem Kammerdiener reden und lachen.

3

Aus dem Fenster warf ich einen ersten Blick nach Süden, quer über das Moor, diese weite grüne Ebene, von der blauen Linie des Meers begrenzt, die beiden Städte Rye und Winchelsea sehr nahe in der fahlen Herbstsonne. Alles war so friedlich, so heiter. Dieser Frieden legte sich beruhigend auf meine Seele. Ich läutete nach Marie-Claire. Da bemerkte ich auch schon, daß ich noch nicht so kräftig war, wie ich geglaubt hatte, und glitt rasch ins Bett zurück.

»Laß mir aus der Küche das Frühstück heraufbringen«, sagte ich, »ich hätte gern starken schwarzen Kaffee und eine dünne Scheibe Toast.« Sie ging in die Küche.

Ich hatte mich gerade wieder in die Kissen zurückgelegt und überlegt, daß ich wahrscheinlich am Nachmittag kräftig genug sein würde, mich anzuziehen und hinunterzugehen, als Axel ins Zimmer trat.

»Wie geht es dir, meine Liebe?« Er kam ans Bett und beugte sich zu mir, um mich auf die Lippen zu küssen. Seinem Gesichtsausdruck war zu entnehmen, daß ich ihm sehr zu gefallen schien, was mich früher sehr gefreut hätte – aber jetzt hatte ich nur den Wunsch, ihm möglichst fern zu bleiben.

»Ich fühle mich heute morgen ein wenig unwohl«, antwortete ich wahrheitsgemäß. »Vielleicht könntest du mich bei der übrigen Familie entschuldigen und ihnen ausrichten, daß ich am Nachmittag hinunterkommen werde.«

»Du bist die Hausherrin«, gab Axel zur Antwort, »außer bei mir brauchst du dich wegen deiner Abwesenheit bei niemandem zu entschuldigen. Mir tut es natürlich sehr leid, daß du dich nicht wohl fühlst. Vielleicht sollte ich nach Winchelsea schicken und Doktor Salter bitten lassen, daß er einen Besuch bei dir macht...«

»Nein, nein – es ist sicher nichts Ernstes. Es wird besser gehen. Ich bin einfach noch immer ziemlich erschöpft und würde gern noch ein bißchen länger im Bett bleiben.«

»Bleib nur.« Er küßte mich noch einmal und erhob sich dann. »Ich habe viel zu tun«, sagte er. »Vere und ich werden heute morgen nach Rye reiten, um mit James Sherman zu sprechen, dem Rechtsanwalt meines Vaters, das wird vielleicht einige Zeit dauern.«

»Werdet ihr denn in Rye essen?«

»Das ist möglich. Es hängt davon ab, wie lange wir für unsere Besprechungen brauchen... ich werde jedenfalls Alice ausrichten, daß du unpäßlich bist, und sie bitten, sich noch einen Tag länger des Haushalts anzunehmen.«

»O ja... ja, ich danke dir.« Ich hatte ganz vergessen, daß es jetzt ja eigentlich meine Aufgabe war, den Haushalt zu führen. Als Axel gegangen war, dachte ich lange darüber nach, wie schwierig es wohl sein würde, eine so verantwortungsvolle Aufgabe zu übernehmen, auf die ich keineswegs praktisch vorbereitet war, und ob es nicht vielleicht möglich wäre, Alice dazu zu bringen, sich auch weiterhin um den täglichen Kleinkram des Haushalts zu kümmern, als es plötzlich an der Tür klopfte und Alice auf der Schwelle erschien.

»George sagte mir, daß Sie sich nicht wohl fühlen«, sagte sie besorgt. »Das tut uns allen so leid... wenn ich irgend etwas für Sie tun kann...« Sie hielt mit einem fragenden Ausdruck inne.

Ich wiederholte meine Versicherung, die ich schon Axel gegeben hatte, nämlich, daß es mir bald besser gehen würde, aber Alice schien dadurch nicht beruhigt.

»Wenn Ihnen übel ist«, sagte sie, »ich kenne ein sehr gutes

Mittel, aus Kräutern gemischt, das auch ich immer während der ersten Monate genommen habe.«

Das beruhte offensichtlich auf einem Mißverständnis. »Nein, nein«, sagte ich leicht verlegen. »Davon kann keine Rede sein.«

»Sind Sie sicher? Sie sind zwar erst seit kurzem verheiratet – aber manchmal... Aber wenn Sie sicher sind, daß das ausgeschlossen ist...«

»Völlig sicher«, sagte ich so fest, daß jetzt hoffentlich auch sie begriff, warum ich einfach noch ein paar Stunden länger im Bett bleiben wollte. In diesem Augenblick trat Marie-Claire mit Kaffee und Toast ins Zimmer.

Halb hatte ich gehofft, daß Alice jetzt gehen würde, aber sie dachte offenbar, sie müsse mir Gesellschaft leisten, denn sie setzte sich auf einen Stuhl neben dem Bett und fing an, über das Menü zu sprechen, das sie für das Dinner heute abend geplant hatte.

»Vere und Axel werden vielleicht nicht zum Dinner kommen«, sagte ich.

»Schon, aber da sind ja noch wir, Veres Mutter, Mary und Ned. Außer, Ned kommt auch nicht. Er hat zeitig am Morgen ein Pferd gesattelt und ist übers Moor geritten.«

Ich schwieg.

»Vere erzählte«, fuhr sie fort, »daß Ned und George gestern abend einen kleinen Zusammenstoß hatten.«

»Ich glaube, das ist jetzt alles geklärt.«

»Armer Ned«, sagte Alice, »er kann einfach Rodric nicht vergessen.« Sie raffte ihren Rock und stand auf. »Ich werde jetzt gehen und nach den Kindern sehen, Sie müssen sich ja ausruhen –«

»Nein – bleib doch«, sagte ich plötzlich. »Bleib doch hier und erzähl mir noch was – wenn du Zeit hast, sonst nicht... ich möchte so gern mehr über Rodric wissen. Anscheinend haben ihn alle Leute hier so gern gehabt.«

Alice zögerte zuerst, dann setzte sie sich wieder und legte ihren weiten Rock in sorgfältige Falten. »Ja«, erwiderte sie, »alle haben Rodric gern gehabt. Beide Eltern zogen ihn Vere bei weitem vor, seine Mutter liebte ihn abgöttisch, in ihren Augen hatte Rodric immer recht.«

»Auch dann, als er in Schwierigkeiten geriet?«

Alices Augen wurden ganz weit. »Sie haben davon gehört?«

»Axel hat es erwähnt.«

»Ach.« Sie zögerte, dann fuhr sie fort: »Es gab nichts, wovor Rodric zurückschreckte. Er war ein Draufgänger. Nichts war ihm heilig, nichts war vor ihm sicher. Einfach so zum Vergnügen betätigte er sich als Straßenräuber, bis das Gerücht darüber dem Lord Warden der Cinque Ports zu Ohren kam – aber man konnte ihm nichts beweisen. Gegen Ende arbeitete er mit Schmugglern zusammen, vor allem mit Delancey, dem berüchtigten französischen Schmuggler. Oft ritt er in der Nacht nach Dungeness und führte die Zollbeamten dort an der Nase herum.«

Mir blieb vor Staunen der Mund offen. »Und das war allgemein bekannt?«

»Das... das kam erst bei der Untersuchung heraus... Rodric verachtete Vere, weil Vere von diesen kindischen Abenteuern nichts wissen wollte. Schmuggel und Raub, nein wirklich! Die reinste Angeberei! Vere war immer viel ernster und männlicher als Rodric, das war schon so, als sie beide noch kleine Jungen waren.«

»Du hast sie schon damals gekannt?«

»Ja. Wir lebten in einem kleinen Dorf, in Haraldsford, nur eine Meile von hier. Meine Mutter ist eine Hexe.« Das sagte sie so obenhin, wie ich gesagt hätte: »Meine Mutter ist Französin.«

»Rodric kam eines Morgens mit seiner Bande zu unserer Hütte geritten, und dann tauchten sie meine Mutter mit der Hexenwippe in den Dorfteich. Das fanden sie wohl sehr lustig. Aber meine Mutter belegte ihn darauf mit einem Fluch, daß er innerhalb von zehn Jahren im Wasser umkommen sollte.« Das alles sagte sie ganz ruhig und ernsthaft. »Neuneinhalb Jahre später starb er im Moor. Ich war nicht überrascht, denn ich hatte das kommen sehen.« Geistesabwesend strich sie mit ihren Händen die Decke glatt. »Vere war ganz anders, immer anständig, immer ernst, immer bemüht, alles, was er zu machen hatte, gut zu machen. Als er sechzehn war, kam er eines Tages zu meiner Mutter und bat sie um einen Zauber, der bewirken sollte, daß alle Mädchen sich in ihn verliebten, anstatt immer nur in Rodric.« Sie lächelte plötzlich, ihr breites Gesicht strahlte vor Freude. »Meine Mutter antwortete: ›Hier ist ein Mädchen, das sich gar nichts aus Rodric macht‹ und führte ihn geradewegs zu mir. Wir waren sehr glücklich miteinander, gleich von Anfang an.«

»Wie alt warst du denn damals?«

»Dreizehn. Heiraten konnte ich erst mit fünfzehn, und auch dann brachte Veres Vater ihn beinahe um, als er von unserer Hochzeit erfuhr. Zwei Monate lang redete er kein Wort mit Vere, und Vere mußte als Knecht auf dem Hof eines Nachbarn arbeiten, weil sein Vater ihn nicht mehr in Haraldsdyke sehen wollte. Ich war schon schwanger, und der Winter war sehr streng, deshalb ließ Vere bei seinem Vater anfragen, ob er denn sein erstes Enkelkind verhungern und erfrieren lassen wollte – und so kehrten wir denn nach Haraldsdyke zurück. Aber das Kind starb«, sagte sie, und alles Leuchten in ihrem Gesicht erlosch. »Der arme kleine Wurm. Er lebte nur ein paar Stunden.«

Ich murmelte etwas Mitfühlendes.

»Vere hatte es sehr schwer in Haraldsdyke«, sagte sie nach einer Weile. »Er konnte es seinem Vater einfach nicht recht machen. Zwar brüllte und polterte der Vater auch mit Rodric, aber trotzdem galt ihm allein seine Liebe. Auf Vere hörte der Vater nie.«

»Seltsam eigentlich«, fiel ich ein, »daß Rodric, dem anscheinend alle Herzen zuflogen, nie geheiratet hat.«

»Ja, seltsam«, sagte sie in Gedanken versunken. »Er war sehr anziehend und schön, groß und stark, mit einem geraden Rücken und schmalen Hüften, und sein Haar war schwarz wie Rabenflügel. Aber seine Haut war hell. Er hatte blaue Augen, so wie Vere, er lächelte gern, und wenn er lachte, lachten alle mit ihm.«

Diese Beschreibung gab mir den Verdacht ein, daß sie ihn vielleicht lieber gehabt hatte, als sie zugeben wollte, aber in diesem Augenblick sah ich in ihren Augen unmißverständlich den Funken des Hasses aufglimmen.

Diese Entdeckung schockierte mich derart, daß mein Herz einen Satz tat – aber sie hatte ihre Augen schon wieder gesenkt. »Und dennoch dachte er nie an Heirat«, sagte sie. »Er war viel zu sehr damit beschäftigt, die Ehefrauen anderer zu verführen.« Als sie bemerkte, daß ich sie anstarrte, zuckte sie die Achseln und lächelte wieder, so, als fände sie das alles ganz nebensächlich. »So war er eben«, fuhr sie fort. »Es machte ihm keinen Spaß, wenn eine Frau leicht zu haben war. Schwierig mußte es sein, so daß er ein Spiel daraus machen konnte, einen Kampf, ein neues Abenteuer, um sich damit zu amüsieren. So war er eben.«

Es gab ein Schweigen. Dann sprach sie weiter.

»Wie am Tag seines Todes zum Beispiel«, sagte sie, und ein abwesender Ausdruck trat in ihre Augen, so, als sähe sie die Szene wieder vor sich. »Das war am Heiligen Abend. George war drei Tage vorher aus Wien gekommen, um Weihnachten bei uns zu verbringen, und das freute Vater, der gerade am Tag zuvor wegen einer landwirtschaftlichen Frage mit Vere gestritten und außerdem erfahren hatte, daß Rodric schon wieder irgendeinen Unsinn angestellt hatte. Vielleicht hat gerade in diesem Augenblick der alte Mr. Brandson George sein Herz zugewendet. Es war Morgen, ich war im Wohnzimmer und stellte das Menü für die Weihnachtstage zusammen. Da kam Rodric herein. Ich sah ihm gleich an, daß es ihn nach einem Abenteuer gelüstete, ganz gleich, was es war, nur um sich nicht zu langweilen – aber ich rechnete damit, daß Vere bald kommen würde. Als Vere wenige Minuten später wirklich erschien, mußte ich mich bereits gewaltsam Rodrics erwehren und Hilfe herbeirufen. Noch nie hatte ich Vere so zornig erlebt. Wenn George nicht bei ihm gewesen wäre und ihn zurückgehalten hätte, ich glaube, Vere hätte Rodric umgebracht. Dann ging George mit Rodric ins Moor jagen, und die beiden kamen erst am späten Nachmittag wieder zurück. Vere war inzwischen auch fortgegangen, er hatte draußen auf dem Gut etwas zu tun und kam erst viel später wieder nach Hause. Das war ein schrecklicher Tag! Ich werde nie vergessen, wie ich Vere bei seiner Heimkehr sagen mußte, daß sein Vater tot war.«

»Da war Rodric wohl schon wieder fort?«

»Ja, natürlich. Rodric war fort, und George war auch schon fort, er war ihm nachgeritten, um ihn wieder zurückzubringen. Rodric hatte das Haus sofort nach dem Streit mit seinem Vater verlassen – und ihn tot zurückgelassen, wie sich später herausstellte. Esther, Veres Mutter, fand Mr. Brandson etwa eine Viertelstunde, nachdem Rodric zu den Ställen gegangen war und, Ned zufolge, der gerade auch dort war, hastig sein Pferd gesattelt und in die winterliche Dämmerung hinausgeritten war. Die Arme! Ich hörte ihre Schreie bis hinauf ins Kinderzimmer und rannte, so schnell ich konnte, in die Halle hinunter.«

»Das muß ein furchtbarer Schock für sie gewesen sein.«

»Das war es gewiß. Glücklicherweise war George bei ihr, denn er und Mary waren noch vor mir zu ihr gekommen. Mary hatte sich, während ich im Kinderzimmer war, im Wohnzimmer aufgehalten. Zuerst waren wir beide ja unten im Salon gewesen, aber als Rodric mit seinem Vater in der Bibliothek zu streiten anfing, wurde es uns peinlich, daß wir durch die Wand hindurch alles so deutlich verstehen konnten. Mr. Brandsons Stimme war lauter als die des Marktschreiers von Rye, wenn er in Wut geriet, und Rodric redete auch nicht viel leiser.«

Ich hätte sie brennend gern gefragt, was sie denn da gehört hatte, wollte aber nicht zu neugierig erscheinen.

»Ich nehme an, Mr. Brandson hat Rodric Vorwürfe wegen seiner Beziehungen zu den Schmugglern gemacht«, sagte ich beiläufig.

»Da fielen noch ganz andere Worte«, sagte Alice.

»Oh.«

Wieder gab es eine Pause. Alice setzte sich bequemer im Sessel zurecht. »Mr. Brandson schwor, er würde Rodric sofort enterben«, sagte sie dann. »Er schwor, daß er sein Testament ändern würde.«

»Aber hatte er das nicht bereits getan?«

»Ja, das war ja das Merkwürdige. George hat Ihnen wahrscheinlich gesagt, daß Mr. Brandson in der Tat kurz vor seinem Tod sein Testament dahingehend geändert hatte, daß alle seine anderen Söhne zugunsten von George enterbt wurden. Als Rodric an diesem Nachmittag seinem Vater gegenüberstand, mußte er wohl annehmen, daß er eines Tages Geld und Besitz erben würde, denn Mr. Brandson sagte ihm mit keiner Silbe, daß er ihn bereits enterbt hatte.«

»Fanden das nicht alle sehr seltsam, daß Mr. Brandson seine Söhne einfach so enterbte?«

Alice zuckte wieder die Schultern. »Dabei hat er George nie besonders gemocht«, war alles, was sie darauf sagte. »Ich weiß nicht, was ihn dazu brachte, so ein Testament zu machen. Seit George gegen den Willen seines Vaters nach Wien gegangen war, hatten die beiden sich nie mehr gut verstanden.«

Es klopfte, aber ich war von dieser Unterhaltung derart gefangen, daß ich es gar nicht bemerkte, bis Alice rief: »Wer ist da?«

»Mary. Die Frau des Pfarrers ist gekommen, Alice, sie ist unten im Frühstückszimmer. Soll ich ihr sagen –«

»Ich komme schon.« Alice stand auf. »Unsere Kirche ist in Haraldsford«, sagte sie zu mir, »zur Pfarre gehören auch noch die Dörfer Haraldsmere und Conyhurst-in-the-Marsh. Wir werden heute morgen wahrscheinlich mehrere Besucher bekommen, die Ihnen ihre Aufwartung machen und Sie auf Haraldsdyke willkommen heißen möchten. Ich werde ihnen sagen, daß Sie unpäßlich sind, und sie bitten, ein anderes Mal vorbeizukommen.«

»Ja, wenn du das tun würdest, ich danke dir, Alice – ich lasse mich bei der Pfarrersfrau vielmals entschuldigen.«

»Ich werde es ausrichten.« Sie lächelte mir beruhigend zu. »Machen Sie sich keine Sorgen, ich werde mich um alles kümmern.«

Nachdem sie gegangen war, sank ich erschöpft und erleichtert zugleich zurück in die Kissen und versuchte, noch einmal einzuschlafen, aber meine Gedanken kreisten immer wieder um unser Gespräch. Seltsam genug: Was mir den meisten Eindruck gemacht hatte, war ihre Beschreibung von Rodric. Ich konnte ihn mir so gut vorstellen, wie er war, lustig und sorglos, voller Lebensmut und Durst nach Abenteuern, unbekümmert und frei von allen Bindungen und von jeder Verantwortung. Das wäre der Mann gewesen, den ich heiraten wollte, wenn ich es mir hätte aussuchen können, dachte ich. Axels kühles und distanziertes Benehmen bedrückte mich, und der große Altersunterschied zwischen uns machte die Sache keineswegs besser. Die Disziplin, die er mir jetzt abzufordern begann, mißfiel mir sehr, ging mir auf die Nerven. Wie konnte er es nur wagen, derart selbstverständlich anzunehmen, daß ich immer genau das tun würde, was er mir sagte, ohne zu murren? Sicher mußte die Frau in vielem nachgeben und sich unterordnen, dachte ich, denn in vielen Dingen kannten die Ehemänner sich besser aus, aber in unserer Zeit hatte doch wohl auch die Frau Anspruch auf ein wenig Freiheit und Mitsprache...

Denn als ich jung war, da hatte das neunzehnte Jahrhunder gerade erst begonnen, ich konnte damals nicht voraussehen, welche Änderungen die Zeit der Königin Viktoria mit sich bringen und wie alle Unabhängigkeit der Frauen im Keim erstickt würde. Vielleicht hatte man in Europa andere Ansichten, vielleicht behandelte Axel mich auf diese Weise, weil er eben ein Ausländer war.

Der Morgen verging langsam; ich wurde unruhig und ungeduldig, und endlich gegen Mittag rief ich Marie-Claire zu mir und fing an, mich anzukleiden.

Dann verspürte ich den Wunsch, mein neues Heim auf eigene Faust zu erforschen, ohne Alice, und vor allem ohne Esther, Axels Stiefmutter. Als ich angekleidet war, ging ich daher nicht ins Frühstückszimmer oder in den Salon hinunter, sondern die Treppen hinauf, die zum Dachboden führten, und hielt erst inne, als ich ganz oben war, hinter einem kleinen Fenster, von dem ich nach Osten weit übers Moor blicken konnte. Irgend jemand hatte mit einem Diamanten etwas in die Fensterscheibe geritzt, ich beugte mich nieder, um die Worte besser lesen zu können:

Gott schütze Rodric und auch Rye, die Stadt,
Gott schütze Rodric, den man hier gefangen hat.
Juli 1797

Das war das Jahr meiner Geburt, damals mußte Rodric etwa zehn oder elf Jahre alt gewesen sein, und man hatte ihn zur Strafe auf den Dachboden gesperrt – weiß Gott, was er wohl angestellt hatte. Wo hatte er wohl den Diamanten gefunden? Ich sah mich um und fand riesige Kisten und Truhen – wer weiß, wie viele alte Kleider und anderes Zeug da drinnen liegen mochten. Vielleicht hatte er dort einen Diamanten gefunden, den die Familie schon längst verloren glaubte, und sich in den Stunden seiner Gefangenschaft damit amüsiert.

Und jetzt war er tot – was für ein furchtbarer Gedanke. Mit den Fingern fuhr ich den Linien im Glase nach, und plötzlich stieg Rodric in meiner Einbildung so lebhaft vor mir auf, daß ich mich nicht gewundert hätte, wenn er plötzlich hinter mir in der Tür gestanden hätte.

Aber als ich mich umwandte, war niemand da.

Ungeduldig schüttelte ich mich und stieg die Stufen wieder hinunter, vorbei an den Räumen der Dienerschaft bis hinunter zu dem Stockwerk, wo Axel und ich unsere Suiten hatten. Auf dem Treppenabsatz blieb ich stehen – sollte ich ins Erdgeschoß hinuntergehen und dabei Gefahr laufen, Alice oder Esther zu treffen? Da kehrte ich lieber noch einmal um, ging den langen Korridor hinunter und sah mir die Zimmer an, an denen ich schon vorbeigegangen war. Einige waren ganz leer. Fast wäre ich in eines davon hineingegangen, da hörte ich Stimmengemurmel und zog mich hastig wieder zurück. Die eine Stimme kam mir wie Marys Stimme vor. Vielleicht hatte sie dort mit ihrer Gouvernante Unterricht.

Vielleicht war das Los einer Gouvernante nach allem gar nicht so schlecht, dachte ich. Da brauchte man sich nicht mit sonderbaren neuen Verwandten herumzuärgern, da gab es keinen Ehemann, vor dem man ständig zittern mußte. Wenn es einem in einer Stellung nicht gefiel, konnte man jederzeit kündigen und eine bessere suchen. Eine Frau dagegen mußte auf Gedeih und Verderb bei ihrem Ehemann ausharren.

Am Ende des Korridors drehte ich mich um und schaute zurück. Plötzlich kam ich mir wie in einer Falle vor, und mir wurde übel. Bis an mein Lebensende würde ich hier in Haraldsdyke sein – schwarz gähnte der Rachen der Zukunft vor mir, Jahrzehnte und Jahrzehnte der Leere, des Nichts. Ich war doch erst siebzehn, ich war noch so jung, viel zu jung, um in einem alten Haus gefangen zu sein, zusammen mit einer Handvoll von Fremden, denen ich bestenfalls gleichgültig war, viel zu jung, um an einen älteren Mann gefesselt zu sein, den ich nicht verstand und den ich ganz gewiß nicht liebte.

Natürlich hatte ich keine Angst vor ihm, redete ich mir ein. Ich fühlte mich einfach nicht wohl in seiner Gegenwart.

Ich wagte nicht, mir einzugestehen, daß ich tatsächlich vor ihm zitterte, wagte nicht, meiner Angst ins Gesicht zu sehen.

Um meinen eigenen Gedanken und Ängsten zu entfliehen, öffnete ich wahllos die letzte Tür am Ende des Korridors und ging in den anstoßenden Raum.

In der einen Ecke stand ein schweres Bett mit vier hohen Pfosten, und weiter hinten am Fenster war ein massiver, geschnitzter Schreibtisch aus Eichenholz. Das Zimmer war still und tot, jedenfalls unbenutzt. Ich setzte mich auf einen Stuhl am Fenster, stützte den Ellbogen auf den Schreibtisch und starrte hinaus auf das weite Moor.

Alles wäre besser, wenn nur Alexander aus Harrow zu mir kommen könnte. Vielleicht könnten wir sogar ein paar Tage zusammen nach London fahren, wenn Axel nichts dagegen hätte – und ich um Gottes willen nicht schwanger würde.

Der Gedanke an eine Schwangerschaft jagte mir panischen Schrecken ein. Ich fühlte, daß ich nicht imstande und reif genug war, um mit noch weiteren unbekannten Schwierigkeiten fertig zu werden, und ich hatte kein Bedürfnis, Axel Kinder zu schenken.

Ich sehnte mich verzweifelt nach einem Menschen, mit dem ich über meine Ängste und Sorgen sprechen könnte – aber sobald ich mir dieses Wunsches klar bewußt wurde, erkannte ich auch schon, daß er unerfüllbar blieb. Nicht einmal ein Pfarrer würde für meinen Abscheu vor einer Schwangerschaft Verständnis haben; ich glaubte, den unbekannten Geistlichen von Haraldsdyke sagen zu hören: »Die Ehe dient der Fortpflanzung des Menschengeschlechts ...«

Aber es gab doch jedenfalls Mittel und Wege, um eine Schwangerschaft zu vermeiden, sonst hätte doch meine Mutter außer Alexander und mir noch viele Kinder bekommen.

Vielleicht ein Arzt... Aber dann mußte ich über mich selbst lachen. Ich konnte mir leicht ausmalen, was der Hausarzt in Winchelsea sagen würde, wenn ich ihn um Rat fragen würde, wie ich am besten vermeiden konnte, Haraldsdyke einen Erben zu schenken. Er würde mit der frohen Nachricht sicher schnurstracks zu Axel gehen.

Angst kroch wieder in mir hoch, kribbelte mir im Rücken und zog meine Kopfhaut zusammen. Meine Hände wurden feucht. Wie unsinnig, dachte ich und bemühte mich, zu mir selbst streng zu sein. Bisher hatte ich mich doch noch nie vor Axel gefürchtet... bis ich gehört hatte, wie Ned Axel des Mordes beschuldigte; bis ich erkannt hatte, daß Axel nicht nur die Möglichkeit und die Gelegenheit, sondern auch ein Motiv dazu gehabt hatte, Robert Brandson am Heiligen Abend vorigen Jahres in Haraldsdyke zu ermorden...

Aber es war doch Rodric gewesen, der seinen Vater getötet hatte, Rodric, der Lebenslustige, der in einem Wutanfall nicht mehr gewußt hatte, was er tat...

»Ich glaube es nicht«, sagte ich laut zu den schweigenden Mauern von Haraldsdyke. »Ich glaube nicht, daß Rodric seinen Vater getötet hat. Nein, ich glaube es nicht.«

Mein Herz schlug wie rasend. Wie versteinert saß ich hinter dem großen Schreibtisch, und meine Augen sahen nicht mehr das weite Moor hinter dem Fenster, sondern blickten in den Abgrund hinein, der sich in meinem Geiste aufgetan hatte, auf den Boden, der sich vor meinen Füßen öffnete. Und wie ich dasaß und mein ganzes Wesen sich langsam in Panik aufzulösen begann, hörte ich auf einmal Schritte, und im nächsten Augenblick schon öffnete sich die Tür, und jemand trat ins Zimmer.

Ich fuhr herum, als wäre der Teufel selbst hinter mir her, aber es war nicht der Teufel, sondern nur Robert Brandsons Mündel, das Mädchen Mary Moore.

Sie trug ein Kleid aus rosa Musselin, eine Farbe, die ihr mit ihrer täppischen Figur gar nicht zu Gesicht stand. Bei ihrem schütteren Haar hielten die eingedrehten Locken nicht lange, so daß sie ihr halb aufgelöst vom Kopf hingen. Es fiel mir wirklich schwer, mir dieses kümmerliche Mädchen und den schönen Rodric als Verlobte vorzustellen, und ich fragte mich, ob sie mir diesbezüglich nicht vielleicht einen Bären aufgebunden hatte.

»Oh!« rief sie aus, entsetzt fast, und starrte mich erschrocken an. »Was machen Sie denn hier?«

Das klang ja fast so, als hätte ich kein Recht, mich hier aufzuhalten. »Und was machst du hier?« gab ich obenhin zurück. »Das ist doch nicht dein Zimmer, oder?«

Es gab eine Pause, dann sagte sie: »Das war Rodrics Zimmer. Ich komme noch immer manchmal hierher.«

Ich starrte sie an. Dann erst nahm ich den Raum tiefer in mich auf: das große Bett mit den vier Pfosten, die stummen Wände, die Bücher, die anzusehen ich mir noch nicht die Mühe gemacht hatte. Ich stand auf, denn ich wollte nicht länger in dem Stuhl sitzen, den auch er oft benutzt haben mußte, mich nicht länger auf den Schreibtisch stützen, wo er so oft geschrieben haben mußte.

»Ich wußte nicht, daß das Rodrics Zimmer war.«

Auch Mary schien verlegen und wußte nicht, was sie jetzt mit sich anfangen sollte. Sie war in sein Zimmer gekommen, um hier zu sitzen und an ihn zu denken, aber statt ihrer Erinnerungen hatte sie eine Fremde vorgefunden, einen Eindringling am Ort ihrer Liebe. Sie tat mir leid.

»Ich muß gehen«, sagte ich. »Ich wollte nur das Haus ein bißchen erforschen. Ich weiß auch nicht, warum ich gerade hier sitzen geblieben bin.«

Sie trat zur Seite, um mich vorbeizulassen, die Wangen vor Verlegenheit gerötet, die Augen zu Boden gesenkt – da blieb ich ohne jeden Grund stehen, die Hand schon auf der Klinke.

»Darf ich dir eine ganz persönliche Frage stellen?« hörte ich mich plötzlich fragen.

Sie blickte mich fassungslos an. »Was denn?«

»Du hast doch Rodric geliebt. Glaubst du wirklich, daß er seinen Vater getötet hat?«

Ihre Augen weiteten sich. Offenbar hatte sie eine derart direkte Frage nicht erwartet. Einen Augenblick lang schien es, als hätte es ihr die Rede verschlagen.

»Sprich doch«, sagte ich, »sag es mir, ich möchte es gern wissen. Nach dem, was ich über Rodric gehört habe, kann ich kaum glauben, daß er eines derart kaltblütigen Mordes fähig gewesen wäre. Glaubst du daran, daß er deinen Vormund getötet hat?«

Sie fuhr sich mit der Zunge über ihre bleichen Lippen. Ihre Augen waren noch immer vor Entsetzen geweitet. Dann sagte sie: »Nein. Nein, ich habe es nie geglaubt. Niemals.«

Sie war eben in ihn verliebt, sagte ich mir. Sie betete ihn an. Mit dieser Antwort war wohl zu rechnen gewesen.

»Aber wer hat dann deinen Vormund getötet?« fragte ich.

Sie sah mich an, als sei ich ein Ungeheuer. »Das traue ich mich nicht zu sagen.«

»Ach, Mary, komm schon! Sag's doch!«

Sie schüttelte den Kopf.

»Ich werde es niemandem sagen, ich verspreche es dir.«

»Nein«, sagte sie starrsinnig, »nein, ich kann es nicht sagen. Ich habe keine Beweise, ich weiß nichts sicher. Aber ich weiß genau, daß Rodric seinen Vater nicht getötet hat. Keinen Augenblick habe ich daran geglaubt.«

»Hast du irgendeinen Beweis dafür, daß Rodric ihn nicht getötet hat?«

Sie schüttelte wieder den Kopf.

»Ja, aber –«, sagte ich ungeduldig, aber dann gelang es mir, mich zu beherrschen. Ich drehte mich um. Dieses Mädchen wußte von nichts, von ihr konnte ich nichts erfahren. »Ich muß wirklich gehen«, sagte ich, »entschuldige mich bitte.«

Mit diesen Worten öffnete ich die Tür.

»Alice und ich waren gerade im Salon«, sagte sie plötzlich, die Worte purzelten nur so von ihren Lippen. »Rodric und mein Vormund stritten so laut miteinander, daß Alice sagte, wir sollten lieber hinaufgehen.«

»Ja, das hat sie mir schon erzählt.« Ich machte die Tür noch ein bißchen weiter auf.

»Aber sie hat eifrig genug gelauscht«, sagte Mary, mit so viel Haß und Abscheu in der Stimme, daß ich unwillkürlich innehielt und sie ansah. »Jedenfalls so lange, bis Veres Namen fiel. Dann erst schlug sie vor, daß wir hinaufgehen sollten.«

»Was sagte denn Mr. Brandson über Vere?«

»Ich glaube, er verglich Vere wieder einmal mit Rodric, er sagte, daß Vere zwar unter seinem Stand geheiratet und ihn auch sonst in vieler Hinsicht enttäuscht hatte, daß er sich aber dafür nicht dauernd über ihn ärgern müsse. Als Alice hörte, was er über ihre Ehe sagte, stand sie auf – sie war wirklich sehr zornig darüber«, fügte Mary hinzu. »Nicht, daß sie ihre Wut gezeigt hätte, aber ich kenne sie gut, ich sah, wie zornig sie war. Sie war ganz blaß, und ihre Augen funkelten.«

»Und was hat Rodric seinem Vater darauf erwidert?«

»Da gab es ein Gemurmel, das ich nicht gut verstehen konnte. Alice redete schon darüber, daß wir jetzt weggehen sollten. Aber ich hörte meinen Vormund noch rufen: ›Das lasse ich mir nicht bieten! Ich werde jeden meiner Söhne enterben, der mit diesem Franzosen Delancey zusammenarbeitet! Schließlich haben wir doch noch immer Krieg mit Frankreich! Das ist Hochverrat, und ich werde jeden Verräter der Wache in Rye melden, ganz gleich, ob das nun mein Sohn ist oder nicht!‹«

»Und was hast du sonst noch gehört?«

»Nur noch Bruchstücke von Sätzen, denn Alice zog mich schon aus dem Zimmer. Mein Vormund brüllte: ›Was schert mich ein Skandal! Manche Dinge kann man einfach nicht mit Schweigen übergehen, ob sie einen Skandal hervorrufen oder nicht! Wenn du dich als Straßenräuber betätigst und dich sonst auf kindische Weise amüsierst, so ist das die eine Sache! Aber mitten im Krieg mit dem Feind zu kollaborieren, so etwas nenne ich Hochverrat!‹ Darauf Rodric: ›Papa, hör mich doch an‹ – Aber dann hörte ich nichts mehr, denn wir waren schon draußen in der Halle, und Alice hatte die Tür hinter uns geschlossen.«

»Und was geschah dann? Du bist dann ins Wohnzimmer hinaufgegangen und bist oben geblieben, bis du Esther schreien hörtest, als sie Mr. Brandson entdeckte, ist es nicht so?«

Mary sah wieder vollkommen verschreckt drein. Wieder fuhr sie sich mit der Zunge über die Lippen. »Alice ging ins Kinderzimmer«, sagte sie endlich. »Aber ich – ich mußte unbedingt mit Rodric sprechen... nach wenigen Augenblicken ging ich wieder in die Halle hinunter.«

»Aber das hast du doch bisher noch niemandem gesagt?«

»Nein, nein, ach – das war doch nicht so wichtig... Ich wollte nur wegen einer ganz persönlichen Sache mit ihm sprechen... als ich in die Halle kam, kam auch Rodric gerade aus der Bibliothek heraus. Ich rief ihn an, aber er blieb nicht stehen, also lief ich ihm nach. Er ging auf die Ställe zu. Dort war Ned... mit einem von den Küchenmädchen, die beiden waren im Stroh gewesen, denn ich erinnere mich, wie Ned seine Hosen abklopfte, als er aufstand. Rodric befahl ihm, ein Pferd für ihn zu satteln, Ned gab zurück, er sei kein Roßknecht, darauf geriet Rodric in Wut und brüllte ihn an... es war alles sehr unangenehm... Ich gab es auf, mit Rodric sprechen zu wollen, und ging wieder ins Haus zurück, hinauf ins Wohnzimmer im ersten Stock.«

»Aber hat Ned denn später nicht gesagt, daß er dich im Stall gesehen hat?«

»Er hat mich nicht gesehen. Rodric hatte schon mit ihm zu streiten begonnen, als ich noch draußen war, und ich ging gar nicht erst in den Stall hinein. Niemand außer Rodric wußte, daß ich das Wohnzimmer überhaupt verlassen hatte, und Rodric –«

»Was?«

»Nichts.« Sehr ernst wandte sie sich mir zu. »Sie werden es doch niemandem sagen, daß ich aus dem Wohnzimmer gegangen und hinter Rodric her zu den Ställen gelaufen bin?«

»Natürlich nicht«, antwortete ich etwas verwirrt. »Aber –«

»Das war eine ganz persönliche Sache«, fügte sie verlegen hinzu. »Etwas, das nur Rodric und mich etwas anging. Ich wollte nicht, daß die anderen davon erfuhren, daß ich den ganzen Nachmittag lang versucht hatte, Rodric allein zu treffen.« Und dabei zuckte ein Schatten von unterdrückter Erregung über ihr Gesicht, was mich noch mehr in Verwirrung stürzte.

»Oh«, erwiderte ich.

Schweigen.

»Wie stand denn Ned zu seinem Vater?« fragte ich dann. »Hat Mr. Brandson nie daran gedacht, ihm das Gut zu hinterlassen?«

»O nein«, antwortete Mary rasch, »davon war nie die Rede.«

»Warum denn nicht? Das verstehe ich nicht.«

Wieder errötete sie und trat von einem Fuß auf den anderen. »Ich habe es zuerst auch nicht verstanden«, sagte sie. »Aber dann hörte ich einmal« – sie hielt inne.

»Ja? Was denn?«

»Ned war nicht der Sohn meines Vormunds«, sagte sie. »Mein Vormund ließ ihn seinen Namen tragen, um einen gesellschaftlichen Skandal zu vermeiden, aber Ned war gar nicht sein Kind.«

Ich warf mir die Redingote um die Schultern und ging hinunter. Der Diener in der Halle verbeugte sich und wünschte mir einen guten Tag. Als er sah, daß ich das Haus durch den Vordereingang verlassen wollte, öffnete er die schweren Torflügel für mich und verbeugte sich noch einmal, als ich über die Schwelle trat. Unmittelbar vor dem Haus fiel der Boden ziemlich steil zum Moor hinunter ab. Bäume wuchsen am Hang, aber oben auf der Erhebung, wo das Haus gebaut war, wuchsen keine Bäume, so daß das Auge ungehindert nach allen Seiten in die Ferne schweifen konnte. Im Süden glänzten die Dächer von Rye und Winchelsea in der Sonne, das blaue Band der See leuchtete im Hintergrund auf. Im Westen gab es bebautes Ackerland, im Osten hob sich eine grasende Schafherde wie grauweiße Flecken vom grünen Moor ab. Ich schritt vom Hauseingang hinunter in die Auffahrt, ging die eine Seite des Hauses entlang und fand mich plötzlich vor den Ställen. Zwischen dem Haus und den Ställen gab es einen gepflasterten Hof. Ein Hausmädchen, das gerade die Wäsche auf die Leine hing, sah mich, ließ ihr Körbchen mit Wäscheklammern fallen und knickste verwirrt.

Ich lächelte, neigte dankend den Kopf und ging weiter. Vielleicht war es doch gar nicht so schlecht, Herrin eines großen Hauses zu sein.

Im Näherkommen hörte ich Stimmengewirr aus den Ställen, aber wer da drinnen war, konnte ich erst sehen, als ich den Eingang erreicht hatte. Auch dann wurde ich von denen, die drinnen waren, nicht bemerkt, und ich erkannte, daß Mary ohne weiteres bis zur Schwelle gelangen und sich wieder zurückziehen hatte können, ohne von irgend jemandem gesehen zu werden.

Ich trat in den Stall. Jetzt sahen sie mich allerdings sofort.

Die beiden wuschelköpfigen Stallknechte waren gleich still, und Ned erhob sich umständlich von einem Haufen Stroh in der Ecke und klopfte sich die Hosen ab.

»Guten Tag«, sagte er und wirkte ziemlich überrascht, daß ich mich überhaupt hier hereingewagt hatte. »Ich dachte, Sie wären noch im Bett.«

»Und ich dachte, du wärst ausgeritten.«

Er lachte. »Ich bin gerade zurückgekommen.«

»Und ich bin gerade erst aufgestanden.«

Jetzt mußten wir beide lachen. Er zögerte einen Augenblick, dann kam er mir entgegen, und die beiden Stallknechte wandten sich wieder ihrer Arbeit zu.

»Ich würde Sie gern durch unsere Gärten führen«, sagte er, »aber die sind leider kaum der Rede wert. Hinter dem Haus fällt der Boden ziemlich steil zum Moor ab. Man kann dort höchstens sitzen und die Aussicht bewundern, an klaren Tagen sieht man die Türme von Canterbury.«

»Ist es heute klar genug dazu?«

»Das können wir leicht herausfinden, wenn Sie es wünschen.« Bevor ich noch meine Zustimmung oder Ablehnung äußern konnte, war er schon vorangegangen, und ich ging hinter ihm in den Hof hinaus.

Ned hatte untertrieben. Hinter dem Haus gab es einen durchaus ansehnlichen Garten. Wir gingen an einer Orangerie vorbei, dann an einem kleinen, künstlich angelegten Teich, danach kam ein umzäunter Küchengarten, und endlich kamen wir zu dem von ihm beschriebenen Aussichtspunkt Die Aussicht war wirklich herrlich, man sah bis an den Rand des Moors und weit nach Norden, bis in die so viel abwechslungsreichere Landschaft von Kent.

Wir setzten uns nebeneinander auf die kleine Holzbank.

»Keine Spur von Canterbury«, sagte ich.

»Das habe ich nur gesagt, um Sie hierherzulocken«, erwiderte Ned. »Ich wollte Ihnen nämlich gern sagen, wie dankbar ich Ihnen dafür bin, daß Sie gestern bei George so für mich eingetreten sind. Gestern war ich leider zu aufgeregt und zu durcheinander, um meine Dankbarkeit zu zeigen.«

»Aber ich bitte dich –«

»George und ich, wir beide vertragen uns nicht«, sagte er. »Wir haben einander nie ausstehen können, und das wird sich nicht ändern. Ich sehe nicht ein, warum ich Ihnen Lügen und süße Worte sagen soll, nur weil Sie seine Frau sind. Ich halte ihn für einen hinterhältigen Ausländer, und er hält mich für einen Nichtsnutz und Bastard – auf diese Weise werden wir nie zusammenkommen.«

Ohne zu wollen, mußte ich über ihn lachen. »Und das ist wahr?« fragte ich. »Bist du ein Nichtsnutz und ein Bastard?«

Aus seinen schrägen Augen, die so sehr an die seiner Mutter erinnerten, sah er mich überrascht an. »Vielleicht!« sagte er und sah plötzlich drein, als wäre er auf der Hut. »Für eine Dame sprechen Sie sehr offen«, sagte er dann.

»Wieso denn das?«

»Die meisten siebzehnjährigen Damen brächten so ein Wort gar nicht über die Lippen, und wahrscheinlich wüßten sie nicht einmal, was das bedeutet.«

»Ich habe das Wort oft genug gehört«, erwiderte ich.

Wir sahen uns an. Ned war sehr still.

»Vielleicht ist das in London anders«, sagte er nach einer Weile. »Vielleicht sagen die Leute dort solche Sachen.«

»Nein, das glaube ich nicht.« Ich erzählte ihm alles.

Er war wie vor den Kopf geschlagen. Dann sagte er: »Und weiß das irgend jemand?«

»Nur Axel.«

»Und trotzdem hat er Sie geheiratet?«

»Wie du siehst.«

»Aber Sie sind doch eine richtige Dame!« rief er staunend. »Das würde niemand je erraten!«

»Aber müssen denn alle Bastarde mit einem kleinen Schild herumlaufen, auf denen ihre uneheliche Geburt aller Welt kundgetan wird?«

Er warf den Kopf zurück und lachte. »Nein, wahrscheinlich nicht!« Dann wurde er wieder ernst. »Aber jemand muß sich doch Ihrer angenommen und für Sie gesorgt haben, Geld in Ihre Erziehung gesteckt haben...«

Ich erzählte ihm von meinen Eltern und fühlte dabei eine große Erleichterung, daß es jemanden gab, mit dem ich über sie sprechen konnte. Ich sprach von meiner Erziehung in Cheltenham, beschrieb unser Londoner Stadthaus, redete über Alexander. Als ich fertig war, fühlte ich mich zum ersten Mal seit meiner Ankunft in Haraldsdyke, ja seit meiner Hochzeit vor einer Woche, wieder wohl, beruhigt und getröstet.

»Sie hatten eben Glück«, sagte er ohne jede Spur von Bitterkeit, als ich geendet hatte. »Sie sind genauso aufgezogen worden, als ob Sie ein eheliches Kind gewesen wären. Ihre Eltern haben sich geliebt und gut für ihre Kinder gesorgt, und solange sie noch lebten, waren Sie durch Ihre uneheliche Geburt in keiner Weise benachteiligt.«

»Das ist wohl richtig.«

»Um mich hat sich niemand gekümmert«, sagte er. »Und dabei wußte ich lange Zeit nicht, warum das so war. Ich glaubte immer, das sei deshalb, weil ich dumm und häßlich wäre oder weil ich der jüngste war und meine Mutter gar kein Kind mehr gewollt hätte. Ich bin von einem Kindermädchen zum anderen geschoben und dann in die öffentliche Schule nach Rye geschickt worden, meine Brüder Rodric und Vere dagegen hatten ihre eigenen Hauslehrer, aber kein Mensch hätte sich für mich in solche Ausgaben gestürzt. Mein – Vater machte sich kaum jemals die Mühe, mit mir zu sprechen, und meine Mutter kam kein einziges Mal zu mir ins Kinderzimmer. Es war sehr ungerecht von ihnen, daß sie mir nie sagten, warum sie mich derart behandelten – ich hätte es leichter ertragen, wenn ich den Grund gewußt hätte.«

»Und wann hast du es erfahren?«

»Wann?« Ich spürte, wie sich sein Körper neben mir vor Erregung spannte. Er starrte geradeaus übers Moor. »Letztes Jahr«, sagte er dann, »am Weihnachtsabend. Rodric sagte mir am Tag seines Todes, daß ich ein uneheliches Kind bin.«

Im Westen ballten sich Wolken am Himmel zusammen, ein rauher Wind zerzauste meine Frisur, und ich hüllte mich enger in meine Redingote.

»Ist Ihnen kalt?« fragte Ned. »Vielleicht sollten wir lieber hineingehen, es ist schon zu kalt zum Draußensitzen.«

»Nein, nein, mir ist nicht kalt.« Ich wartete, hoffend, daß er von selber fortfahren würde, aber als er nichts sagte, fragte ich zögernd: »Warum hat Rodric damals plötzlich davon gesprochen?«

Er zuckte die Schultern, dann fing er auf einmal wie in heftigem Abscheu zu zittern an. »Wir hatten einen Streit.«

Ein frischer Windstoß brauste übers Moor. Weit draußen im Westen senkten sich dunkle Wolken tief auf die Landschaft hinab.

»Noch nie vorher hatte ich jemals mit Rodric gestritten«, sagte er, »dazu hatte ich ihn viel zu gern. Aber an diesem Tag war er schrecklich schlecht gelaunt, ich hatte ihn noch nie so zornig gesehen. Ich war gerade im Stall und unterhielt mich mit einem der Küchenmädchen, da kam er herein und schrie mich an, ich solle ihm sein Pferd satteln. Ich gab halb im Scherz zurück: ›Für wen hältst du mich denn – für einen Stallknecht? Mach das doch selber!‹ Aber bevor ich noch zum Lachen ansetzen konnte, wandte er sich zu mir um und schrie mich an: ›Du verdammter Bastard, tust du denn nie, was man dir sagt? Mein Gott, als ob ich heute nicht schon genug Ärger gehabt hätte, zuerst brüllt und tobt mein Vater mit mir herum wie ein Wahnsinniger, dann hetzt Alice ihren Vere dazu auf, sich mit mir anzulegen, und dann läuft mir diese unselige Mary die ganze Zeit nach und will unbedingt, daß ich ihre Liebessonette lese, die der Teufel holen soll! Und um dem Ganzen die Krone aufzusetzen, kommst noch du und praktizierst auf meine Kosten deine Bastardmanieren!‹

Ich war über diesen plötzlichen Angriff derart sprachlos, daß ich einfach sagte, was mir gerade in den Kopf kam. ›Wenn du mich noch einmal Bastard nennst‹, brüllte ich zurück, ›dann schlage ich dich von deinem feinen Pferd herunter!‹ Ich war wirklich schwer gekränkt, daß Rodric so mit mir redete, denn wir hatten sonst nie gestritten, niemals. Er hatte mich noch nie derart beschimpft…

Ohne mich anzusehen, sagte er darauf: ›Ja, was denn – das bist du doch, oder nicht? Weißt du denn noch immer nicht, wer du eigentlich bist?‹ Und als ich ihn wortlos anstarrte, fuhr er fort: ›Was meinst du denn, warum Papa sich nie die Mühe gemacht hat, dir eine ordentliche Erziehung zu geben?‹

Dabei hielt er den Sattel in den Händen und war eben dabei, sein Pferd selber zu satteln. Das Ganze war wie ein schrecklicher Traum. Ich starrte ihn weiter an, aber dann wandte ich mich zum Küchenmädchen und sagte: ›Du gehst am besten zurück in die Küche, der Koch wird dich schon suchen.‹ Ich wollte nicht, daß sie hörte, was Rodric mir weiter zu sagen hatte.

›Ich verstehe dich nicht‹, sagte ich zu Rodric, ›ich habe keine Ahnung, was du da redest.‹

›Dann sage Papa, daß er es dir erklären soll‹, antwortete er, ›ich habe weiß Gott nicht die Zeit dazu. Oder frag Mama, wer dein Vater ist – falls sie sich noch daran erinnert.‹

Er führte sein Pferd aus dem Stall. Ich war wie betäubt, ich konnte mich nicht bewegen. Stammelnd brachte ich heraus: ›Du hast kein Recht, so über Mama zu sprechen! Du bist doch ihr Liebling – wie kannst du es wagen, so etwas über sie zu sagen?‹

›Weil ich keine Angst vor der Wahrheit habe‹, gab er zurück und stieg auf sein Pferd. ›Und weil ich nur allzu gut weiß, daß Papa und Mama in den letzten zwanzig Jahren kein Dutzend Worte miteinander geredet haben und daß sie seit der Zeit vor deiner Geburt immer getrennte Schlafzimmer hatten. Aber du hast ja für nichts Augen und Ohren als für deine Stallknechte und Küchenmädchen, sonst hättest du bemerken müssen, daß die Ehe unserer Eltern nur auf dem Papier besteht! Was glaubst du denn, warum Papa in Hastings eine Geliebte hat und Mama diskrete Affären mit jedem, dessen sie habhaft werden kann?‹

Ich brachte kein einziges Wort mehr heraus. Ich stand in der Stalltür und lehnte mich an den Türpfosten, damit ich nicht umfiel.

Rodric war schon im Sattel. Ich werde diesen Augenblick nie vergessen. Die Sonne fiel auf ihn, und seine Augen waren sehr blau. ›Zum Teufel mit euch allen‹, sagte er, ›ich werde so lang reiten, bis ich vor Müdigkeit nicht mehr denken kann. Der Teufel soll euch alle holen.‹ Damit ritt er den Hügel hinunter und übers Moor davon. Wolken bedeckten die Sonne, bald spürte ich kalte Regentropfen auf meinen Wangen, ein scharfer Wind trieb dicke Nebelschwaden von der See herein aufs Moor.«

Schweigen. Im Westen konnte man kaum noch etwas sehen, die Wolken verdeckten den Horizont. Ich wollte etwas sagen, aber Ned kam mir zuvor, den Blick auf irgendeinen fernen Punkt im Moor geheftet, so als sähe er vor seinem inneren Auge längst vergangene Szenen aufsteigen.

»Ich sah ihm nach«, sagte er, »ich sah ihm so lange nach, bis er verschwunden war. Nachher fiel mir ein, wie schrecklich es doch war, daß wir im Zorn voneinander schieden, aber in diesem Augenblick fühlte ich nichts, nichts als eine schreckliche Leere. Dann ging ich in den Stall zurück und warf mich ins Stroh. Ich weinte nicht einmal. Nach einer Weile dachte ich: ›Ich muß zu Papa gehen und ihn bitten, mir die Wahrheit zu sagen.‹ Also verließ ich den Stall und ging ins Haus zurück.

In der Halle war niemand, auch der Diener war nicht da. Ich ging zur Bibliothek und klopfte, aber niemand antwortete, also ging ich hinauf in Papas Zimmer, aber da war er auch nicht. Dann dachte ich: Ich werde Mama suchen und mit ihr reden.

Zuerst glaubte ich, daß auch sie nicht in ihrem Zimmer war. Ich ging in ihr Boudoir, aber das war leer – aber gerade als ich mich zum Gehen wandte, hörte ich aus dem Schlafzimmer nebenan Gemurmel.«

Ich wandte schnell den Kopf und sah Ned scharf an, aber er blickte immer noch hinaus übers Moor, die Ellbogen auf den Knien, die Fäuste geballt.

»Da begriff ich, daß Rodric die Wahrheit gesagt hatte«, sagte er endlich. »Ich brauchte keine weiteren Beweise. Mama hatte irgendeinen Mann bei sich. Das bestätigte in meinen Augen sofort alles, was Rodric gesagt hatte.«

Ich bewegte mich nicht. »Wer war bei ihr?« hörte ich mich selbst ruhig fragen. »Weißt du ganz sicher, daß es nicht dein Vater war?«

»Ja.«

»Wie kannst du so sicher sein?«

Er gab keine Antwort, sondern neigte sich vor und fing an, das Gras zu seinen Füßen auszureißen, als würde ihn diese Beschäftigung der Antwort entbinden.

»Ned?« Ich war immer noch ganz kühl und höflich.

»Ich hörte auf einmal Schritte, die sich der Tür zum Boudoir näherten«, sagte er dann kaum hörbar. »Zum Weglaufen hatte ich keine Zeit mehr, daher versteckte ich mich hinter dem chinesischen Wandschirm in der einen Zimmerecke. Eine Sekunde später kam er auch schon heraus, und Mama hinter ihm.«

»Wer war es?«

»Das sage ich nicht.«

Ich packte ihn am Handgelenk und zog, so fest ich konnte, so daß er herumfuhr und mir ins Gesicht sah. Obwohl ich mir große Mühe gab, mich zu beherrschen, zitterte ich jetzt doch an allen Gliedern. »War es Axel?«

»Ich sage es nicht.«

»Es muß Axel gewesen sein! Sonst gab es doch keinen anderen Mann im Haus, der nicht mit ihr verwandt war!«

»Immerhin, die Diener!«

»Ned!«

»Ich werde es nicht sagen«, sagte er verbissen. »Ich habe es noch niemandem gesagt, und ich werde es auch jetzt nicht sagen.«

»Dem Inspektor bei der Untersuchung hast du es auch nicht gesagt?«

»Nein, warum hätte ich es denn sagen sollen? Dann hätte er wissen wollen, warum ich mit meiner Mutter sprechen wollte, und ich hatte nicht den geringsten Wunsch, ihm und halb Rye auf die Nase zu binden, was Rodric mir gesagt hatte.«

Ich starrte ihn an.

»Ich hätte überhaupt nicht darüber sprechen sollen, auch jetzt nicht«, sagte er mürrisch. »Ich weiß nicht, warum ich ausgerechnet Ihnen mein Herz ausschütten mußte.«

»Haben sie dich im Boudoir nicht entdeckt?« fragte ich, ohne auf ihn einzugehen. »Haben sie dich gesehen?«

»Nein, Gott sei Dank nicht. Es war mein Glück, daß der Wandschirm dort stand, denn sonst hätte ich mich nirgends verstecken können.«

»Was haben sie denn miteinander geredet?«

»Sie sagte: ›Ich muß nachsehen, ob man nicht irgend etwas tun kann.‹ Und der Mann sagte: ›Ich komme mit dir hinunter.‹ Dann gingen sie aus dem Zimmer, und ich hörte sie draußen im Flur zu ihm sagen: ›Was meinst du, was wollte er wohl?‹ Und er sagte darauf: ›Vielleicht wollte er dich fragen, ob du etwas von den französischen Schmuggelwaren weißt, die er in der Scheune unterhalb des Dreißig-Morgen-Feldes gefunden hat. Vor zwei Tagen hat er mir gesagt, daß er die Scheune unter Beobachtung hatte, um die Leute zu fangen, die mit Delancey gemeinsame Sache machten, aber als ich vorschlug, die Zollbeamten zu verständigen, da lehnte er ab – wahrscheinlich aus Angst, daß Rodric wieder einmal seine Hand im Spiel hat, nehme ich an.‹ Dann gingen sie die Stiegen hinunter, und ich konnte nichts mehr hören.«

»Und im nächsten Augenblick hast du dann Esther schreien hören, als sie den erschlagenen Mr. Brandson entdeckte?«

»Nein, nicht sofort«, sagte Ned, »sondern erst etwa zehn Minuten später.«

»Zehn Minuten! Aber so lange kann sie doch nicht bis zur Bibliothek gebraucht haben!«

»Dann hat sie vielleicht zehn Minuten lang Atem geholt zum Schreien«, sagte er, »denn ich hörte sie erst nach einer guten Weile schreien. Ich verließ das Boudoir, so schnell ich konnte, ging in mein eigenes Zimmer, legte mich aufs Bett und dachte nach. Ich muß mindestens zehn Minuten lang dort gelegen haben.«

»Aber das ist doch höchst sonderbar!«

»Als ich ihre Schreie hörte, ging ich hinaus ins Treppenhaus. George und Mary waren schon bei meiner Mutter in der Halle, Alice ging gerade vor mir die Stiegen hinunter. Ich stürzte jetzt auch hinunter. Einer der Diener ging auf und ab, weiß wie ein Leintuch im Gesicht, und sagte immer wieder: ›Niemand hat die Bibliothek verlassen außer Mr. Rodric!‹ Als ob er das wissen konnte! Als ich an die Tür der Bibliothek geklopft hatte, da war er gar nicht da gewesen.«

»Und wann hast du von Rodrics Tod erfahren?«

»Später am Abend, nachdem George zurückgekehrt war. Mary kam an meine Tür und klopfte. Haben Sie sich schon ausführlicher mit Mary unterhalten? Dann werden Sie bemerkt haben, daß sie bis über beide Ohren in ihn verliebt war, sich einbildete, mit ihm verlobt zu sein, und noch mehr solchen Unsinn. Rodric war zu gutmütig, um sie zu kränken, aber ich glaube, sie ging ihm oft ziemlich auf die Nerven. Das arme Mädchen war vor Schmerz ganz außer sich, deshalb kam sie zu mir, weil sie wußte, wie sehr auch ich an ihm hing. Sobald sie mir die Nachricht gebracht hatte, ging ich hinunter.

Unten im Salon war George mit Vere, Alice und Mama, er war bis auf die Haut durchnäßt und sah so fassungslos drein, wie ich ihn noch nie gesehen hatte. Ich fragte: ›Wie ist er gestorben?‹ Und George antwortete: ›Er muß vom Pferd gestürzt sein. Dort war ein Damm, ein Stück Sumpf, ich fand seinen Hut dort liegen und sah das Pferd etwas weiter weg von der Stelle. Er muß einfach im Moor ertrunken sein.‹ Und Vere sagte: ›Vielleicht hatte ihn die Reue gepackt.‹ Und Alice sagte: ›Gott sei seiner Seele gnädig.‹

Und so redeten sie dann auch alle bei der Untersuchung. Gott verzeihe ihm! Gott sei seiner Seele gnädig! Es war schrecklich. Er wurde zum Mörder abgestempelt, ohne daß man ihm überhaupt den Prozeß gemacht hatte!«

Weiße Nebelfinger griffen nach dem Moor unter uns, das jetzt im Dämmerlicht zu schweben schien. Mich schauderte.

»Sie frieren ja«, sagte Ned, »gehen wir besser hinein.«

Gehorsam stand ich auf, schweigend gingen wir zusammen durch den Garten zurück zum Haus. Ich war noch immer wie betäubt, so daß ich gar nicht bemerkte, daß es zu regnen angefangen hatte.

»Den größten Schock bekamen natürlich alle, als Mr. Sherman das Testament verlas«, sagte Ned. »Wir hatten angenommen, daß Rodric das Gut erben würde, mit einem Pflichtteil für Vere. Daß Papa am Vortag seines Todes ein neues Testament gemacht hatte, davon hatten wir nicht die geringste Ahnung.«

»Ich weiß«, sagte ich. »Axel sagte mir, daß ihm die Sache sehr peinlich war.«

»Peinlich!« rief Ned. »Peinlich war ihm das sicher nicht! Ich schwöre darauf, daß er davon wußte! Ich fand es derart empörend, daß Vere, der doch immer so viel für Haraldsdyke gearbeitet hatte, nichts erben sollte, daß ich mich einfach nicht beherrschen konnte und den Mund aufmachte, wo ich besser geschwiegen hätte. George hatte noch ein Gespräch mit mir unter vier Augen, bevor er nach Wien abreiste, um mir mitzuteilen, daß er mir ein Jahreseinkommen von dreißig Pfund aussetzen wolle, und das sagte er in einem Ton, als wäre das weiß Gott was für eine Gnade. Und dann dachte ich auf einmal daran, wie großzügig Rodric immer mit Geld gewesen war und daß dieser Mann jetzt an seinem Platz saß und über Geld verfügte, das von Rechts wegen Rodric zustand. ›Ich finde, du könntest mir ruhig fünfzig

Pfund im Jahr geben‹, sagte ich. ›Ein bißchen Großzügigkeit kannst du dir schon leisten, du hast von Papa nach seinem Tod den ganzen Besitz geerbt und ihm schon vor seinem Tod seine Frau weggenommen‹« – Ned hielt erschrocken inne.

Jetzt regnete es bereits ziemlich stark. Außer dem Geräusch des Regens war nichts zu hören.

»Es war also doch Axel, den du bei Esther vorgefunden hast«, hörte ich mich sagen, und meine Stimme klang wie von weither.

Er sah aus, als hätte er sich die Zunge abbeißen mögen. »Ja«, erwiderte er endlich, rot vor Verlegenheit, »es war Axel. Aber ich habe ihm nicht erzählt, daß ich ihn dabei ertappt hatte, wie er aus Mamas Schlafzimmer kam, und ich bitte Sie, sagen Sie es ihm auch nicht.«

»Warum? Hast du Angst vor ihm?«

»Ich –« Die Worte schienen ihm im Hals steckenzubleiben.

»Du glaubst doch, daß Axel seinen Vater ermordet hat, oder nicht? Daß Rodric unschuldig war?«

»Ich – ich habe keine Beweise... nur daß sie zusammen in die Bibliothek hinuntergingen und Mama erst volle zehn Minuten später zu schreien begann. Vielleicht hatte Papa entdeckt, daß die beiden ihn betrogen, vielleicht gab es in der Bibliothek, nachdem Rodric gegangen war, noch einen zweiten Streit...«

»Aber Mr. Brandson muß doch schon tot gewesen sein? Du hast doch selbst gesagt, daß du zuerst noch im Stall warst, dann in die Halle gegangen bist und an die Tür der Bibliothek geklopft hast, aber keine Antwort bekamst –«

»Dafür läßt sich ein Dutzend möglicher Erklärungen finden. Vielleicht ist Papa einen Augenblick auf die Terrasse hinausgetreten – oder vielleicht nach nebenan gegangen, in den Salon – oder vielleicht hat er mich nicht gehört – oder vielleicht ist er überhaupt eingeschlafen, er ist oft in der Bibliothek eingenickt. Ich habe keinen Beweis dafür, daß er in diesem Augenblick schon tot war, so wie ich auch keinen Beweis dafür habe, daß er mit George gestritten hat oder daß George ihn umgebracht hat. Ich bin überzeugt, daß Rodric unschuldig war, davon werde ich nie abgehen. Ich werde einfach nie glauben können, daß Rodric Papa getötet hat.«

Wir standen jetzt vor einem Seiteneingang, der über die Terrasse in den Salon führte. Er öffnete mir die Tür. Der Salon war leer. »Was hat Axel gesagt, als du ihm eröffnet hast, daß du von seiner Beziehung zu Esther wußtest?«

»Er sagte, ich solle mich deutlicher erklären. Aber ich zuckte nur die Schultern und sagte, ich hätte ihn einmal mit ihr gesehen. Ich sagte das ganz beiläufig, aber dann fügte ich noch hinzu: ›Es würde mich interessieren, was wohl der Inspektor gesagt hätte, hätte er gewußt, daß nicht nur das Testament zu deinen Gunsten geändert wurde, sondern daß du auch noch eine Affäre mit Papas Frau hattest?‹«

Ich holte tief Atem. »Und was gab er darauf zur Antwort?«

»Zuerst sagte er gar nichts. Dann wurde er vor Wut ganz bleich, und nach ein paar Minuten sagte er: ›Wenn du auch nur im geringsten versuchen solltest, deine Mutter in einen Skandal zu verwickeln, nachdem sie so viel Schweres mitgemacht hat – dann breche ich dir alle Knochen im Leibe, das schwöre ich.‹ Er drückte sich etwas weniger gewählt aus, nannte mich einen Bastard und gab mir auch noch andere schöne Namen. Wie ich ihn in diesem Moment haßte! Aber ich sagte nur: ›An einem Skandal liegt mir auch nichts – ich möchte einfach nur die fünfzig Pfund jährlich, wie ich dir eben sagte.‹«

»Und was geschah?« fragte ich. »Hat er dir das Geld gegeben?«

»Natürlich«, sagte Ned. »Das mußte er wohl.«

4

Axel und Vere waren zum Dinner nicht wieder in Haraldsdyke. Nach dem Essen mußte ich eine Weile mit Esther und Mary im Wohnzimmer sitzen, während Alice sich im Kinderzimmer aufhielt, aber endlich gelang es mir doch, mich zu entfernen. Draußen wurde es schon dämmrig, als ich unseren kleinen Salon betrat. Ich zündete zwei Kerzen an, trug sie zu dem Sekretär am Fenster und setzte mich. Tinte und Feder waren zur Hand, aber es gab kein Papier. Plötzlich fiel mir die große Schublade in Rodrics Zimmer ein. Dort mußte es doch in einer der Schubladen Papier geben...

Ich stand auf, nahm eine der beiden Kerzen und ging damit hinaus auf den Gang. Um diese Zeit war sonst niemand hier oben. Ich konnte Rodrics Zimmer nicht gleich finden, aber schließlich gelangte ich doch an mein Ziel und fand gottlob auch so viel Schreibpapier, wie ich brauchte. Jetzt war es bereits ganz finster. In meinem eigenen Zimmer angelangt, setzte ich mich aufatmend an den Sekretär, nahm die Feder zur Hand und begann meinen Brief an Alexander.

Ich mußte mich beeilen. Axel konnte jeden Augenblick aus Rye zurückkommen. Kratzend fuhr meine Feder übers Papier und machte einen großen Klecks. Die alte Miß Shearing in meiner Akademie in Cheltenham wäre entsetzt darüber gewesen, wie dieser Brief aussah – aber Miß Shearing und alles, was dazu gehörte, schien sehr, sehr weit zurückzuliegen.

»Ich hoffe, es geht Dir in der Schule gut«, kritzelte ich, »ich wollte, das Semester wäre schon zu Ende, denn Du fehlst mir sehr, heute womöglich noch mehr als sonst.« Ich hielt inne, wie um mich selbst zu ermahnen, daß ich um Gottes willen nicht zuviel sagen durfte. »Haraldsdyke ist ein höchst eigenartiges und ungewöhnliches Haus«, schrieb ich dann schnell weiter, »und die Familie hier hat mich sehr freundlich aufgenommen. Dir würde es hier gefallen, denn Du könntest jeden Tag reiten, und im Moor gibt es genug Wild zum Jagen. Kannst Du nicht vielleicht doch kommen, bevor das Semester zu Ende ist? Weihnachten ist erst in ein paar Wochen, ich möchte Dich aber so gern schon früher sehen. Es gibt so vieles, das ich Dir erzählen möchte, was man nicht in einem Brief schreiben kann...« Vorsicht. Sinnend kaute ich an meinem Federkiel, die Umwelt war völlig versunken. Ich mußte mich etwas deutlicher ausdrücken, sonst würde der Brief seinen Zweck nicht erfüllen. Alexander verstand sich nicht auf Anspielungen, er konnte nicht zwischen den Zeilen lesen. »Du wirst Dich jetzt vielleicht sehr wundern«, schrieb ich, »aber inzwischen habe ich erfahren, daß Mr. Robert Brandson, Axels Vater, keineswegs eines natürlichen Todes gestorben ist, wie wir angenommen hatten, sondern daß er vielmehr am Weihnachtsabend letzten Jahres ermordet wurde. Die Leichenbeschauer nahmen an, daß der Täter Mr. Rodric Brandson war, Axels Halbbruder, aber da dieser selbst wenige Stunden später bei einem Unfall ums Leben kam, konnte er sich zu dieser Anklage nicht mehr äußern. Und obwohl man hier allgemein glaubte, daß er der Schuldige war, gibt es doch auch Leute, die meinen...«

Hinter mir gab es plötzlich ein Geräusch.

Ich fuhr herum, meine Hand zuckte krampfhaft, so daß ein neuer Tintenfleck aufs Papier fiel.

»Nimm doch noch eine zweite Kerze«, sagte Axel, »sonst verdirbst du dir bei dieser schlechten Beleuchtung die Augen.«

Ich hatte ihn nicht hereinkommen hören. Vor Überraschung war ich wie gelähmt, ich konnte ihn nur anstarren und hoffen, daß er in diesem Halbdunkel mein bleiches Gesicht und den entsetzten Ausdruck in meinen Augen nicht bemerkte.

»Habe ich dich erschreckt?« fragte er. »Das tut mir aber leid.« Er stand jetzt ganz nahe bei mir. Als er sich niederbeugte, um mich zu küssen, sah er den Brief, den ich instinktiv mit der Löschwiege zu verdecken suchte.

»Ich habe so viele Kleckse gemacht«, sagte ich. Etwas Besseres fiel mir im Augenblick nicht ein. »Wenn der Brief nicht für Alexander wäre, sondern für jemand anderen, dann würde ich ihn noch einmal abschreiben – aber Alexander wird mir das schon verzeihen.«

»Das ist sehr schön von dir, daß du ihm schon so bald nach deiner Ankunft hier schreibst.« Seine Finger lagen an meiner Wange, diese langen, kühlen Finger, die ich jetzt schon so gut kannte. Mit sanftem Druck zwang er mich, ihm ins Gesicht zu sehen.

»Wie war es in Rye?« fragte ich und sah ihm in die Augen.

»Es ist alles gut gegangen. Gibst du mir keinen Kuß?«

»Doch«, antwortete ich, kühl wie Quellwasser, stand auf und hob ihm mein Gesicht entgegen.

Er schlang den Arm um meine Taille und küßte mich auf den Mund, mit einer Leidenschaft, die mir ebenso überraschend wie unwillkommen war.

»Du weißt gar nicht, wie schön das ist«, sagte er, »wenn man an einem nebligen Novemberabend nach Haus kommt und dich hier findet und du so reizend aussiehst... Geht es dir jetzt besser?«

»Danke ja«, antwortete ich, fügte dann aber hinzu, um ihn nicht auf falsche Gedanken zu bringen: »Aber zwei oder drei Tage muß ich mich noch ein bißchen schonen.«

»Du darfst dir nicht zuviel zumuten.« Er ließ mich los und wandte sich jäh ab. Ich sah, wie sein Blick auf meinen Brief fiel, und spürte, wie mein Herz laut zu klopfen begann. »Morgen reite ich wieder nach Rye«, sagte er, »da kann ich deinen Brief mitnehmen. Die Postkutsche fährt morgen mittag nach Tunbridge Wells und London ab, ich werde den Kutscher damit beauftragen, den Brief sicher von London nach Harrow zu schikken.«

»Ich möchte dir keine Ungelegenheiten machen.«

»Von Ungelegenheiten kann keine Rede sein. Wenn du den Brief noch nicht fertig geschrieben hast, dann könntest du vielleicht noch hinzufügen, daß wir uns alle freuen, Alexander zu Weihnachten zu sehen, und daß auch ich ihn grüßen lasse.«

Da ich nicht wußte, was ich darauf sagen sollte, wandte ich mich wieder meinem Brief zu, während Axel dem Kammerdiener läutete und ihm auftrug, hier oben in unseren Räumen eine leichte Mahlzeit zu servieren.

»Wirst du mit mir essen?« fragte er. »Oder lieber mit den anderen? Ich bin hungrig und müde und habe keinen Bedarf nach Gesellschaft.«

»Ich bin noch nicht hungrig«, antwortete ich, »wir haben erst vor kurzer Zeit gespeist. Wenn du nichts dagegen hast, möchte ich noch etwas warten und dann mit den anderen zusammen Tee trinken.«

Darauf schrieb ich den Brief an Alexander noch einmal und vermied es diesmal sorgfältig, die verschiedenen Zweifel an Rodrics Täterschaft auch nur zu erwähnen. Dann lieferte ich eine minutiöse Beschreibung von Haraldsdyke und führte jedes einzelne Familienmitglied namentlich an, fügte Axels Grüße hinzu und schrieb schließlich noch ganz am Ende: »Bitte komm, so schnell du kannst!«

Als ich den Brief beendet hatte, nahm Axel bereits am Tisch neben dem Fenster sein Abendessen ein.

»Ich würde gern ein bißchen mehr von Rye sehen«, sagte ich plötzlich, ohne zu überlegen. »Könnte ich morgen mit dir kommen?«

»In deinem derzeitigen Gesundheitszustand?«

»Ich – ich dachte, ich könnte vielleicht in der Kutsche fahren.«

»Die Fahrt würde dich zu sehr anstrengen, abgesehen davon bin ich in Geschäften dort und könnte mich nicht um dich kümmern. Ein anderes Mal vielleicht.«

»Wenn du keine Zeit hast, dann könnte vielleicht Ned mit mir kommen.«

Axel sah mich scharf an. »Ned?«

»Ich habe mich heute ein wenig mit ihm unterhalten... er ist eigentlich sehr nett, fand ich. Ich dachte, vielleicht...«

»Mit Ned wird du jedenfalls nicht nach Rye fahren«, sagte Axel knapp.

»Natürlich nicht, wenn du es nicht wünschst.«

»Und außerdem wäre es besser, du würdest deine Zeit mit Alice verbringen und etwas über Haushaltsführung von ihr lernen. Dann werden wohl auch Besuche kommen, und du solltest bereit sein, sie zu empfangen.«

»Ja, Axel«, erwiderte ich und warf einen Blick auf die Uhr auf dem Kaminsims. »Würdest du mich jetzt bitte entschuldigen? Der Tee wird sicher bald serviert, und ich bin jetzt doch hungriger, als ich vorhin dachte.«

Er nickte. Ich nahm eine Kerze und ging damit auf den Gang hinaus. Aber kaum war ich am Treppenabsatz angelangt, da fiel mir plötzlich voller Entsetzen ein, daß ich meinen ersten Briefentwurf an Alexander nicht vernichtet, sondern nur zusammengefaltet auf dem Schreibtisch liegengelassen hatte, zusammen mit dem fertigen Brief.

Sofort machte ich kehrt und lief den Gang zurück, und ich stand schon mitten im Zimmer, als mir einfiel, daß ich mir nicht einmal einen passenden Grund für meine Rückkehr ausgedacht hatte. Aber glücklicherweise war eine Ausrede nicht nötig, denn Axel war schon ins Schlafzimmer nebenan gegangen. Schnell trat ich zum Schreibtisch, nahm den ersten Brief und warf ihn ins

Feuer. Und erst als ich zusah, wie er in Flammen aufging, fragte ich mich, ob der Brief wohl genauso zusammengefaltet war, wie ich ihn auf dem Schreibtisch zurückgelassen hatte...

Der nächste Morgen war langweilig, der Vormittag schien kein Ende nehmen zu wollen. Nach seiner Rückkehr aus Rye würde Axel mich natürlich fragen, wie ich meine Zeit verbracht hatte, daher bat ich Alice, mich durch die Küchen zu führen und mich in Angelegenheiten des Haushalts zu unterweisen. Dann kamen Frau und Schwester des Pfarrers zu Besuch, und ich mußte höflich und freundlich zu ihnen sein um einen guten Eindruck auf sie zu machen. Als die beiden fort waren, nahm Alice mich mit ins Kinderzimmer, damit ich ihre Kinder kennenlernen konnte, und wieder mußte ich mich bemühen, die richtigen Worte und bewundernde Ausdrücke zu finden. Stephen, der älteste, war ein ruhiger, schüchterner Junge mit blondem Haar und grauen Augen, aber Clarissa, die nur um ein Jahr jünger war, war schon so groß wie er und viel lauter. Robert, der jüngste, hatte ein aggressives Kinn, das an einem so kleinen Kind recht merkwürdig aussah, und eine unangenehm laute Stimme.

»Mein kleiner Süßer«, sagte Alice und nahm ihn liebevoll in die Arme, worauf er sofort ganz still wurde und glücklich lächelte.

Als ich Alice so mit ihren Kindern sah, dachte ich mit neuem Schrecken an die Möglichkeit, daß auch ich schwanger werden könnte, und war froh, als ich endlich entkommen konnte und in meinem Zimmer allein war. Dort hielt ich es allerdings auch nicht lange aus, ich war unruhig, ich wollte nicht allzu lange allein sitzen bleiben und vor mich hinbrüten. Also nahm ich lieber meinen Umhang, zog ein Paar warme Stiefel an und ging hinunter, um ein bißchen durch den Garten zu gehen. Aber kaum vor dem Haus, lief ich beinahe in Ned hinein, der gerade um die Ecke bog.

Wir lachten, er entschuldigte sich, ich sagte gar nichts. Endlich fragte ich ihn, wohin er denn ginge.

»Nach Haraldsford, ins nächste Dorf«, antwortete er. »Ich habe Alice versprochen, ihrer Mutter Schinken und Pastete zu bringen. Kommen Sie doch mit! Es ist gar nicht weit – nur eine Meile.«

»Werden wir rechtzeitig zum Dinner zurück sein?«

»Aber natürlich. Länger als eine Stunde sind wir nicht fort.«

Ich war natürlich furchtbar neugierig, Alices Mutter, die Hexe, kennenzulernen.

»Gut, ich komme mit«, sagte ich, »aber niemand darf es wissen. Ich soll nämlich eigentlich den ganzen Tag damit verbringen, mich in die Geheimnisse der Haushaltsführung von Haraldsdyke einweisen zu lassen.«

Er lächelte, so daß man seine weißen, regelmäßigen Zähne sah, und seine schwarzen Augen funkelten.

»Keine Angst, ich verrate Sie nicht.«

Also machten wir uns zusammen auf den Weg ins Dorf, und mir fiel ein Stein vom Herzen, als das Haus endlich hinter uns lag. Ich fühlte mich plötzlich frei und sorgenlos.

Bald waren wir dort. Die Straße war etwas höher gelegen als das Land, durch das sie führte, was mir eigentümlich vorkam. Erst hinter dem Dorf senkte sie sich wieder auf die gleiche Höhe. Das Dorf war sehr klein, es gab eine sächsische Rundkirche mit einem normannischen Turm, ein paar kleine Hütten und einen Gasthof »Zum schwarzen Widder«. Alices Mutter wohnte etwas abseits von den anderen in einer kleinen, schäbigen Hütte am Rand des Dorfes. Vor ihrer Tür graste eine Ziege, aus dem Flur starrten uns zwei neugierige Hühner entgegen.

»Sie soll angeblich eine Hexe sein«, sagte ich im Näherkommen zu Ned, aber der lachte nur.

»Ja, ja, das sagen die Leute – nur weil sie weiß, wie man Heiltränke zubereitet und ein paar alte Sprüche kennt! Daß sie eine

Hexe ist, glaube ich erst, wenn ich sie auf einem Besenstiel reiten sehe, früher nicht!«

Ich war enttäuscht, und ich sollte noch weiter enttäuscht werden, denn Alices Mutter, Dame Joan, war keineswegs ein buckliges altes Weib in schwarzen Fetzen, sondern eine breite, kräftige Bäuerin mit einer scharfen Nase, einer kraftvollen Stimme und seltsam hellen Augen, die graugrün waren mit blauen Sprenkeln darin.

»Schönen guten Tag, Dame Joan«, sagte Ned munter. »Alice schickt mich mit ein paar Sachen zu Euch. Ich hoffe, Ihr seid gesund und wohlauf.«

Sie sah ihm scharf ins Gesicht, dann sah sie mich an. »Du bist also die Frau des Ausländers«, sagte sie als Antwort.

Das war wohl nicht schwer zu erraten gewesen, aber ich war trotzdem überrascht und erregt über die Sicherheit, mit der sie ihre Feststellung machte.

»So ist es«, sagte Ned und blinzelte mir zu, »das ist Mrs. George Brandson.«

Ich lächelte höflich und sagte »Guten Tag!«, aber sie sagte nur: »Du Frechdachs, ich habe gesehen, wie du ein Gesicht geschnitten hast, um dich über mich lustig zu machen.«

Ich hatte plötzlich Angst, daß Ned sie vielleicht beleidigt hätte, aber der lachte einfach. »Habt Ihr denn hinten auch Augen, Dame Joan?« fragte er belustigt. »Ich stand doch hinter Euch – wie konntet Ihr sehen, ob ich Gesichter schnitt?«

»Mach dir um mich keine Sorgen, Junge«, sagte sie dunkel, »und sei lieber vorsichtig, sonst bin ich nächstes Mal, wenn du wieder ein neues Küchenmädchen in andere Umstände bringst, nicht mehr so freigebig mit meiner Medizin.«

Aber Ned ließ sich nicht aus der Fassung bringen. »Dame Joan ist eine Autorität in allen Dingen, die mit Fruchtbarkeit zusammenhängen«, sagte er mit seinem sorglosen, offenen Lachen. »Sie hat für alle ein Tränklein: für die, die nicht schwanger sind und es gern sein möchten, für die, die schwanger sind und es nicht sein möchten, und für die, die nicht schwanger sind und es auch keinesfalls werden möchten…«

»Du junger Hund«, sagte Dame Joan. »Wie redest du nur vor einer jungen Dame. Wenn der Ausländer das hören würde, dann würde er dich grün und blau prügeln.«

Es war unheimlich, wie genau sie über Neds Verhältnis zu Axel Bescheid zu wissen schien, sogar Ned schien betroffen, ich sah jedenfalls, wie das Lachen einen Augenblick von seinem Gesicht verschwand. Aber gleich strahlte er wieder, als weigere er sich, sich so leicht beeindrucken zu lassen.

»Dame Joan weiß schon, wie George und ich zueinander stehen«, sagte er dann leichthin. »Wir müssen uns auf den Weg machen, damit wir zum Dinner wieder zu Hause sind. Schönen guten Tag noch einmal, Dame Joan, und ich hoffe, Schinken und Pastete werden Euch schmecken.«

Auf dem Heimweg sagte er, ohne mich anzusehen: »Es tut mir leid, wenn ich mich zu offen ausgedrückt habe – ich wollte Sie jedenfalls nicht beleidigen.«

»Keine Ursache«, antwortete ich wahrheitsgemäß. »Mein Vater war in seinen Ausdrücken keineswegs wählerisch und hat sich nie die geringsten Sorgen gemacht, ob er sich vielleicht zu offen ausgedrückt hätte.«

Er lächelte erleichtert, dann sagte er: »Ich kann mir nicht vorstellen, wie Sie es in Haraldsdyke aushalten werden.«

»Warum sagst du das?«

»Ach – Sie sind so – so lebendig, so…« Er zuckte die Achseln, offensichtlich fielen ihm keine passenden Worte ein. »Sie sollten in einer Stadt leben«, fuhr er dann fort, »schöne Kleider und Juwelen tragen und Leute kennenlernen und sich nicht hier auf dem Land vergraben, ohne andere Unterhaltung als unsere paar Landedelleute und die Kaufherren in den Cinque Ports! Sie werden sich noch zu Tod langweilen…«

»Unsinn!« sagte ich betont nachdrücklich, da ich insgeheim überzeugt war, daß er die Wahrheit sprach.

»Aber Sie sind doch so... lebenslustig!« sagte er. »So voller Interessen, ganz anders als die anderen Mädchen mit ihrem Gekicher, ihrer Prüderie, ihrer steifen Konversation.«

»Hör sofort auf mit diesem Gerede«, sagte ich, »sonst wird es mir noch derart zu Kopf steigen, daß ich in Haraldsdyke nicht mehr durch die Tür komme.« Aber ich fühlte mich natürlich trotzdem sehr geschmeichelt.

In der Halle von Haraldsdyke stießen wir auf Esther. Es war zu befürchten, daß sie uns gemeinsam die Auffahrt heraufkommen gesehen hatte.

»Ach, da bist du endlich!« sagte sie zu mir, und als ich sie ansah, fiel mir ihre frühere Beziehung zu Axel ein, und ich hätte am liebsten ihr freundliches Getue zurückgewiesen, das ich ohnehin nie für aufrichtig gehalten hatte.

»Wir haben dich überall gesucht, meine Liebe«, fuhr sie fort, während ihre dunklen Augen von Ned zu mir und wieder zurückgingen. »George ist aus Rye zurück und möchte dich sofort sehen.«

Noch bevor ich den Raum betrat, sagte mir eine innere Stimme, daß das folgende Gespräch mit Axel unangenehm werden würde. Er war in seinem Ankleidezimmer, und sobald er mich kommen hörte, schickte er seinen Kammerdiener fort, kam ins Wohnzimmer, wo ich ihn erwartete, und trat auf mich zu, um mich zu begrüßen.

»Hast du einen guten Tag in Rye gehabt?« fragte ich vielleicht etwas zu schnell. »Es freut mich, daß du rechtzeitig zum Dinner zurückkommen konntest.«

»Ich war überrascht, dich bei meiner Rückkehr nicht in Haus zu finden«, antwortete er trocken und deutete zum Kamin hin. »Setzen wir uns doch einen Augenblick.«

Ich nahm auf der Kante des hohen Ohrenstuhls Platz, faltete die Hände im Schoß und bemühte mich, kühl und gefaßt auszusehen, aber mein Herz klopfte laut.

»Alice sagte mir, daß du heute morgen einige Zeit mit ihr verbracht hast«, sagte er. »Ich freue mich, daß du meinem Rat gefolgt bist.«

Das war mein Stichwort für eine ausführliche Beschreibung all dessen, was Alice mir erklärt und gezeigt hatte. Axel hörte aufmerksam zu. Als mir nichts mehr einfiel, sagte er: »Sobald du mit Alice fertig warst, bist du mit Ned weggegangen?«

»Ja, nach Haraldsford, um Alices Mutter Essen zu bringen. Aber woher wußtest du –«

»Esther hat euch fortgehen sehen.«

Es gab eine Pause. Der Gedanke, daß Esther mir nachspionierte, machte mich plötzlich sehr zornig, aber es gelang mir, mich zu beherrschen.

»Aha«, sagte ich nur.

»Du erinnerst dich sicher, daß ich dir ausdrücklich verboten hatte, mit Ned zusammen nach Rye zu fahren.«

»Ich erinnere mich.«

»Und du wirst doch sicherlich begriffen haben, daß es mein ausdrücklicher Wunsch ist, daß du von Ned so wenig wie möglich siehst.«

»Doch, diesen Eindruck hatte ich.«

»Aber trotzdem hast du es so eingerichtet, daß du mit ihm nach Haraldsford gehen konntest.«

»Das war ein bloßer Zufall.« Und ich erklärte ihm, wie es gekommen war. »Ich nahm nicht an, daß du etwas dagegen hättest«, sagte ich, »sonst hätte ich es natürlich nicht getan.«

»Ich habe sehr viel dagegen, daß ihr beide allein miteinander gesehen werdet«, gab Axel scharf zurück. »Er hat einen sehr schlechten Ruf, vor allem, was Mädchen deines Alters betrifft, und er gibt sich mit Leuten ab, in deren Gesellschaft ich dich nicht sehen möchte. Du vergißt, daß du jetzt die Herrin von Haraldsdyke bist und kein Schulmädchen mehr, dem man etwas nachsieht.«

»Ich vergesse keine Sekunde, daß ich jetzt Herrin von Haraldsdyke bin«, sagte ich eisig. »Was du dagegen zu vergessen scheinst, ist der Umstand, daß Ned dein Halbbruder ist und daß er normalen gesellschaftlichen Regeln zufolge durchaus als passender Begleiter für mich auf einem kleinen Spaziergang anzusehen ist.«

Wenn ich nicht so zornig gewesen wäre, hätte ich es nie gewagt, auf diese Art mit ihm zu sprechen. Meine Kühnheit schien ihn einen Augenblick zu verblüffen, denn ich sah, wie seine Augen sich weiteten – aber gleich hatte er sich gefangen und war wieder so kühl und distanziert wie immer.

»Ned ist nicht mit mir verwandt.«

»Das habe ich gehört«, sagte ich schneidend, »aber da dies nicht allgemein bekannt ist, ändert das nichts an der Tatsache, daß er in den Augen der Welt als Eskorte für mich durchaus in Frage kommt.« Damit stand ich auf und ging rasch ins Schlafzimmer, denn die Tränen brannten mir bereits in den Augen.

Er folgte mir und schloß die Tür hinter sich. »Hör mir zu«, sagte er, »sei dem, wie ihm wolle, ich habe meine Gründe dafür, daß ich dich nicht mit Ned zusammen sehen will. Ich muß leider darauf bestehen, daß du mir gehorchst.«

Tränen erstickten mir die Stimme. Ich war sehr aufgeregt. Ich wünschte von Herzen, ich könnte zu meiner Mutter laufen und mich von ihr trösten lassen, und ich fühlte mich entsetzlich verlassen, da sie nun tot war und für immer für mich verloren. Tränen liefen mir über die Wangen. Ich wandte Axel den Rücken zu, starrte aus dem Fenster und bemühte mich, meinen Mangel an Selbstbeherrschung vor ihm zu verbergen.

»Hast du gehört, was ich gesagt habe?« fragte Axel scharf.

Ich nickte zustimmend.

»Dann versprich mir bitte, daß du tust, was ich von dir verlange.«

Ich versuchte zu sprechen, brachte aber kein Wort heraus. Sekunden vergingen.

»Meine Liebe, ich warte.«

Schluchzen zitterte in meiner Kehle, plötzlich begannen meine Schultern zu zucken, und ich schloß hilflos die Augen. Da legte er mir seine Hand auf die Schulter und sagte überraschend zärtlich: »Vergib mir. Ich sehe, daß ich zu heftig war.«

Ich wehrte mich nicht, als er mich an sich drückte und meinen Kopf an seiner Brust barg. Seine Finger fuhren über mein Haar.

»Aber du hast dich so kühl und so unabhängig gegeben!« sagte er reuevoll. »Es war mir nicht klar, daß –«

»Es kann keine Rede davon sein, daß du zu heftig warst«, sagte ich mit wiedergewonnener Festigkeit. »Ich mußte plötzlich an den Tod meiner Eltern denken und wurde einen Augenblick vom Schmerz übermannt. Es tut mir leid, daß ich mich vor dir so gehen ließ. Und jetzt entschuldige mich bitte, ich möchte mich zum Dinner umziehen.«

Er verbeugte sich schweigend und ging wieder in sein Ankleidezimmer zurück. Ich wartete darauf, daß er seinen Kammerdiener rufen würde, aber das tat er nicht, und die Stille lag lastend über dem Raum. Ich stand noch immer am Fenster, als er nach ein paar Minuten wieder hereinkam.

»Ich habe ganz vergessen, dir zu sagen«, sagte er, »daß ich für morgen die Shermans zum Dinner eingeladen habe. James Sherman war, wie du dich vielleicht erinnerst, der Rechtsanwalt meines Vaters.«

»Sehr gut«, antwortete ich, und es klang vielleicht herablassender, als ich es beabsichtigte. »Ich werde das Nötige veranlassen. Wie viele Besucher werden wir im ganzen haben?«

»Fünf, alle zusammen. Sherman selber, seine Frau und seine Töchter und sein Bruder Charles.«

»Fünf. Danke.«

Eine Pause. Zwischen uns gähnte ein Abgrund.

»Nur eine Frage möchte ich dir noch stellen«, sagte er ruhig, »und dann lassen wir das Thema ruhen. Hat er mit dir über Rodric gesprochen?« Ich starrte ihn an. Sein Gesicht war unbewegt wie immer, die Augen blickten ausdruckslos.

»Nein«, erwiderte ich, überlegte aber dann, daß das vielleicht allzu unwahrscheinlich klang, und fügte hinzu: »Das heißt, er erwähnte nur kurz, wie gern er ihn gehabt hat.«

»So.«

»Warum fragst du?« wollte ich wissen, als er sich schon zum Fortgehen anschickte. »Gibt es irgendein Geheimnis um Rodric?«

»Nicht daß ich wüßte«, entgegnete er kühl und zog sich wieder in sein Ankleidezimmer zurück.

Das Dinner fand um vier Uhr statt. Draußen dämmerte es schon, der Regen prasselte aufs Moor und klatschte gegen die Fensterscheiben. Als Axel und ich das Eßzimmer betraten, fanden wir bereits Mary dort sitzen, in einem violetten Kleid mit Puffärmeln, das ihr überhaupt nicht stand und ihre Arme noch dicker erscheinen ließ, als sie ohnehin schon waren. Einen Augenblick später kam Ned herein, diesmal ganz sauber und ordentlich gekleidet, und obwohl Axel ihn scharf von oben bis unten musterte, konnte er heute an seinem Aussehen beim besten Willen nichts aussetzen. Nach Ned erschien Esther, sehr elegant in einem schwarzen Satinkleid – die Farbe der Trauer stand ihr beinahe zu gut, das Kleid brachte ihre Figur zu allerbester Geltung, so daß man sich schwer vorstellen konnte, daß sie die Mutter von drei bereits erwachsenen Söhnen war. Sie sah mich forschend an, als wollte sie gern herausfinden, ob Axel mich wegen meines Spaziergangs nach Haraldsford zurechtgewiesen hatte, aber ich schenkte ihr ein sorgfältig dosiertes kühles Lächeln, um ihr zu zeigen, daß ihre Einmischung nur wenig gefruchtet hatte und daß ich sie jedenfalls dafür verachtete.

Endlich kamen Vere und Alice. Jetzt waren wir vollzählig, ich sprach das kürzeste Tischgebet, das mir einfiel, und dann setzten wir uns zu Tisch.

Es entging mir nicht, daß Vere schlechter Laune zu sein schien, aber erst beim zweiten Gang bemerkte ich, daß Axel und er nicht miteinander sprachen. Alice dagegen schien munter und aufgeräumt, und wir unterhielten uns eine Weile über ihre Mutter. Mary war wie üblich zu sehr mit sich selber beschäftigt, um an der allgemeinen Konversation teilzunehmen, und Ned schien keinen anderen Ehrgeiz zu haben, als sein Essen möglichst schnell und unauffällig hinunterzuschlingen. Am anderen Ende der Tafel führten Axel und Esther eine Weile eine etwas förmliche Unterhaltung, aber im allgemeinen wurde nicht viel gesprochen, und ich war froh, als die Mahlzeit vorbei war und die Frauen sich zurückziehen konnten.

Als wir ins Wohnzimmer hinaufgingen, hörte ich, wie Esther Alice fragte: »Hat Vere mit George gestritten?«

Alice antwortete: »Es hat Schwierigkeiten gegeben in Rye.«

Damit war ihr Gespräch auch schon zu Ende, denn wir hatten die Tür des Wohnzimmers erreicht.

Nach zehn Minuten entschuldigte ich mich und sagte, daß ich sehr müde sei, was auch völlig der Wahrheit entsprach. Ich fühlte mich wirklich erschöpft, wahrscheinlich wegen des anstrengenden Vormittags mit Alice. Oben in meinem Zimmer ließ ich Marie-Claire kommen, machte mit ihrer Hilfe ausführlich Toilette für die Nacht und lag schon um sechs Uhr in unserem großen Doppelbett.

Zuerst dachte ich, ich würde gleich einschlafen, aber wie es manchmal so geht, mein Verstand wurde immer wacher und wacher, bis endlich auch die körperliche Entspannung von mir wich und ich anfing, mich ruhelos im Bett hin und her zu wälzen. Ich dachte an Axels Verhältnis mit Esther, betrachtete jeden Aspekt der Angelegenheit, bis es nichts mehr gab, war ich nicht überlegt hätte. Esther war sicher keine zwölf Jahre älter als Axel, vielleicht auch noch weniger, sie war sehr attraktiv, damenhaft und gewandt, unerfüllt in ihrer Ehe, so daß sie sich Liebhaber nahm, wann immer die Gelegenheit sich bot; der kosmopolitische Stiefsohn aus der Weltstadt Wien war ihr sicher eine äußerst willkommene Abwechslung gewesen. Und trotz des Respekts, den er seinen eigenen Angaben nach seinem Vater entgegenbrachte, hatte Axel sich dennoch einfangen lassen. Ihre Reife mußte ihn angezogen haben, er gehörte wohl selbst mehr zu ihrer Generation als zu meiner.

Ich stellte mir seine Ankunft in Haraldsdyke letztes Jahr zu Weihnachten vor, das jähe Aufflammen der Leidenschaft zwischen den beiden, die Katastrophe der Entdeckung. Fast meinte ich, Robert Brandson hören zu können, wie er ihn anschrie: »Ich habe ein neues Testament zu deinen Gunsten gemacht, aber ich werde es ändern! Keinen Penny sollst du von mir erben, nicht einen einzigen Stein von Haraldsdyke!«

Nachher wäre dann natürlich Rodric der ideale Sündenbock gewesen, ganz besonders deshalb, weil er ja nicht mehr am Leben war und sich nicht zur Wehr setzen konnte. Axel war hinter ihm her in den Nebel geritten und hatte nur noch sein Pferd und seinen Hut im Moor gefunden.

Das jedenfalls hatte Axel gesagt.

Ich setzte mich auf, die Stirn schweißnaß, und suchte mit zitternden Händen nach dem Schwefel und dem Streichholzkrug, um die Lampe anzuzünden.

Die Affäre mit Esther war jetzt natürlich vorbei, denn Axel war schlau genug zu erkennen, daß auch der kleinste Verdacht gefährlich sein konnte. Es kam also wohl kaum in Frage, daß sie ihr Verhältnis auch jetzt noch fortsetzten.

Außer wenn er sie liebte. Daß er mich nicht liebte, stand außer

Zweifel. Vielleicht empfand er so etwas wie Zuneigung, aber von Liebe konnte keine Rede sein. Und warum auch? Ich hatte ihn ja auch nicht geliebt. Unsere Ehe war von Anfang an eine Vernunftehe gewesen und würde es auch in Zukunft bleiben. Wer heiratete heutzutage denn noch aus Liebe? Nur Verrückte. Oder ganz arme Leute. Oder die, denen das Glück in die Wiege gelegt worden war.

Meine Kehle spannte und schmerzte. Ich schlüpfte aus dem Bett und zog einen warmen wollenen Schlafrock an, um mich in der kalten Novembernacht nicht zu erkälten.

Das Feuer im Kamin nebenan war heruntergebrannt, aber ich schürte die Glut und legte mit der Feuerzange noch ein Stück Kohle hinein. Dann saß ich lange davor, betrachtete die züngelnden Flammen und fragte mich, ob meine Phantasie mir wohl auch dann so schreckliche Szenen vorspiegeln würde, wenn Axel mich liebte und ich ihn auch. Wenn ich wüßte, daß er mich liebte, dann würde mir die Vergangenheit vielleicht nichts ausmachen, dann täte mir Esther vielleicht sogar leid, die arme Esther, die langsam alt wurde und die bald auch ihre Anziehungskraft verlieren würde, derer sie doch so sehr bedurfte, um die Männer zu fesseln und der drückenden Langeweile ihrer Witwenschaft auf dem Lande zu entgehen. Alles wäre nicht so wichtig, wenn Axel mich nur ein wenig lieben würde, wenn ich nicht so schrecklich verlassen und einsam wäre...

Ich stand auf, ging hinaus in den Korridor und weiter zum Treppenabsatz. Von unten aus dem Wohnzimmer erklangen Stimmen, daher nahm ich an, daß außer mir noch niemand zu Bett gegangen war, aber ich hörte nur Frauenstimmen, daher mußten die Männer wohl noch ganz unten im Eßzimmer sitzen.

Ziellos wanderte ich hinunter in die leere Halle, dann in den Salon neben der Bibliothek, wo Robert Brandson vor nun fast einem Jahr den Tod gefunden hatte. Brennende Kerzen standen auf dem Tisch, im Kamin brannte ein Feuer, der Raum war warm und gemütlich. Als ich von nebenan Stimmen hörte, hielt ich unwillkürlich an – lauschen gehörte sich nicht, andererseits war meine Neugier allzu groß. Ich überwand meine Verlegenheit, schloß ganz leise die Tür des Salons hinter mir, ging auf Zehenspitzen zu einem der Fenster und setzte mich auf die Fensterbank hinter den langen Vorhängen, neben die Verbindungstür zwischen den beiden Räumen. Die Tür war natürlich geschlossen, aber sie schloß nicht gut, denn die Unterhaltung war sehr deutlich zu verstehen, und ich begriff jetzt, wie leicht es für Alice und Mary gewesen sein mußte, jedem einzelnen Wort des Streits zwischen Rodric und seinem Vater zu Weihnachten zu folgen.

»Gott verdamme dich«, sagte Vere leise, aber deutlich. »Gott verdamme dich, George Brandson.«

»Du magst mich in die Hölle wünschen, sooft du nur willst«, sagte Axel kalt, jede Silbe verächtlich betonend. »Du kannst bis in alle Ewigkeit Gott anrufen, wenn dir dadurch leichter wird. Aber meinen Entschluß wirst du nicht ändern. Als ich nach Papas Tod Haraldsdyke verließ, kam ich mit den Treuhändern überein, daß du das Gut ein Jahr verwalten solltest, oder jedenfalls so lange, bis ich die Bedingungen für den Antritt meiner Erbschaft erfüllt hatte. Fast ein ganzes Jahr lang warst du hier der Herr. Und was ist geschehen? Du hast Kredite aufgenommen, wozu du keinerlei Recht hattest, du hast Geld in rauhen Mengen verloren, und du hast dich auf verschiedene landwirtschaftliche Experimente eingelassen, die von einem Fachmann bestenfalls unüberlegt genannt werden müssen. Die Treuhänder sind, wie wir heute gelesen haben, deshalb in größter Verlegenheit, und ich kann sie leider nur allzu gut verstehen. Ich würde nicht anders fühlen, wenn ich an ihrer Stelle wäre und über die Finanzgebarung des vergangenen Jahres hier Rechenschaft ablegen müßte. Ich hatte damit gerechnet, mich bei der Verwaltung des Guts auf deine Hilfe verlassen zu können, aber ich sehe jetzt, daß ich mich getäuscht habe. Es ist leider klar, daß du von Geld nicht mehr Ahnung hast als Rodric, und der hatte weiß Gott so gut wie gar keine Ahnung davon!«

»Wage es nicht, mich mit Rodric zu vergleichen!« Veres sonst ruhige Stimme wurde vor Zorn laut. »Mein Gott, ich habe unter diesem ewigen Vergleich mit ihm genug gelitten, solange er noch am Leben war, jetzt, da er tot ist, will ich nichts mehr davon hören! Es war immer das gleiche – ich war der einzige, der sich wirklich um Haraldsdyke kümmerte, aber welche Chancen hatte ich denn, meine Ideen zu verwirklichen, da Papa doch viel zu dickschädelig war, um auch nur die geringste Änderung im althergebrachten System zu erlauben? Nie hat er auf mich gehört! Niemand hat je auf mich gehört! Es hieß immer nur Rodric, Rodric, Rodric – aber was hat Rodric denn schon getan, außer sich zu amüsieren und Geld für seine verdammten Eskapaden hinauszuwerfen. Aber Rodric war unantastbar, nichts ging über Rodric! Papa schwor auf Rodric, aber mich auch nur anzuhören, dazu hatte er keine Zeit – Papa verzieh Rodric seine Affären, aber meine Heirat konnte er mir nicht vergeben – Papa überhäufte Rodric mit Geld für seine Abenteuer, aber wenn ich Geld für Haraldsdyke brauchte, dann mußte ich darum betteln.«

»Das alles interessiert mich nicht im geringsten«, unterbrach ihn Axel eisig, »deine Streitereien mit Rodric gehen mich überhaupt nichts an. Was mich beunruhigt, ist die Tatsache, daß du im letzten Jahr eine beträchtliche Menge von meinem Geld verpulvert hast.«

»Das kann zurückgezahlt werden. Es handelt sich zum größten Teil um einen vorübergehenden Verlust, der nächstes Jahr wieder hereinkommen wird. Ich bleibe dabei, daß meine Pläne für das Gut höchst wertvoll sind.«

»Da kann ich dir leider überhaupt nicht zustimmen.«

»Um Gottes willen!« schrie Vere so laut, daß ich dachte, das ganze Haus würde zusammenlaufen. »Warum muß ich denn immer um alles betteln? Das ewige Betteln hängt mir zum Hals heraus! Wenn ich nur etwas eigenes Geld hätte, ich würde mir ein eigenes Stück Land kaufen und mein eigenes Gut bauen und auf euch alle pfeifen, das schwöre ich!«

»Tut mir leid, daß Papa in seinem Testament nicht an dich gedacht hat, aber er hatte wohl seine Gründe dafür –«

»Ich verzichte auf dein Mitgefühl! Das Geld hätte ich geerbt, wenn Papa nicht sein Testament zu deinen Gunsten geändert hätte, ohne daß auch nur ein Mensch eine Ahnung hatte, daß er Rodric enterbt hatte – *ich* hätte das Geld erben sollen!«

»Bitte«, unterbrach ihn Axel wieder, »laß uns vernünftig reden und nicht spekulieren, was geschehen wäre, wenn die Umstände anders gewesen wären. Ich habe das Geld nun einmal geerbt, und ich habe Haraldsdyke geerbt, aber ich bin durchaus bereit, dich bis zu einem gewissen Grad daran zu beteiligen und dich weiter das Gut nach deinem Gutdünken führen zu lassen. Wenn meine Großzügigkeit allerdings zu solchen finanziellen Verlusten führt, dann –«

»Du kannst mich doch nicht nach den Ergebnissen eines einzigen Jahres beurteilen! Ich habe eben Pech gehabt.«

»Ich fürchte, das war mehr als nur ein bißchen Pech.«

»Was verstehst du denn schon von Gutsverwaltung? Wie willst du das überhaupt beurteilen? Ich habe mich täglich für Haraldsdyke abgerackert. Mir bedeutet Haraldsdyke mehr als irgendein anderer Flecken Erde! Und jetzt kommst du daher und willst behaupten, ich hätte nachlässig mit deinem Geld gewirtschaftet –«

»Unsinn. Alles, was ich sage, ist, daß du zumindest für die nächsten drei Jahre auf alle landwirtschaftlichen Experimente verzichten mußt und ich dir kein Geld für Versuche vorstrecken werde, die noch wenig erprobt, ja vielleicht sogar gefährlich sind.«

»Und wer bist du denn, daß du dich darüber zum Richter aufwirfst? Was verstehst du denn schon von Landwirtschaft?

Warum sollst ausgerechnet du Entscheidungen treffen, die die Zukunft von Haraldsdyke bestimmen?«

»Mein bester Vere«, sagte Axel halb belustigt, halb verzweifelt, »Haraldsdyke gehört immerhin mir! Und das Geld gehört auch mir! Da habe ich, glaube ich, doch ein Recht mitzureden.«

»Jawohl!« brüllte Vere. »Haraldsdyke gehört dir, und das Geld gehört auch dir, weil Papa in einem Anfall von Sinnesverwirrung sein Testament zu deinen Gunsten geändert hat und dann passenderweise gestorben ist, bevor er es noch einmal ändern konnte.«

Es gab ein kurzes, knisterndes Schweigen. Dann fragte Axel ganz ruhig: »Was willst du damit sagen?«

»Nichts, überhaupt nichts! Es war einfach ein Glück für dich, daß Papa gerade zu diesem Zeitpunkt starb – und daß auch Rodric starb, bevor er sich gegen seine Ankläger verteidigen konnte!«

»Du willst doch damit nicht etwa andeuten, daß –«

»Ich meine, was ich sage, kein Wort mehr und kein Wort weniger!«

»Dann würde ich dir raten, deine Worte wirklich mit äußerster Sorgfalt zu wählen, denn wie jeder andere Gentleman bin auch ich gegen Verleumdungen sehr empfindlich, und außerdem bin ich in der glücklichen Lage, daß ich mich dafür rächen kann, wann ich will.«

Wieder breitete sich Stille aus und wurde langsam unerträglich. Endlich fuhr Axel fort: »Bitte vergiß nicht, daß du mit deiner Familie nur so lange in Haraldsdyke bleiben kannst, wie ich will – und keine Sekunde länger.« Und damit schloß er die Tür zur Halle hinter sich, und man konnte ihn durch die Halle und dann die Treppen hinaufgehen hören. Ich wollte gerade die Vorhänge zurückschieben und die Fensterbank verlassen, als die Verbindungstür aufging und Vere ins Zimmer kam.

Er konnte mich nicht sehen, die langen Vorhänge verbargen

mich vor seinem Blick. Als er die Tür hinter sich zuwarf, bewegten sich die Vorhänge im Luftzug. Durch den entstandenen kleinen Spalt in dem schweren Stoff konnte ich ihn beobachten.

Er hatte die Weinkaraffe zur Hand genommen und schenkte sich ein. Nachdem er das Glas hastig geleert hatte, schenkte er sich noch einmal nach. Dann ließ er sich in einen Sessel neben dem Kamin fallen und verbarg den Kopf in den Händen. Ich wartete, wagte kaum zu atmen und hoffte, daß er bald gehen würde. Aber er blieb regungslos sitzen. Falls Axel nach oben in unsere Räume gegangen war, würde er mich vermissen und vielleicht bereits nach mir suchen.

Vere hatte nun auch das zweite Glas Wein geleert und goß sich zu meiner größten Beunruhigung noch ein drittes ein, als die Tür plötzlich von neuem aufging und Alice ins Zimmer trat.

»Was ist passiert?« fragte sie, und ihre sanfte, bäuerliche Stimme klang plötzlich härter und entschlossener. »Was hat er gesagt?«

Vere setzte sich wieder in den Sessel, er schien fast in den Polstern zu verschwinden. In einer jähen Erkenntnis wußte ich, daß Alice bei weitem die stärkere von beiden war.

»Es war schrecklich.« Vere nahm wieder einen Schluck, während Alice sich auf die Sessellehne setzte und ihren Arm um ihn legte. »Er ist bereit, die Schulden zu bezahlen, aber vorstrecken will er mir nur das Allernötigste. Ich soll einfach sein Angestellter sein, weiter nichts.«

Alice sah ernst und entschlossen aus. »Erzähl mir genau, was er gesagt hat.«

Vere gab das Gespräch Wort für Wort wieder, ohne irgend etwas auszulassen. Als er geendet hatte, sah er zu der Karaffe auf dem Buffet hin, und Alice nahm ihm das Glas aus der Hand und schenkte ihm ein. Allerdings bemerkte ich, daß sie den Wein mit Wasser aus einem Krug verdünnte, als Vere ihr den Rücken zuwandte.

»Immerhin«, sagte sie, als sie ihm das volle Glas reichte, »haben wir noch ein Dach über dem Kopf.«

»Vorläufig noch.« Der Wein machte ihn mißmutig und apathisch.

»Du hättest wirklich nicht die Beherrschung verlieren und ihn des Mordes bezichtigen sollen!« sagte Alice dann.

»Das habe ich doch nicht getan! Ich habe nur –«

»Aber er hat es so aufgenommen, oder nicht?«

»Nun –«

»Du solltest wirklich aufpassen, Lieber«, fuhr Alice fort. »Wirklich, hör auf mich. Laß die Toten ruhen. Alle haben sich darauf geeinigt, daß Rodric deinen Vater getötet hat, also lassen wir es doch dabei. Es kommt nichts dabei heraus, wenn du den alten Zank und Hader wieder ausgräbst, und wenn du George noch einmal beleidigst, dann –«

»Aber er hatte doch ein Verhältnis mit Mama, das schwöre ich. Wenn sie einen Mann so ansieht, wie sie ihn letztes Jahr angesehen hat... Stell dir vor, Papa hat sie erwischt, gedroht –«

»Laß doch, Vere, laß doch. Nur weil deine Mutter so aussah, als wäre sie hinter George her, haben wir noch lange keinen Beweis dafür, daß die beiden auch wirklich etwas miteinander hatten, und genausowenig kannst du beweisen, daß er deinen Vater umgebracht hat. Laß diese Dinge doch ruhen, Liebster! Wenn du damit anfängst, die Vergangenheit auszugraben, wer weiß, was dabei noch alles herauskommt! Stell dir vor, es wird bekannt, daß du an jenem Nachmittag früher nach Haraldsdyke zurückgekommen bist, als du angegeben hast. Mir hast du gesagt, daß du schnurstracks auf dein Zimmer gegangen bist und dich hingelegt hast, weil du dich nicht wohl fühltest, aber ich habe dich nicht dort liegen sehen, noch sonst irgendwer. Stell dir vor, irgend jemand hätte dich ins Haus gehen sehen, noch bevor dein Vater tot war, und würde es jetzt ausplaudern, während du lauthals George des Mordes verdächtigst –«

»Wer sollte mich denn gesehen haben?« Vere war nervös, Wein schwappte aus seinem Glas auf den Teppich. »Niemand hat mich gesehen!«

»Möglicherweise Mary!«

»Dann hätte sie es längst gesagt!«

»Vielleicht!«

»Außerdem«, sagte er und lachte unbehaglich, »hatte ich gar keinen Grund, Papa zu töten.«

»Wirklich nicht, Lieber? Das würden die Leute dir aber nicht glauben. Papa wußte doch, daß du es warst und nicht Rodric, der sich mit den französischen Schmugglern eingelassen hatte.«

Das Weinglas fiel Vere aus der Hand und zerbrach in tausend Stücke, und seine Gesichtsfarbe wechselte von blaß in aschgrau.

»Nie! Davon hatte er nicht die geringste Ahnung!«

»Rodric hat es ihm gesagt. Dein Vater hatte das Zeug doch in der großen Scheune entdeckt –«

»Das weiß ich, aber er verdächtigte ja Rodric! Mich sicher nicht! Er dachte, das wäre eine von Rodrics Eskapaden – er wäre nie auf den Gedanken gekommen, daß sein schrecklicher Geiz mich dazu getrieben hatte, für meine Pläne mit dem Gut auf diese Weise zu Geld zu kommen!«

»Schon, schon«, entgegnete Alice, »er verdächtigte Rodric, aber Rodric leugnete es ab, was glaubst du denn, warum sie sonst diesen heftigen Streit gehabt hätten! Am Ende glaubte ihm dein Vater halb, aber nicht ganz. ›In meinem neuen Testament wird keiner von euch beiden drinstehen!‹ brüllte er. ›Zum Teufel mit dir!‹ brüllte Rodric zurück, ›ändere dein Testament, sooft du willst, mir ist das gleich!‹ Aber er wußte natürlich nicht, daß dein Vater das Testament bereits am Tag vorher geändert und darin George zu seinem Alleinerben eingesetzt hatte. Ich glaube, dein Vater hatte dich im Verdacht, seit er das Schmuggelgut zwei Tage vorher in der Scheune entdeckt hatte.«

»Aber mein Gott!« rief Vere mit zitternder Stimme. »Warum

hast du mir denn nicht schon längst gesagt, daß du das alles gewußt hast?«

»Ich wollte dich nicht aufregen, mein Lieber. Ich sah nicht ein, wozu das gut gewesen wäre. Je weniger darüber geredet wurde, um so besser. Ich wollte nicht, daß die Leute auf merkwürdige Gedanken kämen und dich weiß Gott was für fürchterlicher Dinge verdächtigten, wenn es doch ganz klar war, daß Rodric der Schuldige war.«

»Glaubst du das denn wirklich selbst?«

»Er muß es wohl gewesen sein, Liebster. Er hatte ein Motiv, er war allein mit deinem Vater in der Bibliothek, und beide waren schrecklich zornig.«

»Ja, ja, es wird schon so gewesen sein. Weiß Gott, ich habe nie viel von Rodric gehalten, aber ich hätte nie gedacht, daß er so dumm wäre, sich um seine Geldquelle zu bringen.«

»Aber er wußte ja nicht, daß sein Vater seinen gesamten Besitz George vermacht hatte, er dachte, er würde viel erben.«

»Zugegeben... aber was ist, wenn George davon wußte, daß das Testament zu seinen Gunsten geändert worden war? Er ist schließlich der einzige, dem Papas Tod Vorteile gebracht hat.«

»Dir auch, Liebster, dir auch. Wenn er am Leben geblieben wäre, hätte er der Wache in Rye gemeldet, daß du mit den Franzosen unter einer Decke steckst.«

»Aber mein Gott –«

»Laß nur, laß, Liebster. Hör auf mich und laß alles auf sich beruhen. Was auch geschehen ist – davon wird jetzt nichts mehr anders, nichts kann an der Tatsache etwas ändern, daß wir von Georges Gnade abhängig sind, und wenn du ihn beleidigst, dann werden wir bald kein Dach mehr über dem Kopf haben.«

»Ach, Alice, Alice...« Voll Verzweiflung wandte er sich zu ihr, und ich sah, wie sie ihre vollen Arme schützend um ihn legte, als wäre er ein Kind, und ihm übers Haar strich, während er den Kopf an ihre Brust legte.

»Na, na, mein Lieber, sei ruhig«, sagte sie tröstend, genauso, wie sie heute morgen mit ihren Kindern geredet hatte.

»Ich komme mir so hilflos vor, so unzulänglich.«

»Scht, so etwas darfst du nicht sagen...«

Schweigend lagen sie einander in den Armen, aber dann hob er den Kopf und küßte sie auf den Mund. Leidenschaft kam in ihre Umarmung, und in ihren Bewegungen lag soviel Gefühl und soviel Hingabe, wie ich es nie zuvor zwischen Eheleuten gesehen hatte. Ich sah weg, denn ich fühlte mich jetzt wirklich wie ein Eindringling, und gleichzeitig kam mir die Leere meiner eigenen Ehe schmerzlich zu Bewußtsein. Ich wünschte von ganzem Herzen, aus dieser peinlichen Lage entkommen zu können, als Vere plötzlich sagte: »Ich kann diese Unsicherheit unserer Lage einfach nicht mehr ertragen! Was soll denn mit unseren Kindern geschehen! Selbst wenn wir hier ausharren, du als unbezahlte Haushälterin und ich als besserer Taglöhner – welche Zukunft haben denn unsere Kinder? Georges Kinder werden Haraldsdyke erben, nicht unsere.«

»Falls George überhaupt Kinder bekommt«, sagte Alice. »Falls nicht, dann werden unsere Kinder Haraldsdyke erben.«

»Warum sollte er denn keine Kinder haben? Er ist gesund und kräftig, und das Mädchen ist jung und blühend. Vielleicht ist sie sogar schon schwanger.«

»Ich glaube nicht«, sagte Alice, »jetzt noch nicht.«

»Dann wird sie es jedenfalls bald sein.« Wieder vergrub er das Gesicht in den Händen. »Ich weiß nicht, was ich tun soll«, sagte er mit hohler Stimme, dann hob er zornig den Kopf. »Warum hat George denn sein Erbe antreten müssen? Er hat doch Geld in Wien – und Besitz hat er auch dort! Hat er sich denn jemals für Haraldsdyke interessiert? Wenn er die Bedingungen des Testaments nicht erfüllt und nicht innerhalb eines Jahres geheiratet hätte, dann wäre das Gut an Stephen gefallen, und ich hätte es für meinen Sohn bis zu seiner Volljährigkeit geführt!«

»Darüber brauchen wir jetzt nicht mehr zu jammern, Liebster, nachdem George ja die Bedingungen erfüllt und sein Erbe angetreten hat.«

»Und wenn jetzt das Mädchen auch noch schwanger wird, dann können wir alle unsere Hoffnungen begraben. Der Teufel soll George Brandson holen! Ich wünschte, er –«

»Ach, Liebster, sei doch nicht so verzweifelt! Du gibst immer so schnell auf. Wie vieles kann da noch geschehen! Auch wenn sie schwanger wird, kann das Kind vielleicht kränklich sein und bald sterben. Oder sie kann eine Fehlgeburt haben. Oder sie kann überhaupt unfruchtbar sein. Oder sie kann auch selbst sterben.«

Obwohl es im Zimmer so warm war, lief es mir plötzlich eiskalt durch die Adern, und mein Mund war ausgetrocknet.

»Du bist immer so ruhig«, sagte Vere jetzt, aber mir kam es vor, als hörte ich ihn aus weiter Ferne, »so vernünftig... ich weiß nicht, was ich ohne dich anfangen sollte, Alice. Wirklich, ich wüßte nicht, was ich tun würde, wenn ich dich in diesen schweren Zeiten nicht an meiner Seite hätte...«

Sie küßten sich wieder. Ich blickte zum Fenster hinaus und sah mein Spiegelbild in dem Glas, die Augen groß und dunkel in meinem blassen Gesicht.

»Komm jetzt hinauf, Liebster«, sagte Alice, »komm ins Bett. Sitz hier nicht mehr so herum.«

Gehorsam stand er auf. Das Licht fiel auf sein Gesicht und ließ es verhärmt und abgezehrt erscheinen, aber dann war er im Schatten, und ich konnte nur noch sein helles Haar schimmern sehen, als er mit Alice hinausging.

Endlich war ich allein.

Von der Anspannung waren meine Glieder so steif geworden, und das belauschte Gespräch hatte mich innerlich so aufgewühlt, daß ich mich hinsetzte und mir etwas Wein aus der Karaffe einschenkte. Aber auch dann hatte ich noch Schwierigkeiten, meine zitternden Glieder zu beherrschen. Endlich war ich wieder ruhig genug, um mich hinauf in unsere Räume und zu Axel wagen zu können. Vorsichtig stahl ich mich hinaus und schlich durch die Halle zur Treppe.

Oben im Flur war es ganz dunkel. Ich tastete mich unsicher bis zu unseren Zimmern. Als ich endlich die Tür unseres Wohnzimmers gefunden hatte, war ich so erleichtert, daß ich fast über die Schwelle gefallen wäre. Aber kaum hatte ich die Tür geöffnet, blieb ich wie erstarrt stehen. Denn vor dem Kamin neben Axel saß Esther, und selbst in meiner augenblicklichen Verwirrung konnte es mir nicht entgehen, daß Esther vor Wut kochte.

»...so ein rotznasiger Backfisch«, sagte Esther gerade, als ich die Tür öffnete und auf der Schwelle stehenblieb.

Dann fuhren beide herum. Wir sahen uns eine Weile schweigend an, dann sagte Axel: »Da bist du ja endlich, meine Liebe« und kam auf mich zu. »Ich habe mich schon gefragt, wo du hingekommen bist.« Und er zog mich an sich und küßte mich leicht auf die Stirn.

Über seine Schulter hinweg sah ich, wie Esther sich auf die Lippen biß. »Ich muß gehen«, sagte sie schroff. »Ihr wollt mich entschuldigen. Gute Nacht.«

»Gute Nacht, Esther«, erwiderte Axel höflich und hielt ihr die Tür auf. Auch ich sagte matt gute Nacht, als sie ohne ein weiteres Wort hinausrauschte.

Axel schloß die Tür hinter ihr, und wir waren allein. »Fühlst du dich wohl?« fragte er sofort, ohne Zweifel überrascht darüber, daß ich im Schlafrock und mit offenen Haaren durchs Haus wanderte. »Du siehst ein bißchen blaß aus.«

»Ich – ich konnte nicht schlafen.« Ich ging an ihm vorbei ins Schlafzimmer. »Deshalb bin ich hinuntergegangen, um ein Glas Wein zu trinken. Ich dachte, davon würde ich schläfrig.«

»Hast du Wein gefunden?«

»In der Karaffe im Eßzimmer war noch welcher.«

»Ach ja, natürlich. Aber im Salon steht auch eine Karaffe mit Wein, wenn du wieder einmal ein Glas trinken möchtest. Zum Salon ist es näher als zum Eßzimmer.«

Er folgte mir ins Schlafzimmer. »Ich bin froh, daß du gekommen bist. Ich hatte gerade eine etwas schwierige Unterhaltung mit Esther.«

Ich konnte ihm nicht in die Augen sehen, aus Angst, mich zu verraten. Ich zog den Schlafrock aus, legte ihn über einen Stuhl, schlüpfte ins Bett und schloß die Augen.

»Was wollte sie denn?« brachte ich endlich heraus.

»Anscheinend bildet sie sich ein, daß sie in Haraldsdyke nicht länger erwünscht ist, und möchte sich daher ein Haus in Rye nehmen. Ich mußte sie natürlich überzeugen, daß sie sich gründlich irrt.«

Instinktiv wußte ich, daß er nicht die Wahrheit sagte. Ich glaubte nur allzu gut zu wissen, warum Esther ausgerechnet in meiner Abwesenheit zu ihm heraufgekommen, nach meiner Rückkehr sofort wieder gegangen war. Sicher war sie wütend, aber nicht etwa, weil sie glaubte, in Haraldsdyke nicht mehr erwünscht zu sein, sondern weil sie fühlte, daß sie in Axels Bett nicht mehr erwünscht war. Nur ein Narr hätte gerade zu diesem Zeitpunkt eine alte Liebesaffäre wieder aufgewärmt, und Axel mochte alles mögliche sein, ein Narr war er nicht.

»Ich glaube, das Landleben ödet sie an«, sagte er jetzt. »Vere hat im letzten Jahr kaum Leute eingeladen, während Esther doch nur für ihre Dinners und gesellschaftlichen Anlässe gelebt hat. Ich glaube, daß sie sich ein Haus in Rye nehmen möchte, weil sie sich hier zu Tode langweilt, und nicht, weil sie sich unerwünscht vorkommt.«

»Und warum sollte sie sich eigentlich unerwünscht fühlen?« Ich beobachtete ihn durch die Augenlider. Er zog sich eben langsam aus und prüfte dabei sein Hemd aus feinem Leinen darauf, ob es schon schmutzig war.

»Mehr als fünfundzwanzig Jahre war sie hier die Hausherrin. Es fällt vielen Frauen schwer, das Heft an eine Jüngere abzugeben.«

Das war eine schlaue Ausrede, die nicht nur Esthers Wut, sondern auch ihren plötzlichen Aufbruch erklären konnte, nachdem ich erschienen war.

»Aber warum kam sie dann ausgerechnet in unsere Zimmer? Sie mußte doch annehmen, daß ich schon zu Bett gegangen war.«

»Ich hatte eben entdeckt daß du nicht im Bett warst, und gerade, als ich in den Flur hinausging, um nach dir zu suchen, kam sie aus dem Wohnzimmer heraus, und ich fragte sie, ob sie dich gesehen hätte. Darauf antwortete sie, daß sie etwas mit mir unter vier Augen zu besprechen hätte, und ich schlug vor, sie sollte zu mir hereinkommen.« Damit zog er sein Hemd vollends aus und ging ins Ankleidezimmer nebenan.

Ich lag ganz still da, die Augen halb geschlossen, und langsam wurden meine Glieder vor lauter Spannung wieder steif und schmerzend. Ich war entsetzt darüber, mit welcher Leichtigkeit er die plausibelsten Lügen erfinden konnte.

Schließlich kam er aus dem Ankleidezimmer zurück, blies die Kerzen aus und glitt neben mich ins Bett. Ich spürte ihn nahe bei mir. »Wie kalt du bist«, sagte er und zog mich enger an seinen warmen Körper. »Hoffentlich hast du dich nicht erkältet.«

»Nein ...« Wie gern hätte ich mich an ihn gekuschelt und in seiner Umarmung Sicherheit empfunden – aber ich fühlte nichts anderes als Angst und Mißtrauen. »Axel –«

»Ja«, sagte er. »Du bist noch immer etwas angegriffen. Ich vergesse es schon nicht.«

Er klang nicht gerade begeistert. Ich ahnte mehr, als ich fühlte, wie er sich von mir zurückzog.

»Es – es tut mir leid«, stammelte ich und kam mir jetzt wie ein hilfloses Kind vor, das sich von allen Seiten bedroht fühlt. »Es tut mir so leid, Axel –«

»Was tut dir denn so leid?« fragte er. »Du hast doch nichts falsch gemacht. Gute Nacht, mein Liebes, ich wünsche dir eine angenehme Ruhe.«

»Danke«, flüsterte ich verzweifelt. »Gute Nacht.«

Aber ich konnte nicht schlafen. Da lag ich in dem großen Bett, die Füße zu Eisklumpen erstarrt, aber mein Geist war viel beweglicher als meine Glieder, und je länger ich so im Dunkeln lag, um so lebhafter wurden meine Einbildungen. Ich fing an, mich im Bett herumzuwälzen, und als ich endlich näher zu Axel glitt, um mich zu wärmen, fuhr er zu mir herum und erschreckte mich damit, denn ich hatte geglaubt, er schliefe.

»Was ist denn los?«

»Nichts, nichts, mir ist nur ein bißchen kalt.«

»Ein bißchen kalt. Du bist ja ganz starr vor Kälte. Komm!«

In seinen Armen fühlte ich mich wohler, ich schlummerte sogar ein bißchen ein, erwachte aber bald wieder voll Entsetzen, denn im Traum hatten Vere, Alice und Esther sich alle drei mir zugewandt und gesagt: »Weißt du, du mußt wirklich unbedingt sterben.«

»Mein liebes Kind«, sagte Axel erstaunt, als ich mich vor Angst zitternd im Bett aufsetzte, »was ist denn heute nacht in dich gefahren?« Und er entzündete ein Streichholz, hielt es an den Docht der Kerze und zog mich dann verwirrt an sich.

Aber ich war in einem derartigen Zustand der Erregung, daß ich mich einfach nicht mehr beherrschen konnte.

»Ich – ich habe Vere und Alice unten miteinander reden gehört«, flüsterte ich zitternd. »Sie wollen nicht, daß ich schwanger werde – sie wollen, daß du ohne Erben stirbst, so daß ihre Kinder das Gut erben – sie wollen, daß ich sterbe –«

»Halt, halt, halt! So etwas Konfuses habe ich noch nie gehört! Meine Liebe, es ist doch ganz gut zu verstehen, daß Vere und Alice es lieber sehen, wenn ihre eigenen Kinder Haraldsdyke erben würden, aber ich kann dir versichern, daß dein Tod ihnen überhaupt nichts nützen würde, denn wer sagt ihnen, daß ich nicht noch einmal heiraten würde – und noch einmal, wenn es sein muß, wenn auch Gott es verhüten möge –, wenn sie also schon in derart mörderischer Stimmung sein sollten, was ich aber bezweifle, dann müßten sie mich zuerst einmal loswerden, denn *ich* stehe zwischen ihnen und Haraldsdyke, sonst niemand.«

Er klang so klar und vernünftig, daß ich mich meiner panischen Angst zu schämen begann.

»Aber sie wollen auch nicht, daß ich Kinder bekomme, Axel –«

»Das kann ich mir gut vorstellen«, gab er zurück. »Das würde ich in ihrer Lage auch nicht wollen. Aber was wollen sie denn schon tun, wenn du schwanger wirst? Was können sie denn sonst machen, außer ihr Pech zu bejammern?«

»Aber –«

»Ja? Was liegt dir noch auf dem Herzen, Kind?«

»Vielleicht – ist es vielleicht möglich – ich meine, muß ich denn unbedingt jetzt gleich ein Kind bekommen? Kann ich damit nicht noch ein bißchen warten und erst später Kinder bekommen?«

Darauf folgte ein Schweigen. Ich sah, wie das belustigte Lächeln von seinem Gesicht wich und der alte, ausdruckslose Schleier sich über seine dunklen Augen senkte. Endlich fragte er trocken: »Und wie, wenn ich fragen darf, gedenkst du das zu arrangieren?«

»Ich –« Mein Gesicht brannte vor Verlegenheit. »Da gibt es doch sicherlich Möglichkeiten –«

»Für Huren allerdings«, fiel er mir ins Wort, »aber nicht für Damen in deiner Position.«

Mir blieb das Wort im Mund stecken, vor Scham lag ich wie gelähmt da und wünschte, ich hätte nie gesprochen.

»Du bist doch nicht wirklich beunruhigt wegen dieser lächerlichen Bemerkungen, die du da zufällig gehört hast?«

Unglücklicherweise schüttelte ich den Kopf.

»Warum sehnst du dich dann gar so wenig nach Kindern? Ich würde natürlich dafür sorgen, daß du bei deiner Niederkunft die beste Fürsorge und Pflege hast.«

Ich konnte nichts sagen, sondern starrte nur vor mich hin. Heiße Tränen standen in meinen Augen, und ich brauchte meine ganze Willenskraft und Selbstbeherrschung, um sie zurückzuhalten. Endlich gelang es mir, kühl und beherrscht zu sagen: »Bitte verzeih mir. Ich fühlte mich plötzlich einfach zu jung, einer solchen Aufgabe gewachsen zu sein, aber ich erkenne jetzt, daß ich mich dumm und kindisch benommen habe. Ich wünschte, ich hätte nichts gesagt.«

»Du bist keineswegs zu jung und deinen Aufgaben sehr wohl gewachsen – im Gegenteil. Du bist bald achtzehn, du bist klug, du bist tüchtig und in vielem erstaunlich reif für dein Alter. Ich bin sicher, daß du eine sehr gute Mutter sein wirst, und außerdem glaube ich, daß die Mutterschaft das Beste für dich sein wird. Du mußt dich in diesen letzten Wochen manchmal recht einsam gefühlt haben, und ein Kind würde dir diese Einsamkeit leichter ertragen helfen.«

Ich sagte nichts.

Er küßte mich leicht. »Also mach dir bitte keine düsteren Gedanken mehr darüber.«

Ich gab wieder keine Antwort.

Er blies die Kerze aus, so daß wir im Dunkeln waren, und machte Anstalten, mich wieder in die Arme zu nehmen, aber ich wandte mich ab, und er hielt mich nicht zurück. Mein letzter klarer Gedanke, bevor ich einschlief, war, daß ich ja nur Dame Joan um ein Mittel gegen Schwangerschaft bitten mußte; sie würde es ihrer Tochter sagen, und dann wußten Vere und Alice, daß sie von mir für ihre Kinder nichts zu befürchten hatten.

Und sobald sie das einmal wußten, war ich vor ihnen sicher.

5

Ich hatte eigentlich vorgehabt, mich am nächsten Tag irgendwann einmal ins Dorf zu stehlen, aber das erwies sich als unmöglich. Ich hatte ganz vergessen, daß Axel die Shermans zum Dinner eingeladen hatte, und daher mußte ich den ganzen Vormittag mit Vorbereitungen zubringen, mit Alice das Menü planen, mit dem Koch reden und das Abstauben der Möbel und das Putzen des Silbers überwachen. Das war alles für mich sehr anstrengend, obwohl Alice mir mit Rat und Tat zur Seite stand; gegen Mittag zog ich mich erschöpft in mein Zimmer zurück und war froh, vor dem Dinner noch eine Weile allein sein zu können.

Die Gäste waren pünktlich; mir wurde Mr. James Sherman vorgestellt, der Rechtsanwalt der Familie Brandson, ein behäbiger Gentleman um die Vierzig; dann seine Frau, Mrs. James, und die beiden Töchter Evelina und Annabella, die mich mit unverhohlener Eifersucht anstarrten, wahrscheinlich, weil ich und nicht sie den Herrn von Haraldsdyke geheiratet hatte. Angesichts ihrer spärlichen Reize wunderte ich mich allerdings nicht, daß Axel sich anderswo umgesehen hatte. Da unterhielt ich mich noch lieber mit Mr. Charles Sherman, dem jüngeren Bruder von James, der etwa im gleichen Alter war wie Axel. Bald erschienen auch Vere und Alice, Vere offensichtlich bemüht, ruhig und gleichmütig zu wirken, Alice still und von den anderen kaum bemerkt. Mary saß in einer Ecke und wirkte nervös. Ned schlüpfte ins Zimmer, blieb schweigsam, offenbar in der Hoffnung, daß niemand auf ihn aufmerksam würde, und stahl sich bald wieder fort. Esther blieb der große Auftritt überlassen, und sie führte ihn denn auch aufs prächtigste aus, in einer Wolke aus Diamanten und schwarzer Spitze rauschte sie ins Zimmer und begrüßte jeden Gast mit größter Herzlichkeit.

Alle Herren erhoben sich, der junge Mr. Charles Sherman blies sich sofort auf wie ein Pfau, stolzierte auf sie zu und geleitete sie zu einer Couch, wo er sich neben ihr niederließ.

»Meine teuerste Esther«, sagte Mrs. James mit süßer Stimme, aber jedes Wort einer Rasierklinge gleich, »wie blühend du aussiehst, obwohl doch seit dieser Tragödie noch kein Jahr vergangen ist. Die Trauer steht dir wirklich ausgezeichnet.«

»Dunkle Farben standen mir immer gut«, gab Esther mit einem eisigen Lächeln zurück. »Pastelltöne stehen ja doch nur sehr jungen Frauen wirklich gut, findest du nicht auch?«

Mrs. James trug ein zitronengelbes Kleid.

»Bitte sagen Sie uns doch, Mrs. Brandson«, sagte Miß Annabella neben mir, »haben Sie denn Ihren Mann vor Ihrer Hochzeit lange gekannt?«

Ich bemühte mich, mich an die üblichen Floskeln der Konversation zu halten.

Mit gnadenloser Langsamkeit schlich der Abend dahin. Im Vergleich zu den Gästen der kleinen Dinnerpartys, die meine Mutter von Zeit zu Zeit zu geben pflegte, fand ich unsere Gäste hier langweilig, ihre Ansichten provinziell, ihre Konversation leer und hölzern, und es ergab sich durchaus kein Gesprächsthema, das mich auch nur im geringsten gefesselt hätte. Die Vorstellung, daß ich für den Rest meines Lebens mit dieser Art von schaler Unterhaltung und gesellschaftlichem Umgang vorliebnehmen müßte, bedrückte mich mehr, als ich sagen konnte.

Als sie endlich gegangen waren und ihre Kutsche über die Auffahrt und über die Moorstraße hinunterratterte, zog ich mich, so schnell es ging, in mein Zimmer zurück, entledigte mich meiner hochhackigen Satinpumps und rief gereizt nach Marie-Claire, damit sie mich aus meinem engen Spitzenkorsett befreite.

Ich hatte sie schon wieder entlassen und bürstete gerade mißmutig mein Haar, als Axel hereinkam.

Ich versuchte zu lächeln. »Ich hoffe, der Abend ist zu deiner Zufriedenheit verlaufen, Axel«, sagte ich.

»Aber gewiß, meine Liebe«, sagte er mit so viel Wärme, wie ich es nicht von ihm erwartet hätte. »Du warst großartig, und die Shermans waren sehr beeindruckt von dir. Ich bin sehr mit dir zufrieden.«

»Das freut mich.« Ich war froh, daß niemand bemerkt hatte, wie sehr ich mich gelangweilt hatte. Aber als Axel später aus dem Ankleidezimmer zurückkam, sagte er ganz nebenbei: »Nach den glänzenden Festen, die du sicherlich in London mitgemacht hast, muß der heutige Abend für dich doch sehr reizlos gewesen sein.«

Ich fühlte, wie mir vor Verlegenheit das Blut in den Kopf stieg. »Er war wohl anders, aber nicht unbedingt reizlos«, gab ich zurück.

»Ich muß zugeben, daß ich mich gelangweilt habe«, sagte er, »aber wer einmal in Wien gelebt hat, dem muß natürlich selbst London im Vergleich damit öde erscheinen.«

Er stand neben dem Bett, ich hatte mich in die Kissen zurückgelegt, und als unsere Blicke sich trafen, hatte ich einen Moment das Gefühl, daß wir uns verstanden, daß es uns gelungen war, eine Beziehung zueinander herzustellen.

Er lächelte, und ich lächelte zögernd zurück. Zuerst dachte ich, er würde mir ein Kompliment machen oder irgend etwas Gefühlvolles sagen, aber schließlich sagte er nur: »Wien würde dir gefallen. Ich glaube, ich werde dich eines Tages mitnehmen.«

Vielleicht war es die Erleichterung darüber, daß der langweilige Abend endlich vorbei war, vielleicht war es auch jener merkwürdige Augenblick, als sich unsere Blicke getroffen hatten – jedenfalls sehnte ich mich jetzt nach ihm, zum ersten Mal. Ich sehnte mich danach, die Einsamkeit zu durchbrechen, ich sehnte mich danach zu erleben, was eine Ehe wirklich sein konnte. Die Dinnerparty hatte meine ängstlichen Vorstellungen davon in mein Unterbewußtsein zurückgedrängt, und ich wollte sie keinesfalls wieder aus dem Schatten hervortreten lassen. Um mein Unglück ganz zu vergessen, wandte ich mich Axel mit einer Leidenschaft zu, die ihn völlig unvorbereitet traf. Die Flamme entzündete ihn, meine Glut steigerte die seine. Instinktiv spürte ich, daß er nach dem anfänglichen Erstaunen nichts anderes mehr empfand als das Brennen der Gefühle und heftige, fast schmerzhafte Begierde.

Mein Schlaf danach war tief und traumlos. Aber gegen Morgen kamen die Ängste und Zweifel in meiner Seele wieder auf. Ich schreckte aus einem Alptraum hoch und lag noch eine Weile zitternd da, auf das Tageslicht wartend, während draußen vom Meer herein dichter Nebel wallte und die Mauern von Haraldsdyke in weiße Schwaden hüllte.

Es war Sonntag. Es stellte sich heraus, daß die Brandsons jeden Sonntag zur Frühmesse nach Haraldsford gingen, daher zog ich nach dem Frühstück, das Axel und ich gemeinsam in unseren Zimmern genommen hatten, mein Reisekostüm aus dunkelblauer Wolle an und hoffte, damit dem kalten Morgennebel draußen zu trotzen.

Das Wetter war alles andere als einladend. Von unseren Fenstern aus konnte man das Ende der kurzen Auffahrt kaum noch sehen, und jenseits der Mauern war der Nebel bereits so undurchdringlich, daß weder von Rye noch vom Meer, ja kaum vom Moor etwas zu sehen war.

»Ein echter Novembertag«, sagte Axel, als er sich zum Frühstück setzte und dabei einen Blick durchs Fenster warf.

Ich hätte nicht sagen können, warum ich mich heute morgen in seiner Gesellschaft so besonders unwohl fühlte; der Alptraum hatte alle meine Ängste wieder zu neuem Leben erweckt, das Gefühl, das mich gestern mit Axel verbunden hatte, war vollständig verschwunden, ebenso wie die Erinnerung an die farblose Dinnerparty ganz verblaßt war. Fast schämte ich mich jetzt meines leidenschaftlichen Ausbruchs der vergangenen Nacht, und das äußerte sich so, daß ich mich instinktiv von ihm zurückzog. Er war beim Aufstehen fröhlicher und besser gelaunt gewesen, als ich ihn je zuvor gesehen hatte, aber ich brachte es nicht über mich, mich ungezwungen mit ihm zu unterhalten. Seine Aufmerksamkeiten entgingen mir nicht, aber ich konnte mich nicht darüber freuen oder sie erwidern. Als er meiner schlechten Laune gewahr wurde, verstummte auch er.

»Geht es dir nicht gut?« fragte er endlich. »Ich habe ganz vergessen, daß du in letzter Zeit etwas schonungsbedürftig warst.«

»Danke«, erwiderte ich, »ich habe mich völlig davon erholt.«

Darauf sagte er nichts weiter, aber ich spürte, wie er mich beobachtete, und endlich hielt ich es nicht mehr aus und hob beinahe gereizt meinen Blick, um dem seinen zu begegnen. Er lächelte, aber ich sah wieder weg. Und als ich ihn wieder ansah, hatte sich der mir so wohlbekannte Schleier der Ausdruckslosigkeit über sein Gesicht gesenkt.

Als wir mit dem Frühstück fertig waren, ging er hinunter, denn er war schon angekleidet, ich dagegen ließ Marie-Claire kommen. Kurze Zeit später war auch ich voll angekleidet und folgte ihm nach unten, Muff, Haube und Redingote in der Hand, so daß ich später nicht noch einmal heraufkommen mußte, und ging in den Salon, um von der großen Standuhr dort die Zeit abzulesen.

Im Kamin brannte schon das Feuer, aber der Raum war noch feucht und kalt, und zuerst dachte ich, er sei leer. Aber dann sah ich Mary in einen der großen Lehnstühle neben dem Kamin gekuschelt, die Hände zum Feuer hingestreckt, und als ich näher kam, bemerkte ich, daß sie Frostbeulen an ihren Fingern hatte. Nervös lächelte sie mir zu und murmelte einen unverständlichen Gruß.

»Was für ein gräßlicher Morgen, nicht?« sagte ich zerstreut und nahm ihr gegenüber Platz. »Wo sind denn die anderen? Ist es denn noch nicht Zeit zum Fortgehen?«

»Anscheinend sind wir die ersten, die fertig sind«, sagte sie. »Wir sind wohl ein bißchen früh dran.«

Eine Weile saßen wir schweigend da und fühlten uns nicht so recht wohl. In der Ferne konnte ich Alice reden hören, Vere gab irgendeine Antwort, dann rief Axel ganz aus der Nähe: »Hast du schon die Kutsche ans Tor geholt, Vere?«

»Ich habe Ned zum Stall geschickt, damit er sie holt.«

Es waren noch mehr Gesprächsfetzen zu hören, und aus der Halle erklangen Schritte.

»Jetzt versammeln sich wohl langsam alle«, murmelte ich Mary zu und sah dabei zu meiner Überraschung, daß sie Tränen in den Augen hatte. Als sie bemerkte, daß ich sie ansah, errötete sie und machte eine verlegene Handbewegung.

»Sonntag morgen erinnert mich immer an Rodric«, sagte sie. »Ich fuhr immer so gern mit ihm zur Kirche. Er ist – war nicht sehr respektvoll zum Pfarrer, aber er brachte mich dennoch zum Lachen, wenn ich auch die Art seiner Scherze im Grunde ablehnte.«

Ich starrte sie neugierig an, und plötzlich fiel mir auf, daß das sicher nicht das erste Mal war, daß sie von Rodric sprach, als ob er noch lebte. Einmal mochte das als Irrtum hingehen; auch zweimal konnte man noch verstehen, aber ich war ganz sicher, daß sie sich bei weitem öfter versprochen hatte. Wollte sie damit einfach nur zeigen, wie sehr sie unter seinem Verlust litt, oder hatte das womöglich noch eine andere Bedeutung? Das mußte ich sie fragen!

»Warum tust du, wenn du von Rodric sprichst, so oft, als ob er gar nicht tot wäre? Du vergißt immer, von ihm in der Vergangenheit zu reden! Glaubst du denn, daß er noch am Leben sein könnte?«

Ihre Augen wurden ganz rund, sie starrte mich mit offenem Mund an, und dabei konnte ich sehen, daß einer ihrer Zähne schwarz und verfault war. Fasziniert beobachtete ich, wie sie plötzlich ziegelrot wurde, sich mit der Zunge über die Lippen fuhr, dann angstvoll um sich blickte, um sich zu vergewissern, ob ihr auch niemand zuhörte. Auch ich sah mich um, aber es war natürlich außer uns niemand im Zimmer. Die Tür war leicht angelehnt, so wie ich sie bei meinem Eintritt gelassen hatte, und aus der Halle hörte man weiterhin gedämpfte Geräusche.

»...mein bester Pelz«, hörte man Esther in der Ferne gerade sagen, »ganz von Motten zerfressen... Vere, du nimmst doch wohl nicht das Kind zur Kirche mit?«

»Stephen ist immer sehr brav in der Kirche«, sagte Alice, »und ich möchte nachher mit ihm zu meiner Mutter gehen. Laß ihn mich mitnehmen, Vere. Komm her, mein Schatz, komm zur Mama...«

»George, wo ist deine Frau?«

»Und Mary!« rief Esther ungeduldig. »Wo ist denn Mary? Das Kind kommt immer zu spät!«

»Mary?« fragte ich mit leiser Stimme.

Mary rutschte in ihrem Stuhl hin und her. »Er ist tot«, stieß sie hervor, aber so schlecht hatte ich noch niemand lügen hören. »Tot.« Sie stand auf und zupfte an ihren Handschuhen herum, ohne mich anzusehen.

»Das glaube ich dir nicht«, sagte ich und bemühte mich um einen scharfen Ton. »Du lügst. Sag mir die Wahrheit.«

Das arme Mädchen war jetzt so nervös, daß ihr die Handschuhe auf den Boden fielen. Mit zitternden Händen hob sie sie schnell wieder auf – aber ich kannte kein Mitleid. »Also ist er noch am Leben«, sagte ich, meinen Willen gegen den ihren setzend, und beobachtete, wie ihr Widerstand unter diesem Druck nachgab und zusammenbrach. »Woher weißt du es? Antworte mir! Woher weißt du, daß er nicht im Moor ertrunken ist?«

Ich war entschlossen, die Wahrheit herauszufinden, und hatte bei den letzten Worten meine Stimme erhoben. Jetzt sah ich Mary einen Finger an die Lippen führen, in ihren Augen stand die blanke Angst, daß jemand uns hören könnte.

»Schschsch – bitte...«

»Woher weißt du, daß er nicht –«

»Weil ich ihn gesehen habe.« Sie flüsterte und bedeutete mir, daß auch ich leiser sprechen sollte. »Ich sah, wie er ins Haus zurückkam, nachdem George uns allen erzählt hatte, wie er Rodrics Hut und Pferd im Moor gefunden hatte.«

Ich starrte sie an.

»Ich – ich war so verzweifelt, als ich die Nachricht von seinem Tod hörte«, fuhr sie fort, »daß ich zu Ned lief, aber Ned konnte mich auch nicht trösten. Darauf ging ich in Rodrics Zimmer. Ich wollte einfach dort sein, wo er sonst immer war, ich konnte nicht glauben, daß er tot sein sollte...«

»Und da kam er zurück.«

»Ja, ich hörte plötzlich Schritte und verbarg mich hinter dem Vorhang, denn ich wollte nicht, daß man mich dort fand. Ich wollte mit niemandem sprechen. Und dann – und dann – kam er herein. Zuerst dachte ich, es wäre ein Geist – ich – ich fiel fast in Ohnmacht... er kam ins Zimmer, holte Geld aus einer Lade, sah auf seine Uhr und ging rasch wieder hinaus. Das alles dauerte nur ein paar Sekunden.«

»Aber hast du denn nicht mit ihm gesprochen? Hast du ihn nicht angeredet?«

»Dazu war ich viel zu überrascht – ich hatte ja vor lauter Schreck beinahe das Bewußtsein verloren.«

»Ja, das kann man verstehen! Und was tatest du dann?«

»Ich wartete, daß er wieder zurückkäme.«

»Und ist er wieder zurückgekommen?«

»Nein, das ist ja das Merkwürdige. Ich habe gewartet, aber er ist nicht wiedergekommen. Ich habe ihn nie wiedergesehen.«

»Aber hast du denn niemandem gesagt, was du gesehen hast? Hast du nicht –«

»Nur George.«

»Axel!« Ich fühlte plötzlich, wie meine Knie unter mir nachgaben. »Warum denn Axel?«

»Ich dachte lange darüber nach, was ich tun sollte, aber da George es gewesen war, der uns die Nachricht von seinem Tod gebracht hatte, fand ich, daß er wissen sollte, was geschehen war. Aber er glaubte mir nicht. Er sagte, das wäre eine – Halluzination, die von meinem Schock gekommen wäre, und riet mir, ich solle das sonst keinem erzählen, sonst würden die Leute glauben, ich hätte den Verstand verloren... Also sagte ich nichts mehr. Aber ich habe die Hoffnung nicht aufgegeben. Jeden Tag gehe ich in sein Zimmer und warte, daß –«

»Aber du hast ihn doch wirklich gesehen«, sagte ich langsam, »oder? Es war nicht nur deine Phantasie. Du hast ihn gesehen.«

Daß ich ihrer Erzählung Glauben schenkte, stärkte ihr Selbstvertrauen. »Ja«, erwiderte sie. »Ja, ich schwöre es. Ich habe ihn gesehen. Ich weiß, daß Rodric noch lebte, nachdem George uns gesagt hatte, daß er tot sei.«

Ein Luftzug kam vom Eingang her, die Tür schwang weit auf, und wir hörten Esther mit scharfer Stimme sagen: »Um Gottes willen, welcher Unsinn! Wie kannst du dich unterstehen, so etwas über die Lippen zu bringen, Mary Moore! Wirklich, du solltest dich schämen!« Ich fuhr herum und sah, daß Esther an allen Gliedern zitterte. »Rodric ist tot«, fuhr sie fort, und jetzt hatte auch ihre Stimme zu zittern begonnen. »Ich habe ihn geliebt, aber er ist tot, und ich habe seinen Tod akzeptiert – aber du, du dummes, verrücktes Kind, du mußt phantastische Geschichten über ihn erfinden und behaupten, er sei noch am Leben, nur um deinem Sinn fürs Dramatische Genüge zu tun!« Esther weinte jetzt, und sie preßte die Hände an die Schläfen. »Wie kannst du es wagen, mich derart aufzuregen –«

Plötzlich stand Vere hinter ihr, neben ihm Alice. Vere sagte: »Mama, was ist los? Was ist geschehen?«, und hinter Alice hörte ich Axel mit scharfer Stimme rufen: »Esther?«

Aber Esther antwortete ihm nicht. Von Vere gestützt, der seine Arme um sie gelegt hatte, weinte sie sehr damenhaft und elegant in ein wunderschönes Spitzentuch, während Mary mit tränenerstickter Stimme rief, daß sie es gar nicht so gemeint hätte, Rodric sei tot, sie habe ihn gar nicht zurückkommen sehen damals am Heiligen Abend, sie habe sich einfach von ihren Wünschen hinreißen lassen...

»Halt!« rief Axel streng, und sofort trat Stille ein, nur unterbrochen von Marys Schluchzen. »Mary, du solltest jetzt endlich begreifen, daß es sinnlos ist, anderen Leuten deine Traumwelt aufzudrängen. Habe ich dich nicht früher davor gewarnt? Dein Tagträumen ist sehr egoistisch, du darfst dich nicht so gehen lassen... Komm, komm, Esther, das Kind wollte dich sicher nicht aufregen. Du solltest es ihr nachsehen, sie hat es doch nicht absichtlich getan. Sind wir alle fertig, können wir jetzt gehen? Wenn wir uns noch länger Zeit lassen, werden wir zu spät zur Messe kommen.«

Alle waren zum Gehen bereit, in wenigen Minuten waren wir auf dem Weg zur Kirche in Haraldsford. Während des ganzen Gottesdienstes dachte ich an nichts anderes als an Marys Geständnis. Hatte sie die Wahrheit gesagt oder nicht? Am Ende kam ich zu demselben Schluß wie Axel, daß sie nämlich eine Halluzination gehabt hatte, was in dem Schockzustand, in dem sie sich damals befunden hatte, gut möglich war. Denn schließlich, so überlegte ich, falls Rodric wirklich seinen eigenen Tod im Moor vorgetäuscht haben sollte, warum würde er dann den Erfolg des ganzen Unternehmens durch eine Rückkehr nach Haraldsdyke in Frage gestellt haben? Und falls er jetzt noch am Leben war – wo hielt er sich dann auf? Und falls er wirklich ins Haus zurückgekommen war, wie hätte er es dann fertigbringen sollen, sich in Luft aufzulösen, nachdem Mary ihn gesehen hatte? Wie gern ich ihn in meiner romantischen Vorstellung auch am Leben gesehen hätte, mein gesunder Menschenverstand sprach dagegen.

Trotzdem blieb ich auch noch die nächsten paar Stunden tief in Gedanken versunken.

Vor langer Zeit einmal, bis zu ihrer Flucht aus Frankreich und ihrem anfänglichen Existenzkampf in England, war meine Mutter Katholikin gewesen, aber als es ihr gut ging, war ihr der Glaube nicht mehr so wichtig gewesen, und sie hatte nicht dagegen protestiert, als eine Reihe von Kindermädchen, Gouvernanten und schließlich Schulen Alexander und mir fest den Stempel der anglikanischen Kirche aufgedrückt hatten. Und das war wohl auch das Beste so; damals gab es noch viele Vorurteile gegen Katholiken in England. Außerdem vertrat auch mein Vater, wenn auch im Grunde amoralisch und areligiös, heftig die Church of England gegen das, was er gern den »verdammten papistischen Unsinn« nannte.

Die kleine Kirche in Haraldsford war, wie alle Pfarrkirchen in diesem Land, protestantisch, der Pfarrer wich keinen Fingerbreit von den Grundsätzen der anglikanischen Kirche ab. Als wir an diesem Morgen durch das alte Portal das Kirchenschiff betraten, wandten sich uns die Gesichter der ganzen Gemeinde neugierig zu; offenbar waren die Dorfbewohner in Masse in die Kirche geströmt, um einen Blick auf den neuen Herrn von Haraldsdyke und seine ihm angetraute Frau zu werfen.

Ohne nach rechts oder links zu blicken, führte Axel uns rasch zu den Plätzen der Brandsons, aber ich sah schnell über die glotzenden Gesichter hin und fragte mich, was wohl in diesen Köpfen vorging. Schließlich war es kaum ein Jahr her, seit Robert und Rodric Brandson zum letzten Mal hier gewesen waren. Ich nahm neben Axel Platz, und es kam mir noch deutlicher als je zu

Bewußtsein, was für eine Sensation die Tatsache gewesen sein mußte, daß beide so plötzlich gestorben waren. Im Geiste hörte ich den Tratsch, die wilden Vermutungen und Gerüchte, das Flüstern und Zischeln der frommen Gemeinde.

Die ganze Messe über hatte ich das Gefühl, daß sich mehrere Dutzend Augenpaare erbarmungslos in meinen Rücken bohrten, aber das war wohl nur reine Einbildung, denn als ich mich während eines Gebets einmal umwandte, stellte ich fest, daß mich keiner ansah.

Die Predigt begann. Der kleine Stephen fing an, unruhig zwischen seinen Eltern hin- und herzurutschen; als Alice ihn auf den Schoß nahm, war er wieder eine Weile ruhig. Mir fiel ein, daß Alice ihn nach der Kirche mit zu ihrer Mutter nehmen wollte, und ich überlegte, wie ich es einrichten konnte, um selbst Dame Joan einen Besuch abstatten zu können. Vielleicht würde ich am Nachmittag eine Gelegenheit finden, mich aus dem Hause zu stehlen und ins Dorf zu gehen. Schließlich war es nicht weiter als eine Meile, der Weg dauerte nicht lang. Aber angenommen, jemand sah mich fortgehen, stellte mir Fragen, wenn ich zurückkam... für einen Spaziergang ins Dorf an einem so kalten, nebligen Tag brauchte ich jedenfalls eine Ausrede.

Während der abschließenden Gebete und Segnungen gelang es mir, unbemerkt meinen Muff unter die Bank rollen zu lassen. Keinem fiel es auf. Nach dem Gottesdienst unterhielten wir uns ein wenig mit dem Pfarrer, dann kletterten wir wieder in die Kutsche, während Alice mit dem Kind zu Fuß zu ihrer Mutter ging und Ned stillschweigend in Richtung des »Schwarzen Widders« verschwand. Zehn Minuten später waren wir schon wieder in Haraldsdyke. Ich hatte meine Hände in die weiten Ärmel meines Mantels vergraben, damit niemand das Fehlen meines Muffs bemerkte, und eilte nach unserer Rückkehr schnell auf mein Zimmer, um mich umzukleiden.

Es stellte sich heraus, daß an Sonntagen das Dinner früher serviert wurde, einesteils, damit man sich nach dem Kirchenbesuch stärkte, andernteils, um dadurch der Dienerschaft einen längeren freien Abend zu verschaffen. Mit Ausnahme von Alice, die offenbar längere Zeit bei ihrer Mutter bleiben wollte, setzten wir uns alle bereits kurz nach zwei Uhr zu Tisch.

Ned schlüpfte einen Augenblick später herein. Ich dachte schon, Axel würde ihn wegen seiner Verspätung auszanken, aber er schien das gar nicht zu bemerken, und nachdem Ned sich kurz entschuldigt hatte, nahm niemand mehr Notiz von ihm. Nicht zum ersten Mal fiel mir auf, daß seine Mutter ihn völlig ignorierte. Während der Mahlzeit machte sie mit Vere Konversation, zog manchmal Axel ins Gespräch und versäumte auch nicht, hin und wieder das Wort an mich zu richten, worauf ich es mir angelegen sein ließ, freundlich lächelnd zu antworten und mir meine Abneigung gegen sie nicht anmerken zu lassen. Aber gegen Ende der Mahlzeit dachte ich sehr an die Möglichkeit, daß sie sich vielleicht doch ein Haus in Rye nehmen würde. Vielleicht würde sie jetzt, wo das Trauerjahr fast vorbei und sie endlich frei war, einen geeigneten Mann finden und sich wieder verheiraten.

Ich beobachtete sie, dachte an alles, was Ned mir gesagt hatte, daß sie seit zwanzig Jahren nicht mehr mit ihrem Mann das Bett geteilt hatte, obwohl sie unter demselben Dach gelebt hatten. Sie hatte ihn wohl gehaßt. Was für eine Erlösung mußte es für sie gewesen sein, dachte ich, als sie Witwe geworden war...

Als wir gerade fertig waren, kam Alice zurück, verkündete aber, daß sie mit Stephen und den anderen Kindern unten im Kinderzimmer essen würde. Esther, Mary und ich zogen uns ins Wohnzimmer zurück, aber schon nach zehn Minuten entschuldigte ich mich unter dem Vorwand, mich für eine Stunde hinlegen zu wollen. Kaum war ich in der Sicherheit meines Zimmers, zog ich mir schnell wieder mein Reisekostüm an und verließ auf Zehenspitzen über die Hintertreppe das Haus. Niemand sah mich.

Draußen wurde der Nebel immer dichter. Bald war das Haus nicht mehr zu sehen. Es war unnatürlich still, der Nebel schluckte alle Geräusche. Dieses Schweigen, die aufkommende Dämmerung, dazu die schaurige Verlassenheit des Moors, das alles lag wie ein Bleigewicht auf mir. Dauernd meinte ich, Schritte hinter mir zu hören, aber wenn ich stehenblieb, war da nichts, nur die dichte, fast greifbare Stille, und ich kam zu dem Schluß, daß es wohl meine eigenen Schritte sein mußten, deren Echo auf irgendeine merkwürdige Weise von den Nebelwänden zurückgeworfen wurde.

Nie zuvor hatte ich mich so erlöst gefühlt, da endlich die ersten Häuser auftauchten und der Kirchturm von Haraldsford schemenhaft aus dem Nebel ragte wie ein Gespensterschloß. Rasch eilte ich daran vorbei. Leer und verlassen lag die Dorfstraße da, durch die geschlossenen Fensterläden der Hütten fielen Lichtstreifen, und über dem Eingang zum »Schwarzen Widder« brannte eine Lampe. Bei diesem Wetter wagte sich keiner hinter dem Ofen hervor. Zwei Minuten später stand ich vor Dame Joans Haus am anderen Ende des Dorfes und klopfte nervös an die alte, verwitterte Holztür.

Keine Antwort. Ich klopfte noch einmal, eine sinnlose Angst stieg plötzlich in mir hoch, aber da öffnete sich die Tür, und sie stand vor mir, breit und grobknochig, die seltsamen Augen blickten interessiert, aber keineswegs überrascht; hinter ihr in der Stube sah ich eine schwarze Katze sitzen, die sich vor dem züngelnden Torffeuer putzte.

»Nur herein, Mrs. George.« Sie klang merkwürdig geschäftlich, als wäre gar nichts dabei, daß ihr die Herrin von Haraldsdyke an einem finsteren Novembernachmittag um vier einen Besuch abstattete. Beinahe schien es mir, als hätte sie mich erwartet, aber dann schob ich diesen Gedanken beiseite, das war denn doch lächerlich. »Danke«, sagte ich und trat über die Schwelle. »Ich hoffe, ich störe Euch nicht.«

»Aber gewiß nicht.« Sie zog einen Holzstuhl für mich ans Feuer und schob die Katze weg. Ich hatte erwartet, daß die Katze sich mit Fauchen und Kratzen wehren würde, aber statt dessen rieb sich das Tier nur an ihren Röcken und fing an zu schnurren. Als Dame Joan mir gegenüber Platz nahm, sprang die Katze auf ihren Schoß und ließ sich von den breiten, kräftigen Fingern genußvoll streicheln.

»Möchtest du etwas Kräutertee? Damit du dich nach deinem kalten Spaziergang wieder aufwärmst?«

»Nein, nein, ich danke Euch.«

Sie lächelte. Ich bemerkte, daß die Pupillen ihrer seltsamen Augen kaum größer waren als schwarze Punkte. Sehr eigenartig, diese Augen, wirklich sehr eigenartig.

Plötzlich fühlte ich mich wieder von Angst und Panik überschwemmt. Ich wünschte, ich wäre nicht gekommen. Gerade überlegte ich, wie ich mich am besten wieder zurückziehen konnte, ohne daß es wie Flucht aussah, als Dame Joan sagte: »Alice war vor einer Weile hier, mit meinem kleinen Enkel. Ein sehr schöner Junge.«

»Ja, ich weiß«, sagte ich.

»Du wirst wohl auch bald eigene Kinder haben, nicht wahr?«

»Ich –« Das Wort blieb mir im Halse stecken.

Sie nickte geheimnisvoll und wartete.

Meine Hände verkrampften sich im Stoff meines Kostüms. »Ich war letzten Sommer sehr krank.« Das erfand ich so einfach, hatte dabei aber das unangenehme Gefühl, daß sie mich völlig durchschaute. »Meine Gesundheit ist noch etwas angegriffen, und die Ärzte rieten mir, vorsichtig zu sein. Es ist mir sehr viel daran gelegen, gerade jetzt noch nicht schwanger zu werden.«

»Es gibt ein Kräutlein«, sagte die Hexe. »Das wirkt, wenn man es nur richtig anwendet. Ich habe schon manchen Trank mit Poleiminze gemacht.«

»Ein Trank?«

»Da steht ein Fläschchen voll für Mary Oaks von Tansedge Farm. Vierzehn Kinder in sechzehn Jahren, sie hätte keines mehr ertragen können. Drei Jahre lang mache ich ihr jetzt schon den Trank.«

»Und seither hat sie nicht – ist sie nicht –«

»Nicht die geringste Spur von einem Kind, Mrs. George, drei Jahre lang nicht.«

»Aha – ich –«

»Ich gebe dir die Flasche von Mary Oaks, und morgen mache ich ihr einen neuen Trank.«

»Wenn das wirklich möglich wäre – ich habe ein Goldstück hier...«

»Gott vergelt's, Mrs. George, aber was soll ich denn mit einem Goldstück anfangen? Alice kümmert sich schon um mich, ich gehe nie nach Rye zum Einkaufen. Bring mir einmal ein Geschenk, wenn du willst, aber nur keine Goldstücke.«

Das war also alles ganz einfach gewesen. Nachdem sie mir die Flasche gegeben hatte, blieb ich aus Höflichkeit noch ein paar Minuten sitzen, dann verabschiedete ich mich. Als ich wieder im Freien war, durchströmte mich die Erleichterung wie eine Woge. Meine Knie zitterten, und meine Handflächen waren feucht von Schweiß.

Aber während ich von der Hütte weg durchs Dorf und auf die Kirche zuging, meldete sich bereits das Schuldbewußtsein, und ich begann mich zu schämen. Ich hatte mich wie ein übles Frauenzimmer benommen, mir ein Mittel verschafft, das in den Augen der Kirche ohne Zweifel sündig und schlecht war. Wenn Axel das jemals erführe...

Bei der Kirche angelangt, zitterte ich noch immer vor Aufregung und Gewissensbissen. Ich öffnete die schwere Eichentür und glitt ins Kirchenschiff, fand endlich, fast tränenblind, die Bank der Brandsons, holte meinen Muff hervor und setzte mich eine Weile hin, um nachzudenken. In einer jähen Gefühlsaufwallung, die zu meinem sonst recht passiven Verhältnis zur Religion nicht recht paßte, flehte ich zu Gott, er möge verstehen und verzeihen, was ich getan, und versprach, später sicherlich Kinder zu bekommen, wenn ich mich nicht mehr so fürchtete und wenn ich meiner selbst und meines Ehemannes sicherer wäre.

Endlich hatte ich mein Schuldgefühl so weit beschwichtigt, daß ich mir die Augen trocknen und aufstehen konnte. Rasch schritt ich durch die Kirche auf den Ausgang zu und zog den schweren Türflügel auf. Der Schock, den ich in diesem Augenblick empfing, fuhr mir wie ein Blitz in die Glieder.

Denn vor mir stand im Schutze des Kirchenportals kein anderer als mein Ehemann, Axel Brandson.

Der Muff verbarg das Fläschchen mit Dame Joans Hexentrank, aber ich spürte, wie mir das Blut ins Gesicht schoß, verräterischer Zeuge meines schlechten Gewissens. Ich stieß einen Schrei aus und versuchte dann, meine Überraschung noch zu übertreiben, um jede Spur meiner Schuld dahinter zu verbergen.

»Wie hast du mich erschreckt!« rief ich und lehnte mich schwach gegen den Torrahmen. »Bist du mir hierher gefolgt?«

Sein Gesicht war ohne Ausdruck, er beobachtete mich scharf. »Ich sah dich in die Kirche hineingehen. Ich kam vom Haus herunter, um dich zu suchen.«

»Oh... aber woher wußtest du denn, daß ich das Haus überhaupt verlassen hatte?«

»Esther sagte mir, daß du auf dein Zimmer gegangen wärest, aber als ich dich dort suchte, fand ich nur deine Zofe, die sich sehr darüber wunderte, daß du dich offenbar wieder zum Ausgehen angezogen hattest.«

»Mein Muff war nicht da«, sagte ich, »da fiel mir ein, daß ich ihn nur in der Kirche gelassen haben konnte.«

»Warum hast du nicht einen der Diener danach geschickt? An einem Nachmittag wie diesem allein Haraldsdyke zu verlassen war äußerst gedankenlos – nicht nur wegen des eisigen, ungesunden Nebels, sondern auch wegen der großen Gefahr, unterwegs irgendeinem Landstreicher in die Arme zu laufen.«

»Daran hatte ich nicht gedacht.«

»Ich machte mir die größten Sorgen.«

»Es tut mir leid«, sagte ich zerknirscht, »es tut mir wirklich sehr leid, Axel.«

»Nun gut, der Fall ist erledigt, aber ich rechne damit, daß du dich in Zukunft vernünftiger benimmst.«

Er brachte es so weit, daß ich mir wie ein sechsjähriges Kind vorkam. Allerdings war ich derart erleichtert, daß er mich offenbar nicht aus Dame Joans Hütte hatte kommen sehen, daß ich dafür gern sämtliche Vorwürfe ohne Murren in Kauf nahm. Also blieb ich mit demütig niedergeschlagenen Augen vor ihm stehen und sagte, ja, sehr wohl, ich würde in Zukunft vernünftiger sein; darauf machten wir uns im dichten Nebel auf den Heimweg.

Er sprach kaum ein Dutzend Worte auf dem Weg, er war wohl noch immer sehr böse auf mich. Außerdem hatte ich das ungute Gefühl, daß er der Sache nicht recht traute, obwohl er es nicht erkennen ließ. Wir schritten so rasch dahin, wie ich nur konnte. Die Dämmerung verstärkte sich, bis wir schließlich kaum noch etwas sahen, als wir endlich vor den Mauern von Haraldsdyke ankamen. Der Eingang war unversperrt. Axel öffnete die Tür, und wir traten in die Halle.

Das Haus war merkwürdig still. Ich wollte darüber gerade eine Bemerkung machen, als oben eine Tür zugeschlagen wurde. Im nächsten Augenblick erschien Vere auf dem Treppenabsatz und kam rasch herunter auf uns zu. Er trug Reitkleidung, und sein Gesicht war noch um einen Schatten bleicher als gewöhnlich.

»Mary ist ganz plötzlich erkrankt«, sagte er, »ich reite nach Winchelsea zu Dr. Salter.«

Alice schien ganz verzweifelt. »Ich kam gerade aus dem Kinderzimmer, wo ich mit den Kindern gegessen hatte«, sagte sie zu mir, »und wollte ins Wohnzimmer gehen. Du warst schon in dein Zimmer hinaufgegangen. Mary kauerte vor dem offenen Kamin, aber trotz des Feuers war es kalt und feucht im Zimmer, daher schlug ich vor, daß wir alle Tee trinken sollten, um uns etwas aufzuwärmen. Also ging ich in die Küche hinunter, um selbst den Tee zu bestellen – an Sonntagen schone ich die Diener gern soweit wie möglich. Bald darauf kamen George und Vere aus dem Eßzimmer herauf, wo sie noch bei ihrem Port gesessen hatten, Vere trug das Tablett mit dem Tee – er hatte das Mädchen in der Halle damit getroffen und ihr angeboten, den Tee für sie heraufzutragen. George blieb noch ein bißchen bei uns, aber dann nach ein paar Minuten ging er fort, um nach dir zu sehen; aber sonst blieben wir alle zusammen, bis auf Ned, der irgendwohin verschwunden war, wie gewöhnlich.«

Wir standen in dem dunklen Gang vor Marys Zimmer, ich noch immer in meinem Reisekostüm, Alice mit einer flackernden Kerze, die Hand bereits auf der Türklinke. Axel war Vere zu den Ställen gefolgt, denn er wollte ihn unbedingt davon abbringen, in diesem dichten Nebel nach Winchelsea zu reiten.

»Und wann war es genau, daß Mary so plötzlich erkrankte?« fragte ich mißtrauisch.

»Vielleicht eine halbe Stunde später. Das Mädchen hatte gerade das Tablett mit dem Tee wieder nach unten getragen, da sagte Mary auf einmal, es sei ihr fürchterlich übel, sie müsse sich übergeben.«

»Und –«

»Ja, und das mußte sie auch, die Arme. Alles auf den neuen Teppich. Esther regte sich darüber auf, wegen des Teppichs, meine ich. Aber dann sah sie, daß es Mary wirklich schlecht ging, und fing auch an, sich Sorgen zu machen. Wir brachten Mary zu Bett, aber es war ihr noch immer übel, und sie klagte über

Schmerzen. Deshalb wollte Vere sofort nach Winchelsea zu Dr. Salter reiten.«

»Der Nebel ist doch so dicht«, sagte ich unsicher. »Und jetzt, nach Einbruch der Nacht, kann man ja überhaupt nichts mehr sehen.«

»Ich weiß – ich wünschte, Axel könnte ihn überreden, hier zu bleiben, aber er muß wohl fort. Das arme Mädchen ist doch wirklich krank.«

»Glaubst du, es ist etwas Ansteckendes?« Seit in meiner Kindheit eine Freundin an Cholera gestorben war, hatte ich vor jeder Art von Krankheit panische Furcht.

»Nein, nein – sie hat überhaupt einen schlechten Magen. Sicher hat sie irgend etwas schwer Verträgliches gegessen.«

Mir lief es kalt über den Rücken. Plötzlich fielen mir Geschichten ein von Leuten, die innerhalb von vierundzwanzig Stunden, nachdem sie heftig erbrochen und über Schmerzen auf der rechten Seite geklagt hatten, gestorben waren.

»Sie frieren«, sagte Alice, mein Zittern falsch deutend. »Gehen Sie schnell auf Ihr Zimmer und ziehen Sie sich etwas Warmes an, bevor Sie sich noch erkälten.«

Ich folgte ihrem Rat, ging hinauf und kniete ein paar Minuten mit ausgestreckten Händen vor dem Kamin des Wohnzimmers, um mich aufzuwärmen. Etwas später, ich hatte mich bereits umgezogen und stand schon wieder vor dem offenen Feuer, kam auch Axel herein.

»Vere bestand darauf, nach Winchelsea zu reiten«, sagte er kurz. »Mir wäre es lieber gewesen, er hätte es sein lassen, aber wahrscheinlich mußte er reiten. Wenn er auf der Straße bleibt, kann eigentlich nichts passieren, und unabsichtlich kann man von dieser Straße nicht abkommen, denn sie liegt ja viel höher als das Moor rundherum. Schließlich hat er ja nicht vor, quer übers Moor einen Abschneider zu machen, so wie Rodric.«

Ein Schatten fiel auf mein Gemüt, ein Unruhepfeil – vielleicht tat das Rodrics Erwähnung oder vielleicht der Gedanke daran, wie er umgekommen war. Es war, als sei Rodric die Ursache aller Disharmonie, allen Schreckens und aller Unruhe unter dem Dach von Haraldsdyke, als würde alles bei Rodric beginnen und bei Rodric enden.

»Mary hing so sehr an Rodric«, sagte ich, mehr zu mir selbst.

»Ja, sie betete ihn an«, sagte Axel abwesend. »Fast alle Mädchen dieses Alters machen diese Phase einmal durch, glaube ich.«

Da fiel es mir plötzlich wie Schuppen von den Augen. Ich sah Mary, wie sie sagte: »Ich habe ihn gesehen – ich weiß, daß Rodric noch lebte, nachdem George uns gesagt hatte, daß er tot sei«, ich sah, wie alle in der Halle draußen ihr zuhörten, ich sah Axels ungeduldigen Gesichtsausdruck, mit dem er ihre Erinnerung als Halluzination abtat. »Ich schwöre, daß ich ihn gesehen habe«, hatte Mary gesagt, und keiner hatte ihr geglaubt, zuletzt nicht einmal mehr ich – keiner, mit Ausnahme jener einen Person, die jetzt auf einmal wußte, daß Mary die gefährliche Wahrheit kannte...

Ich erhob mich.

Axel sah mich überrascht an. »Was gibt es?«

»Nichts... Ich bin etwas unruhig.« Damit trat ich ans Fenster.

Dann sagte ich: »Ich möchte wissen, wie es Mary jetzt geht.« Meine Stimme klang rauh und brüchig.

»Wir können ja hinuntergehen und uns erkundigen.« Schon schritt er zur Tür, ganz so, als wäre er froh, etwas zu tun zu haben.

Ich folgte ihm. Das Herz klopfte mir bis zum Halse.

Als wir vor Marys Tür standen, kam Esther heraus. Sie sah sehr besorgt und aufgeregt aus.

»George«, sagte sie, ohne mich auch nur zu bemerken, »ich glaube, ich werde ihr etwas von meinem Laudanum geben. Doktor Salter gab es mir nach Roberts Tod, weil ich keinen Schlaf finden konnte. Meinst du, daß ich das tun sollte? Sonst würde ich einem Kind keinesfalls Laudanum geben, aber sie hat solche Schmerzen, und das Laudanum beruhigt sie vielleicht ein wenig...«

»Zeig mir das Laudanum.« Er ging mit ihr ins Schlafzimmer, wandte sich aber – zu meiner größten Erleichterung – auf der Schwelle nach mir um und sagte: »Du gehst am besten wieder in unsere Zimmer hinauf, meine Liebe. Wenn du etwas für Mary tun kannst, lasse ich es dich wissen.«

Schweigend kehrte ich in unser Wohnzimmer zurück, merkte aber bald, daß es mir unmöglich war, ruhig sitzen zu bleiben. Immer wieder kehrten meine Gedanken zu der Szene zurück, wie alle gemeinsam im Wohnzimmer unten saßen und Tee tranken. Alle waren dort gewesen, alle, bis auf Ned. Vere hatte den Tee herausgebracht, Esther hatte eingeschenkt, und Axel hatte die Tassen herumgereicht...

Ruhelos schritt ich im Zimmer auf und ab. Das war ja alles Unsinn, absurd, Ausgeburt einer hysterischen Phantasie. Mary hatte einfach eine schwache Verdauung. Etwas hatte ihr nicht gut getan.

Alice stellte aus Pilzen Gift für Mäuse im Keller her. Vielleicht stand das Gift in der Speisekammer herum. Vielleicht konnte jeder hingehen und sich holen, soviel er brauchte. Vielleicht...

Ich trat in den Flur hinaus, aber das Haus war ruhig und still, still wie ein Grab. Also ging ich wieder ins Zimmer zurück.

Wenn meine Nerven nicht ohnehin schon so angespannt gewesen wären, hätte ich diese melodramatischen Gedanken vielleicht eher unterdrücken können. Aber unter den gegebenen Umständen wollte es mir einfach nicht glücken, kühl und vernünftig zu bleiben.

Der Abend schleppte sich dahin.

Endlich konnte ich die Spannung nicht mehr ertragen und ging zu Marys Zimmer hinunter, erfuhr dort aber nichts Neues. Es ging ihr noch immer sehr schlecht. Esther saß bei ihr am Bett.

Ich wagte mich nicht ins Zimmer hinein. Nach meinem Klopfen kam Alice sofort heraus und flüsterte im dunklen Gang auf mich ein.

»George ist gegangen, um unten auf Vere zu warten«, sagte sie. »Gebe Gott, daß der Arzt bald kommt.«

Aber es dauerte noch eine weitere Stunde, bis Dr. Salter endlich da war – und da war es bereits zu spät.

Mary starb um ein Uhr früh.

6

Einige Stunden lang war ich zu entsetzt, um irgend etwas zu tun. Wie betäubt vernahm ich die Diagnose des Arztes, wonach sich die Krankheit Marys durch heftiges Erbrechen und große Schmerzen in den Eingeweiden geäußert habe. Ich hörte Esther sagen, daß man Marys entfernte Verwandte benachrichtigen müsse, und hörte sie Anordnungen für die Beerdigung treffen. Ich hörte, wie Axel dem Doktor vorschlug, über Nacht zu bleiben, damit er in diesem Nebel nicht mehr nach Winchelsea zurück müsse. Ich hörte die Uhren im Haus schlagen, Türen wurden geöffnet und geschlossen, Schritte kamen und gingen. Und alles, was ich denken konnte, war, daß mich der Alptraum nun von allen Seiten umschlossen hielt, daß Mary hatte sterben müssen, nachdem sie nicht nur Axel verraten hatte, daß sie Rodric nach seinem vorgetäuschten Tod im Moor letzte Weihnachten noch gesehen hatte.

Um drei Uhr schickte mich Axel zu Bett, damit ich vor Anbruch der Morgendämmerung noch ein wenig schlafen könnte. Aber es war mir unmöglich zu schlafen. Selbst als sich Axel eine halbe Stunde später auch hinlegte und neben mir in unruhigen Schlaf fiel, konnte ich mich einfach nicht entspannen und mich wohltuendem Vergessen hingeben. Um vier Uhr stand ich wieder auf, hüllte mich in einen dicken wollenen Umhang und ging ins Wohnzimmer hinüber. Es war stockdunkel, doch endlich gelang es mir, eine Kerze zu entzünden, und ich setzte mich an den Sekretär, um an Alexander zu schreiben.

»Falls Du Harrow noch nicht verlassen hast«, schrieb ich,

»verlaß es bitte jetzt. Ich weiß einfach nicht, was ich von den Dingen, die hier geschehen, halten soll, und ich fürchte mich sehr. Robert Brandsons Mündel Mary ist heute nacht gestorben. Sogar der Hausarzt hat eine Magen- und Darmentzündung als Todesursache festgestellt, und ich habe allen Grund zu glauben, daß sie vergiftet worden ist. Vermutlich wußte sie etwas im Zusammenhang mit dem Tod von Robert und Rodric Brandson. Etwas, das offenbar so wichtig war, daß man sie umgebracht hat, bevor sie ihre Geschichte so oft wiederholen konnte, bis auch die anderen ihr glaubten. Wenn das wirklich wahr ist, dann hat nicht Rodric seinen Vater umgebracht, sondern jemand anderer – und das ist gar nicht so unwahrscheinlich, wie es jetzt vielleicht klingt. Jeder von ihnen könnte der Schuldige sein, vielleicht mit Ausnahme von Ned, dem jüngsten Sohn, der gar nicht der leibliche Sohn von Robert Brandson ist, sondern das Ergebnis eines Fehltritts von Esther. Ein Motiv hatte jeder einzelne von ihnen. Vere hatte sich in Schmuggelgeschichten eingelassen, um mit dem Geld seine Schulden zu bezahlen, sein Vater hatte ihn erwischt und ihm gedroht, ihn bei der Zollwache in Rye anzuzeigen, und das wäre sehr schlimm gewesen. Denn sein Partner war der Franzose Delancey, was immerhin, da wir uns ja im Krieg mit Frankreich befinden, einem Hochverrat gleichgekommen wäre. Allgemein wird hier angenommen, daß die ganze Schmuggelaffäre auf Rodrics Konto ging, aber ich belauschte ein Gespräch zwischen Vere und Alice und hörte dabei, daß Vere der Schuldige war und Rodric überhaupt nichts damit zu tun hatte.

Rodric hatte also gar kein Motiv für die Tat, außer vielleicht, daß sein Vater ihn für den Schuldigen hielt und deshalb drohte, ihn zu enterben, was er aber schon getan hatte. Er hatte bereits ein anderes Testament gemacht, in dem er alles Axel hinterließ. Aber das wußte keiner, daher hätte Rodric seinen Vater vielleicht in der Hoffnung töten können, einer Enterbung zuvorzukommen. Aber ich glaube einfach nicht, daß Rodric es war. Ich glaube, er nahm die Drohungen seines Vaters nicht ernst. Soviel ich über ihn gehört habe, war Robert Brandson offenbar ein Mann, der gern brüllte und schrie, aber seine Drohungen nur in den seltensten Fällen auch wahr machte. Ich glaube nicht, daß Rodric wirklich mit der Möglichkeit rechnete, sein Vater würde ihn tatsächlich enterben.

Aber wenn Vere wußte, daß sein Vater ihn des Verrats und des Schmuggels für schuldig hielt, dann wäre das wohl ein sehr starkes Motiv gewesen; denn auch wenn er ihn nicht bei der Wache angezeigt hätte – womit er ihm gedroht hatte –, so hätte er ihn doch sicher von der Erbschaft ausgeschlossen. Und das wäre für einen Mann mit einer Frau und drei Kindern und ohne jedes eigene Einkommen eine Katastrophe gewesen.

Esther Brandson hatte ebenfalls ein Motiv. Beinahe zwanzig Jahre lang, seit der Zeit von Neds Geburt, war sie ihrem Ehemann entfremdet. Ich bin sicher, daß sie ihn gehaßt hat und daß sie unter der ländlichen Einsamkeit und Verlassenheit von Haraldsdyke sehr litt. Damals, als Robert Brandson ermordet wurde, hatte sie gerade ein Verhältnis mit einem anderen Mann, vielleicht hatte Robert Brandson sie dabei entdeckt, oder vielleicht hoffte sie auch, nach dem Tod ihres Mannes mit ihrem Liebhaber ein neues Leben beginnen zu können. Es klingt vielleicht nicht sehr wahrscheinlich, daß eine Frau Robert Brandson mit dem Gewehrkolben erschlagen haben soll, aber Esther ist groß und, wie ich annehme, recht kräftig.

Auch Axel hatte Gründe, seinen Vater aus dem Weg zu räumen. Er war Esthers Liebhaber. Er war derjenige, der von dem geänderten Testament seines Vaters profitierte, ein Umstand, der ihm bekannt sein konnte oder auch nicht – aber wenn er davon gewußt hatte, mußte ihm daran gelegen sein, daß dieses Testament unter keinen Umständen noch einmal geändert wurde; falls sein Vater von seinem Verhältnis mit Esther erfahren hätte, dann hätte er sicherlich auch Axel enterbt.

Die Gelegenheit hatten sie ebenfalls alle. Es hieß allgemein, daß Vere an diesem Tag bis am späten Nachmittag draußen auf dem Gut gewesen war, aber ich hörte Alice sagen, daß er viel früher zurückgekommen sei, allerdings hatte ihn niemand gesehen. Esther war angeblich diejenige, die die Leiche fand, aber Ned zufolge, der die beiden zusammen gesehen hatte, ging Axel mit ihr gemeinsam hinunter in die Halle, und zwischen dem Betreten der Bibliothek und Esthers Schreien, die sie angeblich bei der Entdeckung des Leichnams ausstieß, verging eine ziemlich lange Zeit.

Aber jetzt höre, was mit Mary geschah. Als Axel am späten Nachmittag mit der Botschaft nach Hause kam, daß Rodric offenbar im Moor ertrunken war, da war Mary derart verzweifelt, daß sie in Rodrics Zimmer ging, um wenigstens noch bei seinen Sachen zu sein. Aber da sah sie plötzlich Rodric leibhaftig ins Zimmer schlüpfen, sich Geld aus einer Lade holen und gleich wieder verschwinden! Rodric, der doch angeblich tot war! Das erzählte sie Axel, der das als Einbildung abtat. Mary blieb überzeugt, Rodric wirklich gesehen zu haben, war aber zu ängstlich, um ihre Geschichte auch den andern gegenüber zu wiederholen. Am Tag, an dem sie starb, hatte sie mir die Geschichte erzählt, und die anderen, Esther, Vere, Alice und Axel, hatten dabei gelauscht. Axel stellte das Ganze wieder als Halluzination hin, in einer Weise, daß auch ich ihm Glauben schenkte. Aber dann starb sie. Ich glaube, daß jemand sie vergiftet hat. Alice hat irgendwo in der Küche Rattengift stehen, jeder kann es sich dort holen.

Falls Mary also Rodric wirklich gesehen hat, und das glaube ich jetzt, heißt das, daß Rodric auch jetzt noch am Leben ist? Was es auch bedeutet – wenn sie ihn tatsächlich gesehen hat, dann ist er jedenfalls nicht zufällig im Moor ertrunken, wie allgemein angenommen wird. Dem Mörder muß sehr daran gelegen gewesen sein, daß Rodrics Tod im Moor nicht in Zweifel gezogen wird, denn sonst hätte man ihm die Schuld am Tod seines Vaters ja nicht mehr so leicht in die Schuhe schieben können. Wenn Rodric nämlich selbst ermordet worden wäre, würde die Polizei auch Robert Brandsons Tod in einem anderen Licht sehen. Aber wenn Rodric ermordet wurde – wo ist dann die Leiche? Und wenn er noch am Leben ist – warum ist er dann nicht hier, erklärt seine Unschuld und überführt den wahren Mörder? Ich weiß wirklich nicht mehr, was ich denken soll. Ich bin natürlich keineswegs sicher, daß Axel der Mörder ist, aber ich bin auch nicht sicher, daß er es nicht ist, und das ist sehr schlimm. Mit Sicherheit weiß ich nur eines: Ich lebe mit einem Mörder unter demselben Dach, und ich wünsche nichts sehnlicher als zu fliehen.

Bitte komm! Du bist alles, was ich habe – noch nie habe ich Dich so dringend gebraucht wie jetzt.«

Nachdem ich den Brief zweimal durchgelesen hatte, faltete ich ihn zusammen, versiegelte ihn und schrieb in Großbuchstaben außen darauf: ALEXANDER FLEURY, HARROW SCHOOL, HARROW, MIDDLESEX. Und mit einem Gefühl der Erleichterung, weil ich jetzt meine größten Ängste und düstersten Gedanken zu Papier gebracht hatte, ließ ich den Brief auf dem grünen Löschpapier liegen und ging wieder zu Bett, wo ich sofort in tiefen, traumlosen Schlaf fiel.

Ich muß recht lange geschlafen haben, denn als ich erwachte, war der Nebel verschwunden, durch die Ritzen im Vorhang schien die Sonne, und ich lag allein im Bett.

Ich setzte mich auf. Die Uhr auf dem Kaminsims zeigte elf; während ich noch ungläubig auf das Zifferblatt starrte, hörte ich vom Nebenzimmer Stimmen. Ich glitt aus dem Bett, hüllte mich wieder in mein Wolltuch und schlich zur Tür. Nebenan sprach Axel mit Esther. Zuerst hörte ich seine gleichmütige Stimme, dann ihre, die sie zornig erhoben hatte, und es war mir sofort klar, daß irgend etwas passiert sein mußte, das sie in die allergrößte Wut versetzt hatte.

Ich öffnete die Tür. Was ich sah, ließ mich erstarren: Esther hielt meinen Brief an Alexander in den Händen, und ich erkannte voll ungläubigen Zorns und Schreckens, daß das Siegel erbrochen war.

Mein Zorn war stärker als meine Angst. Vor Wut und Empörung zitternd, stürmte ich ins Zimmer und versuchte Esther den Brief aus den Händen zu reißen. »Wie konnten Sie!« Die Worte blieben mir fast im Hals stecken, ich konnte kaum atmen. »Wie konnten Sie es wagen, meinen Brief zu öffnen!«

Aber sie brauchte keine fünf Sekunden, um sich vom Schock meines plötzlichen Erscheinens zu erholen. »Und wie konntest *du* es wagen!« gab sie zurück. »Wie konntest du es wagen, in einem Brief an einen Schuljungen derart schmutzige Verleumdungen über mich zu schreiben! In meinem Leben bin ich noch nicht so beleidigt worden!«

»Die Wahrheit ist die beste Verteidigung gegen Verleumdungen!« rief ich. »Und nur eine Frau, die ihre Liebhaber wechselt wie die Hemden, findet es nicht unter ihrer Würde, fremde Briefe zu öffnen –«

»Halt«, sagte Axel eisig, aber als Esther nicht auf ihn hörte, erhob er seine Stimme, bis sie endlich still war. »Bitte – nein, Esther, hör mich an! So hör mich doch an, sage ich! Meine Frau hat ohne Zweifel einen Fehler gemacht, daß sie ihrem Bruder ein derart unausgegorenes Gewäsch vorsetzt, aber du, Esther, hast dich nicht weniger schlecht benommen, indem du einen versiegelten Brief aufgebrochen hast, der ganz eindeutig für jemand anderen bestimmt war.«

»Immer schreibt sie ihrem Bruder Briefe, immer heimlich und verstohlen – ich habe ihr von Anfang an nicht getraut! Und wer ist sie denn überhaupt! Das uneheliche Kind eine Wüstlings aus Lancashire und einer schäbigen französischen Emigrantin, die sich von ihm aushalten ließ!«

»Ich –«, begann ich, aber Axel sagte: »Sei ruhig.«

»... als ob sie eine Dame wäre«, sagte Esther gerade giftig, »als ob sie weiß Gott was für eine Kinderstube hätte!«

»Und das hat sie auch, eine weitaus bessere als du – denn niemand mit einer halbwegs guten Kinderstube würde auch nur davon träumen, fremde Briefe zu öffnen! Nein, laß mich ausreden! Ihr Vater war ein englischer Gentleman, aus derselben Klasse wie dein Mann, und ihm hattest du wenigstens seiner Herkunft wegen nie etwas vorzuwerfen! Ihre Mutter stammte aus einem der ältesten Häuser Frankreichs, sie war eine Aristokratin, die allen deinen Vorfahren haushoch überlegen war – verzeih, wenn ich mich über einen so delikaten Gegenstand so unverblümt äußere, aber du warst es ja, die damit angefangen hat. Und was nun ihre uneheliche Geburt anlangt – Wilhelm der Eroberer war ein Bastard und dennoch König von England, und die ganze Tudor-Dynastie stammt von dem Bastard John of Gaunt ab. Also bitte nichts mehr davon, daß meine Frau dir in irgendeiner Weise unterlegen sein sollte, denn in Wirklichkeit verhält es sich genau umgekehrt, und ich glaube, daß du das selbst nur allzu gut weißt.«

In diesem Augenblick geschah etwas in meinem Inneren: Die verborgene finstere Ecke, die ich sogar vor mir selbst verbarg, die Wunde, die sich niemals geschlossen hatte, das bohrende Gefühl, daß das Leben ungerecht mit mir verfahren war, mein gekränkter Stolz, der unter der Last des Makels meiner Herkunft litt – wie von Zauberhand war das alles plötzlich geheilt. Es war, als sähe ich den Mann vor mir jetzt zum ersten Mal, und er war kein Fremder mehr, sondern ein Mann, der zu mir stand, für mich eintrat und mich vor der Welt verteidigte. Auf einmal war die Wunde geschlossen, es gab in meinem Inneren keine dunklen Ecken mehr, um die ich selbst einen scheuen Bogen machte, und mein Stolz und meine Selbstachtung waren zurückgekehrt, stark und unverletzt, wie in der längst vergangenen Zeit, als ich noch nicht wußte, was das Wort »Bastard« überhaupt bedeutete. Die Heilung war so plötzlich und so allumfassend, daß mir heiße Tränen in die Augen schossen. Durch meine Tränen hindurch sah ich Axel an – und ich liebte ihn.

Esther wandte sich zum Gehen. Sie war sehr blaß, aber ihre Wut war besiegt. Axel sagte zu ihr: »Bitte, verlaß uns jetzt«, und sie murmelte irgend etwas, dann wandte sie sich mit hocherhobenem Kopf und schnellen Schritten zur Tür und schlug sie hinter sich zu. Wir waren allein.

»Axel«, sagte ich und brach in Tränen aus.

Er nahm mich in die Arme, und ich hing an ihm und weinte ganz ungeniert an seiner Brust. Seine Finger strichen über mein Haar.

»Still, still«, sagte er endlich. »Was passiert ist, ist keineswegs so tragisch, daß du dich derart darüber aufregen müßtest! Du hättest diesen Brief gewiß nicht schreiben sollen, aber wenn Esther sich jetzt getroffen fühlt, so hat sie sich das nur selbst zuzuschreiben. Ganz gleich, wie sehr sie dir auch mißtraute – sie hatte jedenfalls kein Recht, deinen Brief zu öffnen.«

Ich konnte ihm nicht sagen, daß ich aus einem ganz, ganz anderen Grund weinte, aber vielleicht erriet er es, denn er sagte: »Ihre Bemerkungen haben mich wirklich sehr ärgerlich gemacht. Über Klasse und Rang kann man mit Engländern einfach nicht sprechen. Ich bin selbst zu oft beleidigt und als Ausländer herabgesetzt worden, um Geduld mit Leuten zu haben, die ihre Vorurteile dazu benutzen, um ihre gesellschaftliche Stellung aufzuwerten.« Er küßte mich leicht auf die Stirn – ich konnte noch immer kein Wort hervorbringen – und nahm dann den geöffneten Brief vom Sekretär, wohin Esther ihn in ihrer Erregung geworfen hatte. »Allerdings muß ich schon sagen, daß ich deinen Brief wirklich nicht sehr glücklich finde.«

Jetzt fiel mir erst ein, was alles ich in diesem Brief geschrieben hatte. Mein Kopf wurde ganz leer vor Entsetzen.

»Du hast ihn gelesen?« fragte ich atemlos. »Alles?«

»Esther zeigte mir die Stellen, wo du uns beide erwähnt hast«, sagte er, faltete den Brief zusammen und steckte ihn in seine Brieftasche.

Meine alten Ängste und Zweifel fielen wieder über mich her.

»Kann ich den Brief bitte haben?« fragte ich unsicher. »Ich möchte ihn trotzdem gern abschicken.«

Er sah mich nicht an – zum ersten Mal sah ich Axel verlegen werden. »Es tut mir leid«, sagte er endlich, »aber das kann ich wirklich nicht zulassen. Ich habe nicht den Wunsch, deine Korrespondenz mit Alexander zu zensieren, aber in diesem Fall ist es leider nicht anders möglich.«

Es gab ein langes Schweigen. Ich spürte, wie die Farbe aus meinem Gesicht wich. Endlich blickte er mir wieder in die Augen.

»Viel von dem, was du schreibst, ist bedauerlicherweise wahr«, sagte er langsam, »aber andererseits steht hier auch viel, was nicht stimmt. So nimmst du zum Beispiel an, daß Mary von einem von uns vergiftet wurde. Ich kann dir jedoch versichern, daß Alice keinerlei Gift in der Küche aufbewahrt. Früher einmal war das der Fall, aber als eines der Küchenmädchen einmal versuchte, ihren Liebhaber damit zu vergiften, ordnete mein Vater an, daß das Gift immer nur für den jeweiligen Bedarf hergestellt, der Rest jedoch sofort vernichtet würde. Und es gibt wirklich keinen Beweis für deine Annahme, daß Mary vergiftet wurde. Zugegeben, du kannst dir ein Motiv dafür vorstellen, warum jemand es vielleicht plötzlich für notwendig hielt, sie umzubringen – aber das war noch nie ein Beweis für einen Mord. Und das gilt für alle deine Behauptungen. Du sagst, daß jeder von uns meinen Vater getötet haben könnte, daß jeder ein Motiv und eine Gelegenheit dazu hatte – aber du hast nicht einmal einen Beweis dafür, daß Rodric ihn nicht getötet hat, und bevor du andere beschuldigst, solltest du eigentlich zuerst mit Sicherheit beweisen können, daß Rodric unschuldig ist. Sämtliche Anhaltspunkte, die wir überhaupt haben, deuten darauf hin, daß Rodric ihn getötet hat. Und was Marys Geschichte anlangt, die ihn noch nach seinem angeblichen Tod durch Ertrinken im Moor gesehen haben will, so glaube ich nach wie vor, daß dies nichts als eine Ausgeburt ihrer überhitzten Phantasie war. Überhaupt, wenn irgend jemand die Pflicht haben sollte, die Rätsel um den Tod meines Vaters zu lösen, so bist das jedenfalls nicht du, und ich muß darauf bestehen, daß du deine lebensgefährlichen Untersuchungen und Vermutungen nicht weiter fortsetzt. Falls Mary tatsächlich vergiftet wurde – was ich für gänzlich unwahrscheinlich halte – und falls sich tatsächlich ein Mörder unter unserem Dach befindet, dann würdest du dich mit deinem unvorsichtigen Benehmen selbst in die allerhöchste Gefahr bringen. Ich bestehe darauf, daß du dich hier nicht weiter einmischst.«

Ich sagte gar nichts – ich war zu unsicher, zu aufgeregt.

»Wenn du diesen Brief an Alexander tatsächlich abschickst«, fuhr er fort, »dann rührst du die ganze Geschichte wieder auf. Alexander ist ein siebzehnjähriger Schüler, unreif für seine Jahre, und Gott allein weiß, was er alles anrichten könnte, wenn er wegen dieses Briefes die Fassung verlöre und irgend etwas Verrücktes unternähme. Es gibt nicht den geringsten Grund dafür, daß er die Schule früher verläßt als nötig. In drei Wochen kommt er nach Hause, weil er dann Weihnachtsferien hat, dann wirst du ihn sowieso sehen.«

»In vier Wochen«, erwiderte ich.

»Drei Wochen, vier Wochen – welchen Unterschied macht das schon? Bis dahin hat sich alles eingerenkt. Marys Tod war natürlich ein fürchterlicher Schock für dich, aber bis Weihnachten wirst du dich davon erholt haben, du wirst dich sicherlich auch nicht mehr so sehr über die Frage aufregen, auf welche Weise mein Vater und Rodric den Tod gefunden haben.«

Wieder blieb ich still. Dann brach es plötzlich aus mir heraus: »Muß Esther wirklich in Haraldsdyke bleiben?«

»Ich werde die Sache mit ihr besprechen.«

Das Schweigen wurde langsam drückend. Zögernd streckte er den Arm aus und berührte mich. »Verzeih«, sagte er, »es tut mir leid, daß du von meinem früheren Verhältnis zu ihr erfahren mußtest. Ich hoffte, du würdest nie davon hören.«

Scharf wandte ich den Kopf ab, so daß er meine Augen nicht sehen konnte.

»Es war nur sehr kurz«, sagte er, »ein Augenblick der Unbesonnenheit, für den ich sehr teuer bezahlt habe. Ich hätte gedacht, daß auch sie sich jetzt dessen schämen würde, aber ihr ist anscheinend jedes Schamgefühl fremd. Natürlich werde ich sehen, daß sie keinen Augenblick länger als nötig unter diesem Dach bleibt, aber es ist sehr leicht möglich, daß sie Schwierigkeiten machen wird, einfach um sich zu rächen, also mußt du noch ein paar Wochen Geduld haben.«

»Ich verstehe«, sagte ich.

Er legte mir seine Hände an die Wangen und drehte mein Gesicht zu sich. »Was ich auch einst für sie empfunden haben mag, das ist jetzt aus und vorbei«, sagte er, »das ist dir doch wohl klar.«

Ich nickte, ohne ihn anzusehen. »Deshalb bist du so hart zu Ned, nicht wahr?« sagte ich dann. »Weil er der einzige ist, der von diesem Verhältnis weiß, und weil du dich vor ihm schämst.«

Axel lachte kurz auf. »Ned ist ein junger Tunichtgut«, sagte er dann. »Daß er wahrscheinlich nichts dafür kann, spielt in diesem Fall keine Rolle. Du hast nicht ganz unrecht – aber er hat trotzdem etwas Disziplin und Strenge dringend nötig.« Er wandte sich ab. »Ich muß gehen«, sagte er kurz. »Ich muß mit dem Pfarrer die Einzelheiten für das Begräbnis arrangieren. Vere ist nach Rye zum Leichenbestatter gefahren. Wir werden uns beim Dinner sehen, meine Liebe – aber bis dahin keine weiteren melodramatischen Briefe an Alexander, wenn ich bitten darf.«

Und fort war er.

Langsam ging ich ins Schlafzimmer zurück und blieb am Fenster stehen. Die Wintersonne warf ihre weißen, matten Strahlen über die grüne Fläche des Moors. Rye und Winchelsea auf ihren Zwillingshügeln schienen heute täuschend nahe.

Wie gern hätte ich ihm geglaubt! Wie gern hätte ich jedes einzelne seiner Worte für bare Münze genommen und mich nicht mehr mit meinen Ängsten und Zweifeln abgequält! Aber er hatte mir nicht erklärt, warum so viel Zeit vergangen war zwischen ihrem Betreten der Halle und Esthers Schreien, als sie den Leichnam entdeckte. Er hatte mich den Brief nicht abschicken lassen. Und er hatte energisch die Möglichkeit bestritten, daß Mary ermordet worden war...

Ich rief Marie-Claire, zog ein schwarzes Kleid an und ließ mich von ihr frisieren. Als ich endlich fertig war, ging ich hinunter in die Küche.

Axel hatte wenigstens bezüglich des Rattengifts die Wahrheit gesagt. Die Köchin bestätigte mir, daß seit der Geschichte mit dem Küchenmädchen kein Gift mehr in der Speisekammer aufbewahrt wurde.

Ich ging wieder hinauf in mein Zimmer.

Also hatte entweder Axel recht, und Mary war nicht ermordet worden, oder aber sie war dennoch vergiftet worden – und woher hatte in diesem Fall der Mörder das Gift genommen?

Dame Joan, die Hexe, fiel mir ein. Ich wies den Gedanken zunächst von mir, dann kam ich doch wieder darauf zurück. Dame Joan würde jedenfalls wissen, wie man Gift zubereitet. Axel war an diesem Nachmittag ins Dorf gekommen, um mich zu finden, so hatte er wenigstens gesagt, und dann hatte er mich in die Kirche gehen sehen. Aber was, wenn er zu dem Zweck ins Dorf gegangen war, um Gift zu holen? Ich hatte lange Zeit in der Kirche gesessen und hatte mit meinem Gewissen gerungen. Angenommen, er war in der Zwischenzeit bei Dame Joan gewesen...

Aber ich konnte nicht mehr glauben, daß Axel ein Mörder war. Denn war es möglich, daß ich einen Mörder liebte? Ich dachte nicht mehr logisch, sondern empfand Liebe und Angst zugleich, und meine Lage erschien mir ärger denn jemals zuvor.

Ich setzte mich noch einmal an den Schreibtisch und schrieb einige wenige Zeilen an Alexander, mit denen ich ihn ohne jede Erklärung einfach bat, Harrow unverzüglich zu verlassen und sofort nach Haraldsdyke zu reisen.

Ned war draußen bei den Ställen mit einem Gewehr in der Hand, anscheinend wollte er auf die Jagd gehen.

»Wirst du bis nach Rye gehen?« fragte ich.

Seine schmalen schwarzen Augen sahen mich prüfend an, dann lächelte er bewundernd. »Für Sie«, sagte er, »gehe ich zu Fuß durch ganz England.«

»Papperlapapp«, gab ich zurück. »Ich habe kein Interesse an ganz England, ich interessiere mich nur für die Straße von Haraldsdyke nach Rye.«

»Wenn Ihnen etwas daran liegt, liegt mir auch was dran.«

»Könntest du diesen Brief nach Rye bringen und dafür sorgen, daß ihn die Kutsche nach London mitnimmt? Du mußt auch dafür bezahlen, daß der Brief in London zur Post nach Harrow in Middlesex befördert wird. Er ist an meinen Bruder.«

»Haben Sie Geld?«

Ich gab ihm eine Münze. »Das dürfte reichen.«

Er nahm die Münze rasch und steckte den Brief in seine Brusttasche.

»Das ist ein Geheimnis«, sagte ich drohend.

Er lächelte wieder. »Schon gut.«

»Kannst du das für mich tun?«

»Ihnen könnte ich nie etwas abschlagen«, sagte er leicht ironisch, so daß ich nicht wußte, ob er es ernst meinte oder nicht. »Wenn Sie jemals etwas von mir wollen, dann brauchen Sie es nur zu sagen…«

Der Tag verstrich langsam. Vere kehrte aus Rye zurück, wo er den Sarg bestellt hatte, und Axel brachte den Pfarrer aus Haraldsford mit, der wohl mit einer kleinen Erfrischung rechnete. Esther war damit beschäftigt, Marys Verwandte zu verständigen, und Alice stellte mit der Köchin ein dem traurigen Anlaß entsprechendes Menü für den Tag der Beerdigung zusammen. Mir blieb es überlassen, mit Marys Gouvernante zu sprechen und der Armen zu versichern, daß sie nötigenfalls noch einen weiteren Monat in Haraldsdyke bleiben konnte, bis sie eine neue Stellung gefunden hatte.

Dabei fiel mir ein, wie nahe ich daran gewesen war, Gouvernante werden zu müssen, und ich dachte lange darüber nach, was wohl aus mir geworden wäre, hätte ich Axels Antrag abgelehnt. Vielleicht wäre dann Mary noch am Leben... Aber das waren sinnlose Gedanken, es hatte keinen Zweck, sich mit solchen Vorstellungen herumzuschlagen. Ich wollte überhaupt am liebsten an gar nichts mehr denken, am wenigsten daran, daß ich gegen Axels ausdrücklichen Wunsch Alexander noch einmal geschrieben und den Brief Ned anvertraut hatte.

Also versuchte ich, mich irgendwie abzulenken, und lief geschäftig hin und her, bis die Dunkelheit hereinbrach und es Schlafenszeit war.

Der nächste Tag, Dienstag, verging auf ähnliche Weise; mehrere Leute machten Kondolenzbesuche, und ich mußte mich darauf konzentrieren, sie höflich zu empfangen und einen guten Eindruck auf sie zu machen. Der Leichenbestatter brachte den Sarg. Mary wurde in dem kleinen Frühstückszimmer, das sonst nie benutzt wurde, aufgebahrt. Wie es die Sitte verlangt, ging auch ich hin, um sie noch einmal zu sehen, aber mein Abscheu vor dem Tod hinderte mich daran, in den Sarg zu blicken, und ich entfernte mich, so rasch es nur ging, wieder aus dem Zimmer.

Das Begräbnis war für den nächsten Tag angesetzt. Ich ging bald zu Bett, um mich gut auszuruhen, denn ich wußte schon jetzt, daß es mir sehr schwerfallen würde, das Begräbnis am nächsten Tag durchzustehen.

Mitten in der Nacht wachte ich plötzlich auf, ohne zu wissen wovon, und sah gerade noch, wie sich die Tür des Schlafzimmers leise schloß. Ein Blick auf die Kissen neben mir zeigte mir, daß Axel nicht im Bett war. Ich wartete, fragte mich, wohin er wohl gegangen sei, und dann, als die Minuten vergingen und er noch immer nicht zurückkam, schlüpfte auch ich aus dem Bett und hüllte mich in meinen wollenen Schlafrock.

Auch im Nebenzimmer war er nicht. Leise und vorsichtig ging ich in den Korridor hinaus, der mir schwarz und leer entgegengähnte. Fast hätte ich mir eine Kerze geholt, besann mich aber dann eines Besseren. Falls Axel plötzlich zurückkäme, sollte er mich nicht sehen.

Ich tastete mich zum Treppenabsatz und sah hinunter in die Halle, aber da war auch niemand; gerade hatte ich beschlossen, wieder zu Bett zu gehen, als ich plötzlich in der Ferne gedämpften Hufschlag hörte. Reglos blieb ich stehen – das konnte doch wohl nur eine Täuschung sein? Schnell ging ich zum Fenster auf der anderen Seite des Treppenhauses, schob den Vorhang zur Seite und starrte hinaus in die Nacht.

Es war Neumond, die Nacht war pechschwarz. Dennoch war ich fast sicher, Pferdegetrappel zu hören, so als ob jemand vom Hause fortritt. Die Minuten vergingen, ich stand noch immer angestrengt lauschend und spähend am Fenster, aber endlich wandte ich mich ab und tastete mich zurück ins Schlafzimmer. Wenn ich mich nicht sehr irrte, hatte Axel sich leise angekleidet, ein Pferd gesattelt und war hinaus in die Nacht geritten.

Lange Zeit lag ich wach, aber er kam nicht zurück. Schon im Morgengrauen, als ich endlich halb eingedöst war, weckte mich wieder gedämpfter Hufschlag. Ich wartete, und kurz darauf kam auch schon Axel herein, ging in sein Ankleidezimmer und zog sich aus.

Kaum im Bett, schlief er auch schon, als sei er völlig erschöpft. Seine Glieder waren kalt, erwärmten sich aber bald, als hätte ihn zwar die kalte Nachtluft abgekühlt, das scharfe Reiten jedoch von innen her warm gehalten. Meine Schläfrigkeit dagegen war nun wie weggeblasen, hellwach lag ich da, überlegte, was er wohl mitten in der Nacht draußen zu tun gehabt hatte, und fragte mich, ob ich es wohl jemals erfahren würde.

Am nächsten Morgen war er sehr müde. Ich sah, welche Anstrengung es ihn kostete, überhaupt aufzustehen, und als er angezogen und rasiert war, sah ich die Schatten unter seinen Augen und die Falten um seinen Mund. Aber vielleicht bemerkte nur ich diese Zeichen der Erschöpfung, da ich ja wußte, wie wenig er geschlafen hatte. Außerdem waren die anderen auch viel zu sehr mit dem Begräbnis beschäftigt, um sich um Axel zu kümmern.

Mary wurde am Morgen im Kirchhof von Haraldsford zu Grabe getragen. Es regnete. Die Zeremonie erinnerte mich in schmerzlicher Weise an das Begräbnis meiner Eltern. Ich glaubte schon, es nicht mehr durchstehen zu können. Der Schmerz, zusammen mit dem Umstand, daß auch ich letzte Nacht kaum geschlafen hatte, ließ mich vor Erschöpfung fast zusammenbrechen.

Aber auch nach der Rückkehr nach Haraldsdyke konnte ich mich nicht ausruhen. Mehrere Trauergäste waren zu einem formellen Dinner geladen worden, und ich mußte meine letzte Kraft zusammennehmen, um höflich mit einigen entfernten Verwandten Marys umzugehen, die eigens von Hastings zur Beerdigung gekommen waren. Zu meinem Entsetzen beschlossen sie, auch noch die Nacht über zu bleiben, so daß ich Schlafzimmer aufräumen, Betten lüften und frisch überziehen lassen mußte.

Bevor ich noch wußte, wie mir geschah, war es schon wieder Zeit zum Tee, und auch davor konnte ich mich nicht drücken. Endlich, nach einer weiteren halben Stunde, in der wir einander über die Teetassen hinweg angeödet hatten, konnte ich mich endlich in meine Zimmer zurückziehen, wo ich vor dem Kamin des Wohnzimmers erschöpft zusammensank und inständig hoffte, nie mehr in meinem Leben an einer Beerdigung teilnehmen zu müssen.

Ich war noch immer zu erschöpft, um auch nur ans Ausziehen zu denken, als die Tür aufging und Axel ins Zimmer trat.

»Du bist noch nicht im Bett?« fragte er, und es klang, als ärgerte er sich darüber. »Ich dachte, du hättest dich wegen Müdigkeit von der Gesellschaft zurückgezogen.«

»Ich war selbst zum Entkleiden zu müde«, sagte ich, aber er hörte mir nicht zu, sondern ging gleich weiter ins Nebenzimmer.

Einen Augenblick später erschien er wieder.

»Übrigens, darf ich fragen«, sagte er mit scharfer Stimme, »was dies hier soll?«

Ich wandte mich um. In seiner Hand hielt er das Fläschchen mit Dame Joans Trank, den ich doch sorgfältig hinter der Kommode versteckt hatte. Das Blut schoß mir zu Kopf, ich stand auf, sah ihn an, erkannte den Ausdruck in seinen Augen und begriff, daß er genau wußte, was für ein Trank das war und wozu ich ihn geholt hatte.

Wir standen und sahen uns an, er mit ironischem Gesichtsausdruck auf die Lügen wartend, die ich ihm jetzt auftischen würde, ich voller Abscheu vor diesem gräßlichen Tag, der jetzt in einer fürchterlichen Szene zu gipfeln drohte, und wie wir so standen, hörte ich plötzlich Schritte auf dem Gang, die leichten, eiligen Schritte, die ich so gut kannte und so liebte, und hörte die vertraute, über alles geliebte Stimme meinen Namen rufen.

Es war, als wäre ein Wunder geschehen. Ohne ein weiteres Wort stürzte ich zur Tür, riß sie auf und warf mich in die Arme meines Bruders.

7

Alexander hatte Harrow also gleich nach meinem ersten Brief verlassen, dem er entnommen hatte, daß hier in Haraldsdyke nicht alles so war, wie es sein sollte, und hatte den zweiten Brief, den Ned für mich in Rye aufgegeben hatte, gar nicht erhalten. So schnell wie möglich war er nach Süden gereist, hatte sein Gepäck in Rye gelassen und war zu Fuß nach Haraldsdyke geeilt, wo Vere ihn in der Halle empfangen hatte. Vere hatte uns gerade von der Ankunft meines Bruders unterrichten wollen, als Alexander ihn schon beiseite geschoben und meinen Namen ausgerufen hatte, so, als fürchte er, es könne mir noch im letzten Augenblick etwas zustoßen.

»Wie schön, dich wiederzusehen!« rief ich unter Tränen. »Wie schön, daß du gekommen bist!«

Axel war wütend. Alexander bemerkte anscheinend nicht, daß er von seinem Schwager nicht gerade begeistert empfangen wurde, aber ich kannte die Zeichen nur allzu gut, die kalte Stimme, die übertriebene Höflichkeit, den verschleierten Ausdruck in seinen Augen.

»Bitte, Axel«, sagte ich und bemühte mich, meine Nervosität zu verbergen, »fühle dich nicht verpflichtet, um Alexanders willen noch aufzubleiben. Ich weiß, wie müde du sein mußt.«

»Das Gegenteil ist der Fall«, erwiderte Axel derart eisig, daß ich mich wunderte, daß Alexander es nicht bemerkte, »ich bin keineswegs müder als du. Ich werde sofort Erfrischungen für dich kommen lassen, Alexander. Sicher bist du von der Reise hungrig.«

Offenbar hatte Axel nicht die Absicht, uns auch nur eine Sekunde lang allein zu lassen. Der Zorn stieg in mir hoch, aber Alexander antwortete gerade freundlich: »Mir ist vom Gehen eigentlich ganz warm geworden, aber ich hätte sehr gern etwas Tee, wenn das möglich ist. Ich trinke sehr gern Tee, vor allem am Morgen, damit ich munter werde, aber auch am Abend habe ich nichts dagegen.«

Wir tranken also Tee. Axels Gegenwart trug nicht gerade zu einer flüssigen Unterhaltung bei. Als auch Alexander endlich merkte, wie gespannt die Atmosphäre war, wurde er langsam unruhig.

»Vielleicht könntest du mir mein Zimmer zeigen«, sagte er endlich zu mir.

»Das werde natürlich ich tun«, fiel Axel sofort ein. »Deine Schwester hat einen langen, anstrengenden Tag hinter sich und wollte schon vor einer Stunde zu Bett gehen.«

»Nein, bitte –«

»Ich muß darauf bestehen. Tut mir leid, daß es kein besonders schönes Zimmer ist, aber da wir bereits einige Gäste für die Nacht haben, sind die schönsten Gästezimmer schon belegt. Meine Liebe«, fuhr er dann zu mir gewandt fort, »ich schlage vor, du läßt deine Zofe kommen und gehst zu Bett.«

Ich wagte keine Widerrede. Da es mir offenbar unmöglich gemacht werden sollte, Alexander noch heute abend unter vier Augen zu sprechen, mußte ich mich eben bis morgen früh gedulden; Axel konnte uns schließlich nicht fortgesetzt überwachen.

Nachdem ich mich einmal darein gefügt hatte, machte ich mir nicht die Mühe, Marie-Claire zu rufen, sondern ging so schnell wie möglich zu Bett, damit ich mich schlafend stellen konnte, wenn Axel zurückkam; ich hatte gerade die Augen geschlossen, als die Tür aufging und Axel wieder ins Zimmer trat.

»Wir werden uns morgen früh noch darüber unterhalten«, sagte er, ohne meinen Versuch, mich schlafend zu stellen, zur

Kenntnis zu nehmen. »Es genügt, wenn ich dir jetzt sage, daß ich mehr als ungehalten bin und daß ich Alexander unverzüglich in seine Schule zurückzuschicken gedenke, damit er das Semester zu Ende macht – falls die Schulbehörden ihn nicht ohnehin hinauswerfen, weil er sich ohne Erlaubnis mitten im Semester von der Schule entfernt hat.«

»Aber er sagte uns doch, daß er die Erlaubnis bekommen hat!« Ich setzte mich halb auf, dann legte ich mich wieder in die Kissen. »Er sagte dem Erzieher, daß ich krank sei...«

»Ich will mit seinen Lügen nichts zu tun haben. Er fährt noch morgen zurück, ich werde seine Reisekosten bezahlen, und er wird bis zum Ende des Semesters in Harrow bleiben.«

»Er wird nicht fahren!«

»Das glaube ich doch, meine Liebe. Ich bezahle nämlich sein Studium, und wenn er seine Erziehung in Harrow überhaupt abschließen und dann nach Oxford gehen will, dann wird er tun, was ich ihm sage.«

»Aber ich möchte ihn doch unbedingt sehen –« Meine Stimme brach, ich war viel zu müde und erschöpft, um meine Tränen zurückzuhalten.

»Das wirst du auch«, antwortete er, »zu Weihnachten, wenn er seine Ferien in Haraldsdyke verbringt.«

»Ich –«

»Ich betrachte dieses Gespräch als beendet. Bitte schlaf jetzt ein und ruhe dich aus.«

Wenigstens den unseligen Trank hatte er nicht mehr erwähnt. Ich bemühte mich, wach zu bleiben, damit ich mich in der Nacht zu Alexander schleichen, ihn warnen, mit ihm allein sprechen konnte, aber Axel wartete offenbar, daß ich einschlief, bevor er sich selbst dem Schlaf überließ. Bald gab ich den Kampf auf, tiefer und traumloser Schlaf überwältigte mich. Als ich erwachte, war es acht Uhr morgens, und der Regen klatschte gegen die Scheiben.

Ich war allein.

Schnell, schnell, um nur ja Alexander noch zu sehen, zog ich mich gar nicht an, sondern wickelte mich nur in meinen Schlafrock und lief aus dem Zimmer. Sekunden später öffnete ich atemlos die Tür des Gästezimmers, das Alexander zugewiesen worden war.

»Alexander«, sagte ich, »Alexander!«

Alexander lag noch in tiefem Schlaf, sein Gesicht in die Kissen gedrückt, ein Arm hing zu Boden. Neben ihm stand eine leere Teetasse. Axel hatte daran gedacht, dachte ich überrascht und dankbar, er hat sich erinnert, daß Alexander am frühen Morgen gern eine Tasse Tee trinkt.

»Alexander!« rief ich wieder und schüttelte ihn. »Wach auf!«

Aber er wachte nicht auf. Ich schüttelte ihn ungläubig weiter, aber er holte nur geräuschvoll Luft und blieb so reglos wie zuvor. Mein Unglauben verwandelte sich in Schrecken, der Schrecken in Panik.

»Alexander!« schrie ich. »Alexander –«

Er rührte sich nicht. Mit einer Hand warf ich die Teetasse um, und dabei merkte ich, daß sie noch ganz warm war. Irgend jemand hatte Alexander eine Tasse Tee gebracht – und Alexander war aufgewacht und hatte den Tee getrunken.

Und jetzt konnte ich ihn nicht wachbekommen.

Panik erfaßte mich.

Schluchzend stürzte ich aus dem Zimmer und erreichte mein eigenes in einem Zustand höchster Erregung. Endlich gelang es mir, mich wenigstens soweit zu fassen, daß ich mich ankleiden konnte – zum Frisieren war jetzt keine Zeit, ich knotete mein Haar flüchtig im Nacken zusammen, um nicht allzu liederlich auszusehen, dann warf ich mir noch einen Schal um den Kopf, schlüpfte über die Hintertreppe aus dem Haus und lief zu den Ställen.

Aber Ned war nicht da. Ich sah einen der Stallburschen und

rief: »Ich muß sofort Mr. Edwin sehen. Vielleicht ist er in der Küche, sag ihm, er möge sofort herauskommen.«

Der Junge murmelte ein verstörtes »Ja, Madame« und sauste davon.

Fünf Minuten später ging die Hintertür auf, und Ned kam über den Hof, mit gleichmäßigen Bewegungen, als könnten ihm weder der strömende Regen noch der stürmische Novemberwind etwas anhaben.

»Schönen guten Morgen, die Dame«, sagte er leichthin, dann sah er jedoch meinen Gesichtsausdruck und änderte sein Benehmen. »Was ist geschehen?«

»Mein Bruder ist letzte Nacht angekommen«, sagte ich zitternd, »aber jetzt ist irgend etwas mit ihm passiert. Er wacht nicht auf, und sein Atem klingt merkwürdig. Bitte nimm mich mit nach Rye, ich will einen Arzt holen – jetzt sofort!«

Seine Augen waren groß und dunkel. »Weiß jemand davon?«

»Nein, ich traue keinem. Ich muß unbedingt schnell einen Arzt holen – bitte, stell keine Fragen mehr.«

»Dr. Salter wohnt aber in Winchelsea.«

»Ich will aber nicht den Hausarzt. Gibt es keinen anderen Arzt in Rye?«

»Doch, Dr. Farrell... ich weiß nicht genau, wo er wohnt. Hinter St. Marys Street, glaube ich... warten Sie, ich sattle schnell ein Pferd.« Und er lief an mir vorbei in den Stall.

Erleichtert lehnte ich mich an die Wand.

»Hoffentlich sieht uns niemand«, sagte er, als er fertig war. »Wir müssen eben die Auffahrt hinunterreiten und das Beste hoffen. Werden Sie hinter mir reiten können? Sie sollten jedenfalls rittlings aufsitzen, wenn Sie nichts dagegen haben, das ist viel sicherer, falls wir später galoppieren wollen.«

»Gut.«

Er warf sich in den Sattel und hob mich dann hinter sich. Er war sehr stark.

»Sitzen Sie gut?«

»Ja.«

Wir ritten los. Es schien, als hätte uns niemand bemerkt. Als wir über die Moorstraße ritten, ließ der Regen nach, im Westen war der Himmel viel heller, und als wir endlich die Stadtmauern von Rye erreicht hatten, hatte es zu regnen aufgehört, und ein mattes Sonnenlicht lag auf dem naß glänzenden Kopfsteinpflaster der Straßen.

»Hören Sie«, sagte Ned. »Ich bin nicht sicher, wo dieser Arzt wohnt. Bleiben Sie einstweilen im Gastzimmer des George Inn, während ich ihn suche.«

»Einverstanden.«

Er brachte mich zum Gasthaus, übergab das Pferd einem Knecht und führte mich in ein kleines Nebenzimmer. Niemand war drinnen.

»Ich habe Geld, falls du welches brauchst«, sagte ich und gab es ihm. Er nahm die Münze, schloß aber dann seine Hand so fest um meine, daß ich überrascht aufblickte.

»Ich möchte meinen Lohn in anderer Währung«, sagte er.

Ich sah ihn an, ohne zu verstehen, ich dachte an nichts als an meine Ängste und Sorgen, nicht einmal sein Gesicht drang in mein Bewußtsein, so daß mir auch der Ausdruck seiner Augen völlig entging.

»Ich werde für dich sorgen, wenn du George verläßt«, hörte ich ihn sagen. »Ich werde Arbeit finden und für dich aufkommen. Ich sehe mich schon lange an Georges Stelle, schon seit dem ersten Augenblick, da er dich nach Haraldsdyke gebracht hat und ich gesehen habe, wie jung und wie schön du bist.« Und plötzlich schlang er seine starken Arme um meine Taille und beugte sich nieder, um mich auf Mund, Kinn und Hals zu küssen. Ich versuchte zurückzuweichen, aber seine Hand glitt von meiner Taille zu meiner Brust, mit einer Schnelligkeit und Wendigkeit, die nur von langer Übung stammen konnte.

Ich bog mich zurück und stieß einen lauten Schrei aus, aber sein Arm hielt mich mit eisernem Griff, gegen den ich machtlos war. Er lachte, daß seine Zähne blitzten, die schwarzen Augen funkelten vor Erregung, plötzlich gemahnten mich seine Gier, seine Gewandtheit und seine geschickte Zunge an Esther, seine Mutter, und ich haßte ihn dafür.

»Bastard!« zischte ich ihn an, außer mir vor Wut.

Er warf den Kopf zurück und lachte laut. »Der Topf nennt den Kessel rußig«, rief er und zog mich noch enger an sich, bis er seinen feuchten Mund auf meinen drücken und seine groben Hände an Stellen gleiten lassen konnte, wo sie nicht hingehörten. Ich erstarrte vor Abscheu.

Das nächste, was ich wahrnahm, war ein Luftzug, der von der offenen Tür kam, ein plötzliches Röcheln aus Neds Kehle, als er wie vom Schlag getroffen zurückfuhr, und auf einmal war ich frei. Ich öffnete die Augen.

Axel stand auf der Schwelle. Sein weißes Gesicht war ohne jeden Ausdruck, aber seine Augen waren keineswegs verschleiert wie sonst so oft, sondern blitzten vor Zorn. Die Hände hatte er zu Fäusten geballt in die Seiten gestemmt, sein Atem ging rasch.

»Ich bin also doch nicht rechtzeitig gekommen«, sagte er.

Ned drückte sich an die Wand. »George, sie bat mich, sie nach Rye mitzunehmen, um einen Arzt zu finden –«

»Hinaus.«

»– ihr Bruder ist krank –«

»Hinaus, bevor ich dich umbringe.«

Ohne ein weiteres Wort bewegte Ned sich unsicher auf die Tür zu. Ich sah, daß Axel sich beherrschte, um Ned nicht zu schlagen. Vor Anstrengung stand ihm der Schweiß auf der Stirn. Aber als Ned sich an ihm vorbeidrücken wollte, wurde es Axel zuviel. Er packte ihn bei den Schultern, schüttelte ihn und schlug ihm mit der flachen Hand ins Gesicht, dann stieß er ihn in den Korridor hinaus.

Die Tür fiel hinter ihm ins Schloß.

Wir waren allein. Ich fing plötzlich so stark an zu zittern, daß ich mich setzen mußte.

Aber Axel sagte nur: »Ich hatte dir doch gesagt, daß du nicht mit Ned nach Rye gehen sollst.«

Und als ich keine Antwort gab, fuhr er fort: »Ich glaube, du bist zu jung, um auch nur eine Vorstellung von deiner Macht über Männer zu haben. Du hast wahrscheinlich keine Ahnung davon, daß Ned dich von dem Augenblick an begehrte, da er dich zum ersten Mal sah. Du bist zu jung. Wahrscheinlich siehst du auch jetzt noch nichts, wo du mir hier gegenüberstehst und mich ansiehst. Du kannst einfach noch nichts begreifen.«

Mir dämmerte, daß er versuchte, mein Benehmen zu erklären und zu entschuldigen. Ich stammelte: »Ich dachte nur an Alexander... Ich wußte, daß Ned mich nach Rye bringen würde –«

»Alexander«, entgegnete er, »ist nicht in Gefahr. Einer der Stallburschen ist nach Winchelsea zu Dr. Salter geritten.«

»Ich wollte einen anderen Arzt –«

»Dr. Salter hat einen hervorragenden Ruf.«

»Aber Alexander –«

»Alexander«, sagte Axel, »hat allem Anschein nach eine ungefährliche Dosis Laudanum genommen. Können wir jetzt gehen?«

»Ja, aber –«

»Dann schlage ich vor, wir brechen sofort auf.«

Stumm folgte ich ihm in den Hof, wo er sein Pferd gelassen hatte.

»Aber wie –«, stammelte ich wieder, doch er ließ mich nicht ausreden.

»Ich habe nicht die Absicht, diese Sache hier zu besprechen«, sagte er kurz. »Wir können uns später darüber unterhalten.«

Aber auch nach unserer Ankunft in Haraldsdyke wollte er nicht darüber reden.

»Ich bringe dich jetzt in dein Zimmer«, sagte er zu mir, »und dort wirst du den Rest des Tages verbringen. Ich habe genug davon, dich ständig unter Beobachtung halten zu müssen, damit du nichts Verrücktes anstellst. Dein bisheriges Benehmen war derart, daß du dich sicher nicht wundern wirst, wenn ich darauf bestehe, daß du heute in deinem Zimmer bleibst.«

»Aber Alexander --«

»Alexander wird auch ohne deine Einmischung gesund werden. Er kann noch ein paar Tage hier bleiben, und dann kannst du dich mit ihm unterhalten, so viel du willst, aber heute jedenfalls nicht.«

»Aber –«, fing ich wieder an, doch da kam Vere auf uns zu, und deshalb schwieg ich.

»Meine Frau hat sich über die plötzliche Erkrankung ihres Bruders sehr aufgeregt«, sagte Axel zu Vere. »Sie möchte sich heute nur schonen. Bitte, sag Alice, daß meine Frau heute nicht mehr gestört werden darf, auch nicht von der Dienerschaft – sie wird schlafen, und ich werde in Rodrics Zimmer übersiedeln, damit sie sich in völliger Stille und Zurückgezogenheit wirklich erholen kann.«

Diese offene Ankündigung der Tatsache, daß wir in getrennten Zimmern schlafen würden, brachte mich derart in Verlegenheit, daß ich Veres Antwort gar nicht abwartete.

Oben im ersten Stock ging ich auf den Gang zu, der in unsere Zimmer führte, aber er legte mir die Hand auf den Arm und führte mich einen anderen Gang entlang.

»Ich habe mich anders besonnen«, sagte er ruhig. »Du wirst in Rodrics Zimmer schlafen. Ich werde dir alles Nötige bringen.«

Ich sah ihn voller Erstaunen an. »Aber warum kann ich denn nicht in unseren Zimmern bleiben?«

»Ich habe mich anders besonnen«, sagte er wieder, »tut mir leid.«

»Aber –«

»Bitte!« sagte er laut, und ich sah, wie der Zorn in ihm hochstieg. »Du hast in der letzten Zeit so oft meinen Wünschen zuwidergehandelt, daß ich diesmal darauf bestehen muß, daß du tust, was ich sage.« Damit öffnete er die Tür zu Rodrics Zimmer und bedeutete mir hineinzugehen. »Ich werde alle paar Stunden zu dir kommen und sehen, ob du etwas brauchst«, sagte er dann. »Inzwischen leg dich am besten hin und ruh dich aus. Und falls jemand an die Tür kommt, dann mach unter keinen Umständen auf. Hast du verstanden?«

»Ja, Axel.«

»Gut. Ich werde also in einer Stunde wieder bei dir sein.«

Er wandte sich um, ging hinaus und schloß die Tür hinter sich. Und dann hörte ich, wie er den Schlüssel im Schloß herumdrehte, bevor er sich rasch durch den Korridor entfernte.

Der Nebel wallte über das Moor und verbarg das Haus in seinen weichen, wehenden Schleiern. Die Stille schien von Stunde zu Stunde zuzunehmen; während ich da in Rodrics Zimmer saß und zusah, wie die Dämmerung fiel, wurde die Stille so groß, daß ich sie zu hören vermeinte. Axel war zweimal zu mir gekommen, um mich zu fragen, ob ich irgend etwas brauche, aber er war jedesmal schnell wieder gegangen. Und jetzt, da der Nebel sich mit der Dämmerung vermischte, kam es mir vor, als sei er schon lange nicht mehr hier gewesen. Unruhig stand ich auf, ging zum Fenster und starrte hinaus. Meine Finger glitten über das Schnitzwerk an Rodrics Schreibtisch, und ich dachte wieder an Mary und daran, wie sehr sie Rodric geliebt hatte und wie wir in diesem Zimmer hier über ihn gesprochen hatten.

Die Stunden schlichen dahin, ich hatte schon jedes Zeitgefühl verloren. Die Eintönigkeit meiner Gefangenschaft machte mich ganz krank. Ich überlegte gerade, wie spät es wohl sein mochte, da hörte ich draußen im Gang Schritte, und Axel kam mit einem Tablett herein, auf dem mein Essen stand.

»Wie geht es dir?« fragte er kurz, dann fügte er hinzu: »Entschuldige, daß ich dir das Essen erst so spät bringe. Ich wollte eigentlich früher damit heraufkommen.«

»Das macht nichts – ich bin nicht hungrig.« Ich wollte ihm tausend Fragen stellen, wußte aber instinktiv, daß ich keine Antwort bekommen würde. »Axel –«

»Ja?« Er hatte die Hand schon wieder auf der Klinke.

»Wann kann ich hier heraus?«

»Morgen«, antwortete er, »aber nicht eher.«

»Und Alexander –«

»– ist noch etwas matt und liegt in seinem Zimmer. Morgen wird er wieder gesund sein, du brauchst dir um ihn keine Sorgen zu machen.«

Die Tür fiel zu, die Schritte entfernten sich durch den Gang. Ich saß auf dem Bettrand, ohne das Essen auf dem Tablett anzurühren, und bemühte mich, mich geduldig in mein Schicksal zu fügen, aber diese erzwungene Muße zerrte an meinen Nerven. Nach einer Weile fing ich an, den Inhalt der Schubladen zu durchstöbern, um mich mit irgend etwas zu beschäftigen.

Erst viel später, als ich schon daran dachte, mich zu entkleiden und hinzulegen, hörte ich die Schritte. Über mir knarrte ein Dielenbrett. Ich blickte auf. Da, schon wieder. Angestrengt lauschte ich und glaubte dann, das leise Geräusch von Schritten zu hören, als ginge jemand in dem Raum über mir hin und her.

Über Rodrics Zimmer befand sich aber nur eine Dachkammer.

Ich nahm die Kerze und ging damit zur Tür, aber sie war abgeschlossen. Verzweifelt sah ich mich um, dann durchsuchte ich zum dritten Mal die Schreibtischladen nach einem Nachschlüssel, fand aber nichts. Da fiel mein Blick auf das Messer, das auf dem Tablett mit meinem Abendessen lag. Ich griff danach, ging wieder zur Tür, steckte die Klinge zwischen Tür und Türrahmen und fuhr am Schloß entlang.

Nichts rührte sich.

Ich trat einen Schritt zurück und sah hilflos auf die Tür. Dann nahm ich wieder die Kerze, hielt sie ein bißchen tiefer und sah durchs Schlüsselloch. Ganz sicher war ich nicht, aber es sah so aus, als hätte Axel den Schlüssel außen stecken lassen.

Rasch holte ich zwei Blatt Papier vom Schreibtisch und schob sie nebeneinander durch den Türschlitz. Dann nahm ich die Gabel und stieß sie ins Schlüsselloch.

Der Schlüssel fiel ohne Schwierigkeiten heraus. Ich bückte mich, hielt den Atem an, zog langsam und vorsichtig das Papier durch den ziemlich großen Spalt zwischen Boden und Tür ins Zimmer und sah, daß der Schlüssel glücklicherweise beim Herunterfallen nicht vom Papier weggeglitten war, sondern vor mir lag. Eine Sekunde später drehte ich den Schlüssel im Schloß um und war frei.

Als ich die Tür öffnete, waren die Schritte über mir schon vor einiger Zeit verklungen. Aber ich ließ mich dadurch nicht weiter aufhalten. Auf Zehenspitzen ging ich über den Gang, mich mit einer Hand an der Wand entlangtastend. Die Kerze hatte ich ausgeblasen und im Zimmer zurückgelassen, so daß ich völlig im Dunkeln war.

Das Haus schien ganz still zu sein, aber als ich mich dem Treppenhaus näherte, sah ich Licht aus der Halle und hörte Stimmen aus dem Wohnzimmer. Ich zögerte – vielleicht würde gerade jemand aus dem Wohnzimmer kommen, wenn ich an der Tür vorbeihuschte; aber da ich keinen anderen Weg zur hinteren Treppe kannte, atmete ich tief ein und schlich schnell vorbei. Niemand hatte mich gesehen. Mit laut klopfendem Herzen blieb ich stehen und lauschte. Alles war ruhig. In den Schatten zurückweichend, tastete ich mich bis zur Hintertreppe und stieg dann Stufe für Stufe langsam hinauf.

Ich war überzeugt, daß die Schritte, die ich gehört hatte, nur von Alexander herrühren konnten und daß Axel ihn aus irgendeinem Grund dort oben eingesperrt hatte. Wer sonst sollte schon dort oben auf und ab gehen wie ein Gefangener? Die Inschrift fiel mir wieder ein, die Rodric da oben ins Glas geritzt hatte, als man ihn einmal dort als Jungen eingesperrt hatte. Dieser Raum war schon einmal als Gefängnis benutzt worden, und wenn mich nicht alles täuschte, war er das auch heute wieder.

Oben angekommen, hielt ich inne, um mich zurechtzufinden. Die Aufregung machte mich ungeschickt, und beim nächsten Schritt verdrehte ich mir den Knöchel und fiel mit einem lauten Krach gegen die Wand. Ich wartete, das Herz klopfte mir bis zum Hals. Angestrengt lauschte ich auf das leiseste Geräusch, und einmal dachte ich, ich hätte irgendwo das Öffnen und Schließen einer Tür gehört. Aber dann war nichts mehr, und ich hielt das Geräusch schließlich für ein weiteres Gebilde meiner Phantasie.

Es war pechschwarz. Jetzt wünschte ich inständig, meine Kerze mitgenommen zu haben, denn ich war nicht einmal sicher, wo die Dachkammer über Rodrics Zimmer überhaupt war. Ganz langsam und vorsichtig tastete ich mich Schritt für Schritt den Gang entlang bis zu dem Punkt, wo er im rechten Winkel in einen anderen Flügel abbog. Die totale Finsternis hatte mir schon ganz die Orientierung genommen, da sah ich um die Ecke unter einer Tür am anderen Ende des Ganges einen schmalen Lichtstreifen. Zitternd vor Aufregung, mit schwitzenden Händen und schwer atmend bewegte ich mich langsam darauf zu.

Die Stille wurde unerträglich. Der Gefangene hatte sein Hin- und Hergehen offenbar nicht wieder aufgenommen. Irgend etwas an dieser Stille irritierte mich. Hätte Alexander sich jemals so stillschweigend in seine Gefangenschaft gefügt? Eher hätte er wohl vor Wut die Tür einzutreten versucht oder laut geschrien, anstatt in Resignation zu verfallen und ruhig zu warten.

Seltsame Geschichten fielen mir ein, mein Haar sträubte sich, Panik überfiel mich. Aber ich riß mich zusammen und ging entschlossen auf den Lichtschein zu. Es waren nur noch wenige Schritte. Ich durfte nicht aufgeben, jetzt erst recht nicht.

Ich hatte eben meinen Arm ausgestreckt, um mich an der Wand weiterzutasten, als meine Hand auf eine andere menschliche Hand stieß.

Ich wollte schreien und rang nach Luft. Das Entsetzen drückte mir die Kehle zusammen, und kein Laut kam hervor. Und dann preßte sich eine Hand auf meinen Mund, und eine Stimme flüsterte mir ins Ohr: »Keinen Laut, wer Sie auch sind.« Im nächsten Augenblick wurde die Tür zur Dachkammer aufgestoßen, und ich stand im flackernden Kerzenschein im Raum.

Die Tür wurde geschlossen. Von Kopf bis Fuß zitternd, fuhr ich herum – und erstarrte ungläubig.

Aber auch mein Gegenspieler starrte mich mit offenem Mund an. Endlich brachte er heraus: »Mrs. Brandson! Mein Gott, es tut mir wirklich leid –«

Es war kein anderer als der junge Charles Sherman, der unverheiratete Bruder von James Sherman, dem Rechtsanwalt in Rye.

»O Gott!« sagte ich und setzte mich rasch auf einen Stuhl.

»Wirklich, o Gott«, sagte Mr. Charles mit ungewissem Lächeln, als wir uns einigermaßen von dem Schock erholt hatten. »Ich weiß nicht, wer hier mehr überrascht ist, Sie oder ich?«

»Mehr überrascht als ich kann niemand sein«, gab ich zurück. »Entschuldigen Sie, ich möchte nicht ungastlich sein, aber darf ich fragen, was, um Himmels willen, Sie mitten in der Nacht auf dem Dachboden von Haraldsdyke zu suchen haben, Sir?«

»Ach du meine Güte«, ächzte Mr. Charles, hin- und hergerissen zwischen dem Wunsch, mir alles zu erklären, und dem Zwang zur Geheimhaltung, unter dem er offenbar stand. »Meine Güte!« Er kratzte sich verwirrt den Kopf und sah ziemlich verstört drein.

Aber davon hatte ich nichts. »Da steckt doch irgend etwas dahinter«, sagte ich, was sich wohl von selbst verstand, denn ganz von allein konnte Mr. Charles schließlich nicht auf den Dachboden gekommen sein. »Hat mein Mann Sie hergebracht? Worauf warten Sie? Wie lange gedenken Sie hier zu bleiben?«

Mr. Charles räusperte sich, zog eine sehr schöne Taschenuhr hervor und konsultierte sie hoffnungsvoll. »Ihr Mann sollte in wenigen Minuten hier sein, Mrs. Brandson. Wenn Sie die Güte haben würden, bis zu seinem Erscheinen zu warten, so bin ich sicher, daß er Ihnen diese Situation zu Ihrer Zufriedenheit erklären wird.«

Ich dagegen war völlig sicher, daß Axel nicht im Traum daran denken würde, mir irgend etwas zu erklären. Daß ich aus Rodrics Zimmer entkommen war, würde ihn viel zu sehr ärgern, als daß er mich in seine geheimnisvollen Unternehmungen einweihen würde.

»Mr. Sherman«, sagte ich eindringlich, »könnten Sie mir nicht wenigstens eine Andeutung machen, warum Sie mitten in der Nacht auf dem Dachboden auf und ab schreiten und auf meinen Mann warten? Bitte! Ich weiß, daß die Neugierde zu den unangenehmsten Eigenschaften der Frauen zählt, aber –«

»Aber ich bitte Sie, Mrs. Brandson!«

»Doch, ich fühle, daß Sie mich dafür verachten, aber –«

»Aber nicht im geringsten, nur –«

»– ich mache mir um meinen Mann solche Sorgen, ich wäre Ihnen so dankbar, wenn Sie mich beruhigen könnten –«

Anscheinend hatte ich bereits genügend mit den Wimpern geklappert, Mr. Charles war viel zu gutmütig und hatte ein viel zu weiches Herz Damen gegenüber, um mir noch länger Widerstand zu leisten.

»Lassen Sie mich von vorne anfangen, Mrs. Brandson«, sagte er leutselig und setzte sich mir gegenüber auf die Kante des Tisches, ganz so, als würden wir uns in irgendeinem Wohnzimmer gepflegter Konversation befleißigen. »Ich bin, wie Sie richtig angenommen haben, auf Wunsch Ihres Mannes hier, um ihm bei dem Versuch beizustehen, ein für allemal und ohne jeden Zweifel zu klären, wer Robert Brandson am Weihnachtsabend des letzten Jahres wirklich getötet hat. Ihrem Mann war von allem Anfang an bekannt, daß Rodric nicht der Mörder sein konnte, aber er hatte seine Gründe, warum er damals seine Ansicht für sich behielt. Aus Gründen der Diskretion darf auch ich nichts weiter darüber sagen als dies, daß Ihr Mann Rodric noch *nach* dem Streit mit seinem Vater und dem Ritt übers Moor gesund und munter gesehen hatte. Er wußte daher auch, daß Rodric seinen Vater nicht ermordet haben konnte...«

Esther, dachte ich, Esther. Robert Brandson hatte sie wahrscheinlich mit Axel im Schlafzimmer erwischt. Nach dem Streit mit Rodric war er zu seiner Frau hinaufgegangen, um mit ihr zu sprechen, und hatte Axel bei ihr gefunden – in ihrem Schlafzimmer...

»Lassen Sie mich erklären, was geschehen war: Ihrem Mann zufolge hatte er am Tag des Unglücks Rodric zur Jagd ins Moor mitgenommen, da Rodric und Vere einander in die Haare geraten waren und George es für das Beste hielt, die beiden für eine Weile voneinander zu trennen. Als sie zurückkamen, ließ Robert Brandson Rodric zu sich in die Bibliothek rufen.«

»Weil er Rodric verdächtigte, sich auf Schmuggel eingelassen zu haben und mit Delancey unter einer Decke zu stecken.«

»Richtig. Rodric sagte Ihrem Mann später –«

»Aber später haben sie doch gar nicht mehr miteinander gesprochen!«

»Doch, doch, Mrs. Brandson. Nur Geduld, ich werde Ihnen alles erklären. Rodric sagte Ihrem Mann später, daß diese Anschuldigung völlig falsch war, aber als er sie auch vor seinem Vater bestritt und die Schuld auf Vere schob, artete die Unterhaltung rasch in einen Streit aus. Rodric stürmte hinaus und ritt übers Moor davon, und Robert Brandson stürzte, offenbar in großer Erregung, in den ersten Stock, um die Sache mit –«

Esther, dachte ich.

»– Ihrem Mann zu besprechen.«

Esther, dachte ich wieder, und Axel war bei ihr. Robert Brandson wollte wohl von seiner Frau erfahren, welcher ihrer beiden Söhne sich des Schmuggelns und damit des Hochverrats schuldig gemacht hatte.

»Aber George konnte ihm auch nicht helfen. Dennoch beschloß er kurz darauf, in die Bibliothek hinunterzugehen und die Sache noch einmal mit seinem Vater zu besprechen –«

Um sich aus einer kompromittierenden Situation herauszureden, dachte ich, und seinen Vater um Verzeihung zu bitten.

»– aber als er unten ankam«, sagte Charles Sherman jetzt ernst, »fand er Robert Brandson bereits ermordet. Seine erste Reaktion – nach dem natürlichen Schmerz und Schock – war das Entsetzen darüber, daß womöglich er selbst verdächtigt werden könnte oder sonst jemand, den er unschuldig wußte –«

Esther.

»Er zögerte einige Minuten, überlegte, was am besten zu tun sei, aber dann kam Esther – entschuldigen Sie, ich meine Mrs. Brandson – in die Bibliothek –«

Lügner, dachte ich. Sie war die ganze Zeit über mit Axel zusammen, sie besprachen die Sache sofort und überlegten, was zu tun sei.

»– und ihre Schreie alarmierten die Dienerschaft und die anderen Hausbewohner. Natürlich fiel der Verdacht auf Rodric, aber Esther weigerte sich, das zu glauben, denn Rodric war immer ihr Liebling gewesen. Um sie also zu beruhigen, ritt George hinter Rodric her ins Moor, um ihm zu raten, daß er sich am besten irgendwo verstecken sollte, bis der wahre Mörder entlarvt war. Wie ich schon sagte, hielt auch George Rodric für unschuldig, konnte sich aber aus verschiedenen Gründen nicht zu seiner Meinung bekennen.«

»Verständlich«, sagte ich.

Mr. Charles blickte mich etwas unsicher an, dann fuhr er fort, nachdem er sich geräuspert hatte: »George war sich klar, daß alle Indizien dafür sprachen, daß Rodric der Täter sei. Rodric war dafür, sofort nach Haraldsdyke zurückzukehren und den Verdächtigen zu stellen, aber George flehte ihn an, doch vorsichtiger zu sein, und schließlich gab Rodric nach und ließ sich dazu überreden, sich eine Weile zu verbergen. George schlug vor, daß sie Rodrics Tod im Moor vortäuschen sollten, und zwar aus zwei Gründen: Erstens wäre es dann für Rodric viel leichter, heimlich das Land zu verlassen, wenn keiner ihn mehr am Leben vermutete, und zweitens würde seine Mutter, wenn sie ihn tot glaubte, sicher nicht mit dem gleichen Eifer daran arbeiten, seinen Namen von jedem Verdacht zu reinigen und damit den Verdacht auf sich selbst zu lenken, als wenn sie ihn irgendwo im Exil wußte. George gab zu, daß diese Lösung schmerzlich war, hielt sie aber für die beste – für Esther und für Rodric. Sie wissen ja, daß Mrs. Brandson ihrem Mann schon lange entfremdet war, und das hätte leicht zu einer Belastung für sie werden können. Wenn der Verdacht einmal nicht mehr auf Rodric lag, dann wäre er sicher auf sie gefallen.

George bot Rodric an, nach Wien zu reisen und vorläufig in seinem Haus Quartier zu nehmen. Er selbst würde sofort nach der Untersuchung ebenfalls nach Wien kommen, und er verließ in der Tat auch Haraldsdyke, sobald es die Schicklichkeit erlaubte, und begab sich eilends ins Ausland, obwohl Haraldsdyke jetzt offiziell ihm gehörte, sobald er die eine Bedingung der Heirat mit einer Engländerin erfüllt hatte. Robert Brandson, der Rodric der Beziehungen zu Delancey verdächtigte und Vere für unfähig hielt, mit Geld umzugehen, hatte sich, wie Sie wissen, entschieden, seinen gesamten Besitz Ihrem Mann zu hinterlassen.

Aber als George in Wien eintraf, fand er keine Spur von Rodric. Er ließ überall nach ihm suchen, stellte Nachforschungen an, aber es ließ sich nicht einmal ein Beweis dafür finden, daß Rodric England überhaupt jemals verlassen hatte. Das machte George natürlich höchst mißtrauisch – besonders wenn er daran dachte, was Mary Moore, das arme Mädchen, ihm kurz vor seiner Abreise aus England gesagt hatte, daß sie nämlich Rodric nach seinem vorgetäuschten Tod durch Ertrinken im Moor noch in Haraldsdyke gesehen hatte. Zuerst tat er diese Geschichte als Unsinn ab, aber dann wurde er doch nachdenklich. Angenommen, Rodric hatte seine Absicht geändert, nachdem sie sich getrennt hatten, angenommen, er hatte zwar Pferd und Hut als Beweise seines Todes im Moor gelassen, war aber nachher noch einmal ins Haus zurückgekehrt, hatte sich über die Hintertreppe hineingeschlichten und war ins Zimmer jener Person gegangen, die er des Mordes verdächtigte. Und weiter angenommen, es war dieser Person gelungen, jetzt auch noch Rodric zu töten, den Leichnam zu verstecken und ihn dann heimlich zu vergraben, um ja nicht die bequeme Version, Rodric habe seinen Vater getötet, sei dann ins Moor geflohen und dort selbst umgekommen, zu zerstören –«

»Aber Mr. Sherman«, sagte ich, ihm ins Wort fallend, »wer ist diese Person, die Rodric und jetzt auch mein Mann des Mordes an Robert Brandson verdächtigen?«

Er sah mich erstaunt darüber an, daß ich es noch nicht selbst erraten hatte, und machte eine vage Handbewegung. »Wer sonst als Ihr Schwager Vere?«

Die Kerze flackerte leicht im Luftzug. Die Stille war bedrükkend. Ich starrte Charles Sherman an.

»George hatte Vere von Anfang an in Verdacht«, sagte er. »Kaum war er wieder nach England zurückgekehrt, begann er auch schon, nach Beweisen zu suchen. Vor zwei Tagen endlich fand er etwas und ritt noch in derselben Nacht nach Rye, um mich um meine Hilfe zu bitten. Wir kamen beide zu dem Schluß, daß Vere der Schuldige sein mußte, und arbeiteten einen Plan aus, wie wir ihn überführen konnten. Vere hatte ganz offenbar ein Motiv für die Tat. Da sein Vater damit drohte, ihn bei der Zollwache von Rye anzuzeigen, stand seine ganze Zukunft auf dem Spiel. Es war lebenswichtig für ihn, seinen Vater um jeden Preis zum Schweigen zu bringen. Außerdem hatte Vere auch Mittel und Wege, um Mary zu vergiften, er kennt sich mit Unkrautvertilgungsmitteln aus, und er hat wahrscheinlich irgendwo auf dem Gut einen Vorrat solcher Gifte. Er hatte auch die Gelegenheit, etwas in Marys Tee zu tun. George sagte mir, daß Vere es war, der das Tablett herauftrug.«

»Ja. Das heißt also, daß Sie und mein Mann planen...«

»Wir hoffen, daß es eine erfolgreiche Falle sein wird. Wir hatten besprochen, daß ich heute früh im Morgengrauen herüberreiten sollte, damit George mir auf dem Dachboden seine Beweise vorführen konnte. Es war uns klar, daß wir unsern Plan erst nach dem Begräbnis durchführen konnten, da am Tag des Begräbnisses alle viel zu beschäftigt sein würden. Aber als die Beerdigung endlich vorbei war, siehe da, wer erschien plötzlich auf der Bildfläche? Ihr Bruder Alexander. Nun sah es so aus, als sei unser Plan zum Scheitern verurteilt, denn George wußte genau, daß Sie Alexander bei der ersten Gelegenheit, wo Sie ihn unter vier Augen sehen würden, Ihre sämtlichen Vermutungen und Zweifel haarklein erzählen würden, und Alexander war es zuzutrauen, daß er darauf eine fürchterliche Szene machen würde. George wußte, daß er nur noch vierundzwanzig Stunden brauchte, um seinen Plan auszuführen, und er war fest entschlossen, sich jetzt von nichts und niemandem mehr daran hindern zu lassen. Sie bis zum nächsten Morgen davon abzuhalten, mit Alexander zu reden, war nicht schwierig, aber dann mußte George handeln. In seiner Verzweiflung tat er etwas von Mrs. Brandsons Laudanum in eine Tasse Tee und schickte den Diener damit hinauf in Alexanders Zimmer.«

»Und ich fiel in Panik«, sagte ich, »aber nicht ohne Grund.«

»Sicher nicht«, stimmte Mr. Charles zu. »Nicht ohne Grund... aber bevor George Ihnen nach Rye nachritt, ließ er den berüchtigten Brief an Ihren Bruder in der Bibliothek liegen, wo Vere ihn sicher finden würde. Denn es war seine Gewohnheit, jeden Tag eine Stunde vor dem Dinner in der Bibliothek seine Korrespondenz zu erledigen oder die Zeitung zu lesen. Sobald George mit Ihnen nach Hause zurückkam, teilte er Vere mit, daß Sie heute nacht allein in dem gemeinsamen Schlafzimmer schlafen würden. Nachdem er Sie dann jedoch in Rodrics Zimmer in Sicherheit gebracht hatte, kehrte er in die Bibliothek zurück und stellte befriedigt fest, daß der Brief anders lag als zuvor und daß das Haar, das er darauf gelegt hatte, zu Boden gefallen war. Es war daher klar, daß Vere den Brief gelesen hatte, und wir nahmen mit völliger Sicherheit an, daß Vere beim Lesen dieses Briefes erkannt hatte, daß Sie zuviel wußten und gefährlich für ihn wären, besonders, was seine Beziehung zu Delancey betraf. Wir vermuteten also, daß Vere versuchen würde, Sie umzubringen und die Schuld auf Ihren Mann zu schieben. George zufolge hatte einer der Diener Sie heute morgen mit Ned nach Rye reiten sehen – das sprach sich natürlich mit Windeseile herum, und Ned hat den denkbar schlechtesten Ruf in bezug auf Mädchen. Die Leute hätten wahrscheinlich geglaubt, daß Ihr Mann Sie in einem Anfall von rasender Eifersucht getötet hat.«

Meine Augen wurden groß und starr. »Sie meinen –«

»Aber natürlich«, fuhr Mr. Charles fort, »schlafen Sie ja gar nicht allein in Ihrem Zimmer, wie Vere annimmt. Sie sind hier sicher bei mir auf dem Dachboden, wenn auch Ihr Mann geplant hatte, Sie in Rodrics Zimmer zu verstecken.«

Aber ich hörte ihm nicht mehr zu. Vom Gang her kamen jetzt leise, gedämpfte Schritte, und im nächsten Moment ging die Tür auf, und Axel betrat das Zimmer. Völlig verwirrt stand ich auf und suchte im Geiste fieberhaft nach einer Erklärung. Axel sah mich, wurde zuerst bleich vor Schreck, dann vor Wut, aber bevor er noch etwas sagen konnte, trat schon Charles Sherman für mich ein.

»George, du mußt mir schon verzeihen, das ist alles meine Schuld, denn deine Frau hat unten meine Schritte gehört und kam herauf, um nachzusehen, was los war. Und dann hielt ich es für das beste, ihr die Situation in groben Zügen zu erklären, so daß sie uns helfen kann, indem sie so diskret und leise wie möglich ist. Hätte ich sie im unklaren gelassen, dann hätte sie das Recht gehabt, gegen meine heimliche Anwesenheit in ihrem Haus zu protestieren.«

Axel war zu sehr Gentleman, als daß er mir in Gegenwart eines Fremden Vorwürfe gemacht oder Fragen gestellt hätte. Aber ich sah den sorgfältig beherrschten Ausdruck seines Gesichts mit den zusammengepreßten Lippen, bevor er sich abwandte und sich mit einer Hand übers Haar fuhr, als könnte er durch diese Geste etwas von seiner Wut abreagieren.

»Bitte entschuldige, Axel, daß ich nicht in meinem Zimmer geblieben bin«, sagte ich nervös, »aber ich dachte, die Schritte, die ich hörte, kämen von Alexander, und beschloß daher, mit ihm zu sprechen. Ich weiß, ich hätte das nicht tun sollen.«

»Es ist ein Jammer«, sagte er, ohne mich anzusehen, »aber da du jetzt schon einmal hier bist, kann ich nicht mehr viel daran ändern.«

Er wandte sich an Charles Sherman. »Alles ist bereit, alle sind in ihre Zimmer gegangen. Wir sollten jetzt unsere Plätze einnehmen.«

»Was schlägst du vor?«

»Wenn es dir recht ist, dann möchte ich, daß du in meine Zimmer gehst. Du kannst dich im Ankleidezimmer auf der anderen Seite des Bettes verbergen. Ich werde am Treppenabsatz warten, Vere ins Schlafzimmer folgen und ihm dann den Ausgang zum Wohnzimmer versperren, falls er zu fliehen versuchen sollte.

Auf diese Weise bekommen wir ihn von beiden Seiten zu fassen.«

»Ich hoffe, der Plan gelingt. Aber was ist, wenn er den Brief nicht gelesen hat? Oder wenn er ihn gelesen hat, aber daraufhin nicht in der Weise handelt, wie wir es von ihm erwarten?«

»Er hat keine andere Wahl«, sagte Axel. »Er hat schon dreimal getötet, um seinen Kopf zu retten. Jetzt kann er nicht aufhören. Komm, laß uns keine weitere Zeit verlieren.«

»Ja, wir gehen am besten gleich.«

Jetzt wandte Axel sich zu mir. »Und dich lasse ich am besten überhaupt nicht mehr aus den Augen«, sagte er trocken. »Du kommst mit mir.«

Mr. Charles blieb in der Tür stehen. »George, ich bitte dich«, flüsterte er entsetzt.

»Nein, ich will meine Frau lieber bei mir haben«, sagte Axel, noch immer, ohne mich eines Blickes zu würdigen, »sonst wandert sie wieder auf eigene Faust durchs Haus und ruiniert uns unsere sorgfältig aufgebauten Pläne.«

Ich sagte nichts, ich fühlte mich viel zu beschämt, um mich zu rechtfertigen, denn ich wußte, daß sein Mangel an Vertrauen durchaus gerechtfertigt war.

»Und vergiß nicht«, sagte er zu mir, während Mr. Charles schon in den Gang vorausging, »du mußt völlig still sein und genau tun, was ich dir sage. Ich weiß nicht, wieviel Charles dir gesagt hat, aber –«

»Alles, was er mit der Diskretion, wie er sagte, vereinbaren konnte.«

»Dann wirst du begreifen, wie wichtig es ist, daß unser Versuch, Vere eine Falle zu stellen, nicht gestört wird. Ich hoffe, ich kann damit rechnen, daß du nicht schreist, ganz gleich, was auch geschieht.«

Leise versprach ich, unter keinen Umständen irgendein Geräusch zu machen.

Darauf machten wir uns auf den Weg, und da Axel eine Kerze in der Hand hielt, deren Schein er mit der Hand abdeckte, konnte ich den Weg ohne Schwierigkeiten erkennen. Beim Treppenabsatz angelangt, blies er die Kerze aus und stellte sie auf den Boden.

»Bleib dicht hinter mir«, flüsterte er, »wir gehen jetzt hinunter. Wenn du Angst hast, mich im Dunkeln zu verlieren, dann halte dich an meinen Rockschößen fest.«

Ich mußte lächeln, aber das konnte Axel in der totalen Finsternis, in der wir uns befanden, natürlich nicht sehen. Langsam tasteten wir uns die Treppe hinunter, meine linke Hand war am Geländer, meine rechte hielt seine Rockschöße, und dann waren wir auch schon auf dem unteren Treppenabsatz, wo es mir heller vorkam als oben auf dem Dachboden, wahrscheinlich, weil es in diesem Stockwerk mehr Fenster gab. Ich konnte Umrisse und Ecken unterscheiden. Axel führte mich zu dem hohen Fenster auf der einen Seite des Treppenabsatzes, und wir verbargen uns hinter dem schweren Vorhang.

Dort warteten wir lange Zeit. Ich spürte, wie ich allmählich zu schwanken begann.

Axel neben mir erstarrte. »Wirst du etwa ohnmächtig?«

Kalt sah ich auf das bleiche Oval seines Gesichts neben mir. »Ich werde nie ohnmächtig.«

Wenn ich schwankte, dann kam das von der Aufregung und der Angst mehr als von dem langen Stillstehen. Ich lehnte mich mit dem Rücken ans Fenster, um wieder ruhiger zu werden; als ich mich wieder aufrichten wollte, spürte ich, wie sich Axel neben mir spannte. Ich folgte seinem Blick und spähte durch ein Loch im Vorhang vor uns. Was ich sah, ließ mich erschauern.

Eine Gestalt, in irgendein langes helles Gewand gehüllt, war eben lautlos aus dem dunklen Gang aufgetaucht und ging über die Treppe zur Halle hinunter, wo sie verschwand. Gedämpft erklang das Geräusch einer sich öffnenden und schließenden Tür.

Ich fragte mich schon, wohin die Gestalt verschwunden sein mochte, wagte aber nicht, das tiefe Schweigen mit einem Wort zu brechen. Wir warteten. Dann endlich ging irgendwo eine Tür auf, wurde wieder geschlossen, und im nächsten Moment tauchte die Gestalt wieder in der Halle auf und bewegte sich lautlos die Treppen herauf.

Mir war, als würde ich zu Stein. Mein Körper war völlig reglos, das einzige, was sich noch bewegte, war das Herz, das mit beunruhigender Gewalt gegen meine Rippen schlug. Ich konnte nichts anderes denken als: Hier ist ein Mörder auf der Suche nach seinem Opfer. Und die Person, die er umbringen will, bin ich.

Die Gestalt hatte wieder den Treppenabsatz erreicht. Nichts war zu hören außer unserem flachen Atem, während wir bewegungslos hinter den leicht geteilten Vorhängen verharrten. Einen Augenblick später war die Gestalt schon an uns vorbei und bewegte sich den Gang hinunter auf unsere Räume zu. Die Gestalt trug ein Gewehr, wie man es zur Jagd verwendet, ein Gewehr wie das, mit dem Robert Brandson getötet worden war.

»Folge mir.« Axels Anordnung war kaum lauter als ein Hauchen. »Aber keinen Laut.«

Geräuschlos bewegte er sich vorwärts.

Die Tür zu unseren Räumen war offen. Ich sah einen weißen Schatten ins Schlafzimmer huschen und einen Augenblick das Licht der einzigen Lampe, die am Fensterbrett brannte, verdekken. Es war ein mattes, trübes Licht. Und dann hob die weiße Gestalt vor meinen Augen das Gewehr und begann, mit dem Kolben auf den oder die Schlafende im Bett einzuschlagen.

Meine Hand flog zu meinem Mund, aber während ich noch vor Schreck wie gebannt dastand, sah ich, wie die Tür des Ankleidezimmers langsam aufging, und als Axel die Schwelle erreicht hatte, stand auch schon Charles Sherman ihm gegenüber im Zimmer.

Die weiße Gestalt hörte unvermittelt mit ihrem schrecklichen

Tun auf, da sie jetzt – ebenso wie ich – wohl plötzlich erkannt hatte, daß die im Bett liegende Figur nur eine Attrappe war.

Einen Augenblick schien die Zeit stillzustehen, niemand bewegte sich, und die Szene wirkte wie ein makabrer Scherenschnitt. Dann endlich sagte Axel erschüttert: »So warst du es also, die meinen Vater getötet hat, Alice.«

Sie schrie nicht. Auch als sie das Gewehr auf den Teppich fallen ließ, hörte man dabei keinen Laut. Sie machte eine Bewegung und schien über den Boden zu schweben. Ihr weißes Gewand wehte hinter ihr her, so daß es einen komischen Moment lang so aussah, als habe sich ein Kind als böses Gespenst verkleidet.

Beide Männer machten gleichzeitig einen Schritt auf sie zu, aber Alice war schneller. Ich sah, wie ihre Hand zur Kommode fuhr, ein Fläschchen ergriff, das dort vergessen hinter den kleinen Figuren stand, mit einer raschen Drehung ihrer kräftigen Finger den Verschluß abzog und das Fläschchen an die Lippen setzte.

Das war der Trank, den Dame Joan mir gegeben hatte, der Trank, den wir beide am Abend vorher in der Aufregung über Alexanders Ankunft vergessen hatten.

Während Axel auf sie zusprang, um ihr Einhalt zu gebieten, hatte sie das Fläschchen schon bis auf den Grund geleert und in den Kamin geworfen, und wir konnten nichts anderes mehr tun, als sie mit ungläubigem Entsetzen anzustarren. Sie aber lächelte. Doch dann wirkte das Gift plötzlich, und schreiend stürzte sie in den Tod, den sie mir zugedacht hatte. Nie zuvor hatte ich einen Menschen derartige Schreie ausstoßen hören, noch seinen Körper in solchen Krämpfen zucken sehen. Ich sah zu, vor Grauen starr, unfähig, mich zu bewegen – aber dann taumelte ich in einen Abgrund, und ich brauchte nichts mehr zu sehen. Zum ersten Mal in meinem Leben war ich ohnmächtig geworden.

8

»Sie hat den Trank natürlich ausgetauscht«, sagte Axel. »Von selbst hätte Dame Joan dir kein Gift gegeben. Und Alice wußte ja gar nicht, daß du an diesem Tag ihre Mutter besuchen würdest. Aber als ihre Mutter ihr später von dem Trank berichtete, da erkannte sie wohl sofort die Gelegenheit, dich loszuwerden, und tat statt des Kräutertranks Gift in das Fläschchen. Als du aber das Gift nicht nahmst, sondern weiterhin am Leben bliebst, beschloß sie wohl, dich zu erschlagen – besonders, nachdem sie den Inhalt deines Briefes an Alexander kannte und wußte, daß du Marys Geschichte glaubtest und von Rodrics Unschuld überzeugt warst. Du warst eine große Gefahr – nicht so sehr für Alice selbst als vielmehr für Vere, auf den der Verdacht als nächsten fiel. Daher mußtest du aus dem Weg geräumt werden, und zwar schnell, bevor du noch Gelegenheit hattest, deine verschiedenen Verdachtsmomente laut zu verkünden.«

Es war am Nachmittag des nächsten Tages, wir saßen in unserem Wohnzimmer. Draußen schien eine bleiche Novembersonne über die weite Ebene des Moors. Alice lag unten aufgebahrt, in dem gräßlichen gelben Frühstückszimmer, in dem auch Mary vor ihrem Begräbnis gelegen hatte, und Vere hatte sich noch immer bei ihr eingeschlossen, als könnten sein Schmerz und seine Klagen sie über den Tod hinaus erreichen.

»Ich hätte mir eigentlich denken können, daß Alice es getan hatte und nicht Vere«, sagte ich. »Wenn dein Vater getötet wurde, weil er damit gedroht hatte, Veres Beziehung zu Delancey anzuzeigen, dann konnte nicht Vere der Mörder gewesen sein, denn er wußte ja gar nicht, daß sein Vater die Wahrheit herausgefunden hatte. Als ich damals das Gespräch zwischen Vere und Alice belauschte, da war es ja Alice, nicht Vere, die wußte, daß Rodric die Anschuldigungen seines Vaters zurückgewiesen und Vere beschuldigt hatte, und Alice wußte auch, daß Mr. Brandson nahe daran war, Rodric Glauben zu schenken, obwohl er zunächst Rodric für den Missetäter gehalten hatte. Nachdem Alice Mary aus dem Salon gedrängt und so getan hatte, als würde sie selbst hinauf zu den Kindern gehen, schlüpfte sie wahrscheinlich wieder in den Salon zurück und belauschte den ganzen Streit. Dann wurde ihr natürlich klar, daß es nur einen Weg gab, um Vere zu retten: nämlich Mr. Brandson umzubringen, bevor er seine Drohungen in die Tat umsetzen konnte, und dann Rodric zum Sündenbock zu machen.«

»In mancher Hinsicht ist ihr das sehr gut gelungen«, bemerkte Axel trocken. »Rodric ließ nach dem Streit sein Gewehr in der Bibliothek – dort lag es und wartete nur darauf, daß sie sich seiner bediente, aber die Waffe würde natürlich nur Rodric belasten. Kaum war Rodric fort, da ging mein Vater hinauf, um Esther zu fragen, wieviel sie von der ganzen Sache wußte, und während er fort war, muß Alice in die Bibliothek geschlüpft sein und dort mit dem Gewehr in der Hand auf seine Rückkehr gewartet haben. Vielleicht lauerte sie hinter der Tür und schlug ihn auf den Kopf, als er hereinkam ... Diese Gewaltanwendung war es wahrscheinlich, die mich einen Mann als Schuldigen annehmen ließ. Mir wäre nicht im Traum eingefallen, daß ja auch Alice mit ihren breiten Schultern und starken Armen körperlich einer solchen Tat sehr wohl fähig war.«

Ich war eifrig damit beschäftigt, in meinem Geist die noch fehlenden Stücke zu einem Ganzen zusammenzusetzen. »Ned muß bald darauf aus den Ställen in die Halle gekommen sein«, überlegte ich. »Er sagte mir, daß er an die Tür der Bibliothek geklopft, aber keine Antwort bekommen hätte. Zu dieser Zeit war

Mary sicher auch schon wieder im Wohnzimmer, nachdem sie Rodric zu den Ställen nachgelaufen war... Esther war oben in ihren Räumen und –«, ich hielt inne und blickte errötend zur Seite.

»Und mein Vater fand mich bei ihr, als er nach diesem Streit mit Rodric hinaufgestürmt kam.« Ich spürte, daß auch Axel wegsah.

Ganz regungslos stand er jetzt da, wie in schmerzliche Erinnerungen versunken. »Ich habe mich niemals zuvor in meinem Leben so geschämt«, sagte er dann nach einer Pause. »Das hatte jedenfalls den Effekt, daß ich sofort wieder zu mir kam – aber bevor ich meinen Vater noch um Verzeihung bitten konnte, war er schon tot.«

Bitterkeit und Reue in seiner Stimme waren unüberhörbar. Ich wollte ihm aus der Verlegenheit helfen und sprach daher rasch weiter: »Axel, was ist aber dann mit Rodric geschehen? Ich nehme an, Alice hat auch ihn schließlich umgebracht?«

»Ja, natürlich. Er kam offenbar doch zum Haus zurück – gegen meinen strikten Rat, aber er war ja immer so ein Draufgänger –, um mit Vere abzurechnen, den er der Tat verdächtigte, und ihn zu einem Geständnis zu zwingen. Wahrscheinlich ging er zu Veres Räumen, fand dort aber nicht Vere, wie er gehofft hatte, sondern Alice, die ihn umbringen mußte, um die Fiktion aufrechtzuerhalten, daß Rodric der Mörder war, der sein gerechtes Ende im Moor gefunden hatte. Schließlich war es viel angenehmer, einen Toten als Sündenbock zu benutzen, als einen lebenden, sich wehrenden und noch dazu wirklich unschuldigen Mann! Ich nehme an, daß sie ihn völlig überrumpelt hat – du darfst nicht vergessen, daß Rodric Alice keineswegs im Verdacht hatte, so daß er auf einen Angriff nicht vorbereitet war.«

»Aber was tat sie denn mit der Leiche?«

»Ja, das war mir auch lange Zeit völlig unklar. Schließlich durchsuchte ich einmal den Dachboden gründlich und fand dabei eine große Ledertasche, die Alice oft dazu benutzt hatte, um ihrer Mutter Geschenke zu bringen. Ich fragte mich, warum Alice diese Tasche nicht länger benutzte – dann entdeckte ich, daß sie innen voller Blutflecke war. Nach weiterem Stöbern fand ich unter einem lockeren Bodenbrett ein altes Hackmesser aus der Küche, und jetzt begriff ich langsam, was passiert sein mußte. Aber auch dann konnte ich mir noch nicht vorstellen, daß Alice den Leichnam zerstückelt und ihn dann im Kräutergarten ihrer Mutter in Haraldsford vergraben haben könnte. Statt dessen nahm ich an, daß Vere die unbenutzte Tasche auf dem Dachboden gefunden und dann den zerstückelten Leichnam darin in irgendeinen abgelegenen Teil des Moors befördert hatte. Eine Frau hätte ich einer solchen Schlächterei einfach nicht für fähig gehalten. Als ich Hackmesser und Tasche gestern Charles Sherman zeigte, kam auch er nicht auf den Gedanken, jemand anderen als Vere zu verdächtigen. Wir alle haben Alice unterschätzt.«

»Also, Rodrics Leiche ist –« Bei der Vorstellung lief es mir kalt über den Rücken.

»Vielleicht ist er nicht in Dame Joans Kräutergarten begraben, aber ich werde der Polizei jedenfalls vorschlagen, zunächst dort zu suchen, und erst nachher im Moor. Alice konnte schließlich ihre Mutter besuchen, sooft sie nur wollte, ohne dabei den geringsten Verdacht zu erregen. Was wäre natürlicher, als daß eine Tochter ihre Mutter besucht? Das war der einfachste Ausweg für sie.«

Ich schauerte zusammen.

»Alice hat natürlich auch Marys Tod auf dem Gewissen, daran kann wohl kein Zweifel bestehen. An dem Morgen, als sie mit dem Kind ihre Mutter besuchte, hat sie sich wohl von dieser eine Giftphiole geben lassen und den Inhalt dann später in Marys Teetasse geleert. Es hätte mir einfallen müssen, daß Alice es war, die vorschlug, nach dem Dinner noch Tee zu trinken, und daß sie den Raum verlassen und den Tee selbst bestellt hatte, angeblich, um dem Diener die Mühe zu ersparen, in Wirklichkeit aber deshalb, um die Phiole aus ihrem Zimmer zu holen. Und ich hätte mich auch daran erinnern müssen, daß Alice den Tee einschenkte – aber nichts fiel mir auf, ich hatte meinen Verdacht zu sehr auf Vere konzentriert.«

»Ob Vere wohl den Brief gelesen hat, den du absichtlich in der Bibliothek liegengelassen hast?« fragte ich. »Wahrscheinlich hat er ihn gelesen und ist dann schleunigst zu Alice gegangen, um sie zu fragen, was er jetzt tun sollte.«

»Ja, so muß es gewesen sein«, stimmte Axel zu, »denn Alice war ein einfaches Landmädchen, das kaum lesen und schreiben konnte.«

»Aber dann begriff Vere vielleicht auch, daß sie die Schuldige war – vielleicht beschlossen sie sogar zusammen, mich umzubringen.«

»Nein, ich glaube nicht, daß Vere überhaupt darin verwickelt war. Ich habe mit ihm gesprochen, und ich bin überzeugt von seiner Unschuld. Alice weihte ihn nie in ihre Taten ein, denn sie hatte alle Hände voll zu tun, ihn zu beschützen: vor meinem Vater, vor Rodric, vor Mary und endlich vor dir.« Er stand auf, ging hinüber zum Fenster und starrte längere Zeit aufs Moor hinaus, bevor er schließlich herausbrachte: »Als ich dich nach Haraldsdyke brachte, rechnete ich überhaupt nicht damit, daß dir auch nur die geringste Gefahr drohen würde.« Er sah mich an und kam zu mir zurück. »Ich glaube auch jetzt noch, daß keine Gefahr für dich bestanden hätte, hättest du dich wie ein wohlerzogenes junges Mädchen benommen. Aber da du die Begabung hast, der Gefahr direkt in den Rachen zu laufen –«

Ich mußte lachen. »Nein, Axel, damit tust du mir unrecht! Ich war einfach neugierig und außerdem äußerst beunruhigt!«

»Und außerdem eine Quelle ständiger Sorge für mich, meine Liebe«, gab er zurück. »Doch sei dem, wie ihm wolle... wie ist es dir übrigens gelungen, aus dem versperrten Zimmer zu entkommen? Als ich dich bei Charles Sherman oben fand, da hätte ich dich aus reiner Verzweiflung am liebsten gleich selbst umgebracht!«

Schuldbewußt beschrieb ich meine Flucht.

»Wirklich, du erstaunst mich«, sagte er, und ich stellte mit Erleichterung fest, daß es nicht mehr zornig klang, sondern amüsiert. »Ich werde dich wohl nie mehr hinter Schloß und Riegel festhalten können.«

»Was hoffentlich auch nie wieder notwendig sein wird«, sagte ich.

»Verzeihst du mir, daß ich dich so oft getäuscht habe, daß ich dir keine Erklärungen geben konnte und daß ich dich, wie ich fürchte, mehr als einmal in Schrecken versetzte?«

»Was bleibt mir anderes übrig?« sagte ich kühl, entschlossen, ihn noch ein bißchen länger zappeln zu lassen. »Warum hattest du nicht mehr Vertrauen zu mir?«

»Hattest du denn Vertrauen zu mir?« gab er ernst zurück. »Was war ich denn anderes für dich als ein Fremder? Was band dich schon an mich? Könntest du aufrichtig sagen, mich genügend geliebt zu haben, um mir blindlings vertrauen zu können?«

Ich brachte es nicht über mich, ihm ins Gesicht zu sehen, sondern griff nach seiner Hand und starrte auf den Teppich. »Hast du denn erwartet, daß ich mich Hals über Kopf in dich verlieben würde?« sagte ich endlich. »Du hast mich auch nicht geliebt, für dich war ich einfach ein Kind und bin es sicher auch jetzt noch.«

Seine Hand umfaßte meine. »Das einzig Kindliche an dir ist deine Ahnungslosigkeit«, sagte er. »Wärest du nicht so ahnungslos, dann hättest du von Anfang an bemerkt, wie sehr ich mich zu dir hingezogen fühlte. Aber ich bemühte mich, dir nicht zu nahe zu kommen, denn deinen Fragen vor der Hochzeit hatte ich entnommen, daß der Gedanke an allzu große Intimität dir unangenehm war. Es war schließlich nichts anderes als eine Verstandesheirat, die dir gewisse Vorteile brachte und mir genauso. Mir lag daran, die Sache für dich so angenehm wie möglich zu machen, solange das wenigstens in meiner Macht stand.«

Meine Tränen in Claybury Park fielen mir ein, meine Einsamkeit und Verzweiflung.

»Ich dachte, du machtest dir nichts aus mir.«

»Ich machte mir mehr aus dir, als ich jemals für möglich gehalten hätte«, sagte er, »und sehr bald dachte ich überhaupt nur noch an dich. Als ich dich in Rye mit Ned fand, da erkannte ich, daß ich noch nie in meinem Leben einen Menschen so sehr geliebt hatte. Das Bittere daran aber war, daß ich mehr und mehr davon überzeugt war, daß du meine Gefühle nicht erwidertest. Mir schien, als würdest du viel zu oft und zu lang zu Ned hinsehen, und dann war da auch noch die Sache mit dem Kräutertrank –«

Ich wäre vor Scham am liebsten im Boden versunken. Meine Wangen brannten. »Hast du mich aus Dame Joans Haus kommen sehen?«

»Ja, und ich wußte auch sofort, warum du zu ihr gegangen warst.«

Unglücklich starrte ich auf seine Hand, die in meiner lag.

»Meine Liebe, wenn du wirklich meinst –«

»Ich meine gar nichts mehr«, sagte ich schnell, bemüht, ihn meine Tat so schnell wie möglich vergessen zu machen. »Das ist jetzt alles vorbei – ich will nie wieder etwas von diesem Trank hören.«

Er schwieg, wahrscheinlich überlegte er, ob dies wohl bedeute, daß ich etwas für ihn empfände – oder vielleicht nur ein Zeichen dafür war, daß ich diesen Zwischenfall so schnell wie möglich vergessen wollte.

»Das war nur, weil ich soviel Angst hatte«, sagte ich. »Angst vor dir, Angst vor dem Unbekannten, Angst vor der ganzen

Welt. Aber das ist jetzt alles vorbei, ich habe keine Angst mehr.«

Er schwieg noch immer, lockerte aber den Druck seiner Hand. Ich blickte auf, sah den verschleierten Ausdruck seiner Augen und sehnte mich danach, ihn für immer daraus bannen zu können.

»Ich wünschte, wir könnten von hier fortgehen«, stieß ich hervor. »Ich wünschte, wir müßten nicht hier bleiben. Ich bin sicher, daß ich aus Angst vor Alices Geist nie wieder in unserem Schlafzimmer schlafen kann. Und das Haus ist so finster und bedrückend, wenn der Winter kommt und die Nebel über dem Moor immer dichter werden. Ich hasse dieses Haus.«

»Ich hasse es auch«, sagte Axel zu meiner Überraschung. »Ich habe es immer gehaßt. Ich hatte nie die Absicht, für immer hier zu bleiben. Der einzige Grund für meine Rückkehr war, daß ich Rodrics Namen wieder reinwaschen und den Mörder meines Vaters der Gerechtigkeit übergeben wollte. Danach hatte ich vor, das Gut Stephen zu vermachen, Veres Sohn, und Vere und die Brüder Sherman mit der Verwaltung des Guts bis zu Stephens Volljährigkeit zu betrauen. Das bedeutet, daß Vere auf dem Gut leben und arbeiten kann, das ihm so viel bedeutet, während die beiden Shermans ihm bei den Ausgaben ein bißchen auf die Finger sehen. Und Vere wird glücklich sein in dem Bewußtsein, daß das Gut eines Tages seinem Sohn und Erben zufallen wird. Ich dachte, das wäre für alle die beste Lösung.«

»O ja!« rief ich und bemühte mich, meine Erleichterung nicht allzu deutlich zu zeigen. Aber dann fügte ich zögernd hinzu: »Aber wo werden wir dann leben? Was wird mit uns geschehen?«

Er lächelte mir zu, und ich sah, daß er meine Gedanken lesen konnte. »Ich bin zu dem Schluß gekommen«, sagte er leise, »daß du viel zu schön bist, als daß man dich auf dem Lande verstecken dürfte. Ich glaube, ich werde dich in mein Stadthaus in Wien führen, mein Herz, in die Stadt, die ich am meisten von allen liebe, und du wirst ein großartiges, aufsehenerregendes Debüt in der Wiener Gesellschaft haben.«

»Nun, das mag ja alles schön und gut sein«, sagte Alexander etwas nörgelnd, als ich ihm die Neuigkeiten mitteilte, »aber was ist mit mir? Wenn du in Wien bist, werde ich dich nicht in den Ferien besuchen können.«

»Deine Schulzeit ist ja bald zu Ende«, sagte ich tröstend, »und dann kommst du zu uns nach Wien auf Besuch.«

»Aber Wien... ich meine, das ist für uns doch eine ziemlich fremde Gegend, nicht? Bist du sicher, daß du dich dort wohl fühlen wirst?«

»Wir sind hier in England selbst mindestens so fremd wie Axel«, erinnerte ich ihn ärgerlich. »Du vergißt immer, daß wir von Mama her von jenseits des Kanals stammen. Außerdem, ich würde Axel überallhin folgen, und wenn er nach Amerika ginge. Ich würde rund um die Welt mit ihm reisen, wenn er das wollte!«

Alexander sah mich verwundert an. »Du bist wirklich sehr merkwürdig«, sagte er dann mit einem Seufzer. »Ich kann dich nicht verstehen. Demnächst wirst du noch behaupten, du hättest dich in deinen Mann verliebt...«

Vere war Axel dankbar, daß er Haraldsdyke auf Stephen überschreiben ließ, aber von den schweren Schicksalsschlägen blieb er lange Zeit wie betäubt, und noch wenigstens zehn Jahre nach Alices Tod waren unsere Besuche in Haraldsdyke immer eine sehr düstere, traurige Angelegenheit. Als Vere etwa fünfunddreißig war, verheiratete er sich noch einmal, und danach wurde die Atmosphäre in Haraldsdyke etwas freundlicher. Seine zweite Frau war eine angenehme Person, eine um wenige Jahre ältere Witwe, deren erster Mann bei einem Rechtsanwalt in Winchelsea gearbeitet hatte; Vere hatte offenbar eine unabänderliche Neigung zu Frauen geringeren Standes, wenn seine zweite Frau auch gesellschaftlich weit höher stand als Alice. Von Veres drei Kindern blieb einzig Stephen am Leben, er heiratete und zeugte Kinder, so daß die Familie weiterbestand; sein jüngerer Bruder starb noch als Kind an Diphtherie, und seine Schwester starb ein Jahr nach ihrer Verheiratung im Kindbett. Ich hatte den Eindruck, daß dieser Zweig der Familie vom Schicksal weit mehr verfolgt wurde als die anderen. Es war fast wie ein Fluch.

Ned ging nach Amerika und wurde dort unermeßlich reich. Er heiratete jedoch nie. Über Vere, dem er regelmäßig schrieb, bekamen wir Nachrichten von ihm, zweimal kam er auch nach England, aber da wir in Wien lebten, sahen wir ihn nie wieder.

Esther heiratete Charles Sherman und ließ sich in Rye nieder, wo es ihr sicherlich besser gefiel als auf Haraldsdyke, aber wahrscheinlich nicht viel besser. Sie gehörte zu jener Art von Frauen, denen das Leben es nie recht machen kann.

Rodrics Gebeine wurden tatsächlich in Dame Joans Kräutergarten gefunden, exhumiert und auf dem Kirchhof von Haraldsford christlich bestattet. Dame Joan bestritt, von seinem Tod auch nur das Geringste gewußt zu haben, aber natürlich glaubte ihr keiner. Wahrscheinlich hätten wir sie als Mitwisserin vor Gericht stellen können, aber mich hielt eine abergläubische Angst davor zurück, mich mit ihr einzulassen, und ich mußte feststellen, daß das auch allen anderen so ging. Immerhin brachten die Dorfleute von Haraldsford den Mut auf, sich vor ihrer Hütte zu versammeln und ihr zu drohen, diese niederzubrennen. Aber Dame Joan verjagte sie mit einem Besenstiel, worauf sie alle schleunigst Fersengeld gaben, aus Angst, von ihr mit irgendeinem schrecklichen Fluch belegt zu werden. Kurz nach diesem Vorfall verkündete Vere öffentlich, daß jeder, der Dame Joan wieder zu belästigen wage, sich vor dem Friedensrichter zu verantworten hätte, und darauf lebte Dame Joan wieder in ihrer alten Zurückgezogenheit.

Ich selbst litt darunter, daß Alexander uns während der ersten Jahre in Wien zwar oft schrieb, aber nie zu Besuch kam. Er hatte sich für eine politische Laufbahn entschieden, und da ausländische Beziehungen seiner Karriere nur schaden konnten, verwandte er die größte Mühe darauf, seine französische Herkunft sowie seine österreichischen Verwandten zu verleugnen. Doch am Ende nützte ihm das nicht viel, denn die Engländer schätzen Bastarde ohne respektablen Stammbaum genausowenig wie Ausländer überhaupt, so daß es Alexander schließlich doch nicht gelang, über seinen eigenen Schatten zu springen. Enttäuscht ging er schließlich in die Kolonien und ließ sich in Jamaika nieder, wo er sich mit viel Profit am Gewürzhandel beteiligte. Ich dachte manchmal an ihn, der so weit von mir entfernt lebte, in einem Heim, das ich nie gesehen hatte, aber mit den Jahren verblaßte meine Erinnerung an ihn, denn ich ging in meiner Familie, in meinem eigenen Leben ganz auf.

Nach einigen Jahren erbte Axel von einem entfernten Cousin nicht nur einen großen Besitz, sondern auch einen Titel, und unser neuer Rang öffnete uns die Türen in alle Schichten der österreichischen Gesellschaft, auch in jene, die uns früher verschlossen geblieben waren. Wien lag uns zu Füßen. Und was könnte ich über das heutige Wien schreiben, über diese glänzendste Stadt von ganz Europa, das nicht schon geschrieben worden wäre? Wien stieg auf zu brillanter Herrlichkeit, und ich durfte miterleben, wie jene wunderbaren Melodien mit ihrer verborgenen Trauer und sehnsüchtigen Schönheit die Welt eroberten. Mehr als alles andere schien der Walzer die neue Zeit in dieser einzigartigen Stadt zu symbolisieren, und die neue Zeit war meine Zeit, und ich war dabei, als sie begann.

Und doch – manchmal träume ich nicht von Wiens hinreißenden Bällen, sondern von einem anderen Land aus vergangener Zeit, dem Land des grünen Moors und der winkeligen, kopfsteingepflasterten Straßen, und plötzlich bin ich wieder auf der

Straße nach Haraldsdyke und zittere vor dem Augenblick, wo ich in diesen bedrückenden Mauern sein werde. Aber wenn sie in meinen Träumen immer näher zu rücken scheinen, greift der Nebel mit seinen langen weißen Fingern herauf vom Moor, und ich weiß dann, daß ich das Haraldsdyke meiner Erinnerungen nie mehr sehen werde, daß es für immer verborgen bleiben wird hinter den verschleierten Mauern der Zeit.

Der ungebetene Gast

Aus dem Englischen
von Hans E. Hausner

1. Kapitel

I

Marney hatte schon lange nicht mehr an die Zwillingsschwestern Conway gedacht. Er wußte, daß Karen, die ältere, in New York arbeitete und daß sie seinen Freund Neville weder formell um eine Scheidung ersucht noch seine Unterhaltszahlungen jemals, wenn auch nur mit einer Weihnachtskarte, dankend bestätigt hatte. Aber das lag alles weit zurück, war tot und begraben, und Marney würde sich nie Gedanken darüber gemacht haben, hätte er nicht festgestellt, während er jetzt am Fenster seines Hotelzimmers stand und auf den Central Park hinausblickte, daß Karen der einzige Mensch war, den er in der ganzen Stadt kannte.

Er hatte soeben einen erfolgreichen Arbeitsurlaub beendet – Vorlesungen an fünf kanadischen Universitäten –, einen Freund in Harvard besucht und war dann nach New York geflogen. Er sollte sich am nächsten Morgen nach England einschiffen, hatte nun aber einen freien Abend in Manhattan vor sich und wünschte schon, er wäre die Nacht über in Boston geblieben. Er hätte eine frühe Maschine nehmen können und noch genügend Zeit gehabt, um den Hafen zu erreichen und sich in Ruhe an Bord seines Schiffes zu begeben. In Boston wäre es zumindest kühler gewesen. Jenseits des Fensters und des mühsamen Summens der Klimaanlage schimmerte der Park im Hitzedunst eines Sommerabends. Selbst die Bäume, stellte Marney mit beruflichem Interesse fest, sahen schon so verbrannt aus wie das abgetretene, verdorrte Gras.

Marney richtete sein Augenmerk immer auf Bäume. Bäume waren sein Geschäft. Manchmal schien es ihm, als ob die Welt der Bäume und der natürlichen Vegetation der der menschlichen Ameisenhaufen, in der zu leben und zu arbeiten er gezwungen war, bei weitem vorzuziehen wäre. Marney hatte eine Abneigung gegen Städte, insbesondere gegen New York. Er hatte sich in Amerika nie wohl gefühlt. Gerade als er versuchte sich vorzustellen, wie es wohl sein würde, wenn er in New York leben und arbeiten müßte, war Karens Bild vor ihm aufgetaucht.

Fast gleichzeitig dachte er an ihre Zwillingsschwester Veronica Conway, doch wies er die Erinnerung an sie so schnell zurück, daß der Gedanke kaum mehr war als das sekundenlange Zucken eines Muskels, ein kurzer Atemzug, das Aufflackern einer verschwommenen Gefühlsregung, die er sogleich wieder in den fernsten Winkel seines Geistes verbannte. Er drehte sich um und hob den Telefonhörer ab, der auf dem Nachttischchen stand.

»Bitte?« meldete sich einen Augenblick später eine Stimme.

Er ließ sich mit dem Restaurant verbinden und bestellte einen Whisky. Dann aber fiel ihm ein, daß er sich als Ausländer in einer ihm fremden Sprache möglicherweise unkorrekt ausgedrückt hatte, und besserte seine Bestellung daher auf »Scotch on the rocks« aus. Es war schon recht mühsam in Amerika, dachte er und setzte sich aufs Bett. Und dachte an die friedliche Zurückgezogenheit seiner Wohnung am Fluß, nahe dem St. George's Square, an die milde Behaglichkeit seines Büros unweit des Birdcage Walk, an die Kneipe, wo er und Neville ihre Lunchbrote zu verzehren pflegten... Drei Jahre war es jetzt her, daß Karen Neville verlassen hatte und nach Amerika zurückgeflogen war. Sie hatte Nevilles Anwalt geschrieben, ihm ihre Adresse mitgeteilt und ihn darauf hingewiesen, daß sich weitere Unterhaltszahlungen erübrigten, da es ihr gelungen war, ihre alte Stellung bei einem der großen Frauenmagazine wiederzuerlangen. Trotzdem hatte Neville die Zuschüsse weiterhin auszahlen lassen. Typisch Neville, dachte Marney. Die Vorstellung, Karen könnte auch ohne ihn auskommen und würde nichts, nicht einmal Geld, von ihm brauchen, war ihm unerträglich. Lieber überwies er ihr die unerwünschten Beträge, als daß er die Tatsache ihrer Unabhängigkeit von ihm zur Kenntnis nahm.

Der Kellner brachte den bestellten Scotch on the rocks.

Nachdem er ausgetrunken hatte, stand Marney auf und ging wieder ans Fenster, um auf die Bäume hinunterzusehen. Eigentlich war es Zeit zum Dinner. Er wußte, daß die Amerikaner diese Mahlzeit schon relativ früh einnahmen, aber sein auf englische Eßgewohnheiten eingestellter Magen war nicht hungrig. Er beschloß, sich statt dessen einen zweiten Drink kommen zu lassen.

Er grübelte lange Zeit über diesem zweiten Scotch und fragte sich, was er nun anfangen sollte. Er kannte die Anzeichen und war viel zu klug, um sich, was seinen Gemütszustand betraf, in die Tasche zu lügen. Blieb er noch lange in diesem Hotelzimmer, würde er den ganzen Abend hier verbringen und sich schwer betrinken. Das tat er immer, wenn er an die Zwillingsschwestern Conway dachte. Er mußte hier raus, sagte er sich, mußte ausgehen, ein gutes Restaurant aufsuchen und, wer weiß, vielleicht eine charmante Gefährtin finden... Der Alkohol machte ihn wirklichkeitsfremd. Er war Mitte Vierzig, wirkte aber älter und besaß weder Nevilles gutes Aussehen noch seine Eleganz der Kleidung. Eine »charmante Gefährtin«, wie er sie sich vorstellte, ließ sich nicht an einem einzigen Abend mit dem Finger heranwinken.

Ganz plötzlich wurde ihm bewußt, daß er entsetzlich einsam war. Aufgrund dieser Erkenntnis bestellte er einen weiteren Drink und griff dann, bestürzt über seine Schwäche, nach dem Telefonbuch, wo er Karens Nummer zu suchen begann.

Er konnte sie nicht finden, und erst, als er anfing, an seinem dritten Scotch zu nippen, dachte er an die Möglichkeit, daß Karen wieder ihren Mädchennamen führen könnte. Er durchforstete die Conways und fand auch bald ihren Namen, Karen Conway, und ihre Adresse im Osten der Stadt. Einen Augenblick starrte er auf den Namen, während Erinnerungen seinen Geist trübten und zu betäuben drohten, bis er erkannte, daß er überhaupt nicht an die Zwillinge, sondern an seinen Freund, den von Karen verlassenen Neville Bennett, dachte.

Lange Zeit grübelte er über Neville nach. Schließlich nahm er den Hörer auf und gab der Vermittlung Karens Nummer. Er hörte das Signal, das lange, laute Summen, so verschieden vom sanften Schnurren eines englischen Telefons. Es surrte dreimal, bis sie den Hörer abnahm und er wieder die reizvolle, dunkle Stimme vernahm, die ihm so vertraut war. Sie hatte die gleiche Stimme wie Veronica – das einzige gemeinsame Merkmal der sonst so ungleichen Zwillinge.

»Hallo?«

»Karen?« Er sprach ihren Namen mit dem langgezogenen englischen ›a‹ aus, wie sie das in England gewohnt gewesen war, und erkannte sogleich an ihrem scharfen Atemholen, daß er sich verraten hatte. »Karen? Hier ist Marney.«

Es folgte eine kurze Stille. Dann sagte sie langsam: »Marney!« Aber er wußte nicht, ob sie sich freute oder den Anruf bedauerte.

Er stammelte eine Erklärung über seine Vorlesungsreise, und daß er schon morgen die Heimreise nach England antreten würde. »Ich – ich dachte mir... natürlich nur, wenn... Ich meine, hast du heute abend etwas vor? Ich dachte, wir könnten vielleicht zu Abend essen... Ich bin mir darüber klar, daß ich –«

»Nein«, erwiderte sie, »ich habe nichts vor.«

»Also – dann – vielleicht...« Er fühlte sich erröten. »Würdest du mit mir zu Abend essen wollen?«

»Das wäre sehr nett«, antwortete sie. Ihre Stimme klang immer noch gewinnend, aber ebenso bewußt ausdruckslos wie die abgedroschene Formel, mit der sie seine Einladung angenommen hatte. »Vielen Dank.«

»Dann komme ich also in dein Stockwerk hinauf, um dich abzuholen«, sagte er, verbesserte aber sogleich wieder seinen sprachlichen Fehler: »In deine Wohnung, meine ich. Komme ich zu früh, wenn ich in einer halben Stunde bei dir bin?«

»Nein, bis dahin bin ich fertig.« Er merkte eine leichte Veränderung in ihrer Stimme, die ihm ein Ausdruck ihres Erstaunens über seinen unerwarteten Anruf zu sein schien. »Das – das ist wirklich eine Überraschung, Marney. Du mußt mir verzeihen, wenn ich ein wenig verwirrt bin... Wie geht es denn allen lieben Menschen in England?«

»Gut, gut...« Er war ganz sicher, daß sie nach Neville fragen würde. So sicher war er, daß ihre Frage, als sie kam, ihn völlig aus der Fassung brachte.

»Wie geht es Veronica?« wollte sie wissen.

Ein Schweigen trat ein.

Der Hörer wäre seinen feuchten Händen entglitten, hätte er ihn nicht so fest umklammert, daß seine Fingerknöchel ihn schmerzten. »Veronica?« fragte er nach einer langen Pause.

»Ist sie denn nicht mehr in England?«

»Veronica? In England?« Er versuchte, sich zusammenzureißen. »Willst du damit sagen, daß sie nicht nach Amerika zurückgekommen ist?«

Wieder Schweigen. Dann: »Seit dem Tag, da ich von Neville fortgegangen bin, habe ich sie nicht mehr gesehen«, antwortete Karen. »Ich nahm an, sie wäre in England geblieben.«

»Wir dachten alle, sie wäre nach Amerika zurückgefahren.«

»Heißt das, daß in den letzten drei Jahren niemand sie gesehen oder von ihr gehört hat?«

»Wir nicht. Und du?«

»Nein, natürlich nicht. Ich glaubte...« Sie unterbrach sich. »Aber das ist doch unverständlich! Wo in aller Welt kann sie nur sein?«

Und erst an diesem Tag, mehr als drei Jahre nach ihrem Verschwinden, begann man Veronica Conway zu vermissen.

2

Seit dem Tag, da sie sich entschlossen hatte, nicht mehr an Neville Bennett zu denken, hatte Karen versucht, auch nicht an ihre Zwillingsschwester Veronica zu denken. Als sie jetzt nach ihrem Gespräch mit Marney den Hörer auflegte, stellte sie fest, daß ihre Erinnerung an diese zwei Menschen auch heute, nach drei Jahren, kaum weniger schmerzhaft war. Diese Entdeckung war so unerfreulich und so intensiv, daß sie eine lange Weile regungslos sitzen blieb, bevor sie sich von der Couch erhob, um sich eine Zigarette zu holen.

Natürlich hatte sie hin und wieder an Veronica gedacht. Sie war nie so töricht gewesen anzunehmen, daß sie sie aus ihren Gedanken verbannen konnte. Eine Schwester, noch dazu eine Zwillingsschwester, ließ sich nicht so einfach vergessen. Aber ihr Entschluß, sie nie wiederzusehen, stand fest. Sie hatte Veronica in England zurückgelassen; sollte sie nur dort bleiben, hatte sie damals gedacht. Was machte es schon aus? Es kümmerte sie nicht mehr, was Veronica tat oder zu tun gedachte. Sie wollte nur fort und versuchen, die Fäden ihres alten Lebens wiederaufzunehmen, das sie nach ihrer Begegnung mit Neville Bennett so bereitwillig aufgegeben hatte.

Aber sie wollte nicht an Neville denken. Noch nicht. Es war schmerzlich genug, an Veronica denken zu müssen, denken und sich erinnern zu müssen...

Sie fand eine Zigarette, zündete sie an und versuchte, sich auf die Gegenwart zu konzentrieren. Sie mußte fertig sein, wenn Marney in einer halben Stunde kam, sie abzuholen. Es war nett von ihm, sie angerufen zu haben. Marney war immer ein lieber Kerl gewesen. Damals hatte sie ihn recht gern gehabt.

Sie eilte in ihr Schlafzimmer, suchte sich etwas zum Anziehen für den Abend heraus, legte ihre Straßenkleidung ab und entfernte ihr Make-up, um es frisch aufzutragen. Sie hatte wirklich nicht viel Zeit. Sie arbeitete schnell und geschickt, und die vertrauten Bewegungen halfen ihr, ihre immer noch verwirrten Gedanken zu ordnen. Schließlich war sie rechtzeitig fertig, während Marney noch auf sich warten ließ. Sie zündete sich wieder eine Zigarette an und überließ sich, gegen ihren Willen, der Erinnerung an Neville.

Neville Bennett. Sie war gleichzeitig amüsiert und überrascht gewesen, als sie ihn zum ersten Mal gesehen hatte. Es war auf einer Party in einem schicken Apartment nicht weit vom Washington Square gewesen; eine Freundin hatte einen Dozenten von der Universität geheiratet. »Liebste«, hatte ihre Freundin ihr über das lärmende Cocktail-Gewimmel hin zugerufen, »ein phantastischer Mann... Du *mußt* ihn kennenlernen... Ein englischer Professor – Botanik... interessiert sich nur für Bäume... reizend...« Karen hatte erwartet, einen weißhaarigen, gebückten Gelehrten zu Gesicht zu bekommen. Sie hatte sich umgedreht und war unmittelbar vor den ganzen sechs Fuß Charme und Grazie und offen eingestandener sexueller Neugier gestanden, die von Neville Bennett ausgingen.

Er war achtunddreißig und Witwer. Seine Frau war vor zwei Jahren, kurz nach der Geburt ihres Sohnes, bei einem Verkehrsunfall ums Leben gekommen, und weil er nur selten von ihr sprach, hatte Karen angenommen, daß ihn der Verlust immer noch schmerzte. Tatsächlich aber, wie sie später entdeckte, war es ein Schuldgefühl und nicht Leid, das ihn zu schweigen veranlaßte. Die scheue, stille, zurückhaltende Frau, die er in dem Glauben geheiratet hatte, die Verbindung zweier so entgegengesetzter Charaktere würde sich als beständig erweisen, war ihm langweilig geworden. Er hatte sein Bestes getan, sich diese Langeweile nicht anmerken zu lassen, aber es war ihm immer schwerer gefallen. Er hatte sich, der Wahrheit die Ehre, große Mühe gegeben, ein guter Ehemann zu sein, und sah sich, zumindest teilweise, für seine Mühe belohnt, als ihm ein Sohn geboren wurde. Zu seiner Überraschung war er von dem Baby so fasziniert gewesen, so gefesselt von der Anmut und Hilflosigkeit seines Kindes, daß sich seine Gefühle gegenüber der jungen Mutter automatisch neu erwärmten. Doch bevor er noch die Chance hatte, einen neuen Anfang für seine Ehe zu finden, wurde sie auf einer Londoner Straßenkreuzung niedergestoßen und starb noch auf dem Weg ins Krankenhaus. Dieses abrupte Ende seiner Ehe war allein schon schmerzlich genug, doch noch schmerzlicher war es, daß er sich jetzt schuldig fühlte, weil er seine Frau bis zur Ankunft des Babys als lästig empfunden hatte. Ihm war, als hätte das Schicksal ihn der Möglichkeit beraubt, ein neues Blatt aufzuschlagen, und ihn statt dessen genötigt, sich mit einer Handvoll guter Absichten zu begnügen. Die Monate vergingen, und er sprach immer weniger von seiner Frau. Zur Zeit, da er Karen kennenlernte, erwähnte er seine Ehe schon so selten, daß sie ihn lange Zeit für einen Junggesellen hielt.

Und er hatte sich auch wie ein Junggeselle benommen. Karen hatte sehr bald heraus, daß Neville sein neues Leben als freier Mann damals schon so sehr genoß, daß es sehr schwierig sein würde, ihn dazu zu überreden, seinen Status ein zweites Mal zu verändern. Karen aber war reif genug, um zu wissen, wie sie ihre Möglichkeiten am besten nutzte, und nach vielen bangen Augenblicken, nach mehreren ebenso ärgerlichen wie aufregenden Verzögerungen und mehr als einer Gelegenheit, da sie wünschte, sie wäre ihm niemals begegnet, flog sie schließlich doch nach England, um ihn zu heiraten.

Sie heirateten in der Savoy-Kapelle in London, und Marney war Brautführer. Nevilles unverheiratete Schwester Leonie, die ihm seit dem Tod seiner ersten Frau in Cambridge das Haus geführt hatte, empfing Karen höflich. Das Kind, noch kaum mehr als ein Baby, schloß sie begeistert ins Herz. Veronica hatte es nicht einmal der Mühe wert gefunden, ihr ein Glückwunschtelegramm zu schicken. Sie lebte zu jener Zeit noch in Hollywood, wo sie sich darauf konzentrierte, bei Premieren fotografiert zu werden und sich mit »nützlichen« Leuten zu treffen. Als einziges Mitglied von Karens Familie hatte ihr Bruder Thomas, der damals in Paris ansässig war, der Zeremonie beigewohnt. Karens andere Brüder, die allesamt in Minnesota auf ihren Höfen saßen und Mädchen aus der Gegend geheiratet hatten, betrachteten Thomas als das schwarze Schaf der Familie. Er verbrachte seine Zeit damit, sich die Welt zu besehen. Um seine Reisen zu finanzieren, arbeitete er zeitweilig als Schauspieler oder Statist.

Ob Thomas wohl in diesen drei Jahren von Veronica gehört hat? fragte sich Karen, während sie an diesem Abend auf Marney wartete. Sehr unwahrscheinlich, da sowohl Veronica als auch Thomas schon seit langem die Gewohnheit angenommen hatten, über lange Zeitspannen hinweg zu verschwinden, ohne der Familie in Minnesota, geschweige denn einander, irgendwelche Nachricht zukommen zu lassen. Da sie aber beide am Rande des Show-Geschäfts lebten, war es allerdings möglich, daß Thomas über die Gerüchtebörse der Theater- und Filmwelt etwas gehört hatte.

Zufällig besaß sie seine jetzige Adresse. Er hatte ihr vor einer Woche eine Glückwunschkarte zu ihrem Geburtstag aus Rom geschickt.

»Wir filmen hier einen Monsterschinken«, hatte er auf die Karte gekritzelt. »Sie haben wieder einmal ein Bibelepos ausgegraben. Was täten die Drehbuchautoren wohl ohne die Bibel? Ich habe eine Rolle in einer Orgien-Szene nach Sodom-und-Gomorrha-Art. Ich muß mich auf einen Diwan hinfläzen, mit einer Hühnerkeule herumspielen und lüstern nach einem italienischen Sklavenmädchen schielen. Sehr gute Gage, und das Sklavenmädchen ist auch nicht schlecht. Ich bin bis zum 20. hier – schreib mir doch ein paar Zeilen, wenn Du Zeit hast.«

Thomas hatte Neville nie gemocht. Sie erinnerte sich an Thomas' Ankunft in England und seine erste Begegnung mit seinem neuen Schwager.

»Der setzt kein Moos an«, hatte Neville sich geäußert. Sein Ton war nicht geringschätzig, aber Karen wußte, daß er es so meinte. Neville, durch und durch ein Erfolgsmensch, hatte nicht viel übrig für Leute, die er als Versager ansah.

»Der ist mit allen Salben geschmiert«, meinte Thomas, als sie allein waren. »Ein Industriekapitän, aber kein Professor. Bist du glücklich?«

Ein wenig verärgert versicherte sie ihm, daß sie glücklich war. Neville hatte damals seine Lehrtätigkeit bereits aufgegeben und seine Arbeit für die Regierung in London begonnen. Er hatte in Richmond ein herrliches Haus gekauft, und Karen war mit ihrem neuen Zuhause und ihrem kleinen, zweieinhalbjährigen Stiefsohn beschäftigt. Das Kind war noch sehr zart, und man mochte wohl glauben, daß es bei seiner Geburt so winzige Gliedmaßen gehabt hatte, daß sein Vater von ihm meinte, es wäre nicht größer als eine Prise Schnupftabak gewesen. Dieser Vergleich fand ein weites Echo, und so blieb dem Kleinen auch nach der Taufe der auf »Schnupf« verkürzte Kosenamen erhalten.

Kurz nach Schnupfs viertem Geburtstag war Veronica nach England gekommen. Karen hatte sich schon seit einigen Monaten Sorgen um ihre Ehe gemacht, doch war es ihr bisher stets gelungen, sich selbst zu überzeugen, daß sie sich grundlos sorgte. Obwohl es durchaus den Anschein hatte, als ob Neville, wenn sie Partys besuchten, mehr Vergnügen als üblich daran fand, mit attraktiven Frauen zu plaudern, redete sie dich doch ein, daß nur ihre allzu blühende Phantasie sie dazu verführte, Verdächtigungen anzustellen, wo es nichts und niemanden zu verdächtigen gab. Und dann war plötzlich Veronica da, und ihr Argwohn nahm so ungeheure Ausmaße an, daß schließlich nichts anderes übrig blieb, als den Beweis dafür zu erbringen, daß ihr Verdacht zu Recht bestanden hatte...

»Dieses Miststück!« hatte Thomas mit gewohnter Offenheit gepoltert, aber nicht alle teilten seine Meinung. Neville zum Beispiel hatte sofort an Veronica Gefallen gefunden. Sie lauschte seinen Worten mit geziemender Bewunderung, und wie alle Männer liebte es auch Neville, bewundert zu werden. Marney verhielt sich schweigsam und reserviert. Veronicas schamlose Weiblichkeit hatte ihn eingeschüchtert, wenngleich Karen vermutete, daß er für Veronica tiefere Gefühle hegte, als er zuzugeben bereit war. Nevilles Schwester Leonie nahm von Anfang an eine mißbilligende Haltung ein. Jedenfalls erkannte Karen sehr bald, daß sich ihr Verhältnis zu ihrem Gatten jetzt wesentlich schneller verschlechterte als bisher...

In der Küche ertönte der Summer. Mit schmerzlichem Ruck in die Gegenwart zurückgerufen, ging sie ans Haustelefon.

»Ein Dr. West wünscht Sie zu sprechen, Ma'am«, meldete sich der Portier aus der Eingangshalle.

»Lassen Sie ihn heraufkommen.«

Sie hatte Marney seit damals nicht mehr gesehen. Ob er sich sehr verändert hatte?

Die Türglocke läutete, und nach einem letzten Blick in den Spiegel ging sie, um ihm zu öffnen.

Er hatte sich nicht verändert. Und es war Marneys Anblick, der die alte Sehnsucht nach Neville wieder in ihr wachrief, und sie erkannte mit von Hoffnungslosigkeit geprägtem Entsetzen, daß sie ihn immer noch liebte.

3

Sie aßen in der Tower Suite und gingen anschließend auf ein paar Drinks ins Plaza. Sie hatten von Neville gesprochen, von Nevilles Schwester Leonie und von Schnupf. Anscheinend führte Leonie Neville wieder das Haus und kümmerte sich auch um das Kind. »Neville hat ein ›Mews House‹ gemietet, eine umgebaute, ehemalige Stallung... ganz reizend... in einer Seitenstraße der Kensington High Street...« Sie sprachen von Marneys Arbeit und von dem Zufall, der vor Jahren dazu geführt hatte, daß er und Neville als Berater ein und desselben, im Besitz der Regierung stehenden Konzerns tätig gewesen waren. »Ich unterhalte immer noch Verbindungen zur Uni und wünsche mir oft, ich hätte das Lehrfach nicht aufgegeben, aber Neville ist in seinem Element. Er fühlt sich in seiner jetzigen Stellung wesentlich wohler als früher mit den Studenten...« Sie sprachen von Karens Arbeitsgebiet, von New York und London, von Tagesereignissen und gemeinsamen Bekannten, und als es nichts und niemanden mehr zu bereden gab, sagte Karen: »Eine komische Sache ist das mit Veronica.«

Fast schien es, als hätte er darauf gewartet, daß sie das Thema anschneiden würde. Sie sah, wie seine Züge sich entspannten; vermutlich war er froh, daß sie sich nicht scheute, Veronicas Namen auszusprechen.

»Haben deine Eltern in den ganzen drei Jahren nichts von ihr gehört?«

»Ganz sicher nicht. Ich besuche sie jedes Jahr am Thanksgiving Day, und es war nie die Rede von ihr. Sie hat ihnen sehr weh getan, als sie seinerzeit ohne ersichtlichen Grund die Beziehungen zu ihnen abbrach. Und meine Brüder – die in Minnesota, weißt du? – haben ihren Namen nie erwähnt.«

»Und dein Bruder Thomas?«

»Ich habe schon daran gedacht, ihm zu schreiben und ihn zu fragen, ob er etwas gehört hat. Möglich ist es ja, daß er weiß, wo sie steckt.«

»Hast du ihn denn bis jetzt nie gefragt?«

»Seit der Geschichte mit Veronica vor drei Jahren habe ich ihn nicht mehr gesehen. Überdies ist er ein schlechter Briefpartner.

Ich habe ein paarmal mit ihm telefoniert, aber immer nur Ferngespräche, und da reichte die Zeit nicht für mehr, als daß wir einander gegenseitig versicherten, keine Nachrichten von Veronica zu haben. Daß aus der Sache mit Neville nichts geworden war, wußte ich, denn Neville schrieb mir, um mich davon in Kenntnis zu setzen, aber ich weiß nicht, wo sie dann hin ist. Um ganz ehrlich zu sein, ich wollte es auch gar nicht wissen. Ich wollte nicht einmal mit Thomas über sie reden.«

Es entstand eine Pause. Marney nahm einen Schluck von seinem Benediktiner.

»In seinem Brief«, fuhr Karen leichthin fort, »erwähnte Neville, daß sie nicht mehr lange im Haus blieb, nachdem ich abgereist war.«

»Sie ging noch am gleichen Tag.«

»War Neville sehr traurig?«

»Neville hatte damals wohl schon genug von ihr«, antwortete Marney in nüchternem Ton. »Ich glaube, er war mehr erleichtert als betrübt, als er feststellte, daß sie sich abgesetzt und ihre Kleider mitgenommen hatte.«

Karen spürte eine gewisse Unsicherheit an Marney. »Aber wann ging sie denn fort?«

»Das wußte keiner mit Sicherheit zu sagen. Es muß wohl gewesen sein, als du verschwunden warst und Neville überall nach dir suchte. Zu diesem Zeitpunkt war sie wohl allein im Haus. Während Neville unterwegs war, muß Veronica ihre Koffer gepackt, über den See gerudert und einen vorbeikommenden Wagen angehalten haben. Eines der beiden Boote wurde später am anderen Ufer gefunden, was für diese Theorie sprechen würde.«

Karen schwieg. Sie spürte kein Verlangen, sich die Vergangenheit ins Gedächtnis zurückzurufen, doch gegen ihren Willen erinnerte sie sich jetzt an die verschiedenen Vorkommnisse, die schließlich zum letzten großen Eklat geführt hatten. Sie sah Veronica in London, sah sie, wie sie im Haus in Richmond mit Neville flirtete, sah ihren Bruder Thomas, der unerwartet aus dem Ausland angereist gekommen war und ihr auf taktvolle Weise näherzubringen versuchte, was rund um sie vorging – als ob sie blind gewesen wäre und es nicht selbst gesehen hätte! Der arme Thomas! Es war ihm so peinlich gewesen... Und wie sie dann dahintergekommen war, daß es sich bei Veronicas Flugticket für ein Wochenende in Paris in Wirklichkeit um eine Schnellzugkarte nach Schottland handelte, wo Neville im Hochland dringend zu tun hatte. Sie erinnerte sich, wie sie Veronica ein paar Stunden später nachgefahren war, wie Thomas ohne ihr Wissen das gleiche getan hatte, und wie sie sich in dem kleinen Hotel Kildoun getroffen hatten. Sie erinnerte sich an die umständliche Fahrt in dem gemieteten Ruderboot über den See bis hin zu dem kleinen Haus, wo Neville sich für gewöhnlich aufhielt, wenn er in Schottland zu tun hatte... dort hatten sie ihn mit Veronica gefunden. Ungeachtet der Tatsache, daß sie gewußt hatte, was sie erwartete, war der Schock dieser Konfrontation doch so groß gewesen, daß Karen kaum ein Wort an die beiden verloren hatte. Ohne zu überlegen, war sie blind aus dem Haus gestürmt, hinaus aufs Moor. Sie hatte sich in den Forstkulturen verirrt, auf den dunklen Anbauflächen der Pflanzung F, und als Neville sie drei Stunden später fand, hatte sie darauf bestanden, unverzüglich ins Försterhaus gebracht zu werden. Von dort hatte sie Thomas in Kildoun angerufen und ihn gebeten, sie sofort abholen zu kommen. Er kam, und sie reisten zusammen ab. Und seitdem hatte sie weder Neville noch Veronica wiedergesehen.

»...mir leid«, sagte Marney verlegen. »Vielleicht unterhalten wir uns besser über etwas anderes.«

»Nein, nein. Es macht mir nichts aus, nach so langer Zeit darüber zu reden.« Sie zündete sich mit ruhiger Hand eine Zigarette an. »Ich war nur etwas verwundert, daß Veronica das Haus – und Neville – so plötzlich verlassen hat und auf und davon ist. Es scheint mir irgendwie sonderbar, so gar nicht ihre Art.«

»Es mag wohl sonderbar gewesen sein«, sagte Marney. »Aber damals kam ganz einfach niemand auf die Idee, etwas Mysteriöses in der Sache zu sehen. Dazu waren wir alle viel zu froh, sie los zu sein, und viel zu bestürzt über das Vorgefallene. Das war der Grund, warum wir ihre übereilte Abreise hinnahmen und sie in keiner Weise in Zweifel zogen.«

»Ja... ja, das kann ich verstehen... Neville hat wohl seitdem auch nichts mehr von ihr gehört...?«

Er zögerte. »Ich bezweifle es.«

Sie überlegte einen Augenblick, wie weit Neville ihn ins Vertrauen gezogen haben mochte.

Sie hatte es immer eigenartig gefunden, daß Neville und er so gute Freunde waren. Marney war ihr immer als typischer Junggeselle erschienen, als Asket, während Neville...

»Ich war überrascht, daß Neville nie eine Scheidung angestrebt hat und wieder heiraten wollte«, hörte sie sich sagen und bedauerte sofort, es ausgesprochen zu haben. Der Champagner beim Dinner und dann der Likör schienen ihre Zunge gelöst zu haben.

»So?« meinte Marney. »Man könnte, was deine Person angeht, beinahe das gleiche sagen.« Sie stellte mit Erleichterung fest, daß der Alkohol auch ihn dazu gebracht hatte, seine Zurückhaltung ein wenig aufzugeben, als er hinzufügte: »Warum hast *du* denn nicht wieder geheiratet? Eine Frau wie du sollte verheiratet sein. Hast du nie daran gedacht, dich von Neville scheiden zu lassen?«

»Doch, ich habe daran gedacht.«

»Und hast dich dafür entschieden, ihm verbunden zu bleiben?«

»Es gab keinen anderen, den ich hätte heiraten mögen. Und mir graute vor dem Gedanken, die Räder einer Scheidungsprozedur in Bewegung zu setzen.«

»Ich hoffe, du bist nicht mehr in ihn verliebt«, sagte Marney und leerte sein Glas. Sie sah jetzt, daß er viel betrunkener war, als sie geglaubt hatte. »Immer verknallen sich die Weiber in Neville... Ein großer Fehler... Wenigstens hat er das Kind gern. Das ist schon was wert... Ich bin froh, daß er das Kind gern hat.«

»Ja. Neville war Schnupf sehr zugetan – und ich auch.« Sie seufzte. »Wie gern würde ich Schnupf wiedersehen! Ich habe so oft an ihn gedacht.«

»Das glaube ich dir gern.« Er zögerte, bevor er hinzufügte: »Noch ein Glas?«

»Nein, Marney, danke. Es war ein wunderschöner Abend. Ich habe mich so gefreut, dich wiederzusehen...«

Er begleitete sie nach Hause. Sie schwankte, ob sie ihn noch auf einen Kaffee in die Wohnung bitten sollte, aber er löste das Problem für sie, indem er ihre Hand in die seine nahm und ihr für den so angenehm verbrachten Abend dankte. »Ich hoffe, es wird nicht allzu lange dauern, bis ich dich wiedersehe«, sagte er, beugte sich zu ihrem Erstaunen vor und küßte sie linkisch auf die Wange. »Auf Wiedersehen, Karen. Gott segne dich.«

Fort war er, seine Schritte verhallten im Gang, und sie stand allein in der Einsamkeit ihrer Wohnung.

Sie entkleidete sich, ging zu Bett und lag lange Zeit wach. Als sie schließlich merkte, daß an Schlaf nicht zu denken war, stand sie auf und schrieb zwei Briefe: den ersten an ihren Bruder Thomas in Rom und den zweiten an ihre Freundin und frühere Zimmergenossin Melissa Fleming, die jetzt in London lebte. Sie fragte bei Melissa an, ob sie, falls sie sich in naher Zukunft zu einer Englandreise entschließen sollte, bei ihr wohnen könnte.

4

Melissa Fleming war Engländerin, hatte aber zwei Jahre in New York gearbeitet und dort Karen kennengelernt, bevor Karen Neville begegnet war. Ein Jahr hatten sie ein Apartment am Gramercy Park miteinander geteilt, obwohl sie keine dicken Freundinnen gewesen waren. Karen aber war ein Mensch, der praktisch mit jedem gut auskam, während Melissa, die aus wirtschaftlichen Gründen eine Stubenkameradin suchte, sehr bald erkannte, daß sie in Karen eine der wenigen Frauen gefunden hatte, mit der sie unter Umständen glaubte zusammenleben zu können. Im großen und ganzen schätzte Melissa den Umgang mit ihren eigenen Geschlechtsgenossinnen nicht. Da Karen damals fremd in New York war, kannte sie nur wenige Leute; sie war bereit, an Melissa Gefallen zu finden, und Melissa war bereit, an ihr Gefallen zu finden. Während beide bemüht waren, soweit wie möglich ihr eigenes Leben zu leben, nahm ihre Freundschaft mehrere Monate lang einen geruhsamen Fortgang. Bis Neville auf dem Schauplatz erschien und Melissa erkennen mußte, daß Karen ihn mehr interessierte als sie.

Melissa bildete sich eine Menge auf ihren Sex-Appeal ein; die Vorstellung, zweite Geige spielen zu müssen, war durchaus nicht nach ihrem Geschmack.

Doch noch bevor die Freundschaft der zerstörerischen Einwirkung eifersüchtiger Regungen zum Opfer fiel, reisten erst Neville und dann auch Karen nach England, und Melissa fand sich mit der Tatsache ab, daß Neville für sie unerreichbar war. Die auf so unerwartete Weise vor dem Tode bewahrte Freundschaft setzte – postalisch – neue Blüten an, da Melissa in New York zurückblieb und Karen sich als Mrs. Bennett viertausend Meilen weit entfernt von ihr niederließ. In der Folge machte Melissa eine ansehnliche Erbschaft, die sie veranlaßte, nach England zurückzukehren und dort einen Laden aufzumachen. Mittlerweile aber hatte Karen Neville verlassen und sich nach Amerika geflüchtet, so daß nun abermals die ganze Weite des Atlantischen Ozeans zwischen ihnen lag. Allmählich schrumpfte ihr Briefwechsel zusammen, und ihre Freundschaft nahm nominalen Charakter an. Am Ende wurde Melissa, die ganz in ihrem neuen Geschäft aufging, die Mühe des Schreibens zuviel.

Melissa war Modezeichnerin. Sie hatte in großen Salons gearbeitet, besaß natürliche Begabung und viel Geschäftssinn. Sie legte die Erbschaft in einer Boutique in Knightsbridge an, und weil sie darauf eingestellt war, die richtigen Freundschaften zu pflegen, und weil sie über gewisse wertvolle Kontakte aus den Tagen verfügte, da sie die richtigen Schulen besucht hatte, gelang es ihr bald, die richtige Kundschaft für sich zu gewinnen. Seit fast zwei Jahren schon ging die Boutique ausgezeichnet, und Melissa bewohnte ein modernes, exquisit eingerichtetes, teures Apartment oberhalb ihres Ladens. Sie war unverheiratet. Ihr einziger Ausflug ins Eheglück war ein jugendlicher Irrtum gewesen, über den sie Stillschweigen bewahrte.

Als Karens Brief eintraf, empfand sie zuerst ein leises Schuldgefühl, weil sie ihr schon seit vielen Monaten nicht geschrieben und sich mehr oder minder entschlossen hatte, jeden Kontakt mit ihr abzubrechen. Schließlich und endlich, rechtfertigte sie sich, konnte man ja nicht mit aller Welt befreundet sein. Überdies gehörte Karen der Vergangenheit an, und Melissa war zu sehr mit Gegenwart und Zukunft beschäftigt, um Zeit für sentimentale Erinnerungen erübrigen zu können.

Sie öffnete den Brief und erlitt einen Schock. Es wäre ihr nicht im Traum eingefallen, daß Karen nach London zurückkommen könnte, um das Kind zu sehen, obwohl das, wie Melissa sich eingestehen mußte, eine völlig natürliche Sache war. Karen war ihrem kleinen Stiefsohn schon immer außerordentlich zugetan gewesen, schon allein darum, weil sie selbst kein Kind hatte.

Sie senkte ihren Blick wieder auf den Brief. Karen fragte ganz offen, ob sie bei ihr wohnen könnte. Das konnte sehr unangenehm werden – nun, »unangenehm« war vielleicht ein zu starkes Wort, aber daß sich möglicherweise eine peinliche Situation ergeben würde, war nicht auszuschließen...

Mit leichtem Stirnrunzeln griff Melissa nach dem weißen Telefon und wählte die Nummer von Neville Bennett, mit dem sie, wie es nun einmal so geht, zur Zeit gerade ein Verhältnis hatte.

5

Leonie Bennett, die jetzt als Nevilles Haushälterin fungierte, war nur zwei Jahre älter als ihr Bruder, sah aber so aus und benahm sich, als wäre sie die »ältere Schwester«, deren kleiner Bruder all ihrer Pflege und Aufmerksamkeit bedurfte. Ihre Eltern hatten ihr ein großes Vermögen hinterlassen und sie so der Notwendigkeit enthoben, sich ihren Lebensunterhalt verdienen zu müssen. Statt dessen hatte sie ihre Zeit damit verbracht, ihren Lieblingsbeschäftigungen in freier Luft, Gartenpflege und Golf, nachzugehen oder aber in ihrem Londoner Klub endlos Rubber Bridge zu spielen. Ausgenommen die achtzehn Monate, die Neville mit Karen verheiratet gewesen war, hatte sie sich, praktisch seit seiner Geburt, um ihren kleinen Neffen kümmern und ihre gesellschaftlichen Verpflichtungen dementsprechend einschränken müssen. Mit der Bestellung eines Schweizer Kindermädchens, als das Baby noch sehr klein war, hatte sich ihre Lage um einiges gebessert. Nun, da der Junge zur Schule ging, konnte sie wieder tun und lassen, was ihr beliebte. Es machte ihr Freude, den Haushalt zu führen, und noch mehr Vergnügen, ihren Bruder so großzügig wie möglich zu verwöhnen, aber eines fehlte ihr: ein Garten. Blumenkästen waren nur ein schäbiger Ersatz, und im kleinen Hinterhof des »Mews House« blühte nichts Richtiges, obwohl sie mehrmals versuchte hatte, in Kübeln Rosen zu pflanzen. Trotz dieses Mangels war sie zufrieden. Sie war ihrem Bruder sehr zugetan und hatte das Kind zweifellos nur wegen Neville so liebgewonnen. Sie hatte sich früher für Kinder nie sonderlich interessiert und auch für Karens innige Beziehung zu Nevilles Sohn kein Verständnis aufgebracht.

Sie wurde ebenso unerwartet wie unsanft an Karen erinnert, als sie nicht einen, sondern gleich zwei Briefe aus Amerika auf der Fußmatte entdeckte, nachdem Neville am Morgen ins Büro gegangen war. Sie hatte Schnupf zur Schule gebracht und war eben nach Hause zurückgekehrt, als der Postbote die Briefe einwarf.

Sie ging hin, um sie aufzuheben, und sah sofort die amerikanischen Marken.

Ein Brief war für Neville, der andere für das Kind.

Leonie stand still, von Neugierde verzehrt. Sie wußte sehr gut, daß Karen Neville seit ihrer Abreise vor drei Jahren nicht mehr geschrieben hatte. Was mochte sie ihm jetzt wohl zu sagen haben? Sie dachte ernstlich daran, Nevilles Brief mit Dampf zu behandeln und ihn dann wieder zu verschließen, tat es aber nicht, weil sie ganz sicher war, daß Neville ihr auf die Schliche kommen würde. Er war ja so klug. Nachdem sie eine weitere halbe Stunde vor Neugier gekocht hatte, kam ihr der rettende Gedanke. Das Kind würde nichts merken. Sie würde den Brief an Schnupf öffnen.

Fünf Minuten später, den offenen Brief in der Hand, wählte sie mit zitternden Fingern die Nummer von Nevilles Büro.

6

Der Junge besuchte das französische Lycée ganz in der Nähe und war schon so weit, daß er die französische Sprache einigermaßen beherrschte. Er war ja auch bereits zu dem Schluß gekommen, daß der Kosename Schnupf eine jener von den Erwachsenen so geschätzten Albernheiten darstellte, die ihm das Leben mit den anderen Kindern schwermachte, und hatte sich daher einen extravaganten französischen Namen zugelegt, den er seinem früheren Schweizer Kindermädchen verdankte. Seinen wirklichen Vornamen – Neville – gebrauchte er nur ungern. Neville war ein ganz besonderer Name mit einer ganz besonderen Bedeutung und viel zu unantastbar für den täglichen Gebrauch.

Wie üblich holte ihn Tante Leonie auch an diesem Nachmittag von der Schule ab, um ihn unter ihrer persönlichen Obhut nach Hause zu bringen. Er begann auch dies schon als ein weiteres Beispiel jener für die Erwachsenen typischen Albernheiten anzusehen, aber Erfahrung hatte ihn gelehrt, daß seine Tante leicht aus der Fassung geriet, und er wußte sich etwas Besseres, als eine neue emotionelle Krise heraufzubeschwören.

»Guten Tag, Tante«, begrüßte er sie höflich, als er auf sie zutrat, und vergaß auch nicht, dabei zu lächeln. Lächelte er nicht, würde sie annehmen, er sei krank, und sich Sorgen machen.

Die Tante machte sich über alles Sorgen. Man hätte ihr gar nicht lang zureden müssen, und sie würde sich über die Tatsache Sorgen gemacht haben, daß kein Anlaß bestand, sich über etwas Sorgen zu machen.

»Schnupf, Liebster…« Mit größtem Widerwillen ließ er es geschehen, daß sie ihn in Sicht seiner Schulkameraden in die Arme schloß. Er machte sich sehr energisch gleich wieder los und hoffte, keiner hätte es gesehen.

Die Tante war groß, zu groß für eine Frau, eher mager, ohne

irgendwelche Rundungen, und hatte ein dunkles, knochiges Gesicht mit Zähnen und einer Nase.

»Liebling, ich habe eine ganz große Überraschung für dich. Aber du darfst dich nicht aufregen. Es ist wirklich eine große Neuigkeit.« Ihre Stimme klang um eine Nuance höher als sonst; er sah sie mißtrauisch an. »Es betrifft deine Stiefmutter – Tante Karen.«

»Ach ja?«

Nervös zwirnte sie ihre Handschuhe. »Du weißt ja, daß sie vor drei Jahren ins Ausland gefahren ist.«

»Ja, natürlich. Sie lebt in New York.« Sollte einer Tante Leonie verstehen! Hatte sie vergessen, daß Tante Karen ihm regelmäßig schrieb und ihm zum Geburtstag und zu Weihnachten wunderschöne Geschenke schickte? Schon seit langem konnte er die Briefe ganz allein lesen.

»Sie hat Vati geschrieben«, sprudelte die Tante hervor, »und dir auch, ich habe den Brief aufgemacht, damit ich ihn dir gleich vorlesen kann, wenn du nach Hause kommst.« Und als Schnupf den Mund aufmachte, um einzuwenden, daß er seine Briefe gern allein öffnete, sagte sie schnell: »Sie kommt nach London und bleibt eine Weile hier.«

Das war eine so überraschende Neuigkeit, daß er sogar vergaß, zornig zu werden. »Wirklich? Meinst du, sie kommt bald?«

»Ja, bald. Sie möchte dich wiedersehen, Liebling.«

Schnupf fand daran nichts Ungewöhnliches. »Weiß Vati schon, daß sie kommt? Hat er seinen Brief schon gelesen?«

»Ich habe ihn im Büro angerufen, aber er war ausgegangen. Ich habe ihm eine Nachricht hinterlassen.«

»Bei Onkel Marney?«

Die Tante schien verblüfft. Sie rief häufig im Büro an und verlangte Neville zu sprechen, auch wenn sie wußte, daß Neville nicht da war. Schnupf war das schon aufgefallen, bevor er noch zur Schule ging, aber wahrscheinlich wußte die Tante nicht, daß er es gemerkt hatte. Er hatte sich immer gewundert, warum sie nicht Marney verlangte, wenn ihr daran lag, mit ihm zu sprechen.

»Das ist ja auch richtig so, nicht wahr?« meinte er versöhnlich. »Onkel Marney wird es ihm ausrichten.«

»Ja, ja«, sagte die Tante. Es klang ein wenig zerstreut. »Marney wird es ihm ausrichten.«

7

Das Mittagessen im Atheneum mit einem schottischen Landbesitzer, der sich für neue Methoden der Aufforstung interessierte, hatte sich übermäßig lang hingezogen. Es war fast drei Uhr, als Neville ins Büro zurückkam. Da er auch den größten Teil des Vormittags unterwegs gewesen war, überraschte es ihn nicht, eine lange Liste von seitdem eingegangenen Anrufen auf seinem Schreibtisch vorzufinden.

»Ihre Schwester rief zweimal an«, berichtete ihm seine Sekretärin. »Das erste Mal habe ich sie mit Dr. West verbunden, beim zweiten Mal bat sie nur um Ihren Rückruf. Dr. West möchte übrigens auch mit Ihnen sprechen. Miß Fleming rief zweimal an; einmal vormittags und dann eben jetzt...«

Melissa. Was sie wohl von ihm wollte? Hoffentlich lag es nicht in ihrer Absicht, Schwierigkeiten zu machen oder peinliche Szenen zu provozieren. Er war bemüht, sich allmählich zurückzuziehen und die Gefühlsbindungen, die einmal zwischen ihnen bestanden hatten, mit viel Takt und diplomatischem Geschick zu lösen. Sie schien dies so widerspruchlos hinzunehmen, daß er annehmen zu können glaubte, der Wunsch, ihr Verhältnis zu beenden, beruhe auf Gegenseitigkeit. Ganz sicher war das natürlich nicht; vielleicht war es sicherer, damit zu rechnen, daß sie ihm eine Szene machen würde, wenn sich ihr eine passende Gelegenheit bot.

»Verbinden Sie mich mit Marney, bitte«, wies er zerstreut seine Sekretärin an. Er beschloß, der lästigen Pflicht, Melissa zurückzurufen, erst später Genüge zu tun. Er legte seinen Regenmantel ab, schüttelte das Wasser aus seinem Schirm in den eleganten Kamin und richtete sich vor dem altmodisch-viktorianischen Spiegel seine dunkle Krawatte.

O Eitelkeit! dachte sich die Sekretärin.

»Dr. West? Augenblick, bitte. Professor Bennett ist jetzt hier.«

Neville nahm ihr den Hörer ab. »Danke... Marney?«

Es war still und friedlich im Raum. Nur der Regen schlug gegen die Scheiben und trübte die Aussicht auf den St. James' Park. Die Sekretärin verließ das Zimmer. Sie schloß leise die Tür hinter sich, aber Neville hörte es nicht.

Plötzlich hörte er auch den Regen nicht mehr, der an die Fenster klatschte. Noch ruhten seine Augen auf den schwankenden Baumwipfeln unten im Park, aber er sah sie nicht. Er befand sich in einem anderen Land, in einer längst vergangenen Zeit, und Lampen leuchteten in einem Zimmer eines kleinen Hauses im Hochland, lange Schatten verschleierten ein Gesicht, das wiederzusehen er nicht mehr gehofft hatte, draußen war es noch hell, und der geheimnisvoll glitzernde See erinnerte an dunkles Glas.

»Wir reden später weiter, Marney. Ich habe ein Gespräch in der anderen Leitung...«

Er knallte den Hörer auf die Gabel und hielt ihn sekundenlang fest. Sehr bedächtig schlüpfte er dann wieder in seinen Regenmantel, griff nach dem Schirm und verließ das Büro, ohne seine Sekretärin darauf aufmerksam zu machen, daß er heute nicht mehr zurückkommen würde.

8

In einem Hotel in Rom, nicht weit von der Via Veneto, überreichte der Portier einem dort wohnhaften jungen amerikanischen Schauspieler einen Brief mit einer amerikanischen Marke. Briefe aus der Heimat waren eine seltene Freude für Thomas Conway. Er steckte ihn in die Tasche, schlenderte zur nächstgelegenen Sitzterrasse eines Kaffeehauses und nahm an einem der sonnenbeschienenen Tische Platz. Mit einem Cappuccino vor sich öffnete er den Umschlag und las den Brief. Zehn Minuten später war er wieder in seinem Hotel und schrieb die Antwort.

»Danke für Deine lieben Zeilen«, schrieb er mit seiner eigenwilligen, künstlerischen Handschrift. »Es war schön, wieder einmal von Dir zu hören – nur schade, daß ich kein Wort verstanden habe! Was erzählst Du da von Veronica? Ich kann Dir nicht folgen. Ob ich glaube, daß mit ihr was passiert ist? Klar ist mit ihr was passiert! Sie ist Scheich Dingsbums neunhundertste Frau geworden oder sie amüsiert sich in Rio de Janeiro mit Matrosen oder sie malt die Dekorationen für ein stinkfeines Puff in Bel-Air. Wen interessiert das schon? Ich wünschte, Du würdest einmal aufhören, Dich um sie zu sorgen. Laß sie doch bleiben, wo der Pfeffer wächst! Du sagst, es sieht so aus, als ob sie Neville übel mitgespielt hätte. Prima! Es war schon Zeit, daß ihm jemand eins auf den Deckel gegeben hat. Ich finde Deine Idee, nach Europa zu kommen, ausgezeichnet, und wenn ich Glück habe, kann ich es so einrichten, daß ich Dich in England besuche. Vergiß ja nicht, mir rechtzeitig Bescheid zu geben, wann Du fliegst. A propos: ich weiß nicht, ob es in Deiner Absicht liegt, Dich mit Neville auszusöhnen, aber an Deiner Stelle würde ich mir das noch gut überlegen. Es geht mich natürlich nichts an, aber ich kann nur sagen, daß ein Mann, der um eines Abenteuers mit Veronica willen Dich aufgibt, eine harte Strafe verdient – aber keine

Belohnung in Form einer Versöhnung mit Dir. Sei auf der Hut und laß Dich von dem Süßholzraspler nicht einseifen. Und mach Dir keine Sorgen über Deine Schwester. Was macht es schon aus, wenn man sie seit drei Jahren nicht gesehen hat? Ihretwegen hat sich noch keiner gramerfüllt an die Brust geschlagen. Auf bald! Alles Liebe, Thomas.«

2. Kapitel

I

Nachdem Neville das Büro verlassen hatte, ging er durch den St. James' Park, am Buckingham-Palast vorbei, über die Mall, quer durch den Green Park zum Piccadilly. Es hatte aufgehört zu regnen; es war ein nicht unfreundlicher Abend. Der St. James' Park war ein Meer von Blüten, und die Schönheit des saftigen Rasens und der dicht belaubten Bäume beruhigte seine Nerven. Im Ritz angelangt, trank er zwei doppelte Whiskys, worauf er sich fast wieder wohl fühlte. Schließlich bestieg er ein Taxi und stand schon eine Viertelstunde später vor der Tür seines Hauses in den »Adam and Eve Mews«. Der Brief mit der amerikanischen Marke lag auf dem Tischchen in der Halle.

Leonie kam aus der Küche. »Neville –«

»Ja, ja, ein Brief von Karen. Ich habe ihn schon gesehen.« Er wußte, daß es gereizt klang, aber das war nichts Ungewöhnliches: er hielt seine Schwester für eine aufreizende Person und hatte schon vor geraumer Zeit den Entschluß gefaßt, sich wegen seines Tones keine Gewissensbisse zu machen. Wäre das Kind nicht gewesen, er hätte sie niemals als seine Haushälterin walten lassen, aber ihm lag vor allem daran, Schnupf ein Mindestmaß an normaler Häuslichkeit zu bieten, auch wenn – oder gerade weil – er ihm, durch seine eigene Dummheit, Karen genommen hatte.

»Schnupf hat die Neuigkeit ganz ruhig aufgenommen«, teilte Leonie ihm mit. »Ganz ruhig.«

»Warum auch nicht?« Er riß den Umschlag auf und entfloh ins Wohnzimmer. »Verzeih, wenn ich etwas brummig bin, aber ich hatte einen ziemlich schweren Tag.«

»Natürlich, mein Lieber – dafür habe ich volles Verständnis.«

»Ist das Essen fertig?«

Damit war er sie los. Sie eilte in die Küche. Er schloß die Wohnzimmertür und faltete das dünne Luftpostpapier auseinander.

»Lieber Neville«, las er und empfand es schmerzlich, daß sie ein Wort der Zuneigung verwendete, ohne ihm Bedeutung zu geben, »ich habe mich entschlossen, dieses Jahr meinen Urlaub in Europa zu verbringen, und hoffe, auch ein paar Tage in London bei Melissa verleben zu können. Ich habe für den Achtzehnten gebucht, und ich freue mich schon darauf, Schnupf wiederzusehen. Ich werde mich nach meiner Ankunft mit Dir in Verbindung setzen. Karen.«

Er empfand weder Trauer noch Bitterkeit, noch Zorn. Was er fühlte, war Enttäuschung. Er zerriß den Brief in kleine Stücke und ließ sie in einen Aschenbecher fallen. Um sicherzugehen, daß Leonie sie nicht wieder zusammensetzte, zündete er sie an.

Er sah das Papier brennen, als das Telefon läutete.

Er nahm den Hörer ab. »Hallo?«

»Neville –«

Melissa. Die Zunge klebte ihm am Gaumen.

»Melissa, ich kann jetzt nicht mit dir sprechen. Ich ruf' dich später zurück.« Er legte den Hörer auf und wandte sich erleichtert ab, doch das Telefon klingelte gleich wieder. Ärgerlich griff er nach dem Hörer. »Hör mal, Melissa –«

»Mußt du dich so kindisch aufführen?« unterbrach sie ihn.

Er hätte aufgehängt, aber es war ihm zuwider, kritisiert zu werden und sich selbst der Möglichkeit zu berauben, einen Anwurf zurückzuweisen.

»Ich bin nicht kindisch!« protestierte er gereizt. »Es tut mir leid, daß ich so kurz angebunden war, aber –«

»Kurz angebunden! Ich würde einen kräftigeren Ausdruck wählen! Es ist an der Zeit, dir darüber klar zu werden, daß ich –«

Er seufzte. Er sah den vorgezeichneten Weg, die durch nichts aus der Welt zu schaffende Unvermeidlichkeit von Verwöhnung, Flehen, Schmeicheln und Besänftigen, und fühlte sich überfordert. Vor gar nicht so langer Zeit war sie ihm attraktiv erschienen, einen legitimen Versuch wert, einen unersetzlichen Menschen zu ersetzen, doch jetzt war aller Zauber dahin, und sein Interesse hatte sich zu Gleichgültigkeit gewandelt.

»Ich habe es absolut satt, wie du mich manchmal behandelst. Manchmal frage ich mich, ob ich dir überhaupt etwas bedeute...«

Er kannte das alles. Er kannte es so gut, daß er sich nicht einmal die Mühe machte, ein Gähnen zu ersticken, doch als er dann an Karen dachte, wurde sein Überdruß zu einem bohrenden Schmerz. Wie konnte er nur in Melissa einen Ersatz für sie gesehen haben? Er mußte wahnsinnig gewesen sein. Er konnte sich nur schwer eine Frau vorstellen, die weniger dazu geeignet gewesen wäre.

»Gott sei Dank, daß du nie in der Lage warst, mich zu heiraten«, kreischte sie. »Wenigstens dieser Irrtum ist mir erspart geblieben...«

Auch das hatte er schon mehr als einmal gehört. Es bedeutete, daß Melissa zwar stets das Gegenteil behauptete, in Wirklichkeit aber zu irgendeinem Zeitpunkt ihrer Beziehungen insgeheim die Hoffnung gehegt hatte, von ihm geheiratet zu werden.

»Ich kann mich nicht erinnern, dir je einen Antrag gemacht zu haben«, entgegnete er kalt.

»Du hast wiederholt angedeutet, du würdest dich scheiden...«

»Nun ja, ich habe daran gedacht.«

»...lassen, und wenn du dann frei wärst –«

»So etwas habe ich nie gesagt.«

»Du hast mir zu verstehen gegeben –«

»Du hast meine Worte auf deine Weise interpretiert.«

Sie gebrauchte ein Schimpfwort und hängte auf.

Er zuckte die Achseln. In einer halben Stunde würde sie zurückrufen. Das tat sie immer. Ein Liebhaber, der sie wütend machte, war immer noch besser als gar keiner.

Er dachte wieder an Karen. Die Erinnerung war plötzlich so klar, daß er zusammenzuckte. »Ich wollte, ich hätte dich nicht geheiratet«, hatte sie gesagt. »Du eignest dich eben nicht für die Ehe.« Dann war sie gegangen. Leichtsinnig, nicht sehr besorgt, hatte er gedacht: Sie kommt schon wieder. Sie muß ja wiederkommen. Sie wird sich beruhigen und sich darüber klar werden, daß selbst ein fremdgehender Ehemann besser als gar keiner ist.

Aber sie war nicht zurückgekommen. Sie war in ein Flugzeug nach Amerika gestiegen, und er hatte sie nie wiedergesehen.

Das ganze schreckliche Geschehen stand jetzt lebendig vor seinem geistigen Auge: die Schande, zugeben zu müssen, daß er seine schöne, reizende Frau so niederträchtig behandelt hatte, daß sie jegliche Verbindung zu ihm abbrach, das demoralisierende Gefühl, in seinem Privatleben versagt zu haben, und, am schlimmsten von allem, der Schmerz – ein Gefühl, das er nie zuvor empfunden oder zu empfinden erwartet hatte – der bohrende Schmerz über einen entsetzlichen Verlust. Wie hatte er sie vermißt! Er konnte nicht schlafen, nicht essen und nicht arbeiten. Er war unglücklich und verzweifelt und gewann mit beschämender Eindringlichkeit die Überzeugung, daß er zeit seines Lebens gar nicht gewußt hatte, was Liebe bedeutet – bis jetzt, da er die eine, die er liebte, verloren hatte. Am Ende hatte er seinen Stolz hinuntergeschluckt, er, Neville Bennett, dem es bis jetzt nicht im Traum eingefallen wäre, sich vor einer Frau zu erniedrigen! –, ihr geschrieben und sie angefleht, wieder nach Hause zu kommen. Nach sechs Stunden, in deren Verlauf er fünf Konzepte, weil unbefriedigend, verwarf, hatte er den Brief fertiggestellt. Er schickte ihn ab und wartete hoffnungsvoll auf eine ermutigende Nachricht.

Sie hatte ihm nie geantwortet.

Dann hatte er versucht, sich zu ermannen, sich mit der Lage abzufinden. Er hatte sie verloren, hatte sein – und ihr – Leben verpfuscht, aber es wäre töricht und unrealistisch gewesen, noch weiter auf ein Wunder zu hoffen, das nie geschehen würde. Er hatte sich entschlossen, sein Leben neu einzurichten und in einer Weise zu verändern, daß ihn möglichst wenig an die Vergangenheit erinnerte. Er verkaufte das Haus in Richmond, in das sie eingezogen waren, nachdem er seine Lehrtätigkeit beendet und begonnen hatte, an Projekten des Forstwesens für die Regierung zu arbeiten. Er wollte nicht mehr in Richmond leben. Statt dessen hatte er das Haus in den »Adam and Eve Mews« gemietet, Abmachungen mit Leonie getroffen, denen zufolge sie ihre Tätigkeit als Haushälterin wieder aufnahm, und die Gesellschaft anderer Frauen gesucht, die ihm helfen sollten zu vergessen, was geschehen war...

Dazu noch das Kind, das immerzu wissen wollte, warum Karen fortgegangen war und wann sie wiederkommen würde, und so Neville jeden Tag von neuem daran erinnerte, wieviel er verloren hatte – trotz aller seiner wirkungslosen Bemühungen, darüber hinwegzukommen.

Die Tür öffnete sich.

»Vati?« Es war Schnupfs Schlafenszeit. Im Pyjama, das Gesicht sauber gewaschen, ein angriffslustiges Haarbüschel über der Stirn, schwenkte er ein schmieriges Stück Papier. »Tante Karen hat mir ganz allein einen Brief geschrieben, obwohl jetzt noch nicht Weihnachten ist und ich auch nicht Geburtstag habe. Sie kommt nächste Woche und geht mit mir in den Zoo und ins Wachsfigurenkabinett von Madame Tussaud, und sie kauft mir bei Harrods ein Fahrrad –«

»Darf ich sehen?«

Der Junge gab ihm den Brief und strahlte ihn überglücklich an. »Ist das nicht schön?«

»Mein lieber Schnupf«, las Neville. »Ich werde Dich sehr bald besuchen kommen, schon am kommenden Mittwoch, und ich freue mich so sehr, Dich wiederzusehen, daß ich es kaum erwarten kann. Denke inzwischen gut nach, wo Du überall hingehen möchtest. Ich glaube mich zu erinnern, daß Du mir in dem Brief vorige Weihnachten, bei dem Tante Leonie Dir geholfen hat, geschrieben hast, der Zoo und die Wachsfiguren hätten Dir so gut gefallen... Wenn Du willst, können wir wieder hingehen. Wünschst Du Dir immer noch das Fahrrad? Wenn ja, können wir zu Harrods, oder in irgendeinen anderen Laden gehen, und Du kannst Dir eines aussuchen. Ich sehne mich nach Dir, Schnupf. Alles Liebe...«

»Ist das nicht schön?« wiederholte der Junge.

Neville riß sich zusammen. »Sehr schön!« Er lächelte seinen Sohn an und fuhr ihm zärtlich über das Haar. »Ich wußte nicht, daß du dir ein Fahrrad gewünscht hast. Warum hast du mir nichts gesagt? Wenn ich es gewußt hätte, ich wäre selbst mit dir zu Harrods gegangen und hätte dir das schönste Fahrrad in ganz London gekauft.«

Nachdem er über eine diplomatische Antwort auf diese Eröffnung seines Vaters nachgedacht hatte, regte Schnupf an, daß Neville und Karen zusammen zu Harrods gehen könnten, um das beste Fahrrad für ihn auszusuchen. »Das würde dann doppelt so schön sein«, erklärte er, »weil es ein Geschenk von euch beiden und nicht nur von einem wäre. Würdest du mit Tante Karen zu Harrods gehen, Vati?«

»Vielleicht. Ja, wenn du gern möchtest.« Wieder lächelte er seinem Sohn zu, aber seine Gedanken wanderten zu seiner Ehe zurück. Wie schon so oft, überkam ihn auch jetzt das quälende Gefühl, versagt zu haben. Der Gedanke an den heutigen Streit mit Melissa trug auch nicht dazu bei, seine Stimmung zu verbessern. Während Schnupf sich ins Kinderzimmer verzog, verspürte Neville den dringenden Wunsch, Marney zu sehen, der seit einem Vierteljahrhundert sein Freund und der einzige Mensch war, der sich nie änderte, und auf den er sich verlassen konnte. Sie waren einander mit achtzehn Jahren im ersten Semester in Cambridge begegnet und Freunde geblieben, obwohl Neville alle seine Freunde stets überstrahlt hatte – auf akademischem Boden wie auch auf dem gesellschaftlichen Parkett.

Leonie rief zum Essen.

Schade, dachte Neville, während er ins Speisezimmer ging, schade, daß Leonie nicht Marney geheiratet hatte. Allerdings: Marney war vor Frauen immer auf der Hut gewesen; kein Wunder, daß er sein Junggesellendasein nie aufgegeben hatte. Er hatte Veronica von Anfang an durchschaut. Neville entsann sich seiner Worte: »Laß sie in Frieden, fang nichts mit ihr an, das ist nichts für dich ... Karen ist zehn Veronicas wert – hundert Veronicas ...« Marney hatte alles mögliche unternommen, um sein Interesse von Veronica abzulenken, aber Neville war taub und uneinsichtig geblieben.

»Ich nehme an, Karen will zu dir zurückkommen«, bemerkte Leonie mit verkniffenem Mund, während sie ihm Roastbeef und Yorkshire-Pudding vorlegte. »Wahrscheinlich hat sie das Alleinsein satt.«

»Das bezweifle ich.« Er begriff, daß sie sich bereits über die Gefahr, von Karen verdrängt zu werden, Sorgen machte. Wäre Nevilles wohlerzogene, damenhafte, sehr englische erste Frau die mögliche Usurpatorin gewesen, Leonie würde ihre Stellung im Haushalt – die sie hoch einschätzte – zwar widerwillig, aber doch in guter Haltung preisgegeben haben. Andererseits mußte sie der Gedanke, Karen könnte sich Besitzrechte anmaßen, zutiefst beunruhigen. Ausländern gegenüber aus Prinzip mißtrauisch gesinnt, hatte sie Karen nie voll als Familienmitglied akzeptiert und auch nie so ganz ihre Meinung revidiert, wonach Karen eine hübsche Abenteuerin war, die Neville auf ebenso geschickte wie schamlose Weise zum Altar hin manipuliert hatte.

»Jetzt sollen wir ihr wohl auch noch dankbar sein, daß sie sich die Mühe nimmt und Schnupf besuchen kommt«, sagte sie in säuerlichem Ton. »Er war so traurig, als sie fortging, der arme Junge. Ich fand es schon immer unverzeihlich, wie sie da einfach abreiste, ohne auf die Gefühle des Kindes die mindeste Rücksicht zu nehmen.«

»Er ist nicht ihr Kind.«

»Schon, schon, aber sie hat sich aufgeführt, als ob sie seine Mutter wäre!« Leonie bewahrte bittere Erinnerungen an die Zeit, da Schnupf sich von ihr abgewandt und Karen ins Herz geschlossen hatte. »Sie hat das arme Kind ganz verrückt gemacht. Das war nicht fair.«

»Daß sie Schnupf Lebewohl sagen mußte, das fiel ihr damals vor drei Jahren gewiß am schwersten«, entgegnete Neville mit Bedacht. »Da bin ich ganz sicher. Aber da sie sich nun einmal entschlossen hatte, mich zu verlassen, blieb ihr nichts anderes übrig, als auch ihn zurückzulassen. Sie hatte keinen Anspruch auf ihn. Sie konnte ihn nicht mitnehmen.«

»Das hätte ja auch noch gefehlt!« rief Leonie und fügte mit unmißverständlicher Schärfe hinzu: »Du bist immer so bereit, für sie einzutreten – du bist zu großmütig, Neville! Worauf läuft denn das Ganze hinaus? Einer momentanen Eingebung folgend hat sie dich verlassen, hat sich ihren Verpflichtungen entzogen und dich deinen Freunden gegenüber in eine überaus peinliche Situation gebracht. Ich habe schon immer die Meinung vertreten, daß die Amerikaner die ehelichen Bande weit weniger ernst nehmen als wir. Und ganz sicher sind sie auch unmoralischer als wir und fangen viel schneller ein Verhältnis an.«

Die Erinnerung an die Episode mit Veronica und ihren verhängnisvollen Ausgang durchzuckte ihn. Ganz gegen seinen Willen glaubte er, noch einmal Veronicas Stimme zu hören, die Worte, die sie an jenem letzten Wochenende gesprochen hatte, da sie ihm nach Schottland gefolgt war.

»Arme Karen!« hatte sie gespottet, nachdem Karen sie beide überrascht hatte und, von ihrer Entdeckung wie betäubt, blind ins Moor hinausgestürmt war. »Was für ein Schock für sie, herauszufinden, daß man nicht immer Glück haben kann... Aber Neville, was hast du? Wohin gehst du? Ach Neville, bitte, lauf ihr nicht nach! Laß sie doch – es geschieht ihr recht! Warum willst du ihr nachlaufen, wenn dir nichts mehr an ihr liegt?« Und als er nichts antwortete, war sie wie eine Rasende auf ihn losgestürzt. Sie würde ihn nicht gehen lassen, hatte sie geschrien, sie wäre glücklich, daß nun Schluß sei mit seiner Ehe, froh, daß Karen ihn verloren habe... »Froh!« hatte sie getobt. »Froh! Hörst du! Froh!« Er konnte noch ihre Stimme hören, sie dröhnte ihm in den Ohren, mischte sich kreischend in seine Alpträume. »Ich bin froh...froh... FROH!«

Es überlief ihn eiskalt. Er zitterte am ganzen Leib.

Leonie wollte gerade fortfahren, ihm ihre Ansichten über die Amerikaner vorzutragen, als das Telefon läutete und Neville erleichtert aufsprang, um zum Apparat zu eilen.

»Es tut mir leid, daß ich vorhin so gehässig war –«

Es war, wie er erwartet hatte, Melissa. Sie war nicht anders als so viele andere Frauen. Nur Karen war anders.

2

Als Karen in London eintraf, war es spät nachts, und sie fühlte sich von den langen, langweiligen Stunden im Flugzeug entsetzlich müde. Die Abfertigung durch Zoll und Polizei ging schmerzlich langsam vor sich. Schließlich aber hatte sie auch diese Tortur hinter sich, winkte ein Taxi heran, gab dem Fahrer Melissas Adresse in Knightsbridge und ließ sich dankbar in die alte Lederpolsterung zurücksinken.

Sie war wieder in London.

So intensiv waren ihre Gedanken in den letzten Tagen um Neville und seinen Sohn gekreist, daß sie jetzt, wo sie sich nur wenige Meilen von ihnen entfernt befand, nicht an sie denken konnte. Eine seltsame Betäubung benahm ihr alle Bitterkeit, alle Sehnsucht; sie fühlte sich gelöst, fast sorglos. Ich bin wieder da, sagte sie sich immer wieder, ich bin wieder da. Doch fiel es ihr schwer, diese Tatsache auch der Wirklichkeit anzupassen, denn die neue Straße, die in die Stadtmitte führte, war nicht weniger großzügig ausgebaut als die amerikanischen Autobahnen, und die Dunkelheit versteckte das Grün der englischen Landschaft vor ihren Augen. Überraschend schnell verschwand dann die Landschaft, und die Vorstädte begannen, und es gab Straßenschilder mit englischen Namen, so daß ihre Ankunft in diesem fremden Land nun doch Wirklichkeit geworden zu sein schien. Acton, Shepherd's Bush, Hammersmith, Richmond...

Hier in Richmond hatte sie mit Neville gelebt, nachdem er Cambridge verlassen und für die Regierung in London zu arbeiten begonnen hatte. Richmond lag nur ein paar Meilen jenseits der Themse. Ich bin wieder da, dachte sie, ich bin wieder da. Und dann stürmte die Vergangenheit auf sie ein, überflutete sie mit einer Welle von Erinnerungen, aber es waren schöne Erinnerungen, und sie bemühte sich, jede einzelne festzuhalten und von neuem auszukosten. Erstaunt stellte sie fest, daß sie in Amerika dazu geneigt hatte, nur an die kummervollen Zeiten zurückzudenken, doch hier in London schienen sie ihr so weit entfernt wie Schottland und jenes entsetzliche Wochenende, da sie Neville und Veronica nach Norden zur Pflanzung F gefolgt war.

Ihr Gedächtnis sperrte sich, unterbrach die Kette ihrer Gedanken, bevor es die Erinnerung an ihre Schwester in Nevilles Landhaus in Schottland erreichte. Das war nun alles vorbei, ein abgeschlossenes Kapitel. Sie war wieder in London und entsann sich glücklicherer Tage. Wenn diese Erinnerungen von Trauer gefärbt waren, weil sie der Vergangenheit angehörten, so auch von freudiger Erregung, weil sie jetzt der Vergangenheit näherstand als vor drei Jahren.

Der Wagen hielt vor Melissas Haus. Der Fahrer trug die Koffer zur Tür, und da war auch schon Melissa, schick in ihrer lässigen Art, und hinter ihr erwartete Karen Behaglichkeit.

»Du hast dich ja überhaupt nicht verändert, Melissa!«

»Wie gemein von dir, Liebste! Willst du damit sagen, ich hätte mich in den letzten Jahren kein klein wenig zu meinen Gunsten verändert?«

Der Fahrer wartete auf Bezahlung. Karen war von der englischen Währung unerwarteterweise verwirrt und gab ihm ein größeres Trinkgeld, als sie ursprünglich beabsichtigt hatte. Drei Jahre Umgang mit Dollars und Cents hatte die Erinnerung an Pfunde, Shillings und Pence verblassen lassen.

»Du mußt ganz erschöpft sein«, sorgte sich Melissa. »Ich werde gleich Kaffee machen.«

»Nun ja...« Melissas Gästezimmer war klein, aber elegant. Auf dem Toilettentisch standen Blumen, englische Rosen, und neben dem Bett, unauffällig hingestreut, lagen ein paar Modezeitschriften. Karen ließ ihre Koffer stehen, ohne auszupacken, und rekelte sich schon fünf Minuten später auf der Couch im Wohnzimmer, während Melissa den Kaffee hereinbrachte.

»Ich bin dir wirklich dankbar, daß du mich bei dir wohnen läßt«, sagte Karen. »Ich dachte schon daran, in einem Hotel abzusteigen, aber –«

»Wozu denn in aller Welt? Es ist schön, dich wiederzusehen! Und jetzt erzähl mir alles von New York, von deiner Arbeit, von den Leuten, die ich kannte...«

Die Zeit verstrich. Beider Tassen wurden mehr als einmal geleert und frisch gefüllt. Endlich sammelte Melissa das Geschirr ein, um es in die Küche zu tragen. »Wie sehen deine Pläne für morgen aus?« fragte sie dann betont lässig.

»Ich habe die Absicht, morgen vormittag einen Einkaufsbummel zu machen und dann Leonie anzurufen, um zu erfahren, ob ich Schnupf morgen nachmittag nach der Schule sehen kann. Soviel ich weiß, ist erst übermorgen Schulschluß, und darum werde ich ihn morgen vormittag nicht sehen können. Wahrscheinlich werde ich Neville anrufen müssen, um das Nötige mit ihm zu besprechen.«

»Erwartest du dir irgendwelche Schwierigkeiten von seiten Nevilles? Er könnte dir ja die Erlaubnis verweigern, das Kind zu sehen.«

»Ach nein. Neville hat mir auf meinen Brief geantwortet und mir mitgeteilt, daß ich Schnupf jederzeit sehen kann. Neville ist nicht rachsüchtig. Außerdem habe ich die Verbindung mit dem Jungen nie abreißen lassen. Ich komme nicht als Fremde zu ihm, die er schon vergessen hat.«

»So, so.« Melissa machte sich in der Küche zu schaffen. »Freust du dich nicht, auch Neville wiederzusehen?«

»Nicht besonders.« Es überraschte sie, wie gleichgültig ihre Stimme klang, wo ihr doch das Herz bis zum Hals schlug.

»Ich habe mich schon gefragt, ob du vielleicht eine Aussöhnung ins Auge gefaßt hast.«

»Ich bin gekommen, um Schnupf zu besuchen, nicht Neville.«

»Ich verstehe. Ja natürlich.« Melissa spülte die Schalen und Tassen.

»Hast du Neville in letzter Zeit gesehen, Melissa?«

Der Wasserhahn wurde zugedreht. Es entstand eine kleine Pause. Und dann: »Also um die Wahrheit zu sagen, ja. Eigentlich ziemlich häufig.« Melissa ging in der Küche hin und her. Karen hörte, wie sie den Geschirrschrank öffnete und wieder schloß. »Nach deiner – deiner Abreise sind wir recht gute Freunde geworden. Also nicht unmittelbar danach. Vielleicht ein oder zwei Jahre später. Die letzten zwölf Monate sind wir sehr oft zusammen gewesen.«

Wieder trat eine Pause ein. Nachdem sie den ersten Schock überwunden hatte, wurde sich Karen einer zunehmenden Spannung bewußt. Ihre Glieder fingen an, sie stark zu schmerzen.

»Wenn ich es so recht bedenke, bist du gerade im richtigen Augenblick gekommen, Liebste. Ich versuche schon seit einiger Zeit, mit Neville Schluß zu machen – sehr taktvoll natürlich –, aber du kennst ihn ja! Es ist wirklich peinlich. Ich war sehr froh, als ich erfuhr, daß du nach London kommst... Na ja, ich hoffte, dein Besuch würde ihn – ablenken. Du verstehst, was ich meine?«

Karen versuchte zu sprechen, brachte aber kein Wort heraus. Was ihr von der verwirrenden Vielfalt von Gefühlen, die auf sie eindrangen, brutal ins Bewußtsein rückte, war Zorn. Zorn zunächst darüber, daß sie sich der Illusion hingegeben hatte, Neville würde, ihren Verlust betrauernd, die letzten drei Jahre im Zölibat gelebt haben, dann Zorn darüber, daß es ihr überhaupt etwas ausmachte, wie er diese Zeit verbracht hatte, und Zorn schließlich auch darüber, daß sie in Zorn geraten war. Aber was auch geschah, Melissa durfte auf keinen Fall merken, daß ihr irgend etwas an Neville lag oder daß Melissas Worte ihr weh getan hatten. Das wäre doch zu demütigend. Außerdem war die Geschichte Melissa offensichtlich ebenso peinlich wie ihr selbst.

»... natürlich nie die Rede von Heiraten«, sagte Melissa ganz beiläufig. »Neville dachte keinen Augenblick an eine Scheidung. Er kam nur eben hin und wieder vorbei...«

Karen spürte einen stechenden Schmerz in der Kehle, sie kämpfte mit den Tränen. Sie drehte sich um, zog den Vorhang zurück, zwang sich, aus dem Fenster zu sehen und die Silhouette Londons am nächtlichen Horizont zu betrachten, und versuchte, nicht an Melissa zu denken – Melissa hier mit Neville, Melissa, wie sie mit ihm aß und trank und schlief, mit ihm lachte und sich des Lebens freute, in vollem Maße seine Nähe genoß...

»Ehrlich, Liebste, es war keine große Sache... Wir machten

einmal Urlaub in Italien, verbrachten zwei Wochenenden in Paris... Aber es hat uns nie wirklich etwas *bedeutet.* Wie denn auch? Du kennst doch Neville...«

Italien, Paris... Wie Messer zerrissen und zerfetzten diese Worte das Gewebe glücklicher Erinnerungen, das sich Karen nach ihrer Rückkehr nach England gesponnen hatte. Der Schmerz blendete sie, dröhnte ihr in den Ohren.

»Ich würde das natürlich nie angefangen haben, wenn ich nicht als gegeben angenommen hätte, daß du dich von ihm scheiden lassen wirst. Ich habe mich dagegen gesträubt, solange es ging, aber dann... na ja... Karen schreibt ihm nicht, dachte ich mir, offensichtlich bedeutet er ihr nichts mehr. Vielleicht hat sie sogar einen anderen gefunden. Und attraktiv ist er ja... Und charmant. Und... na, du weißt ja.«

Ja, Karen wußte. Sie starrte ins Dunkel hinaus und stellte sich Neville vor, wie sie ihn das letzte Mal in Schottland gesehen hatte, und fragte sich, ob sie imstande sein würde, seinen Anblick je wieder zu ertragen.

»Ich hoffe, ich habe dich nicht verletzt, Liebste«, sagte Melissa von der Türschwelle her. »Ich hätte es dir nicht erzählt, aber ich habe ja wirklich nichts zu verbergen, und von mir aus gesehen ist die Sache zu Ende. Darum hielt ich es für das Beste, dir reinen Wein einzuschenken, bevor du die Geschichte von jemandem anderen hörst, der dir eins auswischen will. Leonie zum Beispiel wird nicht verfehlen, eine Bemerkung fallenzulassen, wenn du sie morgen triffst. Die arme Frau! Sie ist so – na ja, so *verbittert.* Neville hat mir erzählt, daß sie immer noch heimlich in Marney verliebt ist... Apropos Marney: Hat er dir denn in New York nichts gesagt... ich meine, daß Neville und ich...«

»Nein, kein Wort.«

»Der gute Marney – immer der Gentleman! Aber ich möchte annehmen, daß er davon wußte – er und Neville sind ja so gute Freunde.«

Marney hatte sie vor einer Aussöhnung gewarnt, erinnerte sich Karen. Vielleicht hatte er dabei an Melissas Verhältnis mit Neville gedacht.

»Nun«, sagte Melissa und gab durch ihren Ton zu erkennen, daß sie das Thema zu wechseln wünschte, »hast du auch bestimmt alles, was du brauchst? Ein Glas Wasser vielleicht...«

Karen versicherte ihr, daß sie alles hatte, was sie brauchte.

»Dann wünsche ich dir gute Nacht«, sagte Melissa und öffnete die Tür zu ihrem Schlafzimmer. »Ich hoffe, du wirst gut schlafen... Ach ja! Ich wußte, daß ich dich noch etwas fragen wollte! Hast du inzwischen erfahren, was mit Veronica passiert ist? Du wolltest Thomas schreiben...«

»Thomas wußte nichts. Meine Familie in Minnesota übrigens auch nicht.«

»Wie sonderbar! Dann ist sie also wirklich verschwunden?«

»Es scheint so. Wenn sie nicht die Gewohnheit hätte, manchmal für längere Zeit unterzutauchen, würden wir es schon früher gemerkt haben, aber ich bin die einzige, mit der sie in Verbindung zu bleiben pflegte, und nachdem das da in Schottland passiert war... na, es hat mich nicht überrascht, daß sie dann nichts mehr von sich hören ließ.« Noch während sie sprach, wunderte sich Karen über Melissas Interesse an Veronica. »Aber Thomas hat mir geschrieben, daß er versuchen will, auch nach London zu kommen. Das war eine gute Nachricht. Wir haben uns schon lange nicht gesehen. Ich hoffe, er schafft es...«

»Natürlich! Er war ja mit dir in Schottland, als... als Veronica und Neville...«

»Ganz recht. Gute Nacht, Melissa, und vielen Dank.«

Doch erst, als sie sich gegen die geschlossene Tür lehnte und die Tränen fließen ließ, fragte sie sich ironisch, wofür sie Melissa eigentlich gedankt hatte. Dafür, daß sie ihr so weh getan hatte?

3

Es gelang ihr, etwa fünf Stunden zu schlafen und am nächsten Morgen etwas weniger müde, aber immer noch niedergeschlagen zu erwachen. Sie riß sich mit einiger Mühe zusammen, nahm ein Bad und kleidete sich sorgfältig an, bevor sie in die Küche ging, um sich Kaffee und Toast zu machen. Melissa war schon in den Laden hinuntergegangen, nachdem sie Karen aufgefordert hatte, sich wie zu Hause zu fühlen und sich aus dem Eisschrank und aus der Speisekammer zu nehmen, was ihr beliebte. Die Morgenzeitungen lagen auf dem Küchentisch, der erste »Telegraph« und der erste »Express«, den Karen gesehen hatte. Um sich von dem Gespräch mit Melissa abzulenken, las sie ohne Hast, doch dann wurde sie doch so nervös, daß sie nicht länger stillsitzen konnte. Sie sprang auf und eilte zum Telefon, um Leonie anzurufen.

Das Gespräch kam leichter in Gang, als Karen befürchtet hatte. Ein wenig formell, aber höflich teilte Leonie ihr mit, daß Schnupf nachmittags um halb vier Schulschluß hatte. Würde Karen ihn vielleicht um vier in eine Teestube ausführen wollen? Karen hatte natürlich schon mit Neville gesprochen, nicht wahr? Nein? Ja, dann... Es klang leicht schockiert.

»Ich werde ihn jetzt anrufen«, sagte Karen. »Aber wenn ich mich nicht mehr melde, bin ich um vier bei euch. Danke, Leonie.«

Erleichtert legte sie den Hörer auf, fühlte sich jedoch im Augenblick der Aufgabe, Neville anzurufen, nicht gewachsen. Einer momentanen Eingebung folgend, nahm sie ihre Handtasche zu sich und verließ das Haus. Bei Harrods kaufte sie eine Wollgiraffe und einen Baukasten für Schnupf und verweilte ein paar Minuten in der Pelzabteilung, bevor sie einen kleinen Imbiß zu sich nahm und in Melissas Wohnung zurückkehrte. Wieder in ihrem Zimmer, begann sie zu überlegen. Melissa hatte sich mit einer Kundin zum Mittagessen verabredet, und Karen war allein. Sie hatte ihre Einkäufe gemacht. Die Koffer waren ausgepackt. Die Zeit war gekommen, da sie das Gespräch mit Neville nicht länger hinausschieben konnte. Trotzdem beschloß sie, sich einen Kaffee zu machen, um noch eine kleine Atempause zu gewinnen. Gerade als sie in die Küche gehen wollte, klingelte das Telefon.

Behutsam nahm sie den Hörer auf. »Hallo?«

Eine Pause, kaum merklich. Ihre Kopfhaut prickelte in plötzlichem Begreifen. »Hallo?« wiederholte sie schnell. »Wer spricht?«

»Wie geht es dir, Karen?« erkundigte sich Neville mit ruhiger, sanfter Stimme. Wäre die kleine Pause nicht gewesen, hätte man glauben mögen, der Anruf koste ihn überhaupt keine Mühe. »Willkommen in England. Schnupf freut sich schon sehr, dich wiederzusehen.«

»Ich wollte dich gerade anrufen...« So fest umklammerte sie den Hörer, daß ihr die Finger weh taten. Es wunderte sie, daß ihre Stimme so ruhig und gefaßt klang. »Ich habe heute morgen schon mit Leonie gesprochen, und wir dachten, ich könnte Schnupf vielleicht um vier abholen und mit ihm Tee trinken gehen. Ich hoffe, du hast nichts dagegen.«

»Natürlich nicht. Morgen fangen die Sommerferien an, weißt du, und da wirst du dann noch massenhaft Zeit haben, ihn zu sehen.«

»Ja, das hast du in deinem Brief erwähnt.« Nevilles Antwort auf ihren Brief war ebenso kurz gewesen wie der ihre, in dem sie ihm ihren Besuch angekündigt hatte.

Wieder trat eine kleine Pause ein.

»Wie lange gedenkst du zu bleiben?« fragte Neville.

»Zwei bis drei Wochen, denke ich. Ich habe vorläufig für den Fünften gebucht.«

»Ich verstehe.«

»Wie geht es Marney?«

»Marney? Soweit recht gut, denke ich... Ja, also... ich will dich jetzt nicht länger aufhalten. Sicher hast du noch eine Menge zu erledigen. Hoffentlich klappt alles heute nachmittag. Ich werde um vier natürlich noch nicht zu Hause sein, aber Leonie erwartet dich, und ich weiß, daß Schnupf es schon kaum erwarten kann... Ich bleibe mit dir in Verbindung.«

»Sehr schön. Danke, Neville.«

Sie legte den Hörer mit zitternden Fingern auf und griff nach einer Zigarette. Nach einer Weile begann sie zu überlegen, was er jetzt wohl tat, wie er auf das Gespräch reagiert hatte. Hatte auch er nach einer Zigarette gegriffen und sie mit zitternden Fingern angezündet? Oder hatte er über den Birdcage Walk in den St. James' Park hinübergeblickt, wie sie jetzt über die Dächer von Knightsbridge starrte? Vermutlich nicht. Wahrscheinlich hatte er seine Sekretärin zu sich gerufen und ihr eine Aktennotiz über die Pflanzung F oder sonst einen Bericht diktiert. Oder vielleicht war er den Gang zu Marneys Büro hinuntergeschlendert, um ihm ganz beiläufig mitzuteilen, daß er eben mit Karen gesprochen hatte. Aber spielte das überhaupt eine Rolle? Eine Rolle spielte einzig und allein, daß sie ein Wiedersehen mit ihm jetzt noch mehr fürchtete. Wenn schon seine Stimme genügt hatte, um sie völlig aus der Fassung zu bringen, war mit großer Sicherheit anzunehmen, daß seine persönliche Anwesenheit einen Aufruhr der Gefühle in ihr auslösen würde, den zu erleben sie keinerlei Verlangen verspürte. Es wäre töricht, wollte sie ihm offenbaren, daß sie noch irgendwelche Zuneigung für ihn empfand, wenn diese Zuneigung keine Zukunft hatte. Ein Stück Vergangenheit war sie für Neville, nichts weiter; gewiß war er weit mehr an Melissa interessiert als an ihr.

Ganz langsam ging sie in ihr Zimmer zurück, um noch ein Weilchen zu ruhen, bevor sie das Haus verließ und sich zu den »Adam and Eve Mews« auf den Weg machte.

4

Das Kind war aufgeregt. Es hüpfte den Gehsteig entlang, tanzte um jeden Alleebaum herum, und die Welt war für ihn so schön und hell wie der Nachmittagssonnenschein. Leonie, die den Jungen von der Schule abgeholt hatte, folgte ihm mit gesetzten Schritten. Der Gedanke an die bevorstehende Begegnung erfüllte sie mit Unbehagen; mißmutig schürzte sie die Lippen. Sie machte sich Sorgen – wie üblich. Wie würde sich das Wiedersehen mit Karen auf das Kind auswirken? Litt Schnupf an der Trennung zwischen seinem Vater und seiner Stiefmutter? Würde er auch in Zukunft darunter leiden? Wäre es besser für ihn, wenn Karen nicht gekommen wäre? Aber Karen war nun schon einmal in London und würde in Kürze vor dem »Mews House« stehen. Das Zusammentreffen war nicht mehr aufzuhalten...

Schnupf wußte, daß seine Tante sich Sorgen machte, aber es ließ ihn völlig kalt, da sie sich ja immer über etwas Sorgen machte. Er hüpfte die Straße hinunter, und als er seine Stiefmutter vor der Eingangstür stehen sah, hopste er an sie heran und in ihre Arme. Sie war genauso, wie er sie in seiner Erinnerung behalten hatte, und er stellte entzückt fest, wie hübsch sie aussah, wie gut sie roch, und wie schön sie Englisch sprach. Er entsann sich ihres Akzents besonders gut. »Ich wußte, daß du eines Tages zurückkommen würdest!« begrüßte er sie mit leuchtenden Augen und überlegte ganz nebenbei, ob sie ihm wohl ein Geschenk mitgebracht hatte.

Die Wollgiraffe kam ganz groß an. Schnupf wußte, daß er für solches »Kleinkinderspielzeug« eigentlich schon zu alt war, und mußte so tun, als gefiele ihm die Giraffe nicht so gut, wie sie ihm wirklich gefiel, aber insgeheim freute er sich sehr darüber. Auch der Baukasten sah vielversprechend aus. Er betrachtete seine Stiefmutter mit neu belebtem Interesse und legte sich im stillen die Frage vor, ob sie ihm wohl eine »Dame blanche« zum Tee bestellen würde.

»Was ist denn das?« fragte sie später, als sie in der Teestube saßen und er überrascht feststellte, daß sie kein Französisch sprach. Er hatte geglaubt, daß man überall auf der Welt Französisch lernte, insbesondere die Namen von Gerichten wie »Dame blanche« – weißes Eis, mit heißer Schokoladensauce übergossen. Wenige Minuten später, von Ohr zu Ohr mit Schokoladensauce beschmiert, kratzte er den letzten Rest aus der Schale, um ja keinen Tropfen zu verschenken, und berichtete ihr ausführlich über sein Leben im französischen Lycée.

Sie hörte aufmerksam zu und bestellte ihm eine zweite »Dame blanche«. Da wurde ihm endgültig klar, wie gut es ihm ging, und er begann sich zu fragen, ob sie nun häufiger nach England kommen würde. Sie war »beaucoup plus sympathique« als Tante Leonie. »Warum lebst du in Amerika?« fragte er.

Sie schien lange für ihre Antwort zu brauchen. »Amerika ist meine Heimat«, erwiderte sie schließlich. »Dort wurde ich geboren, dort wuchs ich auf, dort arbeite ich.«

»Aber einmal hast du auch schon hier gelebt.«

»Ja.«

Er fühlte sich ein wenig verwirrt. »Weil du mit Vati verheiratet warst?«

»Ja.«

Es drängte ihn, ihr noch weitere Fragen zu stellen, aber er konnte sie nicht in Worte fassen. Seine Gedanken vermischten sich zu einem schattenhaften Durcheinander, das zu erleuchten und auszudrücken über seine Kräfte ging.

»Wirst du wieder einmal hier leben?«

»Vielleicht.«

Sie hielt die Augen auf ihren Teller gesenkt. Er sah nur ihre langen schwarzen Wimpern. Er warf auch einen Blick auf ihren Teller, aber der war leer.

»Mit Vati?«

»Ich weiß nicht.«

Er suchte nach Worten. »Mag er dich nicht?«

Sie hob den Kopf, und zu seinem Entsetzen sah er Tränen in ihren Augen. Er saß wie erstarrt. Dann schob er seinen Stuhl zurück. »Können wir jetzt gehen?«

Sie nickte stumm und suchte in ihrer Tasche nach Kleingeld. Eilig schlüpfte er an ihr vorbei und bahnte sich den Weg zum Ausgang. Während sie an der Kasse die Rechnung bezahlte, starrte er durch die Scheibe und betrachtete einen Polizisten, der den Verkehr regelte.

Sie gingen zusammen hinaus.

»Ich glaube, es ist Zeit, daß wir heimgehen«, sagte sie, und ihre Stimme klang so ruhig und gelassen, daß er einen verstohlenen Blick wagte. Er stellte erleichtert fest, daß ihre Augen wieder ganz trocken waren. Seine Spannung ließ ein wenig nach. »Tante Leonie wird sich schon Sorgen machen.«

Sie streckte den Arm aus, um nach seiner Hand zu fassen, aber er tat, als merkte er es nicht. Sorgsam darauf bedacht, in Sichtweite zu bleiben, aber auch, sie nicht aus den Augen zu verlieren, hüpfte er voran, des dichten, nachmittäglichen Menschengewirrs nicht achtend. Es war schön gewesen, Tee mit ihr zu trinken, aber jetzt hatte er genug und wollte nach Hause. Ihr geheimnisvoller Kummer hatte ihn erschreckt, und er hatte Angst, jetzt weiter mit ihr zu sprechen, weil er fürchtete, sie könnte ihm offenbaren, welch schreckliches Geheimnis sie zum Weinen gebracht hatte. Er hatte Angst vor dem Unbekannten, aber auch Angst, zuviel zu erfahren, und in seiner Verwirrung begriff er nur eines: daß er ihr gegenüber nie wieder seinen Vater erwähnen durfte.

Sie erreichten das Haus, und Schnupf stellte sich auf die Zehenspitzen, um den Klingelknopf zu drücken. Mit einiger Verwunderung sah er, daß seine Stiefmutter ein wenig zurückgeblieben war; fürchtete sie sich vor etwas? Nervös zwirnte sie ihre Handschuhe, die sie in der Hand trug.

»Ich werde mich jetzt von dir verabschieden, Schätzchen, morgen komme ich dich wieder besuchen...« Die Tür öffnete sich, und ihre Stimme erstarb. Starr, über seinen Kopf hinweg, blickte sie auf die offene Tür.

Das Kind drehte sich herum.

»Guten Abend, Schnupf«, sagte sein Vater. »Dein Schokoladenschnurrbart läßt mich ahnen, daß dich wieder einmal jemand mit ›Dame blanche‹ gefüttert hat. Hat es dir wenigstens geschmeckt?«

Schnupf wollte antworten, machte aber gleich wieder den Mund zu, als er merkte, daß sein Vater bereits an ihm vorbei auf die Dame blickte, die hinter ihm stand. Zuschauer bei einer Szene, die er nicht verstand, sah der Junge, wie sein Vater lächelte und seine Hand ausstreckte, als böte er etwas dar, das gleichzeitig mystisch und doch auch sehr wirklich war.

»Willst du nicht einen Augenblick hereinkommen?« fragte Neville Bennett seine Frau.

5

Sie dinierten bei Quaglinos, und Neville bestellte eine Flasche weißen Burgunder, ihre Lieblingsmarke, zu der Dover-Seezunge, die sie gewählt hatte. Vorher aßen sie kalte Gurkensuppe mit frisch gebackenen weichen Brötchen; nach den Hauptgerichten entschied sich Karen für in Sherry getauchtes Biskuit mit Schlagsahne und Marmelade, Neville für Weinbrandröllchen. Der Kaffee war stark, würzig und aromatisch, und die zwei Gläser Marnier, die Neville dazu bestellte, schmeckten besonders gut. Dann bot er ihr eine Zigarette an.

»Wie fühlst du dich?«

Sie lächelte. »Noch etwas benommen, fürchte ich.« Er bemerkte, daß sie sehr gelassen, aber nicht entspannt aussah. Er selbst fühlte sich jetzt wohler. Dank dem Wein hatte seine Spannung beträchtlich nachgelassen, aber seine Verwundbarkeit war auf sonderbare Weise bestehen geblieben. Sein Verlangen nach ihr war sehr stark. Nichts hatte sich in diesen drei Jahren geändert, und am wenigsten die Anziehungskraft, die sie für ihn besaß. Mit einer Art ungläubigem Staunen fragte er sich immer wieder, wie er eine andere Frau überhaupt auch nur hatte ansehen können. Die Erinnerung an Veronica war ein Alptraum, vage, unwirklich, wenn nicht gar grotesk. Und was Melissa betraf – er hatte sie völlig vergessen. Sie existierte nicht mehr, nicht einmal mehr als Erinnerung. So wie sein Geist nicht imstande war, sich auf irgend etwas zu konzentrieren außer auf die unmittelbare Gegenwart und auf das große Vergnügen, hier mit ihr zusammenzusitzen, so war auch sein Gedächtnis leer von allem bis auf seine Vergangenheit mit Karen.

»Nun«, meinte er, »wir haben uns lange über eine ganze Menge Dinge unterhalten, aber einiges ist doch noch unausgesprochen geblieben.«

»Es ist manchmal besser, gewisse Dinge unausgesprochen zu lassen.«

»Manchmal, aber nicht immer.« Er machte eine Pause. »Veronica, zum Beispiel«, sagte er dann nachdenklich, ohne sie anzusehen. »Früher oder später muß ihr Name fallen, wenn er nicht wie ein düsteres Gespenst weiter zwischen uns stehen soll. Du mußt wissen, daß ich die Episode mit Veronica als das Dümmste und Niederträchtigste ansehe, das ich mir je habe zuschulden kommen lassen. Wenn ich diesen Vorfall aus meinem Leben auslöschen könnte, würde ich es mit Freuden tun, aber weil das nicht möglich ist, versuche ich ihn zumindest aus meiner Erinnerung zu verbannen. Ich weiß, daß ich mich dir gegenüber gemein benommen habe. Wenn ich Veronica nicht kennengelernt hätte –«

»Wenn du Veronica nicht kennengelernt hättest«, unterbrach ihn Karen mit kalter, leidenschaftsloser Stimme, »wäre es irgendeine andere gewesen. Du wolltest eben ein Verhältnis haben. Und da wir nun schon einmal so offen reden, darf ich dich daran erinnern, wie du dich damals, schon bevor Veronica nach London gekommen war, auf Partys benommen hast, wie oft du mir weh getan hast –«

»Stimmt genau«, sagte er. »Ich gebe es zu. Ich gab es in dem Brief zu, den ich dir schrieb, und ich gebe es heute wieder zu. Ich bin gemein mit dir umgegangen, aber ich wußte ganz einfach nicht, wie sehr ich dich liebte... bis du mich verlassen hattest. Aber da war es schon zu spät, dir Besserung zu geloben. Und was Veronica betrifft... nun, die Schuld lag nicht ganz allein bei mir. Ich hatte kein Rendezvous mit ihr abgemacht, weißt du? Es bestand keine Verabredung, uns im Landhaus zu treffen. Ich hatte beruflich oben zu tun, und als sie erfuhr, daß du mich nicht begleiten würdest, kam sie mir nach.. Ich weiß, was du dachtest, als du uns dann beide dort fandest... aber es war anders, als du vermutetest. Du wußtest nicht, daß Leonie zur gleichen Zeit oben Urlaub machte und daß Veronica die Lage falsch eingeschätzt hatte, weil ich nicht allein im Haus war.«

»Das hast du mir in deinem Brief alles erklärt.«

»Ich gebe zu, daß, wäre Leonie nicht dagewesen, vielleicht...«

»Ja.«

»Aber ich hatte mich nicht mit ihr verabredet. Ich hatte Veronica in keiner Weise nahegelegt, nach Schottland zu kommen. Es war ihre Idee gewesen, mir zu folgen – ihre Idee ganz allein. Gib also nicht allein mir die Schuld.«

»Ich habe die Rolle, die sie bei der Sache gespielt hat, nicht vergessen und werde sie auch nie vergessen.« Sie drückte ihre Zigarette aus. »Hast du seitdem von ihr gehört?«

»Kein Wort. Nachdem du uns – entdeckt hattest, gab es eine häßliche Szene zwischen ihr und mir. Dann stürzte ich dir nach. Veronica blieb allein im Haus zurück, da Leonie sich schon früher auf den Weg zum Forsthaus in der Pflanzung F gemacht hatte, weil sie mit Marney sprechen wollte. Als ich dann Stunden später ins Haus zurückkam, war Veronica fort. Ich sah mich um, stellte fest, daß ihre Kleider und Koffer verschwunden waren, und entdeckte schließlich, daß eines der Boote nicht mehr am Landesteg lag. Sie muß also gepackt haben, nachdem ich aus dem Haus gelaufen war, muß allein über den See gerudert sein und schließlich einen Wagen aufgehalten haben, der sie dann mitgenommen hat.«

»Wie merkwürdig, daß sie so Knall und Fall abgereist ist!«

»Ich finde es nicht merkwürdig. Wir hatten gezankt. Ich hatte sie – gebeten, das Haus zu verlassen.« Er nahm einen Schluck von seinem Likör. »Sie muß es gleich nach mir verlassen haben. Leonie kam gegen elf vom Forsthaus zurück, wie sie mir später berichtete, und da war sie schon fort. Ich weiß nicht genau, wieviel Uhr es war, als ich mich aufmachte, dich zu suchen, aber es dürfte gegen halb zehn gewesen sein. Folglich ist Veronica in der Zeit zwischen halb zehn und elf Uhr –«

»– spurlos verschwunden.«

»Wenn du es so nennen willst... ja. Noch etwas Kaffee?«

»Bitte.«

»Offen gestanden war ich damals viel zu – aufgeregt, um lange darüber nachzudenken. Ich war froh, daß ich sie los war.«

»Das war also dein letzter Streit mit ihr?«

»Der allerletzte.« Er spielte mit seinem Glas. »Sie – aber es wäre zu peinlich, jetzt auf Einzelheiten einzugehen. Ich möchte nur sagen, daß sie mir während dieser – Auseinandersetzung plötzlich ihr wahres Gesicht zeigte. Ich war entsetzt. Du wußtest ja wohl, daß – daß sie –« Er brach ab.

»Was wußte ich?«

»Sie war – nicht richtig im Kopf. Das mußt du doch gewußt haben.«

»Sind das nicht etwas zu starke Worte? Gewiß, sie hatte ihre Probleme, aber –«

Er lachte. »Wie typisch amerikanisch du dich ausdrückst!« Dann, wieder ernst, fuhr er fort: »Du hast sie ja immer verteidigt, nicht wahr? Du warst immer bereit, Entschuldigungen für sie zu suchen, und wie ich sehe, tust du das immer noch. Warum eigentlich?«

»Ich – ich weiß nicht. Ich war mir darüber nie im klaren. Es ist schwer zu erklären –«

»Das klingt ja ganz so, als ob du auch deine Problem hättest!«

»Haben wir die nicht alle?«

Sie lachten. Neville hielt einen günstigen Augenblick für gekommen und umklammerte sein Likörglas fester.

»Ich habe es bis jetzt nicht erwähnt«, fing er an, »aber ich müßte am Montag aus beruflichen Gründen auf die Pflanzung F nach Schottland fahren. Ich könnte die Reise verschieben, um mehr Zeit mit dir und Schnupf in London zu verbringen, aber das möchte ich nur ungern tun. Es wäre schön, wenn du mich begleiten wolltest. Wir wären allein im Haus und hätten Gelegenheit, unsere zweiten Flitterwochen dort zu verbringen. Willst du nicht mitkommen? Mehr als alles in der Welt möchte ich dich wiederhaben. Ich weiß, daß es dir widerstreben wird, das Haus und die Pflanzung wiederzusehen, aber ich glaube nun einmal fest daran, daß man sich mit unliebsamen Erinnerungen offen auseinandersetzen und sich nicht von ihnen quälen lassen soll. Und du wirst keine Gespenster dort finden, Karen. Ich weiß es. Ich bin oft genug im Haus gewesen. Es ist immer noch dasselbe wunderschöne, von der Außenwelt abgeschiedene Haus, das es immer war. Es ist auch Veronica mit all ihrer Verderbtheit und Bösartigkeit nicht gelungen, seine friedliche Ruhe zu zerstören. Überzeuge dich selbst. Ich kann dir versichern, daß ich dir diesmal ein sehr viel besserer Ehemann sein werde als je zuvor. Was vorgefallen ist, war mir eine Lehre… eine Lehre, die ich mir zu Herzen genommen habe und niemals vergessen werde. So wahr mir Gott helfe, ich liebe dich. Ich liebe dich tausendmal mehr als je zuvor.«

Ihre Hand bewegte sich. Er sah ihre schönen Finger und die Ringe, die er ihr vor fast fünf Jahren geschenkt hatte. Er blickte ihr forschend ins Gesicht, doch die Wimpern verschleierten ihr Gesicht, und ihr Ausdruck blieb ihm verborgen. Die Nerven bis zum Zerreißen gespannt, wartete er in schmerzlicher Ungewißheit, aber sie antwortete nicht. »Ich weiß«, stieß er schließlich verzweifelt hervor, »nach all dem, was geschehen ist, muß es dir schwerfallen, mir noch einmal zu vertrauen, aber –«

»Das ist wahr«, unterbrach sie ihn, »aber da sind noch andere Momente, die mich zögern lassen.«

»Wie zum Beispiel?« Das Likörglas entglitt seiner heißen Hand; ein Tropfen Grand Marnier hinterließ seine Spuren auf dem weißen Tischtuch. »Hör mal«, sagte er mit einer Unbeholfenheit, die seinem Wesen fremd war, »ich bin dir in diesen Jahren nicht immer treu gewesen. Du kennst mich, glaube ich, gut genug, um zu wissen, daß ich eine so lange Zeit nicht wie ein Mönch leben kann. Dazu kam, daß du mir auf meinen Brief nicht geantwortet hast und ich es für das Beste hielt, alles zu tun, um dich zu vergessen.«

»Du brauchst dich nicht zu entschuldigen. Ich verstehe.«

Der Schweiß kribbelte ihm unter dem Kragen. Sein Mund war trocken. »Ich hatte ein Verhältnis mit Melissa«, sagte er. »Vielleicht hat sie es dir erzählt… ja, ja, ich sehe schon: Sie hat es dir erzählt. Typisch Melissa. Wahrscheinlich hast du dich schon gefragt, ob und wann ich es erwähnen würde. Nun ja, sie war etwa ein Jahr lang meine Geliebte. Vor etwa drei Monaten verlor ich das Interesse. Das war nach einem ziemlich scheußlichen Wochenende in Paris, als sie mich mit dramatischen Gefühlsausbrüchen an den Rand der Verzweiflung brachte. Für mich ist die Sache erledigt, und war schon erledigt, bevor du mir schriebst, um mir deine Ankunft in London anzukündigen. Ich habe sie nie geliebt, aber es gab Zeiten, da ich mich in ihrer Gesellschaft wohl fühlte und so etwas wie Zuneigung für sie empfand. Wie du hörst, spreche ich in der Vergangenheit. Im Augenblick enerviert sie mich mehr als alles andere.«

Stille trat ein. Die gedämpften Geräusche des Restaurants umgaben sie: das Gemurmel der Gäste, das Klirren der Gläser, das Klappern der Eßbestecke.

»Ich verstehe«, sagte Karen.

»Ich nehme an, Melissa hat die Sache ein wenig anders dargestellt.«

»Ein wenig.«

»Wenn Melissa die Möglichkeit einer Aussöhnung zwischen uns zu sehen glaubt, können wir uns auf einen großen Auftritt von ihr gefaßt machen. Ich möchte dir raten, dich ihr nicht anzuvertrauen und so zu tun, als ob eine Aussöhnung nicht in Frage käme.«

»Mhm.« Sie spielte mit den Ringen an ihren Fingern.

Er beugte sich vor. »Woran denkst du, Karen?«

Sie hob ihre Augen den seinen entgegen. Sie war so schön, daß ihm das Herz bis zum Hals hinauf schlug, so lieblich, daß es ihm die Kehle zusammenschnürte. Er hätte gern gewußt, ob sein Gesichtsausdruck ihr verriet, wie sehr er sich nach ihr sehnte.

»Es ist sehr schwer«, antwortete sie nach einer kleinen Weile. »Ich muß darüber nachdenken.«

»Ja«, stimmte er automatisch zu. Es gelang ihm, seine Enttäuschung und seine Seelenqual mit einem Lächeln zu überdecken. »Ja, natürlich.« Sein Plan, die Nacht gemeinsam mit ihr im Dorchester zu verbringen, war somit fehlgeschlagen. Er hatte sich diese seit drei Jahren erste Nacht mit ihr schon so mit allen Einzelheiten ausgemalt, daß es wahrlich eine bittere Pille für ihn war, sie verschieben zu müssen. »Vielleicht können wir morgen wieder zu Abend essen«, schlug er vor. »Was sind deine Pläne?«

»Schnupf hat morgen mittag Schulschluß. Anschließend wollte ich mit ihm zu Mittag essen, dann in den Zoo oder zu Madame Tussaud. Abends habe ich nichts vor.«

»Dann wollen wir also zusammen essen?«

»Sehr gerne.« Sie lächelte ihn an, und es schien ihm, als ströme das Blut rascher durch seine Adern.

Er brachte sie im Taxi nach Knightsbridge, ließ den Wagen jedoch ein Stück vor Melissas Haus halten, um die Möglichkeit auszuschließen, daß Melissa sie beobachtete, während sie sich verabschiedeten. Er sah ein unbeleuchtetes Auslagenfenster, daneben eine dunkle Toreinfahrt, und er zog sie in den Schatten, um sie zu küssen, wie er schon den ganzen Abend geträumt hatte, sie zu küssen. Sie lag leicht in seinen Armen, oder vielleicht kam es ihm nur so vor, weil soviel Kraft in ihm war, denn ihre Hände, die sich um seinen Hals zusammenschlossen, zitterten nicht, und ihr Mund preßte sich hart und leidenschaftlich gegen den seinen.

»Was willst du noch lange ›darüber nachdenken‹?« fragte er mit schwankender Stimme. »Das ist doch Unsinn! Nehmen wir uns ein Taxi... Im Dorchester ist bestimmt ein Zimmer frei...«

Aber sie zog sich zurück. Ihr Gesicht lag im Dunkel, und er konnte ihren Ausdruck nicht erkennen. »Ich muß nachdenken«, murmelte sie undeutlich. »Bitte, Neville. Laß mir Zeit, alles zu überdenken.« Und während er noch resigniert die Achseln zuckte, hatte sie sich schon von ihm abgewendet und schritt die Straße zu Melissas Haus hinunter.

6

»Aber, Liebste«, rief Melissa und schwang sich graziös auf die Beine, »ich habe dich heute abend wirklich nicht mehr zurückerwartet! Was ist passiert? Ist etwas schiefgegangen?«

Sich mit Melissa zu unterhalten war wohl das letzte, wonach Karen jetzt der Sinn stand. »Nichts ist passiert«, erwiderte sie und trat den Rückzug in ihr Zimmer an. »Wir gingen essen und plauderten eine Weile. Was hätte denn passieren sollen? Ich habe dir doch gesagt, daß ich nicht die Absicht hatte, mich auszusöhnen.«

»Oh, ich weiß, daß du keine Absicht hattest, aber du kennst ja Neville...« Ihre Neugier offen zur Schau tragend, stand sie in der Tür. »Hat er dir nicht vorgeschlagen –«

»Ich dachte, du interessierst dich nicht mehr für Nevilles Angelegenheiten«, fiel Karen ihr ins Wort und fügte eilig hinzu: »Entschuldige, ich wollte nicht unhöflich sein, aber –«

»Natürlich, ich verstehe. Ich hab' nur so gedacht. Ich bin froh, daß du einen netten Abend hattest.«

»Wie sich herausstellte«, sagte Karen, »muß Neville am Montag auf die Pflanzung fahren. Ich werde ihn also während meines Aufenthalts kaum noch oft zu Gesicht bekommen.«

»Ach ja?« Melissas Stimme klang scharf. »Na, dann ist es ja gut, daß du nicht auf eine Aussöhnung erpicht bist – er könnte dir sonst noch vorschlagen, dich mitzunehmen! Und dieses Haus da oben noch einmal zu besuchen, das wäre ja wohl das letzte, was man dir zumuten dürfte.«

»Er meinte, ich würde dort keine Gespenster vorfinden«, entgegnete Karen ohne nachzudenken. Und hätte sich am liebsten die Zunge abgebissen, als ihr bewußt wurde, daß ihre Worte einem Eingeständnis gleichkamen, daß Neville von einer gemeinsamen Rückkehr nach Schottland gesprochen hatte.

Melissa aber schien es nicht bemerkt zu haben. »So, so«, murmelte sie, »er meint also, es gäbe dort keine Gespenster. Hm. Wer weiß?« Dann drehte sie sich um und schlenderte ins Wohnzimmer zurück.

Karen ging ihr nach. »Was meinst du damit?«

»Ach, nichts...« Melissa zündete sich eine Zigarette an und löschte das Streichholz mit einer schnellen Handbewegung. »Was denkst *du* eigentlich, was mit Veronica passiert ist?«

Karen starrte sie an. »Tja... ich weiß nicht. Wahrscheinlich hat sie sich irgendwo einen Mann aufgegabelt und... was soll denn mit ihr passiert sein?«

»Ach, du meine Güte! Wie soll ich das wissen? Ich war ja nicht oben, als sie – verschwand. Die Leute haben geredet, verschiedene Meinungen geäußert – wie kann ich mir darüber ein Urteil erlauben? Aber es ist doch recht sonderbar, wie sie da von einer Minute zur anderen über alle Berge war.«

»Es scheint doch aber die Meinung vorzuherrschen, daß sie über den See gerudert ist und sich dann von einem Auto hat mitnehmen lassen –«

»Aber Liebste!« versetzte Melissa mit einer wegwerfenden Handbewegung. »Stell dir das doch einmal vor! Ich kenne das Haus – vorigen Sommer habe ich eine ganze Woche dort verbracht, während Neville auf der Pflanzung zu tun hatte – und offen gesagt kann ich mir nicht vorstellen, wie eine Frau allein über den See rudern soll. Und bis zur Straße hin! Das ist eine schöne Strecke, meine liebe Karen! *Ich* könnte es bestimmt nicht. Eine muskulöse, sportliche Person wie Leonie – na ja, das kann ich mir noch vorstellen, aber ein zartes Geschöpf wie Veronica, die seit ihrer Kindheit an den Seen von Minnesota kein Ruder mehr angefaßt hat...«

»Aber wie sonst soll sie von dort weggekommen sein?«

»Das ist es ja, Liebste«, antwortete Melissa. »Da drängt sich eben die Frage auf, ob sie überhaupt weggekommen *ist*.«

3. Kapitel

I

»Das ist doch absurd!« explodierte Neville. »Völlig lächerlich! Ich hätte nie gedacht, daß Melissa – selbst wenn sie eifersüchtig auf dich ist – so tief sinken könnte. Sie hat überhaupt keine Skrupel, das ist klar.«

Es war der nächste Abend, und er aß wieder mit Karen. Mit einem verzauberten Schnupf hatte Karen nachmittags den Zoo und Madame Tussauds Wachsfigurenkabinett besucht und sich um acht mit Neville getroffen. Jetzt, eine Stunde später, hatte sie ihm von Melissas Theorie berichtet, wonach Veronica durch einen Unfall den Tod gefunden haben könnte. Die Heftigkeit seines Zornausbruches überraschte sie.

»Das ist zuviel!« fuhr er wütend fort. »Bei Gott, das ist die letzte Nacht, die du unter ihrem Dach verbringst! Keinen Augenblick länger darfst du dort bleiben! Sie ist voller Gehässigkeit und Eifersucht und offenbar entschlossen, es mir heimzuzahlen, daß ich unser Verhältnis gelöst habe.«

»Aber Neville«, sagte Karen halb belustigt, halb bestürzt über das Ausmaß seiner Empörung, »man möchte meinen, Melissa hätte dich beschuldigt, Veronica ermordet zu haben. Sie hat nur die Vermutung geäußert –«

»Sie hat die Vermutung geäußert, Veronica hätte das Haus überhaupt nicht mehr verlassen, nicht wahr?«

»Ja, schon, aber –«

»Wenn Veronica einen Unfall erlitten hätte – nehmen wir zum Beispiel an, sie wäre in den See gefallen –, wie würde sich das mit der Tatsache vereinen lassen, daß auch ihre Koffer verschwunden sind? Überdies verschwinden Leichen von Unfalltoten nur sehr selten, ohne Spuren zu hinterlassen. Sie begraben sich ja nicht allein – und beschweren sich auch nicht selber mit Gewichten, um am Grund des Sees liegenzubleiben. Wenn Veronica einen Unfall erlitten hat, wo ist dann ihre Leiche? Warum hat man sie bis heute nicht gefunden? Es gibt keinen wie immer gearteten Hinweis, daß Veronica einen Unfall erlitten und das Haus nicht verlassen hätte.«

»Das habe ich auch Melissa gesagt, aber sie zuckte nur die Achseln und meinte, es wäre alles sehr mysteriös.«

»Den Teufel hat sie das gemeint! Sie hat nur versucht, dir den Gedanken einzuimpfen, daß ich Veronica umgebracht habe! Das steckt dahinter! Sie ist so versessen darauf, eine Aussöhnung zwischen uns mit allen Mitteln zu hintertreiben, daß sie auch nicht davor zurückgeschreckt ist, dir einzureden zu versuchen, daß ich deine Schwester ermordet habe!«

»Findest du nicht, daß das ein klein wenig melodramatisch klingt?« hielt Karen ihm entgegen. Natürlich würde sie ihm nicht eingestehen, daß sie die halbe Nacht wach gelegen war und hin und her überlegt hatte, ob das Melissas Absicht gewesen sein könnte, und ob überhaupt die Möglichkeit bestand, daß Veronica vor drei Jahren in Schottland ihr Leben verloren hatte. Ein Unfall schien unwahrscheinlich, da man ja keine Leiche gefunden hatte. Wenn sie aber nicht an den Folgen eines Unfalls gestorben war, dann...

»Melissa liebt das Melodramatische«, konterte Neville. »Das ist genau die Art von Trick, dessen sie sich bedienen würde, um dich dahingehend zu beeinflussen, daß du jeden Gedanken an eine Aussöhnung fahren läßt.«

»Aber sie muß doch wissen, daß ich niemals glauben könnte, daß du Veronica getötet hast!«

»Eben«, sagte er. »Weil nämlich Veronica nicht getötet wurde. Nur daß es Melissa aus leicht durchschaubaren Gründen Vergnügen bereitet, dir eine so ungeheuerliche Geschichte aufzutischen!«

»Aber sie hat doch nicht behauptet –«

»Behauptet nicht, aber sie hat es dir zu verstehen gegeben. Mein Gott, wie ich sie durchschaue! Du kannst das vielleicht nicht, mein Liebstes, denn das Malheur bei dir ist, daß du von niemandem etwas Böses glauben willst, nicht einmal von deinen ärgsten Feinden! Im Gegenteil, du verteidigst sie noch, wenn sie dir schon ein Messer in den Rücken gestoßen haben! Aber ich durchschaue Melissa und werde es nicht zulassen, daß du diese oder sonst eine Nacht bei ihr verbringst. Wenn du magst, kannst du bei uns im ›Mews House‹ schlafen. Wir haben zwar kein Gästezimmer, aber ich kann mir ohne weiteres auf dem Sofa im Wohnzimmer das Bett machen. Es handelt sich sowieso nur um ein paar Tage, da ich ja am Montag nach Schottland muß.«

Eine Stille trat ein. Ein Kellner flitzte vorbei, nahm sich aber die Zeit, ihnen Kaffee nachzuschenken.

»Wenn es dir lieber ist«, sagte Neville, »würde ich dir ein Hotelzimmer nehmen.«

»Ich –« Sie zögerte. Sie wußte nicht, was sie tun sollte. Der Gedanke, in Melissas Wohnung zu bleiben, war ihr zuwider, gewiß, doch die Aussicht, die nächsten Tage unter Leonies kritischem Auge zu verbringen, nicht wesentlich verlockender.

Neville nahm ihr die Entscheidung ab. »Ich finde, du solltest in ein Hotel übersiedeln«, sagte er und warf einen Blick auf seine Uhr. »Ich begleite dich in Melissas Wohnung zurück, du packst, und wir fahren ins Dorchester.«

Sie wußte sehr gut, was im Dorchester passieren würde. Sie zauderte, spielte mit ihrer Tasse, hielt den Blick auf den dampfenden Kaffee gerichtet und erinnerte sich plötzlich an tausend kleine Dinge, an die starre Einförmigkeit ihrer Arbeit in New York, an die Einsamkeit ihrer Wohnung in Manhattan, an die Männer, die ihr nichts bedeuteten, an die Sinnlosigkeit ihres Lebens unterhalb der verwirrenden Geschäftigkeit ihres Alltags. Mit einem Mal erkannte sie, daß sie drei Jahre im Schatten zugebracht hatte und daß sich ihr endlich eine neue Chance bot, ins Licht zurückzukehren.

Sie hob den Blick. Neville saß ganz still, die Hände auf dem Tisch, aber sie sah, wie seine Knöchel weiß schimmerten, sah den gespannten Zug um seinen Mund.

»Nun?« fragte er leichthin. »Was meinst du? Hältst du es unter den gegebenen Umständen für das Beste?«

Immer noch zögerte sie. Dann aber, nach einer langen Weile, hörte sie sich sagen: »Ja ... ja, ich denke schon. Danke, Neville.«

2

Glücklicherweise war Melissa nicht zu Hause, als sie in die Wohnung zurückkehrten, um Karens Gepäck abzuholen. Während Neville sich im Wohnzimmer an einem Whisky-Soda gütlich tat, verbrachte Karen volle zehn Minuten damit, ihr ein Briefchen zu schreiben, doch das Resultat ihrer Bemühungen schien ihr nicht gerade befriedigend. So unleidlich waren andererseits die Umstände, daß sich jeder Versuch einer schriftlichen Erklärung schwierig gestalten mußte. Schließlich schrieb sie: »Es sieht so aus, als ob ich die Möglichkeit einer Aussöhnung unterschätzt hätte! Wahrscheinlich werde ich am Montag mit Neville auf die Pflanzung F fahren. Ich rufe Dich an, bevor ich fahre. Wenn Du mich sprechen willst, kannst Du mich bis Sonntag im Dorchester erreichen. Mittlerweile vielen Dank für Deine Gastfreundschaft, und entschuldige bitte, daß ich so plötzlich übersiedle.«

Sie lehnte das Briefchen an den Spiegel von Melissas Frisiertisch und ging ins Wohnzimmer zurück.

»Alles in Ordnung?« fragte Neville.

Sie nickte. »Ich denke schon.«

»Dann gehen wir.«

Karen konnte es kaum erwarten, die Wohnung zu verlassen. Sie dachte daran, wie peinlich es wäre, wenn Melissa ausgerechnet in diesem Augenblick heimkommen würde, aber ihr Auszug vollzog sich glücklicherweise ohne Zwischenfälle. Karen atmete erleichtert auf. Sie trug kein Verlangen, Melissas Gesicht zu sehen, wenn sie den Brief lesen und von der bevorstehenden Aussöhnung erfahren würde.

Die warmen Lichter des Dorchester, Inbegriff von Friede, Komfort und Luxus, empfingen sie. Im Zimmer im vierten Stock, von dem aus man die Aussicht auf den Park genoß, gab Neville dem Hausdiener, der das Gepäck heraufgebracht hatte, ein Trinkgeld und fragte Karen, ob sie noch etwas trinken wolle.

»Einen Kaffee, bitte...«

Der Kaffee kam sehr bald. Lässig, gelöst, auf das Sofa hingestreckt, genoß Karen die würzige Wärme des Kaffees und blickte auf die Lichter der Park Lane und auf die dunklen Bäume des Parks hinaus.

»Karen.« Er saß neben ihr, seine Finger glitten über ihren Nacken, sanft nahm er ihr die Schale aus den Händen und stellte sie auf den Tisch. »Karen...«

Nach einer Weile sagte er: »Ich werde meine Fahrt nach Schottland verschieben. Wir werden eine Woche anderswo verbringen – in Paris vielleicht...«

»Nein«, widersprach sie instinktiv, »nicht in Paris.«

»Wo möchtest du hin?«

Später, viel später legte sie sich die Frage vor, warum sie nicht Madeira – oder Griechenland – oder Capri – oder sonst einen Ort vorgeschlagen hatte, der frei war von den Schatten der Vergangenheit, frei vom Blendwerk der Erinnerungen. Vielleicht war es die unbewußte Reaktion auf eine Herausforderung. Oder weil sie im Grunde ihres Herzens wußte, daß sie seit drei Jahren vor der Zukunft davonlief und daß sie, wenn sie ihr nun endlich offen entgegentreten wollte, ihre Schwäche überwinden und so stark werden mußte, daß nichts, auch die schmerzlichste Erinnerung nicht, sie je wieder verletzen konnte.

Oft genug schon ist mir Veronica in die Quere gekommen, oft genug hat sie in mein Leben eingegriffen, aber sie wird es nie wieder tun. Soll ich jedesmal nein sagen, wenn Neville beruflich nach Schottland fahren und die Pflanzung F besuchen muß?

»Ich habe keine Angst, nach Schottland zurückzukehren«, antwortete sie mit fester Stimme. »Und ich möchte Veronicas Geist für immer austreiben. Laß mich mit dir auf die Pflanzung fahren.«

Einen Augenblick lang schien es ihr, als senke sich ein Schleier über seine Augen, als zeichne sich ein harter Zug um seinen fein geschnittenen Mund, doch dann zuckte er lächelnd die Achseln, und alles Unbehagen schwand dahin.

»Dein Wunsch ist mir Befehl«, sagte er, lehnte sich vor und nahm sie in die Arme.

3

Melissa, die eine alte Freundin in Surrey besucht hatte, kehrte kurz vor Mitternacht nach Hause zurück und fand sofort Karens Briefchen. Sie las es zuerst flüchtig, ein zweites Mal mit ungläubigem Verstehen, und ein drittes Mal, um sicherzugehen, daß ihre Augen sie nicht täuschten. Dann ging sie ins Wohnzimmer, mischte sich einen steifen Drink und setzte sich sehr bedächtig nieder.

Es war lächerlich, sich aufzuregen. Lächerlich und würdelos. Und demütigend. Und noch ein Dutzend anderer Dinge, über die man besser nicht nachdachte.

Mit gespitzten Lippen, wie ein Kind, das seine Medizin verabscheut, nahm sie einen Schluck Whisky und griff nach einer Zigarette.

Schließlich und endlich, überlegte sie dann schon etwas kühler, war es ja nur ein Verhältnis gewesen. Sie war immer darauf bedacht gewesen, sich nicht allzu fest an die Männer in ihrem Leben zu ketten. Warum sollte es mit Neville Bennett anders sein als mit all den anderen, mit denen sie so geschickt umzugehen verstanden hatte? Die Antwort auf diese Frage durchzuckte sie mit unwillkommener Deutlichkeit: Nicht sie war mit Neville umgegangen, sondern Neville mit ihr; sie war Wachs in seinen Händen gewesen.

Die Woge der Demütigung war so überwältigend und qualvoll, daß sie das Glas in ihren Händen fast in Stücke gedrückt hätte. Wie ein Gänschen war sie Neville nachgelaufen. Sie hatte sich auf eine Weise benommen, die für eine erwachsene Frau beschämend war. Das Blut stieg ihr in die Wangen, als sie zurückdachte, sich an Einzelheiten erinnerte, wie sie es eingefädelt hatte, ihn einzufangen, ihn umgarnt hatte, um ihn zu halten, Pläne geschmiedet hatte, ihn – jawohl, Pläne geschmiedet hatte, ihn zu heiraten. Gottlob, daß daraus nichts geworden war! Unglaublich, daß sie so verrückt nach einem Mann hatte sein können! Unglaublich und unerträglich.

Die Wut trat an Stelle der Demütigung, als sie nun aufstand und anfing, im Zimmer auf und ab zu gehen. Er hatte sie genommen, sie ein Jahr lang – benutzt, und sie dann achtlos fallengelassen – wie irgendein Flittchen, das seinen Zweck erfüllt hat. Karen hatte nur mit dem Finger zu winken brauchen, und... Was sah Neville nur in dieser Person? Zugegeben, sie war hübsch, aber doch viel zu still und zurückhaltend. Ein tiefes Gemüt... Ja, das war das richtige Wort: tief! Stille Wasser sind tief... »Ich habe nicht die Absicht, mich auszusöhnen...« Leeres Gerede! Sie hatte von Anfang an nichts anderes im Sinn gehabt!

Melissa leerte ihr Glas und drückte ihre Zigarette im Aschenbecher aus.

Schade, dachte sie, daß Karen sich ihr nicht anvertraut hatte. Sie, Melissa, hätte ihr einiges über Neville Bennett erzählen können.

Aber vielleicht war Karen so vernarrt in ihn, daß sie nichts würde hören wollen, was gegen ihn sprach. Vielleicht und vielleicht auch nicht. Schließlich war Veronica ja Karens Schwester. Der Gedanke, ihr einen anonymen Brief zu schreiben, schoß ihr durch den Kopf, aber sie verwarf ihn noch im gleichen Augenblick. Das wäre zu durchsichtig, zu simpel, zu – wie hieß das Wort? – zu kraß. Es gab sicher noch andere, bessere Möglichkeiten, Karen klarzumachen, wie dumm es von ihr war, zu diesem Menschen zurückzugehen. Und jetzt fuhr sie gar noch nach Schottland mit ihm! Geringschätzig verzog Melissa den Mund. Sie war jetzt gefaßter, hatte ein wenig Abstand gewonnen. Ihr Zorn war nun ein eiskalter, beherrschter Zorn, dabei aber unendlich bösartiger und giftiger als der erste Wutanfall. Nach einer Weile zündete sie sich eine zweite Zigarette an und ging an den Schrank, in dem sie ihre Geschäftskorrespondenz aufbewahrte. Sie plante schon seit langem, genauere Informationen über die Preise und Lieferanten von echt schottischem Tweed einzuziehen. Tweed verkaufte sich immer gut, insbesondere an amerikanische Touristen, die diesen Stoff für ein typisch englisches Produkt ansahen. Vielleicht war es möglich, im Herbst eine komplette Kollektion herauszubringen. Allerdings würde sie eine Geschäftsreise nach Schottland unternehmen müssen, wenn sie sich ernstlich entschloß, dieses Projekt in Angriff zu nehmen…

Sie holte eine Karte von Großbritannien hervor und versuchte festzustellen, welche Weberei von Tweedstoffen der Pflanzung F am nächsten lag.

4

Leonie wartete bis Mitternacht auf Neville und ging auch dann nur zögernd ins Bett. Sie war es natürlich gewöhnt, daß ihr Bruder ganze Nächte von zu Hause fortblieb, und hütete sich, ihm diesbezügliche Fragen zu stellen oder Bemerkungen fallenzulassen. Dennoch machte sie sich immer wieder Sorgen, er könnte mit seinem Wagen einen Unfall haben (sehr unwahrscheinlich, denn Neville war ein ausgezeichneter Fahrer). Dazu kam, daß sie eine leise, aber doch klar erkennbare Mißbilligung nie ganz unterdrücken konnte, wenn sie auf diese Weise an einen zwar diskreten, aber sich ständig wiederholenden Aspekt seines Privatlebens erinnert wurde. Seinem Vater, dachte sie, wäre das gar nicht recht gewesen. Ihre Eltern waren schon lange tot, aber Leonie dachte oft an sie zurück, insbesondere an ihren Vater, einen stillen, gelehrtenhaften Mann, der in seinen archäologischen Studien aufging und bis auf eine Runde Golf am Sonntag und hin und wieder eine Stunde Gartenarbeit keine Erholung kannte. Er hatte ein asketisches, geradezu klösterliches Leben geführt – sehr zum Unterschied von seiner geistvollen, fröhlichen und sehr attraktiven Frau, die ihm gelegentlich untreu gewesen war, sich aber nie der Mühe unterzog, ihn zu verlassen.

Leonie seufzte ein wenig verärgert, drehte das Licht aus und ließ sich im Dunkel auf ihre Kissen sinken.

An Schlaf war natürlich nicht zu denken, das hätte sie wissen müssen. Um zwei stand sie wieder auf, ging in die Küche hinunter und machte sich Tee. Immer wieder überlegte sie, wo Neville wohl sein konnte – eine törichte Überlegung, weil sie ganz genau wußte, daß er mit Karen essen gegangen war und offensichtlich eine Aussöhnung mit ihr anstrebte. Zweifellos hatten sie sich bereits in einem Hotel einquartiert.

Nicht zum ersten Mal legte sie sich nun die Frage nach der Ursache der Abneigung vor, die zwischen ihr und Karen bestand. Für Amerikaner hatte Leonie nie etwas übrig gehabt. Widerwärtige, aufdringliche, geschmacklose Krakeeler, dachte sie, laut, frech und unaussprechlich vulgär. Daß Karen eine ruhige und charmante Person war und ausgezeichneten Geschmack besaß, änderte diese Einstellung in keiner Weise: Sie war auch eine von denen! Schon ihr Akzent machte Leonie nervös. Und dann dieser Bruder, Thomas, mit seinen unverschämten, zynischen, babyblauen Augen, seinem grauenhaften Singsang, seinem entsetzlichen Dialekt – und wie er sich kleidete! Gott sei Dank, Karen sah wenigstens anständig aus und wußte sich zu benehmen, wenn sie in die Kreise kam, in welchen Neville verkehrte. Es wäre ja auch zu furchtbar gewesen, wenn Neville ein weibliches Äquivalent von Thomas geheiratet hätte. Veronica, zum Beispiel...

Es schauderte sie bei dem Gedanken. Eilig ging sie nach oben. Jetzt war nicht die Zeit, an die Vergangenheit zu denken. Sie würde die Nacht wach liegen, wenn sie anfing, ihren Erinnerungen an das schreckliche Wochenende im Landhaus nachzuhängen.

Und sie lag die ganze Nacht wach. Selbst ihre Schlaftabletten versagten. Sie warf sich unruhig hin und her und las ein paar Seiten in ihrem Bibliotheksbuch. Sie dachte jetzt an Marney, erinnerte sich an längst vergangene Zeiten und verglich sie mit der Gegenwart. Was sie empfand, war Bedauern und Reue und tiefe Verbitterung, begleitet von einem sinnlosen, aber darum nicht weniger schmerzhaften Aufflackern von Mitleid mit sich selbst.

Um fünf stand sie wieder auf und begann in qualvoller Rastlosigkeit im Zimmer auf und ab zu gehen. Das ist alles Karens Schuld, dachte sie mit brennenden Augen; wäre sie nicht zurückgekommen, ich würde mich nicht mit der Vergangenheit beschäftigt haben. Die Vergangenheit war tot und vergessen – soweit man sie je vergessen kann –, und jetzt kommt sie zurück, um mich daran zu erinnern, um alles wieder aufzurühren, das Leid, das Entsetzen, die Demütigung...

Sie begann zu weinen. Tränen versengten ihre Wangen, doch sie tat nichts, um ihnen Einhalt zu gebieten. Man wird mich jetzt zur Seite schieben, dachte sie kummervoll, so wie damals, als er sie heiratete und in sein Haus in Cambridge brachte. Ich werde weggehen und allein leben müssen, so wie damals – und wenn ich eine Bleibe gefunden habe, was dann? Eine alte Jungfer werde ich sein, ausrangiert, überflüssig, niemandem zunutze... Und ich weiß auch sehr gut, daß ich nicht mehr so oft die Möglichkeit haben werde, Marney zu sehen, wenn ich Nevilles Haus einmal verlassen habe – wie sich auch keine Gelegenheiten ergeben werden, mit ihm zu telefonieren...

Und alles nur, weil Karen nach London zurückgekehrt ist. Und Neville sie wiederhaben will.

Aber vielleicht würde die Aussöhnung nicht von Dauer sein. Vielleicht würden sie streiten, und Karen würde die nächste Maschine nach New York nehmen.

Leonie zog die Vorhänge zurück, um die Dämmerung über London heraufziehen zu sehen. Ihre Tränen waren versiegt. Sie war jetzt ruhiger und zu allem entschlossen. Sie würde sich nicht verdrängen lassen, sagte sie sich mit zusammengepreßten Lippen. Sie würde sich nicht beiseite schieben, als unbrauchbar verabschieden lassen. Sie hatte ihr eigenes Leben zu leben, oder etwa nicht? Karen würde schon merken, daß sie sich nicht so leicht aus dem Weg schaffen ließ. Karen würde sich noch wundern, in welch peinliche Lage Leonie sie bringen konnte...

Die Dämmerung war angebrochen, die Sonne ging auf. Von plötzlicher Erschöpfung befallen, legte Leonie sich wieder aufs Bett. Sie schlief, bis der Junge um sieben ins Zimmer gehüpft kam und wissen wollte, wo sein Vater war.

5

Üblicherweise ging Marney samstags nicht ins Büro, aber heute war eine Ausnahme. Sein Vorgesetzter, eine sehr angesehene Persönlichkeit in der gegenwärtigen Regierung, erwartete von ihm einen Bericht über einen Industriekonzern im Norden, wo mit einer bestimmten Sorte Nutzholz experimentiert wurde. Für nächsten Montag war eine Debatte im Parlament angesetzt, und bis dahin mußte der Minister, jawohl, mußte er den Bericht unter allen Umständen haben. Marney hatte resigniert die Achseln gezuckt, sich zum zwanzigsten Mal die Frage vorgelegt, warum in aller Welt er sein geruhsames akademisches Leben aufgegeben und eine Beamtenlaufbahn eingeschlagen hatte. Eben war er mit dem Bericht fertig geworden und lehnte sich erleichtert zurück, als es an der Tür klopfte und Neville ins Zimmer trat.

Marney zog überrascht die Brauen hoch. Vor ihm stand ein veränderter Neville, lebensprühend und doch entspannt, munter und federnd. In der Sekunde, bevor der Schock seinen Herzschlag stocken machte, verzog Marney ironisch den Mund.

»Da bist du ja!« sagte Neville heiter. »Ich glaubte mich zu erinnern, daß du die Absicht hattest, heute morgen hier zu arbeiten. Ich bin nur eben vorbeigekommen, um mir die Unterlagen für die Pflanzung F zu holen. Wir fahren am Montag nach Schottland.«

»Wir?«

»Karen und ich.«

Die Büroklammer in Marneys Fingern krümmte sich zu einem verzerrten Gebilde und brach. Marney lächelte. »Meine Glückwünsche!« sagte er freundlich.

Neville grinste wie ein Schuljunge, schüttelte die dunkle Haarlocke zurück, die ihm in die Stirn gefallen war, und warf sich in einen Sessel. »Da staunst du, was?«

»Ein wenig schon. Aber nicht übermäßig.«

»Ich werde wohl Symons anrufen und ihm sagen, daß ich mir fünf Tage Urlaub nehme. Damit hätte ich eine volle Woche allein mit Karen im Haus oben, bevor ich pflichtgemäß ins Forsthaus auf der Pflanzung hinüberfahre, um mit Kelleher zu reden. Schließlich ist die Sache ja nicht dringend. Ich habe sie immer wieder hinausgeschoben, also macht eine Woche mehr auch nichts aus.«

»Stimmt... Aber warum verbringst du dann diese Woche nicht irgendwo anders?«

»Karen war dagegen.«

»So?«

»Na ja, zuerst sah ich die Geschichte als reine Geschäftsreise, doch als Karen dann sagte, sie hätte nichts dagegen mitzukommen, entschloß ich mich, das Geschäftliche für eine Woche zurückzustellen.«

»Ich verstehe.«

»Ich habe eben mit Leonie darüber gesprochen. Ursprünglich wollten wir Schnupf mitnehmen, Karen und ich, kamen aber dann zu der Überzeugung, es wäre wohl besser, er bliebe noch so lange in London, bis ich mit meiner Arbeit auf der Pflanzung anfange. Karen und ich, wir wollen ja ein paar Tage allein sein. Glücklicherweise hat sich Leonie bereit erklärt, Schnupf selbst mit hinaufzunehmen, und so brauchen wir uns keine Sorgen zu machen, wie er zu uns kommen soll.«

»Das war sehr nett von ihr.«

»Na ja, es ist nicht gerade die ideale Lösung, aber Schnupf ist wohl noch zu klein, um allein eine so weite Reise zu machen, und so ist es sicher am besten, wenn Leonie ihn mitbringt. Außerdem konnte ich Leonie ja nicht gut bitten, in London zu bleiben. Schließlich gehört das Haus ihr. Als ich es kaufte, schenkte ich es ihr – aus steuerlichen Gründen –, und sie war ja vor meiner Heirat tatsächlich auch oft oben. Sie pflegte zwei Monate im Jahr dort zu verbringen und fährt jetzt noch im Sommer häufig hinauf.«

»Es könnte durchaus von Vorteil sein, sie im Haus zu haben, wenn du mit deiner Arbeit beginnst«, meinte Marney. »Karen wird sich einsam fühlen, wenn sie den ganzen Tag allein ist.«

»Ja, sicher, da magst du wohl recht haben, aber leider haben sich die zwei Frauen nie sehr gut miteinander verstanden... Ich weiß nicht, was ich Leonie sagen soll, wenn wir nach London zurückkommen. Ich fürchte, es würde nicht gut tun, wenn sie bei uns wohnen bliebe, eben weil sie mit Karen nicht zurechtkommen kann oder will, aber sie hat bisher nicht verlauten lassen, daß sie sich nach einer eigenen Wohnung umschauen wolle. Ich sehe da eine unerfreuliche Situation auf mich zukommen.«

»Peinlich.«

»Sehr. Andererseits...« Flott stand er auf und ging zur Tür zurück. »Es führt ja zu nichts, wenn ich mir jetzt Sorgen mache. Wir sehen uns dann in vierzehn Tagen, Marney. Ruf mich an, wenn eines meiner Projekte nicht klappen sollte, aber im Augenblick erwarte ich eigentlich keine Schwierigkeiten.«

»In Ordnung... Bestelle Karen meine besten Grüße. Sag ihr, daß ich sehr froh bin, daß alles gut ausgegangen ist.«

»Ausgegangen?« lachte Neville. »Es fängt eben erst an!«

»Na ja, ich meinte... Wiedersehen, Neville!«

»Wiedersehen!« Die Tür schlug zu. Die Schritte verklangen im Korridor.

Marney holte tief Atem.

Er erhob sich. Gewissenhaft rief er sich die Tatsache ins Gedächtnis, daß Neville sein ältester Freund war. Trotzdem war er verärgert. Jenseits des Fensters breitete sich das saftige Grün der Rasen und Bäume des St. James' Park aus, glitzerte das Wasser durch Büsche und Gesträuch, genossen Londoner Spaziergänger ihren freien Tag. Marney wandte sich wieder seinem Schreibtisch zu, ordnete die Blätter seines Berichtes und heftete sie mit einer Büroklammer zusammen. Überrascht stellte er fest, daß seine Hand zitterte. Wie eigenartig! Seit fünfundzwanzig Jahren wußte er, daß Neville zu jenen Menschen gehörte, die immer alles bekamen, was sie haben wollten. Warum also sollte Marney sich gerade jetzt darüber ärgern, daß es Neville gelungen war, die gewünschte Aussöhnung mit seiner Frau herbeizuführen? Und daß er aufrichtig genug war, offen auszusprechen, daß seine Schwester ihm lästig fiel? All dies entsprach Nevilles üblicher Verhaltensweise. Was also war es, das Marney so zornig machte?

Karen natürlich. Marney bewunderte Karen und konnte sie gut leiden. Seine Bewunderung war noch größer gewesen, als sie tat, was keine andere Frau an ihrer Stelle getan hätte: als sie Neville Bennett verließ und sich weigerte, zu ihm zurückzukehren. Daß sie einer Aussöhnung nun so bereitwillig zugestimmt hatte, empfand Marney jetzt als ungeheure Enttäuschung. Vielleicht war Karen letzten Endes auch nicht anders als andere Frauen. Vielleicht hatte er sie überschätzt, vielleicht war ihre Beziehung zu Neville gar nicht so einzigartig gewesen.

Er zog seinen Regenmantel an, riß die Tür auf und trat auf den Korridor hinaus. Er war immer noch zornig und, was noch schwerer wog, empfand so etwas wie Verachtung und Abscheu vor seinem Freund. Er hastete die Treppe hinab, überquerte die Mall und lenkte seine Schritte in den Park, doch das Gefühl blieb an ihm haften – ein schändlich eindeutiges und außerordentlich unbequemes Gefühl.

Er erreichte die Brücke über den langen See und blieb in der Mitte stehen, um die märchenhafte Silhouette am östlichen Horizont zu bewundern, die zweifellos einen Anblick bot, wie keine andere Stadt ihn zu bieten vermochte. Die Sonne schien, der Himmel war blau. Und vor ihm, über dem See und den Wipfeln der Bäume erhoben sich geheimnisvoll östlich die kosmopolitischen Türme und Minaretts der Horseguards.

Sei ehrlich, sagte er sich, gib es zu. Du bist eifersüchtig auf Neville. Du warst es immer und wirst es immer sein. Gib es zu, lebe mit dieser Wahrheit und lache darüber, aber um Himmels willen, laß es nicht an dir schwären, an dir fressen...

Drei Jahre war es her, daß er sich solcherart hatte ermahnen müssen. Drei lange Jahre. Er hatte geglaubt, sich von aller Eifersucht geläutert, alle Empörung und allen Haß ausgebrannt zu haben. Nie wieder, hatte er gedacht, würde er auch nur den Wunsch verspüren, seine ihm anerzogene Selbstbeherrschung von Gefühlen lenken zu lassen, nie wieder sein seelisches Gleichgewicht verlieren... Irrtum! Da stand er nun, vom betäubenden Schwindel einer ätzenden Erregung ergriffen, die er verachtete, immer noch willens, vernünftig und realistisch zu bleiben, während die alten Wunden, die er längst verheilt geglaubt hatte, von neuem aufbrachen und mit ihrem Gift seine Erinnerung versehrten...

Aber er durfte nicht an Veronica denken. Veronica war ein Teil der Vergangenheit. Es wäre töricht, jetzt an sie zu denken und an die Rolle, die sie in seinem Leben gespielt hatte.

Blind stürmte er die Brücke hinunter. Er würde sich mit alldem nicht auseinanderzusetzen haben, wenn Karen in Amerika geblieben wäre. Drei Jahre Frieden, drei Jahre Vergessen, und nun...

Eines wenigstens, dachte er erleichtert, während er wieder die Mall erreichte und den Weg zum Trafalgar Square einschlug, eines wenigstens würde ihm diesmal erspart bleiben: Er würde nicht auf der Pflanzung sein.

6

Sechs Tage vergingen.

Es war Freitag, vier Uhr nachmittags, als Thomas Conway in Paris eintraf, sich in einem bescheidenen, aber komfortablen Hotel installierte, und ein Gespräch mit London anmeldete. In der Annahme, dort seine Schwester vorzufinden, nannte er der Vermittlung Melissas Nummer. Melissa, die schon früher aus ihrem Laden gekommen war, meldete sich.

»Hallo, Melissa, wie geht's denn immer?« So wie viele Amerikaner machte auch Thomas sich nicht die Mühe, seinen Namen anzugeben, wenn er jemanden anrief. Das Eigenartige daran war, daß die meisten Menschen, mit denen er telefonierte, ihn sofort und ohne große Mühe erkannten.

»Thomas, nehme ich an«, sagte Melissa und entsprach so seinen Erwartungen.

»Höchstpersönlich. Ich bin in Paris und hoffe, mir für morgen nachmittag einen Freiflug nach London herausschinden zu können... Ist Karen da?«

»Nein«, antwortete Melissa sehr kühl. »Sie ist vor einer Woche abgereist.«

»Was?« brüllte Thomas. »Sie ist schon wieder heimgefahren? Was ist ihr denn da eingefallen?«

»Nun, heimgefahren ist sie eigentlich nicht.« Es klang ein wenig scharf. »Sie ist nach Schottland, auf die Pflanzung F, gefahren.«

Ein kurzes Schweigen und dann: »Sie machen Witze. Das muß ein Witz sein.«

»Nein, ich meine es ganz ernst. Sie sind vorige Woche hinaufgefahren.«

»Sie meinen, sie und Neville...?«

»Ja. Sie haben sich ausgesöhnt.«

»Du lieber Gott.«

»Das war vergangenen Freitag – heute vor einer Woche. Am Samstag rief mich Karen dann an, um mir mitzuteilen, daß sie und Neville zwei Wochen in Schottland zubringen würden. Neville hatte beruflich oben zu tun, aber sie wollten zuerst ein paar Tage allein im Haus sein. Und Leonie fliegt morgen mit dem Kind nach Inverness hinauf, um sie zu besuchen.«

»Aber... Schottland! Diese verdammte Pflanzung!«

»Sie wollte sich vermutlich beweisen, daß sie imstande war, dorthin zurückzukehren.«

»Die hat ja einen Dachschaden!«

»Vielleicht.« Es klang leicht belustigt.

»Hören Sie mal... kann ich bei Ihnen vorbeikommen, wenn ich morgen in London bin?«

»Das hängt davon ab, wann Sie da sind. Ich fahre morgen auch nach Schottland und verlasse die Wohnung um halb zehn.«

»So?« Er war interessiert. »Urlaub?«

»Geschäftlich. Ich habe in einer Tweed-Weberei bei Fort William zu tun.«

»Fort William? Ist das nicht in der Nähe von... he, brauchen Sie nicht vielleicht einen Kopiloten?«

Er war wirklich ein unverbesserlicher Schmarotzer, stellte Melissa nüchtern fest. Wenn sie nicht aufpaßte, würde sie ihm nicht nur eine Freifahrt zu seiner Schwester spendieren, sondern auch noch für seine Hotelrechnung aufkommen müssen.

»Ich muß ehrlich gestehen«, sagte sie mit einer Stimme, in der sich Erleichterung und Freude zu mischen schienen, »ich wäre wirklich froh, wenn ich mich auf der langen Fahrt mit jemandem abwechseln könnte – sind Sie schon mal einen Fiat 600 gefahren? –, und ich hätte auch nichts gegen einen Zuschuß zu den Benzinkosten einzuwenden. Das wäre herrlich, Thomas.«

Wenn ihr Wink ihn verstimmt hatte, ließ er sich jedenfalls nichts anmerken. »Dann fliege ich heute abend«, sagte er. »Ich werde gleich den Flughafen anrufen. Haben Sie etwas dagegen, daß ich direkt zu Ihnen in die Wohnung komme? Wo Karen doch nicht da ist, könnte ich vielleicht Ihr Gästezimmer benützen und mir so die Mühe sparen, mir erst ein Hotel zu suchen. Es macht Ihnen doch nichts aus, nicht wahr?«

Es machte Melissa sogar sehr viel aus. »Na ja –«

»Fein, fein«, sagte er nonchalant. »Ich werde auch nichts von Ihnen verlangen, was ich nicht sollte.«

Melissa, die bereits einige von Thomas rein routinemäßig unternommene Verführungsversuche hatte abwehren müssen, als sie sich vor Jahren zum ersten Mal in New York begegnet waren, gab ihren Zweifeln Ausdruck.

»Na, überlegen Sie sich's noch mal«, sagte er mit gewinnender Herzlichkeit. »Ich verspreche Ihnen, daß ich mich anständig benehmen werde. Wenn ich Glück habe, sehe ich Sie noch vor Mitternacht. Bis dahin auf Wiedersehen!«

Es knackte in der Leitung, als er den Hörer auflegte. Melissa starrte das Telefon böse an und zuckte dann philosophisch die Achseln. Vielleicht ließ sich für sie sogar ein Vorteil aus dieser Situation ziehen...

7

In seinem Büro am Birdcage Walk klappte Marney um etwa die gleiche Stunde einen Aktenordner zu und sah mit Vergnügen einem friedlichen Wochenende entgegen. Er sah immer noch einem friedlichen Wochenende entgegen, als die Tür aufging und sein Vorgesetzter ins Zimmer trat.

»Dr. West... auf der Pflanzung F hat sich eine Situation ergeben...«

Marney saß ganz still.

»…Kelleher vom Forsthaus hat eben angerufen…«

Seine Muskeln spannten sich.

»…Neville Bennett ist jetzt oben, ich weiß, aber er hat die Unterlagen über das Krankheitsbild nicht dabei, und er ist ja auch mit der Materie nicht sehr vertraut, weil es doch schließlich Ihr Projekt ist…«

Entsetzen ließ den Raum vor seinen Augen verschwimmen. Wie von ferne hörte er eine höfliche Stimme, die er vage als die seine erkannte: »Ist es unbedingt nötig, daß ich fahre, Sir? Das Weißbuch macht mir soviel Arbeit… Vielleicht könnte Wilkins…?«

»Wilkins ist in Skandinavien. Ich fürchte, Sie werden fahren müssen. Aber Sie müssen ja nicht lange oben bleiben. Überlegen wir einmal… Wenn Sie morgen früh fliegen, können Sie am Abend im Forsthaus sein. Ich werde Kelleher ein Telegramm schicken, daß Sie einer seiner Leute in Inverness vom Flughafen abholt. Ein paar Tage sollten Ihnen genügen, um die Sache in Ordnung zu bringen…«

Marney hörte zu, gab klein bei und notierte sich seine Anweisungen mit peinlicher Genauigkeit. Als er dann endlich allein war, blieb er noch lange an seinem Schreibtisch sitzen, bevor er aufstand, in seinen Regenmantel schlüpfte und die Unterlagen in seine Aktentasche stopfte, die er für die unerwartete, unerwünschte Fahrt zur Pflanzung F benötigte.

4. Kapitel

1

Der See lag in einer abgelegenen Gegend des westlichen Hochlands, nahe der Bucht Hourn und an der Grenze zu den ausgedehnten Gebieten rund um Lochiel. Es war ein kleiner, friedlicher See, an dessen einer Seite sich die Straße von Kildoun entlangschlängelte, bis sie, viele Meilen weiter, in die Straße nach Kyle of Lochalsh einmündete. Das ausgebaute Landhaus, das Neville vor Jahren gekauft und seiner Schwester geschenkt hatte, erhob sich auf der der Straße gegenüberliegenden Seite des Sees. Vor einigen Jahrzehnten war der See so seicht gewesen, daß man ihn durchwaten konnte, doch das Zeitalter der großen hydroelektrischen Projekte hatte dem ein Ende gesetzt, und nun benötigte man ein Boot, um vom Haus zur Straße zu gelangen. Zu seiner Bequemlichkeit hatte sich Neville zwei Ruderboote angeschafft und dazu ein Bootshaus und einen kleinen Landesteg errichten lassen. Mit viel Geduld hatte Leonie das winzige Stück Land bearbeitet, und nun blühten hin und wieder ein paar winterfeste Pflanzen in den unter den Fenstern des Hauses angelegten Beeten. Ihr ganzer Stolz aber war der Steingarten, nur wenige Meter vom Haus entfernt, wo sich ihr gärtnerisches Talent am erfolgreichsten bewährt hatte.

Hinter dem Haus wand sich ein holpriger Karrenweg steil den Berghang hinauf, überstieg den Kamm und führte auf manchen Umwegen ins nächste Tal, zum Forsthaus der Pflanzung F hinunter. Das F stand für »Fragezeichen«, denn es war eine Versuchspflanzung, und Neville mußte sie häufig besuchen, um das Wachstum der Bäume zu beobachten und die Wirksamkeit neuer Methoden zu überprüfen. Eine vier Meilen lange, kurvenreiche Privatstraße verband das Forsthaus mit der Hauptstraße nach Fort William und in die Zivilisation.

Neville und Karen waren am vergangenen Montag auf dem Flughafen von Inverness eingetroffen und von Kelleher, dem Leiter der Forststation, persönlich abgeholt worden. Der erfahrene Förster, der viele Jahre lang in Kanada und Norwegen tätig gewesen war, benützte für seine Ausfahrten einen ebenso ehrwürdigen wie aristokratischen Rolls-Royce, und in diesem in Ehren ergrauten Vehikel wurden Neville und Karen zur Pflanzung F gebracht. Hier aßen sie mit den Förstern und Botanikern der Station zu Abend. Dann borgte sich Neville einen der Jeeps aus, um damit über den Bergkamm zum See und zum Haus hinüberzufahren.

»Es ist alles für Sie vorbereitet«, teilte Kelleher ihnen mit. »Als Samstag Ihr Telegramm kam, setzte ich mich sofort mit Mrs. MacLeod in Verbindung, die sich dann zusammen mit ihrer Tochter übersetzen ließ, um das Haus zu lüften und alles in Ordnung zu bringen. Ich selbst fuhr gestern mit einer Ladung Proviant hinüber und fand das Haus in gutem Zustand. Wenn Sie noch etwas brauchen, rufen Sie einfach an, und ich schicke Ihnen einen von den Burschen mit dem Jeep hinüber.«

Aber es war alles perfekt. Sie fuhren los, und Karen, die der Ankunft im Haus insgeheim mit einigem Bangen entgegengesehen hatte, war von der Fahrt mit dem Jeep so bezaubert, daß sie ihre Ängste vergaß. Sie erreichten die Grenze der Pflanzung, erklommen den Paß, und Neville hielt einen Augenblick an, um die Aussicht zu genießen. Es war Vollmond. Silbern strömte das Licht über das Heidemoor unten im Tal, schimmernd funkelte der See. Es herrschte völlige Stille, Friede lag über der Landschaft, und Karen fühlte Tränen in ihren Augen brennen, weil alles so schön war.

»Ich bin froh, daß wir zurückgekommen sind«, sagte sie.

Er suchte ihre Hand und hielt sie sekundenlang fest, bevor sie weiterfuhren.

Anfangs schien es, als ob das Haus unmittelbar am Ufer stünde, und erst als sie näher kamen, erwies sich, daß es über hundert Meter vom Wasser entfernt auf einer Anhöhe thronte. Die Mauern waren gekalkt, und in der Dunkelheit ließ sich unmöglich ausmachen, welche der alten Mauern die aus einem einzigen Raum bestehende Kate eines Kleinpächters und welche die des ausgebauten Hauses waren. Ganz in der Nähe brausten die weißen Wasser eines Baches zu Tal, um sich in den See zu ergießen. Nachdem Neville den Jeep geparkt hatte, folgte ihm Karen über die Holzbrücke, warf einen Blick auf Leonies Steingarten und stand schließlich vor dem Hintereingang des Hauses.

Neville zündete eine Lampe an und ging das restliche Gepäck holen, Karen aber nahm die Lampe und wanderte durch die Küche und den kleinen Speiseraum ins Wohnzimmer. Alles sah aus wie früher. Karen versuchte, sich Veronica in dieser Umgebung vorzustellen; zu ihrer Überraschung gelang es ihr nicht. Neville hat recht, dachte sie, hier gibt es keine Gespenster.

Sie fühlte sich unendlich erleichtert, als nun alle Spannungen der Erinnerung verebbten.

Sie ging ins Schlafzimmer hinauf, legte den Mantel ab und zog die Bettdecke ab. Frisch und einladend spannten sich die Laken. Sie streifte die Schuhe ab, legte sich nieder und schloß die Augen. So vollkommen war ihre Entspannung, daß sie fast augenblicklich einschlief und nicht einmal hörte, wie Neville die Koffer nach oben brachte. Sie erwachte erst, als er neben ihr lag, als seine Lippen die ihren suchten und als er sie fester an sich drückte. Einen seltsamen Augenblick lang schien es ihr, als ob die letzten drei Jahre nur ein Traum gewesen wären und sie eben erst aus einem langen Schlaf erwacht war. Vielleicht war Veronica überhaupt nie dagewesen, vielleicht hatte sich das Furchtbare vor drei Jahren gar nicht ereignet...

»Bist du glücklich?« hörte sie Neville murmeln.

»Mmm...« Und sie war glücklich. Erst jetzt schien ihr die Aussöhnung mit Neville Wirklichkeit.

»Ich habe den Eindruck«, sagte er eine Weile später, »als hättest du mich erst jetzt... rückhaltlos geliebt.«

Das Zündholz flackerte auf, als er sich eine Zigarette anzündete. Einen Augenblick sah sie sein Gesicht, doch dann erlosch das Streichholz, und es blieb nur mehr das Mondlicht, das durch die vorhanglosen Fenster schien, Ruhe und Frieden.

»Es war nicht leicht im Hotel.«

»Ich weiß.«

»Ich kam mir vor wie deine Geliebte, nicht wie deine Frau.«

»Ich hätte warten sollen, bis wir hier –«

»Vergiß nicht: Auch ich war ungeduldig.«

Sie lachten. Er beugte sich über sie und küßte sie. Und wieder nach einer langen Weile sagte er: »Damit ist ein neuer Anfang gesetzt. Ein neues Leben, ein neues Glück für uns beide. Alles neu. Auch Kinder, wenn du magst. Und nie, nie wieder soll die Vergangenheit zwischen uns treten.«

Doch die Vergangenheit warf immer noch ihre Schatten. Bei Tageslicht nahmen die Erinnerungen schärfere Konturen an. Am nächsten Morgen ging sie zum Landesteg hinunter, und die Boote ließen sie daran denken, wie Thomas sie vor drei Jahren über den See gerudert hatte. Sie wanderte, am Steingarten vorbei, hinters Haus und ein Stück den Karrenweg hinauf und erinnerte sich, wie sie aus dem Haus gelaufen und in blinder Hast den Hang hinaufgestürmt war, um zur Pflanzung zu gelangen. Am schlimmsten aber war es, als sie in das rubbelig zerrissene Land am Ufer entlang eindrang, als die Atmosphäre zerbröckelnden Verfalls sie wider alle Vernunft an Melissas versteckte Andeutungen erinnerte, ihre Mutmaßung, Veronica könnte sich noch irgendwo in der Nähe befinden – auch wenn und obwohl die Auffassung vorherrschte, daß sie damals das Haus verlassen hatte. Es überlief sie kalt. Wieder sah sie sich um, doch ihr Blick fiel nur auf die feuchten Mauern des Hauses, die mit Unkraut und Schutt bedeckte weiche Erde, und die blinden Fenster, in denen sich das stille Wasser des Sees spiegelte. Doch schon im nächsten Augenblick lief sie mit fliegenden Pulsen los, und als Neville ihr bei der Haustür entgegenkam, fand sie erleichtert Zuflucht in seinen Armen und konnte sogar noch über den eben ausgestandenen Schrecken lachen.

Die Tage flogen dahin. Das Wetter war nicht übel; zwar regnete es jeden Tag ein wenig, aber nachmittags schien meistens die Sonne und bot abends, wenn sie wie ein roter Feuerball hinter den Bergen versank, einen zauberhaften Anblick. Sie verbrachten die Zeit mit Bootfahren und Fischen, fuhren nach Kildoun, um dort im Hotel einen Drink zu nehmen oder zu Abend zu essen, und nach Fort William, um sich mit Proviant einzudecken. Sie machten lange Spaziergänge den Bach oder am Seeufer entlang, erforschten das weite Gebiet des Moorlandes und entdeckten alte Pfade in der Heide. War es zu naß, um auszugehen, saßen sie um das Torffeuer im Wohnzimmer, spielten Platten auf einem alten Grammophon, das noch mit der Hand aufgezogen werden mußte, oder stellten das Transistorradio an.

Doch die Vergangenheit war immer noch da, und Karen war sich dessen bewußt, so sehr sie sich auch dagegen wehrte und versuchte, dieses Bewußtsein mit Vernunftgründen zu rechtfertigen. Schließlich und endlich, sagte sie sich, konnte man doch nicht einfach vergessen, was vor drei Jahren geschehen war. Man konnte auch nicht erwarten, von einem Tag zum anderen einen Gedächtnisverlust zu erleiden, so zweckdienlich das in diesem Fall auch gewesen wäre. Ein gewisses Maß an Erinnerung war unvermeidlich, nur sollte es sie nicht beschweren, ihr nicht weh tun. Doch das Unbehagen dauerte fort und verstärkte sich noch.

Es war vor allem ein Gefühl bangender Erwartung, ein intuitives Schreckbild, das sie bedrückte und quälte. Die Woche ging ihrem Ende zu, und sie tröstete sich mit dem Gedanken, daß Leonies und Schnupfs Ankunft dazu beitragen würde, die Vergangenheit zu verdrängen, doch noch während sie diesem Gedanken nachhing, sagte ihr ein anderer Teil ihres Verstandes: Auch Leonie war vor drei Jahren hier, und bis zu einem gewissen Punkt wird ihre Anwesenheit das Entsetzen jenes Wochenendes neu aufleben lassen.

Dann kam die Nachricht, daß Marney in Kürze eintreffen würde, und ihre Angstgefühle nahmen zu.

»Er wird natürlich im Forsthaus logieren«, bemerkte Neville so nebenbei, als ahnte er den Grund für ihre Unruhe, doch seine Worte gewährten ihr keinen Trost.

Auch damals hatte Marney im Forsthaus logiert.

Sie versuchte sich zusammenzureißen. Sie sagte sich, daß es doch absurd wäre, das kommende Wochenende mit jenem zu verquicken, das vor drei Jahren den Schlußpunkt hinter ihre Ehe gesetzt hatte. Neville bestellte telefonisch einen Wagen, der Leonie und Schnupf vom Flughafen abholen sollte. Karen beschäftigte sich intensiv mit Hausarbeiten: Sie schrubbte und putzte und kochte sogar voraus, um für die Besucher gerüstet zu sein. Die Gäste kamen, und sie hatte sich bereits völlig in der Gewalt. Das Wiedersehen mit dem Kind tat ein übriges, um sie weitgehend von ihren Sorgen zu befreien.

Marney erreichte die Pflanzung F noch am gleichen Abend und rief Neville vom Forsthaus an, aber das machte nur wenig Eindruck auf Karen.

Und ohne sich angemeldet zu haben, trafen Melissa und Thomas am Sonntag abend in Kildoun ein.

2

Marney war an diesem Abend zum Essen herübergekommen, und er war es, der den Anruf entgegennahm. Leonie war in der Küche und machte Kaffee, und Karen hatte eben Schnupf oben ins Bett gesteckt. Gähnend, die Hände unter dem Kopf verschränkt, saß Neville mit ausgestreckten Beinen vor dem Kaminfeuer, während Marney am Grammophon die Nadel wechselte.

Das Telefon klingelte.

»Ich geh' ran«, sagte Marney. »Es ist wahrscheinlich Kelleher.« Er räusperte sich. »Hallo? Dr. West.«

»Guten Abend, Marney«, sagte Thomas liebenswürdig. »Wie geht's denn immer? Ist Karen in der Gegend?«

»Thomas? Na, das ist eine Überraschung! Augenblick, bitte.« Er legte den Hörer nieder.

»Wer?« rief Neville erstaunt.

»Ein Mann mit amerikanischem Akzent fragte nach Karen.«

»Du lieber Gott!« Neville sprang auf die Beine und eilte zum Telefon, während Marney aus dem Zimmer ging, um Karen zu holen. »Thomas? Neville. Von wo sprichst du?«

»Von der anderen Seite des Sees.« Neville hörte, wie er sich abwandte, um mit jemandem zu sprechen. »Wie heißt der Ort hier, Schätzchen? Ich konnt' es mir nie merken... Kildoun. Ich hatte großes Glück. Ich wurde den ganzen Weg von London bis hierher im Auto mitgenommen. Erinnerst du dich noch an eine Freundin von Karen namens Melissa Fleming?«

Karen stand hinter ihm. »Was ist denn, Neville?«

»Thomas und Melissa sind in Kildoun«, antwortete er, als könnte er es nicht glauben.

Karen starrte ihn an. Eine Stille trat ein. Bis eine zornige Stimme wie von weit weg aus dem Hörer zu schreien anfing: »Neville? He, was ist denn los? Bist du da? He, Neville –«

Karen nahm ihm den Hörer ab. »Beruhige dich, Thomas, und reg dich nicht künstlich auf. Wie geht es dir und wie kommst du nach Kildoun? Wie schön, daß du da bist!«

Einigermaßen besänftigt ließ sich Thomas zu einer Erklärung herab. Er war nach London gekommen und hatte herausgefunden, daß Melissa im Begriff war, eine Geschäftsreise zu einer Weberei in der Nähe von Fort William zu unternehmen. Es war ihm gelungen, sie zu bewegen, ein paar Meilen weiter nach Norden zu fahren und ihn sozusagen vor Karens Haustür abzusetzen.

»War das nicht nett von ihr? He, Karen, können wir nicht rüberkommen? Liegt ein Boot hier am Ufer, das wir benützen könnten?«

»Ich muß Neville fragen.« Sie preßte den Hörer an die Brust. »Sie wollen herkommen.«

»Beide?«

»Anscheinend.«

»Du lieber Gott –«

»Ich habe den Eindruck, daß Melissa ihm überhaupt nichts gesagt hat. Ich kann ihn nicht abweisen, Neville... Ich habe ihn seit drei Jahren nicht gesehen...«

»Natürlich. Laß mich mit ihm reden.« Sie gab ihm den Hörer. »Thomas? Ich werde selbst hinüberrudern und euch abholen – in etwa fünfzehn Minuten bin ich drüben. Leider können wir dich und Melissa nicht einladen, bei uns zu wohnen – Leonie und Schnupf sind da, und wir haben keinen Platz. Kannst du im Hotel in Kildoun ein Zimmer bekommen?«

»Das dürfte nicht schwierig sein.«

»Fein. In diesem Fall wird Melissa sich wohl nicht die Mühe machen wollen mitzukommen, nicht wahr? Vielleicht morgen irgendwann –«

»Wollen Sie mitkommen, Melissa? Schlafen können wir drüben nicht. Sie haben keinen Platz... Sie kommen mit? O. k. Neville? Ja, Melissa kommt mit. Sie sagt, sie freut sich schon auf die Bootsfahrt. Also in fünfzehn Minuten. Vielen Dank.« Die Verbindung schnappte ab.

»Dieses verdammte Weibsstück!« zischte Neville und knallte den Hörer wütend auf die Gabel. »Dieses gottverdammte Weibsstück!«

»Kommt sie?«

»Natürlich kommt sie. Glaubst du etwa, sie wird die Gelegenheit nicht wahrnehmen, uns die Rolle der Verstoßenen vorzuspielen? Sie wird jede Minute ihrer schäbigen Rache auskosten.«

»Dann mach ihr nicht die Freude, dich von ihr ärgern zu lassen«, meinte Karen vernünftig. »Wenn überhaupt, tu, als ob du deinen Spaß hättest, als ob dir das Ganze piepegal wäre.« Nevilles Wut hatte zur Folge, daß sie ruhiger war, als sie es sonst gewesen wäre, doch als er einen Augenblick später das Zimmer verließ, um sich einen Sweater überzuziehen und die Schuhe zu wechseln, lief es ihr kalt den Rücken herunter. Wieder einmal waren Thomas, Marney, Neville und Leonie mit ihr zusammen in Schottland; einzig Melissa hatte an jenem Wochenende vor drei Jahren gefehlt.

Von oben rief Schnupf nach ihr. Sie riß sich zusammen und ging die Treppe hinauf. Es wäre doch albern, wegen eines unglücklichen Zufalls die Nerven zu verlieren.

Immer noch zornig, machte sich Neville auf den Weg, und als Karen wieder nach unten kam, brachte Leonie gerade den Kaffee ins Wohnzimmer. Eine halbe Stunde verging. Marney legte gerade Brennstoff nach, als sie draußen Stimmen hörten. Die Eingangstür ging auf, und Neville geleitete die Besucher ins Wohnzimmer.

»Karen!« rief Thomas entzückt und umarmte seine Schwester mit solcher Inbrunst, daß die britischen Zuschauer das Paar erstaunt anstarrten. Dann trat er bewundernd einen Schritt zurück. »Du siehst großartig aus!«

Er selbst sah besser aus, als man das von einem Reisenden hätte erwarten können, der eine Woche damit zugebracht hatte, von einem Ende Europas zum anderen zu kutschieren. Er war tadellos angezogen; er verstand es, sich zu kleiden, und er schämte sich nicht, schick und elegant aufzutreten. Er gab viel Geld für seine Garderobe aus, hielt es aber für gut angelegt – eine gepflegte äußere Erscheinung war in seinem Beruf sehr wichtig. Er war nicht sehr groß, aber doch groß genug, um sein Maß mit ein Meter achtzig angeben zu können, ohne auf Unglauben zu stoßen. Er machte den Eindruck, sich in ausgezeichneter körperlicher Verfassung zu befinden. Er trug sein dunkles Haar kurz, aber nicht im Bürstenschnitt, und es war an jenen Stellen gelockt und wellig, wo es gelockt und wellig zu sein hatte. Der Mund war ein wenig schief. Die Nase, die er sich als junger Mensch einmal gebrochen hatte, war auf attraktive Weise verheilt. Stolz war er auf eine Narbe auf seiner linken Wange, dennoch aber – von dieser Marotte abgesehen – nicht übermäßig eitel.

»Ich rieche Kaffee«, sagte er und schnupperte wie ein Jagdhund. »Genau das Richtige für mich! Und weil wir gerade darüber reden: Habt ihr schon zu Abend gegessen? Ich bin am Verhungern.«

»Thomas«, rügte Melissa ein wenig, aber nicht sehr verlegen, »Sie sind wirklich schamlos.«

»Ich richte dir was her«, sagte Karen. »Und du, Melissa...?«

»Danke, Liebste, nur Kaffee. Im Hotel haben wir Sandwiches bekommen, aber Thomas scheint das bereits vergessen zu haben.«

»Ich brauche was zu trinken«, meldete sich Neville. »Was ist mit dir, Marney? Whisky gefällig?«

Karen flüchtete in die Küche. Hinter sich hörte sie das gedämpfte Tappen von Schritten.

»Wo ist denn hier der Schalter?« murmelte Thomas und tastete im Dunkel die Wand ab. Und fügte, als die Erinnerung wiederkehrte, hinzu: »Mein Gott, habt ihr immer noch kein elektrisches Licht im Haus? Ist es mit der Elektrifizierung noch immer nicht soweit?«

»Neville hat sich gar nicht darum bemüht. Er meinte, es stünde gar nicht dafür, da er ja nicht ständig hier wohnt.« Sie zündete eine Lampe an und drehte den Docht hoch, so daß die Küche in düstere Helligkeit getaucht wurde. »Wie wäre es mit etwas Schinken oder Hühnersalat?«

»Köstlich.« Scharfäugig wie ein Luchs beobachtete er sie bei ihren verschiedenen Handgriffen. »Also wirklich...«, sagte er. »Wer hätte gedacht, daß wir hier wieder zusammenkommen? Wer hätte vor drei Jahren gedacht, daß wir drei Jahre später alle wieder –«

»Du bist wohl überrascht, daß ich mich bereit gefunden habe, hierher zurückzukommen?«

»Überrascht? Wie kommst du denn darauf? Überrascht ist nicht das richtige Wort. Ich war sprachlos, perplex, und machte mir ernstliche Sorgen – über deinen Geisteszustand.«

»Thomas!« Sie mußte lachen. »Nur weil ich deinem Rat nicht gefolgt bin und –«

»Aber Kindchen, ich war doch nicht so naiv zu glauben, daß du meinem Rat folgen würdest. Ich dachte mir nur, daß ein Versuch nicht schaden könnte. Ich war mir ziemlich darüber klar, daß du ihn nur wiederzusehen brauchtest, und du würdest genau dort weitermachen, wo du vor drei Jahren aufgehört hast. Du bist eine vernünftige Frau, Karen – du mußt mich gar nicht erst davon überzeugen –, und hast die Männer immer richtig einzuschätzen verstanden – dein Urteil war geradezu aufreizend unfehlbar, aber selbst vernünftige Frauen haben ihre blinden Flekken, und dein blinder Fleck heißt eben Neville Bennett. Na schön! Es ist dein Leben, und wenn er dich glücklich macht, à la bonheur, aber er hat dich damals nicht sehr glücklich gemacht, nicht wahr? Und ich möchte gern wissen, was dich zu der Annahme verleitet, daß er dich jetzt glücklicher machen wird als vor drei Jahren.«

»Hör auf damit, Thomas!«

»Schätzchen, ich kenne Männer von Nevilles Art. Du wirst es mir nicht glauben, aber im Show-Geschäft findest du sie alle Tage. Sie sehen gut aus, sind geistreich und charmant und haben mächtig viel Erfolg bei den Frauen. Aber weißt du auch, wen sie wirklich lieben, mehr lieben als irgend jemanden sonst auf dieser großen weiten Welt? Nein – nicht ihre Mütter – auch nicht ihre Frauen – nicht einmal ihre Geliebten. Sie lieben sich selbst. Sie lieben ihr süßes kleines Ego, aber –«

»– bestimmt nicht so sehr wie du den Klang deiner eigenen Stimme«, sagte Neville, der an der Tür stand, milde.

Thomas warf den Kopf herum.

O Gott! dachte Karen. Das Küchenmesser glitt ihr aus den Fingern und fiel klappernd zu Boden.

»Laß nur, ich mach' das schon«, sagte Neville und löste sich von der Tür. Er hob das Küchenmesser auf, wischte es ab und wandte sich dem Huhn zu.

»Wie geht's dem Jungen?« erkundigte sich Thomas mit harmloser Miene. »Kann ich ihn sehen?«

»Aber natürlich!« So erleichtert ging Karen auf das Ablenkungsmanöver ein, daß sie sich nachher Vorwürfe machte. »Ich staune, daß er noch nicht heruntergekommen ist, um die Neuankömmlinge in Augenschein zu nehmen. Komm doch rauf und sag ihm guten Abend!«

Sie entwischten nach oben.

»Du bist ein Idiot!« flüsterte Karen zornig. »Was sollte dieses Gerede? Außerdem stimmt das alles heute nicht mehr! Du hattest kein Recht...«

»O. k., o.k., es tut mir leid.« Thomas machte ein zerknirschtes Gesicht. »Aber wie hätte ich wissen sollen, daß er uns in die Küche nachschleichen würde? Hör mal zu: Jetzt schauen wir nach dem Jungen, und dann machen wir einen kleinen Spaziergang. Ich habe mit dir zu reden und möchte dabei nicht gestört werden.«

Von den Aufregungen der Reise und von der rauhen Luft des Hochlands offenbar übermannt, schlief Schnupf fest und tief.

»Darum ist er nicht heruntergekommen, um dich zu begrüßen«, sagte Karen. »Aber morgen ist ja auch noch ein Tag.«

Vorsichtig kehrten sie in die Küche zurück. Die Lampe brannte noch, und das tranchierte Huhn lag in der Tropfschale, aber Neville befand sich augenscheinlich wieder im Wohnzimmer. Zerstreut nahm sich Thomas ein Stück Huhn und ging auf die Hintertür zu.

»Wandern wir ein Stück den Fluß hinauf«, schlug er vor.

»Bach heißt das hier«, verbesserte Karen ihn und griff nach dem Mantel an der Tür. »Wir sind nicht in Minnesota.«

Sie gingen nach draußen, überquerten den Bach und stiegen den Karrenweg hinauf. Nach etwa fünf Minuten fanden sie eine flache Felsplatte, wo sie sich setzen und über das ausgedehnte Moorland hin wie auch auf die erleuchteten Fenster des Hauses hinunterblicken konnten.

»Ich hoffe, du hast mit Melissa nichts angefangen«, schoß Karen ihn an.

Er gab sich empört. »Mit Melissa? Also hör mal –«

»Da du dich in so liebenswürdiger Weise um mein Privatleben gesorgt hast, wollte ich mich revanchieren und dir einige Ratschläge für das deine geben«, erwiderte sie nüchtern. »Und da du ungefähr achtundvierzig Stunden in Melissas Gesellschaft verbracht haben mußt, und eingedenk der Tatsache, daß ihr auf dem Weg hierher irgendwo übernachtet habt –«

»In getrennten Schlafzimmern«, unterbrach er sie.

»Und die Nacht vorher?«

»Schlief ich in ihrer Wohnung im Gästezimmer, wo auch du geschlafen hast.«

»Und da ist nichts passiert?«

»Da ist nichts passiert«, antwortete Thomas mit biederem Augenaufschlag.

»Wetten, daß du's versucht hast?« Jetzt neckte sie ihn. »Das muß ja ein Schlag für dich gewesen sein!«

»Natürlich hab' ich's versucht«, gab er ärgerlich zu. »Warum auch nicht. Aber ich hätte mir denken können, daß ich meine Zeit verschwende. Sie war schon immer kalt wie eine Hundeschnauze.«

»Neville hat diesbezüglich keine Klagen gehabt – und das ein ganzes Jahr lang.«

Er sperrte den Mund auf. Das sah so komisch aus, daß sie laut herauslachen mußte.

»Du machst Witze.«

»Nein, nein, es ist wahr. Als ich ankam, war er gerade dabei, das Verhältnis auf diskrete Weise zu lösen.«

»Du kriegst die Motten…« Er brauchte eine kleine Weile, um diese Neuigkeit zu verdauen. Dann: »Aber was zum Teufel sucht sie dann hier?«

»Ich hoffte, *du* würdest mir das sagen können. Ich denke, sie ist einfach boshaft und nützt die Gelegenheit, Neville in Verlegenheit zu bringen.«

»Neville! Neville! Was geht mich Neville an? *Dich* bringt sie in Verlegenheit!«

»Wenn sie das wirklich aus Bosheit tut, kann sie mir nur leid tun. Sie macht sich doch zum Gespött!«

»Erstaunlich«, spekulierte Thomas. »Da bin ich nun zwei Tage mit ihr unterwegs, und sie erwähnt ihr Verhältnis mit Neville mit keiner Silbe. Man möchte doch meinen, sie hätte irgendeine bissige Bemerkung fallenlassen und sich damit verraten.«

»Dazu ist Melissa viel zu klug.«

»Aber wir haben sehr viel über Neville gesprochen. Wir waren einer Meinung, daß –« Er verstummte.

»Sprich nur weiter«, ermunterte ihn Karen. »Keine falsche Scham. Was du von Neville hältst, weiß ich, und was sie jetzt für ihn empfindet, kann ich mir gut vorstellen. Also worüber wart ihr einer Meinung?«

»Wir fanden nur, daß du – schlecht beraten warst, als du dich mit ihm ausgesöhnt hast«, antwortete Thomas mit einigem Widerstreben. »Wir sprachen nämlich auch von Veronica. Sie wollte von mir wissen, was wirklich geschehen war.«

»Gab sie der Vermutung Ausdruck, daß Veronica tot ist?«

Er warf ihr einen kurzen Blick zu. »Hat sie *dir* gegenüber dieser Vermutung Ausdruck gegeben?«

»Sie meinte, man müsse mit der Möglichkeit rechnen.«

»Hm. Möglich wäre es ja.«

»Hier in Schottland?«

»Es wäre eine Erklärung für gewisse – Umstände.« Er wollte nicht so recht mit der Sprache heraus.

»Mit anderen Worten«, sagte Karen, »ihr seid zu der Überzeugung gelangt, daß Veronica tot ist und daß Neville sie ermordet hat.«

»Um Gottes willen, Karen...«

»Das ist zuviel, Thomas!« Sie war um so zorniger, als sie spürte, wie ein Gefühl der Panik sich ihrer zu bemächtigen drohte. »Das ist eine glatte Verleumdung, das ist dir doch klar? Wie kannst du es wagen, woher nimmst du die Kühnheit, so etwas zu behaupten, wo wir doch keinerlei Beweise haben, daß Veronica überhaupt tot ist?«

»Jetzt hör mir zu, Karen. Überlege doch einmal, bevor du dich so aufregst. Wenn du nämlich die Ereignisse an jenem Wochenende Schritt für Schritt durchdenkst, wirst du selbst zugeben müssen, daß es da einige merkwürdige Aspekte gibt. Laß die Möglichkeit, daß sie ermordet wurde, zunächst außer acht. Konzentriere dich auf die Möglichkeit, daß sie tot ist.«

»Ich denke nicht daran«, sagte sie störrisch.

»Sieh doch«, sagte Thomas beharrlich. »Kein Mensch behauptet, Neville hätte sie um die Ecke gebracht. Nimm an, *ich* hätte sie getötet, wenn dir das besser schmeckt. Daß ich, seitdem ich kriechen konnte, oft genug Lust gehabt hätte, ihr den Hals umzudrehen, das steht auf einem anderen Papier. Du weißt, daß wir uns nicht ausstehen konnten. In vieler Beziehung – aber Gott sei Dank nicht in jeder – waren wir beide uns, denke ich, ähnlicher als der Rest unserer Familie; gewiß waren wir die zwei schwarzen Schafe in einer blütenweißen Herde, und weil wir uns so ähnlich waren, habe ich sie immer durchschaut. Dir konnte sie vielleicht was vormachen, aber mir nie. Sie war nicht nur ein Luder und ein falscher Fuffziger – sie war ein Parasit, der jeden ausnützte, von dem sie glaubte, er hätte ihr etwas zu bieten.«

»Nein«, widersprach Karen instinktiv, »das war sie nicht.«

»Leider doch«, bekräftigte Thomas mit unerwartetem Nachdruck, »und gut die Hälfte deiner Probleme hast du der Tatsache zu verdanken, daß du es dir selbst nie eingestehen wolltest. Du verstehst es ausgezeichnet, den Vogel Strauß zu spielen, wenn dir der Sinn danach steht, Karen, aber bitte spiel ihn nicht jetzt. Betrachte die Möglichkeit, daß sie tot ist, einmal ganz objektiv. Um es gleich vorwegzunehmen: Wenn sie noch am Leben ist, wo befindet sie sich? Ich habe alle möglichen Kanäle angezapft und sogar den einen oder anderen Produzenten angerufen, mit dem sie früher einmal liiert war. Mattscheibe. Die hatten schon vergessen, wie sie überhaupt aussieht. Ich habe nichts von ihr gehört, du hast nichts von ihr gehört, die Familie hat nichts von ihr gehört. Natürlich, kann sein, sie hat sich einen reichen Onkel geschnappt und lebt jetzt irgendwo in friedlicher Zurückgezogenheit. Ich gebe zu, es ist möglich, aber selbst dann erscheint es mir mehr als sonderbar, daß sie mit keinem ihrer alten Freunde Kontakt aufgenommen hat, wenn auch nur, um ihnen ihre Nerze vorzuführen und sie vor Neid zerspringen zu lassen. Großtun und angeben war doch Veronicas größtes Vergnügen. Umgekehrt, wenn sie krank oder am Verhungern gewesen wäre – na, du kannst dich darauf verlassen, daß sie sich gemeldet hätte; sie wußte genau, daß die Eltern für ihre Arztrechnungen, Behandlungen, Medikamente etc. aufgekommen wären und sie jederzeit und mit tausend Freuden wieder bei sich aufgenommen hätten.

Zweitens: Wenn sie noch lebt, heißt das, daß sie das Haus am gleichen Morgen verlassen haben muß, da du sie mit Neville überrascht hast. Sie war noch da, als ich dich um halb zehn über den See ruderte. Nun erzählt mir aber Melissa, daß das Haus leer war, als Leonie eineinhalb Stunden später, nach einem Besuch bei Marney auf der Forststation, ins Haus zurückkehrte. Du warst irgendwo auf der Pflanzung F, Neville auf der Suche nach dir und ich wieder im Hotel in Kildoun, wo ich auf Nachricht von dir wartete. Nebenbei bemerkt, hätte ich damals darauf bestehen sollen, mit dir auszusteigen und zum Haus zu gehen. Ich weiß, die Sache ging mich nichts an, aber bei Gott, ich hätte den beiden gründlich die Meinung gesagt! Na ja. Veronica muß also das Haus innerhalb dieser eineinhalb Stunden verlassen haben – *wenn* sie es verlassen hat. Was mir aber jetzt nicht in den Kopf will, ist dies: Warum in aller Welt hat sie sich gerade diesen Zeitpunkt ausgesucht, um zu verschwinden? Sie hatte doch ihren Plan, nämlich einen Keil zwischen dich und Neville zu treiben, verwirklicht: Sie würde ihn in Kürze für sich allein haben – so lange, wie es ihr beliebte. Warum sollte sie gerade in dem Moment aufgegeben haben, da sie den Sieg sozusagen schon in der Tasche hatte? Das kann ich mir nicht zusammenreimen.«

»Neville hatte mit ihr gestritten. Er fühlte heftige Gewissensbisse und forderte sie auf, das Haus zu verlassen.«

»Sagt *er*.«

»Also, Thomas...«

»Schon gut. Sehen wir uns die Sache von einer anderen Seite an. Veronica entschließt sich fortzugehen – wobei wir einmal außer acht lassen wollen, was sie dazu veranlaßt haben mag. Nun ist doch das Haus da unten – wie wir beide wissen – kein Haus, aus dem man gemütlich auf die Straße hinaustritt, zur nächsten Haltestelle geht und wenige Minuten später in einem öffentlichen Verkehrsmittel sitzt. Es ist kein Haus, von dem man sich so einfach mir nichts, dir nichts entfernen kann. Man muß entweder auf diesem Karrenweg über den Berg zur Pflanzung F hinüber – eine mühselige Kletterei, die Veronica, mit Koffern bepackt und mit hohen Absätzen, unmöglich unternommen haben kann – und sich dann von einem Beamten der Forststation zum Bahnhof nach Fort William bringen lassen, oder über den See rudern und so lange auf der Straße stehen, bis sich ein vorbeikommender Fahrer des müden Wanderers erbarmt. Und jetzt ehrlich: Kannst du dir Veronica vorstellen, mit ihren Koffern, wie sie zum Landesteg hinuntertrippelt, ins Boot steigt, ohne dabei ins Wasser zu fallen, und über den See rudert? Rudert, ich bitte sehr! Neville hat heute abend eine Viertelstunde gebraucht, um hinüberzurudern – und Neville ist ein Mann, der sich in ausgezeichneter körperlicher Verfassung befindet. Veronica hat das Rudern gehaßt, sie konnte keine fünf Minuten rudern, geschweige denn fünfzehn oder fünfundzwanzig.«

»Wenn sie aber verzweifelt war...?«

»Warum in aller Welt sollte sie verzweifelt gewesen sein? Und wie gesagt: Warum sollte sie überhaupt abschieben? Wäre ich an ihrer Stelle gewesen und hätte es eilig gehabt fortzukommen, ich hätte es anders gemacht. Entweder hätte ich im Forsthaus angerufen und gefragt, ob sie einen freien Jeep hätten und ob mich ein dienstfreier Forstbeamter abholen und nach Fort William bringen könnte, oder ich hätte im Hotel in Kildoun angerufen und mich erkundigt, ob sie mir einen Pächter mit einem Boot herüberschicken könnten, um mich über den See zu rudern. Die Pächter vermieten ihre Boote nicht ungern – es ist ein kleiner Nebenverdienst für sie. Das Boot, mit dem ich damals hinübergerudert bin, war auch von einem Pächter... Aber Veronica hat weder dies noch das getan. Hätte sie im Forsthaus angerufen, wüßten wir davon. Und ein Mietboot hat sie auch nicht benützt.«

»Genau! Eines von Nevilles zwei Booten lag nämlich auf der anderen Seite. Das beweist, daß sie selber hinübergerudert ist, so unwahrscheinlich uns das heute auch erscheinen mag.«

»Das beweist leider gar nichts«, wandte Thomas sofort ein. »Jemand könnte das Boot mit dem zweiten hinübergeschleppt haben und dann wieder zum Haus zurückgerudert sein. Anders ausgedrückt: Man hätte die Sache mit den Booten so manipulieren können, daß es für alle Welt den Anschein haben mußte, als wäre Veronica abgereist.«

»Ein Einwohner von Kildoun hätte sehen können, wie das zweite Boot herübergeschleppt wurde.«

»Na und? Vielleicht wurde das Boot herübergeschleppt, weil – weil – weil man einen Besucher erwartete. Außerdem hätte wahrscheinlich sowieso niemand etwas gesehen. Kildoun ist doch nur ein kleiner Flecken und liegt immer wie verlassen da. Kein Mensch auf der Straße. Wie schade, daß ich von meinem Hotelzimmer aus nicht auf den See hinaussehen konnte! Wäre es anders gewesen, ich hätte genau beobachten können, was geschah, aber ich saß die ganze Zeit am Bett und wartete auf deinen Anruf. Ich wagte es nicht, das Zimmer zu verlassen, weil ich fürchtete, du könntest gerade in diesem Augenblick versuchen, mich zu erreichen.«

»Und dann rief ich dich tatsächlich vom Försterhaus an und bat dich, mich von der Pflanzung F abholen zu kommen ...« Immer noch schmerzte die Erinnerung. »Aber das war viel später«, fügte sie mit fester Stimme hinzu. »Es muß schon fast eins gewesen sein, als ich dich anrief.«

»Und Veronica war mittlerweile verschwunden.« Trübsinnig starrte er ins Dunkel hinaus. »Es tut mir leid, Karen, aber meinem Gefühl nach ist sie tot. Ich weiß, du willst das nicht glauben, aber –«

»Du meinst, jemand hat sie getötet.«

»Nun...«

»Neville, zum Beispiel.«

Er warf ihr einen zweifelnden Blick zu. »Oder Leonie. Sie hat Veronica nie gemocht... Wieso war Leonie eigentlich damals im Haus? Neville kann sich doch nicht mit Veronica dort verabredet haben, wenn er wußte, daß Leonie auch da sein würde.«

»Er hatte sich nicht verabredet. Leonie verbrachte ihren Urlaub dort, und Neville hatte beruflich oben zu tun. Neville sagt, Veronica sei ihm einfach gefolgt, und – ich glaube ihm. Veronica hatte schon herausbekommen, daß es mit meiner Ehe nicht zum Besten stand, und spielte mit dem Gedanken, meinen Platz einzunehmen. Warum also sollte sie auf eine offizielle Einladung warten, ein paar Tage mit Neville allein zu verbringen? Sie war durchaus dazu fähig, ihm nachzufahren und die Einladung selber auszusprechen. Sie erfuhr erst zu – spät, daß Neville nun doch nicht allein war, weil auch Leonie sich im Haus aufhielt.«

»Viel zu spät.« Thomas mußte lachen, als er sich die Szene vorstellte. »Ich hätte gern Leonies Gesicht gesehen, als Veronica plötzlich vor der Tür stand!«

»Sie muß ziemlich aus dem Häuschen gewesen sein. Ich könnte mir denken, daß das auch der Grund war, warum sie sich schon am Morgen zum Forsthaus auf den Weg machte, um Marney zu besuchen. Einerseits wollte sie sich ihren Ärger von der Seele reden, andererseits hatte sie einen ausgezeichneten Vorwand, ihn zu sehen.«

»Weißt du, ob sie an jenem Morgen auch wirklich mit Marney gesprochen hat?« fragte Thomas ganz beiläufig.

»Keine Ahnung. Ich denke schon. Warum?«

»Nur so.«

Karen ließ ihre Blicke über das Tal schweifen. Der Mond war höher gestiegen und wandelte die dunklen Wasser des Sees zu Silber. Wolken zogen über die schattenhaften Berggipfel im

Norden und bedeckten das Moorland mit gespenstischen Silhouetten.

»Melissa beschäftigt sich sehr intensiv mit diesen Fragen«, sagte sie ironisch und fügte ein wenig bitter hinzu: »Ich möchte gern wissen, welches Spiel sie jetzt spielt. Erst macht sie mir den Kopf mit allerlei versteckten Andeutungen voll, dann kommt sie mir hier ins Haus nachgefahren.«

»Könnte es sein, daß sie dir Angst vor Neville einjagen will, um ihn auf diese Weise wieder für sich zu gewinnen? Vielleicht hofft sie, die Dinge so erscheinen zu lassen, als ob Neville unsere Schwester ermordet hätte, und dich damit so in Panik zu versetzen, daß du eiligst wieder nach Amerika fährst.«

»Selbst wenn ich das täte – und es ist ganz gewiß nicht meine Absicht! –, er würde nie mehr zu ihr zurückkehren.«

»O doch, er würde«, versetzte Thomas zynisch. »Wenn er wieder allein bliebe und sie sich ihm sozusagen auf dem Präsentierteller darböte, würde er es zumindest noch einmal versuchen. Das würde *ich* tun. Jeder Mann würde es tun. Das wäre nur natürlich.«

Karen öffnete den Mund, um zu widersprechen, und schloß ihn wieder. Sie hatte keine Lust, über ein so heikles Thema mit ihm zu diskutieren. »Wollen wir gehen?« fragte sie nach einer Weile. »Es wird kühl hier oben, und wir haben schon lange genug geplaudert.«

Er nickte stumm und half ihr auf die Beine. »Glaubst du, daß es diesmal mit Neville klappen wird?« fragte er dann.

»Ich weiß es.«

Er fühlte sich unbehaglich. Sie schien ihrer Sache zu sicher.

»Er hat sich geändert, Thomas. Er ist weniger selbstsüchtig, nicht mehr nur mit sich selbst beschäftigt. Ich würde fast sagen, daß ihm mehr an einer Aussöhnung lag als mir.«

»Ich verstehe.«

»Und eines noch: *Wenn* Veronica ermordet wurde – und ich

persönlich glaube es nicht, trotz aller Argumente, die du und Melissa ins Treffen führen –, dann war es bestimmt nicht Neville, der sie getötet hat. Das weiß ich.«

»Von welchem Neville sprichst du?« Er konnte sich nicht zurückhalten, er mußte es sagen. »Vom neuen Neville, der alles daransetzen will, daß eure Ehe erfolgreich verläuft, oder vom alten, der darauf aus war, sie auf Grund laufen zu lassen?«

»Er hatte gar kein Motiv, Veronica zu töten.«

»Schon mal was von einem *crime passionel* gehört? Von Erpressung? Von –«

»Er hat sie nicht umgebracht, Thomas. Ich weiß es. Neville ist kein Mörder.«

»Wir sind alle potentielle Mörder«, sagte er bitter. »Nur daß die einen mehr Gelegenheit haben, ihrer Veranlagung entsprechend zu handeln. Das ist alles.«

Sie antwortete nicht, und er begriff, daß er ihr weh getan hatte.

»Entschuldige«, sagte er. »Es lag nicht in meiner Absicht, Neville zu verdächtigen. Wenn er dich glücklich macht, will ich ihm der beste Schwager sein, den man sich wünschen kann. Wenn ich etwas gegen ihn sage, so nur, weil ich mir schreckliche Sorgen um dich mache. Mehr als alles in der Welt möchte ich, daß du glücklich bist, und ich würde weiß Gott was tun, um dich glücklich zu machen. Das weißt du ja.«

»Ja, das weiß ich«, sagte sie. »Das weiß ich, Thomas.«

Sie nahm seine Hand, und zusammen gingen sie den steilen Weg hinunter. Sie sprachen nichts, aber sie wußten, daß sie einander verstanden. Wieder an der Hintertür angelangt, wandte sich Karen ihrem Bruder mit einem Lächeln zu, in dem er einen Funken der Erleichterung aufflackern zu sehen vermeinte.

»Ich bin so froh, daß du da bist«, sagte sie schlicht, doch etwas in ihrem Ausdruck veranlaßte ihn, sich die Frage zu stellen, wie fest sie wirklich daran glaubte, daß ihr Mann nichts mit Veronicas Verschwinden zu tun hatte.

5. Kapitel

I

Neville saß allein am Kamin im Wohnzimmer. Er ließ das Buch sinken, in dem er gelesen hatte, und blickte auf.

»Ihr wart aber lange fort«, sagte er freundlich, mehr zu Thomas als zu Karen. »Melissa wollte nicht länger auf dich warten, und Marney erklärte sich bereit, sie über den See zu rudern. Leonie ist zu Bett gegangen, aber ich bin noch aufgeblieben. Schließlich muß dich ja noch jemand zu Melissa hinüberschleusen.«

Die Art, wie er die letzten Worte betonte, veranlaßte Thomas, ihm einen scharfen Blick zuzuwerfen.

»Wer sagt, daß ich zu Melissa hinübergeschleust werden muß? Ich werde hier auf der Couch schlafen.«

»Eine ausgezeichnete Idee«, sagte Karen erleichtert, noch bevor Neville sich dazu äußern konnte. »Dann braucht Neville nicht mehr über den See. Macht es dir auch bestimmt nichts aus, Thomas?«

»Es ist mir sogar lieber.« Ohne eine neuerliche Aufforderung abzuwarten, setzte er sich auf die Couch und kreuzte behaglich die Beine.

»Ich hole dir ein paar Decken«, sagte Karen. »Es wird kalt, wenn das Feuer ausbrennt.«

»Mit einer habe ich genug.« Nachdem sie das Zimmer verlassen hatte, ging er zum Telefon. »Glaubst du, daß Melissa schon im Hotel ist?«

»Vermutlich«, antwortete Neville hinter seinem Buch hervor. »Sie sind schon mindestens seit einer halben Stunde weg.«

»Weißt du die Nummer auswendig?«

Neville wußte sie, und wenige Minuten später konnte Thomas Melissa mitteilen, daß er die Nacht über im Haus bleiben würde. Kaum hatte er aufgelegt, als Marney zurückkam und ins Wohnzimmer trat.

»Ich muß ins Forsthaus zurück«, sagte er. »Ist Leonie schon schlafen gegangen? Vielleicht bist du so lieb und richtest ihr noch mal meinen Dank für das ausgezeichnete Essen aus... Kommst du morgen hinüber?«

»Ich denke schon.« Neville schien von der Aussicht, seine Arbeit wiederaufnehmen zu müssen, nicht gerade begeistert. »Wann willst du anfangen? Ich würde um neun aufkreuzen.«

»Ausgezeichnet. Ich werde Kelleher informieren. Gute Nacht, Thomas.«

»Wiedersehen, Marney.«

»Gute Nacht, Neville.«

»Ich bring' dich noch zum Wagen.« Neville legte das Buch nieder und verließ mit Marney das Zimmer. Thomas blieb allein vor dem knisternden Feuer sitzen.

Müßig nahm er das beiseite gelegte Buch zur Hand, las eine Seite und ließ es sinken. Eben wollte er versuchen, etwas leichte Musik im Radio zu finden, als Karen mit einigen Decken erschien und Neville ins Haus kam.

»Ich hoffe, du wirst nicht frieren«, meinte Karen. »Mehr habe ich nicht.«

»Das ist mehr als genug.«

Sie hörten Neville die Treppe zum Schlafzimmer hinaufsteigen.

»Ich scheine hier nicht übermäßig willkommen zu sein«, bemerkte Thomas und verzog den Mund. »Er wird mir das nicht so schnell vergessen, was ich da vorhin geredet habe. Ich hoffe nur, daß er seinen Zorn nicht an dir ausläßt.«

»Das tut er nicht.« Sie gab ihm einen Kuß. »Mach dir keine Sorgen. Schlaf gut.«

Er sah ein wenig schuldbewußt und reumütig drein, als sie ihn verließ, um zu Neville nach oben zu gehen. Unterwegs warf sie einen Blick zu Schnupf hinein. Klein und friedlich lag der Junge da, einen Daumen am Mund, die langen Wimpern wie Schatten über seinen Wangen.

Neville zog sich gerade aus. Er blickte auf, als sie ins Zimmer kam, schloß die Tür, aber sprach kein Wort.

»Hat es irgendwelche Schwierigkeiten mit Melissa gegeben?« fragte sie.

»Nein. Marney spielte den Friedensengel. Das wurde ihr bald langweilig, und sie schien erleichtert, als er sich erbötig machte, sie zurückzurudern.«

»Na, wenigstens etwas.« Sie beschloß, Thomas nicht zu erwähnen. Sie machte sich an ihre abendliche Toilette, und als sie fertig war, lag Neville schon im Bett. Er hielt eine Zigarette zwischen den Fingern, und seine Augen verfolgten jede ihrer Bewegungen.

Sie empfand ein leichtes Unbehagen. Vielleicht wäre es doch besser, von Thomas zu sprechen.

»Thomas und ich –«, begann sie, aber er unterbrach sie.

»Du brauchst ihn weder zu verteidigen noch dich für ihn zu entschuldigen«, sagte er schroff. »Lassen wir ihn für heute aus dem Spiel.«

Sie wußte, daß sie sich angesichts seiner Bereitschaft, das Thema fallenzulassen, eigentlich erleichtert fühlen sollte, aber es gelang ihr nicht. Sie fing an, sich zu entkleiden. Als sie endlich ans Bett trat, drückte er seine Zigarette aus und löschte das Licht.

»Karen...« Noch während sie zwischen die Laken glitt, wandte er sich ihr zu, zog sie an sich, und sie fühlte den Druck seines harten, kräftigen Körpers gegen den ihren, ahnte seinen suchenden Mund.

Sie wußte sofort, daß sie heucheln, ihm etwas vormachen mußte, und bemühte sich daher verzweifelt, ihre Rolle überzeugend zu spielen. Schöpfte Neville auch nur den leisesten Verdacht, sie könnte in dieser Nacht für sein Liebeswerben unempfänglich sein, würde er Thomas die Schuld daran geben und ihm vorwerfen, sie aufgeregt und verwirrt zu haben. Das aber durfte nicht geschehen. Erschöpft von der Anstrengung, die sie ihre Täuschung gekostet hatte, lag sie dann später regungslos in seinen Armen, doch erst als er ihr Worte der Liebe ins Ohr flüsterte, kam ihr die Gewißheit, daß er ihrer Täuschung erlegen war.

2

Schon kurz nach sieben Uhr früh kam Schnupf ins Schlafzimmer getrappelt und weckte sie, indem er ungeniert über ihre Beine hinwegkletterte. Eben hatte er sich gemütlich auf Nevilles Rükken niedergelassen, als die Weckuhr schrillte und zornig über das Nachttischchen zu tanzen begann.

Neville murmelte etwas Übellauniges, doch als der Junge die Weckuhr zum Schweigen brachte, öffnete er die Augen und lächelte seinen Sohn freundlich an. »Danke, Schnupf... Wie geht es dir heute morgen?«

»Ganz gut.« Neville setzte sich auf, und Schnupf rutschte vom Bett herunter. »Können wir nach dem Frühstück spazierengehen, Vati?«

»Ich wollte, wir könnten das, aber leider muß ich heute wieder arbeiten gehen. Vielleicht geht Tante Karen statt meiner.«

»Gehst du mit mir, Tante Karen?«

»Mhm. Wenn es nicht regnet.«

»Es regnet nicht.« Er trappelte zum Fenster hinüber und sah zum Himmel hinauf. »Ganz hoch oben ziehen ein paar große Wolken sehr schnell vorbei. Gleich wird die Sonne scheinen.« Er hüpfte zur Tür. »Ich geh' mich anziehen.«

»Schnupf!« rief Karen, aber er hörte sie nicht mehr.

Sie stieg aus dem Bett, zog ihren Morgenrock über und ging ihm nach, um zu sehen, ob er etwas brauchte, aber er schien durchaus nicht auf fremde Hilfe angewiesen zu sein. Er hob überrascht den Kopf, als sie eintrat, so als betrachte er ihr Eindringen als eine Verletzung seiner Privatsphäre.

»Was ziehst du denn heute an?« fragte Karen leichthin. »Wie wär's denn mit Jeans statt dieser Shorts? Dann würdest du dir auf der Heide nicht so die Beine zerkratzen.«

»Das sind Hosen«, korrigierte er sie. »Shorts sind bei uns Unterhosen. Und lange Hosen habe ich keine. Die hat kein Junge unter zwölf.« Er erinnerte sich, daß sie Ausländerin war, und fügte hilfsbereit hinzu: »Das ist hier so üblich.«

»Aber ich habe doch schon andere englische Jungen in deinem Alter mit langen Hosen gesehen!«

»Das waren gewöhnliche Jungen.«

»Wie bitte?«

»Gewöhnliche Jungen«, wiederholte Schnupf mit erhobener Stimme. »Gewöhnliche Jungen tragen in jedem Alter lange Hosen. Das ist eben Tradition.«

»Wer sagt das?«

»Tante Leonie.«

Es war nicht das erste Mal, daß sich Karen der Schwierigkeit ihrer Beziehungen zu ihrem Stiefsohn bewußt wurde. Wenn sie sich offen über Leonies Snobismus lustig machte und Schnupf eine solche Bemerkung vor seiner Tante wiederholte, würde sie noch stärkeren Widerstand bei Leonie hervorrufen – und den Jungen obendrein in Verlegenheit bringen.

»Jeans sind keine richtigen langen Hosen«, sagte sie schließlich. »Die kann jeder überall tragen. Das ist auch schon Tradition.«

»Aber ich hab' ja keine«, entgegnete Schnupf mürrisch und kämpfte sich in einen schmutzigen roten Pulli hinein.

Sie wollte ihm auftragen, einen sauberen anzuziehen, begriff jedoch instinktiv, daß sie damit bei ihm wenig Gegenliebe finden würde. Überdies, überlegte sie philosophisch, würde auch der reinste Sweater am Ende des Tages schmutzig sein; warum sollte er nicht besser einen schmutzigen noch schmutziger machen? Sich zur Geduld mahnend, wandte sie sich zum Gehen, warf aber noch einen Blick zurück.

»Ich freue mich schon auf unseren Spaziergang«, sagte sie. »Ich hatte mir schon den Kopf zerbrochen, was ich anfangen sollte, wenn dein Vater zur Arbeit geht, und jetzt hast du dieses Problem für mich gelöst. Das war eine gute Idee.«

Er bemühte sich, nicht zu zeigen, wie geschmeichelt er sich fühlte, und erinnerte sie damit, zu ihrer Belustigung, an Neville.

»Wohin wollen wir gehen?« fragte sie. »Zum Ende des Sees hinunter?«

Er war einverstanden. »O. k.«, sagte er, wohl wissend, daß seine Tante diesen Ausdruck entsetzlich fand. »Wenn du magst.«

»Fein!« Sie lächelte ihm zu. »Ich freue mich schon darauf«, wiederholte sie, trat auf den Treppenabsatz hinaus, schloß die Tür hinter sich und ging in die Küche hinunter.

Leonie war schon angezogen, stand am Herd und rührte den Haferbrei. Sie hatte es gleich nach ihrer Ankunft durch ihr Verhalten klargemacht, daß sie die Besitzerin des Hauses und somit für Verpflegung und Mahlzeiten verantwortlich war. Und mittels spitzfindiger, wenn auch kaum merklicher Andeutungen und Anspielungen war es ihr auch gelungen, in Karen das Gefühl zu erwecken, als wäre sie ein eben noch geduldeter Eindringling.

»Wie ich sehe, hat Thomas hier übernachtet«, sagte sie, als Karen in die Küche kam. »Ich wollte drinnen Feuer machen und fand ihn breit ausgestreckt auf dem Sofa liegen. Ich habe einen schönen Schreck bekommen.«

»Oh! Das tut mir leid. Wir hätten es dir gesagt, aber du warst schon zu Bett gegangen.«

»Dabei war ich noch völlig wach«, entgegnete Leonie. »Ich kann einfach nicht einschlafen, wenn andere Leute noch auf sind.« Sie unterdrückte die Worte »und Lärm machen«, die jedoch darum nicht weniger deutlich und unmißverständlich im Raum standen.

»Ich werde den Tisch decken«, sagte Karen, die keine Lust verspürte, sich zu weiteren Entschuldigungen nötigen zu lassen.

»Das wäre nett. Vielen Dank... Ich habe allerdings keine Ahnung, was Thomas zum Frühstück haben möchte.«

»Darüber brauchst du dir keine Sorgen zu machen. Thomas wird noch stundenlang schlafen.«

»Das hoffe ich nicht. Ich wollte das Zimmer aufräumen, bevor ich nach Fort William einkaufen fahre.«

»In diesem Fall«, bemerkte Karen mit einer Gelassenheit, die keineswegs ihrer tatsächlichen Stimmung entsprach, »werde ich ihn wecken und ihm selbst das Frühstück machen. Mach dir bitte diesbezüglich keine Sorgen.«

Sie ging ins Speisezimmer, deckte flink den Tisch, um ihren Ärger zu verbergen, und marschierte dann ins Wohnzimmer. Vom Gürtel abwärts mit Decken überhäuft, die Brust von einem blütenweißen Trikotunterhemd verhüllt, lag Thomas ausgestreckt auf dem Sofa.

»Thomas!« Karen rüttelte ihn leicht. »Wach auf.«

»Laß mich in Frieden, Leonie.«

»Das nützt dir nichts, Thomas. Du weißt sehr gut, daß ich es bin. Du mußt aufstehen, weil Leonie hier gleich nach dem Frühstück saubermachen will.«

»Zieh Leine«, sagte Thomas.

Sie ließ ihn liegen und kehrte in die Küche zurück, wo Leonie Schnupf gerade den Haferbrei in seine Schale löffelte.

»Du magst ja keinen Haferbrei, Karen, stimmt's?« Womit Leonie zum Ausdruck bringen wollte, daß Amerikaner eine solche Speise gar nicht zu schätzen wußten.

»O doch, ja bitte«, konterte Karen. »Soll ich Neville seine Eier mit Speck machen?«

»Nein, das mach' ich schon. Du bist ja auf Urlaub. Und ich bin's gewohnt.«

»Ich habe fast zwei Jahre mit ihm gelebt, weißt du?« sagte Karen und nahm sich vom Haferbrei, während Schnupf sich ein Glas Milch einschenkte.

»Ja, natürlich. Ich wollte damit nicht –«

»Gibt's Toast und Marmelade, Tante?« erkundigte sich der Junge.

»Unterbrich mich nicht!« fuhr Leonie ihn an, hatte aber bereits vergessen, was sie sagen wollte.

»Ich mach' dir ein paar Scheiben Toast, wenn du mit dem Haferbrei fertig bist«, versprach Karen, während sie ins Speisezimmer ging. »Frischer Toast schmeckt besser als das in England übliche, kalte, verbrannte Brot.«

Ich muß mich zurückhalten, ermahnte sie sich, als sie ihre Schale Haferbrei auf den Tisch stellte. Ich darf mich von ihr nicht reizen lassen. Um sich zu beruhigen, ging sie ins Wohnzimmer, um nach Thomas zu sehen. Wie sie vermutet hatte, schlief er immer noch.

»Thomas!« Sie schüttelte ihn heftig. »Thomas!«

»Pas aujourd'hui, chérie«, sagte er deutlich und drehte ihr den Rücken zu.

»Du bist unmöglich«, schalt Karen, die zwar kein Französisch sprach, aber doch einiges verstand. »Unmöglich!« Sie kehrte ins Speisezimmer zurück und setzte sich neben Schnupf, der nicht auf sie gewartet hatte. Vielleicht würde eine Tasse Kaffee ihre Nerven beruhigen.

Doch die Kanne auf dem Tisch enthielt Tee.

»Ist noch genug Wasser für Pulverkaffee im Kessel, Leonie?«

»Wie? Leider nein... Entschuldige. Ich habe vergessen...«

Es gab eben solche Tage.

Dann kam Neville herunter. Er brachte es fertig, trotz seiner saloppen Kleidung elegant auszusehen. Seine Anwesenheit entspannte die ein wenig peinliche Atmosphäre für eine Weile, aber er hielt sich nicht lange beim Frühstück auf und bestieg schon zehn Minuten später den Jeep, um seinen ersten Arbeitstag auf der Pflanzung zu beginnen.

»Ich fürchte, ich werde zum Mittagessen nicht da sein«, sagte er, als er sich mit einem Kuß von Karen verabschiedete. »Gegen sechs bin ich wieder zurück. Wirst du allein zurechtkommen? Leonie fährt nach Fort William einkaufen.«

»Ich habe ja Schnupf – und Thomas.«

»Na dann... Ruf im Forsthaus an, wenn du etwas brauchst. Es ist meistens jemand da, der weiß, in welchem Teil der Pflanzung ich mich befinde.«

»Gut. Aber ich komm' schon durch. Mach dir keine Sorgen.«

Er lächelte, küßte sie noch einmal und fuhr los. Sie ging ins Speisezimmer zurück, wo Leonie gerade abräumte und Schnupf sich an seinem letzten Toast mit Marmelade gütlich tat.

»Ist Thomas schon auf?« erkundigte sich Leonie, während sie einen Teller auf den anderen stapelte.

»Mein Gott, den habe ich ganz vergessen!« Teils ärgerlich, teils schuldbewußt eilte sie ins Wohnzimmer. Es gelang ihr, ihn zu wecken, aber vom Aufstehen wollte er nichts wissen. Schließlich ließ er sich widerstrebend dazu überreden, in Karens Schlafzimmer zu übersiedeln, wo er zu ihrem großen Mißvergnügen auf dem Doppelbett gleich wieder einschlief.

»Warum ist er denn so müde?« erkundigte sich Schnupf, der die Szene interessiert von der Tür her beobachtet hatte.

»Er ist gar nicht so besonders müde, Schatz. Er ist doch Schauspieler, und Schauspieler sind es gewöhnt, nachts zu arbeiten und tagsüber zu schlafen... Wollen wir unseren Spaziergang machen, sobald ich angezogen bin? Bist du fertig?«

»Ja.«

»Hast du dir überlegt, ob du nicht doch einen zweiten Sweater haben willst?«

»Nein, danke.« Sie versicherte ihm, daß sie nicht lange brauchen würde, und er entfernte sich. Sie schloß die Tür hinter ihm und fing an, sich anzukleiden. Mit dem schweren Atem ihres Bruders als Begleitmusik zog sie ein Paar dunkle Slacks an, wählte einen dicken Sweater, der ihren Körper warm umschmiegte, und vergaß auch nicht ein Tuch für ihr Haar. Noch backte der Schlamm des Vortags an ihren Wildlederschuhen, aber sie kratzte den gröbsten Schmutz mit einer alten Nagelfeile herunter und bürstete die Erdbrocken auf das Blumenbeet unter ihrem Fenster hinaus. Als sie eine Minute später das Zimmer verließ saß Schnupf wartend auf der Treppe und starrte sinnend ins Leere.

»Woran denkst du?« fragte sie heiter, aber ihre Worte machten ihn nur verlegen. Er schüttelte den Kopf und lief vor ihr die Treppe hinunter, ohne ihr zu antworten.

Leonie war in der Küche und spülte das Geschirr. Sie hatte Karens Anerbieten, ihr zu helfen, schon vorher abgelehnt und konzentrierte sich jetzt mit dem Gehabe einer Märtyrerin auf ihre Arbeit.

»Schnupf und ich gehen ein bißchen spazieren«, sagte Karen. »Ich weiß nicht, wie lange wir ausbleiben werden.«

»Ah ja? Wenn ihr zurückkommt, werde ich vermutlich schon unterwegs nach Fort William sein. Ich nehme an, ich werde erst am späteren Nachmittag wieder... Schnupf, du solltest dir einen zweiten Pulli anziehen – es ist kalt draußen.«

»Tante Karen hat gesagt, ich brauche keinen zweiten«, schwindelte der Junge und schlüpfte so schnell aus der Hintertür, daß Leonie keine Zeit für eine mißbilligende Bemerkung blieb.

»Ich habe ihn gefragt, ob er noch einen Sweater will«, lautete Karens lahme Erklärung, »aber er hat gesagt, er brauche keinen.«

»Ja«, antwortete Leonie, »das sagt er immer.« Das »Ich kenne ihn besser« unterdrückte sie, aber die Absicht war nicht zu verkennen. »Ich hoffe, der Spaziergang bekommt euch.«

»Danke«, sagte Karen schroff und folgte Schnupf in die frische, kalte Morgenluft des Hochlands. Ihr Stiefsohn hüpfte bereits auf der Holzbrücke umher, die über den Bach führte Er drehte sich um, um zu sehen, wie weit sie zurück war; dann lief er weiter, womit er sich wieder von ihr entfernte.

»He, warte auf mich!« protestierte sie lachend, doch er achtete nicht auf sie. Das Herz wurde ihr schwer, als sie sich fragte, wie lange es wohl dauern würde, bis er sie nicht mehr als Fremde betrachtete – eine Fremde, die ihn schon einmal und vielleicht nicht zum letzten Mal verlassen hatte. War er entschlossen, sie auf Distanz zu halten?

Er schlug den Weg ein, der vom Seeufer weg nach Westen führte. Sie hielt ihr eigenes Tempo ein, während er hin und her schoß, von einer Seite zur andern hüpfte und über Kotlachen sprang. Als er einmal langsamer wurde und sie in Hörweite gelangte, summte er gerade »Frère Jacques« vor sich hin.

»Hast du das in der Schule gelernt?«

Er nickte, ohne sie anzusehen, und dann fiel sein Blick auf das zerfallene Mauerwerk nahe dem Ufer zu ihrer Rechten. »Was ist denn das?«

»Das ist ein altes Haus, das schon seit Jahren unbewohnt ist... Nein, Schnupf, geh nicht hinein! Vielleicht halten die Wände nicht mehr –«

Aber er war schon fort und hörte sie nicht. Widerwillig ging sie ihm nach. Das verfallene Haus erinnerte sie auf unerklärliche Weise an Veronica. Als sie zur Tür kam, sah sie, daß der Junge aufgeregt in dem einen großen Raum herumstapfte.

»Hier gibt's nichts zu sehen, Schnupf. Komm weiter.« Der dumpfe, modrige Geruch ließ sie frösteln. Sie sehnte sich danach, wieder die Sonne über sich zu sehen.

»Vielleicht haben die Leute hier ihren Schatz vergraben, bevor sie fortgezogen sind«, meinte Schnupf und bohrte mit der Schuhspitze in der weichen Erde. »Das haben die Menschen oft getan, wenn sie ihre Häuser verlassen mußten. Wenn irgendwo eine römische Villa gestanden ist, findet man eine Menge Münzen in der Erde. Das hat *Monsieur le Professeur* uns gesagt.«

»Das ist aber keine römische Villa, Schnupf, sondern nur eine armselige Behausung, in der ein unglücklicher Pächter einmal versucht hat, sich seinen Lebensunterhalt zu verdienen. Und er hat bestimmt kein Geld hier vergraben, denn er ist ja fortgezogen, weil er keines hatte.«

»Ach so«, machte Schnupf, keineswegs überzeugt, und bohrte weiter.

»Komm, gehen wir noch ein Stück. Hier gibt es noch viele andere Dinge zu sehen, und vielleicht auch noch ein schöneres Haus. Davon gibt es jede Menge in dieser Gegend.«

»Warum?« wollte der Junge wissen. »Warum sind sie alle fortgezogen?«

Sie gingen zum Weg zurück, und sie erklärte es ihm mit Hilfe des Wenigen, was sie selbst von der Geschichte und der wirtschaftlichen Lage des Hochlandes wußte. Bald lag die Hütte hinter ihnen, und sie konnte erleichtert aufatmen.

Sie hatten das Ende des Sees, das ihnen anfangs so nahe erschienen war, auch nach einer weiteren halben Stunde noch nicht erreicht. Der Weg war immer schlammiger geworden, und Karen entschloß sich schließlich zur Umkehr. Als sie wieder an dem verfallenen Haus vorüberkamen, schlug Schnupf vor, ein paar Minuten auszuruhen. Karen war einverstanden, setzte sich auf eine Felsplatte und blickte über den See zum Hotel in Kildoun und auf die am jenseitigen Ufer entlanglaufende Straße hinüber.

Müßig, scheinbar ohne Absicht, begann Schnupf zur Hausruine hin zu schlendern. Karen unterdrückte eine Regung, ihn zurückzurufen, und tat, als merke sie es nicht. Schließlich und endlich, überlegte sie, warum sollte sie ihm den Spaß verderben, wenn er unbedingt einen Schatz heben wollte? Sie setzte sich bequemer zurecht und bewunderte von neuem die sich ständig verändernden Farbtöne des Wassers, doch als der Junge nach fünf Minuten noch nicht zurück war, stand sie auf und wanderte zu der alten Kate hinüber, um nach ihm zu sehen.

Sie fand ihn auf Händen und Knien rutschend und emsig damit beschäftigt, die weiche, feuchte Erde in einer Ecke mit einem scharfen Stück Schieferplatte aufzugraben.

»Was treibst du da?« In ihrer Stimme schwang, ohne daß sie es merkte, Unbehagen. Es war düster hier, und wieder wurde sie sich der Abneigung bewußt, die dieser Ort in ihr wachrief.

»Ich hab' einen Schatz gefunden«, antwortete der Junge, mit sich selbst zufrieden, und grub weiter.

»Das ist doch nicht möglich, Liebling«, entgegnete sie scharf. »Es ist nur ein alter Stein, den man einmal eingemauert hat.« Immer noch konnte sie es nicht über sich bringen, über die Türschwelle zu treten. Und dann begann sie plötzlich zu zittern, und ein kalter Schauer lief ihr über den Rücken.

»Nein, es ist kein Stein!« rief Schnupf triumphierend. »Es ist ein Koffer! Schau her! Siehst du? Glaubst du, sind Edelsteine drin oder bloß Goldmünzen?«

Stille trat ein. Ein entsetzlicher Verdacht ließ Karen erstarren. Jede Bewegung, jedes Wort blieb ihr versagt.

»Hier ist das andere Schloß«, sagte Schnupf und kratzte eifrig daran herum. »Jetzt kann ich ihn aufmachen und sehen, was drin ist.«

»Nein!« So sehr erschreckte ihn ihr Schrei, daß er aufsprang. Sie wußte kaum, was sie tat, als sie zu ihm hinübereilte und den Oberteil des alten Koffers sah, den er freigelegt hatte; die Schnallen waren rostig und von Erde verklebt.

»Schnupf, Schätzchen, könntest du einen Augenblick hinausgehen? Bitte – nur einen Augenblick!«

Er starrte sie an. Er sah, wie verstört sie war, und versuchte vergeblich zu ergründen, was sie bewegte. »Hab keine Angst«, sagte er schließlich mit nachsichtiger Herzlichkeit. »Wahrscheinlich sind es nur Goldmünzen. Schau doch einfach weg, wenn ich ihn aufmache.«

»Schnupf, bitte –« Aber es war zu spät. Schon hatte er, seine ganze Kraft gegen Rost und Erde einsetzend, die Schnallen aufgeklappt und hob, während sie entsetzt und in ihrem Entsetzen unfähig, ihm in den Arm zu fallen, zusah, den Deckel hoch.

Der Gestank verrottender Gewebe, die Ausdünstung von Moder und Fäulnis stieg ihnen in die Nase.

»So was!« Schnupf war empört. »Guck dir das an! Ich dachte, es würden mindestens Goldmünzen drin sein, aber das sind ja nur Frauenkleider! Wem die wohl gehören...?«

3

Karen wunderte sich später, daß der Schock sie nicht stärker mitgenommen hatte, aber sie empfand in jenem Augenblick nur ein Gefühl erschreckender Klarheit, so als hätte sich ein Rätsel, vor dem sie lange Zeit ratlos gestanden war, ganz plötzlich und völlig unerwartet von selbst gelöst. Als Schnupf, dessen Verwirrung und Ärger deutlich in seinen Augen zu lesen war, sich ihr nun zuwandte, zog sie ihn sanft zur Seite, um den Inhalt des offenen Koffers näher untersuchen zu können.

Ein Kleid aus einem Stoff, der einmal grün gewesen war, lag zuoberst. Ihren Ekel entschlossen unterdrückend, hob sie das mit Moderflecken überzogene Gewebe auf und erkannte das elegante grüne Mantelkleid, das Veronica bei ihrem letzten Besuch in London getragen hatte. Der Spitzenbesatz verfault, das Nylon verfärbt, bot sich Unterwäsche ihren Blicken dar. Eine kleine

Kugelassel verschwand, das Licht des Tages fliehend, in den Tiefen des Koffers.

»Brrr!« machte Schnupf. »Krabbeliges, ekliges Zeug!«

»Wahrscheinlich ist der ganze Koffer voll damit. Mit diesen Kleidern kann niemand mehr etwas anfangen.« Sie wußte kaum, was sie sagte. Sie erinnerte sich, daß Veronica zwei Koffer gehabt hatte. War auch der andere hier vergraben? Sie ließ ihre Blicke über die feuchte Erde schweifen.

»Gehen wir doch, damit wir es jemandem erzählen können!« drängte Schnupf. »Wird Vati bald von der Pflanzung kommen? Wollen wir's ihm nicht erzählen?«

»Nein«, sagte Karen schroff. »Wir wollen es vorläufig niemandem erzählen. Es soll ein Geheimnis zwischen uns bleiben, bis ich herausbekommen habe, wem die Kleider gehören.«

Der Gedanke, Hüter eines Geheimnisses zu sein, gefiel Schnupf; zugleich bedauerte er, mit seinem vergrabenen Schatz nicht angeben zu können.

»Na ja«, tröstete er sich selber, »so ein großer Schatz ist es ja auch nicht. Nur ein paar alte Kleider.«

»Also es bleibt dabei: Bis auf weiteres ist es ein Geheimnis, das nur wir beide kennen.«

»O. k.«

Er schlenderte zur Tür, und sie folgte ihm widerstrebend nach draußen. Sie wußte nicht, was sie tun sollte, aber sie verspürte den dringenden Wunsch, noch eine Weile allein in der alten Klitsche bleiben zu können. Glücklicherweise löste sich das Problem von allein, als Schnupf zum Weg zurückging und anschließend den Berg hinaufraste, um einen zutage tretenden Felsen zu untersuchen. Sein Interesse am Schatz schien völlig erloschen.

»Ich komm' dir langsam nach«, rief sie ihm zu. »Wenn du wieder daheim bist, sieh nach, ob Onkel Thomas noch schläft.«

Damit hatte er eine Beschäftigung.

Er winkte ihr zum Zeichen, daß er verstanden hatte, und nachdem er zwischen den Felsen verschwunden war, lenkte sie ihre Schritte zur Kate zurück. Wieder fröstelte sie, als sie eintrat. Sie schüttelte sich, ging zum Koffer, legte das Kleid wieder hinein, klappte den Deckel herunter und scharrte Erde darüber, um ihn zu verdecken. Dann holte sie von draußen ein spitzes Stück Holz und fing an, sorgfältig rund um den Fundort in der Erde herumzustochern. Kaum drei Minuten später fand sie den zweiten Koffer. Auch er lag nur wenige Zentimeter unter der Oberfläche vergraben, und es fiel ihr nicht schwer, eine Ecke freizulegen, um sich selbst zu beweisen, daß sie sich nicht geirrt hatte.

Dann ging sie wieder hinaus, entfernte sich ein paar Schritte, setzte sich ruhig auf einen Felsbrocken und blickte auf den See hinaus.

Wieder begann sie zu zittern. Veronicas zwei Koffer waren hier, unweit von Leonies Haus, vergraben worden! Und es war gewiß nicht Veronica gewesen, die sie eingegraben hatte. Es war so gut wie sicher, daß Veronica an jenem Morgen das Anwesen nicht mehr verlassen hatte. Sie war tot, und jemand... jemand hatte die Koffer vergraben, um den Anschein zu erwecken, daß sie abgereist war; jemand hatte das Boot ans andere Ufer gebracht, um die Art ihrer Abreise anzudeuten; jemand hatte sich die Leiche vom Hals geschafft.

Ihre Gedanken rasten. Warum waren die Koffer vergraben und nicht einfach in den See geworfen worden? Weil Fischer sie hätten entdecken können, die im Hochsommer in den klaren Wassern des Sees ihren Sport betrieben, oder Jäger, die in den Binsen unterhalb Kildouns Wildenten schossen. Aber keiner würde auf den Gedanken kommen, in längst vergessenem Gemäuer zu graben. Niemand außer einem Kind auf Schatzsuche.

Eingegraben. Eingegraben in fremder Erde.

Mit den eisigen Fingern der Angst griff die Erinnerung an ihr Herz. Wenn Veronica tot war, wo befand sich ihre Leiche? Unter den Ruinen des Hauses...? Aber nein, das war unmöglich.

Verwesendes Fleisch stank. Ein verscharrter Leichnam hätte sich bemerkbar gemacht.

Sie hatte das Gefühl, sich erbrechen zu müssen. Sie stand schnell auf und wankte zum Weg zurück. Die Übelkeit ging bald vorüber und wich einem Gefühl der Schwäche. Sie wußte nicht, was sie tun sollte. Sie zweifelte jetzt nicht mehr daran, daß Veronica ermordet worden war, doch als sie jetzt zu überlegen begann, wer sie getötet, wer das Verbrechen mit so gräßlichem Geschick getarnt und das Opfer so raffiniert aus dem Weg geräumt hatte, scheute ihr Verstand entsetzt vor den möglichen Verdächtigen zurück. Thomas, Leonie, Neville, Marney... Sie mußte sich dazu zwingen, die Verdachtsgründe, die gegen jeden einzelnen von ihnen sprachen, zu überdenken. Thomas, entschied sie, konnte der Schuldige nicht sein. Wäre er es, er würde seiner Überzeugung, daß Veronica ermordet worden war, nicht so nachdrücklich Ausdruck verliehen haben. (Oder tat er nur so, um sie, Karen, gegen Neville einzunehmen?) »Ach, Unsinn!« sagte sie laut und mit einer Sicherheit, die tatsächlich zu empfinden sie weit entfernt war. »Thomas ist kein Mörder!« Und Leonie? Rasch kehrte sie sich von Thomas ab, um sich der Person ihrer Schwägerin zuzuwenden. Leonie hatte Veronica gehaßt, aber man beging doch nicht gleich einen Mord, nur weil man jemanden haßte. (Oder doch? Die Leute brachten einander um ein paar Shilling um. Ja, schon, aber *so* ein Mord war es doch nicht... Was war es denn für ein Mord?) Genug davon. Der nächste Verdächtige war – nun, sie wollte nicht gleich an Neville denken. Der letzte in der Reihe war Marney. War es denkbar, daß Marney einen Mord begangen hatte? Der liebenswürdige, höfliche Marney mit seinem altmodischen Charme? Aber er besitzt den nötigen Verstand, um ein Verbrechen zu begehen, sagte sie sich. Oder besser noch, um ein Verbrechen zu tarnen. Und wer immer das Verbrechen verschleiert hatte, der war kein Dummkopf. Er hatte an alles gedacht und auch nicht vergessen, das Boot an der Straße nach Kildoun zurückzulassen, um so den Eindruck zu erwekken, als wäre Veronica selbst hinübergerudert.

Marney hatte sich zu Veronica hingezogen gefühlt. Karen konnte sich noch genau erinnern, welchen Eindruck Veronica auf ihn gemacht hatte, als sie sich vor drei Jahren in London zum ersten Mal begegnet waren. Karen hatte der Sache damals keine Bedeutung geschenkt; sie wußte, wie Veronica auf Männer wirkte. Jetzt aber meldeten sich Zweifel. Angenommen, Marney hätte sich mit ihr eingelassen. Angenommen... Aber es war doch Neville, nicht Marney, der sich mit ihr eingelassen hatte. Wieder sträubte sich ihr Verstand, Neville als möglichen Schuldigen in ihre Überlegungen einzubeziehen. Dann aber, von einer Art Panik ergriffen, geschah es, daß ihre Gedanken anfingen, sich mit eben dieser Möglichkeit zu beschäftigen.

Aber nein, Neville konnte keinen Mord begangen haben, nie im Leben! Ganz bestimmt würde er sich verraten haben, ganz bestimmt hätte sie etwas bemerkt. Sie weigerte sich, ihn schuldig zu sprechen. Nie würde sie eine solche Möglichkeit ins Auge fassen. Nichts und niemand konnte sie von seiner Schuld überzeugen.

»Wenn ich aber«, sagte sie wieder laut vor sich hin, »Thomas von den Kleidern erzähle, wird er sofort den voreiligen Schluß daraus ziehen, daß Neville sie getötet hat.«

Der bloße Gedanke ließ sie vor Entsetzen erstarren. Angenommen, Melissa würde etwas von den Koffern erfahren! Damit bekäme sie genau die Waffe in die Hand, die sie brauchte, um sich an Neville zu rächen. Was immer geschehen mochte, weder Melissa noch sonst jemand durfte etwas von den Kleidern erfahren.

Aber was sollte sie tun? Den Rest ihres Lebens mit diesen schrecklichen Verdächtigungen zubringen? Die Tatsache verheimlichen, daß ihre Schwester ermordet worden war? Überdies war es unrealistisch, von Schnupf zu erwarten, daß er für alle

Zeiten Stillschweigen über seinen sonderbaren Fund bewahren würde. Früher oder später würde er vergessen, daß es ein »Geheimnis« war, oder sich ganz unabsichtlich verraten; dann würde alles ans Licht kommen...

Verwirrt verhielt sie den Schritt. Sie wußte nicht, was sie tun sollte, und wußte doch genau, daß sie etwas tun mußte. Und wie sie nun bewegungslos dastand und über den See hinweg auf die fernen Berge blickte, flackerte der schwache Schimmer einer Idee in ihr auf.

Wenn sie über jeden Zweifel hinaus feststellen konnte, wer Veronica getötet hatte, dann würde sie wenigstens ohne schwelendes Mißtrauen und ungerechtfertigte Verdächtigungen leben können. Thomas hatte ja schließlich nicht so unrecht, wenn er sagte, Veronica hätte nichts Besseres verdient... Worauf es Karen ankam, war einzig und allein die Frage, ob Neville schuldig war oder nicht. Wenn ihr der Nachweis gelang, daß Leonie oder Marney Veronica getötet hatte, bestand für sie keine Notwendigkeit, die Sache ans Licht der Öffentlichkeit zu zerren, indem sie die Polizei verständigte. Schlafende Hunde sollte man nicht wecken. Wenn sie einmal die Gewißheit hatte, daß Neville unschuldig war, würde sie die Lage ohne größere Schwierigkeiten meistern... Wieder faßte eine kalte Hand nach ihrem Herzen, Angst schnürte ihr den Atem ab. Der Gedanke, einem dieser vier Menschen einen Mord nachzuweisen, stieß sie ab. Sie fürchtete das Ergebnis ihrer Nachforschungen, doch noch schrecklicher schien ihr die Aussicht, ihr Leben lang zweifeln, sich ihr Leben lang die Frage stellen zu müssen, was wirklich geschehen war. Ganz langsam, mit leerem Blick, ging sie weiter. Endlich erreichte sie das Haus und hob eine unsichere Hand zur Klinke der Hintertür.

4

Thomas war wach und erzählte oben im Schlafzimmer einem staunenden Schnupf seine Lebensgeschichte. Karen kam ins Zimmer, um zu fragen, ob er Kaffee haben wollte.

»Und Eier mit Speck und Toast, bitte.«

»Haferbrei?«

»Machst du Witze?« Und zu Schnupf: »Wo war ich stehengeblieben? Ja, richtig! Mit vierzehn Jahren fuhr ich also zum ersten Mal Wasserski...«

Sie überließ ihn seinen Erinnerungen und ging in die Küche hinunter. Von Leonie war nichts zu sehen; sie hatte sich offensichtlich schon nach Fort William auf den Weg gemacht. Wenig später kam Thomas herunter, um sein Frühstück einzunehmen, während Karen und Schnupf einen kleinen mittäglichen Imbiß verzehrten. Anschließend unternahm Schnupf einen seiner Streifzüge den Bach aufwärts. Hell hob sich sein Sweater vom Grünbraun des Berghangs und dem Purpurrot der Heide ab.

Das Telefon läutete, als Thomas gerade mit seiner dritten Schale Kaffee fertig wurde. Er langte nach hinten und griff nach dem Hörer.

»Hallo? Ach, Melissa...« Er schnitt Karen ein Gesicht. »Na ja, ich hab' noch keine Pläne gemacht – bin eben erst aufgestanden... Kann ich dich in zehn Minuten zurückrufen?« Eilig ließ er den Hörer wieder auf die Gabel fallen.

»Was wollte sie?«

»Keine Ahnung – Ich bin nicht lange genug am Draht geblieben, um sie danach zu fragen.« Er schluckte den Rest seines Kaffees hinunter. »Warum ist sie noch nicht zu ihrer Weberei gefahren?« Er stand auf, streckte sich und gähnte. »Jetzt werde ich mich einmal anziehen und dann sehen, was die Fische oben im Bach machen. Hättest du Lust, mit mir fischen zu kommen?«

»Wenn ich Schnupf erwischen kann, um ihm zu sagen, wo wir zu finden sind.«

Schnupf entschloß sich mitzuhalten, und so machten sie sich eine halbe Stunde später auf den Weg, nachdem Thomas Nevilles Angelzeug zusammengebaut hatte. Wieder schrillte zornig das Telefon, als sie eben das Haus verlassen wollten.

»Laß läuten«, sagte Thomas. »Ich ruf' sie an, wenn wir wieder zurück sind, aber ich will jetzt nicht mit ihr reden.«

Als sie nach einer Weile wieder ins Haus kamen, war Leonie schon von ihrer Einkaufsfahrt zurück und gerade dabei, die Lebensmittel in der Küche zu verstauen.

»Ich hatte keine Lust, nach Fort William zu fahren«, erklärte sie. »Es gibt da ein Kaufhaus auf halbem Weg... Melissa hat angerufen. Du sollst sie zurückrufen, sobald du wieder da bist.«

»Scheiße«, brummte Thomas und spazierte mißvergnügt ins Speisezimmer, zum Telefon.

»Thomas«, sagte Karen, die ihm gefolgt war, »ich gehe ins Forsthaus hinüber, um Neville abzuholen. Jetzt ist ja Leonie hier, um auf Schnupf aufzupassen. Du brauchst dir also keine Sorgen um ihn zu machen. Gegen sechs sind wir zurück.«

»Ich komme mit«, sagte er schnell, in der Absicht, einem neuerlichen Zusammentreffen mit Melissa auszuweichen.

»Nein«, widersprach Karen mit Nachdruck. »Rufe Melissa an und frag sie, was sie will. Schließlich hat sie dich doch hierher mitgenommen, ohne etwas dafür zu verlangen. Dafür mußt du dich erkenntlich zeigen.«

Thomas war nicht geneigt, sich diese Ansicht zu eigen zu machen, nahm aber schließlich nach ein paar Minuten fruchtlosen Debattierens ungnädig den Hörer auf. Seine ärgerlichen Blicke im Rücken, ging Karen zu Leonie in die Küche, um sie von ihrer Absicht in Kenntnis zu setzen. Schließlich verabschiedete sie sich auch noch von Schnupf, bevor sie in die Kühle des Spätnachmittags hinaustrat.

Sie überquerte den Bach und schlug den beschwerlichen Karrenweg ein, der zum Paß hinaufführte. Es war ein steiler Aufstieg, und sie mußte ihn mehrmals unterbrechen, um zu verschnaufen, doch sooft sie sich umwandte, um einen Blick zurückzuwerfen, war sie von neuem von der herrlichen Landschaft beeindruckt: die Hügel rings um den See, die von den Bergen eingeschlossenen Hügel und die sich ständig wandelnden Farbtöne des Moorlandes, die dadurch zustande kamen, daß die Sonne immer wieder hinter riesigen Wolkenbänken verschwand, um nach einer kleinen Weile von neuem hervorzutreten.

Es war eine einsame Gegend. Weit und breit war kein lebendes Wesen zu sehen. Eilig setzte sie ihren Weg fort. Endlich erreichte sie den Paß und blickte in das nächste Tal, auf die dunklen, stillen Anbauflächen der Pflanzung F hinunter.

Es begann zu regnen, während sie talwärts schritt, der typische, feine Sprühregen des Hochlands, der jedoch ebenso schnell nachließ, wie er gekommen war. Der Weg verbreiterte sich zu einer Schneise, und bald war sie auf allen Seiten von Nadelbäumen umringt. Dicke Matten von Kiefernnadeln bedeckten den Boden, düster ragten die Zweige zum Himmel. Die Stille war ungeheuerlich und zermürbend. Kein Vogel sang sein lockendes Lied, kein Lüftchen brachte das Geäst zu seufzendem Schwingen. Instinktiv beschleunigte sie ihre Schritte, bis endlich die Bäume zurücktraten und den Blick auf den freundlichen Ziegelbau des Forsthauses und den nahegelegenen Schuppen freigaben, der die Jeeps der Station beherbergte.

Die Köchin, eine alte Hochländerin, die in ihrem ganzen Leben noch nie über Edinburgh hinausgekommen war, sah sie durchs Fenster, schenkte ihr ein zahnloses Lächeln und teilte ihr mit, daß Neville sich noch auf dem Gelände befand.

Karen hatte nichts anderes erwartet, und als sie nun durch die offene Eingangstür in die Halle trat, kam ihr ein junger Forstgehilfe entgegen, der die Aussage der Köchin voll bestätigte.

»Aber Dr. West ist hier«, meinte er zuvorkommend. »Er arbeitet in seinem Büro – die zweite Tür rechts.«

Es widerstrebte ihr, Marney zu stören; dann aber wurde sie sich mit noch größerem Widerstreben der Tatsache bewußt, daß sich ihr hier eine ideale Gelegenheit bot, ihn allein sprechen und dazu bewegen zu können, über die Vergangenheit zu reden. Ihren ganzen Mut zusammennehmend, klopfte sie leise an die Tür, öffnete sie und trat ins Zimmer.

Die Freude, mit der er sie begrüßte, schien ehrlich zu sein. »Karen!« Er stand auf. »Also, das ist wirklich eine Überraschung! Du bist wohl zu Fuß herübergekommen? Nimm doch Platz!« Er schob einen Stuhl heran.

»Ich möchte dich nicht stören...«

»Aber nein, du störst mich nicht. Ich bin schon fast fertig. Möchtest du nicht eine Tasse Tee nach dem langen Weg?«

»Nein, danke, aber wenn ich ein Glas Wasser haben könnte...«

Er holte es schnell aus der Küche und setzte sich wieder hinter seinen Schreibtisch, während sie es trank.

»Ich hatte schon vergessen, wie lang der Weg ist«, sagte sie, »und wie steil es zum Paß hinaufgeht.«

»Ich hoffe, du willst nicht auch zu Fuß zurückgehen.«

»Nein, nein«, bekannte sie reumütig. »Ich warte auf Neville. In welchem Teil der Pflanzung kann er denn sein?«

»Irgendwo auf Sektion fünf. Soll ich dich hinfahren?«

»Ach nein – nein, ich möchte ihn nicht belästigen...«

»Es werden dort neue Heister gepflanzt...« Er fing an, ihr von den Bäumen zu erzählen, und versuchte ihr zu erklären, warum sie mit einer Versuchspflanzung auf einem bestimmten Teil des Geländes einen Rückschlag erlitten hatten. »Der Boden war dort zu steinig. Ich habe von Anfang an darauf hingewiesen. Sektion fünf hat einen guten Untergrund – sie liegt mehr in Talnähe, weiter von den felsigen Berghängen entfernt.«

Das Bild der in weiche Erde gepflanzten Heister erinnerte sie an die Koffer in dem verfallenen Gemäuer. Sie stellte das Glas weg und suchte nach einer Zigarette.

»Entschuldige«, sagte er plötzlich. »Ich rede immerzu vom Geschäft. So weit geht dein Interesse an Bäumen bestimmt nicht.«

Sie sog den Rauch ihrer Zigarette ein und schwenkte langsam das Zündholz, bis es erlosch. »Es ist schon sonderbar«, meinte sie, »wieder hier auf der Pflanzung zu sein und dich über Bäume sprechen zu hören.« Sie sah sich im Zimmer um. »Bei meinem letzten Besuch war es mir allerdings höchst gleichgültig, worüber geredet wurde.«

Es entstand eine Pause. »Tja«, sagte er dann, »kann ich mir denken.«

Sie tat, als glaubte sie, der Anlaß zu ihrem letzten Besuch auf der Pflanzung sei ihm nicht mehr erinnerlich. »Das war an dem Tag, da ich Neville und Veronica im Haus überraschte. Ich lief einfach los, ohne nachzudenken, und irrte stundenlang auf der Pflanzung herum, bis Neville mich fand – einen Kilometer von hier – und hierher ins Forsthaus brachte, ich nehme an, er hat dir davon erzählt.«

»Ja, er hat es erwähnt.« Seine Stimme klang gezwungen.

»Komisch, ich kann mich nicht erinnern, dich dabei gesehen zu haben, aber du warst doch im Forsthaus, nicht wahr? Oder warst du zu diesem Zeitpunkt auf der Pflanzung?«

»Ja, ich arbeitete den ganzen Morgen allein auf der Pflanzung – etwa fünf Kilometer von hier... Und ich war so vertieft in meine Arbeit, daß ich erst gegen zwei zum Mittagessen auf die Station zurückkam. Darum sah ich dich nicht und erfuhr auch erst viel später, was geschehen war. Thomas hat dich dann von hier abgeholt, nicht wahr? Kurz nachdem er mit dir weggefahren war, kam ich zurück. Neville war schrecklich aufgeregt. Ich gab ihm einen Whisky und versuchte ihn zu beruhigen, bevor ich ihn wieder ins Haus zurückchauffierte. Ich erinnere mich, daß wir Schottland noch am gleichen Tag verließen. Ich war fertig mit meiner Arbeit, und Neville beschloß, dir unverzüglich nach London zu folgen. Er hat dich aber nicht mehr erreicht, stimmt's? Du bestiegst eine Maschine nach New York, und damit... Tut mir leid, daß ich so weit abschweife. Entschuldige.«

»Ach, das macht nichts... Ich nehme an, Leonie war schon da, als ihr zum Haus zurückkamt, oder?«

»Ja, ja, Leonie wartete schon auf uns, und – nein, Schnupf war ja nicht da. Das habe ich vergessen.«

»Ich hatte ihn in London gelassen – bei einer Cousine seiner Mutter. Zeigte sich Neville überrascht, als er sah, daß Veronica fort war?«

»Ja, er fragte Leonie sofort, wo sie war, und Leonie sagte, sie hätte angenommen, Veronica hätte ihn begleitet. Dann gingen sie nach oben, um sie zu suchen, und stellten fest, daß ihre Sachen und ihre Koffer verschwunden waren – und am Landesteg fehlte eines der Boote. Leonie meinte, Veronica müsse sich aus dem Staub gemacht haben, noch bevor sie, Leonie, gegen elf Uhr von der Forststation ins Haus zurückgekommen war.« Marney senkte schuldbewußt den Kopf. »Ich habe mir damals große Vorwürfe gemacht, weißt du? Leonie hatte mich am Abend zuvor, bald nach Veronicas Ankunft, im Forsthaus angerufen. Sie sagte, sie müsse mich dringend sprechen. Da es schon spät war, schlug ich vor, sie solle am nächsten Morgen zu mir herüberkommen, aber... Na ja, als ich am nächsten Morgen erwachte, hatte ich völlig vergessen, daß sie um zehn Uhr ins Forsthaus kommen wollte. Beim Frühstück mit Kelleher nämlich hatten wir ein sehr interessantes Gespräch über mein Projekt, und ich war so begierig, mich möglichst schnell an die Arbeit zu machen, daß ich einfach auch Leonie vergaß. Es war mir sehr unangenehm, als ich dann bei meiner Rückkehr ins Forsthaus ihre Nachricht vorfand.«

»Sie hinterließ dir also eine Nachricht?«

»Ja. Es ging um Nevilles, wie sie meinte, skandalöses Benehmen, indem er Veronica eingeladen hatte, ihn im Haus zu besuchen, während sie, Leonie, ihren Urlaub dort verbrachte. Ich weiß, Neville schwor, daß kein solches Rendezvous abgemacht gewesen war, Leonie aber – und das ist nicht ganz unverständlich – glaubte ihm nicht. Ich nehme an, daß sie sich bei mir moralische Unterstützung holen wollte, bevor sie Neville ersuchte, das Haus zu verlassen.«

»Erfuhrst du erst dadurch, daß Veronica im Haus war?«

»Nein, das wußte ich schon. Noch bevor Leonie mich an jenem Abend anrief – am Abend nach Veronicas Ankunft –, hatte ich Neville im Haus angerufen, um ihn etwas zu fragen, und da erzählte er mir, was geschehen war. Er sagte nicht viel, nur daß das alles sehr peinlich war, daß Veronica sich im Haus befand und daß er nicht lange mit mir reden könne. Leonie erwähnte er mit keinem Wort.« Er verzog das Gesicht. »Kaum hatte er mir mitgeteilt, daß Veronica da war, wünschte ich schon, er hätte es nicht getan, weil ich ja annehmen mußte, die beiden wären allein. Ich hatte ein ungutes Gefühl, als ob ich allein durch mein Wissen davon seiner Untreue dir gegenüber irgendwie Vorschub leistete. Selbst als ich dann von Leonies Anwesenheit erfuhr, wurde ich dieses Gefühl nicht mehr los... Wenn du mich fragst, Karen, ich finde, Neville ist bei der Sache noch sehr glimpflich davongekommen, glimpflicher, als er es verdient hätte. Veronica hätte ihm doch allerhand Scherereien machen können. Ich staune nur, daß er sie so leicht losgeworden ist.«

»Soviel ich weiß, hatte er noch einen Riesenkrach mit ihr, bevor er das Haus verließ, um nach mir zu suchen...«

»Um so mehr Anlaß für sie, ihm hinterher die Hölle heiß zu machen.« Er stand auf. Die Hände tief in die Taschen seiner abgetragenen Cordsamthosen versenkt, wanderte er zum Fenster hinüber. »Neville sagt, er hätte nie wieder etwas von ihr gehört.«

»Nein, nie.« Sie beschloß, schnell das Thema zu wechseln, noch bevor er unter Umständen die Möglichkeit von Veronicas Tod zur Sprache brachte. »Weil wir gerade von Neville sprechen –«

»Ja, ja... willst du nicht doch, daß ich dich auf die Sektion fünf hinausfahre? Er dürfte noch dort sein.«

»Nun ja, wenn es dir wirklich nicht zuviel ausmacht –«

»Nein, nein, die frische Luft wird mir gut tun.«

Er zog eine alte Tweedjacke an, schloß seine Papiere weg und brachte sie hinaus. Wieder fiel ein leichter Nieselregen, aber im Westen leuchtete ein blauer Himmel, und der Schauer war schon beinahe wieder vorbei. Ein Jeep stand im Schuppen, und nachdem Marney Karen hineingeholfen hatte, setzte er sich hinter das Steuer und drückte auf den Starter. Augenblicke später waren sie durch eine breite Schneise unterwegs, die parallel zu den Bergen nach Westen führte.

Nach zehn Minuten holpriger Fahrt kamen sie zu einer Lichtung, hinter welcher ein Wäldchen von kaum mehr als zwei Fuß hohen Heistern lag. Anschließend an diese embryonale Pflanzung befand sich ein Stück Land, auf dem man Bäume abgeholzt und die Erde aufgepflügt hatte. Schwarz wie Pech glitzerten die Schollen im klaren Licht des Nachmittags.

Zusammen mit einer Gruppe von Männern stand Neville über einen gefällten Baum gebeugt. Karen hätte gern gewußt, um was es da ging, und wunderte sich im stillen über die Kompliziertheit einer Sache, die ihr so simpel erschien. Sie hätte sich nie vorstellen können, daß ein abgeholzter kleiner Nadelbaum die Aufmerksamkeit von sechs ausgewachsenen Männern erweckte. »Was ist hier los?« erkundigte sie sich bei Marney.

»Ich weiß nicht. Vielleicht hat sich eine Mißbildung der Wurzeln ergeben.«

Neville hatte sie gesehen und winkte ihnen grüßend zu. Marney hielt den Jeep an.

»Ist was nicht in Ordnung, Neville?«

»Nein. Es geht nur darum, ein kleines Problem zu lösen. Anscheinend liegt der Granit hier näher an der Oberfläche als wir dachten…« Er redete weiter, sprach fachmännisch über technische Besonderheiten, aber Karen hörte ihn nicht mehr. Sie hörte überhaupt nichts. Ihr ganzes Denken konzentrierte sich plötzlich auf den abgeholzten kleinen Nadelbaum und das Loch im Boden, wo seine Wurzeln gewesen waren. Ein kalter Schauer durchrieselte sie. Kein Wunder, daß Veronicas Leiche nie gefunden worden war. Der Mörder hatte sie gar nicht in den See geworfen, hatte nie versucht, sie in der steinigen Erde nahe dem Haus zu verscharren. Veronicas Leiche lag irgendwo in *diesem* Tal, irgendwo in der schwarzen Erde der Pflanzung F.

6. Kapitel

1

Kaum eine Minute später traten Logik und Vernunft an die Stelle von Verwirrung und Panik. Dennoch konnte sich Karen eines Gefühls innerer Zerrissenheit nicht erwehren, Freilich, sagte sie sich, der Gedanke, Veronicas Leiche könnte irgendwo auf der Pflanzung F verscharrt worden sein, war nur eine verschrobene Idee, eine Folge ihres Erlebnisses vom Vormittag, als sie die Koffer in ihren seichten Gräbern gefunden hatte. In ihrer Vorstellung sah sie jetzt überall Gräber, ohne die geringsten Beweise in Händen zu haben. Sie würde bald ganz die Nerven verlieren, wenn sie so weitermachte. Es war höchste Zeit, daß sie sich zusammenriß und aufhörte, ihrer Phantasie die Zügel schießen zu lassen.

Doch ihre Spannung ließ nicht nach. Marney war also an jenem Morgen im Jeep unterwegs gewesen, ganz allein in einem entlegenen Teil der Pflanzung; er hätte theoretisch ins Haus hinüberfahren, Veronica töten, mit der Leiche zur Pflanzung zurücksausen und sie irgendwo begraben können. Oder war Neville... Nein, Neville und Veronica mußten ja am Abend vorher mit einem Mietboot über den See gekommen sein, denn als Karen am nächsten Morgen eintraf, hatte kein Jeep vor dem Haus gestanden. Wo aber war Neville an jenem schicksalsschweren Morgen wirklich gewesen? Sie hatte nur sein Wort, daß er drei Stunden lang auf der Suche nach ihr gewesen war; er hätte in Dreiviertelstunden zu Fuß das Forsthaus erreichen, mit einem der Jeeps zurückfahren, Veronica töten und die Leiche beseitigen können... Aber das gleiche hätte auch Leonie tun können.

Daß sie an jenem Morgen den Weg zur Forststation eingeschlagen hatte, bestritt sie nicht. Auch sie hätte sich einen Jeep aus dem Schuppen holen können. Wenn sie dann um zehn gekommen wäre, um ihr Rendezvous mit Marney einzuhalten, würde die ganze Belegschaft bereits bei der Arbeit auf der Pflanzung gewesen sein – ausgenommen die taube alte Hochländerin in der Küche...

»Ist was?« hörte sie Neville plötzlich sagen. »Du bist so still.«

»Nein, nein, mir geht's gut. Ich bin nur ein bißchen müde.« Mit aller Kraft versuchte sie, alle Gedanken an die Vergangenheit aus ihrem Innern zu verbannen und sich auf die Gegenwart zu konzentrieren, noch bevor Neville mißtrauisch wurde und ihr weitere Fragen stellte.

Sie hatten sich mittlerweile von Marney und den Förstern verabschiedet, und Neville steuerte den Jeep bergan, zur Paßhöhe hinauf. Karens Bemühungen, sich wieder von der herrlichen Landschaft gefangennehmen zu lassen, blieben fruchtlos. Immer wieder kreisten ihre Gedanken um ein heimliches Grab unter düsteren Tannen, die weiche schwarze Erde bedeckt von Tannennadeln und geschützt durch die Vorschriften, die das Leben auf der Pflanzung regelten.

»Neville...«

Den Blick auf die holprige Wirtschaftsstraße gerichtet, konzentrierte er sich auf die Lenkung des Fahrzeugs. »Ja?«

»Wie oft werden die Bäume gefällt und der Boden aufgepflügt?«

Er lachte. »So einfach ist die Forstwirtschaft nicht, daß ich darauf eine klare Antwort geben könnte. Warum fragst du?«

»Nur so... Aus keinem besonderen Anlaß.«

Die Talfahrt begann. Tief unter ihnen lag der See, seine Wasser still und ruhig, die Hügel ringsum dunstig im Abendsonnenschein. Plötzlich und ohne vorherige Warnung hielt Neville den Wagen an und stellte den Motor ab.

»Was hast du eigentlich, Liebling?« fragte er und sah ihr dabei in die Augen. »Ich hoffe, du denkst nicht darüber nach, ob Veronica vielleicht in eine Ackerfurche gefallen ist und sich anschließend entgegenkommenderweise selbst ihr Grab gegraben hat.«

Seine Fähigkeit, ihre innersten Gedanken zu erraten, machte ihr Angst und benahm ihr den Atem. »Hatten wir nicht vereinbart, nicht mehr von Veronica zu sprechen?« fragte sie automatisch.

»Stimmt, das hatten wir«, gab er zu, »aber ich sehe doch, daß du ununterbrochen an sie denkst – und dich fragst, ob Melissas Hirngespinste vielleicht doch einen realen Hintergrund haben –«

»Nein!« Aber sie war doch sehr bestürzt darüber, daß auch er an Veronica gedacht und sich über Melissas bösartige Bemerkung Gedanken gemacht hatte.

»Wenn es die Pflanzung ist, die dich so nachdenklich gestimmt hat –«

»Das hat sie nicht.«

»Nein? Aber dann –«

»Bitte, Neville, fahren wir weiter und reden wir nicht mehr darüber. Ich bin müde, und du sicher auch, und ich möchte nach Hause.«

Er antwortete nichts und sah nur auf den See hinunter. Er hielt den Mund fest verschlossen, und seine Augen blickten trübe. Schließlich sagte er: »Ich war nicht ganz ehrlich mit dir an jenem Abend, als wir das erste Mal über Veronicas Verschwinden sprachen. Ich frage mich schon längere Zeit, ob sie tot sein könnte, aber ich wüßte nicht, wie das zugegangen sein sollte. Selbstmord kommt nicht in Frage, und wenn sie einen Unfall erlitten hätte, würde man ihre Leiche gefunden haben – irgendwo, ganz gleich, wo – und du würdest ausfindig gemacht und verständigt worden sein. Ob sie ermordet wurde? Natürlich habe ich auch diese Möglichkeit in Erwägung gezogen, aber sie schien mir zu weit hergeholt, und ich klammerte sie aus meinen Überlegungen aus, doch als Melissa mit ihren versteckten Andeutungen kam, ließ ich mir die Sache noch einmal durch den Kopf gehen. Sie erschien mir immer noch völlig unwahrscheinlich, aber nach einigem Nachdenken kam ich zu dem Schluß, daß tatsächlich eine Reihe von Umständen gegen die Annahme spricht, Veronica hätte diese – Nachbarschaft jemals lebend verlassen. Und wenn sie sie nicht verlassen hat, und wenn ihre Leiche vorsätzlich beiseite geschafft wurde, bedeutet das zweifellos, daß sie ermordet wurde.« Er suchte nach einer Zigarette. Er fand ein Päckchen und zündete ein Streichholz an. »Natürlich dachte ich an die Pflanzung. Sie ist in mancher Hinsicht geeigneter für ein Grab als der steinige, harte Grund rund um das Haus. Der Mörder mußte daran interessiert sein, so schnell wie möglich ein Grab zu schaufeln. Es in der Nähe des Hauses zu tun hätte ihn viel Zeit und Mühe gekostet.«

Blitzartig leuchtete das Bild der weichen Erde innerhalb des verfallenen Hauses vor Karen auf, aber sie schwieg und wartete. »Es gibt natürlich auch auf der Pflanzung harten, steinigen Boden, und dann wieder Gebiete, wo die Erde weich ist. Wenn der Mörder wußte, wo er zu graben hatte, konnte er die Leiche an einem Ort verschwinden lassen, wo nie eine Planierraupe eingesetzt werden würde.«

Es schien plötzlich sehr kalt zu sein. Karen fröstelte. »Wenn der Mörder wußte, wo er zu graben hatte –«, wiederholte sie.

»Genau.« Er zuckte die Achseln. »Andererseits ist die Annahme, Veronica könnte auf der Pflanzung eingescharrt worden sein, aus einem andern Grund unhaltbar. Kein Mörder würde sich einfallen lassen, mit der Leiche seines Opfers unter einem, eine Schippe unter dem anderen Arm, zum Paß hinaufzuklettern und dann wieder ins Tal hinunterzusteigen. Und ein Jeep war keiner vorhanden. Ich war erst am Abend zuvor angekommen – drei Stunden vor Veronica –, aber nicht mit dem Jeep über den Paß, sondern mit einem Boot über den See.«

»Aber wo ist Veronica dann begraben?«

»Keine Ahnung – aber eines weiß ich: Wenn wir ihr Grab finden könnten, würden wir auch mit ziemlicher Sicherheit erfahren, wer sie getötet hat. Aber solange wir das Grab nicht gefunden haben, gibt es keinen schlüssigen Beweis dafür, daß sie tot ist und nicht einfach – verschwunden.«

Wieder lief es ihr kalt über den Rücken. »Und... Hast du da jemanden –« Aber sie brachte es nicht über sich, die Frage in Worte zu fassen.

»Jemanden, dem ich einen Mord zutraue? Offen gestanden, nein.« Er lachte trocken. »Wie ich die Dinge sehe, sind wir die zwei einzigen, die ein Motiv gehabt hätten, sie zu töten. Ich weiß verdammt gut, daß ich es nicht getan habe, und da ich mir nicht vorstellen kann, daß du einem Schmetterling etwas zuleide tun würdest, geschweige denn deiner Zwillingsschwester, scheint mir diese Hypothese nicht eben überzeugend.«

So sehr erschreckte sie der Gedanke, sie selbst könnte in den Kreis der Verdächtigen einbezogen werden, daß sie sekundenlang zu keiner Antwort fähig war. Doch dann sagte sie: »Die Polizei könnte mich verdächtigen, wenn sie davon wüßte. Ich hätte ja vorgeben können, mich auf der Pflanzung verirrt zu haben. Ich hätte dich abschütteln, ins Haus zurücklaufen, sie töten können und –«

»Unsinn«, unterbrach er sie. »Zum ersten wußtest du gar nicht, daß ich hinter dir herkommen würde, nachdem ich volle zehn Minuten damit vertan hatte, mit Veronica zu streiten. Du wußtest gar nicht, daß ich dich suchte, bis ich dich drei Stunden später, eine halbe Meile vom Forsthaus entfernt, endlich fand. Als ich den Paß erreichte, sah ich dich im Wald verschwinden, aber du schautest nie zurück. Also: Wenn du dich entschlossen hättest, Veronica zu töten, woher solltest du wissen, daß sie allein, ohne meinen Schutz, im Haus war? Außerdem, wenn du sie wirklich hättest töten wollen – wie verrückt es klingt, eine solche

Annahme auch nur auszusprechen –, würdest du es in einem Anfall von Wut getan haben, als du sie in meiner Gesellschaft fandest. Du würdest es nie fertiggebracht haben, Hand an sie zu legen, sobald dein erster Zorn einmal verraucht war. Und dann ergibt sich wieder das gleiche Transportproblem: Was hast du mit der Leiche gemacht? Ich glaube nicht, daß du imstande gewesen wärst, so kaltblütig an alle Einzelheiten zu denken, an die man denken muß, wenn man einen Mord vertuschen will. Dazu hast du Veronica nicht genug gehaßt. Ich glaube, wenn du sie getötet hättest, würdest du die Polizei angerufen und ein Geständnis abgelegt haben.«

Sie mußte lächeln. »Du hältst mich also für eine schlechte Mörderin?«

»Ich meine, du besitzt weder die seelische noch die körperliche Kraft, um zwischen Haus und Pflanzung hin und her zu jagen, Veronica zu töten, ihre Leiche beiseite zu schaffen, mit zwei Booten über den See zu rudern und dann noch auf die Pflanzung zurückzusausen, um dich dann eine halbe Meile von der Station entfernt von mir auffinden zu lassen! Die Vorstellung ist absurd, und das würde auch der Polizei sehr schnell klar werden.«

Das Gefühl der Erleichterung, das sie empfand, reichte nicht aus, um die Spannung von ihr zu nehmen. »Neville«, fragte sie nach einer kleinen Weile, »bei diesem Streit... Was hat Veronica da gesagt? Seid ihr hart aneinandergeraten?«

Seine Augen verdunkelten sich. »Es war unerquicklich. Ich erinnere mich nicht mehr so deutlich.«

»Hat sie –«

»Ja, ja, sie hat Gift und Galle gespuckt, hat gedroht und getobt und geschrien – wir waren Gott sei Dank allein, und niemand konnte uns hören. Es war alles meine Schuld, wenn du so willst. Ich war so entsetzt über dein plötzliches Erscheinen, so verzweifelt, als ich mir vorstellte, was du dir dabei denken mußtest... Es war, als ob mir jemand ins Gesicht geschlagen, als ob mich jemand auf höchst unsanfte Weise aus tiefem Schlaf gerissen hätte. Ich richtete ein paar kurze Worte an sie. Sie täte gut daran, sagte ich, möglichst rasch ihre Sachen zu packen, worauf sie sofort explodierte... Es ging alles sehr rasch. Sie warf mir alles mögliche vor... Ein Esel schimpft den andern Langohr, dachte ich, und gab ihr die richtige Antwort... Dann fing sie an, über dich herzuziehen. Als ich dann sah, wie sehr sie dich haßte, da –«

»Sie war immer eifersüchtig auf mich. Ich versuchte so oft, einen Weg zu ihrem Herzen zu finden, aber sie ließ mich nicht an sich heran.«

»Ja, das sagte sie. Gerade darum verachte sie dich, sagte sie und lachte.«

»Was hast du ihr darauf geantwortet?«

»Ich habe ihr eine reingehauen.«

Sie starrte ihn an. Er verzog die Lippen zu einem matten Lächeln.

»Ich gebe zu, daß ich mich in diesem Stadium der Entwicklung nicht eben wie ein wahrer englischer Gentleman benommen habe.«

»Aber –«

»Natürlich hätte ich sie nicht schlagen sollen, aber ich war so wütend über sie, über mich – die ganze Situation...« Er zuckte die Achseln. »Ich gab ihr eine Ohrfeige, und sie sprang mich an wie eine Wildkatze, biß und kratzte... Ich stieß sie zur Seite, sie verlor das Gleichgewicht und fiel zu Boden. Während sie sich noch aufrappelte, lief ich aus dem Haus und machte mich auf die Suche nach dir.«

»Und – und du sahst sie nie wieder.«

Er blickte sie forschend an. Zum ersten Mal fiel ihr auf, wie bleich er war. »Nein«, antwortete er, »nein, Karen, ich schwöre es dir. Und als ich das Haus verließ, war sie noch sehr lebendig.«

2

Die Wolken hatten sich verzogen, und die Berge hoben sich als Silhouetten vom klaren Sommerhimmel ab. Wie ein blauer Spiegel lag der See unten im Tal. Es war schon nach sechs, als sie das Haus erreichten, doch noch hatte sich die Sonne nicht golden gefärbt, und Karen mußte daran denken, wie weit nördlich dieses Land lag und wie kurz infolgedessen die Nächte waren.

Neville hielt den Jeep an, half ihr beim Aussteigen und ging mit ihr über den Bach, am Steingarten vorbei, zur Hintertür. Die Küche war leer, aber auf dem Herd kochten und brutzelten einige Töpfe. Im Augenblick, da Karen in die Halle trat, drang Schnupfs helle, hohe Stimme an ihr Ohr.

»Aber es war ja gar kein richtiger Schatz«, sagte er verdrießlich. »Eine Menge Frauenkleider, sonst nichts...«

Mein Gott! dachte Karen und blieb wie angewurzelt stehen. Alles Blut wich aus ihrem Gesicht.

Neville stieß von hinten gegen sie an. »Was ist los?«

Sie brachte kein Wort über die Lippen.

»Neville?« kam Leonies Stimme aus dem Wohnzimmer. Im nächsten Augenblick stand sie vor ihnen. »Gott sei Dank, daß du zurück bist!« rief sie erleichtert. »Schnupf hat uns da eine ganz merkwürdige Geschichte erzählt...« Ihre Stimme verlor sich, während sie Karen einen höchst mißtrauischen Blick zuwarf.

So plötzlich, wie es gewichen war, schoß Karen nun das Blut ins Gesicht. Ihre Wangen brannten in hilflosem Zorn. Neville starrte sie an. »Was bedeutet das?«

»Ich –«, setzte Karen leise an, aber Leonie fiel ihr ins Wort.

»Schnupf sagt, er hätte zwei Koffer mit Frauenkleidern gefunden, die in der verfallenen Kate vergraben waren –«

»Was?« Er schob sie zur Seite. »Wo ist er? Ich will mit ihm reden. Das hat er sich doch nur ausgedacht!«

»Er sagt, Karen hätte ihm aufgetragen, nichts darüber verlauten zu lassen.«

Eine elektrisierende Stille trat ein. Karen fühlte sich außerstande, Nevilles oder Leonies Blick zu begegnen. Und dann kam von irgendwo, wie aus weiter Ferne, Melissas tiefe Stimme, lässig und gedehnt: »Aber Schnupf, Schätzchen, warum hat denn Tante Karen ein Geheimnis daraus gemacht?«

Unwillkürlich veränderte Neville seine Haltung. »Wie kommt Melissa hierher?«

»Frag *mich* nicht«, antwortete Leonie in einem Ton, der deutlich zum Ausdruck brachte, daß man sie dafür unter keinen Umständen verantwortlich machen konnte. »Thomas hat sie nachmittags mitgebracht.«

Ohne ein Wort zu sprechen, ging Neville an ihr vorbei ins Wohnzimmer, und Karen, die nicht mit Leonie allein zurückbleiben wollte, folgte ihm automatisch.

Schnupf saß mit seinem Geschichtenbuch auf dem Boden. Der mürrische Ausdruck auf seinem Gesicht schien zu besagen, daß ihm die Anwesenheit so vieler Erwachsener zuwider war und daß er in Frieden gelassen zu werden wünschte. Von Nevilles Ankunft merklich unberührt, soigniert und elegant, saß Melissa in einem Lehnsessel.

»Was machst *du* hier?« schnauzte Neville sie an, und Melissa zog mißbilligend die Brauen hoch.

»Thomas lud mich zu einer Bootsfahrt auf dem See ein, und als es dann zu regnen begann, schlug ich vor, daß wir hier im Haus Zuflucht suchen«, erwiderte sie. »Es war ein schweres Gewitter, das Haus lag ganz in der Nähe... Ein idealer Gastgeber bist du heute nicht, das muß ich schon sagen.«

»Wo ist Thomas?«

»Er ist zu diesem verfallenen Haus hinuntergegangen«, antwortete Melissa, »um Schnupfs vergrabenen Schatz näher in Augenschein zu nehmen.«

»Neville –«, setzte Leonie an.

»Es war kein Schatz!« widersprach Schnupf erregt. »Nur ein paar alte Kleider!«

»Schnupf!« tadelte ihn Leonie in scharfem Ton. »Du bist sehr unhöflich. Was erlaubst du dir? So zu reden!«

»Tante Karen hat nicht gesagt, daß ich unhöflich bin«, konterte Schnupf boshaft und rappelte sich auf, das Geschichtenbuch unter den Arm geklemmt.

»Laß Tante Karen gefälligst aus dem Spiel! Entschuldige dich sofort bei Tante Melissa!«

»Sie ist nicht meine Tante.«

»Schnupf –«

Aber er schenkte ihr keine Beachtung, und plötzlich merkte Karen, daß er vor ihr stand und mit Wut in den Augen zu ihr aufsah. »Ich wollte nichts verraten«, sagte er bedrückt, »aber mir ist was rausgerutscht, und dann gingen sie mir nicht mehr von der Pelle –«

»Ist schon recht, Schnupf. Ich verstehe.«

»Alles in Ordnung, Schnupf«, sagte Neville. »Mach dir keine Sorgen. Niemand ist auf dich böse.« Er heftete einen fragenden Blick auf Karen. »Was soll das alles heißen?«

Aller Augen waren auf sie gerichtet. Sie bemühte sich, ihre Fassung zu bewahren. »Ich – ich ging mit Schnupf spazieren. Zufällig – fand er – in dem alten Gemäuer –«

»– zwei Koffer mit Frauenkleidern«, führte Leonie mit einiger Schärfe den Satz zu Ende. »Im Boden verscharrt.«

»Warum hast du mir das nicht erzählt?« wandte sich Neville an Karen. »Warum hast du nichts gesagt?«

»Ich – ich wollte nachdenken –«

Er drehte sich um und ging zur Tür. »Ich will mal sehen, was Thomas in der verfallenen Kate gefunden hat.«

»Du hast also nichts gesagt«, bemerkte Leonie, als die Tür ins Schloß fiel. »Was ist dir da nur eingefallen?«

Karen sah sich in die Verteidigung gedrängt. »Was hätte ich denn deiner Meinung nach tun sollen?« brauste sie auf. »Die Polizei verständigen?«

»Du hättest es zumindest *mir* sagen können. Schließlich war ich ja auch vor drei Jahren hier, als... Und du hättest es natürlich auch Neville sagen müssen.«

»Ich finde, sie hätte die Polizei rufen sollen«, ließ sich Melissas nasales Organ vom Kamin her vernehmen. »Wenn es Veronicas Kleider sind, geht doch ziemlich eindeutig daraus hervor, was mit Veronica passiert ist.«

Leonie wurde zornig. »Wollen Sie damit sagen –«

»Fragen Sie doch Ihre Schwägerin noch einmal, warum sie ihrem Herrn Gemahl nichts von ihrem Fund berichtet hat! Fragen Sie sie, ob sie sich bei dem Gedanken wohl gefühlt hat, mit einem Mörder verheiratet zu sein!«

»Wie können Sie es wagen!« Leonies Gesicht war krebsrot. »Wie können Sie es wagen, meinen Bruder in dieser Weise zu beschuldigen!« Und zu Karen: »Wie kannst du es zulassen, daß sie so spricht?«

»Ich –«

Aber Leonie hatte sich schon wieder Melissa zugewandt. »Verlassen Sie sofort mein Haus – unverzüglich! Ich habe Sie sowieso nie eingeladen. Ich will Sie nie wiedersehen!«

»Du liebe Zeit!« sagte Melissa. »Wie dramatisch!« Sorgfältig streifte sie ihre schönen Lederhandschuhe über, zog sie über jedem einzelnen Finger stramm. »Und wer, wenn ich fragen darf, rudert mich über den See? Oder soll ich hinüberschwimmen?«

»Rudern Sie sich selbst hinüber!« Zitternd vor Wut marschierte Leonie aus dem Zimmer und knallte so heftig die Tür hinter sich zu, daß die Wände wackelten.

Schnupf machte große Augen. Karen beugte sich über ihn und ergriff seine Hand. »Wenn du in Ruhe lesen willst, wirst du das oben tun müssen, Schätzchen. Soll ich dich hinaufbegleiten?«

»Danke, nein«, sagte Schnupf, entzog ihr würdevoll seine Hand und ging, ohne einen Blick zurück, seiner Wege.

Das Herz tat ihr weh, als sie ihm nachblickte. Sie wäre ihm so gerne nähergekommen, aber sie wußte, daß die Schranken, die er gegen die Welt der Erwachsenen aufgerichtet hatte, im Augenblick unüberwindbar waren.

»Ein bühnenreifer Auftritt«, bemerkte Melissa, die vor dem Spiegel stand und sich mit den Händen über die Hüften fuhr.

Karen blieb stumm. Sie vertraute ihrer Stimme nicht. Dann trugen ihre Füße sie durch die Halle, sie öffnete die Tür und trat in die kühle Luft des frühen Abends hinaus. Sie holte tief Atem, um Halt zu gewinnen, überquerte den Bach und lenkte ihre Schritte zu der alten Kate. Kaum drei Minuten später hatte sie das zerbröckelnde Gemäuer erreicht.

Neville und Thomas standen über die zwei Koffer gebeugt, die offen zwischen den dunklen Hügeln schwarzer Erde lagen. Als sie Karen näher kommen hörten, richteten sie sich auf und sahen ihr entgegen.

»Du hättest es uns sagen sollen, Karen.« Mit dem Handrücken wischte sich Thomas den Schweiß von der Stirn.

»Ich – ich weiß...« Erschöpft lehnte sie sich gegen den Türpfosten und schloß die Augen. Und hörte sich wie aus weiter Ferne sagen: »Ich war so erschüttert – so entgeistert – ich wollte nachdenken...« Dann spürte sie plötzlich Nevilles Arme um sich. Er hielt sie ganz fest und flüsterte leise: »Ich verstehe.«

Dankbar schlug sie die Augen auf und sah sein Gesicht nur wenige Zoll von ihrem entfernt. Sie sah Mitgefühl in seinem Blick, aber auch noch etwas anderes: eine Spur von Wachsamkeit, Zurückhaltung, Zweifel.

»Neville«, meldete sich Thomas, »sollten wir nicht vielleicht den ganzen Boden aufgraben? Was meinst du – könnte hier nicht außer den Koffern auch noch etwas anderes vergraben sein?«

»Das glaube ich nicht. Wir können es zwar versuchen, aber ich wäre sehr überrascht, wenn wir hier noch etwas fänden. Soweit die Erde hier weich ist – das hat gerade für die Koffer gereicht. Drüben an der Wand, zwischen dem Unkraut, sieht man schon den Granit. Wenn du mit einem spitzen Stecken herumbohren wolltest, ich glaube, du würdest sehr bald auf Fels stoßen – ausgenommen in diesem Teil, wo die Koffer verscharrt waren.«

»Wo finde ich so einen Stecken?«

»Soviel ich weiß, hat Leonie Pfähle für Gartenwicken und grüne Bohnen im Schuppen neben dem Haus. Ich werde Karen jetzt zurückbegleiten.«

»Thomas«, sagte Karen, »ich wollte, du würdest Melissa nach Kildoun hinüberrudern. Leonie hat sie eben aus dem Haus gewiesen, aber sie geht nicht, solange sie niemand hinüberfährt.«

Thomas gab auf unmißverständliche Weise zu verstehen, was Melissa ihn könne, und fing an, wie ein Wilder mit der scharfen Kante des Spatens in der Erde herumzustochern.

»Du machst mir vielleicht Spaß«, sagte Neville ärgerlich. »Es ist ja nur deine Schuld, daß sie überhaupt hier ist.«

»Fangt ihr doch nicht auch noch zu streiten an«, bat Karen verzweifelt. »Ich kann schon nicht mehr!«

»Ich denke, wir sollten eine Art Konferenz abhalten und beraten, was wir tun sollen«, schlug Neville vor. »Es wäre vielleicht besser, Melissa erst abzuschieben, nachdem wir uns über die richtige Vorgehensweise geeinigt haben. Komm doch jetzt mit uns ins Haus zurück, Thomas. Ich bezweifle, daß du hier noch etwas anderes finden wirst, aber wenn du anderer Meinung bist, kannst du später wiederkommen und weitersuchen.«

»Das werde ich tun«, antwortete Thomas in schroffem Ton, lehnte den Spaten an die Wand und folgte ihnen widerstrebend ins Freie.

Schweigend gingen sie dahin. Ein Gefühl drohenden Unheils überkam Karen. Was würde jetzt geschehen? Würde jemand die Polizei verständigen? Aber es gab ja keine Leiche und somit keinen Beweis, daß ein Mord begangen worden war... Es überlief sie eiskalt, eine Welle des Ekels überflutete sie. Sie richtete einen schnellen Blick auf Neville, der mit ausdruckslosem Gesicht geradeaus vor sich hin starrte, die zu Fäusten geballten Hände tief in den Hosentaschen vergraben.

Sie kamen zum Haus.

»Leonie!« rief Neville, als sie in die Halle traten.

Aus der Küche waren Schritte zu hören, die Tür öffnete sich.

»Da bist du ja, Thomas«, sagte Leonie. »Würdest du wohl die Güte haben, deine Freundin baldmöglichst nach Kildoun zurückzurudern? Das hier ist mein Haus, und ich bekomme es langsam satt, ungebetene Gäste zu beherbergen.«

»Bevor Melissa geht«, mischte sich Neville ein, »müssen wir eine Entscheidung treffen, was in bezug auf Schnupfs ›Schatz‹ geschehen soll. Könntest du einen Augenblick ins Wohnzimmer kommen?«

Obgleich sie offensichtlich zu nichts weniger Lust verspürte, als dieselbe Luft zu atmen, die Melissa atmete, machte Leonie böse Miene zum bösen Spiel und folgte den anderen durch das kleine Eßzimmer ins Wohnzimmer. Melissa hatte sich selbst einen Drink gemixt und stand am Fenster; aus dem Radio kam ein Interview, eine Diskussion über die bevorstehenden Edinburgher Festspiele. Neville drehte den Knopf; das Radio verstummte, und Stille füllte den Raum.

»Es sind zweifellos Veronicas Koffer«, informierte er Melissa. »Thomas und ich sind diesbezüglich völlig einer Meinung.«

»Wie denn auch nicht?« entgegnete Melissa ironisch. »Hast du wirklich erwartet, sie könnten jemandem andern gehört haben? Ich rede doch schon die ganze Zeit davon, daß sie ermordet wurde, und die Koffer bestätigen meinen Verdacht.«

»Da Sie eine so kluge Frau sind«, sagte Thomas, »können Sie uns vielleicht auch noch bekanntgeben, wo die Leiche vergraben ist? Sie würden uns viel mühselige Erdarbeit ersparen, wenn Sie die Freundlichkeit hätten, Ihre hellseherischen Talente in dieser Richtung auszuwerten.«

Sarkasmus schien auf Melissa keine Wirkung zu haben. Sie zuckte die Achseln. »Woher soll ich das wissen? Ich war doch damals gar nicht hier. Fragen Sie doch einen, der hier war.«

»Neville«, sagte Leonie, »die Kate –«

»Nein, ich bin ziemlich sicher, daß dort außer den Koffern nichts zu finden ist. Thomas wird später noch einmal Nachschau halten.«

»Aber wo kann dann –« Leonie brach ab, ohne ihre Frage auszusprechen.

»Ich weiß es nicht«, sagte Neville. »Ich weiß nicht, wo die Leiche sein kann.«

»Und wie steht es mit der Pflanzung F, Liebster?« ließ sich Melissa vernehmen. »Das wäre doch ein schöner Begräbnisplatz, findest du nicht? Und so praktisch für jemanden, der sich dort gut auskennt.«

Leonie und Karen fingen gleichzeitig zu sprechen an, und während sie verstummten, um eine die andere reden zu lassen, antwortete Neville: »Ob sie nun auf der Pflanzung vergraben wurde oder nicht, die Möglichkeit bleibt bestehen, daß ihre Leiche niemals gefunden wird. Die Frage ist daher im Augenblick nicht, wo die Leiche ist, sondern was wir im Hinblick auf die gefundenen Koffer tun sollen – wenn überhaupt.«

»Könnte es nicht«, warf Leonie schnell ein, »so etwas wie ein Unfall gewesen sein? Besteht nicht die Möglichkeit –«

»Wie ich die Dinge sehe, nein«, entgegnete Neville. »Jemand hat ganz bewußt den Eindruck erwecken wollen, daß Veronica ihre Koffer gepackt, das Haus verlassen hat und über den See gerudert ist – den Eindruck also, daß Veronica gelebt hat, als sie von hier fort ging. Warum sollte Veronica ihre eigenen Koffer vergraben und ohne ihre Sachen die Heimreise antreten?«

Es entstand ein peinliches Schweigen, das sich bis zur Unerträglichkeit steigerte. Karen fühlte ihr Herz gegen die Rippen schlagen, fühlte, wie sich ihre Nägel in die Handflächen bohrten.

»Also offen gestanden«, meinte Melissa, »ich finde, man sollte die Polizei verständigen. Es springt doch in die Augen, daß hier ein Verbrechen begangen worden ist.«

»Aber es läßt sich nichts beweisen«, widersprach Neville. »Und selbst wenn die Leiche einmal gefunden wird, die Wahrscheinlichkeit, daß sich etwas nachweisen läßt, ist äußerst gering. Was käme denn schon dabei heraus, wenn wir die Polizei verständigen? Man würde uns fünf, die damals Zugang zum Haus hatten und daher automatisch unter Verdacht stehen, endlosen Verhören unterziehen und uns alle möglichen Unannehmlichkeiten machen.«

»Und warum sollte man euch nicht ins Kreuzverhör nehmen?« gab Melissa kühl zu bedenken. »Es ist doch ganz klar, daß einer von euch der Mörder ist.«

»Und was ist mit den vier Unschuldigen?« forschte Thomas. »Überdies bin ich persönlich der Meinung, daß, wer immer Veronica umgebracht hat, einer ganzen Reihe von Leuten einen Gefallen getan hat.«

Leonie öffnete automatisch den Mund, um gegen eine so unchristliche Denkweise zu protestieren, erreichte aber damit nur, daß es so aussah, als billige sie Thomas' Ansicht. Und dann zu Neville: »Woher willst du wissen, daß einer von uns fünf... Es könnte einer der Förster – in einem plötzlichen Wutanfall... Vielleicht kam einer, um sie zu besuchen, stürzte sich auf sie –«

»Daß einer so in Wut gerät und die Spuren seines Verbrechens gleich anschließend so geschickt verwischt, erscheint mir höchst unwahrscheinlich. Außerdem wußte kein Mensch auf der Pflanzung, Marney ausgenommen, daß Veronica im Haus war. Ich habe mich gehütet, ihre Anwesenheit publik zu machen. Und wie konnte jemand, der mit dem Haus hier nicht vertraut war, wissen, wo er Veronicas Kleider suchen und wo er die Koffer so schnell in weicher Erde vergraben sollte? Diese Spur brauchen wir gar nicht weiter zu verfolgen.«

»Wir sollten Marney informieren«, sagte Leonie unvermittelt. »Ich werde ihn anrufen und bitten herüberzukommen.«

»Nein, warte«, widersprach Neville. »Laß uns erst einmal beschließen, was wir tun wollen. Unter normalen Umständen wäre ich unbedingt dafür, die Polizei zu verständigen, aber wie die Dinge liegen, wüßte ich nicht, was uns das bringen soll – außer Schlagzeilen in den Zeitungen und hochnotpeinliche Untersuchungen, die zu nichts führen.«

»Eine rühmenswerte Einstellung«, spöttelte Melissa, »einer allseits geschätzten Stütze der Gesellschaft und eines angesehenen höheren Staatsbeamten würdig.«

»Meine liebe Melissa«, begann Thomas, »wenn Sie keine Frau wären, würde ich Ihnen unmißverständlich nahelegen, Ihre verdammte Schnauze zu halten. Was geht Sie diese Geschichte eigentlich an? Sie haben doch überhaupt nichts damit zu tun! Hören Sie doch endlich auf, sich als die Dame mit den Waagschalen der Gerechtigkeit aufzuspielen und sich in unser Leben einzumischen! Weiß Gott, ich teile Nevilles Meinung äußerst selten, aber in diesem Fall stehe ich hundertprozentig auf seiner Seite. Es hat keinen Sinn, zur Polizei zu gehen. Vielleicht würde ich anders denken, wenn Veronica ein Mensch gewesen wäre, dessen Tod zu rächen eine moralische Verpflichtung darstellte, aber ich bin ihr Bruder und willens, die Sache auf sich beruhen zu lassen. Wir erreichen nichts, wenn wir die Polizei verständigen – außer Ärger und Verdruß... Und du, Neville, du machst es dir leicht, wenn du meinst, die Polizei hätte nichts in der Hand, um auch nur eine Verhaftung vorzunehmen. Nimm einmal an, sie tut es doch und verhaftet den Falschen. Was dann?«

»Wir sind hier in England«, erklärte Leonie. »Solche Fehler macht unsere Polizei nicht.«

»Wollen wir wetten?« konterte Thomas. »Es sind ja auch nur

Menschen, nicht wahr? Nehmen wir jetzt einmal an, die Polizei würde Karen verhaften. Vom Motiv her gesehen, steht sie unter uns Verdächtigen an erster Stelle, aber nicht einmal ihr erbittertster Feind – Sie vielleicht, Melissa? – würde ihr einen Mord zutrauen.«

»Augenblick, Thomas«, warf Neville ein. »Ergehen wir uns doch jetzt nicht in Spekulationen über Motive oder ›zutrauen‹. Konzentrieren wir uns zunächst auf die Frage, ob wir der Polizei von den Kleidern erzählen sollen. Ich persönlich bin dagegen. Du auch, Thomas. Karen, Liebling...?«

»Auch ich bin dagegen«, hörte Karen sich antworten und sah schon im Geist die Polizeibeamten, wie sie Neville verdächtigten, ihn ins Verhör nahmen, ihn verhafteten...

»Ich bin derselben Ansicht«, erklärte Leonie mit einer Eindringlichkeit, die Karen erstaunlich fand. Ob sie sich der großen Gefahr bewußt geworden war, in der ihr Bruder jetzt zu schweben schien? »Wir haben nichts davon, wenn wir jetzt zur Polizei gehen. Sie war ein sehr unangenehmer Mensch – auch wenn ich das vielleicht nicht sagen sollte –, und sie ist tot. Es wäre doch sinnlos, die ganze Geschichte jetzt auszugraben.«

»Sieh mal einer an«, mokierte sich Melissa. »Wie einig sich die Herrschaften plötzlich sind!«

Keiner sprach ein Wort, bis Leonie stur ihren Vorschlag wiederholte: »Ich bin immer noch dafür, daß Marney dabei sein sollte. Bitte, Neville, laß mich ihn anrufen.«

»Wenn wir die Polizei nicht verständigen, sehe ich nicht ein, warum wir ihn damit belasten sollten.«

»Ich finde, er hat ein Recht darauf, es zu erfahren«, gab Leonie zu bedenken. »Schließlich betrifft die Sache ja auch ihn. Er war vor drei Jahren hier, und wenn er sich auch im Forsthaus einquartiert hatte, kannte er doch das Haus hier und die Umgebung... Er ist einer der fünf, die die Polizei verdächtigen würde.«

»Aber wir gehen nicht zur Polizei.«

»Darf ich mir eine Frage erlauben?« meldete sich Melissa zu Wort. »Woher wollt ihr wissen, daß der Junge den Mund hält? Einmal hat er sich schon verraten... Seid ihr ganz sicher, daß das nicht noch einmal passieren kann?«

»Er mißt den Koffern keinerlei Bedeutung bei«, erwiderte Neville. »Was ihn betrifft, war der Schatz eine einzige große Enttäuschung. Er wird das Ganze sehr schnell vergessen.«

»Du bist verrückt«, entgegnete Melissa freimütig. »Ihr alle – ihr seid wahnsinnig. Die Sache muß doch einfach herauskommen, und ihr werdet alle unter Anklage gestellt werden – nicht wegen Mordes vielleicht, aber wegen verabredeten Stillschweigens, um einen Mord zu verheimlichen.«

»Ich hoffe, Sie werden sich aus allem heraushalten, Melissa«, sagte Thomas.

»Also, wenn ihr glaubt, daß ich mich so einfach zurückziehen und schon dadurch mitschuldig machen werde, täuscht ihr euch gewaltig. Ich denke nicht daran, mich unter Anklage stellen zu lassen!« Sie drückte ihre Zigarette aus und erhob sich. »Wenn bis morgen mittag keiner von euch die Polizei verständigt hat, werde ich es tun – darauf könnt ihr euch verlassen.«

Stille trat ein. Wie von dieser Stille überrascht, hob sie den Blick und sah, daß aller Augen auf sie gerichtet waren.

»Melissa«, sagte Thomas sehr höflich, »das geht Sie doch alles nichts an.«

»Und ob es mich angeht, wenn ihr mich in eure Verschwörung einbezieht!« gab Melissa zur Antwort. Sie wandte sich zur Tür. »Also, ich gehe. Vielleicht würde mich jemand nach Kildoun hinüberrudern?«

Wieder entstand eine Pause.

»Ich werde dich fahren«, machte Neville sich erbötig.

»Vielen Dank«, sagte sie, »aber lieber nicht. Jemand anderer wird das genauso gut können. Vielleicht Sie, Thomas?«

»Danke für Obst und Südfrüchte! Rudern Sie sich doch selbst hinüber!«

Die Stille wurde so bedrückend, daß man sie fast hören konnte.

»*Ich* werde Sie hinüberfahren«, sagte Leonie. »Ich bin die Ruderei gewohnt.« Der Ton ihrer Stimme erweckte den Eindruck, daß sie ein Stadium erreicht hatte, wo sie bereit war, jede Gelegenheit zu nützen, Melissa so schnell wie möglich loszuwerden. »Aber erst rufe ich Marney an und sage ihm, was passiert ist.«

»Nein, sag ihm kein Wort am Telefon«, warnte Neville. »Das Fräulein von der Vermittlung könnte etwas mitbekommen. Lade Marney einfach zum Dinner ein.«

»Dinner! Mein Gott, das habe ich ja ganz vergessen! Das kocht sicher schon alles viel zu lange...« Sie enteilte in die Küche.

»Ich wünschte, du würdest dich von mir hinüberrudern lassen«, sagte Neville ärgerlich. »Leonie hat jetzt alle Hände voll zu tun. Hast du etwa Angst, ich würde dich am hellichten Tag in den See werfen?«

»So hellicht ist er gar nicht. Es trübt sich ein und wird immer dunkler.«

»Ach du lieber Gott!«

»Ich warte, bis Leonie soweit ist. Vielen Dank.«

»Thomas –«, sagte Neville.

»Nein. Kommt nicht in Frage. Kann schon sein, daß du dich nicht versucht fühlst, sie ins Wasser zu werfen, aber ich würde es ganz bestimmt tun.«

»Thomas!« protestierte Karen. »Das ist jetzt wirklich nicht die Zeit für solche Witze!«

Schon im nächsten Augenblick stand Neville neben ihr. »Willst du dich nicht oben für ein paar Minuten hinlegen, Liebling? Du siehst ganz erschöpft aus, und das ist ja auch nicht zu verwundern. Ich bring' dir das Essen hinauf.«

»Ich habe keinen Hunger.« Sie empfand den dringenden Wunsch, allein zu sein. »Aber ich werde mich ein bißchen hinlegen.«

Neville küßte sie, und sie stieg, so schnell sie konnte, die Treppe hinauf. Sie war überrascht, als sie merkte, daß ihre Hände zitterten und ihre Beine einzuknicken drohten. Sie legte sich auf das Bett und schloß die Augen. Sekunden später hörte sie, wie Leonie im Eßzimmer unten der Vermittlung die Nummer des Forsthauses gab.

»Dr. West, bitte... Marney? Könntest du zum Dinner herüberkommen? Es ist etwas ganz Schlimmes passiert, und – du kommst? Gott sei Dank... Ja, so schnell du kannst.«

Das leise Klicken des Hörers, der auf die Gabel gelegt wurde. Dann Neville aus, wie es Karen schien, nächster Nähe: »Kommt er?«

»Ja, er kommt gleich... Und jetzt will ich dieses gräßliche Weib aus dem Haus schaffen.«

Schritte, das Gemurmel entfernter Stimmen, und endlich Stille. Karen strengte sich an, um wach zu bleiben und die Lage zu überdenken, in der sie sich alle befanden, aber ihre erschöpften Nerven, dazu die körperliche Ermüdung durch den beschwerlichen Gang zum Forsthaus am frühen Nachmittag, machten es ihr unmöglich, gegen den Schlaf anzukämpfen. Sie schlief ein, und als sie wieder die Augen öffnete, hörte sie das Dröhnen des Jeeps, der Marney vom Forsthaus herüberbrachte.

3

Sie stand auf, zog sich um und richtete sich das Haar. Als sie fertig war, ging sie nach nebenan, in Schnupfs Zimmer, um ihn darauf hinzuweisen, daß es Zeit zum Schlafengehen wäre, aber

Leonie war offenbar schon vor ihr dagewesen, denn Schnupf saß in seinem Pyjama aufrecht im Bett, sein Lieblingsgeschichtenbuch aufgeschlagen vor ihm. Es schien ihm zu schmeicheln, daß sie gekommen war, um ihm gute Nacht zu sagen. Sie blieb ein paar Minuten bei ihm und las ihm aus dem Buch vor. Als sie es nicht mehr länger hinauszögern zu können vermeinte, ging sie ins Wohnzimmer hinunter, wo Neville Marney eben einen doppelten Whisky-Soda in die Hand drückte. Thomas, einen wachsamen Ausdruck im Blick, lehnte am Fenster. Nur von Leonie war nichts zu sehen; offenbar war sie von der Fahrt mit Melissa nach Kildoun hinüber noch nicht zurück. Karen blickte durchs Fenster, um nach dem Boot zu sehen, konnte aber nichts erkennen, denn eine dichte Wolkendecke hatte früher als sonst die Dämmerung hereinbrechen lassen, und die Lampen im Zimmer verwandelten die Scheibe in einen Spiegel, der das Innere des Raumes zurückwarf.

Aller Augen richteten sich auf sie.

»Guten Abend, Karen«, sagte Marney und erhob sich mit einer Geste automatischer Höflichkeit. Ein angespannter Zug lag um seinen Mund, und er sah müde aus. »Neville hat mir eben erzählt, was heute hier vorgefallen ist.«

Sie wußte nicht, wie sie darauf reagieren sollte, und murmelte verlegen: »Wir hielten es für richtig, dich zu informieren.«

Es entstand eine Pause. »Also wie gesagt«, brach Thomas endlich das Schweigen, »entweder wir verständigen vor morgen mittag die Polizei, oder Melissa nimmt uns diese Arbeit ab. Einfache Sache.«

Marney setzte sich wieder, nippte an seinem Whisky und hielt das Glas fest in seinen langen, knochigen Fingern umklammert. »Demnach wird die Polizei auf jeden Fall von den Koffern erfahren, nicht wahr?« Sein Kommentar fand keinen Widerhall. »Schade, daß Melissa sich von niemandem überzeugen läßt...« Er unterließ es, den Satz zu Ende zu führen.

»Sie läßt sich nicht umstimmen«, erklärte Neville offen heraus. »Und sie genießt es, mich ihre Macht fühlen zu lassen. Ich wüßte nicht, was sie von ihrem Entschluß abbringen könnte.«

Marney wandte sich an Thomas: »Sie sind doch mit ihr gekommen, und ich darf annehmen, daß Sie viel Zeit miteinander verbracht haben. Waren Sie nicht imstande, sie zu überreden –«

»Sie ist nicht meine Geliebte, wenn Sie das meinen«, fiel Thomas ihm selbstgerecht ins Wort.

»Das habe ich nicht gemeint«, entgegnete Marney. »Es fiel mir auch nur ein, daß eine freundschaftliche Beziehung...«

»Es besteht keine.«

Marney zuckte die Achseln. »Nun, ich kann nichts tun. Ich wüßte nicht, was sie veranlassen sollte, auf mich zu hören.«

Die Tür ging auf, und Leonie trat ins Zimmer.

»Marney! Gott sei Dank, daß du hier bist!«

Karen war von Leonies Aussehen überrascht. Sie wirkte zerfahren, ihr Blick war verstört, ihr Haar zerzaust, ihre Bewegungen nahmen sich abgehackt und nervös aus.

»Weißt du schon...? Was hast du ihm gesagt, Neville? Hast du ihm erzählt –«

»Ja, ja«, antwortete Neville gereizt. Er konnte nur mit Mühe seinen Ärger über die Art verbergen, wie Leonie ihre Panikstimmung zur Schau stellte. »Wir reden gerade darüber. Um Himmels willen, Leonie, setz dich nieder und beruhige dich. Ich werde dir etwas zu trinken geben. Wenn du dich so aufregst, hilft uns das auch nicht weiter.«

»Nimm meinen Stuhl«, sagte Marney und ließ nicht ab, bis sie sich darauf niedergelassen hatte. Sie lächelte dankbar zu ihm auf.

»Sehr liebenswürdig... vielen Dank... Aber vielleicht sollten wir jetzt einmal zu Abend essen.«

»Lassen wir jetzt das Essen«, sagte Neville trocken. »Das sollte wirklich unsere geringste Sorge sein. Was machen wir jetzt mit Melissa, das ist die Frage.«

»Eine nicht eben glückliche Wortwahl, Neville«, bemerkte Marney mit leisem Lächeln. »Was in aller Welt sollten wir mit Melissa ›tun‹? Laßt uns doch die Dinge realistisch betrachten. Wir können gar nichts tun. Wir können sie nicht dahin bringen, ihre Meinung zu ändern, und wenn wir auch nur den leisesten Versuch unternehmen, sie zu etwas zu zwingen, ergibt sich daraus ganz klar, daß es unsere eigenen Schuldgefühle sind, die uns dazu nötigen.«

»Aber Marney«, protestierte Leonie mit weißen Lippen, »Marney –«

»Hören Sie mal, Marney«, mischte sich Thomas ein. »Sie haben ja nicht unmittelbar mit der Sache zu tun, wir aber –«

»Das stimmt leider nicht. Ich habe genauso viel damit zu tun wie ihr alle. Ich kenne das Haus und das Tal diesseits der Berge fast genauso gut wie die Pflanzung F, und ich wußte damals, daß Veronica hier war. Wenn die Polizei eine Untersuchung einleitet, bin ich nicht mehr und nicht weniger verdächtig als ihr alle.«

»Aber dann –«

»Verstehen Sie doch«, sagte Marney und beugte sich vor. »Wenn wir versuchen, Melissa in unserem Sinne zu beeinflussen, erwecken wir den Anschein, als ob wir etwas zu verbergen hätten – als ob einer von uns Veronica vor drei Jahren tatsächlich getötet hätte.« Er machte eine Pause. »Einer von uns, verstehen Sie? Sie, Thomas – oder Neville – oder Karen – oder Leonie – oder ich selbst. Und jetzt möchte ich euch allen eine Frage stellen: Sind wir eigentlich sicher, daß einer von uns schuldig ist? Wie können wir sicher sein?«

»Sie erwarten jetzt doch wohl nicht ein Geständnis«, entgegnete Thomas ironisch.

»Natürlich nicht. Weil ich nämlich nicht glaube, daß einer von uns einen Mord begangen hat. Wissen wir denn überhaupt, ob Veronica ermordet wurde? Wir wissen es nicht. Es gibt keine Leiche. Wir lassen uns auf Mutmaßungen ein, nichts weiter. Unterstellen wir einmal, sie hätte einen Unfall erlitten – sie wäre auf eine Weise ums Leben gekommen, die jeden Außenstehenden zu der Annahme verleiten müßte, sie wäre ermordet worden. Worauf nun jemand, der sich über diese Problematik im klaren war, die Kleider vergraben und alles getan hätte, um den Eindruck zu erwecken, sie wäre abgereist. Oder, um bei der Unfall-Theorie zu bleiben, jemand hätte die Möglichkeit genützt, einem Dritten die Unannehmlichkeiten einer polizeilichen oder gerichtlichen Untersuchung zu ersparen, indem er ganz bewußt den Eindruck erweckte, Veronica wäre noch am Leben, während er selbst alle Spuren am Unfallort verwischte. Oder nehmen wir doch nur einmal an, Veronica selbst hätte ihre Koffer gepackt, wäre damit zum Landesteg hinuntergegangen, wäre ausgerutscht, mit dem Kopf auf einem Stein aufgeschlagen und ertrunken. Die Koffer standen da und brauchten nicht einmal aus dem Haus geholt zu werden, bevor sie vergraben wurden. Ihr seht also, daß eure Hypothese, Veronica wäre ermordet worden, auf recht schwachen Füßen steht. Es gibt keine wie immer gearteten Beweise für einen Mord. Die Polizei wäre niemals in der Lage, einen von uns des Mordes zu überführen. Sie würde den einen oder anderen verdächtigen, gewiß, aber Verdacht und Beweis sind zwei ganz verschiedene Dinge. Und selbst wenn sie die Leiche fänden – das ist ja immerhin möglich –, sie würden immer noch nicht wissen, wer sie getötet hat. Wenn sie überhaupt getötet wurde. Meiner Meinung nach haben wir von der Polizei nichts zu fürchten. Hätte Melissa nicht die Absicht, ihnen die ganze Geschichte zu erzählen, würde ich die Sache auf sich beruhen lassen, doch da sie nun fest entschlossen ist, der Obrigkeit von den Kleidern zu berichten, sollten wir als erste die Anzeige erstatten. Wir sollten ihnen zeigen, daß wir nichts zu verbergen haben.«

»Aber Marney«, wandte Leonie ein, »die Untersuchungen, die Verhöre, die Zeitungen … die Suche nach der Leiche –«

»Wenn sie die Leiche finden und feststellen, daß Veronica der

Schädel eingeschlagen wurde, werden sie nicht an einen Unfall glauben«, wandte Thomas ein.

»Woher wissen Sie, daß ihr der Schädel eingeschlagen wurde?«

»Woher wollen Sie wissen, daß es *nicht* so ist? *Das* ist der springende Punkt«, konterte Thomas. »Wenn ich ein Kriminalbeamter wäre, würde ich auf Mord setzen – abgesehen davon, daß ein Mord um vieles leichter nachzuweisen ist als ein Unfall.«

»Ich meine, die Polizei kann überhaupt nichts nachweisen.«

»O doch«, warf Neville ein. »Unter gewissen Umständen kann sie sowohl ein Motiv als auch die Gelegenheit zur Ausführung der Tat begründen.«

»Damit ist noch lange nichts bewiesen.«

»Verdammt noch mal«, sagte Thomas, »erwartet eure Polizei, die Beweise auf einem Silberteller präsentiert zu bekommen? Gewiß nicht! Aber wie jede andere Polizeibehörde wissen sie, daß zwei mal zwei vier ist, und kennen den Wert von Indizienbeweisen.«

»Ich finde, wir kommen vom Thema ab«, mahnte Marney. »Melissa wird zur Polizei gehen – das ist im Augenblick das Entscheidende. Wenn wir vor ihr da sind, machen wir einen guten Eindruck. Wenn wir es ihr überlassen, die Angelegenheit vor der Polizei auszubreiten, machen wir uns verdächtig. Die Herren werden uns fragen, warum wir sie nicht gleich verständigt haben, nachdem wir die Koffer gefunden hatten. Könnt ihr euch vorstellen, wie man unsere Haltung beurteilen wird?«

»Und wie wäre es«, sagte Karen zögernd, »wenn wir die Kleider – und die Koffer – vernichten würden?«

Alle starrten sie an.

»Ich meine, wenn wir sie wegschaffen... Die Polizei würde nichts finden... Wir könnten es doch leicht so hinstellen, daß Melissa, von Eifersucht geplagt, eine falsche Anschuldigung –«

»Eine wunderbare Idee!« rief Leonie ebenso begeistert wie erleichtert. »Daß uns das nicht schon früher eingefallen ist!«

»Natürlich!« stimmte Thomas ihr zu und schnippte mit den Fingern. »Du bist ein kluges Mädchen, Karen. Damit sind wir Melissa los. Sie deklariert sich selbst als unglaubwürdige Plaudertasche, und uns bleibt es erspart, die Vergangenheit in aller Öffentlichkeit wieder zum Leben zu erwecken.«

»Wir könnten das Zeug verbrennen«, sagte Neville nachdenklich, »und die Reste in den See werfen.«

Leonie sprang auf. »Machen wir es gleich jetzt!«

»Nein!« widersprach Marney so energisch, daß sie zurückschrak. Er stellte sein Glas nieder. »Damit kann ich mich leider unmöglich einverstanden erklären. Es wundert mich, daß du da mitmachen willst, Neville. Melissa mag unglaubwürdig erscheinen, aber die Polizei wird sich sagen: ›Wo Rauch ist, ist auch Feuer‹ und ihren Angaben auf jeden Fall nachgehen. Und ihr habt dabei ganz Schnupf vergessen. Wenn die Polizei ihm Fragen stellt, wird er ausführlich von seiner Schatzsuche erzählen – das ist doch ganz selbstverständlich. Können wir von einem siebenjährigen Kind verlangen, daß es die Polizei anlügt?«

O Gott, dachte Karen bestürzt. Das hatte sie vergessen. Es war ja Schnupf gewesen, der die Kleider gefunden hatte!

»Dieses Argument ist allerdings unschlagbar«, mußte Neville widerstrebend zugeben, und auch Thomas und Leonie wußten nichts dagegen einzuwenden.

Ein bedrückendes Schweigen trat ein.

»Jetzt wollen wir einmal essen«, sagte Neville schroff. »Vielleicht wird mein Hirn besser funktionieren, nachdem ich ein paar Bissen zu mir genommen habe.«

Es war eine düstere Mahlzeit. Nach dem Essen, beim Kaffee, sprachen sie die Lage noch einmal durch, doch die Argumente wurden immer stumpfer, und eine Entscheidung zeichnete sich nicht ab. Marney beharrte auf seiner Ansicht, daß man unverzüglich die Polizei verständigen sollte, aber es war niemand bereit, sich auf diese Weise Melissas Ultimatum zu beugen. Schließlich stand Thomas auf und wandte sich zur Tür.

»Hört mal«, sagte er, »ich rudere jetzt nach Kildoun hinüber und werde die Nacht in meinem Hotelzimmer verbringen. Ich werde mit Melissa reden und meinen ganzen Charme aufbieten und versuchen, sie von ihrem Vorhaben abzubringen. Wären Sie unter diesen Umständen bereit, noch bis morgen früh abzuwarten, Marney?«

Marney zuckte die Achseln. »Je länger wir warten, desto schlechter wird es aussehen, aber wenn alle bereit sind, bis morgen früh zu warten, will ich mich nicht ausschließen.«

»Ich rufe dich morgen früh an, Neville«, sagte Thomas, »um dir zu berichten, wie erfolgreich meine Bemühungen waren.«

Nachdem er gegangen war, blieben alle noch im Wohnzimmer sitzen und debattierten weiter. Leonie war immer noch übermäßig erregt. Es fiel Karen auf, daß sie dauernd aufstand und ruhelos auf und ab ging, bevor sie sich wieder niedersetzte. Marney trank ein Glas Whisky nach dem anderen. Neville rauchte unablässig, und auch Karen steckte eine Zigarette an der anderen an, so als ob ihre Nerven nicht auf die beruhigende Wirkung des Nikotins verzichten könnten.

Plötzlich läutete das Telefon. Neville sprang auf und nahm den Hörer ab. »Hallo? Ja, Thomas. Was – du konntest sie nicht...? Wieso? Ich verstehe... Ja, ja, ich werde es ihnen sagen... Danke.« Er legte den Hörer auf die Gabel zurück, und wandte sich den anderen zu.

»Was ist geschehen?« fragte Leonie gespannt.

»Melissa antwortete nicht, als er an ihre Tür klopfte. Sie antwortete auch nicht, als er versuchte, sie über das Zimmertelefon zu erreichen. Sie scheint fest entschlossen zu sein, sich auf keinen Kompromiß einzulassen.«

7. Kapitel

1

Schweigen folgte auf Nevilles Worte. Dann sagte Karen langsam: »Was sollen wir jetzt tun?«

»Nichts.« Neville mischte sich einen frischen Drink. »Thomas wird morgen früh mit Melissa zu sprechen versuchen und uns nach dem Frühstück zurückrufen.«

»Wir warten also bis morgen?«

»Ich wüßte nicht, was wir sonst tun sollten.«

Wieder entstand ein unbehagliches Schweigen. »Mit welchem Recht mischt diese dumme Person sich ein?« stieß Leonie dann hervor, und Karen sah mit Bestürzung, daß ihr Mund zitterte und daß Tränen in ihren Augen standen. »Will sie uns alle unglücklich machen? Wozu ist sie überhaupt hergekommen?«

Marney stand auf, als ob er plötzlich entfliehen wollte. »Ich muß jetzt ins Forsthaus zurück. Es wird spät, und wir können im Augenblick sowieso nichts tun. Danke fürs Essen, Leonie.«

Leonie versuchte sich zu fassen. »Ich begleite dich hinaus.«

»Nein, nein – bitte, mach dir keine Mühe –«

»Vergiß deinen Mantel nicht. Er hängt an der Hintertür.« Sie ging aus dem Zimmer, um den Mantel zu holen. Den Kopf gebeugt, die Schultern eingezogen, als wollte er die Erinnerung an Melissas Ultimatum abwehren, folgte er ihr. »Gute Nacht, Karen... Bis morgen, Neville.«

»Gute Nacht, Marney.«

Er verließ das Haus. Eine Minute später hörten sie den Motor aufheulen und den Jeep davonfahren. Der Lärm ließ nach, während das Fahrzeug den steilen Karrenweg hinaufkletterte.

»Ich meine –«, setzte Karen an, wurde aber von Leonie unterbrochen, die von der Küche hereinrief: »Hier liegen ein paar Papiere auf dem Boden! Sicher gehören sie Marney! – Sie müssen ihm in der Dunkelheit aus der Tasche gefallen sein!«

»Mach dir deswegen keine Sorgen«, sagte Neville. »Ich nehme sie morgen mit ins Forsthaus.«

»Gut... Nein, es ist vielleicht besser, wenn ich ihm jetzt gleich nachfahre. Wenn ich deinen Jeep nehme, wird er die Scheinwerfer hinter sich sehen und warten, bis ich ihn eingeholt habe. Ich werde also nicht den ganzen Weg bis zum Forsthaus fahren müssen. Ich will sowieso noch an die Luft. Ich habe leichte Kopfschmerzen und kann bestimmt nicht einschlafen, wenn ich jetzt zu Bett gehe... Hast du die Wagenschlüssel, Neville?«

»Sie stecken im Wagen.«

»Im Gegensatz zu Leonie«, sagte Karen zu Neville, nachdem die Hintertür zugefallen war und sie allein im Wohnzimmer saßen, »bin ich völlig erschöpft. Mich ins Bett zu legen und zwölf Stunden zu schlafen – das ist jetzt mein sehnlichster Wunsch.« Daß sie einem weiteren Gespräch über Melissa aus dem Weg gehen wollte, ließ sie unerwähnt. »Und was machst du jetzt, Liebling?«

»Ich komme auch bald hinauf.« Die Hände in den Taschen, stand er am Fenster und wandte sich nicht um, während er zu ihr sprach. »Vielleicht mache ich noch einen kleinen Spaziergang. Ich bin sehr unruhig, und ein bißchen Bewegung wird mir gut tun.«

»Also dann bis später«, sagte Karen, erhob sich und ging zur Treppe. Nachdem sie das Schlafzimmer erreicht hatte, schloß sie die Tür hinter sich, trat ans Fenster und blickte lange Zeit auf den See hinaus. Die düster umwölkte Dämmerung war einer erstikkenden Finsternis gewichen. Die Nacht war gekommen, und der Morgen schien in unerträglich weiter Ferne zu liegen, am Ende einer unendlich langen Zeitspanne.

Langsam entkleidete sie sich und beschäftigte sich eine lange Weile mit allen möglichen Vorbereitungen für das Zubettgehen. Es war, als hätte sie ihre Müdigkeit vergessen, als schöbe sie die Zeit der Untätigkeit so weit wie möglich hinaus, als klammere sie sich an jene Art alltäglichen Tuns, von dem sie sich Ablenkung erhoffen konnte. Es war still im Haus. Sie dachte kurz darüber nach, ob es Leonie wohl gelungen war, Marney noch vor dem Paß einzuholen.

Schließlich kam der Moment, da es nichts anderes mehr zu tun gab, als die Decke zurückzuschlagen und ins Bett zu gehen. Sie drehte die Lampe aus, empfand jedoch die Finsternis bald zu bedrückend; sie stieg wieder aus dem Bett und schob die Vorhänge zur Seite.

Überrascht stellte sie fest, daß sich die schweren Wolken verteilt hatten und nun über einen schartigen Mond dahinjagten. Es war ein gespenstisches Bild mit schwarzen und silbernen Konturen, eine unwirkliche Landschaft in einem unbekannten Medium. Karen fröstelte und wandte sich ab, konnte es aber nicht über sich bringen, wieder zu Bett zu gehen. Sie entschloß sich, im Erdgeschoß Nachschau zu halten. Es war niemand da, aber im Wohnzimmer brannte eine Lampe, und die Asche flackerte noch im Kamin. Eine Welle von Angst vor dem Alleinsein in diesem Haus überflutete sie. Entschlossen griff sie nach der Karaffe und mischte sich einen steifen Whisky-Soda. Mit dem Glas in der Hand setzte sie sich auf die Couch und starrte mit leeren Augen in die Glut.

Es war sehr still.

Natürlich war sie nicht allein im Haus. Oben schlief ja der Junge. Glücklicher Schnupf, der Veronicas Koffer als enttäuschendes Ergebnis seiner Schatzsuche abtun konnte!

Sie begann unruhig auf und ab zu gehen, doch bald klang ihr das Schleifen ihrer Pantoffeln zu laut in den Ohren, so daß sie stehenblieb, um zu lauschen. Wie von einer Mauer des Schweigens fühlte sie sich von der Stille eingeschlossen. Sie fing von neuem an, auf und ab zu gehen.

Es war töricht, nervös zu sein, sagte sie sich, töricht und neurotisch. Hätte das Haus jenseits des Sees an der Straße gestanden, sie würde Grund gehabt haben, nervös zu sein, sich vor der Einsamkeit zu fürchten, aber gerade die Abgelegenheit des Hauses gewährte absolute Sicherheit. Kein verirrter Wanderer konnte ihr gefährlich werden, kein fremdes Auto vor ihrer Tür haltmachen.

Oder doch? Sie ging durch das Eßzimmer und blieb an der Eingangstür stehen. Sie war unverschlossen. Neville schloß nie ab, wenn sie hier wohnten. Es gab auch keinen Grund, die Tür abzuschließen; kein Unbekannter hatte die Möglichkeit, hier einzudringen. Das Haus war so sicher, so einsam.

Karen starrte auf die Tür. Und wenn sie sich jetzt öffnete...? Sie glaubte zu sehen, wie sie, von einer geheimnisvollen Kraft bewegt, geräuschlos nach innen schwang und wie, der Leib verrottet von drei Jahren in der weichen, schwarzen Erde, einen irren Glanz in den hell leuchtenden Augen, Veronica vor ihr stand...

Karen lehnte sich gegen die Wand und schloß die Augen. Sie durfte jetzt nicht hysterisch werden! Sie zwang sich dazu, mit Gelassenheit auf die Tür hinzusehen, doch während sie es noch tat und sich ermahnte, ruhig und beherrscht zu bleiben, merkte sie, wie sich die Klinke langsam nach unten bewegte.

»Neville!« Der Schrei war aus Panik geboren, doch stand er plötzlich neben ihr, schloß die Tür hinter sich und trat in die Diele.

»Was ist denn los, Liebling? Du bist ja so weiß wie ein Gespenst! Tut mir leid, daß ich so lange fort war – ich ging den Bach weiter hinauf, als ich ursprünglich vorhatte... Konntest du nicht einschlafen?«

»Nein, ich war doch nervöser, als ich dachte... Hast du etwas von Leonie gesehen?«

»Nein, nichts... aber sie konnte Marney wohl nicht mehr vor dem Paß einholen. Es ist durchaus möglich, daß sie ihm bis zur Station nachgefahren ist, um sich unter vier Augen mit ihm zu unterhalten... Das wäre typisch Leonie! Ich hoffe nur, es fällt Marney nicht allzu schwer, sie wieder loszuwerden, wenn sie im Forsthaus aufkreuzt.« Er lenkte seine Schritte zum Wohnzimmer. »Ich mixe mir jetzt noch einen letzten Drink und komme dann hinauf. Ich werde nicht lange brauchen.«

Zitternd, mit weichen Knien, erreichte sie das Schlafzimmer. Diesmal aber taten Schock und Whisky ihre Wirkung, und sie war froh, still liegen und die Augen schließen zu können.

Wenige Minuten später ging auch Neville zu Bett, aber sie hörte ihn nicht mehr.

Als sie erwachte, war es dunkel im Zimmer, und jemand wanderte ruhelos auf und ab.

»Neville?« fragte sie nervös und benommen.

»Ja, ich kann nicht schlafen. Ich gehe noch eine Weile nach unten. Sorge dich nicht – schlaf ruhig weiter.«

Seine Stimme klang beruhigend, das Bewußtsein war nur ein schwacher Halt, und so sank sie schnell wieder in Schlaf. Traumfetzen ließen sie immer wieder aufschrecken, aber es waren wirre Gespinste und blieben in der Erinnerung nicht haften. Es war ihr bewußt, daß sie sich hin und her warf, doch als sie wieder die Augen aufschlug, dämmerte es bereits, und ein fahles, unirdisches Licht füllte den Raum.

Etwas stimmte nicht. Instinktiv drehte sie sich auf die andere Seite und erkannte die Quelle ihres Unbehagens. Sie war allein. Neville war nicht ins Schlafzimmer zurückgekehrt.

2

Sie ging nach unten, doch es war nichts von ihm zu sehen. Nur mit Nachthemd und Peignoir bekleidet, öffnete sie die Haustür und tat ein paar Schritte hügelaufwärts, um die ganze Umgebung überblicken zu können, aber so weit das Auge reichte, war nichts Lebendes zu erblicken. Nevilles Jeep, klein wie ein Spielzeug vor der Kulisse des Moorlands und der Berge, stand am Bach geparkt, womit erwiesen schien, daß Leonie während der Nacht heil nach Hause zurückgekehrt war. Die durchscheinenden Farben der Morgenröte waren atemberaubend schön, aber die Luft war kalt. Karen fröstelte und zog ihr Peignoir fester an sich. Wieder in der Küche, dem wärmsten Raum des Hauses, fröstelte sie immer noch. Als sie nach einer kleinen Weile das Schlafzimmer aufsuchen wollte, hörte sie oben eine Tür aufgehen, und im nächsten Augenblick kam Leonie in einem langen Schlafrock leise die Treppe herunter.

Sie fuhr überrascht zusammen, als sie Karen sah. »Hatte ich doch recht! Ich bildete mir ein, ich hätte hier unten Schritte gehört. Was ist los? Konntest du nicht schlafen?«

»Neville scheint verschwunden zu sein«, hörte Karen sich sagen. Sie empfand Leonies Gegenwart jetzt nicht mehr als provozierend, sondern vielmehr als tröstlich und beruhigend in der einsamen Stille. »Mitten in der Nacht wachte ich auf, als er sich gerade anschickte, noch ein wenig spazierenzugehen, weil er nicht schlafen konnte. Als ich jetzt eben wieder erwachte, war er noch nicht zurück.«

»Hast du auf die Uhr gesehen, als er fortging?«

»Nein.«

»Vielleicht ist es noch gar nicht so lange her. Die Dämmerung ist eben erst angebrochen; vor einer halben Stunde war es noch dunkel.« Sie ging zum Herd hinüber, nahm den Kessel vom Bord und füllte ihn mit Wasser. »Ich konnte auch nicht schlafen. Ich mache mir einen Tee; du möchtest wahrscheinlich lieber Kaffee, nicht wahr?«

»Bitte.« Sie warteten schweigend, bis das Wasser kochte. Dann setzten sie sich zusammen an den Küchentisch, die dampfenden Tassen vor sich, und Karen beobachtete, wie die Sonne am Himmel aufstieg und der See seine Farbe veränderte.

»Ich wollte, Neville wäre schon zurück«, sagte sie bedrückt. »Wo er nur stecken mag?«

»Vielleicht ist er ins Hotel hinüber, um mit Melissa zu sprechen«, entgegnete Leonie ganz überraschend. »Ich weiß, daß ihm sehr viel daran gelegen ist, Melissa zur Vernunft zu bringen, um ihr die Idee mit der Polizei auszureden.«

»Aber was kann Neville tun, wenn Melissa ihren Entschluß nicht ändern will? Wir sind doch alle machtlos.«

»Wenn jemand sie überreden kann, dann Neville«, erwiderte Leonie mit fester Stimme. »Er weiß, wie wichtig das für uns alle ist.«

Karen fühlte sich zum Widerspruch herausgefordert. »Für uns alle?« wiederholte sie zweifelnd. »Dich berührt es doch am wenigsten, wenn Melissa zur Polizei geht! Du warst im Forsthaus, als Veronica verschwand – du warst gar nicht da! Du brauchst dir keine Sorgen zu machen.«

Leonie schien über Karens Ton ein wenig verstimmt. »Ja, natürlich«, antwortete sie. »Ich mache mir ja nicht meinetwegen Sorgen. Ich denke da an Neville – und an dich, das ist klar. Und an Marney.«

Schon öffnete Karen den Mund, um ihr entgegenzuhalten, daß Marney am Tag vor Veronicas Verschwinden den ganzen Morgen auf der Pflanzung gearbeitet hatte, besann sich aber dann eines Besseren. »Ja«, sagte sie, »für Marney ist die Situation nicht gerade angenehm.«

Leonie nippte nachdenklich an ihrem Tee.

Karen änderte ihre Taktik. Sie entschloß sich zu einem Frontalangriff. »Marney hat ja Veronica an jenem Morgen gar – nicht zu Gesicht bekommen, nicht wahr? Er kam gar nicht ins Haus, oder?«

Nach einer langen Weile antwortete Leonie: »Also, um die Wahrheit zu sagen... er war hier.«

»Aber ich dachte –«, setzte Karen an und verstummte.

Wieder folgte ein langes Schweigen.

»Nun ja«, fuhr Leonie dann in nüchternem Ton fort, »warum sollst du es nicht wissen? Wir sitzen alle im selben Boot. Ich hatte mich schon entschlossen, bei nächster Gelegenheit Neville davon Mitteilung zu machen, also schadet es auch nicht, wenn ich dich ins Vertrauen ziehe. Es ist vielleicht gar nicht schlecht, wenn du genau weißt, wie die Dinge stehen – insbesondere jetzt, wo wir uns alle in einer so gefährlichen Lage befinden.«

Geistesabwesend goß sie sich Tee nach. Sie rührte mit dem Löffel um, das dunkle Wasser bildete einen Strudel, und ein riesiges, angeschwollenes, aufgeblähtes Teeblatt trieb an die Oberfläche. Karen beobachtete, wie es sich im Kreis drehte.

»An jenem Morgen ging ich um neun Uhr aus dem Haus«, setzte Leonie ihren Bericht fort. »An dem Morgen, da Veronica verschwand, meine ich. Ich war früh aufgestanden und hatte allein gefrühstückt. Weder Veronica noch Neville waren auf – was mir nur recht sein konnte –, und ich sah sie auch nicht, bevor ich mich auf den Weg machte. Am Abend zuvor hatte ich mit Marney telefoniert und mich für zehn Uhr vormittags mit ihm im Forsthaus verabredet. Ich wollte seinen Rat, wie ich mich verhalten sollte – ich war so wütend auf Neville, daß ich mich scheute, mit ihm zu reden. Ich dachte, Marney könnte mir sagen, was ich tun sollte.«

Das wirbelnde Wasser in der Teeschale kam zur Ruhe. Leonie holte das große Teeblatt mit dem Löffel heraus und legte es säuberlich auf die Untertasse.

»Schließlich und endlich war es ja *mein* Haus«, sagte sie. »Würde dir nicht auch die Galle hochgekommen sein, wenn du in meiner Haut gesteckt hättest? Ich weiß, Neville beteuerte, Veronica wäre ihm nachgekommen, ohne daß er sie dazu aufgefordert hätte, aber... na ja, unglücklich, sie zu sehen, war er nun gerade nicht, weißt du? Meiner Meinung nach hätte er sie anweisen sollen, im Hotel zu bleiben, als sie ihn von Kildoun aus anrief und ihn bat, mit dem Boot herüberzukommen, um sie abzuholen – aber nein! Auf die Idee kam er offenbar nicht. Er holte sie ab und brachte sie ins Haus. Vielleicht erwarteten sie von mir, daß *ich* ins Hotel ziehe und sie allein im Haus lasse! Es war wirklich schändlich, wie wenig Rücksicht sie auf meine Gefühle nahmen! Das Ganze war so entwürdigend, so schäbig...« Die Erinnerung ließ sie schaudern. »Darum entschloß ich mich, zu Marney hinüberzugehen und mit ihm zu reden. Ich brauchte an die fünfzig Minuten, um zu Fuß das Forsthaus zu erreichen, so daß es etwa zehn Minuten vor zehn war, als ich dort ankam. Da wir erst für zehn verabredet waren, wunderte ich mich nicht, daß Marney mich nicht schon erwartete. Ich saß eine Weile in seinem Büro, bis dann einer der Förster hereinkam und mir mitteilte, daß Marney ans andere Ende der Pflanzung gefahren war, um dort ein Projekt abzuschließen, und erst zum Mittagessen zurück sein würde. Er hatte unsere Verabredung völlig vergessen – Marney ist manchmal schrecklich vergeßlich... Ich ließ ihm eine Botschaft zurück, in der ich ihm schrieb, daß ich ihn unbedingt sprechen müsse, und ging dann zu Fuß wieder über den Paß ins Haus zurück.

Es war ungefähr elf, als ich ankam, und sofort fiel mir der Jeep auf, der hinter dem Haus stand. Das wunderte mich, denn Neville – und später auch Veronica – waren am Abend vorher mit dem Boot über den See gekommen, aber ich nahm an, Neville wäre mir zur Pflanzung gefolgt, hätte sich dort einen Jeep aus dem Schuppen geholt und wäre, während ich wartend in Marneys Büro saß, ins Haus zurückgefahren. Ich ging also am Jeep vorbei über den Steg und schlüpfte durch die Hintertür ins Haus.

Ich hörte sie gleich. Sie waren im Wohnzimmer. Ich schlich mich durch die Küche und durch die Diele ins Eßzimmer. Die Tür zum Wohnzimmer stand offen, und ich – na ja, ich lauschte. Ich war zu verdattert, um etwas anderes zu tun, denn es war nicht Neville, der mit Veronica im Wohnzimmer saß. Es war Marney. Marney war herübergefahren, um Veronica zu sprechen. Dabei glaubten alle, er arbeite an einem Projekt auf der Pflanzung. Von Neville war natürlich nichts zu sehen – ich erfuhr erst später, daß er dich auf der Pflanzung suchte. Ich wußte nicht einmal, daß du gekommen warst, denn als Thomas mit dir von Kildoun herüberkam, hatte ich das Haus bereits verlassen.

Ich wußte nur, daß Marney und Veronica nur wenige Meter von mir entfernt im Wohnzimmer saßen und miteinander redeten, und als ich ihnen zuhörte, wurde mir klar –« Sie unterbrach sich. Helle Röte stieg ihr ins Gesicht. Die Ellbogen auf dem Tisch, die Hände krampfhaft ineinander verschlungen, starrte sie in ihren Tee und fügte schließlich mit letzter Kraft hinzu: »Mir wurde klar, daß sie einander sehr gut kannten, weit besser, als ich je gedacht hatte.«

Es war ein Schock für Karen. Sie brauchte ein paar Sekunden, um sich zu fassen. »Du meinst doch nicht – soll das heißen, daß Veronica und Marney ...?«

Leonie blieb stumm.

»Sie können doch kein Verhältnis miteinander gehabt haben! Das glaube ich nicht!«

»Nein«, erwiderte Leonie, ohne sie anzusehen, »sie hatten kein Verhältnis. Aber genau das war es, was Marney von ihr wollte.«

»Mein Gott ...« Karen war zu erstaunt, um mehr zu sagen. Sie hatte gemerkt, daß Marney Veronica bewunderte, aber nicht, daß er so vernarrt in sie gewesen war.

»Veronica schien seinen Vorschlag sehr spaßig zu finden«, fügte Leonie hinzu.

Ja, das paßte zu Veronica. Karen hatte ihre Zwillingsschwester gut gekannt. Marney war nicht der erste selbstbeherrschte, zurückhaltende Mann gewesen, der sich ganz plötzlich und ohne erkennbaren Grund in eine für ihn so untaugliche Frau vernarrt hatte, wie Veronica es war. Kein Wunder, daß Veronica sich belustigt gezeigt hatte! Ein Mann mehr auf der Habenseite, eine Kerbe mehr auf dem Kerbstock, nur daß dieser Mann keine wie immer geartete Anziehungskraft für sie besaß.

»Danach blieb ich nicht länger«, sagte Leonie mit schwacher Stimme. »Ich war zu schockiert. Ich lief wieder hinaus, über den Steg und am Seeufer entlang, an der alten Klitsche vorbei. Ich marschierte bis zum Ende des Sees, und dann marschierte ich wieder zurück. Ich war nun schon etwas ruhiger und meiner sicherer und auch zu erschöpft von der vielen körperlichen Bewegung, um den beiden eine Szene machen zu können. Aber ich hätte mir diese Sorge sparen können. Als ich endlich wieder zum Haus kam, waren Marney und Veronica verschwunden. Nach einer Weile fing ich an zu überlegen, wo Neville wohl stecken könnte. Ich rief im Forsthaus an und sprach mit ihm. Er erzählte mir, was vorgefallen war, daß du mit Thomas weggefahren warst und daß er nicht wüßte, was er tun sollte. Dann sagte er, Marney wäre soeben von der Arbeit gekommen, und daß er die Lage mit ihm durchsprechen wolle. Schließlich erschienen beide kurz darauf im Haus, und erst dann stellten wir fest, daß Veronica ihre Sachen gepackt, sich selbst über den See gerudert und das Weite gesucht hatte – so dachten wir damals. Wir fühlten uns alle so erleichtert... Etwas später, am gleichen Tag, verließen Marney und Neville Schottland. Ich blieb noch eine Woche allein hier oben, um meine Ferien zu genießen, und fuhr dann zu Neville nach London zurück. Nach dem Gespräch, das ich mit angehört hatte, wußte ich nicht, wie ich Marney gegenübertreten sollte.

Schließlich entschloß ich mich, Stillschweigen zu bewahren und die Tatsache, daß er nicht den ganzen Morgen auf der Pflanzung verbracht hatte, für mich zu behalten. Wohl machte ich mir noch Gedanken, ob er nicht vermuten würde, daß ich ihn gesehen haben mußte, als er erfuhr, daß ich um elf wieder im Haus war... aber Zeit ist für Marney immer schon ein sehr vager Begriff gewesen, und in Veronicas Gegenwart hat er ganz sicher nicht auf die Uhr geschaut... Er muß dann das Haus verlassen und direkt zu jenem Teil der Pflanzung gefahren sein, wo er seine Arbeit hatte. Der Weg dahin führt nicht am Forsthaus vorbei, und so kann es ihn nicht verwundert haben, daß er mir nicht begegnete. Wenn er später darüber nachgedacht hat, lag für ihn die Annahme nahe, daß ich mich noch auf der Straße befand, die vom Paß zum Forsthaus führt, während er vorher abbog, um auf schnellstem Weg zu seiner Arbeitsstätte zu gelangen. Ich hielt es für das Beste, ihn nicht wissen zu lassen, daß ich schon im Haus gewesen war, als er sich noch mit Veronica unterhielt... Das war doch richtig von mir gehandelt, nicht wahr? Was würde es schon geholfen haben, wenn ich ihm gesagt hätte, was ich weiß?«

»Hast du es ihm gestern abend gesagt?«

»Ich habe ihn gestern abend gar nicht gesehen. Ich gab die Papiere im Forsthaus ab, ohne mich länger dort aufzuhalten. Soviel ich weiß, war er auch schon zu Bett gegangen.«

»Und du hast es nie Neville erzählt?«

»Neville? Natürlich nicht! Das war doch eine Sache, die nur Marney und mich anging. Wozu hätte ich Neville damit belasten sollen?«

»Wenn aber Marney der letzte war, der Veronica lebend gesehen hat –«

»Damals dachte kein Mensch daran, daß sie tot sein könnte. Wir glaubten alle, sie wäre abgereist.«

»Aber jetzt –«

»Ach ja, jetzt...«, sagte Leonie mit einer nervösen Handbewegung. »Ich erwähnte ja schon, daß ich Neville die Geschichte bei nächster Gelegenheit erzählen würde, obwohl – das ist natürlich alles kein Beweis, daß Marney etwas mit Veronicas Tod zu tun hatte. Nachdem Marney mit seinem Jeep weggefahren war, konnte jeder x-beliebige ins Haus gekommen sein und Veronica ermordet haben. Ich bin ganz sicher, daß Marney mit seinem Jeep zurückgefahren ist. Und ich bin ebenso sicher, daß er sie nicht getötet und sich keines Verbrechens schuldig gemacht hat.«

Karen schwieg. Ihre Gedanken kreisten um die Tatsache, daß Veronica von zwei Menschen gesehen und gehört worden war, nachdem Neville das Haus verlassen hatte. Neville konnte sie also nicht getötet haben. Neville war nicht schuldig...

»Findest du nicht auch«, beharrte Leonie, »daß irgend jemand sie töten konnte, nachdem Marney weggefahren war? Bist du nicht auch der Meinung?«

»Ja«, antwortete Karen, ängstlich darauf bedacht, Leonie nicht durch Widerspruch zu reizen, »ich denke schon.«

»Marney hat sich keines Verbrechens schuldig gemacht«, wiederholte Leonie mit verzerrter, schriller Stimme, und wider Willen begann Karen sich plötzlich zu fragen, ob Leonie Marneys Unschuld nur darum so nachdrücklich beteuerte, weil sie Zeuge seiner Tat gewesen war und ihn unter allen Umständen schützen wollte...

3

Der Kaffee schmeckte heiß und bitter. Karen stellte ihre Tasse schon nach einem Schluck nieder und stand langsam auf. »Ich will noch mal nach draußen gehen«, sagte sie. »Jetzt könnte Neville wirklich schon da sein.«

Mit einem Ruck wandte Leonie den Kopf. »Aber nun ist dir doch klar, wie wichtig es ist, daß Melissa sich nicht einmischt, nicht wahr? Du siehst ein, wie wichtig es ist, daß die Polizei nicht verständigt wird?«

»Gewiß sehe ich das ein, und ich bin dir auch sehr dankbar, daß du mir alles erzählt hast. Jetzt verstehe ich die Lage natürlich viel besser.«

Sie eilte hinaus, schloß die Hintertür hinter sich und stieg wieder den Hang bis zu jenem Punkt hinauf, von dem aus sie die Umgebung überblicken konnte. Dabei sog sie die kühle Hochlandluft in vollen Zügen ein.

Immer noch war von Neville nichts zu sehen. Verzweifelt überlegte sie, wo er sich befinden, was ihm zugestoßen sein könnte, beschloß aber dann, bevor sie sich weiter mit diesem Problem auseinandersetzte, wärmere Kleidung anzuziehen, um sich gegen die morgendliche Kälte zu schützen. Sie trug warme Slacks und einen Sweater, als sie zehn Minuten später abermals aus der Hintertür schlüpfte und zu ihrem Aussichtspunkt hinaufkletterte, um in Ruhe nachdenken zu können.

Vielleicht war Neville zur Pflanzung hinübergegangen, um sich mit Marney zu besprechen? Aber zu Fuß? Er hätte doch den Jeep nehmen und hinüberfahren können. Karen warf einen Blick auf das Fahrzeug, das am Bach geparkt stand, und kam zu dem Schluß, daß Neville wahrscheinlich doch nicht auf der Pflanzung war. Andererseits hielt Karen nichts von Leonies Vermutung, wonach Neville schon im Morgengrauen über den See gerudert wäre, um mit Melissa zu sprechen. Zu so früher Stunde würde das Hotel noch geschlossen sein und Melissa noch schlafen. Aber wo sonst konnte er sein?

Rastlos schritt sie auf und ab. Vielleicht war Neville doch zu Fuß über den Paß gegangen – er hatte ja selbst gesagt, daß körperliche Bewegung ihn beruhigen würde –, hatte es dieses eine Mal vorgezogen, seine Beine statt den Jeep zu gebrauchen.

Es mußte so gewesen sein. Sicher war er jetzt im Forsthaus und unterhielt sich mit Marney...

Ich gehe selbst hinüber, beschloß sie, einer momentanen Eingebung folgend, und fühlte sich sogleich wohler, weil sie einen Entschluß gefaßt hatte. Sie glaubte nicht imstande zu sein, noch länger zu warten, und empfand ein unbändiges Verlangen, Leonie zu entwischen und Neville den Verdacht mitzuteilen, der sich in ihren Gedanken eingenistet hatte und sich nicht mehr verscheuchen ließ.

Ich muß Neville finden, dachte sie. Ich muß ihn finden und mit ihm sprechen.

Sie ging zum Haus zurück, überquerte den Steg und begann den Aufstieg zum Paß. Ein- oder zweimal wandte sie den Blick zurück, auf das Haus hinunter, aber Leonie hatte sie offensichtlich nicht gesehen; wenn doch, machte sie jedenfalls keinen Versuch, ihr zu folgen. Karen hatte sich nun ein wenig beruhigt und hielt ein gemäßigtes Tempo ein, um nicht allzu rasch zu ermüden, doch bald nötigte sie das steile Gelände zu einer kurzen Rast. Sie blieb einen Augenblick stehen und warf noch einen Blick auf das Haus, das jetzt tief unter ihr im Tal lag.

Die goldene Blässe des Morgens hatte sich zur klaren Helligkeit des Tages gewandelt. Schon zogen wieder Wolken über den Himmel, und im Westen, jenseits des Tales, umhüllte dunstiger Nebel die Bergkuppen. Das Moorland bot sich in einer seltsamen purpurbraunen Färbung dar, und seine Tönungen veränderten sich in rascher Folge, als die Wolken anfingen, über die Sonne hinzuziehen. Bald blau wie Azur, bald dunkel wie Feuerstein, glitzerte der lange, schmale, reglose Streifen des Sees im wechselnden Licht. So weit das Auge reichte, spiegelte die Landschaft prachtvolle, aber bedrückende Abgeschiedenheit und Einsamkeit.

Karen erreichte den Paß und verhielt kurz den Schritt, um zu Atem zu kommen. Kaum eine Minute später setzte sie ihren Weg fort. Es drängte sie immer mehr, mit Neville zu sprechen und ihn vor Marney zu warnen. Was würde Neville tun? Was würde er Marney sagen? Die Zeit wurde knapp; Melissa wollte mittags zur Polizei gehen...

Sie lief jetzt schon fast. Der Karrenweg wand sich talwärts, und vor sich sah sie die stillen, dunklen Bäume der Pflanzung, ein lebhafter Kontrast zur entblößten Ebene des Moorlandes. Nur noch eine Viertelstunde – zehn Minuten – und sie würde bei Neville im Forsthaus sein.

Den Blick auf den holprigen Weg gerichtet, um nicht über eine Wurzel oder einen losen Stein zu fallen, lief sie auf den Wald zu. Bald hatte sie die Pflanzung erreicht, verlangsamte wieder ihre Schritte und sah sich nervös um. Der Wald mit seinem dämmrigen Zwielicht, der unnatürlichen, beklemmenden Stille war ihr immer schon verhaßt gewesen.

Und dann fiel ihr Blick auf die Reifenspuren. Sie hatten sich in die feuchte Erde gefressen und folgten der äußeren Umgrenzungslinie der Pflanzung. Sie lagen frisch und deutlich zu erkennen im Morgenlicht; mit der im Osten aufsteigenden Sonne kamen sie immer klarer zur Geltung.

Karen fühlte ihr Herz schlagen. Sie blieb stehen, schüttelte ihr Haar aus der Stirne und starrte durch die Bäume. Vielleicht war Neville – nein, um diese Zeit arbeitete Neville nicht. Möglicherweise war einer der Forstbeamten eben jetzt von der Station gekommen. Vielleicht wußte er, ob Neville mit Marney im Forsthaus war.

Sie verließ den Karrenweg und folgte den Reifenspuren, die am Rand der Pflanzung entlangführten. Von einem Jeep war allerdings nichts zu sehen, obwohl Karen mit jedem Schritt, den sie tat, auf ein solches Vehikel zu stoßen hoffte. Sie ging weiter. Die weichen Kiefernnadeln verschluckten ihre Schritte, rasselnd und stoßweise verließ ihr Atem die Kehle, und es war ihr plötzlich, als ob all die Bäume sie beobachteten, lauernd darauf warteten, daß sie das Ende ihres Weges erreichte. Sie empfand ein Kribbeln auf der Kopfhaut, aber sie blieb nicht stehen. Ihre Füße trugen sie über den Teppich aus Kiefernnadeln, bis die Reifenspuren plötzlich in einer schlammigen Schleife endeten, wo der Jeep augenscheinlich gewendet hatte und zurückgefahren war.

Keine Menschenseele war zu sehen.

Eine entsetzliche Angst überkam sie. Sie spähte in die Runde, doch da standen nur die Kiefern auf der einen, lag das offene Moor auf der anderen Seite. Und dann blieben ihre Augen auf dem Grab haften.

Ihre Beine trugen sie gegen ihren Willen vorwärts, eine geheimnisvolle Kraft lähmte ihren Widerstand.

Es war ein rechteckiger Fleck frisch aufgegrabener Erde. Einige wenige Kiefernnadeln waren darüber verstreut, doch die unheilvollen Maße ließen keinen Irrtum zu. Karen griff nach einem abgebrochenen Zweig, stieß ihn in die weiche Erde und traf auf Fleisch.

Sie konnte später nicht mehr erklären, was dann geschah. Hände, die nicht die ihren zu sein schienen, gruben die Erde auf und legten ein Handgelenk frei, ein schlankes, feines, Ekel erregend menschliches Handgelenk und an diesem Melissas untadelig manikürte, polierte, schimmernde, entsetzlich lebendige Fingernägel und der modische Ring, den Melissa zu tragen pflegte.

Melissa aber war ohne jeden Zweifel kalt und tot.

Karen war eigentlich überrascht, daß kein Schwindel sie überkam, doch als sie sich aufrichtete, dröhnte es ihr nicht in den Ohren, und ihre Beine versagten ihr nicht den Dienst. Sie war sich nur einer ungeheuren Stille bewußt und des schweigenden, beobachtenden Zwielichts des Waldes.

Noch einmal senkte sie den Blick auf das Grab. Ungläubig, wie hypnotisiert starrte sie hinunter, bis sie dann langsam die Augen zu den stummen Schatten der Bäume jenseits des Grabes erhob. Und unter den Bäumen stand er.

8. Kapitel

I

Ihre Hand flog an den Mund. Sie tat einen Schritt zurück.

»Karen!« Seine Augen waren weit aufgerissen und starr. »Mein Gott, was machst du da?«

Sie versuchte sich zu bewegen und konnte es nicht. Sie versuchte zu sprechen, und kein Wort kam über ihre Lippen. Und dann kam er auf sie zu, und das Entsetzen stieg ihr in die Kehle und zwang sie, laut aufzuschreien.

»Nicht, Marney –«

Er blieb nicht stehen. Ohne zu zögern, kam er näher, seine Schritte lautlos auf dem weichen Waldboden, und plötzlich, ein Geschenk des Himmels, löste sich ihre Erstarrung, und blinden Auges, krächzendes Schluchzen in der Brust, raste sie zu Tal, den dunklen Bäumen entgegen. Er lief hinter ihr her. Sie hörte ihn kommen, aber so groß war ihr Entsetzen, daß sie nicht einmal zurückblickte. Wie weit war es bis zum Forsthaus? Wie lange konnte sie durchhalten, ohne zu ermatten? Und wenn sie sich verirrte? Und sie dachte an jenen Tag vor drei Jahren zurück, da sie aus dem Haus gestürzt war, um Veronica und Neville nicht mehr sehen zu müssen, und sich hoffnungslos verlaufen hatte...

Fragen bestürmten sie und benebelten ihr Bewußtsein mit trügerischen Bildern. Nachdem sie quer durch den Wald gelaufen war, kam sie wieder auf den breiten Karrenweg zurück, und als ihre Füße die rauhen Steine unter sich fühlten, warf sie zum ersten Mal einen Blick zurück und sah Marney tiefer in den Wald eindringen.

Vielleicht wollte er ihr den Weg abschneiden. Er war ja mit der

Pflanzung um so vieles besser vertraut als sie. Immer noch schluchzend vor Erschöpfung und Angst lief sie auf der anderen Seite in den Wald hinein und dann unter den Bäumen weiter talabwärts. Sie wußte, daß sie, solange sie diese Richtung beibehielt, früher oder später zum Forsthaus kommen mußte. Und hatte sie die Station einmal erreicht, war sie sicher...

Plötzlich, kaum eine Minute später, verspürte sie einen lähmenden Stich in der Seite. Sie krümmte sich vor Schmerzen und rang nach Atem. Wenn sie nun das Forsthaus nicht mehr erreichte? Wenn es Marney gelang, sie einzuholen? Sie spähte in die Runde, aber er war nirgends zu sehen. Hatte er ihre Spur verloren? Oder lag er irgendwo versteckt und wartete auf sie? Sie konnte keinen klaren Gedanken fassen, aber bevor sie noch Antworten auf ihre Fragen zu finden versuchte, ließ der Schmerz in der Seite nach, und sie lief weiter.

Der Baumbestand wurde schütterer; sie kam auf eine breite Schneise, und als sie sie überqueren wollte, sah sie ihn weit zur Linken stehen und warten. Er mußte gewußt haben, daß es für sie keinen anderen Weg gab, um zum Forsthaus zu gelangen, und während sie nun danach trachtete, unter den Bäumen auf der anderen Seite schützende Zuflucht zu finden, wurde ihr mit Entsetzen bewußt, daß er sich jetzt vermutlich zwischen sie und das Forsthaus manövriert hatte. Sie hatte eine westliche Richtung eingeschlagen, und wo immer Marney sich jetzt placierte, es würde ihm gelingen, ihr den Weg abzuschneiden.

In ihrer panischen Angst entschloß sie sich zu einem noch weiter ausholenden Umweg. Sie mußte die westliche Richtung beibehalten, einen Kreis beschreiben und versuchen, die Station von hinten zu erreichen. Eine andere Möglichkeit gab es nicht. Wenn sie sich nicht verirrte, konnte sie sich nur auf diese Weise in Sicherheit bringen.

Wieder schlossen die Bäume sie ein, steckten ihre Wipfel zusammen und verdeckten so das Licht der morgendlichen Sonne vor ihr. Ein Gefühl nahm von Karen Besitz, als müßte sie in einem Grab hilflos ersticken. Sie war jetzt zu erschöpft, um noch laufen zu können, und stolperte mehr, als sie ging, den Abhang hinunter. Bis sie plötzlich erkannte, daß sie ebenes Terrain, daß sie den Talboden erreicht hatte. Krampfhaft versuchte sie, mit den Blicken die Düsternis zu durchdringen, einen möglichen Verfolger zu entdecken. Dann wandte sie sich nach links, wo sie das Forsthaus vermutete.

Zehn Minuten später wankte sie auf den Fahrweg zu, der die Station mit der Hauptstraße verband. Wieder änderte sie ihre Richtung und strebte nun, unter den schützenden Bäumen dahinschleichend, nach Norden, dem Forsthaus zu.

Plötzlich sah sie den Schuppen vor sich, in dem die Jeeps eingestellt waren, und dahinter das Haus, warm und still im Sonnenlicht. Allein aus einem Gefühl der Erleichterung heraus wäre sie fast zusammengebrochen. Schon brannten Tränen der Beseligung in ihren Augen, als sie hinter sich einen Wagen heranbrausen hörte, ein weißer Fiat 600 vorbeiflitzte und mit kreischenden Bremsen neben dem Schuppen zum Stehen kam.

Karen hatte sich instinktiv unter den Bäumen in Sicherheit gebracht, aber nun, Kraftreserven aufbietend, von denen sie nicht gewußt hatte, daß sie sie besaß, stürzte sie vor, am Schuppen vorbei und stieß geradewegs mit dem Mann zusammen, der in diesem Augenblick aus dem Wagen stieg.

»Neville!« rief sie mit hysterisch sich überschlagender Stimme. »O Neville, Neville, Neville –«

Er konnte sie eben noch auffangen, als sie in Ohnmacht fiel.

2

Als sie wieder die Augen öffnete, lag sie auf dem Sofa von Nevilles Arbeitszimmer im Forsthaus. Neville saß neben ihr und hielt ihre Hand. Hinter ihm stand Thomas mit weißem Gesicht und sorgenvollem Blick.

»Thomas?«

Mühsam forschte sie nach einer Erinnerung an alles, was geschehen war, und entsann sich dann, daß Thomas auf dem Mitfahrersitz des kleinen weißen Fiat gesessen hatte.

»Was war denn los?« fragte sie verwirrt. »Ich verstehe nicht. Wie kommt ihr beide hierher?«

Die zwei Männer tauschten einen kurzen Blick. »Wir wollten mit Marney sprechen«, antwortete Thomas. »Während du bewußtlos lagst, sahen wir in seinem Zimmer nach, aber er war nicht da.«

»Ich ruderte im ersten Morgengrauen nach Kildoun hinüber«, ergänzte Neville. »Je länger ich darüber nachdachte, desto unverständlicher wurde es mir, daß Melissa weder auf Thomas' Klopfen noch auf seinen telefonischen Anruf reagiert hatte. Bevor ich das Haus verließ, telefonierte ich mit MacPherson, dem Hoteldirektor, der sich der Lage mehr als gewachsen zeigte, sehr zuvorkommenderweise aus dem Bett stieg und mir öffnete, als ich ankam. Worauf wir feststellten, daß Melissa nicht in ihrem Zimmer war, obwohl ihre Kleider im Schrank hingen und der Wagen geparkt im Hof stand. Dann kam Thomas –«

»Ich schlief nebenan, erwachte und wollte wissen, was los war.« Er trat unruhig von einem Fuß auf den anderen. »Ich beriet mich mit Neville, und wir beschlossen, mit Melissas Wagen um den See herum hierherzufahren und Marney zu fragen, ob er etwas zur Lösung dieses Geheimnisses beitragen könne... Karen, Schätzchen, ich möchte dich wirklich nicht drängen, aber könntest du uns verraten, was dich bewogen hat, ins Forsthaus zu kommen? Fühlst du dich schon kräftig genug, uns zu sagen, was geschehen ist?«

»Ich wußte nicht, wo Neville war...« Sie war noch ziemlich durcheinander. »Ich dachte, du wärst aus irgendeinem Grund zu Fuß ins Forsthaus hinübergegangen, Neville, und darum –«

»Hast du denn nicht gesehen, daß keines der beiden Boote am Landesteg lag? Thomas nahm sich das eine gestern abend und ich das andere heute früh.«

»Nein, ich – wie dumm von mir! Ich dachte gar nicht daran, zum Landesteg hinunterzugehen. Ich konnte mir ja nicht vorstellen, daß du schon so früh hinüberrudern würdest, um mit Melissa zu sprechen.«

»Hattest du denn einen bestimmten Grund, warum du mich unbedingt sehen wolltest?«

»Ja – o Gott, ja...« Sie fing an zu reden. Sie hörte ihre Stimme, die leise und monoton über ihr Gespräch mit Leonie berichtete und ihrer Überzeugung Ausdruck verlieh, daß Leonie Marney für schuldig hielt. Sie berichtete über ihren Weg über den Paß, über das Grab, die unerwartete Begegnung mit Marney, die Verfolgung... Plötzlich verstummte sie und begann zu zittern, als der Schock der Erinnerung zu greifbarer Wirklichkeit wurde.

»Gib ihr noch was zu trinken, Thomas. In dem Kästchen da drüben ist noch ein Brandy. Ja, dort... Nun, jetzt ist ja alles sonnenklar. Vor drei Jahren hat Marney Veronica getötet und gestern nacht Melissa. Ich zweifle nicht daran, daß wir Veronicas Leiche nicht weit von der Stelle finden werden, wo er Melissa verscharrt hat.«

»Meinst du wirklich, er hat Veronica umgebracht, weil er ein Verhältnis mit ihr haben wollte und sie ihn ausgelacht und zum Teufel geschickt hat?« fragte Thomas.

»Ich glaube, ja. Wobei die Tatsache, daß sie hinter *mir* her war, ihn in seinem Entschluß noch bestärkt haben könnte.«

»Ja, das klingt logisch. Das war also sein Motiv... und weil wir das nicht kannten, kamen wir in unseren Überlegungen nicht weiter... Glaubst du, daß Leonie Augenzeugin der Tat war?«

»Nein, das glaube ich nicht. Wenn sie ihn dabei beobachtet hätte, würde sie etwas gesagt haben – wenn schon nicht mir, so Marney selbst. Du lieber Gott, wäre sie dabei gewesen, als er den Mord beging, sie hätte ihn sogar zwingen können, sie zu heiraten! Aber sie würde ihn in jedem Fall ihrer Loyalität versichert und ihm geschworen haben, ihn niemals zu verraten. Allerdings kann ich mir nicht vorstellen, daß sie imstande gewesen wäre, drei Jahre lang Stillschweigen zu bewahren.«

»Dann nimmst du also an –«

»Daß sie Karen die Wahrheit gesagt hat? Ja, das tue ich. Sie hat die Auseinandersetzung zwischen Marney und Veronica zum Teil mit angehört, stürzte dann ins Freie, um sich von dem Schock zu erholen, und irrte so lange herum, bis sie erschöpft war. Als sie dann ins Haus zurückkehrte, hatte Marney Veronica bereits getötet und war mit der Leiche im Jeep zur Pflanzung gefahren, um sie zu verscharren.«

»Hätte er denn die Zeit gehabt, die Koffer zu packen und das zweite Boot über den See zu schleppen?«

»Mehr als genug. Wenn Leonie bis zum Ende des Sees hinunterwanderte, brauchte sie eine gute Stunde. Er war allein im Haus – mehr noch: Er glaubte, sicher sein zu können, daß er allein war. Vergiß nicht: Er wußte nicht, daß du und Karen angekommen wart und die Nacht in Kildoun verbracht hattet. Er wußte nur, daß ich mit Veronica und Leonie im Haus wohnte, und da Leonie um diese Stunde im Forsthaus auf ihn wartete – das mußte er zumindest voraussetzen – und er natürlich annehmen mußte, daß ich zu der Zeit, da er Veronica besuchte, bereits meine Arbeit auf der Pflanzung aufgenommen haben würde, mußte er nicht befürchten, von jemandem gestört zu werden. Es paßt alles zusammen.«

Nach dem Brandy fühlte Karen sich besser. Sie zitterte nicht mehr, und ihr Kopf wurde klarer. Entschlossen schluckte sie den letzten Tropfen hinunter und stellte das leere Glas mit fester Hand auf den Tisch. »Aber wie konnte Marney Melissa töten?« fragte sie. »Das verstehe ich nicht.«

»Kein Problem«, antwortete Neville. »Nachdem er gestern abend im Forsthaus angekommen war, muß er sich Kellehers Rolls genommen haben und damit zum Hotel nach Kildoun gefahren sein. Außer – hör mal, Karen: Hat Leonie gesagt, daß sie Marney erreichte und ihm diese Papiere übergab?«

»Nein, sie hat ihn nicht mehr gesehen. Sie sagte, sie hätte angenommen, daß er schon zu Bett gegangen war, und ließ die Papiere einfach da.«

»Da habt ihr's! Marney fuhr sofort weiter nach Kildoun und suchte Melissa auf, um noch einmal die Lage mit ihr durchzusprechen. Und als sie sich weigerte, ihre Absicht, zur Polizei zu gehen, aufzugeben, brachte er sie um und fuhr mit der Leiche auf die Pflanzung zurück, um sie da oben einzugraben.«

»Du meinst, er hat sie im Hotel ermordet?«

»Nicht unbedingt. Vielleicht schlug er ihr eine Spazierfahrt vor, um noch einmal über alles zu reden.«

»Aber wie nahm er im Hotel Kontakt mit ihr auf? Du erinnerst dich: Mit Thomas weigerte sie sich zu sprechen.«

»Vielleicht klopfte er einfach an ihre Tür. Melissa könnte neugierig gewesen sein, was er ihr zu sagen hatte.«

»Aber woher wußte er die Zimmernummer?«

»Kann er nicht einfach danach gefragt haben? Er ist kein Fremder im Hotel, und man würde nichts Ungewöhnliches darin gesehen haben, daß er mit einem ihm bekannten Hotelgast sprechen wollte.«

»Und was machen wir jetzt?« erkundigte sich Thomas rasch, bevor Karen weitere Fragen stellen konnte. »Sollen wir die Polizei verständigen?«

»Zuerst möchte ich Marney sprechen. Verdammt noch mal, wo ist er denn überhaupt? Wenn er hinter Karen her war, müßte er schon seit zehn Minuten da sein. Aber vielleicht wurde ihm klar, daß er Karen nicht einholen konnte, und er beschloß, ins Haus hinüberzufahren, um mit mir zu sprechen und mir sein Verhalten zu erklären. Schließlich kann er ja nicht wissen, daß ich hier bin. Er denkt, ich schlafe noch. Vielleicht fahren wir jetzt besser alle ins Haus hinüber.«

»Dann kommt er ganz gewiß hierher, und wir verfehlen ihn«, meinte Thomas zynisch.

»Also gut«, sagte Neville nach kurzem Überlegen. »Du, Thomas, bleibst hier auf der Station – für den Fall, daß er hier auftaucht –, und ich fahre mit Karen ins Haus hinüber. Nach ihrem Abenteuer heute morgen lasse ich sie nicht mehr aus den Augen.«

»Was soll ich Marney sagen, wenn er hier aufkreuzt?«

»Sag ihm, er soll zu mir ins Haus hinüberkommen. Sag ihm, daß ich alles weiß, aber noch mit ihm sprechen möchte, bevor ich die Polizei verständige.«

»In Ordnung...« Das Unbehagen war Thomas am Gesicht abzulesen, aber es gelang ihm bald, jede Spur von Nervosität zu unterdrücken. »Ist dir das so recht, Karen? Wie fühlst du dich denn jetzt?«

»Es geht mir schon besser. Mach dir keine Sorgen um mich.« Sie stand auf und stellte überrascht fest, daß der Brandy auf leeren Magen ihre Gedanken enorm beflügelt hatte. »Ich kann jetzt ohne weiteres mit Neville ins Haus zurückfahren.«

»Ich werde mir einen Jeep nehmen«, murmelte Neville und erhob sich gleichfalls. »Kelleher wird böse sein, weil ich ja schon einen beim Haus stehen habe, aber ich kann ihm nicht helfen... Wollen wir gehen, Liebling, oder möchtest du noch ein paar Minuten warten?«

Sie wollte nicht warten. Sie war wieder so nervös, daß sie danach dürstete, etwas zu unternehmen. Je länger sie untätig bleiben mußte, desto unruhiger wurde sie.

Neville brachte den Jeep und half ihr beim Einsteigen.

»Bis später, Thomas.«

»O. k., Neville. Viel Glück. Gib acht auf dich, Karen.«

»Du auch, Thomas...«

Der Jeep knatterte über den Hof, auf die große Schneise zu, und Thomas, eine kleine, ferne Gestalt, die Hand vor Augen, um sie vor der Sonne zu schützen, sah ihnen nach.

Von Marney war weit und breit nichts zu sehen. An der äußeren Umgrenzungslinie der Pflanzung hielt Neville den Wagen an, um selbst die Reifenspuren zu untersuchen und sich das Grab anzuschauen. Einen entschlossenen Ausdruck im Gesicht, die Hände in den Taschen versenkt, kam er nach drei Minuten zurück.

»Keine Spur von ihm«, berichtete er. »Kein lebendes Wesen zu sehen.«

Sie sprachen nicht mehr, bis sie am Haus anlangten, den Jeep parkten, den Steg über den Bach überquerten und vor der Hintertür standen.

»Ich glaube, er ist da«, murmelte Neville. »Leonie ist in der Küche und spricht mit jemandem.«

Karen stockte der Atem. Ihre Fingernägel gruben sich in die Handflächen.

Neville stieß die Tür auf. Die Stimmen verstummten.

»Da bist du ja, Neville«, sagte Marney mit einer fremden, harten Stimme. »Ich bin froh, daß du zurückgekommen bist, denn ich war gerade dabei, die Polizei anzurufen, und wollte noch vorher ein Wörtchen mit dir reden. Du Narr, du! Mit dem Mord an Veronica wärst du vielleicht ungestraft davongekommen, aber wie in aller Welt willst du dich aus dem Mord an Melissa herausreden? Gab es keinen anderen Ausweg? Mußtest du den Kopf verlieren und sie umbringen?«

3

Eine atemlose, lähmende Stille trat ein. Neville war wie angewurzelt stehengeblieben. Er, der für gewöhnlich nicht um Worte verlegen war, brachte keinen Laut über die Lippen. Leonie, verstört, das Gesicht verschlossen, hatte den Rücken dem Spültisch zugewandt, Marney stand am Herd. Karen, die an der Türschwelle verharrte, erschien die Szene wie das erstarrte Bild einer dramatischen Situation, das jeden Augenblick eine entsetzliche Belebung erfahren konnte.

»Du hast sie umgebracht, nicht wahr?« sagte Marney mit der gleichen fremden, harten Stimme. Seine Hände waren zu Fäusten geballt, seine Kleider kotig und zerdrückt, und sein schütteres Haar war vom Wind zerzaust. Während er sprach, befeuchtete er sich immer wieder die Lippen. »An dem Tag, da Veronica getötet wurde, warst du gar nicht auf der Pflanzung, um Karen zu suchen. Du gingst zu Fuß zur Station hinüber, um einen Jeep zu holen, und kamst damit hierher zurück. Ich hatte das Haus bereits verlassen, und Leonie war weit fort, am Ende des Sees. Veronica war allein. Du tötetest sie, fuhrst mit ihrer Leiche auf die Pflanzung zurück und verscharrtest sie unweit der Stelle, wo du gestern nacht Melissa eingegraben hast. Hätte Karen mich heute früh nicht gestört, ganz bestimmt hätte ich Veronicas Reste nur wenige Meter von Melissas Grab entfernt gefunden. Ich war schon früh aufgestanden, weil ich nicht schlafen konnte, und beschloß, über den Paß zu wandern und gemeinsam mit euch das Frühstück einzunehmen. Aber da bemerkte ich die Reifenspuren, die vom Weg abzweigten und rund um die Pflanzung zu führen schienen. Ich zerbrach mir den Kopf, was jemand auf diesem Teil der Pflanzung zu schaffen haben könnte, und ging nachsehen. Dann kam Karen. Ich wollte aus ihr herausbekommen, was sie wußte, aber als ich sie aus den Augen verlor, beschloß ich, meinen Weg hierher fortzusetzen, um die Sache ein für allemal mit dir auszufechten. Wie hast du Melissa umgebracht? Ich nehme an, du bist noch in der Nacht über den See gerudert und hast ihr vorgeschlagen, eine Spazierfahrt in ihrem Wagen zu unternehmen, um die Lage mit ihr durchzusprechen. Dann hast du sie getötet, hast die Leiche zum Forsthaus gebracht, sie auf einen Jeep umgeladen und sie da hinaufgefahren. Anschließend kehrtest du zum Forsthaus zurück, stiegst wieder in Melissas Wagen um, brachtest ihn zum Hotel und rudertest abermals über den See. So war es doch, nicht wahr? So hast du es doch gemacht!«

Endlich fand Neville seine Stimme wieder. »Du weißt verdammt gut, daß ich nichts dergleichen getan habe!« rief er. Die Verwandlung Marneys in einen zornigen Vertreter der Anklage schien ihn zu faszinieren. »Du weißt verdammt gut, daß *du* sie beide getötet hast!«

Leonie schüttelte heftig den Kopf. »Nicht, Neville – bitte nicht!«

Neville drehte sich zu ihr herum. »Für Lügen ist es jetzt zu spät, Leonie. Es ist nicht mehr möglich, daß wir einer den andern decken, daß wir alle so tun, als könnten wir über einen Mord hinwegsehen, um uns Unannehmlichkeiten mit der Polizei zu ersparen. Melissa ist tot – ermordet – begraben an Veronicas Seite –«

»Du gibst es also zu«, sagte Marney. »Du gibst zu, daß Veronica neben Melissa auf der Pflanzung begraben liegt.« Er wandte sich zur Tür, die in die Diele führte. »Ich werde jetzt die Polizei anrufen, ihnen alles berichten und ihnen nahelegen, nach Veronicas Grab zu suchen, während sie Melissa exhumieren.«

Neville schien erst jetzt zu begreifen, daß Marney es ernst meinte. »Du wirst es der Polizei ›nahelegen‹, weil du verdammt genau *weißt,* daß sie Veronica dort finden werden!« schrie er. »Deine einzige Hoffnung, heil aus dem Schlamassel herauszukommen, besteht darin, daß du versuchst, *mir* alles anzukreiden!«

»Du kannst schreien, soviel du willst«, entgegnete Marney. »Mich wirst du von deiner Unschuld nicht überzeugen. Wer sonst hätte diese zwei Frauen töten können? Leonie hätte Veronica nie auf der Pflanzung verscharren können – sie hatte keinen Jeep zur Verfügung. Karen kann unmöglich Melissa getötet haben, weil sie die ganze Nacht über im Haus war. Thomas könnte beide getötet haben, aber es wäre ihm nie eingefallen, die Leichen oben auf der Pflanzung zu verscharren. Dazu kennt er die Pflanzung nicht gut genug; außerdem hatte er keinen Zugang zu den Jeeps. So bleiben also nur zwei übrig – du, Neville, und ich, und da ich sehr gut weiß, daß ich niemals – niemals, verstehst du! – einem menschlichen Wesen das Leben nehmen könnte, mußt du der Täter gewesen sein.« Er drehte sich auf dem Absatz um. »Ich rufe jetzt die Polizei an.«

»Warte doch, Marney, warte...«, rief Karen verwirrt. »Hörst du...« Aber sie wurde unterbrochen.

»Marney«, sagte Leonie mit lauter, heiserer Stimme, »Veronica liegt nicht auf der Pflanzung begraben.«

»Liebe Leonie, ich weiß, daß du deinen Bruder schützen willst, aber ich fürchte, die Zeit ist gekommen, da wir unsere Augen nicht mehr vor der Wahrheit verschließen dürfen –«

»Aber ich *sage* die Wahrheit«, fiel Leonie ihm ins Wort. Dunkel und groß lagen die Augen in ihren Höhlen, ihr Mund zuckte in grotesker Verkrampfung. »Ich habe Veronica getötet und gestern nacht Melissa. Versteht ihr nicht, was ich sage? Ich habe sie getötet. Ich habe beide getötet...«

4

Schweigend, ungläubig starrten sie die Frau an, die nun anfing, die Hände zu ringen und an ihren langen Fingern zu ziehen, bis die Knöchel knackten. »Ich habe Veronica getötet«, wiederholte sie. »Ich tötete sie, nachdem du das Haus verlassen hattest. Ich wartete, bis du weggefahren warst, Marney, dann eilte ich ins Haus zurück und tötete sie. Es war nicht meine Absicht, aber als ich erfuhr, daß du dich in sie verliebt hattest, versetzte mir das einen so schweren Schock, daß ich nicht ganz bei Sinnen gewesen sein kann. Ich packte sie und schüttelte sie so heftig, daß sie stürzte, mit dem Kopf auf dem Boden aufschlug und betäubt liegen blieb, und während sie noch bewußtlos war, drückte ich ihr die Kehle zusammen, bis sie nicht mehr atmete.«

»Leonie –« In seinem Entsetzen versuchte Neville auf sie einzureden, aber sie wollte nichts mehr hören.

»Es ist wahr, Neville, es ist wahr! Und gestern nacht habe ich Melissa getötet. Ich führte sie zum Ufer hinunter, um sie über den See zu rudern. Die Wolken hingen tief ins Tal, es war so düster, so dunkel... und plötzlich schoß es mir durch den Kopf, daß mich niemand sehen würde, wenn ich... Ich dachte gar nicht richtig nach, versteht ihr? Ich tat, als hätte ich etwas im Bootshaus zu tun, und als sie mir nachkam, brachte ich sie auf die gleiche Weise um, wie ich Veronica getötet hatte. Dann schleppte ich sie zu Nevilles Jeep hinauf. Sie war so überraschend leicht – oder vielleicht kam es mir nur so vor, weil ich so kräftig bin... Als Marney später zur Pflanzung hinüberfuhr, sagte ich, ich müßte ihm nach – ich hatte ihm die Papiere schon vorher aus der Tasche genommen, um einen Vorwand zu haben – tatsächlich aber transportierte ich Melissas Leiche mit Nevilles Jeep zur Pflanzung hinüber und grub ihr ein Grab... Dann fuhr ich weiter zum Forsthaus, steckte die Papiere in den Briefkasten und kehrte hierher zurück. Ich mußte sie auf der Pflanzung begraben, weil hier der Boden so hart und steinig ist – es kostet soviel Mühe und Anstrengung, es ist fast unmöglich, die Erde hier aufzugraben, und ich wollte die Leiche doch los sein, sie verscharren, sie vergessen...« Sie verstummte. Von rauhem, mißtönendem Schluchzen geschüttelt, preßte sie die Finger auf die Augen, um ihre Tränen zum Versiegen zu bringen.

Ein tiefes, entsetztes Schweigen folgte.

»Ich glaube dir nicht, Leonie«, unterbrach Neville schließlich die Stille. »Du sagst das alles nur, um uns zu schützen.«

Stumm schüttelte sie den Kopf.

Wieder trat Schweigen ein, bis Karen in ruhigem Ton fragte: »Wenn du Veronica getötet hast, mußt du auch wissen, wo ihre Leiche ist. Wo hast du sie vergraben?«

Einen Augenblick schien es, als wollte Leonie eine Antwort verweigern. Dann aber erwiderte sie mit schwankender Stimme: »Das werde ich der Polizei mitteilen, aber nicht euch. Damit werde ich der Polizei beweisen, daß ich sie getötet habe.«

»Man wird trotzdem glauben, daß du einen von uns decken willst.«

»Nein«, widersprach Leonie mit ungewohnter Schärfe. »Ich war die einzige, die Veronica gerade an dieser Stelle begraben konnte. Ich werde das der Polizei erklären, und die werden das auch verstehen.«

»Dann kannst du es doch auch uns sagen.«

Starrsinnig schüttelte sie den Kopf. »Nein.«

Neville und Marney tauschten Blicke. Sie sahen sich lange an. »Wenn das so ist, muß ich jetzt wohl die Polizei verständigen, nicht wahr?« murmelte Marney und ging mit gesenktem Kopf in die Diele hinaus...

5

Es war schon bald Mittag, als die Polizei aus Fort William kam. Nachdem Marney telefoniert hatte, war Leonie in ihr Zimmer hinaufgegangen. Nevilles Rat folgend, hatte Karen sich ein wenig niedergelegt. Nachdem Neville und Marney allein geblieben waren, hatte Neville im Forsthaus angerufen, Kelleher mitgeteilt, daß er und Marney bis auf weiteres im Haus bleiben mußten, und kurz mit Thomas gesprochen. Als Thomas dann, nach einem Fußmarsch über den Paß, eine Dreiviertelstunde später ebenfalls im Haus eintraf, war Schnupf schon auf und Karen wieder nach unten gekommen, um Frühstück zu machen.

Doch außer dem Jungen war niemand hungrig.

Es war ein endloser Morgen. Karen, die von Kopfschmerzen befallen worden war, legte sich wieder nieder. Als sie nach einem kurzen Schlummer erwachte, war es fast Mittag und die Polizei unten im Wohnzimmer. Sie überlegte eben, ob sie sich hinunterbegeben sollte, als sie hörte, wie Neville nebenan in Leonies Zimmer ging.

»Leonie…« Seine Stimme drang undeutlich durch die Wand, aber dann folgte ein langes Schweigen. Nach ein oder zwei Minuten hörte sie ihn das Zimmer verlassen und die Treppe hinunterlaufen.

Von panischer Angst getrieben sprang sie aus dem Bett. Sie schlüpfte in ihren Morgenrock, als sie abermals Schritte auf der Treppe vernahm. Sekunden später trat Neville, leichenblaß, ins Zimmer.

»Neville…?«

»Ich fürchte, Leonie hat zu viele Schlaftabletten genommen«, sagte er mit schwankender Stimme. »Wir haben nach einem Arzt telefoniert, und ein Kriminalbeamter versucht jetzt, sie mit künstlicher Atmung zu behandeln.«

»Mein Gott...« Ihr drehte sich alles im Kopf. Sie hörte seine nächsten Worte nicht mehr, während sie sich auf die Bettkante fallen ließ.

»Hast du nicht gehört, Karen?« Er beugte sich über sie. »Sie hat ein Geständnis hinterlassen, ein schriftliches Geständnis für die Polizei. Darin gibt sie an, wo Veronicas Grab zu finden ist.«

Mit leeren Augen starrte sie ihn an. »Wo ist es?«

»Unter dem Steingarten«, sagte Neville. »Unter dem Steingarten, den sie anzulegen begann, als ich Veronica vor drei Jahren ins Haus brachte.«

6

Leonies Geständnis war sachlicher, als Karen erwartet hatte. Es lautete: »An alle, die es angeht: In Anwesenheit meines Bruders Neville Bennett, seiner Frau Karen Bennett und von Dr. Marney West habe ich dargelegt, wie ich Veronica Conway und Melissa Fleming getötet habe. Sie wissen, warum ich diese Frauen getötet habe, und sie wissen auch, daß sich Melissas Grab an der dem Landhaus nächsten Grenzlinie der Pflanzung befindet. Veronica ist unter dem Steingarten begraben. Niemand außer mir weiß das, denn niemand sonst hätte sie an dieser Stelle begraben können. Ich begann mit der Anlage des Steingartens, als ich in jenem Jahr hierher kam, um meinen Urlaub zu verbringen. Ich hatte bereits eine Menge Steine und kleine Felsstücke zusammengetragen, und ich beabsichtigte, mich in meinem Urlaub damit zu beschäftigen, sie zu gruppieren und Blumen zu pflanzen. Nachdem ich Veronica getötet hatte, war mein erster Gedanke, die Leiche zu verstecken, bevor Neville ins Haus zurückkam, und so schaffte ich die Tote hinaus und häufte Felsbrocken und Steine auf sie, bis nichts mehr von ihr zu sehen war. Dann packte ich ihre Koffer und trug sie zu dem verfallenen Haus. Das war der einzige Ort in der näheren Umgebung, von dem ich wußte, daß dort die Erde weich war. Erst, als ich beide Koffer vergraben hatte, wurde mir klar, daß ich nicht auch die Leiche dort verscharren konnte, wie ich gehofft hatte – es war kein Platz mehr vorhanden, und ringsum war alles Granit. Dann schleppte ich das zweite Boot über den See, um den Anschein zu erwecken, als wäre Veronica selbst hinübergerudert, aber ich wagte es nicht, ein Grab auszuheben, weil ich wußte, daß ich lange dazu brauchen würde und fürchten mußte, vorzeitig entdeckt zu werden. Ich beschloß daher, die Leiche zu lassen, wo sie war, bis ich damit rechnen konnte, ein paar Stunden allein zu sein. Diese Gelegenheit bot sich mir eher, als ich erwartet hatte: Neville verließ Schottland noch am gleichen Tag, um Karen und Thomas nach London zu folgen, und Marney, der seine Arbeit beendet hatte, fuhr mit ihm. Diese Angaben lassen sich nachprüfen, und sie sind wichtig, weil sie den Beweis dafür liefern, daß weder Neville noch Marney die Möglichkeit hatten, ein Grab auszuheben. Ich aber hatte sie. Ich blieb im Haus zurück. Mit viel Arbeit und Mühe gelang es mir zu tun, was getan werden mußte. Der Boden war sehr hart und steinig, und ich gab schon beinahe die Hoffnung auf, die erforderliche Tiefe zu erreichen. Auch dies läßt sich überprüfen, sobald die Leiche exhumiert wird. Wer immer das Grab ausgehoben hat, muß viele Stunden dazu gebraucht haben. Als ich endlich fertig war, häufte ich die Steine und Felsbrocken auf das Grab und wandte noch viel Zeit damit auf, den Steingarten wieder so herzurichten, daß niemand ahnen konnte, was darunter lag.

Ich habe nichts hinzuzufügen, außer daß beide Frauen verachtenswerte Geschöpfe waren, und wäre es nicht gottlos und unchristlich, einen Menschen zu töten, so würde ich es nicht bedauern, ihren Tod herbeigeführt zu haben.

Um meines Neffen willen, der noch zu klein ist, um zu verstehen, warum ich mit dem Leben abgeschlossen habe und entschlossen bin, aus freiem Willen in den Tod zu gehen, bitte ich, alle Untersuchungen mit größtmöglicher Rücksichtnahme durchzuführen...«

7

»Ich bin unfähig, etwas zu empfinden«, sagte Karen zu Neville. »Ich bin kalt und leer und sehr, sehr müde. Wenn man mich fragte, was jetzt geschehen soll, könnte ich keinerlei Entscheidungen treffen.«

Er lächelte. Die nervliche Anspannung und der Schock ließen ihn älter und verbrauchter erscheinen, aber trotz seines abgehärmten Aussehens enthielt sein Lächeln immer noch Spuren seines alten Charmes. »Das braucht dich nicht zu bekümmern«, meinte er mit verkniffenem Gesicht, »denn ich habe schon alle Entscheidungen für dich getroffen.« Er legte den Arm um ihre Schultern und beugte sich vor, um sie zu küssen. »Wenn das alles vorbei ist, machen wir eine Seereise – nach Griechenland zum Beispiel. Ich weiß, daß du immer schon dorthin fahren wolltest, und Seereisen sind eine ideale Erholung. Wir werden reichlich Gelegenheit haben, auszuruhen und Schottland aus unseren Gedanken zu verbannen. Schnupf kann mitkommen – wenn du nichts dagegen hast –«

»Aber natürlich kommt er mit! Wie könnten wir denn ohne ihn fahren?«

Wieder ging ein Lächeln über sein Gesicht. »Dann sind wir uns also einig! Wir machen einen langen Urlaub, und wenn wir nach London zurückkommen, werden wir uns überlegen, ob wir den Britischen Inseln nicht für eine Weile Lebewohl sagen wollen – das Haus verkaufen wir auf jeden Fall. Ich könnte mir nicht vorstellen, daß wir noch einmal unsere Ferien hier verbringen. Was meine Arbeit betrifft... Vor kurzem erhielt ich ein ausgezeichnetes Angebot aus Kanada; ich bekäme einen Zwei-Jahres-Vertrag –« Er sah, wie Karen sich emporrichtete. Sie stand am Fenster und blickte auf den Bach hinaus. »Was ist denn?«

Sie schüttelte den Kopf. »Nichts. Nur die Polizei. Sie fangen an, den Steingarten aufzugraben...«

8

Die Polizei war auch schon auf der Pflanzung F tätig. Der leitende Beamte hielt auf gründliche Arbeit. Er nahm nichts auf Treu und Glauben, nicht einmal ein Geständnis in einem Abschiedsbrief, und so ließ er das Gebiet rund um Melissas Grab auch noch einer sorgfältigen Untersuchung unterziehen, als Leonies Steingarten bereits mit aller Vorsicht aufgegraben wurde. Die Beamten arbeiteten geduldig und methodisch, aber während sie noch debattierten, ob sie das angrenzende Waldgelände auch noch untersuchen sollten, brachte ihnen ein Jeep die Mitteilung, daß die Leiche einer jungen Frau unter dem Steingarten gefunden worden war, den Leonie so lange Zeit so aufopfernd gepflegt hatte.

Inhalt